安徽文学史

ANHUI WENXUESHI

第一卷（先秦至南宋）

主编◎唐先田 陈友冰

本卷编著◎陈友冰

时代出版传媒股份有限公司
安徽文艺出版社

图书在版编目（CIP）数据

安徽文学史.第一卷（先秦至南宋）/唐先田,陈友冰主编.—合肥：安徽文艺出版社,2013.11（2019.5 重印）
ISBN 978-7-5396-4748-7

Ⅰ.①安… Ⅱ.①唐… ②陈… Ⅲ.①地方文学史－安徽省－先秦时代～南宋 Ⅳ.①I209.954

中国版本图书馆 CIP 数据核字（2013）第 255624 号

出 版 人：朱寒冬　　　扉页题签：唐先田
责任编辑：宋潇婧　　　装帧设计：许含章　徐　睿

出版发行：时代出版传媒股份有限公司　www.press-mart.com
　　　　　安徽文艺出版社　　www.awpub.com
地　　址：合肥市翡翠路 1118 号　邮政编码：230071
营 销 部：(0551)63533889
印　　制：安徽新华印刷股份有限公司　(0551)65859551

开本：700×1000　1/16　印张：37　字数：550 千字
版次：2013 年 11 月第 1 版　2019 年 5 月第 2 版
　　　2019 年 5 月第 2 次印刷
定价：90.00 元（精装）

（如发现印装质量问题，影响阅读，请与出版社联系调换）
版权所有，侵权必究

内容简介

《安徽文学史》是第一部安徽地域文学史，首次系统地评述皖籍暨在皖人士的文学思想与创作成就，总结从先秦到当代安徽文学的地域文化特征、历史演变以及与大中华文化的传承关系和邻近的吴楚文学、齐鲁文学的相互影响，探究安徽文学的发生发展及创新规律，并揭示出安徽文学在中国文学中的地位、作用及对中国文学的独特贡献。全书分三卷，共一百多万字，资料完备，史论结合，代表着安徽文学史研究的最新成果。

主编简介

唐先田，安徽宿松人，安徽省文学学会会长，中国作家协会会员，编审，1993年起享受国务院特殊津贴。曾任安徽省社会科学院副院长。著有《寻找生活的主旋律》《红豆集》《文论长短录》《追求和谐》《随意集》《中国散文小说简论》等。

陈友冰，安徽省社会科学院研究员，台湾大学、安徽大学客座教授。著有《海峡两岸唐代文学研究史》（上下卷，国家社会科学基金项目）、《新时期中国古典文学研究述论》（第二、三卷，教育部文科重点研究基地安徽师范大学中国诗学研究中心重点课题）、《考槃在涧：中国古典诗歌的结构与表达》《唐代文学研究论著集成》（八卷十册、台湾"中华文化发展基金"项目），并在《中国社会科学》《文学评论》《文学遗产》《国际中国学研究》（日本）、《中语中文学》（韩国）等国内外杂志上发表论文多篇。

目 录

绪论／1

第一编　先秦至南北朝时期的安徽文学／001

第一章　先秦时期的安徽文学／003
第一节　《诗经·陈风》与《候人歌》／005

第二节　老子／011

第三节　管子／018

第四节　庄子／025

第二章　两汉时期的安徽文学／037
第一节　刘安／038

第二节　桓谭／047

第三节　汉代其他安徽作家／053

第三章　三国魏晋南北朝时期的安徽文学／061
第一节　曹操／063

第二节　曹丕／071

第三节　曹植／081

第四节　嵇康／089

第五节　魏晋南北朝时期的安徽其他作家／096

第六节　两汉魏晋南北朝时期的安徽乐府民歌／117

第二编　隋唐五代时期的安徽文学 / 123

第一章　隋及中唐时期的安徽作家 / 128

第一节　刘臻　吴少微　刘太真　夏侯审　费冠卿 / 128

第二节　李绅 / 137

第三节　张籍 / 141

第二章　晚唐五代时期的安徽作家 / 146

第一节　杜荀鹤 / 146

第二节　张乔　顾云 / 151

第三节　许棠　曹松 / 157

第四节　汪遵　周繇　殷文圭　康骈 / 163

第五节　张泌　伍乔　吕从庆 / 171

第三章　外籍名家在安徽的文学活动 / 179

第一节　李白 / 179

第二节　韦应物　刘禹锡 / 198

第三节　白居易 / 219

第四节　杜牧　崔致远 / 235

第三编　两宋时期的安徽文学 / 257

第一章　北宋时期的安徽文学 / 261

第一节　宋初诗坛 / 262

第二节　梅尧臣 / 272

第三节　北宋前期的安徽其他作家 / 283

第四节　张耒 / 306

第五节　北宋后期的安徽其他作家 / 318

第二章　南宋时期的安徽文学 / 339

第一节　南渡初期的诗文作家／339

　　第二节　张孝祥／367

　　第三节　朱熹／377

　　第四节　南宋中期的安徽其他诗文作家／394

　　第五节　南宋后期的安徽诗词作家／415

第三章　宋代安徽笔记、小说、诗话／457

　　第一节　文史笔记、小说／458

　　第二节　诗话／484

第四章　外籍名家在安徽的文学活动／498

　　第一节　欧阳修／498

　　第二节　苏轼／506

　　第三节　王安石／521

　　第四节　苏辙　黄庭坚／536

　　第五节　陆游　姜夔／557

绪 论

安徽面积并不大,13.96万平方公里,仅占全国总面积的1.45%,但南北狭长,北接鲁豫,南连潇湘,东邻吴越,西毗荆楚,连接中原、沿江和江南三大地域;淮河、长江两大水系又横贯其中,将皖地切割成淮北、江淮、皖南三大板块,这种独特的地理位置和山川形势使安徽自古就成为南北交汇之所。其省会合肥,《汉书·地理志》说它是"受南北朝皮革、鲍、木之输,亦都会也"①,这说的是经济;军事上则是"淮右襟喉,江南唇齿","淮西有事,必争合肥"②。思想文化渊源上,安徽同样处于中原华夏文化与南方吴楚文化冲撞交汇之中。西周以前,安徽的淮河以北和长江两岸散布着夏、商、周的方国和部族,主要受中原文化的影响。春秋时期,安徽境内的诸侯国先后为楚、吴两大国兼并。越灭吴后,楚、越瓜分安徽;楚灭越后,安徽全境入楚,寿春(今寿县)一度成为楚国的国都,其时南方文化对安徽的影响最大。秦灭六国后实行郡县制,历朝行政区划不一,安徽各地基本上属于各道、郡的边缘地区。直到清康熙六年(1667)安徽建省,安徽的行政区划才固定下来。

安徽这种作为南北文化交汇通道的地域特征,造成安徽文学有着创新性、批判性、兼容性和不平衡性等显著特点。从创新性来说,从中

---

① 班固:《汉书》卷28,《地理志》下,上海古籍出版社1986年版,第1册,第523页。

② 顾祖禹:《读史方舆纪要》,上海书店出版社1998年版,第202页。

国古典文学的源头先秦到清末和近代,开创性和创新意识几乎贯穿安徽文学的始终:先秦时代作为"南音之始"的《候人歌》,老子《道德经》的哲学思想的文学论述方式,《庄子》作为中国浪漫主义文学的源头,《管子》中的传记文学,都是第一人、第一次,让人耳目一新。汉魏六朝时代的曹氏父子,率领邺下文人集团在风衰俗怨的汉末,开创了慷慨悲凉的建安诗风;曹丕的《典论·论文》是我国文学批评史上第一篇较完整又自成体系的文章学专论,他的《燕歌行》是我国早期七言诗走向成熟的标志,他的《列异传》是我国首部志怪小说;故事发生地在今怀宁县小市港的汉乐府《孔雀东南飞》,则是我国古代第一篇叙事诗;唐宋时代歙县人吴少微的"富吴体",作为唐代古文运动中最早出现的新文体,开唐代古文运动之端绪;亳州人李绅的乐府新题二十首,则是元白新乐府运动的先驱。终老于安徽的欧阳修在颍州写下中国第一部诗话——《六一诗话》,开创了我国古代文学批评的特有形式;作为朝鲜汉文学奠基人的新罗诗人崔致远,也在安徽写下被称为"东方文章之本始"的《桂苑笔耕集》;新安人朱熹则是宋代哲理诗的开创者和代表人物。明代朱权的《太和正音谱》是现存最早的北曲曲谱,他的《古今群英乐府格势》则是最早的曲作家风格论;诗文作家汪道昆则是商人传记文学的开创者,从中显现"四民平等""不讳言利"等时代新思想、新意识;清代作为"江左三大家"之一的龚鼎孳,不仅是由明入清"大臣词人"的首座,更是关涉清初词坛风气的枢纽性人物;吴敬梓小说《儒林外史》不仅是我国古代讽刺文学的典范,艺术表达上也体现创新意识:其结构不再像一般长篇小说那样以一两个主角为中心,而是以其思想和生活的发展为线索结构全篇,非常具有开创性;包世臣的《安吴四种》在中国思想史、经济史,尤其河、盐、漕、兵等实政领域的开创性贡献,正在逐渐为人们所认识;姚莹《康𬨎纪行》是近代史上第一部介绍西藏历史文化民俗的专著,他的《东槎纪略》是研究台湾历史地理的早期著作之一。至于胡适、陈独秀在白话文学和"文学革命"中的贡献,更是成为中国现代文学的开篇。

与创新性相连的则是安徽文学的"敢为天下先"的批判精神和独立人格。从诗经时代的"陈风"起,就呈现这种气质和特征。可以这样说,在《诗经》三百篇中抨击统治者荒淫最强烈也最尖刻的是"魏风"和"陈风",而陈风即出自安徽淮北一带,如《株林》篇。在文学风格上,作为淮夷后人的民歌,陈风也部分偏离了国风"好色而不淫"的基调,保留了一些不同于中原文化的"蛮风""蛮俗",如《宛丘》《东门之枌》《月出》等篇。《老子》和《庄子》中这种"敢为天下先"的批判精神表现得更为充分。《道德经》中的"民不畏死,奈何以死惧之?若使常畏死,而为奇者吾执得而杀之,孰敢",充分表现了作者挑战统治者的勇气和对百姓的牺牲精神的敬佩;"天地不仁,以万物为刍狗;圣人不仁,以百姓为刍狗",则尽情倾吐作者对现实社会缺乏人文关怀的悲愤。庄子对当时社会的不公正进行尖锐批判,所谓"窃钩者诛,窃国者侯。诸侯之门,而仁义存焉"(《胠箧》),他身处"处昏上乱相之间"而保持自己的独立人格,宁可弊衣破鞋却回绝楚威王的厚币礼聘。这种批判精神和独立人格可以说一直贯穿于安徽文学史的长河之中,如:管子富有原创性和示导作用的管理思想,以及对旧的行政管理体制所进行的大胆改革;桓谭反对最高统治者的谶纬迷信,认为"谶之非经",因而触犯光武帝,斥为"非圣无法",几乎被斩首[1];嵇康写下《与山巨源绝交书》,坚决表示与当政者的不合作,又嘲弄司马氏以孝治天下的虚伪,结果被斩首。临行时顾视日影,索琴弹一曲《广陵散》[2],是

---

[1] 《后汉书》卷58,《桓谭冯衍列传》,上海古籍出版社1986年版,第2册,第889页。

[2] 《晋书》卷49,《嵇康传》,上海古籍出版社1996年版,第2册,第1403页。

何等旷达和从容的人生谢幕！此后,像唐代诗人李绅的"四海无闲田,农夫犹饿死"(《悯农二首》);张籍"西江贾客珠百斛,船中养犬多食肉"(《野老歌》);杜荀鹤"任是深山更深处,也应无计避征徭"(《山中寡妇》);曹松的"劝君莫话封侯事,一将功成万骨枯"(《己亥岁二首》)都充满社会批判精神。而张籍的《节妇吟》则是安徽作家不慕富贵独立人格的又一次体现。此后,宋代的张耒、吕本中、张孝祥、方岳、汪梦斗,明代的汪道昆、方弘静、朱载堉、吴应箕,清代的方以智、钱澄之、方孝标、吴敬梓、梅文鼎、包世臣、姚莹、许廷尧,直至现代文学的胡适、陈独秀,他们的文学创作和自身行为,都充满了这种"敢为天下先"的批判精神和独立人格。胡适首倡白话文,撰《白话文学史》,为小说正名,将《红楼梦》《西游记》等提到与唐诗、宋词同等地位,体现了"但开风气不为师"的皖人传统。明末方以智、钱澄之、方孝标等人在明亡之际组织抗清,抗清失败后或削发为僧,或浪迹天涯,在政治上与清廷采取不合作态度;在思想上针对顺治、康熙的"稽古右文、崇儒兴学"的文化羁縻政策,提倡实证和通变,主张文学创作应"自撼其所独见,不必尽合于古人,亦不顾人之以古人律我也",这在复古空气弥漫的清初,很有些叛逆的意味。方孝标的《滇黔纪行》沿用南明弘光、隆武永历等年号,且"极多悖逆语",直接导致了清朝文字狱的开端——戴名世的"《南山集》案"。

  安徽文学的第三个显著特征就是兼容性和多样性,这与安徽位于中原地区和南方蛮族的文化走廊之上、身处中原华夏文化与南方吴楚文化冲撞交汇之中有很大关系。它既有北方文学的刚健繁富又有南方文学的清丽简约,呈现一种兼容性和多样性。如上面提到的陈风《株林》虽然题旨和魏风《新台》相同,对统治者荒淫的鞭挞也一样深刻,但风格和手法却不相同。《新台》具有北方文学的刚直,直接描叙、直接批判;《株林》采用设问设答的手法来嘲讽挖苦、明知故问,不直接点破题旨,而让读者自己领悟,显得婉曲而简约。刘安与其门客集体创作的《淮南子》中则更多体现了兼容性和多样性,在文艺的本质、文艺的功能等诸多方面,融汇和整合儒、道乃至杂家的文艺思想。它既消除了儒家美学过于偏执于世俗功利而无法实现精神自由的迷惘,又摆脱了道家美学那种玄空虚幻的个体精神畅游,力图建立起以追求圆满人生境界为核心的《淮南子》审美理想。淮南小山的赋作《招隐士》中对自然景物的浓缩、夸张、变形处理,使之成为人神杂糅的艺术形象以及郁结、悲怆、缠绵的艺术风格,这完全吸取了南方文学《楚辞》的表现手法,但诗中多用叠字,甚至出现重章叠句,在复沓中呈现变化,则又是《诗经》的典型手法。淮南小山的辞赋,是南方的楚文化以江淮地区为跳板向中原推进,最后演绎成中国文学主流文体的明证。北杂剧盛行于金、元,至关汉卿、王实甫达其创作顶峰。明嘉靖以后,北杂剧已经衰微。当时的杂剧创作多为南杂剧或南北合套。唯皖人汪道昆在北曲体式已近终结之际致力于北杂剧。他的《大雅堂杂剧》四种,均为北杂剧,与徐渭的《四声猿》可谓明代北杂剧中的洪钟绝响,在艺术体式上有相当价值,但创作思想又倾向南方王学左派的主情学说,继承汤显祖在《临川四梦》中的批判精神,继续发起对宋明理学"窒人欲"的冲击,可以说是撷英南北,融汇光大。这种兼容产生的多样性,在三曹,宋代诗人汪藻、词人张孝祥,明代诗人汪道昆,清代词人龚鼎孳、诗人宋琬以及桐城派的文学理论中都有体现。三曹为父子手足,文学风格却各不相同:三曹父子的身上同样体现了这种南北诗风的融合:曹操诗歌"如幽燕老将,气韵沉雄",体现了"词气贞刚"的北方文风;他的儿子曹丕诗风却柔和婉约,细腻婉转、语调悲凄;曹植诗歌亦是"词采华茂"且大量运用比兴,呈现的是南方文学的婉约风格。张孝祥的词作既有苏轼的清旷豪雄,又有辛弃疾的沉郁苍凉,成为苏辛之间的"津梁"。龚鼎孳的词作既有绮丽悱恻之调、声情绵邈之韵,又有苍润清腴之气、高标劲急之风。与同时代诗人纳兰性德的清新婉丽、陈维崧的豪壮劲健相比,明显在融汇中呈现多样风格!

安徽文学还有一个特点就是差异性。这种差异性首先表现在地域上。安徽南北狭长,横跨淮河、长江两大水系,形成淮北、江淮、江南三大区域。三个区域间的民风民俗各不相同,文学风格也有很大差异。一般说来,淮北与中原文化相近,文风率直豪壮。再加上作为黄泛区,土地贫瘠、生活艰难,又长期处于南北战争拉锯交叠之处,所以形成好勇斗狠、刚强率直的性格特征,不畏惧统治者的暴虐,不能容忍蝇营狗苟的丑陋现象,正如司马迁在《史记·货殖列传》中指出的:"淮北、沛、陈、汝南、南郡其俗剽轻易发怒,地薄寡于积聚。"①因此,比起中原文学,更富有批判精神,更富有俗剽强悍的人格特质。前面提到的《诗经·陈风》《道德经》《庄子》,桓谭、曹操、嵇康、刘伶、李绅、吕本中等人的文学创作和自身行为就是明证。江南徽州一带属于南方文学范畴,与吴越文化相近,在东晋尤其是宋室南渡以后又形成自身的特点,在妩媚婉约主调之外,又掺入清旷贞刚之气。如宋代徽州诗人汪藻以浅白条畅的语言,抒发沉痛的家国之悲。《桃源行》诸篇,隐晦婉曲,起伏跌宕,问题却提得很尖锐。王炎称自己的词作,"惟婉转妩媚为善",语言质朴,基本不用事典,是对南唐词风的继承。但早期受苏轼、张孝祥的影响,又有一种清旷、疏朗的风格。江淮地区是典型的南北文化走廊,受到华夏文化和吴楚文化的交互影响。上述的兼容性特质,主要表现在江淮和沿江地区。以考古发现的文物为例:早在远古时代,江淮文化便和大汶口——龙山文化发生密切联系,在寿县魏郢子、嘉山县柏岗、灵璧县蒋庙村等地发现的新石器时代器皿,从形制、色泽、文饰等方面与大汶口——龙山出土文物有许多相同之处,说

---

① 《史记》卷129,《货殖列传》,上海古籍出版社1986年版,第1册,第356页。

明它们是一个文化系统。另一方面,江淮文化又与吴楚文化紧密相连,潜山薛家岗出土的石锛和江苏的北阴阳营文化相似,灰溪贯耳壶则与浙江良渚文化相似,带花纹的陶球又和巫山大溪文化相似,泥质灰陶壶又与湖北屈家岭文化相近。文学上,这一特色也较为明显。宋初合肥人姚铉继承韩柳古文传统,反对五代绮靡文风,他的选文《唐文粹》自觉以韩愈为师法对象,作为"复古革弊"范本。沿江宣州的梅尧臣,其诗简古、平淡、朴拙,亦体现北方文学风格。沿江当涂人郭祥正的古风壮浪恣肆,颇有太白遗韵。其写景小诗,则清新雅洁,颇有南方文学的风韵。

这种差异性不仅表现在地域差别上,还反映在历史发展的各个阶段上。一般说来,安徽文学发展的历史进程是重心逐渐南移,由淮北到江淮沿江再到江南,这与中国经济、安徽经济的历史发展趋势大体相同。文学体裁由诗歌散文向戏剧小说倾斜,与整个中国文学发展的大势相埒。大体上,先秦两汉时代,两淮在安徽文坛独领风骚,老子、庄子、刘向、三曹、嵇康的出生地以及文学活动皆在两淮;唐宋时代,江淮地区创作开始繁荣起来,一是李白、苏轼、刘禹锡、欧阳修、韦应物等外籍游宦作家的影响带动;二是下面要提及的魏晋时期的屯垦、侨郡制度,改变了地区的文化生态和社会结构;三是五代尤其是南宋初年的南北战争主要发生在江淮一带,产生了张孝祥、吕本中、汪藻、王之道、华岳、汪莘、程珌等一批抗战诗人词家。东晋以后特别是南宋以后,江南得到开发,经济繁荣起来,到明清达到高峰。经济的繁荣,带来文学创作的繁荣。元明时代的一些著名诗人如汪克宽、朱同、朱升、程敏政、汪道昆、方弘静、程嘉燧都是徽州人,以汪道昆为首的诗社丰干社的成员又几乎都出身于徽商家庭。梅鼎祚、吴应箕则为江南人。清代的方以智、钱澄之、施闰章,以及桐城派的方苞、姚鼐、刘大魁及其门人姚莹等均为沿江江南人。中国现代文学奠基人之一的胡适亦生在徽州。清代除占籍合肥的江西临川人龚鼎孳外,江淮之间已无巨擘,淮北文坛更是萧条。安徽文学重心南移已成定势。

从文学体裁来看,先秦至魏晋,安徽文学的主调是诗文创作,散文以《庄子》为代表,诗歌的高峰则由三曹所创造。唐宋时代,诗文创作虽然繁荣,但砥柱乃是李白、白居易、苏轼、欧阳修等游宦作家。徽州朱熹的理学诗倒是对中国诗史一个独特的贡献。另外欧阳修在颍州写的随笔式诗歌批评《六一诗话》也创立了一种独特的诗歌批评样式,皖人吕本中《童蒙诗训》《紫微诗话》,周紫芝《竹坡诗话》,朱弁《风月堂诗话》紧随其后,使"诗话"成为诗歌批评中一种主体样式。皖人阮阅的《诗话总龟》和胡仔的《苕溪渔隐丛话》则首开大型综合性的诗话总集的先河。明清时代,虽然出现了清代文坛影响最大、延续时间最长的一个诗文流派——桐城派,但毕竟是中国古典诗文的回光返照,方苞、姚鼐、刘大櫆及其弟子们,也成为传统古文的最后一批守望者。相比于诗文创作,戏剧、小说逐渐成为安徽文学的主要成就所在和发展方向:朱权的《太和正音谱》是现存最早的北曲曲谱。他的剧作"有元人之古朴,而无元人粗野之弊;有明人之工丽,而无明人堆砌之病"。朱有燉杂剧创作,音调谐和,适合表演和演唱,不同于明代沈璟等吴江派的案头文学。在杂剧创作体制上,也有不少创新。怀宁人阮大铖作为明代戏曲文词派后期代表人物之一,其剧作《春灯谜》和《燕子笺》,有人认为其题材接近汤显祖,曲词上亦可追步于元曲大家。清代戏剧中徽剧剧目非常丰富,经过整理的武戏就有《七擒孟获》《八阵图》《八达岭》近二十种。乾隆年间,"三庆""春台""四喜""和春"四大徽班先后进京,同湖北汉剧等剧种结合,逐渐演变成京剧。黄梅戏是我国戏曲的主要地方剧种之一,主要产生于安徽省安庆地区,其剧目《天仙配》《女驸马》《牛郎织女》《槐荫记》《夫妻观灯》《打猪草》等,在全国流传很广,几乎家喻户晓。在国内外影响也在扩大,被誉为"中国的乡村音乐"。小说方面,明代宣州人梅鼎祚的《青泥莲花记》为妓女立传,表现出商品经济发达时期文人的独特眼光。潘之恒的《亘史》中艳异类作品,也表现了同样的眼光和创作倾向。吴肃公的逸事小说《明语林》,主要记载和品评明代人物的风采和功过,与作者在明亡后坚守民族气节相表里。张潮的《虞初新志》在选题和创作倾向上亦可作如是观。宣鼎的《夜雨秋灯录》及其《续录》,为读者展现出一幅阔大的晚清社会生活长卷。特别是变法图强的社会思潮乃至反清复国的革命倾向,更使它超出了同代的小说。至于吴敬梓的《儒林外史》,更是我国古代讽刺文学的典范。

造成安徽文学如此丰富繁荣,如此富有独特个性的原因是多方面的。除了上面所指出的安徽地处南北交汇、吴头楚尾的文化涡旋之中,是华夏中原文化与吴楚蛮夷文化冲撞交融的结果这个主要原因外,至少还有以下几个因素:

首先是战争造成的文化冲撞以及战争所带来的移民和文化移植。

如上所述,安徽地处吴头楚尾、南北交汇,"淮右襟喉,江南唇齿",一直处于历代兵戎烽火之中。尤其是南北对峙之际,更是双方拉锯、争夺的焦点,"淮西有事,必争合肥"。从传说中的大禹九会诸侯于涂山,到新中国成立前的淮海战役和渡江战役,中国历史进程中的一些大战尤其是南北之间的统一之战,很大一部分发生在安徽沿江和沿淮地区。战争使得土地荒芜、民生凋敝,但民众在贫困饥寒中增加了耐力、坚韧,也增强了抗暴意识和叛逆性格。战争也是文化碰撞和交融的最激烈和最有效形式。因为中国历史上的战争有个很大的特点,就是大多是以北伐南:或是南北对峙之际,军阀们先统一中原后再挥戈南下,如曹操伐吴,晋伐西蜀、东吴,隋灭陈,宋灭南唐等;或是北方少数族南侵,也是先占据中原,再南下力图统一全国,如苻坚南伐东晋,元蒙和清朝统一中国皆属此类。这种战争特色造成中原地区居民移民方向是由北向南。其南迁的原因和方式也很多:或是士大夫举族避难南渡,或是中原失败的军阀携带大量部曲家兵并裹胁大量人口南迁,或是流民南下,或是平民避苛政南渡,或是叛军南投,或是南方北袭掳掠人口到南方。不管哪种形式,有的学者认为江淮地区是北方民众首先到达或南方政权首先考虑的安置之地①。这些逃难或安置在淮南和沿江的北方居民,将北方先进的生产技术带到江淮地区,改变了这个地区民众的生产和生活面貌,促进了江淮和江东地区农业的发展,其中的北方士族也逐渐演化成势力强大的地方豪强,成为东晋政权中举足轻重的人物。这批北方大族南迁后,一方面将中原文化带入江淮和江东;另一方面为了融入当地社会,他们在生活习惯、语言上也逐渐"南化",这更促使中原文化与吴楚文化的融合。杜佑在谈到江东社会风气变化时说:长淮大江在宇内分崩之际皆是首先避乱之所,"永嘉之后,帝室东迁,衣冠避难,多所萃止。艺文儒术,斯为之盛。今虽闾阎贱品,处力役之际,吟咏不辍,盖因颜、谢、徐、庾之风扇焉"②。这样,经过几个世纪的融合,在江东逐渐形成了一种新的文化特征。这种新的人文特质既非汉魏中原文化,亦非原有的吴楚文化,而是兼具二者特点的新文化,上述的安徽文化人文特质亦在其中孕育形成。

其次是南北对峙中的地方政权制度建设对安徽人文精神的形成产生巨大影响。如上所述,战乱造成了中原居民南迁,但南迁的居民之所以能在江淮地区扎根并融入当地社会,进而移风易俗,改变当地的生产条件、经济状况和人文特质,这与地方政权的制度建设关系极大。对安徽人文精神影响甚巨的是曹魏和南朝的屯垦制度和侨郡制

---

① 潭其骧:《南朝境内之各种人及政府对待之政策》,见《魏晋南北朝史海集》,北京大学出版社1997年版。

② 杜佑:《通典》卷182,《州郡十一》,岳麓书社1995年版,第2520页。

度,尤其是侨郡土断制度。

建安元年(196),曹操采纳枣祗、韩浩等人的建议,首先在根据地许昌一带试行募民屯田,结果收获颇丰,得谷物100万斛。建安五年,开始大规模推行。安徽的淮北和江淮之间是曹操屯田的重点地区。从建安五年(200)到晋太康元年(280)实行占田制为止,屯田制度在江淮间实行了80年,有力地促进了江淮地区的农业经济恢复。曹魏和东吴的军屯和民屯的主要劳力多是北方流民和移民。① 咸宁元年(275),西晋政府又将一批官奴送到合肥地区,代替军屯官兵种植水稻。② 这批人不仅改变了江淮地区的经济面貌和生产条件,也改变了这里的文化生态和社会结构,从而孕育了一种既不同于汉魏中原文化,亦非原有的吴楚文化的新的人文特质。

再次是东晋和南朝的侨郡制度,尤其是土断制度。司马氏渡江不久,即侨立州郡县,安置侨民,以示其不是偏安江左,仍是全国正统统治者。所谓侨州郡县,即以原北方州郡县名来命名东晋实际据有的江淮和沿江州郡,如东晋的豫州即今芜湖一带,东晋大族谢氏说他籍贯阳夏县,实际上是合肥。北方的世家大族南渡后形成了侨姓士族,高踞于社会上层,掌握着政权,依靠与原籍同名的侨郡州县,聚集着来自家乡的乡族势力。至刘宋时期,当时的江淮地区和皖南共有在籍侨民17万多人,还有大量侨民依附世家大族,不在政府户籍之中,从而形成巨大的社会力量。随着时间的推移,也是为了政治经济的需要,这批北方大族渐渐融入当地社会,有意识地土著化。执政者的一些措施如土断制度,推动了土著化的进程。所谓"土断",就是不再允许北方氏

---

① 《三国志》卷64,《诸葛恪传》,上海古籍出版社1986年版,第2册,第1239页。

② 司马光:《资治通鉴》卷80,《晋纪》二·咸宁四年,岳麓书社1990年版,第2册,第24页。

族在所居地只挂空名,统计数据要以实际所居地为准。东晋和南朝为整顿侨州郡县,共实行10次"土断"①。朝廷实行"土断"的目的自然意在增加赋税和兵役、徭役的人口数,客观上却推动了北方文化和南方文化的融合。统治阶级的思想行为往往是被统治者特别是攀附者仰慕和模仿的对象,所以以齐鲁文化为主潮的北方文化也渐渐成为南方主潮。江淮地区在地域上是北方大族南迁中首选的安置之地,自然也就是齐鲁文化首先沾溉和浸润之所,人文特征上兼有中原文化和吴楚文化的特质,从而出现独特的个性也就是必然的了。

现代安徽文学,极为辉煌鼎盛,对整个中国文学的走向,起到了积极的引领作用。辛亥革命以后,安徽出现了两位中国现代文化史、文学史上的重要人物,那就是陈独秀和胡适。他们学问渊博、胸襟开阔,大胆地吸收西方先进的文学元素,对安徽古代文学的创新性、批判性、兼容性等卓杰精神,勇敢地发扬光大,在中国现代文学史上独树一帜。陈独秀在五四之前就激烈地批判封建专制主义和愚昧主义,批判封建道德和封建文艺,他在1917年发表的《文学革命论》,明确提出了文学革命号角性质的"三大主义",即"曰,推倒雕琢的阿谀的贵族文学,建设平易的抒情的国民文学;曰,推倒陈腐的铺张的古典文学,建设新鲜的立诚的写实文学;曰,推倒迂晦的艰涩的山林文学,建设明了的通俗的社会文学"。陈独秀提倡的"国民文学""写实文学"和"社会文学",都是要致力于建设新型的"白话文学",他的旗帜鲜明的文学主张,给封建主义消极保守的旧文艺以沉重打击,为新文艺的产生做了极为可贵的拆除障碍、扫清道路的工作,他在中国新文学上的贡献是永载史册的。和陈独秀积极呼应的是胡适,他在《文学改良刍议》里,主张新的文学应做到包括"须言之有物""不作无病之呻吟""务去烂调套语"

---

① 胡阿祥:《论土断》,《南京大学学报》,2001年2期。

"须讲求文法""不避俗要俗语"等八事。陈独秀、胡适的主张,是新文学的旗帜,他们振臂一呼,真是应者云集,不独安徽文学界的有识之士和他们走到了一起,整个中国的文化、文学,由于他们的致力推动,发生了崭新而深刻的变化。那时,安徽诗人汪静之、朱湘的诗歌风行一时;稍后一些的安徽诗人田间的诗歌,则在抗日战争时期发挥了积极的宣传鼓动作用,被称为"时代的鼓手";蒋光慈、吴组缃的小说,充分显示了左翼文学创作的风貌;以韦素园、韦丛芜为代表的皖西作家群紧紧团结在鲁迅周围,在创作和翻译方面取得了引人注目的成就;张恨水的通俗小说创作,不仅卷帙繁浩,立意也淡雅高远,堪称全国第一;阿英(钱杏邨)在文学批评方面的成就,朱光潜在文艺美学方面的建树,苏雪林的散文和小说创作,都占有不可磨灭的历史地位。

新中国成立之后,当代安徽文学的发展,在各个不同时期各有特点。新中国成立之初,皖籍文学家们大都没有回到安徽本土,而在京沪等地发展自己的事业,安徽没有文艺刊物,没有文艺团体,也没有作家队伍,安徽文学处于暂时低潮,几乎一片空白。但安徽人一向有自力更生、艰苦奋斗的传统,一切都从头来,首先从人才着手,从培养青年作家开始,这个办法卓有成效,一支青年作家队伍很快成长起来,陈登科是全国闻名的工农作家,他是从刚脱盲那样一种文化水平而走上创作道路的,但他凭着自己的努力和社会的关爱培养,创作出了《活人塘》《杜大嫂》《风雷》等优秀作品。鲁彦周堪称新中国成立之初安徽的文学新秀,他创作的独幕话剧《归来》,曾获全国剧本创作一等奖。《归来》是最早揭露党内不正之风的文学作品,它的出现让充满胜利喜悦的国人震惊、警醒,其辞章文采的亮丽和艺术结构的完整、严谨,也让人耳目一新。与《归来》题旨大致相似的还有耿龙祥的《明镜台》,这篇描写干部进城后,漠视人民百姓疾苦的仅有两千多字的短篇小说在1957年1月号《人民文学》发表后,立即引起社会的深思。时隔20

多年,粉碎"四人帮"之后,《人民文学》又在1983年9月号将《明镜台》重发一次,还配发了评论,这在新中国的文学史上也仅此一例。《归来》和《明镜台》的出现,再一次高扬了安徽文学的批判精神和对社会民生的深刻关切。以《老张的手》而闻名诗坛的严阵,是新中国成立之初全国十大青年诗人之一。江流的小说《还魂草》,则旗帜鲜明地强调对人性的尊重而深深印入读者心中。

阶级斗争的步步紧逼,使全国的文学界充满危机,安徽也不例外。1957年的反右扩大化,安徽文艺界受到重大创伤,许多作家、诗人戴上了右派帽子,失去了创作的自由。"文革"10年,更是摧残文化、摧残文学的一场浩劫,陈登科因莫须有的罪名被打入监狱,他的优秀长篇小说《风雷》被打成毒草,在全国范围内大加挞伐。省文联、省作协等机构被强制解散,作家、诗人几乎无一幸免地打入牛棚,遣送到农村监督劳动,文学界一片荒芜。

粉碎"四人帮"之后,安徽省对被诬陷的所有作家和被打成毒草的所有作品进行了最彻底的平反,文艺界迎来了明媚的春天。走在最前列的是安徽的文学理论界,他们以极为敏锐的思维、极为坚定的立场、极为鲜明的态度,从理论上对"四人帮"所造成的危害,进行深刻的批判。紧接着创作出现了令人瞩目的繁荣,鲁彦周的中篇小说《天云山传奇》,因深蕴着强大的思想批判的力量,而成为反思小说的经典;张弦的短篇小说《记忆》和《被爱情遗忘的角落》,分别获1979年度、1980年度全国优秀短篇小说奖,代表了当时中短篇小说的最高水平;祝兴义的短篇小说《抑玉岩》、江流的报告文学《春到皖东》也出手不凡。诗歌创作同样震撼全国,1981年第一次全国诗歌评奖,在所有获奖的35人中,安徽占6人,他们是:公刘(《仙人掌》)、韩瀚(《重量》)、刘祖慈(《为高举和不高举的手臂歌唱》)、梁小斌(《雪白的墙》)、梁如云(《湘江夜》)、张万舒(《八万里风云录》),那真是一个让人振奋的黄金时期。新时期以来,老作家们仍在艰苦奋斗、不懈写作,鲁彦周、公刘、严阵、苏中、韩瀚、刘祖慈、完颜海瑞等不断有新作问世。更可喜的是,一批中青年作家迅速成长起来,其中的佼佼者如季宇、许辉、潘军、许春樵等,都有丰硕的创作成果,成为安徽文学创作承前启后的跨世纪中间力量。季宇敏感而自觉地坚守现实主义的创作方法,他的中篇小说《猎头》《最后期限》,都有一定的思想深度和艺术感染力,长篇小说《徽商》《新安家族》等,都保持了自己一贯的艺术风格,堪称以现代意识重写历史的佳作。潘军曾是先锋文学的代表作家之一,他的《白色沙龙》《南方的情绪》《流动的沙滩》曾为文坛所瞩目,《重瞳》是潘军创作的一部历史小说,这部小说里的项羽,是被潘军彻底颠覆而全新重构的一个历史人物形象,但又绝无戏说之笔,这部小说改写了历史小说以志为蓝本的创作范式,在历史小说创作中独辟蹊径,是很可贵的收获。20世纪90年代后期,潘军和其他先锋作家一样,成功地完成了在小说创作中由难懂而走向好看的转型,他的中篇《秋声赋》《桃花流水》及短篇《纸翼》就是转型后的作品,人物生动、情节曲折、故事完整,带有回归现实主义的色彩,但在传统现实主义的基础上,又大大向前迈进了一步。在中青年作家中,许辉的创作个性十分鲜明,他的新写实小说风格,他的严格尊崇情感零度介入,在他的作品中得到了完美的体现。许辉似乎早就觉察到了一个令人不安的浮躁的时代就要到来,也似乎早就觉察到了这种浮躁给社会民生可能带来的危害,于是他的小说创作刻意追求一种宁静的本质、宁静的语调、宁静的氛围、宁静的环境、宁静的人物,绝不轰轰烈烈,绝不大张旗鼓,绝不你死我活,这种宁静对于日益甚嚣尘上的社会浮躁,是一种充满责任意识的平抑。宁静当然有时也会被打破,打破了又宁静地修复,他的中篇小说《焚烧的春天》在这方面处理得非常出色,小说所刻画的小瓦,是一个非常典型的形象,《焚烧的春天》所焚烧的正是由于小瓦暂时的内心浮躁所造成的过失,追求的则是小瓦内心修复之后的宁静。许辉所创作的《碑》《夏天的公事》《幸福的王仁》《一棵树的淮北》等诸篇,宁静本质的创作风格都体现得十分明显。许春樵也是一位经由先锋文学转型的优秀青年作家,20世纪90年代后期,他自觉而努力地将他的小说写得好看而又耐看,他的中篇《一网无鱼》《请调报告》《跟踪》《找人》在文学界获得好评,他的长篇《放下武器》集中笔力揭示郑天良"人格分裂与自我异化的本质",被称为官场小说的"另类存在",他在小说中所努力寻找的是,反腐败到底要从哪里做起。他的另一部长篇小说《男人立正》则通过对小人物陈道生的悖论生存遭遇的描写,表达了作家对社会转型期的道德呼唤和对弱势群体的人性关怀。

进入新世纪之后,安徽的经济社会全面发展,文化强省的号召,对文化界文学界是有力的号召和鼓舞,许多中青年作家正在发挥他们的聪明才智,在安徽这块文学热土上辛勤地耕耘,文学皖军具有极大的潜力,安徽文学的未来一定更加美好。

第一编 先秦至南北朝时期的安徽文学

第一章　先秦时期的安徽文学

先秦时代,今日的江淮地区居住着淮夷、徐、英、六、舒、桐、萧、巢、钟离、州来等十多个部族,由于地理位置等原因,他们分别与中原、楚、吴越等文化带接近。在这些安徽古老的土著中,淮夷最古老也最强大。以淮夷文化为代表的安徽土著文化呈现着安徽文化传统中最古老的底色:它一方面是以华夏文化为主体、多元共生的中华传统文化的重要组成部分,另一方面又是华夏文化逐渐占据统治地位、蛮族文化逐渐消退的动态过程。这个动态过程,正是中华传统文化的演进过程,也是中华各民族间由碰撞到融合的过程。

在中国第一部诗歌总集《诗经》之中,江淮之民这种文化个性就有鲜明独特的呈现。产生于今日安徽境内的民歌"陈风",一方面体现着中国主流文化——华夏文化的特色,另一方面也存有许多不同于主流"雅正"之处。《诗经》中抨击统治者荒淫最强烈也最尖刻的篇章之一《株林》篇,即出自今日安徽淮北一带的陈风。在文学风格上,作为淮夷后人的民歌,陈风中一些篇章除了体现出《诗经》的共同艺术特征外,也保留了一些不同于中原文化的"蛮风"、"蛮俗",这在《宛丘》《东门之枌》《月出》等篇中表现得非常充分。

产生于淮水之滨的《候人歌》在中国诗歌史和音乐史上皆有重要的地位,被称为"南音之始"。它为以抒情为主的南方诗歌特征的形成奠定了基础,也开抒情诗传统之先河。

先秦时代的春秋战国时期,是我国思想界最活跃、最开放的时期之一。安徽的一些哲学家、思想家如老子、庄子,为这个思想解放的源头做出了出色的贡献。尽管老子的具体出生地还存在争议,但生活在淮北一带并无疑义。老子的《道德经》是一元主体、多元格局的中华文化重要组成部分,在中国思想史上影响源远流长,而且也有独特的艺术魅力和文学价值:它虽是一部哲学论著,使用的却是诗性思维,它以诗的笔触、诗的情韵来写哲学散文,使文章富有诗的节奏和韵味;它采用了大量文学修辞手法,以增强文章的感染力和形象性;《道德经》中论说的逻辑性也颇有讲究,往往是层层推进,显得结构严谨、条理分明;其语言直白简约又寄寓幽深,常常简短几笔就能点出深意,传达出精深的哲学思辨。《道德经》对中国文艺思想和中国古典文论建设也有着巨大的影响。

相对于《老子》,《庄子》在中国文学史和中国文学批评史上的地位更为崇高。庄子与屈原并称"庄骚",影响极大。他那"万物齐一"、任自然而贵天真的哲学观,对现实的强烈批判精神,自然无为的美学主张,以及汪洋恣肆、自由挥洒的文学风格对后来作家的思想境界、人生态度、文艺理论和创作风格都产生很大的影响。庄子散文那种"汪洋恣肆"和"恢诡谲怪"的浪漫风格,"以寓言为广、以重言为真、以卮言为曼衍",自由挥洒的表达方式,与《离骚》一起成为中国文学苑范中浪漫主义文学的源头。

颍人(今安徽颍上)管仲,在中国历史上以政治家、军事家、理财能手著称。殊不知,他的文学思想和创作成就也为中国文学史增添了光彩。《管子》八十六篇大部分是论说文,另有一部分是记录管仲事迹的记叙文,但无论哪一类都带有相当的文学成分,其中一些篇章已具备了传记文学的某些特征,从而使这批文章不仅具有较高的史料价值,而且具有较高的传记文学价值。《管子》中的论说文有着完整的结构模式,可看作是先秦诸子散文的一种较为完备的论证模式,可与后来的《孟子》《韩非子》散文相媲美。

第一节 《诗经·陈风》与《候人歌》

一、《陈风》

《诗经》是中国诗歌的源头,也是儒文化的经典。当时江淮地区的一些民歌被采风者收入《诗经》后,成为其中重要的组成部分。今日的亳州、临泉、界首、寿县是当时陈国领地,亦是陈风产生地。《诗经》共三百零五篇,陈风即有十首之多。《诗经》作为儒家的经典,"陈风"在主要思想倾向和艺术表达手法上,自然体现了中国主流文化——儒文化的特色,即所谓"思无邪",所谓"哀而不伤,怨而不怒"。但也存在许多不同于主流"雅正"之处,古人称之为"变雅"。其中的《株林》篇是《诗经》三百篇中抨击统治者荒淫最尖刻也最有特色的篇章之一:

胡为乎株林?从夏南兮!匪适株林,从夏南兮!
驾我乘马,说于株野。乘我乘驹,朝食于株。

《左传·宣公九年》载:陈灵公和大臣孔宁、仪行父皆与夏姬私通,一道将夏姬的内衣拿着在朝廷上赏玩,又争着说夏姬的儿子征舒是自己养的。征舒听后很恼火,射杀了灵公。对于这段丑闻,《株林》采用设问设答的手法来嘲讽挖苦、明知故问:"我们的国君到树林里干什么去呀?是去找夏南啊!"株林,是夏姬之夫夏御叔的封地;夏南,夏御叔之子,即征舒。《礼记·礼运》篇规定:诸侯非问病、吊丧而入诸臣之家为非礼。陈灵公为什么甘冒非礼之责到夏御叔的封地去呢?当真是去找夏南吗?作者并不作答,点到即收。让读者对统治者的无耻丑态去发挥想象,更显得忧愤深广,显现出江淮地区民歌的风格和个性特征。

为什么产生于安徽两淮或与两淮相近地区的风诗,在《诗经》三百篇中抨击统治者更强烈也更为尖刻?并不是由于这些地区的统治者更为荒淫无耻,而是与这些地区的民风有关。司马迁在《史记·货殖列传》中说到"郢之后都寿春"的"西楚"民风时说:"淮北、沛、陈、汝南、南郡,其俗剽轻易发怒,地薄寡于积聚。"《隋书·地理志》也说："淮南人性并躁动,风气果决","俗尚淳质,好俭约"。由于江淮地区土地贫瘠、生活艰难,再加上长期处于南北战争拉锯交叠之处,所以形成好勇斗狠、刚强率直的性格特征,不畏惧统治者的暴虐,不能容忍蝇营狗苟的丑陋现象,直接加以批判鞭挞,应是这种性格特征在文学中的表现。

由于安徽地处南北交汇、吴头楚尾的文化涡旋之中,受到中原华夏文化与吴楚蛮夷文化冲撞交融。作为淮夷后人的民歌《陈风》中一些篇章,除了体现出《诗经》的共同特征和风格外,也保留了一些不同于中原文化的"蛮风"、"蛮俗",这在《宛丘》《东门之枌》《月出》等篇表现得更为充分。据《汉书·地理志》:陈国"俗好巫鬼,击鼓于宛丘之上,婆娑于枌树之下"。所谓"巫",是一种由女性充当的职业降神者,而且是以歌舞的形式取悦于神。《说文解字》云:"巫,祝也,女能事无形,以舞降神者也。"陈国的巫风既是江淮地区土著淮夷的遗风,也是受蛮夷文化——楚文化影响的结果。另外,以歌舞娱神的巫风也是楚俗,《汉书·地理志》中同样记载楚俗是"信巫鬼,重淫祀",这在《九歌》《离骚》等《楚辞》诗章中有相当的记载。陈国一直处于中原与吴楚的争夺拉锯之中,公元前338年,州来(今安徽凤台)就被楚攻取并长期占领,受楚文化影响自在情理之中。所以每当祭神之际,人们就欢聚在宛丘之上、枌树之下,看巫悦神的歌舞表演:

坎其击鼓,宛丘之下。无冬无夏,直其鹭羽。坎其击缶,宛丘之道。无冬无夏直其鹭翿。(《宛丘》)

东门之枌,宛丘之栩。子仲之子,婆娑其下。谷旦于差,南方之原。不绩其麻,市也婆娑。(《东门之枌》)

这位女人手上拿着鹭鸶的羽毛,在东门外高坡的枌树下,伴着鼓声起舞,而且一年四季皆是如此。她不去劳动"绩麻",而是整天"市也婆娑",这不是位职业悦神者的形象吗?当然,集会之所也是男女欢会之所、传情之处,自古至今皆是如此:"子之汤兮,宛丘之上兮。洵有情兮,而无望兮。"(《宛丘》)也许,这位被男子爱慕的正在枌树下婆娑歌舞的姑娘就是位巫,鹭羽是迎神仪仗中的装饰品,《尚书·禹贡》中淮夷的进贡品中就有"夏翟"(鸐毛),作为旌旗上的装饰品。另外贡品中还有泗水出产的磬(一种击打乐器)石,这也是淮夷善歌舞的一个证明。《陈风》中还有首《东门之池》,但这次不在宛丘下、枌树边,而是在东门外护城河旁。内容也是相恋相爱,只不过与巫无关,而是用对歌来表达和传递爱情:

东门之池,可以沤麻。彼美叔姬,可与晤歌。东门之池,可以沤纻。彼美叔姬,可与晤语。东门之池,可以沤菅。彼美叔姬,可与晤言。

一群青年男女正在东门外的护城河里浸麻、洗麻。一位男子来到心仪的姑娘身边,向她唱歌,倾诉衷肠。对歌,这又是蛮风的表现。直至今天,这种情感表白或试探的方式还保留在西南苗、瑶等少数民族的求婚过程中。从以上可知,《诗经》中江淮地区产生的诗篇,虽然在主要思想倾向和艺术表达手法上体现了中国主流文化——华夏文化的特色,但也存在许多不同于主流文化的"变雅",也保留了一些不同于中原文化传统的"蛮俗"。

淮夷居住在水边。水既是淮夷物质生活的依托,也是其文化审美观念萌生的基础。在考古学上,它属于以水鸟为徽帜的水族文化族团。淮河流域的考古发现中常有一鸟衔一鱼的形象,最能显现这个氏族的文化面貌。生活环境如此,水域中的一些物质形式、自然节律就会慢慢积淀、转化到他们的文化审美观念中去,使他们的文学创作中往往带有水族文化的烙印。如鱼、水鸟等,这种审美标志就成为安徽淮河附近的邶、鄘、卫和陈风中主要的咏歌题材,以陈风(今安徽亳州、临泉、界首、寿县一带)为例,十篇《陈风》中有六篇与水、鱼或鸟有关:《东门之池》和《泽陂》直接咏水,《宛丘》中用"鹭羽""鹭翿"作道具,《东门之枌》是从不同的角度咏歌同样的主题,《衡门》中用鱼、鲂、鲤作主要比喻对象,《防有鹊巢》亦用水草"苕"和水鸟"鹝"作比喻。

从艺术手法上看,《陈风》中的一些篇章也富有南方文学那种独特的美感,如《月出》《东门之杨》等篇:用皎洁的月光和溶溶的夜色,创造出隐约朦胧的背景和环境。然后将美人置于月色之下,让月光与美人交相辉映,使美人的容色和体态之美,融入朦胧的月色之中,使美人增加几分朦胧和神秘的美感。然后再抒发美人的淡淡愁思,或是等待者的焦灼和思念,让情与景交契融合。这种手法,几乎成为后来描绘南方美人或约会的范本,如晚唐韦庄的《忆江南》"垆边人似月,皓腕凝霜雪",直到当代琼瑶的"月朦胧,鸟朦胧"。文学史家郑振铎曾称赞这两首"陈风"说:"《陈风》中的情诗不多,却都是很好的。像《月出》《东门之杨》,其情调幽隽可爱,大似在朦胧昏黄光中,听凡哦铃(小提琴)的独奏,又如在月色皎白的夏夜听长笛的曼奏"(插图本《中国文学史》)。

二、《候人歌》

产生于淮河之滨的《候人歌》仅一句:"候人兮猗。"但在中国诗歌史和音乐史上皆有重要的地位,被称为"南音之始"。关于这首诗的背景,《吕氏春秋》中是这样记载的:"禹行功,见涂山之女。禹未之遇而巡省南土。涂山氏之女乃令其妾候禹于涂山之阳,女乃作歌,歌曰'候人兮猗',实始作为南音"①。文中提到的涂山有两种说法:一种说是在江州(今重庆),依据是《华阳国志·巴志》云:"禹娶于涂山,辛壬癸甲而去,生子启,呱呱啼,不及视,三过其门而不入室,务在救时……今江州涂山是也,帝禹之庙铭存焉。"另一种说法是安徽省怀远县境内的涂山,与出产和氏璧的荆山相对,淮水从两山间穿过。两说相较,后一说的可能性更大一些。据《吴越春秋》记载大禹在疏浚淮渎时,娶了一个"九尾庞庞"的"绥绥白狐"做妻子。《吴越春秋》出自吴越文士之手,因此,具有鲜明的吴越文化的特点,即信巫淫祀,因此书中充满荒诞不经的神话传说。实际上,涂山氏的得名,本之于淮河一带对三涂神的崇拜和祭祀,郦道元的《水经注》在关于涡水的记载中就提到这一点②。因此,涂山氏可能是淮河上游一个以白狐为图腾的氏族。九尾白狐可能就是这个母系氏族的女酋长。"九尾"言其多,或头或肩或腰,披挂着许多狐狸尾巴

---

① 吕不韦:《吕氏春秋·音初》。
② 郦道元:《水经注·洞过水》。

作为服饰,纯白色,很美。治淮是大禹治水的一大艰巨工程,可能是得到涂山氏的帮助和合作,因此结为婚姻,涂山当地的民歌"绥绥白狐,九尾庞庞。我家嘉夷,来宾为王。成家成室,我造彼昌"可以为证①。从《候人歌》的语言来看,"兮"字是楚地民歌的标志,后来的《楚辞》就是如此。至于"猗"字,《山海经·大荒东经》有"大荒之中,有山名猗天苏门,日月所生"句,可见也是东方方言而不是巴蜀方言。神宗熙宁八年(1075),苏辙由商丘去滁州看望苏轼,途经涂山作有《涂山》诗:"婺妇山中不肯留,会朝山下万诸侯。古人辛苦今谁信,只见清淮入海流。"可见这位出生于四川的大学者也认定安徽怀远的涂山是《候人歌》的产生地。

在中国诗歌史上,《候人歌》的产生有着里程碑的意义。《古诗源》《古谣谚》中记录的一些上古歌谣,如《卿云歌》《八佰歌》等多系后人依托之作,可以定为江淮流域原始歌谣者,更是凤毛麟角。《候人歌》则是可以确认的江淮流域原始歌谣。中国最古老的历史文献《尚书》中就有禹"娶涂山氏女"的记载②。在屈原《天问》中再次得到肯定:"禹之力献功,降省下土四方。焉得彼涂山女,而通之于台桑"。《吕氏春秋》将它定为"南音之始",这在刘勰的《文心雕龙》中再次得到确认:"至于涂山歌于候人,始为南音;有娀谣乎飞燕,始为北声;夏甲叹于东阳,东音以发;殷整思于西河,西音以兴;音声推移,亦不一概矣"③。因此,古今学者对这首歌皆给予高度评价:杜文澜将它收入《古谣谚》,闻一多《神话与诗》、郭沫若《屈原研究》、刘大杰《中国文学发展史》等均肯定它在中国诗歌史上的发端开源意义。有的学者甚至认为"它是我们今天所能见到的唯一的可信为夏代诗歌的遗文"④。

从这首歌的内容来说,它是我国最早的一首情诗。歌辞虽短,但感情纯真,自然质朴。与《伊耆氏蜡辞》《南风歌》等带有占卜、祝祷的先秦诗歌相

---

① 赵晔:《吴越春秋·越王无馀外传》。
② 《尚书·益稷》篇。
③ 刘勰:《文心雕龙·乐府》。
④ 聂石樵:《先秦两汉文学史稿》,北京师范大学出版社1994年版,第22页。

比，它抒发的是个人独特的遭遇和情感。《候人歌》是诗歌挣脱宗教束缚，退去巫觋色彩的初步尝试，也是诗歌与音乐、舞蹈相揖别，作为独立语言艺术的前兆。可以说，《候人歌》为南方文化的发展铺下了第一块坚实的基石。

从体裁上看，此诗虽仅四字，却是中国最早的四言诗，尽管结尾的"兮"和"猗"是虚词，但毕竟具备了四言的体制。从最早的上古歌谣《弹歌》的二字句式，到《诗经》完整的四言句式，《候人歌》起着承上启下的过渡作用。另外，"兮""猗"的使用，体现了南方歌谣的抒情性和舒缓悠扬的音韵特征。在《离骚》《九歌》等《楚辞》中，"兮"字的使用成为体裁主要的标志之一。带着鲜明地方色彩的楚辞，源头可追溯于此。可以说，《候人歌》为以抒情为主的南方诗歌特征的形成奠定了基础，也开抒情诗传统之先河。

"候人"乃周代管理道路和迎接宾客的地位很低的小官。《候人歌》乃候人出门公务时，他的爱人对他的呼唤：你早点回来呀，不要饿着了，不要累着了，表现了对候人的亲情关切。从表现手法上看，"兮""猗"这两个助词附于表意实词"候人"之后，拖长了尾音，形成虚实结合、抑扬顿挫的结构方式，取得了独特的抒情效果，使歌者借助起伏跌宕、高低变化、长短交错的节奏和韵律，充分宣泄候人心中的缠绵意绪和焦灼之情，大大增强了诗歌的艺术表现力，也增强了歌谣的节奏感和韵律感。

《候人歌》在中国音乐史上也有独特的价值。我们知道，在上古歌谣中，作为文学的"诗"与作为音乐的"歌"是个相互依存的共生体，直到《诗经》的时代仍是如此。早期诗歌和音乐的基本形式是对于几个词语的反复吟咏。在词语重复的过程中，由语调所衍生的乐曲也一同回环往复，音乐存在于词语之中，节奏就是词语音节本身，这些音节的延长和重复就形成朴素的旋律。反之，诗歌语言生来就处于音乐形式之中，其每一个音节都有赖于音乐化组合与连接。因而，在诗歌语言中，句读产生于音乐节奏，音乐和诗歌的共在也自觉强调了诗歌语言的声之曲折，诗歌和音乐实为一体。《吕氏春秋》将《燕燕歌》和《候人歌》分别作为"北音之始"和"南音之始"，就是因为它们具备了上述特征：前者在两两句读组合中有一叠词"燕燕"，使得语音体现出明显的节奏,这成为《诗经》的语言和音乐的基本结构方式;后者四字之内有两个语气助词"兮"和"猗",从而初步形成语音曲线,是为旋律的萌芽。这也成为《楚辞》抒情的主要范式,所以分别被称为"北音之始"和"南音之始"。

第二节 老子

一、老子及《道德经》

老子(前580? —前500?),春秋时期的哲学家,道家学派的创始人。传说老子姓李名耳,一说姓老名聃,世称老聃或老子,也有的学者认为他就是老莱子或太史儋。楚国苦县(今安徽涡阳,一说今河南鹿邑)历乡曲仁里人。据《史记》等史料记载,他曾做过周朝的守藏史(管理藏书的史官),后见周室衰微,出函谷关,不知所终。著有《道德经》五千言。

《道德经》传说是老子出关时,关尹喜将其留下所著。多数学者认为先秦典籍很少有个人执笔撰写,多由该学派的后学记录并加工补充,《道德经》的成书过程亦应如此。今本《道德经》共81章,分为《道经》和《德经》两部分。前者为宇宙论、本体论,后者论人生和政治。1973年在湖南马王堆出土的帛书《老子》,不分章,可能是《老子》的原始面貌。《道德经》比起《论语》,思想更成体系,文风更加统一,其文体又有同《孙子兵法》相似之处,因此多数学者认为其成书时间当在《论语》之后的战国时期,与《孙子兵法》成书时间相近。

《道德经》中的"道"是老子思想的核心。老子认为"道"是宇宙的本源,万物之母,它"先天地生","独立而不改,周行而不殆。可以为天下母"(二十五章);一切皆由"道"而生:"道生一,一生二,二生三,三生万物"(四十二章)。"道"具有"有"和"无"两种性质:它"无名""无形",这是"无";它又是构成一切有形有象东西的基础,这是"有"(四十章)。

《道德经》具有朴素的辩证法思想,老子认为天地万物之间存在着互相矛盾的两个对立面,例如有无、刚柔、强弱、祸福、兴废等,它们皆是互相依存、互相联系的:"有无相生,难易相成,长短相较高下相倾,音声相和,前后相随"(二章)。而且,这种对立不是一成不变的,它们都会朝自己相反的方向转化:"正复为奇,善复为妖","祸兮福之所倚,福兮祸之所伏"(五十八章)。在认识论上,主张"静观""玄览"。老子认为,仅靠耳目的感觉经验,并不能认识事物的本质,只有通过深远的理性思维,即"静观""玄览",才能使认识深化。老子以此为出发点,排斥人的感觉经验:"不出户,知天下;不窥牖,见天道;其出弥远,其知弥少。是以圣人不行而知,不见而名,不为而成"(四十七章)。在社会历史观上主张"鸡犬之声相闻,民至老死不相往来"的"小国寡民"思想,主张复古,向往结绳而治的原始社会,认为在这样的社会里,人民才会"甘其食,美其服,安其居,乐其俗"(八十章)。

二、《道德经》的美学思想

老子的美学观,与他哲学思想中的"道"和政治观中的"无为"有着直接的联系。在老子看来,真正的美不在声色、富贵等外在的东西,"服文采,带利剑"(五十三章)同一切"有为"的东西一样,只能对人有害:"五色令人目盲,五音令人耳聋,五味令人口爽,驰骋田猎令人发狂。难得之货,令人妨碍"(十二章)。真正的美在于自然的本身,是要通过"见素抱朴,少私寡欲"才能体悟的。老子的美学思想有以下主要价值:

第一,它确立了以人为主的中国美学观念。老子提出"道大,天大,地大,人亦大。域中有四大,而人居其一焉"(二十五章),这种人居四大之一、人在宇宙万物中占有崇高地位的思想,对中国美学观的确立产生重大影响。

第二,在美学形态上,老子提倡阴柔之美,反对坚强这类阳刚之美:"人之生也柔弱,其死也坚强;草木之生也柔脆,其死也枯槁。故坚强者死之徒,柔弱者生之徒。是以兵强则灭,木强则折,强大处下,柔弱处上"(七十六章)。围绕这一"弱"字,老子学说则不断展示了阴柔美的种种优长,例如对"水"的称誉,称颂女性以及婴儿,将其视为阴柔的最高境界。从此出发,老子特别钟情于清虚、宁静等阴柔美所特有的品质:"静胜躁,寒胜热。清静为天下正";"有起于虚,动起于静。故万物并动作,卒复归于虚静,是物之极笃";"牝常以静胜牡"等。

第三,在审美体验上,老子指出必须超越对审美对象的简单感知,超越尘世生活,摆脱心智欲求的羁绊,"绝圣弃智""绝巧弃利",做到"见素抱朴,少私寡欲",复归自我的自然本心本性。这样才能发挥主体自身的最大创造力,进入与宇宙生命息息相通,主客、物我交融而协调的最高宇宙之境。从"无"中体会真美、大美。另外,老子在审美体验上强调"大音希声,大象无形",认为最完美的音乐是从没有声音的地方听到的,最美的形象是从没有形象处显现出来的,这也开创了中国古代美学追求"自然""真美""意在言外""无声之美"等审美理论的先河。

三、《道德经》的文学价值和对中国文艺思想的影响

《道德经》是一部哲学著作,但也有独特的艺术魅力和文学价值:

第一,它是一部哲学论著,使用的却是诗性思维,它以诗的笔触、情致写文,使文章富有诗的节奏和韵味。"道"是《道德经》也是老子思想的核心,但《道德经》中始终没有对"道"作一个准确的界定和逻辑判断,始终是一种不同侧面的诗性描述:"道生一,一生二,二生三,三生万物"(四十二章);句式以三言、五言为主,短促错落,富有诗的节奏感:"天得一以清,地得一以宁,神得一以灵,谷得一以盈,万物得一以生,侯王得一以为天下贞"(三十九章),皆是整齐的排比句,前五句皆用五言,句式整饬,最后一句改用九言,形成巨大的起伏跌宕,而且句句用韵,韵律优美,完全是诗的语言。与一般的哲学论文不同,它在运用逻辑推理的同时,更多地投入情感的抒发,如:"民不畏死,奈何以死惧之?若使民常畏死,而为奇者吾执得而杀之,孰敢?"(七十四章)两个反问,充分流露出作者挑战统治者的勇气和对百姓牺牲精神的敬佩。又如:"天地不仁,以万物为刍狗;圣人不仁,以百姓为刍狗",尽情倾吐作者对现实社会的悲愤。在《道德经》中甚至还有类似诗人的情感独白:"众人熙熙,如享太牢,如登春台,我独泊兮,其未兆;如婴儿之未孩;儽儽兮,若无所归。众人皆有余,而我独若遗。我愚人之心也哉!沌沌兮,俗人昭昭,我独昏

昏;俗人察察,我独闷闷。澹兮其若海,飂兮若无止。众人皆有以,而我独顽似鄙! 我独异于人,而贵食母"(二十章)。通章是作者的内心独白,倾吐着自己不同凡俗的个性和无法与俗人沟通的强烈孤独感。气氛迷惘恍惚,宛如屈原的《涉江》和《渔父》,其句式结构也与《楚辞》和骚体赋相近。

第二,《道德经》采用大量文学修辞手法,以增强文章的感染力和形象性。如在论述柔弱与坚强、天道与人道的关系时,皆以自然现象作类比:"人之生也柔弱,其死也坚强;草木之生也柔脆,其死也枯槁。故坚强者死之徒,柔弱者生之徒。"(七十六章)"飘风不终朝,骤雨不终日,孰为此者? 天地! 天地尚不能久,而况于人乎?"(二十三章)这些自然现象是人人熟知的,也是常常见到的,用此来类比抽象的"柔弱""人道"这些"道之用",更容易使人明白,也更容易使人信服。文章中这类比喻相当之多,如将"上善"比作"水",将大自然的微妙变化比作"玄牝",还将大自然比作风箱、母亲,将最高道德境界比作婴儿等。《道德经》中多处运用文学作品中常用的顶真法,如:"同谓之玄。玄之又玄,众妙之门"(一章),"谷神不死,是谓玄牝。玄牝之门,是谓天地根"(六章)。又多处运用排比和对偶,如:"有无相生,难易相成,长短相较高下相倾,音声相和,前后相随"(二章);"虚其心,实其腹,弱其志,强其骨"(三章)。有时还将顶真、对偶、排比、复沓等多种修辞手法结合起来,形成一种既形象生动又富有气势,连绵不断、反复咏叹的章法结构,使抽象的理论富有情致和诗意,如:"知其雄,守其雌,为天下溪。为天下溪,常德不离,复归于婴儿;知其白,守其黑,为天下式。为天下式,常德不忒,复归于无极;知其荣,守其辱,为天下谷。为天下谷,常德乃足,复归于朴。"(二十八章)明人钱福即已指出:"此章变文叶韵,反复吟咏,亦与《诗》体相关。"(《历子品粹》卷一)

第三,《道德经》对论说的逻辑性也颇有讲求,往往是层层推进,显得结构严谨、条理分明。如为了论说统治者应处下退让,无为而治,先从江海善下的自然现象说起:"江海所以能为百谷王者,以其善下之,故能为百谷王。"然后由自然推导人事,引出统治者对民必须"下之""后之"的原则:"是以圣人处上而民不重,处前而民不害,是以天下乐推而不厌。"最后再推导出"以其

不争,故天下莫能与之争"的结论。明人钱福评论说:"用三个'是以',层层起伏,变化不可捉摸。"(《历子品粹》卷一)

第四,《道德经》的语言直白简约又寄寓幽深,常常简短几笔就能点出深意,传达出精深的哲学思辨。如在阐释"虚静"之妙时,他把虚空比作风箱(橐籥),越空虚就越有力,越推拉就越能鼓荡出风。人的见闻越广就越困穷,不如像风箱一样退守自己内心的虚静:"天地之间,其犹橐籥乎?虚而不屈,动而愈出,多言数穷,不如守中"(五章)。这种既简洁又形象的比喻,把原来玄妙深奥的哲理,阐释得通俗又准确,在高度概括中体现出说服力。又如:"飘风不终朝,骤雨不终日,孰为此者?天地!天地尚不能久,而况于人乎?"(二十三章)以暴风骤雨的短暂来说明暴政难以持久,天地尚如此,何况人事?文字看似平淡,但寄寓极深、分量极重。再如对"水"的参悟:"天下柔弱莫过于水,而攻坚;强莫之能先,其无以易之。"其中渗透的精神意趣有着极深的哲理参悟,需要反复咀嚼才能领会。

《道德经》对中国文艺思想和中国古典文论建设有着巨大的影响:

首先,指出了艺术创造的规律:"无为而无不为。"老子认为"道"的本质是"无为而无不为"。"无为"法则就是要求主体必须顺应自然规律,按照自然而然的本真状态行事,"辅万物之自然而不敢为"(六十四章)。这种法则同样适用于艺术创造:真正优秀的作品虽是艺术家独具匠心的创造,却能处处显得天衣无缝,浑然一体,毫无斧凿之痕。作品既合规律,又合目的,无任何违背规律的人为之处。因而,老子"无为而无不为"的思想从哲学角度揭示了艺术创作的基本原理和规律,并受到古代许多理论家、艺术家的高度重视,如刘勰强调"自然之道","夫岂外饰,盖自然耳"。李白要求诗歌"清水出芙蓉,天然去雕饰"。司空图提出"妙造自然","倘然适意,岂必有为"。苏轼提倡创作应"常行于所当行,常止于所不可不止"。王国维《人间词话》指出,诗人"以自然之眼观物,以自然之舌言情",作品才真切感人。在中国古人看来,艺术家创造精彩作品的关键,在于无为而作,就是要求作家任其自然,顺应规律,反对违背规律而强作硬为。艺术创作的"无为"法则实际体现了创作过程中作家的主观努力必须顺应艺术规律的诗学原理,体现了艺术创造乃是自由与必然高度统一的美学规律。

其次,揭示了艺术创作的方法应是有无、虚实的统一。老子认为"道"的一个重要特征在于它是"有无、虚实"的统一。而且有无、虚实诸因素之间又存在着一种相互依存、相互利用的辩证机制。"天下万物生于'有','有'生于'无'"(四十章),"有无相生,难易相成"(二章)。这种思想完全适用于艺术,并揭示了艺术创作的基本方法,即"虚(无)实(有)结合"。宋范晞文《对床夜语》就指出"不以虚为虚,而以实为虚,化景物为情思"。邹一桂《小山画谱》"虚而不可以形求也,不知实者逼肖而虚者自出"。至于化虚为实,清范玑《过云庐画论》云:"画有虚实处,虚处明,实处无不明矣……必虚处明,实处始明。"这些都是在艺术创造实践中总结出的带有普适性的方法。古代绘画中的重意写神以及"飞白"的处理方法、古典戏剧中人物的象征性虚拟动作、书法创作中的疏密布置、园林设计中的"借景"等,都是"虚实结合"的艺术方法造就的美学效果。而这一艺术方法的哲学基础和最初源头,是老子的"有无"统一论。

再次,作品审美体验方式:"味无味。"《老子》第三十五章云:"道之出口,淡乎其无味,视之不足见,听之不足闻,用之不足既。"六十三章又云:"为无为,事无事,味无味。""味无味"作为老子哲学体验"道"的途径,被后世引用于美学、文艺学领域,便成为主体把握对象的创作体验方式。如"澄怀味象","熟读玩味,自见其趣"等即是。陆时雍《诗境总论》评杜甫诗云:"少陵七言律,蕴藉最深。有余地,有余情。情中有景,景外含情。一咏三叹,味之不尽。"沈涛《瓠庐诗话》评黄庭坚诗云:"豫章诗如食橄榄,始若苦涩,咀嚼既久,味满中边。"这些评论和阐释无非道出只有通过"味无味"的体验方式,即通过持久地感受深思、琢磨揣度、品味默会,才能真正理解把握作品内在丰厚深隽的意趣情韵。

老子思想在西方也有相当多的仰慕者和追随者,在世界思想史上享有极为重要的地位。1918年以后,作为第一次世界大战的战败国的德国强烈地感到需要检讨自己的文化传统,以修正其发展的方向。于是,对返璞归真的憧憬,对人与自然和谐的追求就成为这一时期的思想主流。具有思辨传统的德国知识分子,在从自身的文化传统及民族特性中寻找悲剧根源的同时,也试图从人类文明本身找到消弭人类思想的灾难之钥。正是在这种思潮的影响下,中国传统文化尤其是主张清静无为的老庄哲学引起了德国学者的极大兴趣,从而掀起一股"老庄热"。德国著名汉学家卫礼贤(Richard Wilhelm, 1873—1930)一人就翻译了《道德经》《庄子》《太乙金华宗旨》《易经》《冲虚真经》等近十种道家著作。表现主义代表作家德布林(Alfred Döblin, 1878—1957)选择老子家的"无为"作为武器,通过返回自然、追求无为来批判当时西方的贪婪和战乱。德布林的这一主张,集中体现在他创作的中国题材小说 Die drei Sprünge des Wang–lun(《王伦三跳》)中。另一位表现主义代表作家克拉彭特(Alfred Henschke-Klabund, 1890—1928)的诗歌 Schuster(《三声》)同样是借"无为"来批判"有为"的第一次世界大战。第二次世界大战中,诺贝尔文学奖获得者德国流亡作家 Hermann Hesse(黑塞,1877—1962)也崇尚老庄,在他的成名作《彼得·卡门青》以及代表作《荒原狼》的哲学基础,就是《道德经》中万物始于"一"的学说。西方著名的戏剧改革家贝托尔特·布莱希特也是老庄哲学的信奉者,他在 1939 年写的长诗 Legende von der Entstehung des Buches Taoteking auf dem Weg des Laotse in die Emigration(《老子西出关著〈道德经〉的传说》)就是极力表现一位道冲渊静的哲人形象。法国戏剧家阿尔托(Antonin Artaud, 1896—1948)在 1938 年出版的戏剧论文集《戏剧及其两重性》深受《道德经》"虚实相生"的启发,从而提出"从无走向形,又从形返回无"反西方传统的戏剧构想①。

---

① 童道明:《〈丝绸之路〉与〈道德经〉》,《文艺报》,1987 年 4 月 18 日。

第三节 管子

一、管子的生平、思想主张及人格特质

管子(约前723—645)①,名夷吾,字仲,或曰字敬仲,颍人,姬姓之后。因其先祖周文王第三子管叔鲜受封于管,遂以国为氏,有的学者推崇他为我国春秋时期著名的政治家、军事家、经济思想家。管仲少时穷苦潦倒,曾经做过商贾,并自称曾为人养过马,还被编入军旅。在经商中结识鲍叔牙,互为知己,"管鲍之交"被后人称为友谊的典范。齐襄公时,管仲为公子纠之傅,鲍叔牙则为公子纠之弟公子小白之傅。襄公乱政被杀,公子纠与公子小白争位,在交战中,管仲差点射死公子小白。公子纠失败后,管仲被囚。鲍叔牙力劝桓公(公子小白)赦免管仲并取代自己作为齐相。管仲在齐国宰相任上,内安百姓,外攘四夷,勋加于王室,泽布于诸侯,佐齐桓公"九合诸侯,一匡天下"(《论语·宪问》),以其卓越的政治才干,振兴齐国,巩固了周天子一朝独尊的局面,其地位在中华文明史上举足轻重。孔子认为,如果没有管仲,华夏就要沦为外族的奴隶:"微管仲,吾其披发左衽矣。"(《论语·宪问》)梁启超甚至认为"管子者,中国之最大政治家"(《管子评传》)。

管仲的思想主张和人格特质主要体现在《管子》中。《管子》是我国古代重要典籍,由西汉刘向编定,共86篇。和其他先秦古籍一样,《管子》有部分内容在流传过程中亡佚,约11篇②。其作者一般认为是推崇管仲的齐国稷下学宫的学者,是一部多人撰写的作品汇集,但其中也有以管仲署名的作品,还

---

① 学者龚武推算其生年为公元前723年6月27日,见《论管仲出生于公元前723年》,《管子学刊》,2007年1期。

② 流传至今的《管子》不是全本,其中有10篇有目无文,即《王言》《谋失》《正言》《言昭》《修身》《问霸》《牧民解》《问乘马》《轻重丙》和《轻重庚》。另外,《封禅》篇已亡佚,现在的《封禅》篇是取《史记·封禅书》中管仲的言论补上的。这样,《管子》实际亡佚11篇。

有秦汉时期的作品掺入①。这部古籍,虽不是管子一人一时之作,却是一部传述管仲、研究管仲思想的重要文献。其中涉及最为后人称道的管理思想,顺民、富民的治国方略,如何选任、考核官吏,"重法""任法"的法制思想,重"礼"的伦理思想,"尊王攘夷"的外交方略等诸多领域,可谓先秦时代的一部百科全书,在古代诸子百家中占有重要地位。

二、《管子》的文学成就

现存的《管子》八十六篇大部分是论说文,另有一部分是记录管仲言行事迹的记叙文,但无论哪一类都带有相当的文学成分:

1.《管子》中一些记录人物言行的篇章已具备了传记文学的某些特征,如《三匡》《霸形》《戒》《小称》《小问》等篇,皆因人成篇,故事完整,情节生动,富有寓意;人物形象鲜明生动,个性突出;在表现手法上采用细节描写,侧面渲染、烘托相结合;记叙有详有略,跌宕起伏;表现人物性格、情态生动传神,从而使这批文章不仅具有较高的史料价值,而且具有较高的传记文学价值。如《小匡》记叙桓公自莒返齐登位后,鲍叔牙推荐管仲为相,鲍叔牙从鲁接回管仲,管仲助桓公"九合诸侯、一匡天下"的霸业的经过。其中还倒叙了管仲从鲁归来时,齐桓公郊迎和问政等情节,较为全面地记叙了管仲相齐的主要业绩,从而反映了被记叙人物一生的主要事迹,突显了这个历史人物主要的性格特征,对后来的《史记·管晏列传》和《齐太公世家》的创作产生一定的影响。作者为了叙述的生动,还穿插了一些小故事。这些故事形象生动、情节完整,不但有助于塑造人物形象、刻画人物性格,而且有较深的寓意。如《中匡》"公与仲父饮"一段:

> 公与管仲父而将饮之,掘新井而柴焉,十日斋戒,召管仲。管仲至,公执爵,夫人执尊,觞三行,管仲趋出。公怒曰:"寡人斋戒十日而饮仲父,寡人自以为修矣。仲父不告寡人而出,其故何也?"鲍叔、隰朋趋而

---

① 如《轻重》诸篇即为汉代作品。

出,及管仲于途曰:"公怒。"管仲反,入,倍屏而立,公不与言;少进中庭,公不与言;少进傅堂,公曰:"寡人斋戒十日而饮仲父,自以为脱于罪矣。仲父不告寡人而出,未知其故也。"对曰:"臣闻之,沉于乐者洽于忧,厚于味者薄于行,慢于朝者缓于政,害于国家者危于社稷,臣是以敢出也。"公遽下堂曰:"寡人非敢自为修也。仲父年长,虽寡人亦衰矣,吾愿一朝安仲父也。"对曰:"臣闻壮者无怠,老者无偷,顺天之道,必以善终者也。三王失之也,非一朝之萃。君奈何其偷乎?"管仲走出,君以宾客之礼再拜送之。

桓公为和管仲饮酒,竟然斋戒十日。"管仲至,公执爵,夫人执尊",可见桓公对管仲是如何敬重、何等虔诚。可是觞三行之后,管仲竟然不辞而出。于是"公怒"。一个"怒"字,写出了桓公当时复杂的心理活动。管仲被鲍叔、隰朋召回后,则一反刚才的无礼,显得小心翼翼、谦逊卑恭:"倍屏而立","少进中庭","少进傅堂"。其中两个"公不与言",又恰到好处地表现了桓公当时盛怒的情景以及余怒未消的情状。这个小故事,不仅形象逼真地刻画出了当时人物复杂的心理活动,使人有身临其境之感,而且成功地刻画出一位刚柔相济,善于谋划,灵活进谏,以达到自己的政治目的的政治家形象。因为管仲深知桓公"惕而有大虑",又具备纳谏的政治家胸怀,精心设计了这个前倨后恭的饮酒过程,然后敞开胸怀,直言以谏。在桓公争霸的过程中,桓公唯管仲之言是遵,与管仲这种刚柔相济的灵活性分不开。它也告诉我们桓公之所以能成就霸业,与桓公从善如流、善于纳谏,君臣亲密无间、彼此信任关系极大。作者叙事简洁,用字准确精练,人物性格与动作刻画入微,颇富戏剧色彩。在这方面,即使比之《庄子》和《孟子》也毫不逊色。

《霸形》有一段"宋伐杞桓公不救"的故事也很生动,对人物性格、行为、语言、心理的描写也很逼真形象:宋伐杞,狄伐邢、卫,齐桓公不但不救,反而称病听乐。大臣纷纷进谏要求援助杞和邢、卫,唯有管仲"请以庆",并令人"县钟磬之榱,陈歌舞竽瑟之乐,日杀数十牛者数旬",让桓公加倍享受。因为管仲深知:桓公无论是"裸体纫胸"装病也好,还是以"陈歌舞竽瑟之乐"

也好,不愿发兵救杞与邢、卫的真正目的在于坐山观虎斗,以坐收渔利。管仲对此真正动机了然于胸,两人心照不宣。等到宋、狄已去杞与邢、卫,桓公的"病"便好了,竟然乐不可支地敲响了大钟。这一则小故事不仅淋漓尽致地表现了桓、管君臣之间的配合默契、心照不宣、彼此了解,而且形象生动地刻画了作为一个大政治家、春秋霸主的齐桓公的政治手腕。

以上两例在表现手法上较多地运用了对比、衬托、渲染等手法,在注重用历史人物自身的言行来揭示人物的历史业绩及精神风貌的同时,也注意通过人物个性、气质与胆识之间的对比,以及通过他人的评论侧面烘托主要人物的性格,在某些关键地方还运用了若干细节描写。在材料的选择上,注意选取那些最能表现人物性格的事迹,并注意运用个性化的语言。记叙有详有略、跌宕起伏,表现人物性格、情态生动传神,从而具备了传记文学的某些特征。

2.《管子》中有些篇章主要记录管子及桓公的思想主张,如《轻重甲》《轻重乙》《轻重丁》《轻重戊》等篇。这类文章不仅具有较高的思想价值和政治经济价值,而且也有很高的文学价值,正如谭家健所言:"这类题材不但先秦时期不多见,后世也弥可珍贵,因此在经济思想和文学史上都是不容忽视的。"①

这类文章的文学价值首先表现在它多是文学想象和夸张的产物,而非真实的历史纪录。我们知道历史与文学的根本区别之一就是历史记载必须是真实的,一个优秀的历史学家首先必须"不虚美、不隐恶","其文直,其事核"。一个出色的文学家则首先必须具备丰富的想象力,《管子》中有的篇章正富有这种特征,以《轻重戊》篇中描述的齐国征服鲁、楚两国为例:首先,在齐国与鲁、楚的外交史上,齐鲁之间共有十四次大的外交事件,齐楚之间则有

---

① 谭家健:《先秦散文艺术新探》,首都师范大学出版社1995年版,第81、85、84、85页。

两次大的外交事件,但均没有齐国征服鲁、楚的历史记录①,《管子》中两则靠经济手段征服两国的记事并没有明确的时间记载,因此文学的想象大于历史的真实。其次,《轻重戊》中描述的齐国对鲁、楚两国的征服,所采用的手段都出于一种模式,即诱使他们放弃农业,从事其他如纺织、捕猎等行业,使其形成单一经济模式,以致国力空虚,齐国趁机以廉价粮食为诱饵,一举征服。春秋初期,社会已动荡不安,用同一种经济手段如此轻松地征服他国,只能是一种大胆设想。也就是说,它的价值主要是在文学方面。

其次,这类文章的文学价值还表现在一些具体情节的想象上,这些想象出来的情节生动、形象,而且采用衬托、渲染、夸张等文学手段,极富浪漫色彩,这是先秦寓言故事的另一种形态,《轻重戊》中"三年而楚服""四郊之民贫""民饥而无食"就是这样一些寓言故事。"三年而楚服"中桓公询问管仲怎样征服楚国,管仲建议用经济上的竞争来代替军事上的竞争。具体的办法就是高价购买楚国之鹿,楚国之民于是弃农而猎鹿,从而导致农业荒芜。齐国在此时突然封闭关卡,囤积粮食不卖给楚国,造成楚国粮食短缺。于是因饥饿投降齐国的楚国人占到十分之四,三年后楚国归顺齐国。有的学者指出,这是用"空想出来的经济政策去灭亡邻国",并无多少应用价值,只能是个富有浪漫色彩的寓言故事②。"民饥而无食"说的是齐国老百姓无衣无食,墙倒屋坏,桓公为此十分忧虑,管子告诉他,将大树的树枝砍掉就可以了。结果老百姓的生活果然得到改善,"室屋漏者得居,墙垣坏者得筑"。桓公问其原因。管仲回答说,以前,因为树枝枝叶茂盛便于乘凉,一棵棵大树底下常停放着上百的车辆。鸟儿在树上栖息,青壮年在树下拿弹弓弹鸟。父老们在树下扳着树枝清谈,整日不归。赶集的人困懒思睡,也乐而忘返。自从将树枝剪掉后,中午就没有尺寸的树荫。这样,往返的行人无处休息,就会抢时间,

---

① 王阁森,唐致卿:《齐国史》,山东人民出版社 1992 年版,第 614—617 页。
② 耿振东:《管子经济类记事的文学透视》,《山东教育学院学报》,2006 年 2 期。

快步行走,父老回家劳动,青壮年归于勤奋生产,人们生活贫困的情况也就改变了。砍砍树枝就会产生如此巨大的变化,也只能看作是浪漫的寓言故事。

3.《管子》中的论说文有着完整的结构模式,可看作是先秦诸子散文的一种较为完备的论证模式,可与后来的《孟子》《韩非子》散文相媲美。《管子》中的论说文可分为五部分:A.桓公提出问题;B.管仲提供解决方案;C.方案实施达到了预期目的;D.桓公追问成功的原因;E.管仲作出解释。其中B管仲提供解决方案和E管仲作出解释部分是互补的,若B简略,则E详细,这时五部分倾向于齐全,即形成ABCDE式。若B管仲提供解决方案详细,则D桓公追问成功的原因和E管仲作出解释则略去,这时就出现了ABC式。有时,这种ABC式中,C部特别详细,则B部简略。因为在C的记叙中实际上已解释了B;有时用一叙述性语句引出A和B,使《管子》的论说文呈现丰富多样的表达形式。

三、管子的历史地位及对后人的影响

首先,管子对孔子的儒家仁政和礼乐思想形成有一定的影响。孔子对管子十分敬佩,对管仲在中华文明史上的贡献给予高度评价,曾感慨地说:"管仲相桓公,霸诸侯,一匡天下,民至于今受其赐。微管仲,吾其被发左衽矣。"(《论语·宪问》)当他的学生子贡指责管仲不为公子纠殉节,反效力于政敌公子小白,不合乎"仁"时,孔子为之辩解说:"桓公九合诸侯,不以兵车,管仲之力也。如其仁,如其仁。"管子的生卒年是公元前723—公元前645年,孔子是公元前551—公元前479,早于孔子一百多年。两人生活的地域又非常接近,孔子在仁政和礼乐思想方面受其影响是有可能的。例如,两人都非常注重惠民爱民,都注重"礼"和"正名";都非常看重君臣、父子的等级秩序;都主张为政者要以身作则。但是,也必须看到,《管子》并非儒家学说,孔子对管子也是矛盾的:一方面肯定其"仁",尊王而攘夷;另一方面又指责管子非礼,不俭:"管氏有三归,官事不摄,焉得俭乎"(《论语·八佾》)。市租是

应上缴归公的,桓公赏赐给管仲,管仲居然接受了,在孔子看来这是贪婪。按周礼,只有国君的宫殿才能有照壁,才能在堂上设置献酢后放酒杯的台子,而管仲都僭越设置了:"邦君树塞门,管氏亦树塞门;邦君为两君之好有反坫,管氏也有反坫"。所以孔子气愤地说:"管氏而知礼,孰不知礼?"

《管子》对司马迁的思想行为和《史记》的写作也有一定的影响。同孔子一样,司马迁也十分称颂管子,他在《史记》中为管仲立传,在传中称颂管子"任政于齐。齐桓公以霸,九合诸侯,一匡天下,管仲之谋也","管仲既任政相齐,以区区之齐在海滨,通货积财,富国强兵,与俗同好恶","管仲卒,齐国遵其教,常强于诸侯"。《管子》对司马迁的思想行为和《史记》写作的影响具体表现在以下三个方面:

首先,管仲为举大事而不拘小节,与鲍叔牙经商时因家贫而多取金;不为公子纠殉节,反效力于政敌公子小白,这对身遭宫刑为了完成《史记》而忍辱负重的司马迁来说,精神上有着巨大的激励作用,司马迁在《鲁仲连邹阳列传》中借鲁仲连之口评价管仲说:"规小节者不能成荣名,恶小耻者不能立大功。……向使管子幽囚而不出,身死而不反于齐,则亦名不免为辱人贱行矣。臧获且羞与之同名矣,况世俗乎!故管子不耻身在缧绁之中而耻天下之不治,不耻不死公子纠而耻威之不信于诸侯,故兼三行之过而为五霸首,名高天下而光烛邻国。……是以业与三王争流,而名与天壤相獘也。"司马迁在评价孔子时也没有将其与天、地、三王(尧、舜、禹)相提并论,可见他对管仲的敬仰。

其次,《史记》在思想倾向上也受《管子》的影响。《管子》鼓励平民百姓通过正当途径获取财富,以富为荣、以利为重。司马迁在《史记》中专列《货殖列传》。《货殖列传》开篇就反对老子提出的小国寡民思想,指出农、工、商、虞四民的重要性,赞同管仲"仓廪实而知礼节,衣食足则知荣辱"的说法,并称赞管仲的治国之功,甚至说"天下熙熙,皆为利来;天下攘攘,皆为利往",这完全不同于"君子喻于义,小人喻于利(《论语·里仁》)"的儒家学说。

再次,《管子》的相关情节和记述方式也直接为《史记》所采用,如《管子·小匡》记叙桓公自莒返齐登位后,鲍叔牙推荐管仲为相,鲍叔牙从鲁接回管仲,管仲助桓公"九合诸侯、一匡天下"成就霸业的经过,具体详尽又条理清楚。文章还倒叙了管仲从鲁归来时,齐桓公郊迎和问政等情节,较为全面地记叙了管仲相齐的主要业绩,从而完整反映了管仲一生的主要事迹及其主要性格特征,皆被《史记·管晏列传》和《齐太公世家》所采用。

苏轼对管子也很称颂,他在《管仲论》中指出:"及至管仲相桓公,南伐楚,北伐孤竹,九令诸侯,威震天下。"他对《管子》尤其是对管子的兵法"管子法"有着较为深入的研究。他指出,"管子法"的特点是简而直,其优长是便于作战,从而起到必胜的作用:"若夫管仲之制兵,可谓截然而易晓也"。管子法"近于简而直者,以之决战,则庶乎其不可败,而有所必胜矣"(《管仲论》)。世人论管鲍相交,多称鲍叔牙贤:分金时考虑管仲家贫任管多取,自己在桓公面前坚辞相位而推荐管仲。宋代学者黄震对管仲则有独到的看法,他说:"君子固穷,穷视其所不为,贫视其所不取,何至蒙不贤不智之迹耳",他称赞管仲"其令论卑而易行,其政善因祸而得福"(《黄氏目钞》卷四六《史记》)。

2006年5月5日,管仲的故乡安徽颍上县举办了首届管子文化节暨管子文化研讨会。来自中国社会科学院、军事科学院、山东理工大学、安徽大学、阜阳师范学院等单位的40多位专家学者参加了"管子文化研讨会",并作了专题发言。大家一致认为,管子思想博大精深,对当今社会经济建设、政治建设和道德建设有很强的指导意义。这也算是安徽人民对管子的怀念和高度评价吧。

第四节 庄子

一、庄子及其思想主张

庄子(约前369—前286),战国时期的思想家,与老子同为道家学派的创始人,名周,字子休。宋国蒙(今安徽蒙城)人,楚庄王的后裔。据《史记》记载,他曾在家乡做过管理漆园的小吏,不久便归隐。庄子的一生充满传奇性:他宁愿向监河侯借粟而遭拒,却回绝楚威王的厚币礼聘担任楚相,他对使臣说:千金、相位确实利重位尊,但好比是祭祀用的牛,喂养多年,给它披上绣花衣服,送到太庙去作祭品。我不愿如此,宁愿像条鱼,在污泥水中自得其乐;他穿着补丁衣服和破鞋去拜访魏王,魏王问他何以如此潦倒,庄子回答说:我是穷,不是潦倒,是所谓生不逢时,因为"今处昏上乱相之间";他与惠施经常来往,两人的争论,也成为中国哲学史上的佳话。唐玄宗于天宝元年(742)曾诏封庄子为南华真人。

《庄子》乃庄子及其后学所著,为战国至汉初道家庄子学派著作总集。《汉书·艺文志》著录52篇,晋人司马彪注本亦为52篇。今本为西晋郭象所编,为33篇,分为内篇、外篇和杂篇三部分。一般认为,内篇为庄子所著,外篇和杂篇为门人、后学所为。《庄子》亦为道教经典之一,称为《南华真经》。

在哲学思想方面,《庄子》继承和发展了老子关于天道"自然无为"观,同时吸收了杨朱"全性保真,不以物累形",田骈"贵齐""因性任物"思想,认为"道"是超越时空的无限本体,它超乎宇宙之上,产生天地万物,无所不包,无所不在,表现在一切事物之中。庄子还把老子的朴素辩证法加以绝对化,发展成为相对主义,即"万物齐一"。所谓大小、贵贱、美丑、善恶,这些差异只是人们心中的成见,在"道"面前,根本没有差别:"物固有所然,物固有所可。无物不然,无物不可"(《齐物论》),而且一切相反的概念都可以互换:"天下莫大于秋毫之末,而泰山为小;莫寿于殇子,而彭祖为夭"(《齐物论》),"万物一齐,孰短孰长"(《秋水》)。在人生观上,庄子的人生哲学建立在他对社会与人生尖锐对立的揭示,对暴政吃人本质的揭露,对社会戕害人的本性的深刻认识之上。他认为这个社会是极端不公正的:"窃钩者诛,窃国者侯。诸侯之门,而仁义存焉"(《胠箧》)。但面对残酷的现实世界,庄子并不要求人们去正视、去改造,而是号召人们把生死、祸福、贵贱、得失、成败通通看作虚幻的东西,按人类的自然本性去生活,使自己获得精神上的绝对自由。

二、庄子的美学思想

第一,强调美的最高层次是自然无为。庄子的美学思想与他的哲学思想是统一交融的,庄子的美学观出发点也是"道"。他从"道"的无所不包、无所不在的自由性和无限性出发,认为美就存在于这种无意识、无目的的无为境界之中,这是一种大美、真美:"天地有大美而不言,四时有明法而不议,万物有成理而不说。"(《知北游》)"夫天地者,古之所大也,而黄帝尧舜之所共美也。"(《知北游》)他认为只有除去一切不合乎"道"的人工雕琢,才能达到这种大美:"擢乱六律,铄绝竽瑟,塞瞽旷之耳,而天下始人含其聪矣;灭文章,散五彩,胶离朱之目,而天下始人含其明矣。"(《胠箧》)

第二,庄子在强调自然为美的同时,亦肯定合乎"道"的人为艺术。指出"道"与"技"可以相通,自然之道在艺术实践中表现为"技进乎道"的过程:"技"为手段,"道"为目的。在《养生主》中,他指出庖丁解牛"依乎天理""因其固然",正是顺其自然的表现,在此基础上经过长期刻苦的技术训练,才能超越"官知"的局限,达到"合于桑林之舞,乃中经首之会"的自由境界。《庄子》中"梓庆削木为镶""津人操舟若神""佝偻者承蜩""吕梁丈夫蹈水"等寓言故事,都揭示了艺术实践顺道而行,从而超越技术的物质性、功利性而进入自由境界的过程。《庄子·天运》所载关于咸池之乐的对话,将音乐之技进于道,天人合一的境界渲染到极致。

第三,在审美主体上,庄子认为审美有主观性:"阳子之宋,宿于逆旅。逆旅人有妾二人,其一人美,其一人恶,恶者贵而美者贱。阳子问其故,逆旅小子对曰:'其美者自美,吾不知其美也;其恶者自恶,吾不知其恶'"也。庄子在这里通过两个人对两妾美丑的不同看法,说明审美判断带有很强的主观性,因人的主观认识或兴趣爱好而有所不同,因此,庄子认为形美具有外在性、经验性、主观性、无定性,是不可靠的。

三、庄子的文学成就及其影响

庄子在《天下》篇中曾说到他文章的表达方式是"以卮言为曼衍，以重言为真，以寓言为广"。至于为什么要采用上述表达方式，则是因为"以天下沉浊，不可与庄语"。庄子这段自白，道出了庄子散文最主要的文学特征，即多用寓言（以寓言为广）、多假托古人言论故事（以重言为真）和自由挥洒（以卮言为曼衍）的表达方式，以及"不可与庄语"的浪漫特征。

1. 以寓言为广

《庄子》一书最显著特征就是多寓言故事，所谓"寓言十九"，《庄子》全书有大大小小的寓言故事近二百个。庄子散文的文学成就，首先就集中体现在寓言创作上。庄子是文学史上第一位有意识大量创作寓言的作家，也是先秦诸子寓言中成就最高的作家。

首先，庄子寓言超越了先秦其他诸子的寓言。庄子之前的孟子、墨子也喜欢用寓言来说明自己的理论，但他们的寓言多是扩大了的比喻，或是作为自己理论的一个形象化的补充，或是作为论辩的工具，在性质上不属于有意识的寓言创作。庄子则注重寓言的本身，庄子的思想往往不是用一种正面论述或写实的方式来表达，而是以虚构想象出的一个个独立的寓言来寄寓自己的人生理想和哲学主张，并调动各种艺术手段，创造出一个个色彩浓郁、形象鲜明的寓言形象来增强其感染力和说服力，而不仅仅把寓言作为抽象理论的附庸或例证，这是庄子寓言最突出的艺术成就。如《养生主》中描绘那位庖丁解牛的动作是："手之所触，肩之所倚，足之所履，膝之所踦，砉然响然，奏刀騞然，莫不中音，合于桑林之舞，乃中经首之会。"《秋水》中对那位目光短浅，却自我感觉良好的井蛙，作者则采用夸张加讽刺的手法来加以描述，先写其扬扬自得的夸耀："坎井之蛙谓东海之鳖曰：'吾乐与！出跳梁乎井干之上，入休乎缺甃之崖；赴水则接腋持颐，蹶泥则没足灭跗。还视虷蟹与科斗，莫吾能若也！且夫擅一壑之水，而跨跱埳井之乐，此亦至矣。夫子奚不时来入观乎？'"然后用夸张的笔调加以对比："东海之鳖左足未入，而右膝已絷矣"，皆是运用寓言来寄寓自己的人生理想和哲学主张,而且简笔勾勒,生动传神。

其次,先秦其他诸子的寓言多取材于人们熟知的日常生活或历史传说,如拔苗助长、刻舟求剑、歧路亡羊等,庄子却大量糅合改造神话传说,将深邃的哲理蕴藏于奇幻的故事之中,撰写出大量极度夸张、极度荒诞的鬼神寓言和动植物寓言。如《逍遥游》中那个可以化而为鹏的北溟之鲲,"鹏之背,不知其几千里也。怒而飞,其翼若垂天之云";"鹏之徙于南冥也,水击三千里,抟扶摇而上者九万里",极度夸张又如此丰富的想象力。特别是虚构出的那位藐姑射山神人,作者调动想象、夸张等艺术手法,对其形象进行描绘:"藐姑射之山,有神人居焉,肌肤若冰雪,绰约若处子。不食五谷,吸风饮露。乘云气,御飞龙,而游乎四海之外。其神凝,使物不疵疠而年谷熟";"大浸稽天而不溺,大旱金石流土山焦而不热。是其尘垢秕糠,将犹陶铸尧舜者也"。作者以此让读者和他一起得出结论:这就是"至人无己,神人无功,圣人无名",这才是逍遥之游。《达生》篇的"桓公田猎见鬼"和《至乐》篇的"庄子之楚见空髑髅"皆是借鬼大做文章:前者通过虚构的桓公田猎时见鬼,设计出桓公与皇子告敖之间一段生动幽默的对话,通过曲折层深之笔显露出人物的内心世界,使"鬼不能伤人,人乃自伤"这一主旨通过对话和心理描绘显现出来;后者更是虚构了一个死亡世界和鬼魂的形象,让鬼宁愿为鬼,不愿重生,并大发一通死之快乐的议论,在荒诞谲怪的浪漫风格下,反映出庄子认为生为乱世人不如太平鬼的厌世思想和对现实世界的批判。

再次,《庄子》中虽有一些取材于日常生活的寓言,但都奇奇怪怪、以想象力丰富见长,如寓言中提到的厨子、石匠、铁匠、木匠、捶钩者、水手等,都是生活中的普通劳动者,但又有常人无法比拟的技能:庖丁解牛十九年而刀刃发若新硎;匠石技艺高超能运斤成风;梓庆所造之鐻被惊为鬼斧神工;工倕用手所画之圆超过圆规;轮扁斫轮,不徐不疾,得手而应心;吕梁丈夫能在"悬水三十仞,流沫四十里,鼋鼍鱼鳖之所不能游"之处游泳。这些劳动者形象中又寓有深奥的哲理:他们的技艺之所以高超,根本原因在于他们都是有道者或悟道者,如梓庆为鐻,必须心志高度专一、精神上处于虚静澄明才能进入

"以天合天"的创作过程,在外师造化中使作品达到"工巧若神"的境地;庖丁"依乎天理""因其固然"解牛,实则是表达顺应自然本性的养生之道。《庄子》寓言中的不少人物是畸形残疾的,有的甚至奇形怪状,如兀者王骀、申屠嘉、叔山无趾、丑人哀骀、闉跂、离无赈与瓮盎大瘿等,他们都有神奇的本领:驼背老人黏蝉易如拾取;哀骀面貌奇陋却能使男子与他相处不愿意离去,女子想做他的妾,甚至于国君与他相处不到一年,就把国家政事委托给他。这些人形体与精神的巨大反差表达了庄子的哲学思考,即"形不足累德",也提醒人们观察一个人时不能只看其形体外貌等表面现象,而要深入考察其道德品质和精神境界。在这些精神自由、人格独立的肢体残缺者身上,也寄托着庄子自己的独立人格。庄子寓言中也写了人们常见的一些动物,如麻雀、蛙、鳖、蝼蚁、蜗牛、鱼等,也都具有奇奇怪怪的特征,寓有极深的人生哲理,如"涸辙之鱼相濡以沫",却"相忘于江湖"就是一例。

《庄子》中还有一些篇幅较长的寓言故事,情节复杂曲折,起伏跌宕,注重写出人物的动作、神情、语言的个性特点和特定的内心活动,如《盗跖》篇,被视为开寓言小说的先河。

2. 以重言为真

所谓"重言"就是重量级的话。以重言为真,就是引证假托哲人、圣人的话或历史故事来说明道理,以增加文章的生动性和说服力。清代学者王先谦指出:"庄生书,凡托为人言者,十有其九。就寓言中,其托为神农、黄帝、尧、舜、孔、颜之类,言足为世重者,又十有其九。"(《庄子集解》)《庄子》中充满了黄帝、尧、舜等古代圣贤哲人的言行,如《逍遥游》开篇就引用《齐谐》中关于鲲鹏"徙于南冥也,水击三千里,抟扶摇而上者九万里"的传说。在论述"至人无己,神人无功,圣人无名"这一哲学命题时,接连引用肩吾、连叔、接舆、尧让天下于许由等历史人物和圣贤故事。尧、许由是古代的圣人,接舆是古代的狂狷之士,肩吾、连叔"并古之怀道人也"(章学诚《文史通义》)。庄周借这些人之口创造了一个冷艳飘逸、不食烟火的藐姑射神人形象,将"至人无己,神人无功,圣人无名"这一哲学命题表达得生动形象又令人信服。《逍遥游》中提到的历史人物还有尧、舜、彭祖、商汤、魏王、吴王等,庄子亦是借他们的"重言"来增强文章的形象性和说服力。又如《知北游》中,有"啮缺问道乎被衣","舜问乎丞:'道可得而有乎'"和"孔子问于老聃",通过舜、老子和孔子这三个圣贤哲人之间的问答,让当时的贤人王倪的老师被衣,舜的老师丞以及道家之祖老子来替庄子回答"什么是道""什么是至道"以及"道可不可得"这些问题,以这些大人物的"重言"来增强可靠性和说服力。

3. 以卮言为曼衍

所谓"卮言"是一种不拘一格、自然无心的话,推衍为一种文体风格。"曼衍"则是形容这种风格是汪洋恣肆、自由挥洒。这也是庄子散文的主体风格,它具体表现在以下三个方面:

第一,庄子散文没有固定的程式,往往是"意出尘外,怪生笔端",完全打破一切世俗观念、世俗形象的限制,去表现自己完全不同于世俗的哲学精神和人生理想。在庄子的构思下,人类社会的一切常态都消失了,代之以超凡脱俗的一系列新鲜而怪诞的形象。如《大宗师》中"子来将死"这一段:

(子来)喘喘然将死。其妻子环而泣之。子犁往问之,曰:"叱!避!无怛化!"倚其户与之语曰:"伟哉造化!又将奚以汝为,将奚以汝适?以汝为鼠肝乎?以汝为虫臂乎?"子来曰:"……今大冶铸金,金踊跃曰:'我且必为镆铘!'大冶必以为不祥之金。今一犯人之形而曰:'人耳!人耳!'夫造化者必以为不祥之人。今一以天地为大炉,以造化为大冶,恶乎往而不可哉!"

面对"喘喘然将死"的子来,作为友人的子犁居然称赞造化的伟大,问子来死后是变成老鼠还是虫臂。这真是匪夷所思!而子来的"铸金"之喻更出人意表。庄子对死的参悟,对生命的透脱,通过这种看似奇诡怪诞的表达方式充分流露出来。《大宗师》中还有个"子舆论病"故事:子舆病得走了形,他的朋友子祀怕他难过来安慰他,殊不知子舆不但不难过,却像欣赏稀世珍品一样欣赏自己扭曲变形的病体,甚至还激发他死后变为鸡、变为轮、变为马的强烈愿望,庄子就是以这种虚构的怪诞故事来表现自己的超凡脱俗。庄子散文中,类似的独特构思、不同常人的精神意趣几乎是常态,像《德充符》中的兀者王骀、申屠嘉、叔山无趾、丑人哀骀、闉跂与离无赈、瓮盎大瘿等,《人世间》中的支离疏,《齐物论》中的南郭子綦,《徐无鬼》中运斤匠人以及黏蝉的驼背老人等,都是庄子运用自己想落天外的构思虚构出的奇人、怪人,来表达他对人生哲理的独特领悟,与世俗完全对立的观念。

第二,笔法抑扬变化,不拘一格。

这种抑扬变化,不拘一格,表现在手法、层次以及字法、句法等方面。

在表现手法上,叙事、抒情、议论、对话、独白、引证、比喻不断交错出现,繁复而多变,如《逍遥游》篇,一开头就是夸张式的叙述,接着又引《齐谐》,证明此言不虚。然后笔锋一转,描写大鹏在九万里高空展翅高飞神奇舒缓的景象。正当人们沉浸在庄子虚构的雄伟壮阔景象之中时,作者笔锋又一转,议论起水与舟、鹏与风的关系,得出的结论是:"夫水之积也不厚,则其负大舟也无力","风之积也不厚,则其负大翼也无力"。这时我们才明白:原来庄子并不是要称羡大鹏的神勇和气概,而是借此说明即使神勇如大鹏,想徙南溟也要有所待,也未能进入绝对自由的逍遥之境,手法上确实是人所不能料及。清人林云铭对此评论说,"篇中忽而叙事,忽而引证,忽而譬喻,忽而议论,以为断而非断,以为续而非续,以为复而非复"(《庄子因》),正是道出庄子散文手法上不拘一格、变化无穷的特征。

《庄子》在层次设计上也有类似的特征,如《齐物论》,围绕不待齐、不必齐、不可齐、不能齐,层层转换,抑扬变化,奥妙无穷:文章一开头,先推出一个"隐机而坐,仰天而嘘,答焉似丧其耦"南郭子綦形象,构成一个精彩的序幕;再用子綦与子游的对话来描述玄妙的"地籁",然后通过"大知、小知、大言、小言"的争论,引出玄而又玄的齐物之论,其中又穿插一个个生动的寓言故事。最后则以"庄生梦蝶"这个虚幻故事结束全篇,让人匪夷所思,不知是真是幻。刘文典对此评点说:"节节凌空,层层放话,能使不待齐、不必齐、不可齐、不能齐之意,如珠走盘,如水泻瓶,如砖抛地,乃发挥尽致也"(《南华雪心编》)。

第三,语言运用洒脱自如、灵活不拘。

庄子的语言极其富赡,又运用自如,富于变化,如《天运》篇开头,连用十五个疑问句:"天其运乎?地其运乎?日月其争于所乎?孰主张是?孰维纲是?孰居无事推而行是?意者其有机缄而不得已邪?意者其运转而不能自止邪?云者为雨乎?雨者为云乎?孰隆施是?孰居无事淫乐而劝是?风起北方,一西一东,有上彷徨。孰嘘吸是?孰居无事而披拂是?敢问何故?"在文意上,有的两句一组,有的三句一组,有的四句一组,起伏跌宕,变化腾挪。虽是疑问句,又使用不同的疑问词"孰""邪""其""乎""是",造成变化参差之状,变化无穷之美感。

在庄子的文章中,几乎没有什么抽象的东西不可以用语言来描述,没有什么深奥的思想不可以用语言来表述。无论什么,他都能信手挥洒,意到笔随,形象而准确地表达出来。如《齐物论》中提到的"地籁",是一种无形又极难把握的自然现象,庄子却通过风吹过不同的物体,众窍与风声的千差万别,把"地籁"不仅写得有形、有声,而且有情感、有生命、有情趣、有美感:

> 夫大块噫气,其名为风。是唯无作,作则万窍怒号。而独不闻之翏翏乎?山林之畏佳,大木百围之窍穴,似鼻,似口,似耳,似枅,似圈,似臼,似洼者,似污者;激者、謞者、叱者、吸者、叫者、譹者、宎者、咬者,前者唱于而随者唱喁。泠风则小和,飘风则大和,厉风济则众窍为虚。而独不见之调调,之刀刀乎?

再加上词语富赡有华彩,让人有身临其境之感。

四、庄子在文学史上的地位和影响

庄子在文学史上与屈原并称"庄骚",影响极大。他那"万物齐一"、任自然而贵天真的哲学观,对现实的强烈批判精神,自然无为的美学主张,以及汪洋恣肆、自由挥洒的文学风格对后来作家的思想境界、人生态度、文艺理论和创作风格都产生很大的影响。鲁迅曾说中国的士大夫:"我们虽挂孔子的门徒招牌,却是庄生的私淑弟子"(《南腔北调集·论语一年》)。

在哲学思想和人生态度上,中国历代一些著名作家从不同的角度受到庄子的影响:魏晋之际社会动荡人人自危,以何晏、王弼为代表的一些士族文人,接受庄子消极避世的处世哲学,大谈玄理以超越现世,大写"理过其辞,淡乎寡味"的玄言诗,"建安风力尽矣"(钟嵘《诗品》)。而以阮籍、嵇康为代表的竹林名士,则主要继承了庄子不拘礼教、任真率性的人格特征,写下《大人先生传》《与山巨源绝交书》等否定名教礼法,批判权势利禄的文学经典;陶渊明从精神、理想、情趣、诗境上颇得益于庄子,他对田园生活的讴歌、小国寡民式的"桃源蓝图""不为五斗米折腰"的政治态度,以及"乐天安命、知足保和"的人生取向,都可以看到庄子的影子;苏轼那种因任自然的旷达和卓尔不群的人格,几乎就是庄子个性的再现,他曾说:"吾昔有见于中而口未能言,既见庄子,得吾心矣"(苏辙《东坡先生墓志铭》)。苏轼可以说是庄子的千年知音。辛弃疾在屡遭排斥后,也十分爱读《庄子》,他用庄子的"万物齐一""无物不然,无物不可"来消解心中的忧愤,从中寻求精神寄托。明代的李贽、汤显祖、徐渭、袁宏道,清代的曹雪芹、龚自珍也都深受庄子思想的影响。

在文学创作上,庄子"汪洋恣肆""恢诡谲怪"的浪漫风格,以寓言为广的体裁创新,以及抑扬变化、不拘一格的表现手法都对后代作家产生极大影响:李白诗歌壮浪恣肆的豪放精神,想落天外的丰富想象力,以及多大言壮词的浪漫风格,把《庄子》的浪漫文学推向一个新的高度。如果说,庄子是文学史上第一位有意识大量创作寓言的作家,那么柳宗元则踵武前贤,将寓言创新成一种独立文体,他的《三戒》《罴说》《蝜蝂传》,其深厚的哲学意蕴,奇特的动物想象都深得《庄子》寓言的精髓。宋人诗文中风格最近庄子的是苏轼,他的诗文中因缘自适的人生表白,山水林泉的野趣以及"如万斛泉涌、不择地而出"的表达方式都极似《庄子》,他的《前赤壁赋》和《后赤壁赋》简直就是《南华经》的外篇。宋代另一位豪放词人辛弃疾的一些狂放词作,无论在主旨还是表达方式上皆与庄子相通。曹雪芹《红楼梦》主人公贾宝玉最爱读的是《南华经》,书中表现的对功名利禄的否定、对传统观念的叛逆以及对人生的空幻观念均来自《庄子》;龚自珍这位中国近代思想史和诗歌史上第一人,他的诗文中对封建社会的批判否定,对人格自由、人生理想的强烈追求,都可看出《庄子》濡染的痕迹。

在文学思想上,庄子的虚静观,浑真抱朴、自然无为的美学观,为后代的文学创作论和文艺批评论树立了标杆。文学创作论中刘勰的"陶钧文思,贵在虚静"(《文心雕龙》),皎然"意静神王"(《诗式》),苏轼"静故了群动,空故纳万境"(《送参寥师》);艺术创作论中宗炳的"澄怀味象"(《画山水序》),张彦远"凝神遐想,妙悟自然,物我两忘,离形去智"(《历代名画记》)等,均强调了虚静在文艺创作心理中的重要作用。在文学批评论中,李贽的"童心说"、袁宏道的"性灵说"也都是庄子自然无为之美的申述和发展。

庄子对海外汉学的影响也非常巨大。戴密微(Paul Demiéville,1894—1979)是法国当代的汉学大师,他的学生著名汉学家谢和耐(Gernet Jacques,1921—)说戴"非常喜爱《庄子》。庄子对诡计手段的鄙弃、一种对刻板的摒弃、一种对于自然和摆脱了束缚的'真人'的再发现的强烈向往,这一切,都在戴密微的性格中得到了反响"[1]。德国著名汉学家卫礼贤(Richard Wilhelm,1873—1930)出于对《庄子》的喜爱,以一人之力翻译过《庄子》。德国表现主义代表作家德布林(Alfred Döblin,1878—1957)创作的中国题材小说 *Die drei Sprünge des Wang-lun*(《王伦三跳》),就是用老庄的"无为"作为武器,通过返回自然、追求无为来批判第一次世界大战时期西方的贪婪和战乱。当时另一位表现主义代表作家克拉彭特(Alfred Henschke-Klabund,1890—1928)的诗歌 *Schuster*(《三声》)同样是借"无为"来批判"有为"的第一次世界大战。第二次世界大战中,诺贝尔文学奖获得者德国流亡作家 Hermann Hesse(黑塞,1877—1962)也崇尚老庄。英国唯美主义代表作家王尔德(Oscar Wilde,1854—1900)读过《庄子》后,以《一位中国哲人》为题发表书评,对

---

[1] 谢和耐:《法国20世纪汉学大师戴密微》,(法)戴仁主编、耿升译《法国当代中国学》,北京:中国社会科学出版社1998年版,第117—118页。

博大精深的庄子哲学表达赞赏和敬佩,并与庄子的"无为"产生强烈共鸣。①王尔德还把"无为"作为文学创作和文学批评的最高境界和最高标准,提出文学创作要遵守"无为而无不为"的原则,最适合艺术家的统治形式就是根本没有统治。不仅作家如此,反对各种法律限制的批评家也应该标举无为精神。②

---

① 《一位中国哲人》,谈瀛洲译,见《王尔德全集》第四卷"随笔评论集",杨东霞、杨烈等译,中国文学出版社2000年版,第273—280页。
② 《社会主义制度下人的灵魂》,见《王尔德全集》第四卷"随笔评论集",杨东霞、杨烈等译,中国文学出版社2000年版,第440—441页。

第二章　两汉时期的安徽文学

公元前221年,秦始皇统一全国后,将天下分为三十六郡,今日的安徽淮北部分基本上属于砀郡、泗水郡、陈郡;江淮之间为九江郡;江南部分为九江郡和会稽郡。两汉时期,今日安徽所属郡县略有变化,汉代在郡县以上又设立"部(州)",任命"刺史"代天子巡察,所以又称"刺史部"。安徽的淮北部分属于豫州刺史部的汝南郡和沛郡,江淮之间为扬州刺史部的九江郡和庐江郡,江南部分为九江郡和扬州刺史部丹阳郡。两汉时期,今日安徽境内的经济发展很不平衡,总体说来淮北比较先进,江淮之间处于过渡阶段,江南比较落后。武帝时代开始向江淮地区大规模移民,加速了这一地区的经济发展。到西汉末年,江淮地区51县人口已达220万,比江南的会稽、豫章、丹阳三郡61县人口180万多出23%,但面积仅为这三郡的五分之一。到了东汉末年,中原军阀混战,大批士族携带佃户和军队逃亡江南,安徽的歙县、池州一带也开始发达起来。

两汉时代的安徽人物刘安、桓谭、桓麟,以哲学和经学名世,他们的文学实绩则为其哲学、经学之名所掩,如刘安与其门客集体创作的《淮南子》综合先秦道、法、阴阳等诸家思想,尤其是"集道家学说之大成",被称为"西汉道家言之渊府"。实际上,它对儒道文艺思想也进行了融汇和整合。在文艺的本质、文艺的功能、文艺的审美特征、文艺风格学等诸多方面都提出了自己的见解和主张,在中国古典文论建设上影响深远。刘安也是汉初文学集团的领袖人物,他不仅喜黄老,也爱辞赋。《汉书·艺文志》记载他有赋82篇,其门客有赋44篇,他和宾客们所作的辞赋在中国文学史上具有独特的价值:它们是楚文化以江淮地区为跳板向中原推进,最后演绎成中国文学主流文体的明证。刘安对屈原及其作品相当熟悉,也相当有研究,曾受武帝之命而作《离骚传》,对楚辞作者地位的提高和作品的流传起了相当大的作用,楚辞终成为中国文学的主流,以致"骚雅""风骚"并称,刘安自然功不可没。桓谭的代表著作《新论》在中国哲学史上有着崇高的地位,著名哲学家王充认为它与孔子的《春秋》思想价值相垺,他反对谶纬迷信的言行也为历代史学家所称道。殊不知他也富有文学才华,他的《仙赋》用语工整,辞藻华美,很有想象力,非"用思太精"无法达此境;其政论文开门见山,观点明晰,逻辑严密,步步推进,也堪称杰作。至于东汉时代龙亢(今安徽怀远)人桓郁、桓麟、桓彬,俱以经学名世,但也均是出色的文学家。桓麟有文集两卷,其《七说》是篇说明文,但多用描述、状物、渲染气氛等手法,将一篇枯燥的说明文写得生动传神,颇富文学色彩。桓麟之子桓彬,少年时与著名文士蔡邕齐名,著有《七设》,文章叙述清楚,状物准确,描写形象,颇有乃父的文学之风。

第一节 刘安

一、刘安与《淮南子》

刘安(前179—前122),沛郡丰(今江苏丰县)人,西汉思想家和文学家,汉高祖之孙。淮南(今安徽淮南一带)为其封国。刘安从文帝十六年(前164)袭父封为淮南王,至武帝元狩元年(前122)自杀,在淮南境内终其一生,生活了42年。史称刘安好读书、鼓琴,善为文词,才思敏捷,曾奉武帝之命作《离骚传》,"且受诏,日食时上",有"天下奇才"之誉。刘安一生涉猎广泛,著述宏富,曾"招致宾客方术之士数千人"集体编写《淮南鸿烈》(后称《淮南子》),被称为"绝代奇书"。元狩元年被人告发谋反,自杀,王后、太子被处死,案件牵连"列侯、二千石、豪杰数千人,皆以罪轻重受诛",加上淮南王之弟衡山、江都案,处死数万人[①]。淮南王刘安"谋反"案是西汉前期汉武帝朝发生的一个重大案件。关于淮南王的谋反经过,《史记》《汉书》等史书作了如下记载:汉景帝三年,吴楚七国反,刘安准备起兵响应,因国相反对未遂。武帝继位后,又勾结太尉田蚡,整治攻战器械,以金钱贿赂郡国,觊觎帝位。

---

① 班固:《汉书·淮南衡山济北王传》,北京:中华书局1962年版,第2152页。

元狩元年,有人告发刘安谋反,武帝交丞相公孙弘和廷尉张汤审理。刘安恐阴谋败露,抢先发难,结果被谋士伍被告发,刘安自杀。① 但今天有的学者认为这是一个冤案:因为在建元二年前后,淮南王即使想"谋反",实际上也无可能。因此时的诸侯国王,政权、兵权已全部被削去,只能得到衣食和赋税,成了分土不治民的象征性国王。此时刘安所居之地,是原淮南国的五分之一,人口是全国的七十六分之一。区区弹丸之地,且内有中央派出的相国严加控制,外有层层监视,怎么能兴师动众去"谋反"呢?② 刘安被害的主要原因是挑战了汉武帝推行的政治思想原则,是欲"动摇国本"。众所周知,汉武帝任用董仲舒的"天人感应","罢黜百家,独尊儒术",让皇权披上神权的外衣,建立起新的封建专制。而刘安召集数千门客编写《淮南鸿烈》却宣扬黄老,"其旨近《老子》,淡泊无为,蹈虚守静,出入经道"(高诱《淮南子·叙》),而且在书中用最严厉的语气,批评儒生言行不一、舍本求末、沽名钓誉、见识短浅,充其量不过是"拊盆叩瓴之徒"(《俶真训》),这就与汉武帝大力推行的官方哲学形成直接对抗。《淮南子》成书于建元二年前,刘安被告发"谋反"是建元二年,时间上的关联也是一个证明。当然,直接触发这场灾难的还有两个动因:一是介入了太子与门客之间的矛盾,二是太子与庶子之间争夺继承权的斗争也牵连到刘安。再加上汉武帝刘彻又性多猜忌而嗜杀戮,仅在《汉书·武帝纪》中记载被杀死、自杀的王族、丞相、御大大夫、将军就有20多人,刘安的被害也就在所难免的了。

《淮南子》是刘安与两千多门客的集体创作,在《汉书·艺文志》中被列为杂家,其内容以道家自然天道观为中心,综合先秦道、法、阴阳等诸家思想,尤其是"集道家学说之大成",是对汉初七十年,特别是"文景之治"四十年黄老道家治政的理论总结,并为汉朝长治久安构建了一套新的理论体系,"为西汉道家言之渊府",从而成为黄老道家学派殿后的一部不朽之作。当时就被

---

① 班固:《汉书·武帝纪》,北京:中华书局1962年版,第174页。
② 陈广忠:《试析刘向冤案》,《安徽大学学报》,2007年4期。

称为"绝代奇书",后人更是多有赞誉,梁启超赞"其书博大而条贯,汉人著述中第一流也"①。

《淮南子》在政治上主张老庄的"无为而治",但也继承和发展了韩非的社会历史发展观,认为社会是在发展变化的,法令制度也要适应时代的需要而做相应的改变:"先王之制,不宜则废之","法与时变,礼与俗化。衣服器械,各便其用。法令制度,各因其宜。故变古未可非,而循俗未足多也"(《氾论训》),提出"苟利于民,不必法古;苟周于事,不必循旧"。它批判"孔、墨之弟子"追慕往古为"世俗之学",是一些目光短浅的"拊盆叩瓴之徒",指责他们闭目塞听,不知探本求源:"今夫儒者,不本其所以欲,而禁其所欲;不原其所以乐,而闭其所乐,是犹决江河之源,而障之以手也"(《精神训》)。

在宇宙观方面,《淮南子》继先秦诸子之后,首次对宇宙起源作出详尽的说明。在《天文训》和《俶真训》两篇中,它没有回避诸如宇宙的形成、运动、变化、发展等这些最难回答的问题,力图作出符合当时科学水平的解释。其中如"清扬者薄靡而为天,重浊者凝滞而为地",阳为日,阴为月,阴阳分化为四时等这一套宇宙构成论,几乎成为我国古代宇宙观的定论。至于宇宙万物的来源,《淮南子》认为都是"道"派生出来的,"道"是"覆天载地""高不可际、深不可测",归结到"达于道者,反于清静;究于物者,终于无为"的老庄哲学。

在物质与精神的关系上,《淮南子》持精神依赖物质的唯物观:"夫形者,生之舍也;气者,生之充也;神者,生之制也;一失位,则三者伤矣"(《原道训》)。它认为:精神活动是由"气"产生的,气则充斥于人的形体之中,三者是相互关联的。也就是说,人的精神不能脱离形体而独立存在;相反物质世界却独立于人们的意识之外:人在与外物接触之前,是没有反应的;与外界接触之后,才会引起情感上的变化:"人生而静,天之性也;感而后动,性之容也。

---

① 梁启超:《中国近三百年学术史"淮南子"》,上海:上海古籍出版社1998年版,第125页。

物至而神应,知之动也。知与物接而好憎生焉"(《原道训》),这是对先秦唯物观认识论的继承和发展。

二、《淮南子》的美学思想

《淮南子》论美的前提和基础是"道",而这个"道"又并非一个纯粹形而上的抽象实体,它与天地万物、四方秋毫浑然不分,是气象万千、生趣盎然的物质世界之总和,是一个真正可触可感、缤纷生动的"大道"。《淮南子》的"道"论充分显示出浑融汇并的阔大气魄。这种阔大气魄由哲学上的"大道"推衍到审美理想中的浑大之美。

首先,这种美无处不在,无奇不有,具有无限丰富的美的形态。万物"竞畅于天地之间。被德含和,缤纷葱茏"(《俶真训》),而且各处皆有:"东南方之美者,有会稽之竹箭焉;南方之美者,有梁山之犀象焉;西南方之美者,有华山之金石焉;西方之美者,有霍山之珠玉焉;……东北方之美者,有斥山之文皮焉;中央之美者,有岱岳以生五谷桑麻,鱼盐出焉。"(《地形训》)

其次,这种美具有"大浑为一"的美学特征,体现为真善美和谐统一的最高境界:"所谓一者,无匹合于天下者也。卓然独立,块然独处;上通九天,下贯九野;员不中规,方不中矩;大浑而为一,叶累而无根;怀囊天地,为道关门"(《原道训》)。"大浑而为一"是《淮南子》对最高审美境界的畅想。"大浑"即大全、壮大,体现了《淮南子》极尽发挥人作为大地主人的豪情以及兼容万千、汇通古今的一种博大的审美情怀。

再次,《淮南子》的美学思想是儒家、老庄等多种美学观的杂糅和混合。《淮南子》"观六艺之广崇,穷《道德》之渊深"(《泰族训》),既吸收了道家美学那种"周游六合,腾跃古今""与天地精神相往来"的自由豪放气魄,又融合了儒家美学中的质朴、厚重以及对现实人生的执著。同时,《淮南子》既消除了儒家美学过于偏执于世俗功利而无法实现精神自由的迷惘,又摆脱了道家美学那种悬空虚幻的个体精神畅游,力图建立起以追求圆满人生境界为核心的审美理想。

三、《淮南子》的文艺思想

《淮南子》的文艺思想亦是对儒、道文艺思想的融汇整合。

第一,关于文艺的本质,《淮南子》认为"道者一立而万物生焉"(《原道训》)。文学艺术也是从道中衍化出来的,道是文学艺术的终极本源。而这个"道"既涉及外在的社会生活,又关乎主体心灵。首先,文学艺术源于社会生活,是社会现实的真实反映,"古者圣人在上,政教平,仁爱洽,上下同心,君臣辑睦;……夫人相乐,无所发贶,故圣人为之作乐以和节之。末世之政,田渔重税,关市急征,……而乃始撞大钟,吹竽笙,弹琴瑟,失乐之本矣"(《本经训》)。既然文艺是社会现实的真实反映,"书论者"就要上考天道的变化规律,下究大地的万事万物,弄通人世间诸般道理。如果做不到这点而去著书立说,就是以其昏昏,使人昭昭,就是舍本而逐末:"夫作为书论者,所以纪纲道德,经纬人事。上考之天,下揆之地,中通诸理……惧为人之惛惛然弗能知也,故多为之辞,博为之说。又恐人之离本就末也。"(《要略》)

《淮南子》在强调文艺是社会现实真实反映的同时,又强调心神在艺术创造中的作用,指出艺术必须是主体心灵的充分展现,是主体心灵自由的极境:"画西施之面,美而不可悦;规孟贲之目,大而不可畏,君形者亡焉。""使但吹竽,使工厌窍,虽中节而不可听,无具君形者也"(《说山训》)。"君形者"即为主宰艺术作品生命的"神",它是创作者内在的、真实的、自由的生命感受,即"达于道"的心灵体验。

第二,关于文学艺术的功能,《淮南子》从现实人生目的出发,继承了儒家实用教化艺术观,强调文学艺术"言事"与"与世浮沉"的特征,经世治用的功能:"六艺异科,而皆同道。温惠柔良者,《诗》之风也;淳庞敦厚者,《书》之教也;清明寻达者,《易》之义也;恭俭尊让者,《礼》之为也;宽裕简易者,《乐》之化也;刺几辩义者,《春秋》之靡也"(《泰族训》)。《诗》《书》等六种经典虽各有所用,但其共同的目的都是教化育人,培养人的社会伦理道德规范。

第三，在文艺的审美特征上提出"至情"论。《淮南子》的"至情"论包括自然真情、愤情直发和精诚动人三个方面的内涵：《淮南子》大力倡导自然真情，并将真情实感的自然抒发直接作为艺术创造的主要原则："喜怒哀乐，有感而自然者也……譬者水之下流，烟之上寻也，夫有孰推之者"（《齐俗训》）；《淮南子》认为，"至情"本因"忧患缨人心"之感发激荡而生，因此特别强调"愤情直发"，从而以"悲""怨""哀"为美成为其主要审美倾向："人之性，心有忧丧则悲，悲则哀，哀斯愤，愤斯怒，怒斯动，动则手足不静；……发怒则有所释憾矣"（《本经训》）。作者认为，悲哀、怒气都是人之本情使然。人的性情，心里有忧则悲，悲哀不止便化成愤怒。愤怒必须要得以宣泄；而这种情感宣泄的强烈渴望正是艺术创作的源泉和动力。当创作主体内心积蕴了巨大的情感体验，成为一种具有巨大势能的心理能力，于是借助艺术，"愤于内而形于外"，感情得以喷发。《淮南子》还突出情感的审美效果，强调文艺要以情动人，把情置于礼之上，礼要符合于情，即"礼因人情而为之节文，而仁发以见容"（《齐俗训》）。这样，《淮南子》从艺术的特征、艺术的原动力以及艺术的审美效果等三个方面，第一次全面突出论述了"至情"观，在中国古典文论建设上影响深远。再次，关于文艺作品的审美风格，《淮南子》主张阴柔与阳刚并举，自然美与人工美相得益彰。中国古典文学艺术富有浓厚的情感，甚至把情感的抒发作为文学艺术表现的主要内容。在其之后，陆机第一次提出"诗缘情而绮靡"的口号，力倡主情，提高了文艺的独立的审美地位，再经过钟嵘、刘勰等人的理论总结，文艺的情感特征已成了中国古典艺术的优良传统。

第四，《淮南子》的文艺风格论。《淮南子》在文艺风格学上有下列主张：首先，《淮南子》崇尚雄浑博大的大美之境，表现为一种"万物大优"的审美特征。《原道训》中以水喻道，极力渲染"大""深"之美："天下之物，莫柔弱于水，然而大不可极，深不可测；修极于无穷，远沦于无涯"。其次，主张自然美与人工美互存。《淮南子》继承了道家思想，把不假人为修饰的自然之美称之为"大巧"："天地所包，阴阳所呕，雨露所濡，化生万物；瑶碧玉珠，翡翠玳珺，文采明朗，润泽若濡，糜而不玩，久而不渝，奚仲不能旅，鲁般不能造：此之谓大巧"(《泰族训》)。但是，《淮南子》在推崇自然美的前提下，并没有完全否定人为美。在《淮南子》看来，除了天地间天生自在的美之外，人类也可以创造出自然界所没有的人为之美。它认为人类必须懂得利用自然界并创造"美"的东西来实现自身的本质力量："清醴之美，始于耒耜"(《说林训》)；"今夫毛嫱、西施，天下之美人。若使人衔腐鼠，蒙蝟皮，衣豹裘，带死蛇，则布衣韦带之人过者，莫不左右睥睨而掩鼻。尝试使之施芳泽，正娥眉，设笄珥，衣阿锡，曳齐纨，粉白黛黑，佩玉环揄步，……无不惮愉痒心而悦其色矣"(《修务训》)。南北朝时钟嵘在此基础上提出了"芙蓉出水"与"错彩镂金"两种艺术美风格，强调天然和修饰并行不悖。在其后的中国历代文学创作实践中，也多承续了这种审美观念，所谓"春兰秋菊，皆为一时之秀"。

四、刘安等人的辞赋创作

　　刘安是汉初文学集团的领袖人物，他不仅喜黄老，也爱辞赋。《汉书·艺文志》记载他有赋82篇，其门客有赋44篇，署名或曰"大山"，或曰"小山"。王逸在《楚辞章句》中认为这是仿《诗经》中的"大雅"和"小雅"而得名，这100多篇赋作皆已亡佚，仅剩下一篇《招隐士》和一首《淮南王歌》。《招隐士》全诗如下：

　　　　桂树丛生兮山之幽，偃蹇连蜷兮枝相缭。山气茏葱兮石嵯峨，溪谷崭岩兮水曾波。猿狖群啸兮虎豹嗥，攀援桂枝兮聊淹留。王孙游兮不归，春草生兮萋萋。岁暮兮不自聊，蟪蛄鸣兮啾啾。
　　　　峡兮轧，山曲第，心淹留兮恫慌忽。罔兮沕，憭兮栗，虎豹穴，丛薄深林兮人上慄。嵚岑碕礒兮，碅磳磈硊。树轮相纠兮，林木茷骫。青莎杂树兮，薠草靃靡。白鹿麏麚兮，或腾或倚。状貌崯崯兮峨峨，凄凄兮漇漇。猕猴兮熊罴，慕类兮以悲。攀援桂枝兮聊淹留，虎豹斗兮熊罴咆，禽兽骇兮亡其曹。王孙归来兮，山中兮不可以久留。

　　诗题曰"招隐士"，隐士是谁？汉代的王逸说是"悯伤屈原之作"(《楚辞章句》），但屈原并不是隐士，所以清代的王夫之认为并非悯屈子，而是"为淮南招致山谷潜伏之士"。但细析诗意，诗中的"王孙"并非泛指"山谷潜伏之士"，因为诗中通过虎豹熊罴、溪谷巉岩，极力在渲染一种幽深、怪异、恐怖的气氛，给人一种急切、焦虑、即将大祸临头的感觉，与闲逸避世、徜徉于山水之间的"潜伏之士"情趣也不合，因此可能是淮南王的宾客劝滞留于朝中的淮南王返国之作。据《史记》记载：武帝建元二年（前139）淮南王入朝，当时皇上无太子，淮南王作为高皇帝之孙对继任大统充满幻想，故滞留京城，"阴结宾客，拊循百姓"。殊不知，武帝早已注视着他的一举一动。就在这一年，淮南王被人告发谋反被拘，两年后自杀。也许就在淮南王滞留朝中、阴结宾客之际，门客小山之徒以山中景物之可怖，来暗示朝中政治形势的复杂和淮南王处境的危险，并以淮南王喜爱的辞赋形式规劝其返国。

这首仅存的淮南王宾客所作的辞赋在中国文学史上具有独特的价值：中国文学向来是"风骚"并称。《诗经》作为中国主流文化——儒文化的代表而受到尊崇，自然可以理解。而产生于楚国的新诗体，作为蛮夷文化代表的楚辞为什么也能为中原文化接受，从而成为主流文化的代表呢？这与产生于江淮地区的淮南小山辞赋关系极大。如果说《诗经》中的陈风、鄘风证明了江淮文化深受中原主流文化的影响但又保留了不少蛮风蛮俗，那么淮南小山的辞赋则是楚文化以江淮地区为跳板向中原推进，最后演绎成中国文学主流文体的明证。楚辞是公元前四世纪左右产生于我国南方楚国的一种新诗体，他不但在诗歌的体制、语言、手法上与儒家经典《诗经》有很大的不同（如由四言变为杂言，诗经常用语的消失和"兮"的多种运用，将诗经的单喻变为系列多喻，不再是赋比兴的表达方式等），而且也一反诗经"怨而不怒"的宗旨，采用极为强烈的抒情方式，更富个性，更富激情，甚至将怨愤作为诗题[①]。楚辞的作者如屈原、宋玉、景差、唐勒都是楚人，唯有淮南小山生活在江淮之间，因而起到了楚辞向中原流播过程中其他《楚辞》作者所起不到的作用。从仅存

---

① 如《离骚》，王逸、司马迁等就解释为"牢骚"或"别愁"。

的这首《招隐士》来看,其中对山川景物、烟岚林莽和虎豹走兽的描写,尤其将自然界经过一番浓缩、夸张、变形处理,使之成为人神杂糅的艺术形象以及郁结、悲怆又缠绵悱恻的艺术风格,这完全吸取楚辞尤其是《山鬼》和《涉江》的艺术手法,但诗中多用叠字,如"啾啾""峨峨""凄凄""溅溅""萋萋"等,还有甚至出现重章叠句,如"攀援桂枝兮聊淹留"两段中的完全重复,"山气茏葱兮石嵯峨""猿猱群啸兮虎豹嗥""王孙游兮不归,春草生兮萋萋"在复沓中又呈现变化,则是《诗经》的典型手法。因此,《招隐士》可以视为《楚辞》与《诗经》之间一种过渡的形式。由于淮南王及其宾客的 120 多篇赋作几乎全部亡佚,不然也许可以举出更多的例证。但保存在郭茂倩《乐府诗集》中的《淮南王歌》似乎可以多少弥补一些缺憾:"我欲渡河河无梁,愿化双黄鹄还故乡。还故乡,入故里,徘徊故乡苦身不已。繁舞寄声无不泰,徘徊桑梓游天外。"崔豹《古今注》说:"此曲淮南小山所作也。淮南王服食求仙,遍礼方士,遂与方士相携俱去,莫知所往。小山之徒,思恋不已,乃作《淮南王歌》焉。"但细析诗意,似乎是淮南王对宾客呼唤的回答,仿佛是《招隐士》的续篇。从诗中的"我欲渡河河无梁,愿化双黄鹄还故乡"等回答来看,淮南王不归故乡是另有款曲,有苦难言。但从文学发展史来看,这首诗不仅出现复沓中又呈现变化的诗经手法,而且除去了楚辞的标志"兮"字,句法上也出现工整的对句,已经颇似汉乐府中的杂言诗了,所以被郭茂倩收入《乐府诗集》。汉代的文体演进一方面由骚体赋演进为大赋,另一方面由诗经演进为汉乐府的杂言诗。无论哪种形式,淮南小山的辞赋在其中所起的过渡作用,皆不可低估。另外从《招隐士》的题旨来看,其山中隐士、春草归意也成了中国古典诗歌常用的话题和寓意,如王维询问友人:"年年春草绿,王孙归不归?"在《山居秋暝》中又反用其意:"随意春芳歇,王孙自可留";白居易在那首著名的《赋得古原草送别》也用此意作结:"又送王孙去,萋萋满别情"。这也是楚文化通过江淮文化成为中国主流文化一部分的一个例证。

另外,刘安曾受武帝之命而作《离骚传》,结果"旦受诏,日食时上",时间如此之快,说明他对屈原及其作品相当熟悉,也相当有研究。再加上王命背景,对楚辞作者地位的提高和作品的流传会起相当大的作用,楚辞终成为中国文学的主流之一,以至于"骚雅"与"风骚"并称,刘安自然功不可没。有的学者甚至认为:"从某种意义上讲,将刘安的生平和著述研究透彻一些,是推进屈原研究和楚辞研究的一个必要条件"①。

第二节 桓谭

一、桓谭生平及其《新论》

桓谭(约公元前23—公元56),字君山,沛国相(今安徽淮北)人。今淮北市保留有桓谭故居遗址,市内的相山公园亦建有桓谭亭。西汉成帝时,其父为大乐令,谭以父任为郎。王莽称帝后,谭为掌乐大夫,更始帝时拜为大中大夫。东汉光武帝即位后征为待诏,掌乐大夫。桓谭精通音律,善鼓琴,又擅长文章,长于天文。他遍习"五经",皆能训诂大义,而不为章句之说。崇尚古文经学,与刘歆、扬雄齐名,经常在一起辨析疑义。王充认为当时学者"以君山为甲"。桓谭为人简易不修威仪,喜非毁俗儒,由是多见排抵。② 中元元年(56),光武帝欲以图谶决定灵台建在何处,征询桓谭的意见,桓谭认为"谶之非经",极力加以反对,因而触犯光武,斥为"非圣无法",下令斩首。赦免后贬为六安郡丞,郁郁不乐,死于赴任途中。据《后汉书》,桓谭的著作中"言当时行事29篇,号曰《新论》",另有"所著赋、诔、书、奏凡26篇",其中以《新论》最为重要,已佚。其文散见于《弘明集》等著作之中,清人冯翼、严可均皆有《新论》的辑本。桓谭的其他作品也多亡佚,唯有《仙赋》见于《艺文类聚》,班固的《汉书·桓冯传》中也存有桓谭的部分奏章。

《新论》是桓谭的代表著作,在中国哲学史上有着崇高的地位。此书在

---

① 牟怀川:《应该正确评价刘安》,见《楚辞研究》,济南:齐鲁书社1988年版,第394页。
② 南朝[宋]范晔:《后汉书》卷58,"桓冯传",中华书局1951年版,第955页。

汉代即获很高的评价,著名哲学家王充认为它与孔子的《春秋》思想价值相埒:"《新论》之义,与《春秋》会一也。"①今天有的学者认为:"《新论》是一部涉及哲学、自然科学、社会科学以及文学艺术,即两汉时代所有学术领域的著作。"②据唐章怀太子李贤的《后汉书·桓谭传》注:《新论》分为"本造""王霸""求辅""言体"等16篇,光武帝嫌其篇幅过长,将"本造""悯友""琴道"之外的13篇皆一分为二,改成29篇,其中"琴道"一篇未成,光武帝之孙汉章帝"令班固续成之"。

《新论》在哲学上的贡献主要是反对谶纬迷信,在形神问题上坚持唯物观。西汉末年,谶纬泛滥,谶是一种托言天意的预言或隐语。王莽篡汉,曾利用谶语伪造符命,东汉刘秀也用此作为夺取政权和巩固统治的工具。光武中元元年(56)曾颁布图谶于天下,桓谭坚决反对,指出所谓谶出自《河图》《洛书》,这是后人妄加的胡言,"误之甚"。又屡次上书极力指斥谶是"奇怪虚诞之事",非"仁义正道",只能"欺惑贪邪,诡误人主";并以王莽、楚灵王"好卜筮、信时日,笃于事鬼神"而导致国破身亡的历史事实来告诫光武帝:"国之兴废,在于政事;政之得失,由乎辅佐",与信奉鬼神并无关系。从上述观点出发,桓谭还反对灾异迷信,指出灾异是一种自然现象:"灾异变怪者,天下所常有,无世而不然",只要"修德善政,省职慎行以应之"③,就可以转祸为福。

桓谭还继承先秦诸子和汉代刘向在形神关系上的唯物观点,进一步明确提出精神是依赖形体的,精神不能脱离形体而存在,他用蜡烛与烛火的关系来说明形体与精神的关系:"精神居形体,犹火之燃烛也……烛无,火亦不能独行于虚空。"蜡烛点燃才有烛火,但蜡烛的灰烬却不能用火种使其复燃,这就像老年人形体枯槁,精神也不能使其润泽:"人之耆老,齿坠发白,肌肉枯

---

① 王充:《论衡》"案书"篇,《诸子集成》,上海书店1986年版,第7册,第277页。
② 苏诚鉴《桓谭》,合肥·黄山书社,1986年版,8页。
③ 严可均:《全上古三代秦汉三国六朝文》·《全后汉文》卷13《桓谭》,中华书局1958年版,第1册,第537页。

腊,而精神弗为之能使之润泽内外周遍,则气索而死,如火烛之俱尽也"(《新论·形神》)。东汉时代,神仙方术盛行,方士们宣称通过"寡欲养性""服不死之药"就可以长生不老,或是通过炼丹采补,就可以脱离躯壳,"羽化登仙"。桓谭通过蜡烛与烛火的关系的形象比喻,指出这是根本不可能的。桓谭的这一思想,对后来的王充有很大的影响,王充在《论衡》的"超奇""佚文""定贤""案书""对作"等篇曾多次提及此论并肯定其思想价值。

二、桓谭关于文学艺术的相关论述与成就

1. 音乐方面论述

在音乐理论上,桓谭著有《琴道》篇专论琴乐。此外还有《言体》《见徵》《启寤》《祛蔽》《离事》《辨惑》多篇,对乐学理论、音乐史等皆有论述,还记载了一些音乐逸事。如《离事》篇有论述五声关系的文字,强调宫音的中心地位以及与其他四声的互相推动关系。其中还记载了一些音乐史实,如:"汉之三主,内置黄门工倡","扬子云大材,而不晓音。余颇离雅操,而更为新弄"等;《祛蔽》篇意在阐明音乐能"益性命"的观点;《言体》篇则表明桓谭对一味信奉鬼神、大搞祭祀乐舞的反对态度;《琴道》篇则是论琴的专著,在历史上的影响很大,史籍中更是称引不绝。

在音乐观念上,桓谭重视地方乐曲和乡土音乐创作队伍建设。他做过乐府令、掌乐大夫、讲乐祭酒等掌乐高官。他在《新论·离事》中说:"昔余在孝成帝时为乐府令,凡所典领倡优伎乐,盖有千人之多也。"而桓谭所任之职"乐府令",是这个机构的最高长官,掌管着当时国家的重要音乐机构和多达千人的表演队伍。据《汉书·礼乐志》记载,这个机构的人员构成上有很强的地方色彩,以地方命名的器乐、歌唱、乐舞非常之多,比如有沛吹、陈吹、楚鼓、邯郸鼓、江南鼓、淮南鼓、蔡讴、齐讴、秦倡、秦象等,这与桓谭的工作经历有一定的关系。

桓谭本人也有出色的演奏才能,在音乐实践中主张变革创新。他出身于音乐世家,本人又数任掌乐高官,有着很深的音乐造诣和演奏才能。桓谭最

擅长演奏的乐器是古琴,《后汉书·桓谭传》说他:"好音律,善鼓琴",《后汉书·宋弘传》也说"(光武)帝每燕,辄令(桓谭)鼓琴",可见他的琴乐演奏名重一时,受到朝廷上下的普遍称誉。在创作实践中,桓谭善于创制新声。他在《新论·离事》中自陈"余颇离雅操,而更为新弄",明确地表明他对"雅操"的扬弃和喜作"新弄"的创新观点,为此遭到朝廷大臣的抨击乃至丢官。据《后汉书·宋弘传》载:宋弘是桓谭的举荐者,他责备桓谭说:"所以荐子者,欲令辅国家以道德也。而今数进郑声,以乱雅颂,非忠正者也",并上奏光武帝,帝"遂不复令谭给事中"①。宋弘指责的"数进郑声,以乱雅颂",实际是桓谭把安徽淮北一带家乡民间音乐糅合在古琴演奏之中,在原有的琴曲基础上,改进、创作,而成为带有民间音乐风格的新曲作品。所谓的"繁声",亦即一种较为复杂的音响效果。总之,它反映了桓谭在音乐创作上追求创新和善于向民间音乐吸取营养,是应该肯定的。

2. 文学成就

桓谭在文学上的贡献,在于他在文学史上第一次提出并认定了小说这一文体概念,他的《新论》虽不存,但留下了一段话,即:"若其小说家,合丛残小语,近取譬论,以作短书,治身理家,有可观之辞。"这段话是唐代著名学者李善在注释《昭明文选》时引用的,《昭明文选》收录了南朝江淹的杂体诗《拟李都尉陵从军》,其中一句曰"袖中有短书",李善就是在注释这句诗时引用桓谭上述那一段话的。桓谭虽然仍然流露出对小说的轻视态度,但指出了"小说家"的出现,不是个别人,可能已有了一个群体,更认可了小说作为一种文体而独立存在的这一客观事实,并肯定他"有可观之辞"。桓谭的论述虽极简短,但在将小说与戏剧视为邪宗的世俗偏见中,第一次较全面地勾画出了汉人心目中的小说轮廓,有着可贵的理论价值。

桓谭的文学观念和创作情况,由于作品均已亡佚,因此无法窥其全貌,只有零星的片断残存于《弘明集》《后汉书》《艺文类聚》《论衡》《文心雕龙》《东

---

① 范晔:《后汉书》"宋弘传",中华书局1951年版,第904页。

观汉记》和《太玄》等史料、文集之中。刘勰曾说:"桓谭著论,富号猗顿,宋弘称颂,爰比扬雄。"(《文心雕龙·才略》)猗顿,是位巨富;宋弘,是光武帝时的司空,也是桓谭的举荐人,可见桓谭的著作很多,有着和扬雄相近的文学地位。至于桓谭的文学观念,刘勰在《序志》篇说道:"君山、公干之徒,吉甫、士龙之辈,泛论文意,往往间出,并未能振叶以寻根,观澜而索源。不述先哲之论,无益后生之虑。"将桓谭与建安七子刘桢,江东二陆中的陆云比肩,称赞他们的文学往往有新意间出。至于批评桓谭等人"不述先哲之论",则从反面证明了他们的文学创新精神。至于批评桓谭的文学思想不系统、不深入,同刘勰的文论体系和实绩相比,当然有差距。刘勰在《文心雕龙》中还形象地提到桓谭的文学创作过程:"相如含笔而腐毫,扬雄辍翰而惊梦。桓谭疾感于苦思,王充气竭于沈虑"(《神思》)。刘勰列举司马相如、扬雄、桓谭、王充四位汉代文学和哲学大家的创作经过,证明桓谭的文学地位是和司马相如、扬雄、王充在一个层面上。刘勰的本意是在于说明作者文思有快有慢,但也反映出桓谭的创作态度很认真也很艰难,这也为桓谭本人的言论所证实:"余少时见扬子云之丽文高论,不自量。年少新进而猥欲逮及。尝激一事而作小赋,而立发疹。子云亦言,成帝上甘泉,诏作赋。卒暴及倦卧,梦其五脏出在地,以手收之、及觉,大少气,疾一岁"(《新论》)。桓谭所说的赋,可能就是收在《艺文类聚》中的《仙赋》。这首赋言辞工整、辞藻华美,很有想象力,非"用思太精"无法达此境。刘勰说"桓谭疾感于苦思",并非说桓谭缺少才华,仅靠苦思。因为刘勰还说过:"若乃改韵徙调,所以节文辞气:贾谊、枚乘,两句辄易;刘歆、桓谭,百句不迁"(《文心雕龙·章句》)。写大赋,连用百韵不改,不像贾谊、枚乘,两句就要换韵,这当然需要才气。这个才气,也并非先天,而是后天努力的结果。因为桓谭也有夫子自道:"余素好文,见子云工为赋。欲从之学。子云曰:'能读千赋则善为之矣。'"(《新论》)桓谭热爱文学,又阅读了大量赋作,这是他写好赋的两个先决条件。很可惜,这些赋作我们已无法见到了。

《后汉书·桓谭传》保存有桓谭的两篇奏章,皆是陈说时政。第一篇主要强调国之兴废在于政事,而政事得失由乎辅政。辅政是否得人,关键在于君主是否贤明,是否能礼贤下士。文章的另一个中心则是强调当今为政之要在于重农抑商。由于奏章上奏后久久不见回音,桓谭又上第二篇奏章。这份奏章主要抨击光武帝喜爱的谶纬之说,指斥谶纬是"奇怪虚诞之事",非"仁义正道",只能"欺惑贪邪,诡误人主";指出灾异是一种自然现象:"灾异变怪者,天下所常有,无世而不然"。只要"修德善政,省职慎行以应之"①。两篇政论开门见山,观点明晰,逻辑严密,步步推进,如前文一开头就提出"国之兴废,在于政事",而"为政事得失,由乎辅政",接下来便指出,辅政是否得人,关键在于君主是否贤明,是否能礼贤下士,把问题症结归到君主身上,这也是他上书的目的所在。为了证明这一论点,作者从正反两个方面举例:以孙叔敖为正面例证,强调国之兴废,关键在君主能否得士;然后以贾谊、晁错的不幸遭遇为反面例证,如果君主不明,贤才也不能为之用。后文同样列举王莽、楚灵王"好卜筮、信时日,笃于事鬼神"而导致国破身亡的历史事实来告诫光武帝,只是言辞更为尖锐,态度更为激烈,表现了桓谭疾恶如仇、慷慨无畏的性格特征。正是这篇奏论,为桓谭埋下了杀身之祸。

桓谭还有意识从民间文学如民谣谚语中吸取营养,这与他有意识学习民间音乐以求创新是一致的。《新论》中就引用了不少民间俗谚,如"扬子云工于赋,王君大习兵器。余欲从二子学,子云曰:'能读千赋则善赋。'君大曰:'能观千剑则晓剑'"。《新论》中还引用了"关东鄙语":"人间长安乐,出门西向笑。知肉味美,对屠门而大嚼","伏习象神,巧者不过习者之门"等。这些谚语、俗语的引用,不仅使论文在严肃之外显得生动形象,而且桓谭运用这些通俗的语言来说明深奥的哲理,似乎也在告诉我们,哲学来自民众,也应该从民间吸取营养。

桓谭的文学思想和文学创作对后人的影响是巨大的。梁代的刘勰就是

---

① 严可均:《全上古三代秦汉三国六朝文》,《全后汉文》卷13《桓谭》,中华书局1958年版,第1册,第537页。

其中之一。首先,桓谭反对谶纬迷信的观点被刘勰所采纳。《文心雕龙》中有《正纬》篇,指出谶纬皆是伪造圣人之言,以售其奸:"有命自天,乃称符谶,而八十一篇皆托孔子,则是尧造箓图,昌制丹书,其伪三矣"。这与桓谭指出的所谓谶出自《河图》《洛书》,这是后人妄加的胡言,"误之甚",是完全一致的。其次,社会发展观也受其影响。桓谭肯定人类文明是在不断地发展和进步的,后人在生产技能方面超过前人。基于这样的观点,桓谭反对复古,指责王莽"事事效古""释近趣远"是"不识大体"而终遭败亡。《文心雕龙》中《通变》《时序》《物色》等篇,正是用社会发展变化的观点来解释文学现象和探讨文学发展变化规律:"文辞气力,通变则久"(《通变》),"异代接武,莫不参伍以相变,因革以为功"(《物色》),"文变染乎世情,兴废系乎时序"(《时序》)。也同样反对复古、贵古贱今:"古来知音,多贱今而思古,所谓日进前而不御,遥闻声而相思也"(《知音》)。再次,刘勰将桓谭的形神观用到文学作品内容和形式的关系上,提出著名的风骨论:"怊怅述情,必始乎风;沉吟铺辞,莫先乎骨。故辞之待骨,如体之树骸;情之含风,犹形之包气。结言端直,则文骨成焉;意气俊爽,则文风清焉"(《风骨》)。在内容和形式的关系上,刘勰注重内容,但也肯定辞采的重要作用。他特意以图谶为例,既否定图谶的荒诞,但也指出谶纬中美丽的文辞是可以运用到文学创作中来的:"事丰奇伟,辞富膏腴,无益经典,而有助文章"(《正纬》)。

第三节　汉代其他安徽作家

一、朱浮

1. 朱浮生平思想

朱浮(?—67),字叔元,沛国萧(今安徽萧县)人。少有大志,以才俊闻于郡。王莽末年,跟随刘秀起兵,为大司马主簿,后升为偏将军,一起攻破邯郸。后又任命朱浮为大将军幽州牧,守蓟城,讨定北边。光武帝建武二年(26),封舞阳侯,食三县。朱浮在幽州牧任上没有处理好同下属州郡的关系,激反渔阳太守彭宠,涿郡太守张丰也随着举兵反叛,幸亏上谷太守耿况派兵相救,朱浮才得以从幽州逃脱。尚书令侯霸弹劾朱浮败乱幽州,诬陷彭宠造成叛乱,又不能死节,罪当伏诛。光武帝不忍诛杀,以朱浮为执金吾,徙封父城侯,后又升任太仆。朱浮在朝任职期间曾多次上书,建议光武帝不要频繁调动官员,力求安定百姓;又请求重视教育,广招博士,多被光武帝采纳。建武二十年(44),代窦融为大司空,二十二年,坐卖弄国恩免。二十五年,徙封新息侯。光武帝对朱浮经常欺凌同僚很是不满,但又因其有功又有才能,不忍加罪。汉明帝永平十年(67),又被人上告,明帝大怒,赐浮死。长水校尉樊儵事后对明帝说,检举朱浮之事,应交廷尉调查清楚再处理,明帝也后悔处理太急率。

关于朱浮的思想主张,可以从其奏章中见其大端:

首先,朱浮认为治国必须广选人才,推广教化。太学则是"礼义之宫,教化所由兴"。当时,光武帝招选太学博士,只从自己的周围选取,"唯取见在洛阳城者",而且数量很少,只"更试五人"。朱浮借着给光武帝讲图谶,"越职言事",上书《请广选博士》,指出"中国失礼,求之于野",真正的贤士是在民间草野之中,只有从民间广泛甄选,才能识拔真正的人才,也只有这样,才能鼓励"四方之学",将儒家的礼乐教化推广开来;而且选拔要做到公平公正,不能"私自发遣"。①

朱浮在官员的任命管理上也有许多建言。汉明帝为了加强中央权威,官员考察不再通过三公,"权归刺举之吏","小违理实,辄见斥罢",甚至"时有纤微之过者,必见斥罢"。这样造成官员惶恐不安,"交易纷扰",以致社会动荡,"百姓不宁"。朱浮针对此弊,两次上疏,直接指出这种考察方式会使"有罪者心不厌服,无咎者坐被空文",不仅造成官员惶恐不安,"交易纷扰",也会造成整个社会动荡,"百姓不宁"。"帝下其议,群臣多同于浮,自是牧守易

---

① 《上书请广选博士》,见《后汉书》卷63,"朱浮传",上海古籍出版社1986年版,第904页。

代颇简"。①《后汉书》的作者范晔在传论中对此也高度肯定,他写道:"光武、明帝躬好吏事,亦以课核三公,其人或失而其礼稍薄,至有诛斥诘辱之累。任职责过,一至于此!朱浮讥讽苛察欲速之弊,然矣!"

朱浮是光武帝图谶方面的侍讲,他的《奏更乘舆绶》和《上言织绶成》两篇奏章,对绶带的图案、织工的要求,乘舆绶带的色彩均提出建议,表明他也是谶纬方面的专家。朱浮屡"欺凌同僚"又"坐卖弄国恩",光武帝却不愿加诛,除了是光武起兵时的伙伴外,投光武的图谶之好可能也是个原因。

2. 朱浮的文学成就

朱浮现存有几篇奏章以及书信《与彭宠书》。其中《与彭宠书》是朱浮仅存的一篇书信,是他在大将军幽州牧任上写给他的下级渔阳太守彭宠的。光武帝建武二年(26),刘秀在收复幽州后,任命朱浮为大将军幽州牧,守蓟城。朱浮在任上为笼络当地士大夫,将王莽时代二千石以上的官员都引入幕府,又命令下属诸郡开仓发粮给这些人的家小。渔阳太守彭宠以为天下未定,师旅方起,不宜多置官属,以损害军力而加以拒绝。浮为人性急又自视甚高,见彭宠不执行自己的决定,便加以切责。彭宠也很强悍,又认为自己有功于国,因此两人结下冤仇。朱浮于是密奏彭宠遣吏迎妻而不迎其母,又收受贿赂,杀害友人,多聚兵谷,有图谋不轨之意。彭宠得此消息后遂大怒,举兵攻浮。浮即在此时写此书信与彭宠,再加切责。书信言辞峻急、气势逼人,一味指责对方,将彭宠比作春秋时代"逆理而动"发动叛乱的京城大叔,是"桀、纣之性",是"内听骄妇之失计,外信逸邪之谀言"的"鸱枭之逆谋",其结果必然是"招破败之重灾,生为世笑,死为愚鬼"。信中既无上司对下级的关爱和劝谕,亦无袍泽间的惺惺相惜,更不能审时度势以大局为重:当时天下未定,刘秀刚从更始帝手中夺下蓟州交给朱浮掌管,当时最需要的安抚属官、安定民心。朱浮却因下属不执行自己命令而将对方视同反叛,自己俨然是代天子征

---

① 《因日食上疏言牧守换易宜简》《上疏言州牧劾奏宜下三府覆案》,见《后汉书》卷63,"朱浮传",上海古籍出版社1986年版,第904页。

讨,将对方逼得毫无退路,所以彭宠得书愈怒,加紧进攻朱浮。涿郡太守张丰见此状况亦举兵反叛,朱浮战败后只身逃回京城,北边再次丢失。所以尚书令侯霸在奏章中弹劾朱浮"败乱幽州,构陷宠罪,徒劳军师,不能死节,罪当伏诛"是证据确凿,只因光武的恩宠才保其一命。但从文学表达的角度来看,此书有许多优长,作者为了强化自己的观点,增强说服力,在文章中运用了大量的对比和排比,诸如:"智者顺时而谋,愚者逆理而动";"与吏民语,何以为颜?行步拜起,何以为容?坐卧念之,何以为心?引镜窥景,何以施眉目?举厝建功,何以为人";"造枭鸱之逆谋,捐传叶之庆祚,招破败之重灾";"高论尧、舜之道,不忍桀、纣之性;生为世笑,死为愚鬼";"内听骄妇之失计,外信逸邪之诔言,长为群后恶法,永为功臣鉴戒"等义正词严,使文章贮足充沛的气势。特别是"与吏民语"几句,一连串的反问,逼得对方无立锥之地。另外,文章还引用典故,借古喻今,以增强说服力,如用春秋时代"逆理而动"的京城大叔来比喻彭宠发动叛乱的必然结果,用"辽东豕"来比喻彭宠的骄矜"自伐,以为功高天下"等。作者还运用对比的手法来羞辱彭宠,如将耿侠游与彭宠对比,两人"俱起佐命,同被国恩",自然具有可比性,但"侠游谦让,屡有降挹之言,而伯通自伐,以为功高天下"①,这样就更有说服力。如此好的文学表达形式,招来的却是彭宠的"愈怒",加紧进攻,这只能说明文学的内容决定形式,而文章的内容又与作者的思想境界关系极大。这也可算是文学理论中一个典型的个案。

朱浮还存有几篇奏议:《上书请广选博士》《因日食上疏言牧守换易宜简》《上疏言州牧劾奏宜下三府覆案》《上疏乞援师》《上言织绶成》和《奏更乘舆绶》。从这些奏议来看,朱浮的政论文也有峻急直白、慷慨陈词这种特征。《上疏乞援师》写于《与彭宠书》之后,面对渔阳和涿郡两州的反叛,蓟州四面受敌,内无粮草、外无援兵,以致"人相食"。朱浮本以为光武帝会亲自率兵讨伐,哪知光武帝却以"军资未充,故须后麦耳"为由,要朱浮坚守,等待

---

① 《与彭宠书》,欧阳询《艺文类聚》卷25,文渊阁《四库全书》本。

两州"内相斩"。面对北地一带全面沦陷和自己的灭顶之灾,朱浮情急之下写了这封乞援信,奏章直抒自己的困惑:"今彭宠反叛,张丰逆节,以为陛下必弃捐它事,以时灭之。既历时月,寂寞无音。从围城而不救,放逆虏而不讨,臣诚惑之",这实际上在指责朝廷坐视不救、姑息养奸。在此前后又举古今两例:魏公子无忌为友谊而救宋抗楚,汉高祖在"天下既定,犹身自征伐"。言下之意,光武帝不如先祖,甚至不如春秋时的大夫。不仅如此,还直接提醒光武帝"今秋稼已熟",要光武帝履行诺言,不让朝廷有敷衍搪塞的余地。这种表达方式,固然由于处境险恶、急不择言,但也与朱浮的秉性和文风有关。

但朱浮之文也并非皆是如此直白峻切,也有纡徐舒缓,曲折达意之处,如在《上书请广选博士》《因日食上疏言牧守换易宜简》《上疏言州牧劾奏宜下三府覆案》等奏章中,作者为了达到目的,采用了三个迂回手法:一是先称颂光武的圣德,举措的英明,然后再做文章,如在《因日食上疏言牧守换易宜简》中,首先称颂"陛下哀愍海内新罹祸毒,保奇生人,使得苏息。而今牧人之吏,多未称职",指出罢黜这些官员动机是好的,也是对的,然后再指出具体做法欠妥:考察不再通过三公,而"权归刺举之吏";并且"小违理实,辄见斥罢",造成官员惶恐纷扰。再次上书的《上疏言州牧劾奏宜下三府覆案》开头也是如此手法:"陛下清明履约,率礼无违,自宗室诸王、外家后亲,皆奉遵绳墨,无党势之名。"在《上书请广选博士》中也是首先称颂光武帝重视文教,身体力行:"陛下尊敬先圣,垂意古典,宫室未饰,干戈未休,而先建太学,造立横合,比日车驾亲临观飨,将以弘时雍之化,显勉进之功也。"这样,光武帝就容易接受,上书就能奏效,后来的事实也证明了这一点。第二是抓住光武帝相信谶纬,利用灾变或纬书中的警示来增加说服力,如在《因日食上疏言牧守换易宜简》中,以日食"群阳骚动,日月失行之应"来警示光武帝"天道信诚,不可不察"。又举纬书《鸿范》和《传》中"五年再闰,天道乃备"之言,说明"天地之功不可仓促,艰难之业当累日月",不能急于事功,轻举妄动。在《上书请广选博士》的结尾又特意点出:"臣浮幸得与讲图谶,故敢越职",强调与光武帝是同道,以博取情感上的支持。第三是用尧舜等明君的做法和汉家制度传统来加以规劝和引导,如《因日食上疏言牧守换易宜简》开头就提出汉家旧制:"州牧奏二千石长吏不任位者,事皆先下三公。三公遣掾史案验,然后黜退";又"以尧、舜之盛,犹加三考,大汉之兴,亦累功效"为证,指出处分官员要慎重,要遵循一定的程序,不能率性急切处治。在《上书请广选博士》中亦举旧制,说明"策试博士,必广求详选,爰自畿夏,延及四方",指出只在京畿遴选的不妥,又举孔子的《论语》:"中国失礼,求之于野",强调在民间求贤的重要性,借古人圣贤的大旗,以增加说服力,这也为后代的政论家所习用。

至于《上言织绶成》《奏更乘舆绶》两文,言简意赅,点到即止,表现了朱浮文风简洁严整的一面。

二、桓麟　桓彬

桓麟,生卒年不详,字元凤,沛郡龙亢(今安徽怀远)人。经学大师桓郁之孙,东汉经学家和文学家。桓帝初年为议郎,在禁中侍讲经学。桓麟为人耿直,得罪左右同僚,出为许令,因病免。又至孝,因母丧哀毁过度而卒。桓麟与祖父桓郁、曾祖桓荣不同,他不但继承家学,为出色的经学家,而且也是文学家,有文集两卷。据挚虞《文章志》云:"麟文见在者十八篇,有碑九首,诗七首,《七说》一首,沛相郭府君书一首",今多亡佚。《后汉书》存有一篇碑记《太尉刘宽碑》,《艺文类聚》录有《七说》,严可均《全上古三代秦汉三国六朝文》中《全后汉文》27 卷亦收有《太尉刘宽碑》和《七说》两篇。

《七说》是汉代常用的一种论说文体,从多方面申说一种观点主张或说明一种事物,如枚乘的《七发》、崔骃的《七依》、傅毅的《七激》、张衡的《七辩》等。《艺文类聚》和《北堂书钞》都载有桓麟的《七说》,并与张衡、枚乘、傅毅、崔骃等人同类作品放在一起,可见桓麟的文学地位。

桓麟的《七说》是篇说明文,介绍饮食、林木、驾车和射猎等方面的知识,但多用描述、状物、渲染气氛等手法,颇富文学色彩。将一篇枯燥的说明文写得生动传神,不仅需要广博的知识,更要有文学的功力。如文中描述用香萁做饭,杂以粳菰,这种饭"散如细蚳,抟似凝肤"。色泽、形状的描述极为生动准确,其"芳芬甘旨",让人"未咽先滋"。描述桐梓的生长环境是"上仰贯天之山,下临洞地之溪;飞霜厉其末,飙风激其崖;孤琴径其根,杂鸟集其枝",既有环境的烘托渲染,又有品德操守上的某种暗示。最生动传神的要数对驾车和射猎的描绘:"王良相其左,造父骖其右。挥沫扬镳,倏忽长驱。轮不暇转,足不及骤,腾虚逾浮,瞥若飙雾。追慌忽,逐无形,速疾影之超表,捷飞响之应声。超绝壑,逾悬阜,驰猛禽,射劲鸟,骋不失踪,满不空发。弹轻翼于高冥,穷疾足于方外"①。前两句说的是车速之快,王良、造父是古代两位驭车高手,接下来的四个四言句,状物既准确形象,又充满想象力。然后再变换句式,两个三言,两个六言,将想象和夸张推到极致,而且这种快速变换的句式本身就有极强的节奏感,像急促的马蹄声。接下来再是写射猎的神勇,用的亦是形容和夸张之法:"超绝壑"等四个三字句,是追击猎物;"骋不失踪,满不空发"两句是形容箭法高超,弹无虚发;最后"弹轻翼于高冥,穷疾足于方外"一下将画面拓宽拉远,在广阔的背景上给读者留下无限想象的空间。

《太尉刘宽碑》是篇人物传记,写于汉灵帝中平二年(185)二月。据《文选·王仲宣诔》注,刘宽碑有两块:前碑为桓麟所撰,后碑为蔡邕所撰,严可均《全上古三代秦汉三国六朝文》中《全后汉文》77卷亦收有蔡邕所撰的《太尉刘宽碑》。蔡邕为汉末著名的学者和文学家,由此亦可知桓麟在当时的文学地位,两碑在内容上亦可互补。刘宽为汉宗室,官至太尉,但《后汉书》中却无传,因而二碑就成为研究刘宽,尤其是刘宽与黄巾起义关系资料的主要来源。相比之下,蔡邕碑清简通脱,记事简略,文学价值很高;桓麟碑记事细密,时间背景一一录备,则有较高的史料价值,如碑中详录刘宽的从政履历:历任侍中、东海相、大中大夫,复拜侍中、屯骑校尉、宗正、光禄勋,官终太尉,几乎是一路升迁上去,没有波折,可见其人德行政绩、做人处世、对上对下皆有一套,亦可见碑中所言刘宽"以演策沈渐,对当帝心","迁东海相,以德兴化,泽

---

① 《七说》,见欧阳询《艺文类聚》卷57,文渊阁《四库全书》本,"子集"二。

臻民物"。等并非虚美。特别是刘宽与黄巾起义的关系,蔡邕碑因此处字句脱落过多,已无法窥其全貌,桓麟碑就成了唯一的史料。碑中记刘宽早就预见"狂寇张角,□□妖逆",因此建议皇上"上遏其源",但未受到重视。黄巾乱起,灵帝想起刘宽当年的警告,追封刘宽为"逯乡侯,食邑六百户"。另外,桓麟碑中有细节描绘,使传主节操风貌更加感人,如描绘刘宽去世时,"天子闵悼恻怛,内发手笔为策,□涕咨嗟"。吊唁的场面是"右中郎将张良持节临吊","五官中郎将何夔持节","公卿百僚缙绅之徒,其会如云",足见其人影响力之大。

桓彬(133—178),字彦林,沛国龙亢(今安徽怀远)人,桓麟之子。东汉文学家,少年时与著名文士蔡邕齐名。初举孝廉,拜尚书郎。为人耿直有操守。当时中常侍曹节女婿冯方亦为尚书郎,桓彬不与为伍,而与左丞相刘歆、右丞相杜希等友善,因而遭冯方嫉恨,诬告桓彬等人为酒党。审理此案的尚书令刘猛亦与桓等友善,遂搁置此事。曹节得知大怒,遂上奏弹劾,于是刘猛与桓彬等人俱免官。汉灵帝光和元年(178)卒于家中。著有《七设》,已佚,《艺文类聚》《北堂书钞》及严可均《全上古三代秦汉三国六朝文》中存有几则,皆是关于食品烹饪方面的知识。文章交代清楚、状物准确,描写形象,颇有乃父的文学之风,如介绍有名的新城稻和雍丘粱这两个谷物品种,从其色泽、香味和精细几个方面加以描摹和形容,亦不乏想象和夸张:"新城之秔,雍丘之粱,重穋代孰,既滑且香,精稗细面,芬糜异粮";形容用来作为祭品的鮿之鲙,其制作过程是"飞刀徽整,叠似蚋羽",用语简洁而且生动形象。

第三章　三国魏晋南北朝时期的安徽文学

　　三国时安徽境内的郡县与两汉相近,只是政治版图归属不同:淮北的豫州汝阴、谯郡,江淮之间的淮南郡和庐江郡的北部属于曹魏;庐江郡的南部和沿江江南的丹阳郡属于孙吴。庐江郡的庐江、舒城、巢县、含山一带则是魏、吴交兵争夺的战场。到了东晋和南北朝时期,豫州部的汝阴郡、谯郡先后为北方少数民族政权前秦、后秦、北魏、东魏所占据,扬州部的庐江郡、历阳郡则为东晋和南朝所据守。由于汉族政权的南移和江南的开发,此时在安徽境内又增加了隶属于扬州部沿江的宣城郡和江南的新安郡。安徽境内的淮河则成为南北对峙和交兵的界河。由于东晋尤其是南朝实行侨州郡县制,使此时安徽境内的州郡县呈现十分复杂的状态,所谓侨州郡县制,即南迁的北方士大夫为了保持其祖籍和显示文化正统,以原北方州郡县名来命名东晋、南朝实际据有的江淮和沿江州郡,如南朝所据有的豫州即今芜湖一带,汝阴即今合肥一带,还有淮南郡、梁郡、谯郡等。我们在阅读此时安徽文学作品和作家传记时必须注意这一状况。

　　三国两晋南北朝时期,安徽经济尤其是江淮之间和江南经济有了快速的发展。据《史记》记载,直到汉初,江淮和江南地区还是相当落后的:"楚越之地,地广人稀。饭稻羹鱼,或火耕而水耨。果蓏蠃蛤,不待贾而足"①。但到魏晋南北朝时期,面貌却大大地改变,江淮以南已是"良田美柘相望,畦畎阡陌如绣"的鱼米之乡。这种改变很大程度上得益于魏晋南北朝时期战乱所造成的北方居民大量南迁:西晋末期中原八王之乱,匈奴贵族刘渊南侵,中原居民为逃避战乱大量拥向江东。《晋书·王导传》称"洛京倾覆,中州士女,避乱江左者十六七"。这次北人南迁,人数众多,据谭其骧估计:从西晋永嘉之乱到刘宋末年为止,南迁人口总数多达90万,约占当时刘宋全境户口总数的

---

① 《史记》卷129,"货殖列传",上海古籍出版社1986年版,第1册,356页。

六分之一,延续时间也长达百年,而淮南和沿江地区则是最主要的移民接受者①。其实这种大规模移民在西晋之前就开始了,汉献帝建安十八年(213),中原渡江南下的就有十万余户,南迁人口中有士兵、农民、百工和士大夫,简直是整个社会的大搬迁。这批举族迁移而来的北人,带来一些适用于南方水田农业的中原农耕技术,促进了江淮和江东地区农业的发展,其中的北方士族也逐渐演化成势力强大的地方豪强,成为东晋政权中举足轻重的人物。

促进江淮和沿江经济发展的还有魏晋的屯田制度。安徽的淮北和江淮之间是曹操屯田的重点地区。司马懿控制魏国朝政后,为积蓄吞并吴国的军资,也着手在两淮屯田。东吴屯田以军屯为先,屯地主要分布在同曹魏接壤的江淮一带和沿江地区。曹魏和东吴屯垦的主要劳力多是北方流民和移民。这批人不仅改变了江淮地区的经济面貌和生产条件,也改变着这里的文化生态和社会结构,从而孕育着一种既不同于汉魏中原文化,亦非原有的吴楚文化的新的人文特质。如建安时代曹操、曹丕诗风和文风的形成,除了本人的秉性和文学爱好外,与他们生活的地区也有很大的关系。三曹生活的安徽的淮北地区,处于南北交汇之处,乃为南北文化的走廊,汉末的动乱,士人的流散和寻找归依,更加速了这种交融。三国时代吴与魏在江淮地区交相攻守,不仅是一种军事上的征战,也是吴越文化和中原文化之间的冲突和交替,所以江淮士人的文学品格此时往往呈现南北杂陈的风貌:曹操"如幽燕老将,气韵沉雄",显现的是"辞气贞刚,重乎气质"的北方文学特征,曹丕则柔和婉约,开"宫商发越,贵乎清绮"的江左之风。

三国两晋时期是安徽文学最辉煌的时期之一,也是中国文学史上最有建树的时期之一。以我省亳州人曹操父子为代表的一批建安诗人,他们身处社会动乱之中,目睹着或遭遇着动乱岁月给自己和民生带来的巨大苦难,继承着汉乐府"感于哀乐,缘事而发"的现实主义传统,一方面反映社会动乱和民

---

① 《南朝境内之各种人及政府对待之政策》,《魏晋南北朝史论集》,北京大学出版社1997年版。

生疾苦;一方面表达结束动乱、统一天下的理想壮志,呈现一种慷慨悲凉的时代特色,这种时代特色被后人称为"建安诗风"或"建安风骨"。在建安诗风的形成过程中,曹操父子起着核心和领军的作用。建安文学之后的又一个文学史亮点"正始文学",也是以皖人嵇康、刘伶作为标志性人物。

魏晋南北朝时期还有曹睿、曹冏、夏侯湛、曹摅、曹毗、嵇绍、嵇含、桓玄等人。上述诸人的文集,大多亡佚,严可均《全上古三代秦汉三国六朝文》和逯钦立《先秦汉魏晋南北朝诗》,辑有他们的一些诗文或残篇残句。我们在编写《安徽文学史》的过程中,从《东观汉纪》《后汉书》《魏书》《晋书》等史籍以及《太平御览》《艺文类聚》《初学记》《北堂书钞》等类书中辑得一些诗文或残篇残句,让我们得以窥见他们的部分文学成就。继续发掘他们的文学成就以及发掘这个时段的其他安徽作家,任务还非常艰巨。

今属安徽地区的两淮和沿江江南地区,在两汉和魏晋南北朝时代产生了大量民歌,这些民歌,有的被官方的采诗机构乐府所收录,有的尤其是民间谣谚则被史籍如《史记》《汉书》或类书如《艺文类聚》等所收录。这些民歌,反映了当时江淮地区艰苦的生活条件和耿直强悍的民风,对当地统治者也有鞭挞和讽刺。其中以汉末乐府《孔雀东南飞》以及民间谣谚《颍川儿歌》《淮南王歌》等为代表。

第一节 曹操

一、曹操生平及其思想主张

曹操(155—220),字孟德,小字阿瞒,沛国谯(今安徽亳州)人。父亲曹嵩为宦官曹腾的养子,虽官至太尉,仍为士族所鄙。曹操二十岁举孝廉,任洛阳北部尉,迁顿丘令。后在镇压黄巾起义和讨伐董卓的战争中,逐步扩充军事力量。汉献帝初平三年(192),为兖州牧。建安元年(196),迎献帝都许(今河南许昌),从此用天子名义发号施令,先后削平吕布等割据势力,逐渐统一了中国北部。建安十三年(208),进位为丞相,率军南下,被孙权和刘备的联军击败于赤壁。建安十八年(213)封魏公,三年后进爵魏王,名为汉臣,实为皇帝。后其子曹丕代汉,追赠曹操为魏武帝。

曹操是历史上一位杰出的政治家、军事家和文学家。他击败袁术、张邈、吕布等北方诸侯,平定乌桓,抑制豪强,加强集权。他在北方屯田,兴修水利,解决了军粮缺乏的问题,对农业生产的恢复有一定作用。用人上则唯才是举,注意笼络名士。军事上善于用兵,精通《孙子兵法》,著有《孙子略解》《兵书节要》等军事论著。文学上诗歌造诣极高,气势磅礴、慷慨悲凉,与邺下文人集团共同创造出悲凉雄浑的建安诗风,有《魏武帝集》四卷。

"文化大革命"期间,曹操曾被说成是法家代表人物,亳县还专门出了一本《曹操集译注》。实际上,在曹操身上表现一种极为鲜明的实用主义。出于实用考虑,曹操在思想上并不专宗某家,而是根据现实情势需要,兼采各家所长,并随着时势的变化而适时调整,因此,实际上他是位杂家。例如《三国志·魏志》上说他"持法峻刻","文革"中即以此断定他是法家,但他在建安八年(203)又下《修学令》,说"丧乱以来,十有五年,后生者不见仁义礼让之风,吾甚伤之",要求各郡国建学校,"庶几先王之道不废,而有益于天下"。在《以高柔为理曹掾令》中又提出"治定之化,以礼为首;拨乱之政,以刑为先"。可见他是儒法并用,审时度势,以分先后。除儒、法两家之外,曹操最重视的是兵家,精通《孙子兵法》,是今存为此书作注的第一人,又著兵书十万余言。曹操善于用兵,"因事设奇,谲敌制胜,变化如神",他的政治对手刘备就曾感慨"其用兵也,仿佛孙吴"(《三国志·蜀志·本传》)。

二、曹操的文学观念

曹操重视文学事业,他对建安文学的兴盛起到决定性的作用。他网罗名士,正如曹植所言:"吾王于是设天网以该之,顿八纮以掩之,今悉集兹国矣。(《与杨德祖书》)"他对文士不像汉武帝那样"以倡优畜之",而是欣赏揄扬,"引贤俊而置之列位"(《魏志·魏武帝》)。那些因战乱散落各地的著名文士,如徐干、刘桢、吴质、王粲、陈琳等皆投其帐下,并因文学才华受到赏识和重用:陈琳的"章表书记,今之隽也",曹操曾"数加厚赐"(曹丕《典论·论文》);阮瑀文思敏捷,曾受命于马上草书,曹操一字"不能增损",于是大加揄扬(《魏志·王粲传》);徐干年轻时就博览群书,"言则成章,操翰成文"(《中论序》),曹操擢为司空军谋祭酒,分别出任曹丕和曹植的文学侍从。被曹丕誉为"有逸气""妙绝时人"的刘桢,曹操擢为丞相掾,为人敏捷多才但又恃才傲物,因在宴席上平视甄夫人激怒曹操,但终不忍加害,刑满后又让官复原职。这些人也把"以相王之尊,雅爱辞章"的曹操视为文坛领袖,王粲就曾在诗中称曹操为"贤主人"(《公宴诗》),从而形成彬彬之盛的邺下文学集团。曹操本人也身体力行,虽"身亲介胄,务在武功,犹尚息鞍披览,投戈吟咏"(《魏志·武帝纪》),而且"登高必赋",以自己的创作实践,开创了慷慨悲凉的建安诗风。

曹操没有留下文学方面的专论,但从《文心雕龙》等文论专著中存留的一些资料来看,曹操的文学观主要有两点:一是实用,二是创新。曹操曾言:"设使国家无有孤,不知当几人称帝,几人称王!(《让县自明本志令》)"作为一位肩负重大历史责任的政治家,文学自然要服从于政治,必须实用、务实、朴实,摈斥一切"浮华""靡丽"的文风:"曹公云:'为表不必三让,又勿得浮华'。所以魏初表章,指事造实;求其靡丽,则未足美矣";"魏武称:'作敕戒,当指事而语,勿得依违,晓治要矣'";"诗人以'兮'字入于句限,楚辞用之,字出句外……而魏武弗好,岂不以无益之文耶?"(刘勰《文心雕龙·章句》)曹操认为写表章、作敕戒,必须就事论事,求实、务实,不需绕弯子,更不能夸张浮华,甚至写诗也不需用"兮"之类的衬字虚词,这就是曹操的文学观。孔融位于建安七子之首,曹操杀孔融,原因固然很复杂,但借口却是"浮艳乱俗":"世人多采其虚名,少于核实。见融浮艳,好作变异,炫其诳诈,不复察其乱俗也"(《宣示孔融罪状令》)。也就是说,曹操对文风的整饬,严重到要掉脑袋的地步。但是,曹操强调的务实、朴实并不意味着简单浮浅;相反,曹操也要求作家有广博的知识、深厚的积累,他曾批评张衡说:"张子之文为拙,然学问肤浅,所见不博,专拾掇崔、杜小文,所作不可悉难,难便不知所出,斯则寡闻之病也"(《文心雕龙·事类》)。

三、曹操的诗文创作

曹操的文学成就主要表现在诗歌和散文的创作上。

1. 诗歌

曹操诗歌现存 22 首(包括有争议的 3 首),全是乐府歌词。从题材内容来看,基本上有四类:纪事、述志、游仙和咏史。

纪事类诗歌主要继承《诗经》和汉乐府"缘事而发"的现实主义传统,写汉末时事,反映国家离乱、民生疾苦,而且多写军国大事,多产生于征战之中,如《薤露》《蒿里》两篇,前篇自汉灵帝任人不良写起,到董卓入据洛阳作乱。后篇接着写关东群雄联合讨伐董卓,到军阀间互相混战,从灵帝中平九年(192)到献帝建安二年(197)这五年间汉末动乱历史。其中"铠甲生虮虱,万姓以死亡。白骨露于野,千里无鸡鸣。生民百遗一"等句,真实又形象地再现了汉末社会大动乱中的现实,所以后代诗论家称此为"汉末实录,真诗史也"(钟惺《古诗归》)。类似的还有《苦寒行》《步出夏门行》等篇。《苦寒行》真实记录了建安十一年正月,曹操率军北上讨伐袁绍,在太行山区艰苦行军的情形;《步出夏门行》则是建安十二年北征乌桓途中的所见所闻、所感所思,两篇也是前后承接,产生于征战之中,反映当时的军国大事。

述志类有《短歌行》《对酒》《度关山》《步出夏门行》等,主要表达曹操的社会理想和政治追求,其中儒、道、法、墨、刑名、兵、农各家主张皆有,最可看出曹操的杂家本色。他"不戚年往,忧世不治"(《秋胡行》),渴望建功立业,统一天下:"老骥伏枥,志在千里。烈士暮年,壮心不已"(《龟虽寿》)。《度关山》则意在总结历史经验,强调为君应正形节俭,切莫"劳民为君",以此自警和垂训。《对酒》意旨与《度关山》相同,其中构想了一幅王者贤明、股肱忠良的太平盛世蓝图:"太平时,吏不呼门。王者贤且明,宰相股肱皆忠良。咸礼让,民无所争讼。三年耕有九年储,仓谷满盈。斑白不负载";"爵公侯伯子男,咸爱其民,以黜陟幽明";"犯礼法,轻重随其刑。路无拾遗之私";"人耄螯,皆得以寿终,恩德广及草木昆虫"。诗中对君、臣、民皆作出规范,对赋税、刑律、孝道和农业生产皆有设想,颇具理想主义色彩。《短歌行》也是表达类似理想,但避免了《对酒》《度关山》那种政治理念的一味铺排,而是慷慨悲歌,慨叹时光易逝、功业未就,自己的思贤若渴以及统一天下的雄心壮志,诗中运用大量比喻和典故,以情动人。

咏史诗有《善哉行》(之一)、《短歌行》(之二)等篇,其特点是从现实出发,以咏歌古人的方式写己心志。所咏的历史人物有周文王、古公亶父、太伯等圣王,齐桓公、晋文公等霸主,仲山甫、管仲、晏婴等贤相。其中多是自喻,与班固等人的咏史诗明显不同。如"周西伯昌,怀此圣德。三分天下,而有其二。修奉贡献,臣节不隆"(《短歌行》之二),显然是将自己比作有"圣德"又不僭越的周文王。曹操也曾公开说过:"若天命在吾,吾为周文王也",暗示自己不会取代汉室,要像文王那样,"修奉贡献",以隆臣节,让自己的儿子去做周武王取代汉家天下。他咏齐桓公:"齐桓之功,为霸之首。九合诸侯,一匡天下";"威服诸侯,师之所尊。八方闻之,名亚齐桓";咏晋文公:"晋文亦霸,躬奉天王。受赐圭瓒,秬鬯彤弓,卢弓矢千,虎贲三百"。这些诗章或是以古人来比拟自己的圣德,或是夸耀自己的功业,这种大胆直率近乎狂妄的比拟和自夸,只能出自这位"治世之能臣,乱世之奸雄"之口。

游仙诗有《气出唱》三首,《精列》《陌上桑》《秋胡行》(愿登太华山)等篇。这类诗歌表现出曹操对求仙长生一种极为复杂的心态:一方面感到神仙的渺茫,"痛哉世人,见欺神仙"(《善哉行》),人的寿夭不在天而在人事,"盈缩之期,不但在天。养怡之福,可得永年";另一方面又满怀羡慕地描写神仙生活,期待轻举高蹈,兼及服食长生。其实,从秦始皇到汉末,游仙诗皆与求仙有关。在这方面,曹操的思想境界并没有超越他们的时代,他的游仙诗即他求仙欲望的真实表现。《曹操集》中有篇《与皇甫隆令》:"闻卿年出百岁,而体力不衰,耳目聪明,颜色和悦,此盛事也。所服食施行导引,可得闻乎?若有可传,想可密示封内"(《千金方》卷八一),足见其服食长生的欲望多么强烈!但是,神仙不可求,长生不可期,生命在一天天逝去,想避免又无法避

免,想要超然处之又无法释怀,这是一种何等的煎熬啊!《精列》一诗则细密而形象地表达了这种煎熬:

> 厥初生,造化之陶物,莫不有终期。莫不有终期。圣贤不能免,何为怀此忧?愿螭龙之驾,思想昆仑居。思想昆仑居。见期于迂怪,志意在蓬莱。周孔圣徂落,会稽以坟丘。会稽以坟丘。陶陶谁能度?君子以弗忧。年之暮奈何,时过时来微。

死亡是不可抗拒的!面对死亡,人世间的所有区别都不存在了,连高尚与伟大都失去了意义。多希望那迂怪离奇的神仙世界真的存在啊!既然人人都不能免,为生命忧虑也没有意义,老境还是一天天迫近,无可奈何。这才是曹操游仙诗的主调。

曹操诗歌的风格,历代诗论家对皆有经典的概括,诸如"曹公古直,甚有悲凉之句"(钟嵘《诗品》);"如幽燕老将,气韵沉雄"(敖陶孙《诗评》)。曹操的诗风可以用他自己的两句诗来概括:"慨以当慷,忧思难忘",建安诗风的基调也是悲凉慷慨,因此也可以说曹操是建安文学时代风气的先觉者和创导人,是他奠定了建安诗风的基调。

曹操的诗歌全是乐府诗,所以他的艺术成就首先就表现在对乐府诗的贡献上:它一改乐府古辞中那种消极避世、人生虚无和纵情游荡的成分,以军国大事入诗,但仍保持悲伤的基调,显示与乐府古辞在情绪取向上的某种关联。曹操的乐府诗继承并发展了相和歌古辞"缘事而发"的现实主义传统,借旧题写时事,具有强烈的现实性。在表达方式上,曹操的相和歌辞比起原有的古辞已由叙事转向了抒情,在气势节奏上抑扬顿挫,韵味醇浓,抒发性强烈。通过音乐的旋律来表现那个时代的乱离悲慨的情绪,既是对原有相和旧曲一个重大的突破,也使曹操成为建安诗风气的先觉者和创导人。在歌辞的乐调上,曹操强化了清商俗乐的乐调特点,发展了相和歌辞中哀怨激越的音调,与他所开创的悲凉慷慨诗风正好契合。

曹操诗歌在体式上有四言、五言和杂言三大类,其中主要是四言。曹操的四言诗在形式上仍保留《诗经》两句一行、四句一节的章法特征,也像《诗经》一样多用比兴,甚至还化用《诗经》的成句,如:"青青子衿,悠悠我心""呦呦鹿鸣,食野之苹"等,但并非对《诗经》的简单模拟和继承,而是有所发展和创新:首先,它采用平易的当代口语,突破汉代班固、傅毅、仲长统等人的四言体普遍不敢改变《诗经》体语汇,显得因循窘缚的局面。《诗经》的一般句式构成以单音词为主,本质上还是散文句式。但曹操的《短歌行》《步出夏门行》等篇,都在朴素的当代口语中提炼出平易的双音节词语,使节奏强化,易于诵读,如"对酒当歌,人生几何?譬如朝露,去日苦多";"东临碣石,以观沧海。水何澹澹,山岛竦峙。树木丛生,百草丰茂。秋风萧瑟,洪波涌起"等。明代徐祯卿云:"韦、仲、班、傅辈,四言诗窘缚不荡,曹公《短歌行》……工堪为则矣。"(《谈艺录》)其次是节奏感强,情感上大起大落。曹操不满意两汉的四言诗平铺直叙方式,有意安排间隔,让情感起伏跳跃,显示出强烈的节奏感,如《短歌行》,全篇围绕"忧从中来,不可断绝"多次转折,一会是得才之喜,一会是失才之悲,一会是求才之渴,反复咏叹对贤才的渴求和欲使"天下归心"的壮志。有的论者据此指责《短歌行》"意多不贯"(谢榛《四溟诗话》),殊不知这正是曹操对四言诗的创新。

另外,他的游仙歌辞发扬了楚地巫文化的传统,借鉴《楚辞》中的远游幻想,写出了一批风格雄浑的抒乱世之幽思,寄希望予高龄,托统一于遐想,富有宏放浪漫的艺术张力。

2. 散文

曹操现存散文150余篇,多为应用性文章。其中令最多,有80多篇,书、表各有20多篇,其他还有奏事、教、戒、策、序、祭文、尺牍等。这些应用文章都注重实用功利,"指事造实,不求靡丽"(《文心雕龙·章表》),既无两汉文章反复说教的陈腐气息,也不着意于文辞的铺陈华美,自由地表达自己的思想观点,无所顾忌,显得务实而简练、清俊而通脱。曹操散文创作与其政治权力的关系密切,在曹操政治权力的成长过程中,各个阶段的散文风格也不尽相同。曹操的政治经历和散文创作可分为三个阶段。第一阶段:从汉灵帝光和四年(181)至献帝建安元年(196)为曹操不断壮大实力的时期。这一时期散文以上书表奏最多,此文体特点是清峻、严整、雅洁,而一向为学者所论定的"通脱"之风此时体现还不明显。第二阶段:从建安二年(197)至建安十七年(212)为曹操"挟天子以令诸侯"、逐步掌握政权的时期。这一阶段曹操散文创作数量最多,共63篇。在形式上首先表现为对传统表文书写规范的突破,如《掩获宋金生表》《上言破袁绍》《破袁尚上事》等,这些表文完全不拘于表文程式的限制,甚至可以说是畅所欲言,突破了"表"的严整的规范。其次是形式不拘一格。既有几字的短令,如《诛袁谭令》仅八字:"敢哭之者,戮及妻子",也有长达数百字的《让县自明本志令》,完全是由其书写内容来决定的,无任何规矩可言。自由洒脱是这一时期曹操散文最突出的特点:上表之文居然娓娓道来,似讲故事,丝毫不讲究表文的严肃性,如《掩获宋金生表》;祭吊之文亦信口而谈,不拘旧式,如《祀故太尉桥玄文》;表战事之文竟然描述铺叙,如《破袁尚上事》。第三阶段从建安十八年(213)至建安二十五年(220),为曹操巩固政权,"以魏代汉"的时期。因而这一时期的"令教"数量达40多篇,占此时散文总量的81%,是三个阶段中比例最高的;上书表奏和书信仅均为4篇,占8%。这一时期曹操散文在形式上继续了第二阶段不拘一格的特点,稍有不同之处:第一,对汉末"让表""三辞从命"体制的突破,如《让九锡表》。第二,是直言不讳地借皇帝的名义下"策"书,如《假为献帝策收伏后》。这两种形式的出现体现了曹操已经基本完成了他夺权过程中的政治体系建设,仅作为形式存在的汉献帝在曹操的政治运作中已无足轻重。"假"皇帝之名"策"收皇后的行为,在此阶段之前绝不可能出现,而且在正式文书的标题中直书不隐,更是只有曹操才能做得出来的。第三,《终令》《遗令》对该类文书传统书写程式的突破。当时的遗令本有一定的格式,他的遗令不但没有依着格式,内容竟讲到遗下的衣服和伎女怎样处置等问题。曹操散文在这一时期的主要特点可概括为任气、通脱、随意。

曹操散文的风格虽然平易通脱,却通脱中含霸气,平易中有襟怀。就像他既是"能臣"又是"奸雄"的独特人格一样,他的这种文风也是独特的,不仅在汉魏时代是独特的,就是在建安文学集团内也是唯一的,而且魏晋之后也无人能继。从文体上说,曹操的散文是东汉时代真正意义上的散文。东汉时代,文受辞赋的影响,措辞结句,逐渐朝典雅的方向发展,句式的对偶普遍运用,文的骈化趋势愈益明朗,如汉末蔡邕之文,大部分是基本成熟的骈文,与曹操同时代的仲长统、卢植、荀悦等人也有同样的倾向。但曹操几乎不写骈文,散文中也绝少有骈化的痕迹,自然朴实,只求"指事造实",不避俗言俚语。他的文,包括一般认为最应典雅的表、令、疏、书在内,皆疏朗畅达,自由挥洒,略无窒碍。这种文风与作者的强势性格相表里,遂使曹操散文具有大气喷涌、一泻千里的气力。在建安文学集团内,尽管建安文人们在政治上唯曹操马首是瞻,但仍各自保持固有的风格,甚至连曹丕、曹植兄弟之文也看不出有乃父之风。因为这种"治世之能臣,乱世之奸雄"的性格谁人能似,"挟天子以令诸侯"的地位又有几人能够。唯其独特,才显得难能可贵,成为中国散文长廊中难得一见的珍品。

从文学渊源来看,曹操的散文最得力于孔孟:语言的简练、通脱,颇似《论语》,散文中引述最多的典籍也是《论语》;文中的强势性格和浑厚的文气又颇似《孟子》。

第二节 曹丕

一、曹丕生平及文化建树

曹丕(187—226),字子桓,为曹操妻卞氏所生第一子。异母兄曹昂战死后,就成为曹操的长子。曹丕少有逸才,八岁即能为文。青年时期在邺下文人集团中度过,博览群书又善骑射。建安十六年(211)为五官中郎将、副丞相,建安二十二年(217)被立为太子。建安二十五年(220)曹操卒,丕继位为丞相、魏王,同年十月代汉自立,改元黄初。黄初七年卒于洛阳,史称魏文帝。

曹丕不如乃父雄才大略,基本上是守成之君。他作为政治家虽乏善可陈,但在文化事业上却颇有建树:他即位不久就下诏复兴经学,令"缙绅考六艺"并亲自审阅。其后又陆续下诏规定选士要"儒通经术,吏达文法",立太学,制五经课试之法;注意收集整理图书文献,组织文士编辑大型类书《皇览》,共40余部,800多万字,开我国编纂大型类书之先河。后世的大型类书如《艺文类聚》《太平御览》等,无不沿袭《皇览》的体制格局。曹丕的著作,《隋书·经籍志》著录有23卷,又有《典论》5卷、《列异传》3卷,皆已散佚。明人张溥辑有《魏文帝集》,近人黄节有《魏文帝魏武帝诗注》。[①]

二、曹丕的政治文化论文集《典论》

曹丕有散文作品集《典论》,包括多篇政治文化论文,今多散佚,经严可均的《全三国文》辑录,尚存《自叙》《奸谗》《内戒》《酒诲》《论文》《终制》等十多篇,其中最重要的是《自叙》和《论文》两篇。《自叙》在文字上最为精彩,其中夸说自己的骑术、射技和空手白刃的高超武艺,有泛论也有具写,有叙述也有对话,叙述之中又层层铺垫以引人入胜,甚至采用小说式的生动情节来展开故事,如写自己与邓展交手这一段:

> 余与(邓展)论剑良久,谓言:"将军法非也。余顾尝好之,又得善术。"因求与余对。时酒酣耳热,方食芋蔗,便以为杖,下殿数交,三中其臂。左右大笑,展意不平,求更为之。余言吾法急属,难相中面,故齐臂耳。展言愿复一交。余知其欲突以取交中也,因为深进,展果寻前,余却脚鄡,正截其颡。坐中惊视。余还坐笑曰:"昔阳庆使淳于意去其故方,更授以秘术,今余亦愿邓将军捐弃故伎,更受要道也。"一坐尽欢。

这段文字舒展活泼,挥洒自如,叙述、描写、对话、议论交错有致,将一位武林高手如何轻易制服对方写得栩栩如生,有如金庸笔下的华山论剑。

但是,历来评论家看重的不是这极富文学色彩的《自叙》,而是《论文》。梁昭明太子的《文选》只选《论文》而不选《自叙》就是一个明证。《典论·论文》是我国文学批评史上第一篇较完整又自成体系的文章学专论,也是古代

[①] 《魏文帝魏武帝诗注》1925年由北京大学出版。1958年人民文学出版社校订重排,改名《魏武帝魏文帝诗注》。

文学理论批评自觉时代的开始。他把文章提到和"经国大业"一样的重要地位,认为文学乃"不朽之盛事",这就给六朝文士热爱文学事业设定了一个权威而充足的依据。至于《典论·论文》的写作本意,原是要防止建安文学集团内部的"文人相轻",提倡"安定团结"之意,但在中国文学批评史上成为里程碑标志的,却不是对文人不可相轻的规劝,而是作者论证不可相轻的两个理由:文体不同和文气不同,尤其是后者,在批评史上建立了一个全新的价值评判体系,这大概是曹丕也始料未及的。在文体论中,曹丕指出"文非一体",而且各种文体在性质和范围上皆有所不同:"奏议宜雅,书论宜理,铭诔尚实,诗赋欲丽",因此不能"各以所长,相轻所短"。东汉文人如王充也偶尔谈及文体的不同特征,但却无人像曹丕这样从理论上加以总结。

在文气论方面,曹丕提出"文以气为主",这是一个全新的理论。曹丕所云之"气",是指人的气质、禀赋。"文以气为主",就是将作家的气质、禀赋视为文章风貌的决定性因素,也就是西方文论所说的"风格就是人"。中国古代哲学认为宇宙万物皆由元气构成的,气有清浊,因而构成人的"气"也有差异:"人禀气生,性分各异"(刘劭《人物志》)。这就是魏晋之际评藻人物的哲学依据。曹丕则把中国古代哲学的这个重要命题引入文学批评领域,指出"气"对"文"起主导和支配作用:"文以气为主,气之清浊有体,不可力强而致";文章之所以有不同特色乃是由于作家"气"的不同:"徐干时有齐气","应玚和而不壮,刘桢壮而不密,孔融体气高妙"。这是对儒家"诗言志"说的一个突破和飞跃。因为"诗言志"强调的"志"是一种社会政治责任感,换句话说,作家的情志是外因促成的。曹丕则把对文学异质的研究从外因转向内因,应该说这是对儒家文学理论的大胆而重要的突破,中国的文学理论,由此推进一大步。

三、曹丕的文学创作成就

(一)诗歌

曹丕诗歌现存40多首,其题材基本分为两类:一类是述己,如征战、宴游、游仙之类;另一类是代拟,或是拟写征夫、游子、思妇的离愁别绪和哀怨,或借此抒写自己怀抱。两类相较,代拟体的成就更高。

1. 代拟体

曹丕诗歌中约有四分之一是写思妇、游子的离愁别绪和弃妇的痛苦与哀怨,用的是代拟的手法。至于创作意图,有的是为远在他乡的游子、征人写行军之苦、思乡之痛,或是弃妇的哀怨,抒发时代的感伤,如《燕歌行》《代刘勋妻王氏杂诗》《于清河见挽船士新婚与妻别》《秋胡行》等;有的则用"拟女性"的文学设计,以柔弱、幽曲、敏感的女性心态,写出"臣妾式"的自卑与哀怨,借以表达自己的心绪,如《陌上桑》《寡妇诗》和《杂诗》等。但无论是写人还是喻己,大都情感真挚,婉转跌宕,语调悲凄,情景交融,其中尤以《燕歌行》二首为最,它也代表着曹丕诗歌的最高成就。此诗是"代为北征者之妇思征夫而作"(王尧衢《古唐诗合解》卷三)。诗中使用了汉乐府和古诗中常见词语和意象,如"秋风""天气凉""草木摇落""霜露""燕归""雁南翔""清商"等,诗人用纯熟自然的手法重叠复合、连缀融贯于诗中,营造出一片凄清悲凉的氛围,产生极强的感染力。王夫之赞曰:"倾情、倾度、倾色、倾声,古今两无"(《姜斋诗话》)。《燕歌行》还是我国早期七言诗走向成熟的标志。至于"臣妾式"的自卑与哀怨,则以《杂诗》二首最为典型。这两首诗皆是写客子的飘零和孤独,其实皆另有寄托,可能与他在争夺太子之位的过程中有段时间内备受冷落有关。建安二十二年(217),曹丕被立为太子之后,他没有再作过一首这类代拟体,就是一个明证。清人沈德潜评这两首诗说:"二诗以自然为宗,言外有无穷悲感。"(《古诗源》)也就是说,它另有寄托。

曹丕的代拟体在中国文学史上也有较高的思想价值:建安时代是一个"人的觉醒"的时代。人的思想逐渐从两汉经学的束缚中解脱出来,加上战乱对人们心灵的冲撞,他们开始发现了自我,发现了感情、欲望和个性。表现在文学创作上,则是将人的感情和心灵的展现作为主要内容。曹丕采用代言体的方式,来表达一个特定时代的个人感受,既在一定程度上反映了当时女性的生存状态和远在他乡的游子征人的悲苦,也抒发了潜藏于自己内心世界的苦闷和不安，无论是悯生还是伤己，都是建安时期慷慨悲凉时代精神的外化。当然，建安时代代拟体写得出色的不止是曹丕，至少还应包括他的弟弟曹植，但两者的代拟体有很大的不同：从写作时间上来讲，曹丕的代言体诗多写在被立为太子之前，而曹植的代言体诗则多写在曹丕继位后的黄初年间；在情感的表达上，曹丕诗中的女主人公，外在形象十分隐约，而内在情感却十分浓烈，诗中浓烈的感情不是发自女主人公，而是发自曹丕自己。曹植诗中的女主人公，个体形象比较鲜明，多表现出容貌出众、超尘脱俗、孤芳自赏的情调，很容易体会到那些形象背后有个怀才不遇、备受排挤的孤独幽苦的灵魂；在写作风格上，曹丕的代言体诗写得语言清美，委婉细致，回环往复，深婉感人；曹植的代言体诗多写得词采华茂，比兴之间的起承转合运用得十分纯熟；在个人情感的表达上，曹丕表现出的是政治家的矜持，而曹植表现出的是才子的放旷。

2. 记述宴游、征战及游仙诗

宴游诗 曹丕在为太子时经常组织大型的游宴赋诗活动。《三国志·邴原传》注引《邴原别传》载："太子宴会，众宾百数十人"，也留有许多游宴诗作，如《于玄武陂作》《芙蓉池作诗》《夏日诗》《孟津诗》《于谯作诗》《善哉行》等。这类诗作有两点值得注意：一点是在极写游宴盛况和欢乐场面之后，往往会有个感慨的结尾，借以表达生命意识，如"乐极哀情来，寥亮摧肝心"（《善哉行》），"寿命非松乔，谁能得神仙"（《芙蓉池作诗》）。这种生命意识，在《古诗十九首》中就已形成，曹操诗中也屡屡浮现。曹丕的这种表达，实际上表现了他对文学传统和时代价值取向的认同和吸纳。另一点是对后世山水游览诗的示导和启发作用。昭明太子《文选》将曹丕的《芙蓉池作诗》置于"游览"类诗的开头，足以说明这点。后世诗人对包括曹丕在内的建安公宴诗，在句法字法上多有效仿，如谢朓《和王中丞闻琴》中的"凉风吹月露"，即本刘桢的《赠五官中郎将》"凉风吹沙砾"；谢灵运《游南亭》中"泽兰渐被径，芙蓉始发池"，几乎完全仿照曹植《公宴诗》"秋兰被长坂，朱华冒绿池"。

征战诗 有《饮马长城窟行》《董逃行》《黎阳诗作》四首和《至广陵于马

上作诗》等。这类作品都与当时的战事有关,写法也相近,都是极写军容的壮盛,兵势的威猛和克敌制胜的决心与豪情。这类诗作豪言壮语多,但缺少曹操征战诗内在的骨力和胆气,给人一种徒作壮语的空洞浮泛之感,如"猛将怀暴怒,胆气正纵横。谁云江水广,一苇可以航。不战屈敌虏,戢兵称贤良"(《至广陵于马上作》)。尽管曹丕在《典论·自叙》中夸耀自己出色的剑术,但他的武功似乎仅止于个人的技艺,至于用兵作战,非其所长,至少在历史记载上看不到他作为军事统帅的实绩。他即位后两次征吴,皆无功而返。诗中竟然夸说"谁云江水广,一苇可以航",让人实在不敢恭维。更有甚者,他在这类诗中还学曹操悯生情怀,甚至口气还超过乃父,如《至广陵于马上作》的结尾"岂如东山诗,悠悠多忧伤"。曹操《苦寒行》的结尾"悲彼东山诗,悠悠令我哀",是说自己要学习周公,哀怜民生疾苦,曹丕居然连周公都不在话下了。这种虚张声势,只能暴露一个政治家的底气不足。

游仙诗 曹丕对于神仙的态度是在信疑之间左右摇摆。有时觉得神仙的虚幻:"寿命非松乔,谁能得神仙?"(《芙蓉池作诗》)但更多的是求之不得的矛盾心理,如《折杨柳行》,诗的前半是对"轻举乘浮云,倏忽行万亿"神仙世界梦幻般的向往,而后半却是俨然以儒家的历史观力辟神仙传说的荒诞:"达人识真伪,愚夫好妄传。追念往古事,愦愦千万端。百家多迂怪,圣道我所观。"值得注意的是,曹丕一些描写现世生活的诗作中,也常常提出人生归宿的迫切追问,如"四时舍我驰驱,今我隐约欲何为?人生居天壤间,忽如飞鸟栖枯枝,今我隐约欲何为"(《大墙上蒿行》),表现了一种终极关怀的哲学思考。

3. 艺术成就

曹丕的诗作有以下一些特色:

第一,柔和婉约风格,这是曹丕诗歌的最显著的特色之一。他一改乃父诗歌"如幽燕老将,气韵沉雄"的"风云之气",往往细腻婉转、语调悲凄,"有文士气"。无论是钟嵘称道的富丽华美的《杂诗》十数首,还是表现下层百姓苦难的《上留田行》《见挽船士兄弟辞别诗》,抑或是有借景抒情成分的《秋胡行》《寡妇行》等,都呈现一种柔和婉约的风格,被称为"古今无两"的《燕歌行》更是其婉柔风格代表。全诗代思妇言情,句句用韵,情态靡靡。诗的发端四句,写物候迁移,引起思妇对君子的思念,辞气清柔,声情摇曳;中间转入对思妇的沉思,写她中肠催切,泪下沾衣,乃至援琴鸣弦,以自排遣,但即便如此,思妇仍在极力掩制感情,只在"短歌微吟","其情掩抑低回,故不及为激昂奔放之词"(王夫之《姜斋诗话》);结束四句,补叙夜景,就牛女双星隔河相望,为之叹息,做到了以赋寓比,彼己双收,皆与柔和婉约的诗风有关。曹丕的诗歌有时明明取材于具体事件,但诗中却偏偏避开叙事去专作抒情,如《于清河见挽船士新婚与妻别》,其中挽船士与新婚妻别离一事,是他行军至黎阳过清河时所见,但诗中完全放弃对这一事件的叙写,而将笔墨集中到离别之际新婚妻子对其夫的倾诉上,将她此时此刻的依恋、恐惧、哀痛、怨愤、期望等种种复杂心绪,全都委婉详尽地表达了出来。再者,诗人在抒写心中难言之隐时,往往借比兴象征之词托以成篇,如《杂诗》"漫漫秋夜长""西北有浮云"二句等,这也增强了诗中曲折婉转的情韵。

第二,质而不鄙。曹丕有意识向汉乐府民歌学习,无论在题材、比兴手法以及语言皆是如此。前面曾提到他的诗歌中常见汉乐府、古诗中词语和意象,钟嵘据此批评他"率皆鄙直如偶语",在《诗品》将其列在"中品",而将曹植诗列为上品。曹丕诗固不如曹植,这是事实,但说曹丕诗"鄙直"却言之太过。曹丕继承了汉乐府质朴自然的传统而又有自己的特点,即质而不鄙,如《钓竿行》:"东越河济水,遥望大海涯。钓竿何珊珊,鱼尾何簁簁。行路之好者,芳饵欲何为。"诗题与汉乐府相近,有的诗句如"钓竿何珊珊,鱼尾何簁簁"也直接取自汉乐府,但塑造的一位志向远大不会贪饵的高洁者形象,以及其中的寓意,则是对汉乐府的超越。所以刘勰就不同意钟嵘对曹丕诗"鄙直"的评价,认为"魏文之才,洋洋清绮,旧谈抑之,谓去植千里……未为笃论也"(《文心雕龙》)。刘勰的看法是对的,曹丕诗是质而不鄙,有"清绮"之气。

(二) 文赋

1. 赋

曹丕有赋 26 篇,数量仅次于曹植。其题材基本上分为两类:一类是记叙军国大事,如《述征赋》《浮淮赋》等;另一类是抒情咏物,如《离居赋》《永思赋》《感物赋》《弹棋赋》《寡妇赋》等,以后者居多。这类赋作体制较短小,与两汉体物大赋向魏晋抒情咏物小赋发展的总体趋势相一致。另外,赋中的抒情功能有所增强,使赋具备了诗的某种功能,即所谓赋的诗化。在这方面,曹植和王粲所起的作用最大,曹丕也起了一定的作用。而且,将曹丕的赋与诗歌创作相较,他的赋比诗更多地承担了抒写本人情致的功能,更多地坦露自己的心迹,如《感离赋》写离别之情,以环境气氛烘托主体的情绪感受,赋中也使用了"天气凉""秋风""绿草萎黄""微霜零落""日暮""雁行"等汉代古诗和《燕歌行》中的意象,但不再像《燕歌行》那样通过思妇的形象来抒写哀怨,而是直接抒发岁月流逝、人生苦短的伤感:"秋风动兮天气凉,居常不快兮心伤。出北园兮彷徨,望众墓兮成行","日薄暮兮无惊,思不衰兮愈多"。其中逐句使用感叹词"兮",更增加了抒情色彩。也正因为如此,情感显得直露,不如《燕歌行》哀婉动人。《寡妇赋》也存在类似的特点,它与《代刘勋妻王氏杂诗》咏歌的是同一件事,但"杂诗"是在今昔对比之中借物写情:"翩翩床前帐,张以蔽光辉。昔将尔同去,今将尔同归。缄藏箧笥里,当复何时披",显得含蓄哀怨;《寡妇赋》则是直接抒发被遗弃后的孤独和伤感,充分得多,也直白得多。

2.文

与赋相比,曹丕的文较为出色一些。除了后期所撰的若干诏令具有公文性质,没有多少艺术价值外,他的书、论中都有不少精品。他的论文以《典论》中的《论文》和《自叙》最为出色,这在前面已加述论。"书"中的代表作有《与吴质书》《与钟繇书》和《答繁钦书》等。《与吴质书》向挚友倾诉内心,回忆往昔同游之乐,慨叹今日物在人亡,朋辈凋零:"物是人非,我劳如何",皆是真切心情的自然流露,语言恳切质朴。《答繁钦书》全篇描述一位年方十五岁的内廷宫女王琐歌舞之妙曼:

> 振袂徐进,扬蛾微眺,芳声清激,逸足横集,众倡腾游,群宾失度。然后修容饰妆,改曲变度,激清角,扬白雪,接孤声,赴危节。于是商风振

条,春鹰度吟,飞雾成霜。斯可谓声协钟石,气应风律,网罗韶濩,囊括郑卫者也。

作者调动视觉、听觉、嗅觉等多种感官,运用想象、比拟、夸张等多种手法加以形容描绘。四言为主,杂以三言、杂言,形成强烈的节奏感,似乎文字也在跟着王琐的歌舞在跃动。在文学史上,曹丕的书笺一般都以骈偶的形式出现,这对六朝骈文的繁荣起了先驱作用。昭明《文选》选了曹丕的《与吴质书》《与钟繇书》等多篇书笺,反映了曹丕文在齐梁时代相当受重视。

(三)志怪小说《列异传》

《隋书·经籍志》著录《列异传》三卷,在其序中称:"魏文帝作《列异》,以叙鬼物奇怪之事。"两《唐书》均题为晋张华撰,但《后汉书》李贤注,《北堂书钞》《初学记》等均明确指明作者为曹丕而非张华。此书在《隋书》《旧唐书》中均作三卷,但到了《新唐书》中就只剩一卷,宋以后再未见官、私著录。鲁迅从《水经注》《文选》(李善注)、《后汉书》(李贤注)、《北堂书钞》等书中辑得五十则,收入《古小说钩沉》中。从这五十篇来看,主要有以下几个方面内容:

神仙故事:如《蔡经》《蒋子文》《胡母班》等篇,或是表现神仙法力无边,或是云神仙不可亵渎;奇人异术故事:如《费长房》等七八篇故事,主要记一些方士的超常能力和非凡本领;精怪变化作祟故事:如《陈宝祠》等十余篇,主要反映古人的万物有灵,日久成精的观念,这些精怪大都会祸害人类。人鬼交往故事:或是人胜鬼,如《定伯卖鬼》,或是人鬼恋,如《谈生》。民间传说故事:如《三王冢》《韩凭夫妇》等。

《列异传》虽是张皇鬼神,内容上仍有不少可称道之处,如《定伯卖鬼》中那位勇敢又机智的宋定伯,不但不为鬼所祟,反而得其益,将鬼变成的羊捉住卖掉,"得钱千五百"。他告诉人们,不要畏惧任何强大或可怖的东西,只要勇敢面对,又能机智地探索到其软肋,就能变害为利。1958年,在毛泽东的倡导下,人民文学出版社出版了一本《不怕鬼的故事》,首篇就是《宋定伯捉鬼》。另外,像《三王冢》的反暴政精神,《韩凭夫妇》对上层贵族的抨击和对忠贞的讴歌,《谈生》告诫的"欲速则不达"哲理,都有相当的思想价值。

《列异传》的艺术成就主要有两点:首先是工于叙事,作为中国首部志怪小说,叙事波澜起伏,故事生动引人。如《狸髡》叙述刘伯夷捕捉狸魅一段就十分生动引人:

> 伯夷乃独住宿,去火诵诗书五经讫卧。有顷,转东首,以絮巾结两足,以帻冠之,拔剑解带。夜时有异物稍稍转近,忽来覆伯夷。夷屈起,以袂掩之,以带系魅。呼火照之,视得一老狸,色赤无毛,持火烧杀之。

《谈生》叙述谈生与一女鬼相恋,成婚三年并产一子。但谈生不顾女鬼的告诫,不到三年就用火来照女,造成人鬼殊路的悲惨故事,也是波澜起伏,喜处转忧,非常会讲故事。

其次就是重视人物的肖像和心理描写,为后世的小说创作积累了初步的经验。仍以《定伯捉鬼》为例,其中定伯与鬼的性格和心理描写完全通过对话和行动来进行:

> 定伯年少时,夜行逢鬼。问曰:"谁?"鬼曰:"鬼也。"鬼曰:"卿复谁?"定伯欺之,言:"我亦鬼也。"鬼问:"欲至何所?"答曰"欲至宛市"。鬼言:"我亦欲至宛市。"共行数里。鬼言:"步行太亟,可共迭相担也。"定伯曰:"大善。"鬼便先担定伯数里。鬼言:"卿大重!将非鬼也?"定伯言:"我新死,故重耳。"定伯因复担鬼,鬼略无重。如其再三。定伯复言:"我新死,不知鬼悉何所畏忌?"鬼曰:"唯不喜人唾。"于是共道遇水,定伯因命鬼先渡,听之了无声。定伯自渡,漕漼作声。鬼复言:"何以作声?"定伯曰:"新死不习渡水耳。勿怪!"行欲至宛市,定伯便担鬼至头上,急持之,鬼大呼,声咋咋,索下不复听之。径至宛市中,着地化为一羊。便卖之,恐其便化,乃唾之,得钱千五百,乃去。

鬼的颟顸和轻信,定伯的大胆与机智,通过前后四次反复对话得以生动的表现,而"定伯便担鬼至头上,急持之,鬼大呼,声咋咋"等绘形绘声的描摹,更使故事形象生动。

《列异传》作为我国最早的一部堪称优秀的志怪小说,在中国小说史上的地位不言而喻,它对后代同类小说的影响更不可低估。其后如干宝的《搜神记》、刘义庆的《幽明录》等,都曾从中撷取题材加以改写,唐人传奇尤其是清代的《聊斋志异》,无论在题材还是手法上都从中吸取了大量营养。

第三节 曹植

一、曹植的生活道路

曹植(192—232),字子建,曹操之子,曹丕的同母弟。自幼聪慧,年十余岁便颂诗、文、辞赋数十万言。出言为论,下笔成章,深得曹操宠信,认为曹植在诸子中"最可定大事",几次欲立植为太子。建安二十五年(220),曹操病逝,曹丕继王位,不久称帝。由于前期有争太子这段经历,曹丕对曹植深怀猜忌,两次制造口实,将他削爵夺邑。黄初七年(226),曹丕病逝,子曹叡即位,曹植的生活境遇有所改善,但政治上仍不被任用。曹植多次上书均不见采纳,终于在忧愤中病逝。卒谥"思",因封地在陈,人称陈思王或陈王。

曹植一生以建安二十五年曹丕称帝为界,可分为前后两个时期。前期过着贵介公子的优游生活,以交游、宴饮和为诗作赋作为主要生活内容;后期则备受打击,壮志难酬,在恐惧和忧愤中度过一生。但无论前期或是后期,"戮力上国、流惠下民"的建功立业渴望却始终如一,成为贯穿曹植一生的主线。建安时代是一个崇尚功业的时代,"不戚年往,忧世不治"的价值取向,在曹植身上也烙下深深的烙印,以致他用世的心态至死未衰。

曹植的思想儒道杂糅。一方面推尊禹、汤、文、武、周、孔等儒家圣贤,宣扬"宣仁以和众""礼乐风俗移";另一方面又表示"仰老庄之遗风",宣扬"长金贞而保素""淡泊无为自然"。另外,对阴阳家、法家学说,乃至谶纬,佛家皆有所接触。其思想既有丰富之优长,也有零乱不成体系之缺憾。

曹植一生勤于著述,诗、赋、各体散文不论数量、质量皆为当时之冠,钟嵘在《诗品》中将其列为上品。有《陈思王集》,今传南宋嘉定本10卷,其中辑录曹植诗、赋、文共206篇,近人黄节有注本。

二、曹植的文学道路及创作内容

曹植一生都梦想建功立业,视文学创作为"小道"(《与杨祖德书》),渴望"戮力上国、流惠下民,建永世之业,留金石之功",但具有嘲讽意味的是,他在政治上始终毫无作为,恰恰是他视为小道的文学让他青史留名。

与他的生活道路相似,曹植的文学创作基本可以分为三个阶段:

(一)第一阶段:建安二十五年之前,这一阶段主要有以下创作内容:

1. 贵游

作为曹操宠信的贵介公子,夸饰其宴饮、交游的贵游生活,是这一阶段创作的主要内容之一。其中一部分是以欢娱之景传达极乐颂美之情,如《名都篇》《斗鸡》《公宴》《正会诗》《侍太子坐》《箜篌引》《赠丁廙》等诗篇,以及《游观赋》《娱宾赋》等赋作。这类作品多用第一人称,是他当时放纵生活的写照。内容张扬夸饰,颇显曹植的性格特征。另一部分是杂以人生思考,欢娱之中反衬慷慨悲凉之情,如《节游赋》,在一番肥马轻裘的铺排以后,想到人生不永,这种"淫游""非经国之大纲",作为士人应当抓紧时间"遗名"。过去,学术界对这类公宴诗赋评价不高,实际上这是曹植也是建安文学很重要的组成部分。现存的建安时代公宴诗将近占建安诗歌总量的一半,而且建安时代文人举行公宴活动并非单纯的娱乐,而是有组织的文学创作活动,文人在宴聚游乐中交流思想、切磋技艺,并沿袭《楚辞》酒阑赋诗的传统,以公宴为题材进行文学创作,与从军、游仙等诗作一样注重写景、抒情,追求艺术审美效果。建安公宴诗在语言上已开始趋向于追求体物与缘情的结合,风格清新华美。"秋兰被长坂,朱华冒绿池",被钟嵘赞誉的名句就产生在《公宴诗》中。

2. 咏志

这类作品与贵游诗相反,严肃地面对现实人生,表达对民生的关怀,抒发自己"慷慨赴国难,视死忽如归"的壮志豪情。这种志向往往是通过对侠士的咏歌或友人的赠答流露出来,很少作专一的直接的抒发,和此前汉代的述怀诗作和此后阮籍等人的咏怀诗有很大的不同。曹植是诗歌史上最早的咏侠诗作者之一,写有《名都篇》《结客篇》《白马篇》等。诗人通过笔下的游侠意象寄托了对功业、理想的渴求,游侠成为诗人精神追求的符号和象征。在其名作《白马篇》中,曹植首次将一名"幽并游侠儿"作为诗歌的主要抒情形象,描绘了游侠"仰手接飞猱,俯身散马蹄,狡捷过猿猴,勇剽若豹螭"的勃勃英姿,抒发了作者"捐躯赴国难,视死忽如归"的报国壮志。述志的另一个渠道就是通过与友人的赠答。曹植一生写了大量的赠答诗,这类诗作中的一小部分在传达友谊的同时也在抒写壮志,如《赠徐干》:"良田无晚岁,膏泽多丰年。亮怀璠玙美,积久德愈宣。亲交义在敦,申章复何言。"一方面以志士自励,另一方面以志士精神勉励徐干。《送应氏》中则抒发面对战乱、中原萧条的悯生之叹:"中野何萧条,千里无人烟。念我平生居,气结不能言。"

3. 咏歌友谊

曹植一生写了大量咏歌友谊的诗篇。这些诗篇除了少量是借以述志外,更多的是咏歌友谊的本身,表现曹植为人的真诚和重情。但这些赠答诗赋有个很大的特点,就是前后期数量上的悬殊:前期赠答诗共九首,如《送应氏》《赠徐干》《赠王粲》《赠丁廙》《离友诗》等;后期仅一首,即《赠白马王彪》。赠答的对象亦有别:前期赠和答的对象都是朋友,如徐干、丁仪、丁廙、王粲、应璩等,后期仅限于骨肉兄弟。这从另一侧面反映了曹植前后期生活体验的心态变化:前期优游洒脱,乐于赠朋劝友;后期孤独无依,转而悲叹兄弟。这类诗作表现了朋友之间的深情厚谊,如《离友》表达了诗人与友人离别时"心有眷然,为之陨涕"的依依惜别之情,感人至深。《赠王粲》:"我愿执此鸟,惜哉无轻舟!"表现了诗人渴望与知己相聚而不得的无奈。这类赠答诗的另一个特点就是在描写友情的同时,表现出宇宙无限、人生短促的人类普遍情绪,如"清时难屡得,嘉会不可常。天地无终极,人命若朝霜"(《送应氏》);"悲风鸣我侧,羲和逝不留"(《赠王粲》);"惊风飘百日,忽然归西山"(《野田黄雀行》)等。

4. 咏物小赋

曹植在建安时期还写过咏物小赋，如《喜霁赋》《愁霖赋》《大暑赋》《宝刀赋》《迷迭香赋》《车渠碗赋》《槐赋》《鹦鹉赋》等。这些赋作皆是与邺下文人的唱和之作，亦非专意咏物，都有一定的寄托，如《喜霁赋》和《愁霖赋》，以气候变化让人一喜一愁，来抒写作者的人生感慨。由于唱和之间带有竞赛游戏性质，往往骈词竞采，遣词造句，显得分外张扬和精致。

（二）第二阶段：黄初时期。

曹丕继位后的黄初年间，曹植的生活发生了根本的变化。曹植在黄初年间受到的迫害最重，甚至有生命之忧。在诗文创作中，那种无所不在的忧思和愁绪取代了建安年间的乐观和洒脱，如黄初四年（223）写的《责躬诗》就是一例。这年曹植进京朝觐，曹丕却不予接见，令他独处西馆，接着传来曹彰暴薨之讯。曹植如惊弓之鸟，忧惧惶恐，在求生的欲望写下这首颂圣乞怜的《责躬诗》。诗序中自谴自责，已不择言辞："伊予小子，恃宠骄盈。举挂时网，作藩作屏。先轨是隳，傲我皇使，犯我朝仪。国有典刑，我削我绌，将置于理，元凶是率。明明天子，时惟笃类，不忍我刑。"这种精神上的自我鞭挞，固然是高压迫害下的无奈，也反映了曹植性格的脆弱：顺境中高蹈张扬，不知检抑；逆境下沮丧颓唐，难以保持自尊和气骨。这个时段曹植的诗文主要有以下三类：

1. 忧生诗

这是曹植诗文中最精华的部分，诗作有《野田黄雀行》《吁嗟篇》《七步诗》《朔风》《矫志》等，赋作有《洛神赋》《怀亲赋》《九愁赋》等。另有文《写灌均上事令》《黄初五年令》《黄初六年令》《诰咎文》《武帝诔》《任城王诔》等。这些诗文或哀挽逝去的父兄，或伤悼被害的挚友，更多的是抒写自己不幸的境遇，宣泄内心郁闷的愁思。风格上已完全有别于建安贵游时期的张扬和浮躁，情调上转入深沉，对人生和生命的思考更为深化。表达上也比较隐晦，不是直抒己见，往往用借喻、比兴的方式，有时干脆就是寓言体，如《野田黄雀行》和《七步诗》就是如此。其中最为出色的是《赠白马王彪》和《洛神赋》。

这一诗一赋均写于黄初四年朝觐后返回封国路上。诗序中写道:"有司以二王归藩,道路宜异宿止。意毒恨之。盖以大别在数日,是用自剖,与王辞焉,愤而成篇。"除了"哀"之外还有"愤"和"恨",公开表示对监国使者的不满。与上面提及的《责躬诗》相比,已少了一些对死亡的恐惧,多了一点勇气。另外,诗中对乃兄曹彰薨于京都的死别之思,对乃弟曹彪抒写的生离之苦,以及由此而产生的人生思考和应对,如"人生处一世,去若朝露晞。年在桑榆间,影响不能追。自顾非金石,咄唶令心悲。心悲动我神,弃置莫复陈。丈夫志四海,万里犹比邻。恩爱苟不亏,在远分日亲"。其中闪烁着的理性光辉,更增加了作品感情的厚度和思想的深度。唐代王勃的名句"海内存知己,天涯若比邻"就是从"丈夫志四海,万里犹比邻"中生发出来的。清人方东树说此篇"沉郁顿挫,淋漓悲壮""遂开杜公之宗"(《昭昧詹言》)。比起《赠白马王彪》,《洛神赋》具有更为浓郁的抒情性质。它并不涉及具体的人和事,只是通过虚拟的"君王"和"洛神"两个人物形象,尤其是对"洛神"的描述,渲染出一种铺天盖地的哀愁。其中"翩若惊鸿,宛若游龙。荣曜秋菊,华茂春松。仿佛兮若轻云之蔽月,飘摇兮若流风之回雪。远而望之,皎若太阳升朝霞;迫而察之,灼若芙蕖出渌波"等句,成为中国文学中描写美女的经典。

2. 代拟诗

曹植的代拟诗有两种类型:一种并无寄托,这类代拟产生于建安时期,如《弃妇诗》和《出妇赋》,皆是"感时伤乱",表现出作者丰富的同情心,传情达意也相当细腻。另一类是借妇咏己,托夫妇之情寓君臣之义,类似屈原的比兴手法,这类代拟诗出现在黄初时期,而且数量较多,如《种葛篇》《浮萍篇》《七哀诗》《美女篇》等。《种葛篇》中借色衰而遭遗弃的妇女形象象征自己被猜忌、被迫害的遭遇;《浮萍篇》则在比兴意象中,反射他的孤独、怨愤和悲凉;《美女篇》则借美女形象来寄托自己怀抱和壮志难酬的悲慨等。

3. 游仙诗

曹植是第一个以"游仙"命题的诗人。黄初以后,曹植创作了十余篇游仙诗作,如《五游咏》《仙人篇》《游仙》和《升天行二首》等。这类诗作皆是曹植在现实的窘逼之下,企图以此求得精神超越和肉体长生,让灵魂在逍遥漫游中求得和谐与愉悦:"九州不足步,愿得凌云翔。逍遥八纮外,游目历遐荒……王子奉仙药,羡门进奇方。服食享遐纪,延寿保无疆"(《五游咏》);"韩终与王乔,要我于天衢。万里不足步,轻举凌太虚……人生如寄居,潜光养羽翼,进趋且徐徐"(《仙人篇》)。这类游仙诗有一种与汉代游仙诗不同的精神个性,呈现一股高渺情志和超迈之气,自我的主体性在诗中得到了充分的展现。在游仙诗中,曹植自信地藐视大地:"昆仑本吾宅,中州非我家"(《远游篇》);仙人围绕在他周围为他服务:"王子奉仙药,羡门进奇方"(《五游咏》),"湘娥秦女,拊琴吹笙,饮美酒、啖神鱼"(《仙人篇》);他可以无拘无束,任意遨游:"翱翔九天上,骋辔远行游"(《游仙》)。这种强烈的自主意识和主人公形象,对后来嵇康、郭璞,特别是李白等游仙诗作中都有或多或少的影响。

(三)第三阶段:太和时期。

魏明帝太和元年(227),曹丕去世,子曹叡即位。碍于叔侄之义,对曹植略有礼遇,生活境况也大有改善。此时的曹植已不存在性命之虞,胆子也渐渐大了起来,不但敢向曹叡诉说苦恼,而且竟敢提出要求,希望得到政治上的任用,甚至还提出带兵出征。他多次上书表达这种愿望,显得非常天真,也再次显露出他热情外向、虑事不深的性格特征。曹植在这个时段的文学成就,主要就是上书的表文,如《求自试表》《陈审举表》《谏取诸国士表》《谏伐辽东表》等,而不是前两阶段的诗赋。这些表章一方面抱怨不断改变封邑,物质生活匮乏和行动受到限制,如在《求通亲亲表》中说自己"禁锢明时","衣食不继","近且婚媾不通,兄弟乖绝,吉凶之问塞,庆吊之礼言废,恩纪之违,甚于路人,隔阂之异,殊于胡越"。"明时"固然是奉承,"衣食不继"可能也有夸张,但"婚媾不通,兄弟乖绝"等行动限制却是事实。这些抱怨在章表之中还属次要,更多的是希望以宗族的身份出任朝廷要职,参与实际政治事务:"若使陛下出不世之诏,效臣锥刀之用,使得西属大将军当一校之队,若东属大司马,统偏师之任,必乘危蹈险,骋舟奋骊,突刃触锋,为士卒先"(《求自试表》);"若得辞远游,戴武弁,解朱组,佩青绂,驸马、奉车,趣得一号,安宅京室。执鞭珥笔,出从华盖,入侍辇毂,承答圣问,拾遗左右,乃臣丹诚之至愿,不离于梦想者也"(《求通亲亲表》)。文中再三致意,反复申述,表达他从政的强烈愿望。客观地说,曹植并无父兄的政治家素质,更无曹操军事家的才干,如此急切的表白,只能表明他的自信和自负,这颇似李白,当然也在客观上证明此时的境遇比黄初年间要好得多。从文学角度来看,这些表章写得确实精彩:壮盛的气势、浩荡的情怀被贯注到每一篇章甚至每一段落,将章奏这种极为呆板公式化的文体写得生气勃勃,而且文辞华美、用语典雅、音节浏亮,成为漂亮的文学散文,如"婚媾不通,兄弟乖绝;吉凶之问塞,庆吊之礼言废;恩纪之违,甚于路人;隔阂之异,殊于胡越","辞远游,戴武弁,解朱组,佩青绂"(《求通亲亲表》);"慈父不能爱无益之子,仁君不能畜无用之臣。夫论德而授官者,成功之君也;量能而受爵者,毕命之臣也"(《求自试表》),皆用排比对偶组成方阵,或哀婉低回倾诉,或慷慨激昂陈情,或义理充沛说理,壮盛摇曳又极富华彩,所以李充说:"若曹子建之表,可谓成文矣。"(《翰林论》)刘勰也认为:"魏初表章,指事造实,求其靡丽,则未足美矣",唯"陈思之表,独冠群才。观其体瞻而调谐,辞清而志显;应物制巧,应变生趣,执辔有余,故能缓急应节矣"(《文心雕龙·章表》)。

三、曹植诗赋的艺术成就和文学史地位

钟嵘认为曹植诗"骨气奇高,词采华茂,情兼雅怨,体被文质","譬人伦之有周孔,鳞羽之有龙凤",将其诗位列上品,紧随"古诗"之后,居魏晋南朝诗人之首。他的同代人吴质在《答东阿王笺》中就称赞他文采"巨丽"。陈琳在《答东阿王笺》中也称赞他的文章"音义既远,清词丽句,焱绝焕炳",几乎是众口一词。

1. 诗歌

曹植的诗歌成就主要表现在对乐府诗的改造和五言诗的创新两个方面。曹植的90多首诗歌中,乐府诗占了将近一半,是建安诗人中乐府诗作最

多的作家。他不仅踵武其父,用旧题写时事,反映当时的社会动乱和民生疾苦,抒发自己建功立业或忧惧悲愤的情怀,而且还自创新题新曲,如《白马篇》《名都篇》《种葛篇》《盘石篇》《驱车篇》等。至于歌辞则几乎全是新创,从而使乐府从一种汉代特色的诗歌,变成超越时代局限的一种通用文学样式,为乐府诗在汉代以后的生存和发展做出了重大的贡献,为杜甫、白居易等后人的新题乐府和新乐府运动开拓出新路。另外在辞乐关系上,汉乐府过分依赖音乐,因此被称为"乐府歌辞"。曹操改造了音乐与文学的关系,在保留旧曲的基础上创作新辞,"乐府歌辞"开始向"乐府诗"演化。曹植进一步使音乐与诗的关系灵活化,在他的乐府诗中形成多种辞曲关系:或沿用汉乐府旧曲、旧题,另撰新辞;或沿用汉乐府旧曲,另撰新题;或不用汉乐府题、曲、辞,全部新撰,从而改变汉乐府的音乐第一、诗歌第二的关系,完成"乐府歌辞"向"乐府诗"的过渡。

曹植的非乐府诗有四言、五言、六言和杂言各种诗体,其中五言诗不仅数量多,而且成就最高。他改造了五言诗的民间化风格,突出了文人化色彩,不仅以华美的辞藻取代了以前的通俗质朴,而且有意识地重视对偶声律。他的诗歌中不仅出现律句,而且出现了律联,如"秋兰被长坂,朱华冒绿池"之类。但他并未摒弃民歌手法,而是有意识地借鉴,如比兴手法的大量运用:《赠白马王彪》中给人印象最深的就是有比有兴,"鸱枭""豺狼""苍蝇"是"比","寒蝉""归鸟""孤兽"是"兴";《吁嗟篇》则全篇皆是"比",像一篇寓言;《当欲游南山行》全篇共八韵,比兴占了五韵,而且意味深长,如"东海广且深,由卑下百川","大匠无弃材,船车用不均","长者能博爱,天下寄其身"等,皆可视为格言。两汉文人诗多直陈其事,很少运用比兴,直到建安年间也是如此。曹植在诗中大量运用比兴,实开一代之风气。

2. 辞赋

在中国文学发展史上,曹植的咏物和抒情小赋具有很高的价值,它在两汉的体物大赋向魏晋抒情小赋转变中起了关键作用。在建安作家咏物和抒情小赋创作中,曹植的数量最多,最具代表性,而且题材非常之广:有写军国大事,如《东征赋》;有写亲情的,如《怀亲赋》《慰子赋》《叙愁赋》《离思赋》;有写季节和气候,如《秋思赋》《喜霁赋》《愁霖赋》《大暑赋》;有写贵游生活的,如《游观赋》《节游赋》《娱宾赋》等;有写闲居生活的,如《闲居赋》《潜志赋》《悬畅赋》等;还有大量的咏物小赋,如《神龟赋》《鹦鹉赋》《蝉赋》《蝙蝠赋》《槐赋》《橘赋》《九华扇赋》《宝刀赋》等。生活中的各种事物皆可入赋,这无疑扩大了辞赋的表现范围,也增强了辞赋的运用功能。曹植的小赋还有一个鲜明的特点,就是具有很强的抒情性。《洛神赋》之所以能传颂千古,不仅是对洛神出色的形态描绘,更在于赋中铺天盖地的愁情:"恨人神之道殊兮,怨盛年之莫当。抗罗袂以掩涕兮,泪流襟之浪浪","悼良会之永绝兮,哀一逝而异乡","夜耿耿而不寐,沾繁霜而至曙"。满怀愁怨的洛神,夜不能寐的君王,近在咫尺却人神殊隔的绝望以及蕴藏于其中抚今思昔的身世之感,此境此情倾倒了古今多少读者!从文学发展史的角度来看,辞赋抒情性的加大和强化,是一种自身的蜕变,也是自身性质和功能的转移,是跨越赋与诗的界限而向诗歌靠拢,是赋的诗化,从而开始了中国辞赋史上由汉代大赋向魏晋南北朝咏物抒情小赋的转化,曹植正是这个转化的发轫者和大力推动者。

第四节　嵇康

一、嵇康的生活道路及其人格魅力

嵇康(223—263),字叔夜,祖籍会稽(今浙江绍兴),本姓奚,后举家迁至谯国铚(今安徽宿州市西),此处有嵇山,因而改姓嵇。父为治书侍御史,早逝,嵇康在母、兄的宠爱之下颇为娇纵,养成任性不羁的性格和疏懒散漫的习气。出仕后任中散大夫,世称"嵇中散"。因娶曹操曾孙女(一说为孙女,曹林之女)长乐亭主为妻,被视为魏宗室,与司马氏政权采取不合作态度。好友山涛离职时推举嵇康代己,嵇康为此写下《与山巨源绝交书》;又冷遇司马昭心腹钟会,因此埋下杀机。嵇康的友人吕安被其兄诬为不孝,嵇康挺身而出为其辩护,钟会劝司马昭乘机除掉嵇康。临刑,神色自若,奏《广陵散》一曲,从容赴死。有《嵇康集》,五代梁时有十五卷,隋代存十三卷,另有《春秋左氏传音》三卷。鲁迅编有《嵇康集》十卷,今皖人夏明钊著有《嵇康集译注》。

嵇康是正始年间最具魅力的人物,也是江淮灵秀毓积而成的典型代表。在竹林七贤之中,论年岁,他不如山涛、阮籍;论文学,钟嵘的《诗品》将阮籍列为上品,嵇康却列在中品;论玄学修养,向秀似乎更优;论任诞作风,不及刘伶和阮咸;论官阶,山涛最高;论财富,王戎为最,但竹林七贤的领军人物却是嵇康,"竹林之游"即在嵇康的山阳寓所。嵇康要与山涛绝交,山涛却为此到处赞誉嵇康;嵇康下狱,"豪杰皆随康入狱";嵇康临刑,三千太学生上书司马昭,愿以康为师。其风采魅力,成为当时士子的偶像式人物。嵇康去世以后,他的好友向秀撰著名的《思旧赋》,东晋的李充、袁宏、谢万,南朝的颜延年、沈约、江淹、庾肩吾,唐代的王绩,宋代的李清照都曾用各种文字,赞誉过嵇康。其中袁宏夫妇皆有赞词,袁宏作《七贤颂》,其妻有《吊嵇中散文》,在文学史上难得一见。鲁迅也深受嵇康的影响,魏晋作家中,"最使他喜欢的作家是孔融和嵇康"(王瑶《鲁迅与中国文学》)。鲁迅编校有《嵇康集》,在《纪念刘和珍君》中他又提到向秀怀念嵇康的《思旧赋》。嵇康这种巨大的人格魅力主要来自三个方面:

第一,他聪慧过人,博洽多闻,具有多方面的知识和才能:他工诗文,才名早播;善音律,是当时最著名的音乐理论家和演奏家。他的音乐论文《声无哀乐论》挑战传统观念,指出音乐与治乱无关,声音本身并不具备情感特征,同一首乐曲不同的听众会有不同的感受,这比西方德彪西的"无标题音乐"理论要早一千多年。他的《琴赋》,将难以捉摸的音乐语汇描述得可视可感、可触可摸,从而产生强烈的共鸣,且开白居易《琵琶行》、韩愈《听疑师弹琴》之先河。没有高深的音乐造诣,没有精湛的弹奏技艺,是无法达此境界的;他善书法,尤善草书。唐代著名书法家张怀瓘就对他赞誉有加:"叔夜善书,妙于草制。观其体势,得之自然,意不在于笔墨。若高逸之士,虽在布衣,有傲然之色"(《书断》);他又是出色的画家,直到唐代,尚存有他的两幅画作《巢由洗耳图》和《狮子击象图》。

第二,为人俊美,风姿绰约,非常具有吸引力。史载嵇康"身长七尺八寸,风姿特秀,见者叹曰,'萧萧肃肃,爽朗清举'"。《世说新语·容止》说他"龙章凤姿,天质自然"。竹林七贤中的其他六人也可谓当时人中之杰,但他们对嵇康的容止也十分倾倒:山涛称赞嵇康是"岩岩若孤松之独立,其醉也,俄若玉山之将崩",连其醉态都是美的。有人对王戎说嵇康之子嵇绍很有风度,在众人面前"卓卓如野鹤之在鸡群"。王戎说,你还没见过嵇绍的父亲呢(《世说新语·容止》)!

第三,也是更重要的一点,就是嵇康人格的高尚。山涛赞他是"岩岩若孤松之独立",不仅指其外表,也包括内在的正直、孤傲。首先,他淡泊名利,向往林泉。他"处朝廷而不出,入山林而不返",深山采药,流连忘返;专注煅铁,自我放废。司马昭曾欲征辟,嵇康不应;好友山涛推举他代己,他为此竟然要与山涛绝交。在"绝交书"中,他说自己不适合官场:"必不堪者七,甚不可者二",坦陈自己的平生之愿就是"守陋巷,教养子孙,时与亲旧叙阔,陈说平生。浊酒一杯,弹琴一曲,志愿毕矣"。拒绝的原因当然并不仅仅是孤高,更重要的是看透了极其虚伪的"司马昭之心",坚决采取不合作态度。其次,是他对权贵的蔑视和不避祸患、仗义执言的正直品格。史载嵇康"刚肠疾恶,轻肆直言,遇事而发",他也说自己是"直性狭中"。但他的"轻肆"和辱慢,主要是针对权贵和虚伪的"礼法之士":大将军钟会出身名门,善《周易》《老子》之学,在社会上影响很大。但为人乖巧浮躁,又是司马昭夺取曹魏政权的心腹。据史载,他想结交嵇康以拉抬自己的声望,但素知嵇康孤傲,怕遭拒绝。有次他揣着自己写的《四本论》去见嵇康,走到门前,还是不敢叩门,便将怀中的《四本论》从院墙扔进去,回头便走(《世说新语·文学》)。还有一次是硬着头皮去拜访嵇康,"乘肥衣轻,宾从如云",但嵇康却是"箕踞而锻,会至,不为之礼,会深衔之"(《魏氏春秋》),为此种下杀机。就在这种极为险恶的环境下,他又不避厉害,挺身而出为吕安辩诬。吕安的哥哥吕巽为司马昭相国掾,原来也是嵇康朋友。吕巽奸淫了弟弟吕安的妻子,又反诬吕安不孝。嵇康闻讯后,立即与吕巽绝交并仗义执言为吕安辩诬,结果两人均遭杀害。

再次，是对封建礼法的揭露与批判。嵇康服膺老庄、崇尚自然，曾说"老子、庄周，吾之师也"。他从老庄的自然观出发，对儒家的仁、义、礼、智等传统道德名教进行批判，前面已提及他的《声无哀乐论》，认为声音本身并不具备情感特征，与治乱无关，直接挑战从乐声可以知兴衰治乱的儒家音乐观。他的《管蔡论》为周公时代发动叛乱的管叔和蔡叔平反，认为他俩是忠臣，因不满周公擅权才起兵清君侧。司马昭此时正为伐魏做准备，处处以周公自居。嵇康在文中为管蔡平反，对其后果不是不知，只是"刚肠疾恶，遇事而发"，不避利害罢了。实际上这正是嵇康遇害最根本的原因，为吕安辩诬和钟会的进谗都只是诱因而已。

嵇康的人格魅力还表现在他如何面对死亡：

康将刑东市，太学生三千人请以为师，弗许。康顾视日影，索琴弹之曰："昔袁孝尼尝从吾学《广陵散》，吾每靳固之，《广陵散》于今绝矣。"[①]

面对死亡阴影显得如此从容：不惧已死，而忧美妙音乐的失传，何等旷达的人生和完美的生命乐章的终结！自然会获得时人和后人的敬重。

二、嵇康的文学艺术成就

嵇康的文学艺术成就主要是诗文创作，其中文的价值超过诗。

1. 文

嵇康为我国古代散文大家，现存文14篇，包括书、论、传、箴、戒等体，其中论最多，有9篇，皆是长篇论文，主旨皆是阐述玄学命题，也是魏晋玄学家中留存论文最多的一位。其中以《养生论》和《声无哀乐论》两篇最为著名。

《养生论》和《答向子期难养生论》两文是与向秀讨论养生之道。先是嵇康以《养生论》作论，然后向秀作《难嵇叔夜养生论》问难，最后是嵇康作《答向子期难养生论》答难。其采用的是汉代大赋主客问难的方式，并不一定代表向秀的真实思想。嵇康在文中所论的养生之道，并不同于东汉以后谶纬迷

[①] 《晋书》卷49"嵇康传"，上海古籍出版社1986年版，第2册，第1403页。

信的服食长生,相反他认为神仙"禀之自然",非常人可以达到。嵇康的养生是指常人的养生之道,源于庄子。他认为人只要"导养得理"就可以长寿:"上获千余岁,下可数百年"。但常人极少能长寿,主要原因就是怀有"躁竞之心",争"名位",竞"厚味"。如果能"旷然无忧患,寂然无思虑""无为自得",就可以延年益寿,达到养生的目标。向秀的问难代表儒家观点,指出"恩爱相接""燕婉娱心,荣华悦志,服飨滋味",这些都是"天理人伦""三王所不易"。嵇康提倡的这一套是"舍圣轨而恃区种,离亲弃欢,约己苦心,欲积尘露,以望山海,恐此功在身后,实不可冀也"。对向秀的这一番问难,嵇康在《答向子期难养生论》中又进行答难,指出向秀所论是贪图名利、沉溺声色的世俗观念。前后两文,愤世嫉俗,痛快淋漓,充分体现了嵇康"轻肆直言,遇事而发"的性格特征。文章气韵流贯,清通畅快,将深奥的玄学论文写得极富文学色彩。他的《声无哀乐论》的内容和思想价值前面已作简论,此文颇受刘勰称赏:"嵇康之辩声,师心独见,锋颖精密,盖人伦之英也"(《文心雕龙·论说》)。所谓"师心独见",即指其突破儒家传统观念,儒家认为音乐关乎治乱:"治世之音安以乐,亡国之音哀以思"(《诗大序》),"移风易俗,莫善于乐"(《孝经·广要道章》)。嵇康则认为声音并无哀乐,音乐也不关乎治乱。文章中对"仲尼闻韶""季札观乐"等历史记载都作重新解释,认为皆不可信,"此皆俗儒妄记,欲神其事而追为耳"。

"书"中最出色是《与山巨源绝交书》,另外还有《与吕长悌绝交书》,两文的背景前面已作交代。虽皆为"绝交书",但题旨并不相同。山涛是竹林七贤中人物,人品上并无污点,又是嵇康好友。嵇康临终,不将两子托付于乃兄嵇喜,也不托付给关系更亲密的阮籍,而托付给自己声称要绝交的山涛:"有山公在,汝不孤也"(《晋书·山涛传》),足见他对山涛的信任。后来山涛果然不负所托,力荐嵇绍在朝任职从而成为一代名臣(《晋书·嵇绍传》)。因此书中所云绝交并非真正绝交,而是借此表明心迹,重点申述不能为官的"不堪者七,甚不可者二",并借以嘲讽晋朝官场,实际上是宣告与司马氏的不合作。吕巽则是衣冠禽兽,嵇康与其友谊早已破裂,所以在书中严词斥责其"包藏祸心",痛悔自己黯于知人,未能及早识破吕巽卑污面目,并以"临别恨恨"作结,"刚肠疾恶,轻肆直言"之个性,表露无遗。前者写得比较轻松,嘲讽讥刺之中时不时表露庄子式的幽默;后者严峻沉着,痛悔交加。但是,两文风格上也有共同之处:皆以口语化散句为主,基本上不用骈偶,"随笔写去,不立格局而风度自佳"(茅坤《白华楼藏稿》),与嵇康在论文中常显示的浓郁骈化特征完全是两种不同的风格,体现了嵇康文风的多样风格。

嵇康的另一重要散文著作是《圣贤高士传赞》。全书由119篇人物小传和赞组成,现存60多篇。这一专著的思想价值亦在于颠覆传统:传统的圣贤尧、舜、禹、汤、文、武、周公、孔子皆未列入其中,而老子、庄子、巢父、许由、接舆、长沮、桀溺,甚至襄城小童悉有传,作者心目中的圣贤就是这批高蹈隐逸、鄙弃名利、傲视权贵的高士。这与他"越名教而任自然""非汤武而薄周孔"的思想是一致的。全书叙事简洁精要,往往三言两语,人物情态、性格毕现,如《井丹》篇为了突出井丹"不慕虚荣""不交非类"的高洁品格,选择了两件事,并集中叙述后一件,而以前一件事作为背景:

梁松贵震朝廷,请交丹,丹不肯见。后丹得时疾,松自将医视之,疾愈。久之,松失大男磊,丹一往吊之,时宾客满廷,丹裘褐不完,入门,坐者皆竦望其颜色,丹西向长揖,前与松语。客主礼毕后,长揖径坐,莫得与语。

简洁数语,高士的风神尽现。《襄城小童》中小童的回答更为简洁:黄帝询问襄城小童如何治理天下。小童回答说:"夫为天下,亦奚异牧马哉?去其害马而已。"治国首先要除去害群之马,这不仅形象而简括地阐明了治国之道,更有暗指篡夺曹魏政权的司马氏之意,即当时的民谚"二马同食一槽"。《圣贤高士传》在当时的影响很大,此书问世后,魏晋产生多部类似作品,如皇甫谧、张显、虞槃佐、孙绰、阮孝绪、周宏让皆写了《高士传》或《高隐传》,亦多仿嵇康的体例。

2. 诗

嵇康今存诗50余首,其中以四言诗最多,占今存诗作三分之二以上,而且成就也在其他诸体之上,其代表作为《赠秀才入军》《杂诗》《秋胡行》《忧

愤诗》等。《赠秀才入军》共18首,并非尽写从军之事,也有叙说友谊,更多的是抒写玄学理趣,如第十四首:

息徒兰圃,秣马华山。流磻平皋,垂纶长川。目送归鸿,手挥五弦。俯仰自得,游心太玄。嘉彼钓叟,得鱼忘筌。郢人逝矣,谁与尽言。

诗中那位"目送归鸿,手挥五弦"的主人公,显然不是军人而是一位高士,最后的"嘉彼钓叟……谁与尽言"四句,演述言意名实之辨,为当时常用的玄学用语,更是展示诗人自身的情绪和襟怀。其中"目送归鸿,手挥五弦"二句,人与物兼顾,虚与实相生,充满动态感和无穷的意蕴。清人王士祯评曰:"'目送归鸿,手挥五弦',妙在象外"(《古夫于亭杂录》)。这种"象外"之境并非常人所能理解和达到,就连东晋大画家顾恺之也感叹:"画'手挥五弦'易,'目送归鸿'难"(《世说新语·巧艺》)。其中的第九首也值得注意,这首诗是描述从军者英武身姿和高超武艺,其中"左揽繁弱,右接忘归","凌厉中原,顾盼生姿"显然是化用曹植《白马篇》中的"控弦破左的,右发摧月支","长驱蹈匈奴,左顾陵鲜卑",从中可以看出嵇康与曹植之间的文学承传以及曹植对后人的文学影响。曹植的故乡亳县与嵇康生活的宿县相邻,俱在淮北,其中地域亦有关联。

嵇康还有《秋胡行》七首,主要抒发对社会险恶的感受,内中亦多哲理思考。如第二首以李斯遇害说明"贫贱易居,贵盛难为工",一个人如果"耻佞直言",其结局往往是"与祸相逢"。写此诗时,嵇康可能对自己的处境已有预感,但自己"刚肠疾恶"的秉直个性终难改悔,所以仍不免"与祸相逢"。《秋胡行》在结构上亦颇有特色,每首的结句点出题旨,又往往与开头呼应,有时还在诗中反复出现,形成一咏三叹的抒情效果。他又采用民歌中的辘轳体,前后两首承接相连。如第二首的结句是"贵盛难为工",第三首开头即"贫贱易居,贵盛难为工",而且反复两次;第三首结句是"忠信可久安",第四首开头即"劳谦寡悔,忠信可久安",也是反复两次,这与曹植的《赠白马王彪》是同一种手法,也再次证明曹植对嵇康的影响。其体裁以四言为主,偶尔杂以五言。嵇康还有一首四言长诗《忧愤诗》,写于下狱之时,可以说是绝命诗。诗的前两段回顾自己青少年生活和学养,从第三段开始指斥现实和分析得罪缘由,既有自省和疚悔,亦有对恶势力的谴责。此诗结构完整,无论叙事述志,皆气度从容,完全不同于一般绝命诗的激愤和哀婉,这同他在临刑时顾视日影而奏《广陵散》一样,镇定而从容。

魏晋作家中擅长四言者只有两人,一是曹操,一是嵇康。曹操四言,直接继承《诗经》,亦多用《诗经》成句,加上自身的阅历和地位,写得沉雄宏壮、古朴苍凉;嵇康则不为《诗经》所羁,自铸新词,多所创新,甚至体制上也改为四言之中杂以五言,采用篇末点题、首尾呼应和反复咏叹等手法,风格上则是直抒胸臆,直白流畅,正如何焯所评:"不为风雅所羁,直写胸中语,此叔夜高于潘、陆也"(《义门读书记》)。

嵇康的五言诗较少,其中以《述志》和《赠秀才诗》较有特色。两诗皆以比兴手法,以潜龙、神凤等作喻,写高洁神圣者"雅志不得施",为世俗所辱所羁,充满愤世嫉俗之情。嵇康还有十首六言诗,咏尧、舜、子文、东方朔等圣哲,从中阐述哲理。

第五节　　魏晋南北朝时期的安徽其他作家

一、曹睿

曹睿(205—239),字元仲,曹丕长子,幼聪慧,深受曹操喜爱,常跟随左右。曹丕称帝后封为平原王。因其母甄氏失宠后又被"赐死",曹睿久久未能立为太子。为此,曹睿谨言慎行,心怀戒惧,"不交群臣,不问政事,唯潜思书籍而已"(《魏书·明帝纪》)。直到黄初七年(226)夏,曹丕病重时方立为皇太子,同年即皇帝位,在位13年,庙号明帝。

曹睿为人沉静内向,但同乃父一样,重视文学作用和文化事业,他下令将曹丕的《典论》刻石,与熹平石经放在一起"以永示来世"(《魏志·三少帝纪》)。继位的第二年(太和二年,公元228)四月就下诏复兴儒学,声称"尊儒贵学,王教之本也",规定只有"高选博士,才任侍中、常侍者。申敕郡国,贡士以经学为先"(《魏书·明帝纪》),在文学观念上继承祖父曹操,强调实用,力戒浮华,"其浮华不务道本者,皆罢退之"(同上)。当时的名士何晏,注重修饰,"粉白不去手,行步顾影"(《魏志·何晏传》),尽管名声很大,也不受曹睿重用。青龙四年(236)又下诏求"才智之士",下令"无限年齿,勿拘贵贱,卿校已上,各举一人"(《魏志·王昶传》)。

曹睿对民间疾苦也有一定的关注,特别对刑狱很为重视,"常言狱者,天下之性命也。每断大狱,常幸观临听之"。太和四年(230)下诏,令廷尉及天下狱官,非谋反及杀人犯,"有乞恩者,使与奏当文书俱上,朕将思所以全之"(《魏书·明帝纪》)。

曹睿在文学创作上亦有建树,他是建安文学与正始文学之间的过渡人物,今存诗十余首和文十多篇。《隋书·经籍志》著录有文七卷,今不存。严可均《全上古三代秦汉三国六朝文·全三国文》辑其文两卷;逯钦立《先秦汉魏晋南北朝诗·魏诗》辑其诗一卷。

曹睿诗作现存十六首和若干残句。全部为乐府歌词,颇类曹操。内容上大体可以分为两类:一类是叙写军国征伐大事,另一类是抒发个人情怀。前者如《苦寒行》《善哉行》《櫂歌行》等,皆作于黄初年间随曹丕征东吴之际。其诗风也像曹丕的征战诗,极写军容的壮盛,兵势的威猛和克敌制胜的决心与豪情。亦同样是豪言壮语多,给人一种徒作壮语的空洞浮泛之感。只是诗人在诗中常提到皇祖曹操,尤其是《苦寒行》,一篇之中四次提及:"顾观故垒处,皇祖之所营","奈何我皇祖,潜德隐圣形","光光我皇祖,轩耀同其荣","徒悲我皇祖,不永享百龄",结合前面提到的曹睿在黄初年间的处境,其中应有自己的哀思和寄托。所以诗的结句"赋诗以写怀,伏轼泪沾缨",其眼泪应是真情的流露,也是这类诗作唯一的动人之处。

后一类诗作以《种瓜篇》《长歌行》《猛虎行》等为代表。这类诗作基本上继承建安文人的乐府传统,质朴平易,多写残破的景象和孤独的动物,如《长歌行》中荒城上的狐兔,寥落的寰宇,失群的孤燕,老屋中蔓生的野草;《种瓜篇》中无根株的兔丝,漂泊的萍藻等,由此感物伤怀,触发诗人孤独而伤感的情怀。这类诗作无论在题旨上还是比兴手法上与曹植皆有相似之处,如曹睿的《种瓜篇》与曹植的《种葛篇》《浮萍篇》《七哀诗》主旨相同,皆是借夫妇以喻君臣,甚至使用的词语也相近:曹植谓"浮萍寄清水"(《浮萍篇》),曹睿谓"萍藻托清流"(《种瓜篇》);曹植谓"与君初婚时,结发恩义深"(《种葛篇》),曹睿谓"与君为新婚,瓜葛相结连"(《种瓜篇》);曹植谓"君怀良不开,贱妾当何依"(《七哀诗》),曹睿谓"贱妾执拳拳"(《种瓜篇》)。这可能与曹睿和曹植的性格颇为相似——皆敏感而柔弱,两人在黄初年间的遭遇又相类有关。但叔侄间诗风上的差异也是很明显的:曹植才气高妙,诗风奔放,具浪漫气质,内多慷慨之音;曹睿性格内向,诗风沉着郁结,诗句多承袭,缺少创造和华彩。

曹睿的文现存80多篇,多为诏令,虽为廊庙文学,亦有真情,其中以下曹植的诏书堪为代表。在亲情上,也许是曹睿没有乃父与曹植争太子的恩怨,也许曹睿本人在立为太子之前也有怵惕戒惧的一段生活经历,曹睿即位后,虽仍基本承袭曹丕对宗室诸王政策,对曹植在政治上不予任用,但关系要亲近得多。即位的第二年,就将曹丕所遗存的"衣被,以十三种赐王"(《诏雍丘王植》),预示着对曹植的迫害已经停止。从太和五年(231)到曹植去世,曹睿对曹植下过六次诏书,从关心曹植的生活起居到诉说自己的内心悲哀,体现出帝王之家少有的亲情。如太和五年,曹植上《求通亲亲表》,诉说朝廷派来的丞相不通人情,禁止曹植与亲人间互通问候,曹睿写了《诏报东阿王植》,指出"崇亲亲,礼贤良,顺少长,国之纲纪",自己"本无禁锢诸国通问之诏",只是"下吏惧谴","矫枉过正,以至于此耳"。"已赦有司,如王所诉"(《魏书·陈思王传》)。尤其是到了曹植临终前两年,通讯加频,而且事无巨细,显得体贴且真心,如赐给曹植水果柰子,不厌其烦介绍其产地和转运途中由于途长和气候等原因造成色变:"此柰乃从凉州来,道里既远,又来东转暖,故柰中变,色不佳耳"(《初学记》二十八)。诏书中细致询问曹植身体状况,关切之情亦溢于言表:"王颜色瘦弱何意邪? 腹中调和不? 今者食几许米? 又啖肉多少? 见王瘦,吾甚惊,宜当节水加餐。(《太平御览》三百七十八)"

太和年间,两人甚至在文学上有互动和交流:曹植曾多次献赋献文,曹睿也将自己作的赋诔示植。太和六年(232),曹睿的幼子夭亡,曹睿将自己作的诔文示植,并且声称自己"于赋诔特不闲",此哀儿之诔文只能算作"为田公家语耳"(《太平御览》五百九十六)。曹植死后,曹睿下诏追录遗文,称赞曹植"自少至终,篇籍不离手,诚难能也","将曹植的赋、颂、诗、铭、杂论凡百余篇,副藏内外"(《魏志·陈思王传》),差可谓一文学知己。曹睿还有一篇怀念生母甄氏的《甄皇后哀策文》,回忆母亲盛年被诛,自己幼失慈颜,颇见真情流露,特别是最后几句尤为动人:"不虞中年,暴离灾殃。愍予小子,茕茕摧伤。魂虽永逝,定省曷望?呜呼哀哉!"(《魏志·文德郭皇后传》注引《魏书》)幼年丧母,中年丧子,其深哀剧痛,与常人何异?生在帝王之家,只是更多了一份政治上的险恶和孤独而已!

二、刘伶

刘伶,字伯伦,生卒年不详,沛国(今安徽濉溪附近)人。为人沉默寡言,不妄交游,唯与阮籍、嵇康友善,为竹林七贤之一。曾为魏建威参军,晋代魏后,刘伶曾应诏赴洛阳对策,在策文中主张老庄的"无为之化",被罢退。刘伶"志气放旷,以宇宙为狭"(《文选》李善注),崇尚老庄,而厌恶礼法之士。对司马氏政权亦和阮籍、嵇康一样采取不合作态度,但表现形式又有所不同:他既不像嵇康那样刚肠疾恶,"非汤武而薄周孔",写《与山巨源绝交书》;也不像阮籍含蓄隐忍,"口不臧否人物",通过《咏怀诗》来"志在讥刺",而是通过狂放得近乎荒诞的言行来发泄自己的不满和愤恨。史载他经常乘车,携一壶酒,吩咐随从拿着锹跟在后面,说"死便埋我"(《晋书》)。他唯一的嗜好就是喝酒,为了有酒可饮,他可以想尽一切办法。《世说新语·任诞第二十三》记载了这么一则趣事:

> 刘伶病酒,渴甚,从妇求酒。妇捐酒毁器,涕泣谏曰:"君饮太过,非摄生之道,必宜断之!"伶曰:"甚善。我不能自禁,唯当祝鬼神,自誓断之耳!便可具酒肉。"妇曰:"敬闻命。"供酒肉于神前,请伶祝誓。伶跪

而祝曰:"天生刘伶,以酒为名,一饮一斛,五斗解酲,妇人之言,慎不可听。"便引酒进肉,隗然已醉矣。

史载刘伶个子不高,人长得也很丑陋:"身长六尺,貌甚丑悴",整天是一副醉态:"悠悠忽忽,土木形骸"(《世说新语·容止第十四》)。但刘伶绝不平庸或如《晋书》上说的"无能",从上述这则趣事中我们可以看出刘伶近乎狡黠的聪明,下面一则趣事则可看出刘伶的辩才和血性:

> 刘伶恒纵酒放达,或脱衣裸形在屋中,人见讥之。伶曰:"我以天地为栋宇,屋室为裈衣,诸君何为入我裈中?"(《世说新语·任诞第二十三》)

司马氏为了篡夺曹魏政权,一方面采取极为卑劣的手法清除异己;另一方面又大讲礼法孝道,甚至借口不孝处死吕安和嵇康。刘伶不像嵇康对礼法之士口诛笔伐,揭露其虚伪,而是通过这种"非圣无法"的荒诞举止来表明对礼法伦理的蔑视。

刘伶专注饮酒而无意于论述,所以留下的作品极少,只有一篇《酒德颂》和一首《北芒客舍诗》,另外就是上面提及的《世说新语》中的那段对鬼神的《祝辞》。

《酒德颂》中虚构了一位"大人先生",他超越时间:"以天地为一朝,万期为须臾",也超越空间:"日月为扃牖,八荒为庭衢";无所物求而为酒是务:"行无辙迹,居无室庐。止则操卮执瓢,动则挈榼提壶,唯酒是务"。在这位大人先生身上既体现玄学家的理想境界,又是作者所企慕的人格化身。文章并通过对"贵介公子"和"缙绅处士"两位礼法之士指责的反批评,体现了作者的玄学理想和对礼法之士的蔑视。此文意旨颇似阮籍的《大人先生传》,但阮文对玄学的发挥更精致,对礼法之士的批判更尖锐深刻,也更富有文学精神。

刘伶还有首《北芒客舍诗》:

> 泱漭望舒隐,黮黮玄夜阴。寒鸡思天曙,拥翅吹长音。蚊蚋归丰草,枯叶散萧林。陈醴发悴颜,巴歈畅真心。缊被终不晓,斯叹信难任。何以除斯叹,付之与瑟琴。长笛响中夕,闻此消胸襟。

此诗可能写于应诏赴洛阳对策的路上,诗的情感异常抑郁,诗人忧思难任长夜不寐,憔悴叹息,借琴瑟消愁。被皇上召对却愁思满怀,可见其对司马氏政权的态度。其情感基调颇似阮籍的《咏怀》诗首篇"夜中不能寐,起坐谈鸣琴",其婉曲比兴的手法也近似,看来刘伶在文学上颇受阮籍的影响。

三、曹冏

曹冏,字元首,生卒年不详,为中常侍曹腾之兄曹叔兴之后,齐王曹芳的族祖,曾官弘农太守。有的史家将其与魏明帝曹睿之子清河王曹冏相混淆,其实两者并非一人。曹冏的著作现存仅一篇《六代论》以及为此论给大将军曹爽的上书,时间大约在魏王曹芳正始四年(243)。239 年,魏明帝曹睿病逝,太子曹芳年仅八岁,曹睿托孤于大将军曹爽与太尉司马懿。曹爽专权,任用何晏、邓飏、丁谧等一般人把持朝政。司马懿对外诈称中风,"年老枕疾,死在旦夕"(《晋书·宣帝纪》),暗中则与二子中护军司马师、散骑常侍司马昭密谋兵变。魏国形式已危如累卵,曹爽却浑然不觉。就在这个背景下,曹冏上《六代论》,以夏商周秦汉魏六代兴亡的历史,证明只有强宗,才能固本。而现实状况是"今之州牧郡守,皆跨有千里之土,兼军武之任。或比国数人,或兄弟并据,而宗室子弟,曾无一人厕其间与相维持"。作者以植树为例,指出不培植宗亲势力的危险:"譬之种树,久则深固其本根,茂盛其枝叶。若造次徙于山林之中,植于宫阙之下,虽壅之以黑坟,暖之以春日,犹不救于枯槁,而何暇繁育哉"?在写给曹爽的上书中,更是直接指出不任用宗亲的危险性:"兄弟相求于丧乱之际,同心于忧祸之间,虽有阋墙之忿,不忘御侮之事。何则?忧患同也。今则不然。或任而不重,或释而不任。一旦疆场称警,关门反拒,股肱不扶,胸心无卫。臣窃惟此寝不安席"。曹冏此文的价值不仅在于论证的充分,更在于见解的深刻。曹魏政权对待宗室诸王,从曹丕开始即排挤和不信任,甚至派遣监国使者进行监视,又规定诸王之间不准往来,明帝时代虽不那么苛刻,但政治上仍继续文帝之政,曹植的《求通亲亲表》就是针对此项而发。曹植还有篇《陈审举表》,也是指出不任用宗亲的危险性:"盖取齐者田族,非吕宗也;分晋者赵、魏,非姬姓也。惟陛下察之。苟吉专其位,凶离其患者,异姓之臣也;欲国之安,祈家之贵,存共其荣,没同其祸者,公族之臣也。今反公族疏而异姓亲,臣窃惑焉"。曹冏之文再一次重申了这一历史教训,但曹爽并不以此为意。六年后,司马懿羽翼已丰,时机成熟,断然发动高平陵事变,将曹爽、何晏、邓飏等人逮捕斩首,并夷灭三族,而宗室诸王均无实权在手,无力救助,只能坐视江山易主。

四、夏侯湛

夏侯湛,字孝若,谯国谯(今安徽亳州)人。征西将军夏侯渊的曾孙,父夏侯庄,官淮南太守。少为太尉掾,晋武帝泰始年间举贤良方正,对策中第,拜郎中,累年不调。后选补太子舍人,转尚书郎,出为野王令,除中书侍郎,出为南阳相,迁太子仆。惠帝即位,进散骑常侍。惠帝元康初年(291)卒,年四十九。湛幼有盛才,文章宏富,善构新词,与潘岳友善,二人皆神逸貌美,时人谓之"连璧"。夏侯湛出身于豪门盛族,性颇豪侈,侯服玉食,穷滋极珍。及将殁,遗命小棺薄敛,不修封树。论者谓湛虽生不砥砺名节,死则俭约令终,是深达存亡之理。有《新论》十卷,集十卷。《隋书·经籍志》著录有集十卷。今存张溥《汉魏六朝百三名家集》中《夏侯常侍集》一卷。严可均《全上古三代秦汉三国六朝文·全晋文》辑其文两卷,逯钦立《先秦汉魏晋南北朝诗·晋诗》辑其诗两卷。弟夏侯淳字孝冲,亦有文藻,与湛俱知名。官至弋阳太守。

夏侯湛存文18篇,涉及赞、传、叙几种文体,较为出色的是《抵疑》和《东方朔画赞序》。前者是早年代表作,作于晋武帝泰始年间(265—274)为郎中之时,因长期得不到升迁,心情抑郁,作《抵疑》自我排遣。其写法是继承东方朔《答客难》、班固《答宾戏》和嵇康《答向子期难养生论》的传统,采用主客问难的方法。虚构"当路子"问难,夏侯子作答,借以表白自己的禀性和处世原则:"不识当世之便,不达朝廷之情,不能倚靡容悦,出入崎倾,逐巧点妍,呕喁辩佞",并对朝廷群公卿士大加抨击:"居位者以善身为静,以寡交为慎,以弱断为重,以怯言为信。""虽力挟泰山,将不举一羽;扬波万里,将不濯一鳞。

咳唾成珠玉,挥袂出风云。岂肯蟞蟇鄙事,取才进人"。此文虽是为了发泄自己不得升迁的郁闷,但对晋朝官场习气和有才之士的难以伸展一吐郁闷之气,有一定的代表性和时代意义。其激愤之情、尖刻之词,颇似汉末赵壹的《刺世疾邪赋》,也开晋人左思《咏史》之先河。李白的"咳唾落九天,随风生珠玉"(《妾薄命》)则直接化用该诗中的"咳唾成珠玉"。此文也充分展现了作者的论辩才华,全文敷衍事理,纵横开阖,有时妙语连珠,很显才气,如"子不嫌仆德之不劭,而疑其位之不到,是犹反镜而索照,登木而下钓,仆未以此为不肖也"。《东方朔画赞序》的写作背景与《抵疑》相同,亦与"累年不调"有关。文章盛赞东方朔的"瑰玮博达,思周变通",对其"陵轹卿相,嘲哂豪杰,笼罩靡前,跆籍贵势,出不休显,贱不忧戚,戏万乘若寮友,视俦列如草芥"的气节和风范深怀仰慕。其文的特色仍是文气贯注,在文中前半部分连用四个"故",后面接着是"若乃……乃",使文章如瀑飞泻,略无关碍。

　　夏侯湛的传、序文以《夏侯称夏侯荣叙》《羊太常辛夫人传》和《羊秉叙》为代表,写法与上述的赞论明显不同,是以叙事为主,很会安排材料来突出传主。如《夏侯称夏侯荣叙》,这两人是名将夏侯渊之子,但一习武,一爱文。作者各选择几个动人的细节来突出其特长,写习武的夏侯称:"自孺子而好合聚童儿,为之渠帅,戏必为军旅战阵之事,有违者辄严以鞭捶,众莫敢逆。渊阴奇之,使读《项羽传》及兵书,不肯。曰:'能则自为耳。安能学人?'年十六,渊与之田,见奔虎,称驱马逐之,禁之不可,一箭而倒";写爱文的夏侯荣:"幼聪惠,七岁能属文,诵书日千言,经目辄识之。文帝闻而请焉。宾客百馀人,人一奏刺,悉书其乡邑名氏,一寓目,使之遍谈,不谬一人,帝深奇之"。唐代古文大家韩愈的《张中丞传后叙》和柳宗元的《段太尉逸事状》亦采用这种通过典型事例来突出人物性格的方法。《羊太常辛夫人传》写辛宪英在魏末动乱中,处变不惊,巾帼胜过须眉,文笔亦佳。

　　夏侯湛存文中,赋作最多,有 20 篇(含残篇),以咏物居多,篇幅短小,虽成就不高,但亦有可取之处,如《浮萍赋》《雀钗赋》等赋能以小喻大,别有寓意。《雀钗赋》中写雀钗之精美,导致"妍姿英妙之徒,相与竞嬖宠";《浮萍赋》中以"萍出水而立枯"喻"士失据而身枉",从"斯草"之遭遇得出"固知直道之难爽"的结论;《猎兔赋》写捕猎场面:"睹毫末而放镞,乃殪之于窟中。或纷欻以惊骛,影跳竦而扬白。擢轻足之茕茕,振游形之跃跃。弓不暇弯,罝不及幕。尔乃鹰鹘翻以飘扬,劲翼谡而下搦;马释控以长骋,郁腾虚而陵厉",富有动态感,生动而形象。

夏侯湛还有篇《昆弟诰》,模仿《尚书》,文辞古奥,在崇尚通脱清简的魏晋散文中极为罕见。

夏侯湛诗歌今存十余首,多为杂言骚体,因全文已佚,辑录于类书者多非全篇,总体成就不高,但也不乏佳作。如《长夜谣》描写夜景颇为生动:"日暮兮初晴,天灼灼兮遐清。披云兮归山,垂景兮照庭。列宿兮皎皎,星稀兮月明",文字也清新活泼。《春可乐》中"桑冉冉以奋条,麦遂遂以扬秀。泽苗翳渚,原卉耀皋"等句也形象表现了春日田野百卉挺生的蓬勃景象。他的这些诗句对后来的永明诗人谢庄、沈约等有不可忽视的影响。

纵观夏侯湛的一生和文学创作,尽管他与潘岳是好友,但其出处进退和文学风格与潘岳大相径庭,也不同于张华、成公绥、陆机等西晋文士。由于个性的桀骜孤高,加上有段时间屈居下僚,久未升迁,所以作品中多有如《抵疑》之类抨击世俗、讥议朝政的言论,其指陈的大胆和批判的尖锐,颇有正始之风而为西晋一代所罕见。从这个角度来说,他和左思可并称西晋一代之翘楚。在文学风格上,重气韵而辞采不竞,赞、论入于骈偶而不纯用骈,传、叙上承史记而下开韩柳,《昆弟诰》仿《尚书》而文辞古奥,诗赋也基本上尚质而不华丽,这些都有别于当时的主流文风,是一个独特的另类。

五、何桢　何充

何桢,一名何祯,生卒年不详,字元干,庐江灊县(今安徽霍山县东北)人。家世贫寒但少有大志,以文学才具见称。魏明帝景初年间(237—239)出为秘书右丞,齐王曹芳正始年间(240—248)出为弘农太守。何桢为司马昭的亲信,执掌郭太后所居永宁宫的宿卫,参与逼迫郭太后废齐王曹芳立高贵乡公曹掾。历任永宁卫尉、幽州刺史、廷尉。甘露二年(257),从司马昭东征诸葛诞,还拜光禄大夫。后又助司马炎代魏称帝有功,拜尚书光禄大夫,封雩娄侯。晋太始七年(271),匈奴刘猛反,奉命监军持节讨伐,斩杀刘猛,匈奴震慑,积年不敢复反。卒赠金紫光禄大夫。有《何桢集》五卷,今佚。严可均《全上古三代秦汉三国六朝文·全晋文》辑其文一卷,逯钦立《先秦汉魏晋南北朝诗·晋诗》从《北堂书钞》辑一残句。

何桢现存文赋五篇,其中《许都赋》《省函关表》《灭蝗笺》今仅存片断,但仍可见其文章恢宏的气势和状物的生动,如形容许昌地处冲要,人口稠密,是"元正大飨,坛彼东南。旗幕峨峨,檐宇弘深";其建筑是"景福郁枕以云起,飞栋鸟企而翼舒"。《省函关表》作于弘农太守任上,剩下的残句是引古人名言来强调关隘的重要:"《易》称王公设险,以守其国。孟轲云:'古者关讥而不征。'关险之设,所由尚矣"。《为旧君反服议》引《周礼》申说凡是通过辟举的正职,必须为旧君服丧三个月,至于"其馀郡吏,闻丧尽哀而已"。可以窥见何桢复古之中又有变通的思想观念。《灭蝗笺》留下农业上有关蝗灾的一些资料。《玄寿赐名叙》叙说他为新妇荀氏所生之女取名"玄寿"的原因和经过。叙事条理清楚,论证有据,但从中也可看出何桢为人的守旧与拘谨。他一生仕途顺利,步步升迁,可能与此性格有关。

何充(292—346),字次道,庐江灊县人,为何桢之孙。风韵淹雅,文义见称。王敦辟为大将军掾,转主簿,左迁为东海王文学,进中书侍郎。成帝即位后,迁给事、黄门侍郎,因参与平定苏峻有功封为都乡侯,拜散骑常侍,历任东阳太守、建威将军、会稽内史、丹阳尹、吏部尚书,冠军将军、尚书令、左将军、中书令等职。康帝司马岳即位,出为骠骑将军,都督徐州、扬州之军事,假节、领徐州刺史,镇京口。入为都督扬州、徐州诸军事,领扬州刺史。穆帝即位,加吏部尚书,进号冠军将军,又领会稽王师,转护军将军,与中书监庾冰参录尚书事。加中书监,录尚书事,又加侍中。永和二年(346)卒,年五十四,赠司空,谥曰文穆。有集五卷,今佚。严可均《全上古三代秦汉三国两晋南北朝文

·全晋文》辑其文一卷,没有发现其诗作。

何充为人正直敢言,不避权贵。开初为大将军王敦掾时,王敦兄王含时为何充家乡庐江郡郡守,为人贪污狼藉,名声很坏。王敦曾在聚会中称赞其兄说:"家兄在郡定佳,庐江人士咸称之。"何充正色曰:"充即庐江人,所闻异于此。"王敦默然无声,旁人皆为之不安,何充却晏然自若。由于得罪了王敦,很快被贬为东海王文学。王敦不久叛乱兵败,何充才升为中书侍郎。权臣庾冰兄弟出于私心,在成帝之后扶立康帝。有次康帝对庾冰、何充说,我能称帝,全是你们两人的功劳,何充马上说这是庾冰的功劳,如按我的想法,就没有今天的局面,结果"帝有惭色"。正因为如此,何充受到名相王导、庾亮等人的器重,他俩曾向康王力荐何充作为自己的接班人:"何充器局方概,有万夫之望,必能总录朝端,为老臣之副。臣死之日,愿引充内侍,则外誉唯缉,社稷无虞矣。"《晋书》上对何充的评价是:"虽无澄正改革之能,而强力有器局,临朝正色,以社稷为己任,凡所选用,皆以功臣为先,不以私恩树亲戚,谈者以此重之。"

何充现存文七篇,其中六篇俱是奏章和贺表,另有一封是私人书信。

在六篇奏章和贺表中,《贺正表》和《褚太后敬父议》仅存残段。有三篇是关于僧人应不应该屈膝敬王的反复上奏。东晋朝廷曾发生一场佛教徒觐见皇帝时要不要跪拜的争论,这实际上涉及维护皇权还是让外来宗教凌驾于皇权之上。何充为人崇佛,"供给沙门以百数,靡费巨亿而不吝也。亲友至于贫乏,无所施遗,以此获讥于世"。何充与左仆射褚翜,右仆射诸葛恢等人联合上书,主张僧人不必屈膝敬王。第一封奏章引先帝为例,指出先王世祖武皇帝以及肃祖明皇帝皆是这样处理的,请皇上"遵承先帝故事",照章办事,奏事简明而扼要。在遭执政驳斥后又不屈不挠上第二章和第三章,首先从佛教的兴起和作用说起,指出它对政教有益:"赞其要旨,实助王化",对佛教的两种态度会带来两种结果:"诅有损也,祝必有益"。然后点出令沙门跪拜的恶果:"今一令其拜,遂坏其法令,修善之俗,废于圣世,习实生常,必致愁惧"。三篇奏章皆被收入佛教著作《释藏冠》和《弘明集》中,作为"沙门不拜俗事"的重要资料,在中国佛教史和中国思想史上有着相当的价值。

书信《与庾翼书》与《请徵虞喜疏》均与推荐村野贤人虞喜有关。据《晋书·何充传》,何充以建威将军、会稽内史身份出为东阳太守,"在郡甚有德政,荐征士虞喜,拔郡人谢奉、魏顗等以为佐吏"。《请徵虞喜疏》即向朝廷推荐虞喜的奏章。文章称赞虞喜"天挺贞素,高尚邈世,束修立德,皓首不倦",为人又恬静淡泊:"无风尘之志,高枕柴门,怡然自足"。可见其荐士能重草野,强调束修立德和淡泊操守,这在门阀制度日益讲求,几乎是"上品无寒门"的东晋时代,是相当难能可贵的,也是中国制度史中一份可贵的资料。

六、曹摅

曹摅(？—308),字颜远,谯国(今安徽亳州)人,魏大司马曹休的曾孙。初补临淄令,晋惠帝元康末(299)转洛阳令。齐王曹冏辅政,曹摅与左思俱为其记室。惠帝末,起为襄城太守,怀帝永嘉二年为征南司马,同年讨流人王回,败死。曹摅少有孝名,好学善著文,曾受到太尉王衍的器重。史称其为官仁惠爱民,百姓怀之,号为"圣君"。臧荣绪的《晋书》将其编入《良吏传》。《隋书·经籍志》录其集三卷,严可均《全上古三代秦汉三国六朝文·全晋文》辑其文一卷,逯钦立《先秦汉魏晋南北朝诗·晋诗》辑其诗一民就是说一卷。

曹摅今存作品为诗赋两种,其中赋三篇:《述志赋》《围棋赋》(并序)和《感旧赋》(残篇)。《述志赋》写于作者晚年,此时西晋经过八王之乱、刘渊称帝、石勒南侵,北方已陷入动乱之中,此赋即叙述动乱中的感受。从"情悠悠以纡结,揽萱草以掩泪,曾一欢而九咽"等结句来看,作者情绪低迷,悲伤郁结。而且陷入敢于抗争和逃避归隐的矛盾彷徨之中:"哀夫差之阘惑,咏楚怀之失图,悲伍员之沈悴,痛屈平之无辜",这是在抨击黑暗;"羡首阳之皎节,叹南山之高疏","嘉沮溺之隐约,羡接舆之狂歌",这又是在暗示归隐逃避。赋的后半段完全是《离骚》和《涉江》的表达方式:"驾麟凤之靡靡,载龙旗之洋洋,周九州而骋目,登四岳而永望"。也就是说,避世终于战胜入世。其中对《楚辞》的化用,也见其文学的功力。《围棋赋》(并序)是一首咏物小赋,引兵家以为喻:"云会中区,网布四裔,合围促阵,交相侵伐,用兵之象,六军之际也","保角依边,处山营也。隔道相望,夹水兵也"皆准确而生动,可见作者遣词状物的才能,也知排兵布阵之道。《感旧赋》只剩两残句:"胡马仰朔云,越鸟巢南树",此化用《古诗十九首》"胡马依北风,越鸟巢南枝",亦可见其文学渊源。

曹摅诗以四言为主,五言亦颇擅长,且多联章,如《赠韩德真诗》四章、《赠石崇诗》四章、《赠王弘远诗》三章、《赠欧阳建诗》四章等。其中《答赵景猷诗》更多达二十一章,超过潘、陆等西晋名公,居赠答诗联章之首。这既说明本人的才气,也说明交友之多,像石崇、欧阳建都是当时西晋政权核心人物。至于其内容,不外乎敷表友谊、厌倦人事、眷恋山林和及时行乐之类,如《答赵景猷诗》(之一)写自己"泛舟洛川,济彼黄河"时的所见所感。前半写舟中所见之景:"水卉发藻,陵木扬葩。白芷舒华,绿英垂柯。游鳞交跃,翔鸟相和",呈现一派生机勃勃的动态画面。后半转写人事,感叹"时将蹉跎","人生几何"。诗中化用《诗经·伐檀》和《沧浪歌》诗意,自然而妥帖,不见斧痕。

其五言诗,有《思友人》《感旧诗》和《赠石崇》等。《感旧诗》感叹世风浇薄,可能是针对二十四友有感而发。当时一些著名文士以潘岳、陆机、陆云等为首二十四人,组成一个文学集团,投靠权臣贾谧。结果政局反复,赵王伦篡政,贾谧、石崇、欧阳建被杀,潘岳等也遇害并夷其三族。《感旧诗》中有意用古人"廉、蔺门易轨,田、窦相夺称"的世态炎凉来喻现实感受,暗批当时的士风。《思友人》则与《感旧诗》相对,从另一个角度来咏歌友谊。诗中提到的欧阳子即欧阳坚石,是石崇的外甥,也是二十四友之一,但其人却颇重友谊。诗前半写凄清之景,后半写思念之情,中间用"情随玄阴滞,心与回飚俱",由景入情,形成自然过渡。使我们想起岑参那首有名的《白雪歌送武判官归京》,也是前半写雪景,后半抒别情,中间用"瀚海阑干百丈冰,愁云惨淡万里凝"过渡,由景入情。

曹摅的诗作在魏晋六朝颇受重视,上述《思友人》与《感旧诗》皆入选昭明《文选》。钟嵘《诗品》将曹摅列入"中品",与陆云、石崇和何劭同列,并谓"季伦(石崇字)、颜远(曹摅字),并有英篇"。

七、曹毗

曹毗,字辅佐,晋朝谯国人,曹摅之从子。有人考证他约生于东晋明帝或元帝时期,活至穆帝升平年间(357—361)或更后一段时间[①]。毗少好文籍,善属词赋。郡举荐为孝廉,除郎中,蔡谟举为佐著作郎,因父忧去职。服阕,迁句章令,征拜太学博士。历任尚书郎、镇军大将军从事中郎、下邳太守等职,累迁至光禄勋。据《隋书·经籍志》,曹毗有集十卷,另有《论语释》一卷、《曹氏家传》一卷,皆亡佚。近人丁福保《全晋文》从《文选》《北堂书钞》《艺文类聚》等典籍中辑有文、论、序以及一些残句20多篇,逯钦立《先秦汉魏晋南北朝诗·晋诗》辑其诗20多首,另有传奇和志怪小说两篇。

曹毗现存的文学创作中以赋为多,有《秋兴赋》《涉江赋》《观涛赋》等12篇,因文集已逸,均是从一些类书和总集中辑得,多为残篇或残句。其类型皆为抒情咏物小赋,抒情者如《秋兴赋》《涉江赋》《湘中赋》《马射赋》;咏物者如《观涛赋》《水赋》《箜篌赋》《鹦鹉赋》等。从仅存的两篇较完整的《箜篌赋》《鹦鹉赋》来看,体制都很短小,《箜篌赋》一百来字,《鹦鹉赋》连序仅六十多字。说明到了曹毗生活的东晋,抒情咏物小赋已完全取代了两汉铺张扬厉的大赋,比起汉末的蔡邕和三国时代的曹植等人的抒情赋,体制也更加短小。这两篇赋也很有文采,确如《晋书·文苑传》所言"善属辞赋"。但孙绰却认为曹毗虽有文采却少剪裁:"曹辅佐才如白地明光锦,裁为负版绔,非无文采,酷无剪裁"(《世说新语·文学》)。曹毗的咏物赋中还有两篇值得注意,即咏歌冶炼工人及冶炼过程的《咏冶》和《冶成》,因仅存残句,我们无法窥探其章法和艺术成就,但从题材来看,对手工业者和冶炼业的关注,这在赋

---

① 曹道衡:《晋代作家六考》,见《中古文学史论文集》,中华书局2002年版。

中是首次,他直接开启了后来李白咏歌炼铜工人的《秋浦歌》。从残句"冶石为器,千炉齐设"来看,也可见当时冶炼的规模,在中国科技史上自有其地位。

曹毗的骈文存有《对儒》和《黄帝赞》。《黄帝赞》是篇祭祀用的官样文字,《对儒》则可见其性情和思想归趋,文字也较洒脱。据《晋书·文苑传》,《对儒》是因在下邳太守任上长期得不到升迁,"位不至,著以自释"。但文中并无多少牢骚和抱怨,多是自宽和自慰,如"蚌以含珍为贵,士以藏器为峻,麟以绝迹标奇,松以负霜称隽",并举历史典故和名人言行为支撑:"故子州浮沧澜而龙蟠,吴季忽万乘以解印,虞公潜崇岩以颐神,梁生适南越以保慎"。就其本旨,源于道家的"全真养和":"名为实宾,福萌祸胎,朝敷荣华,夕归尘埃,未若澄虚心于玄圃,荫瑶林于蓬莱",从中可以窥见其思想归趋,基本上是当时许多名士皆采取的"在儒亦儒,在道亦道"的处世态度。其写法承东方朔《答客难》、杨雄《解嘲》和班固《答宾戏》等主客问难、用自嘲以显志的文学传统。

曹毗的散文今存有《太尉石鉴碑》《请雨文》《神女杜兰香传》《双鸿诗序》和《石屏诗序》,均为残篇。从仅存的文字来看,叙事清楚简洁,很见其古文的功力,如《太尉石鉴碑》:"君为治书侍御史,朝廷以公雅节不群,直方其道,仍授绳之官频居爪牙之任,鹰跱虎视,而庶僚风靡",四十余字,清楚交代了作为一名文职人员,却被朝廷任命为军事最高长官的因由。其中"鹰跱虎视""庶僚风靡"八字,既正面写出石鉴的为人个性,又用庶僚对此的敬畏来反衬。《神女杜兰香传》在叙事上也有类似的特点:"神女姓杜,字兰香,自云家昔在青草湖风溺,大小尽殁,香时年三岁,西王母接养之于昆仑之山,于今千岁矣"。这开启奠定了唐代鬼才李贺《兰香神女庙》等诗作的神秘风格。《双鸿诗序》和《石屏诗序》则形式短小、文风简洁。

曹毗今存诗二十余首,其中约有十一首是为东晋宗庙创作的郊庙歌词,另有十余首五言诗。前者囿于歌词的赞颂性质,诗风亦要求雍容华贵,很难见个人特质。较有价值的是今存的十多首五言诗,涉及朝正、赞颂、咏物、从军多种内容,其中尤其值得注意的是《夜听捣衣诗》:

寒兴御纨素,佳人理衣襟。冬夜清且永,皎月照堂阴。纤手叠轻素,朗析叩鸣砧。清风流繁节,回飙洒微吟。嗟此往运速,悼彼幽滞心。二物感余怀,岂但声与音。

诗人继其先祖曹丕的代拟之法,写出一位思妇由捣衣而触发的悠长思恋。诗风淡雅,语言清丽,亦颇有乃祖之风。此诗在当时颇引起轰动,仿作者不绝,其中有谢惠连、谢朓、吴均、柳恽、萧衍等著名诗人,然后沿袭而下,南朝、唐代均有大量捣衣诗,包括李白著名的《子夜吴歌》二首。捣衣诗竟成为中古文学中一个显著类别,曹毗应有首创之功。

曹毗还有两篇小说,其中以传奇《杜兰香传》更有价值。小说写文人张硕与神女杜兰香人神相恋的故事,写得恍惚迷离,虚实相生,很有文采。特别是小说中嵌入杜兰香两首诗,作为自白和咏叹,开唐人传奇文中夹诗的先词。但从婢女向张通报的"阿母(西王母)所生,遗授配君,君不可不从",以及杜兰香自白诗中的"从我与福俱,嫌我与祸会"等句来看,仍带有志怪小说中女性精怪与男子接交时强横、胁迫等特征,不似唐人传奇中出于真爱,哀婉缠绵之动人,可以说是介于晋人干宝《搜神记》和唐人张鷟的《游仙窟》之间。另外,鲁迅的《古小说钩沉》还辑有曹毗的《志怪》小说中一条,关于东方朔对昆明池劫灰的预言,写得神乎其神。在东方朔的故弄玄虚之中,亦有对汉武帝淫威的畏惧。小说写几百年后方知东方朔的先见之明和知识广博,都带有志怪炫奇的基本特点。

八、嵇绍　嵇含

嵇绍(254—304),字延祖,嵇康子。嵇康被害时年仅十岁,事母孝谨。晋武帝太康中由山涛推荐,征为秘书丞,历任汝颖太守,徐州刺史。元康初为给事黄门侍郎,封弋阳子,迁散骑常侍,领国子博士。赵王伦篡位,署为侍中。惠帝反正,选为御史中丞,未拜,复为侍中,荡阴之役中被害。赠侍中金紫光禄大夫,晋爵为侯。晋元帝为左丞相时,曾表赠嵇绍为太尉,即位后追谥嵇绍曰"忠穆"。

嵇绍人品俊美，且有才具，嵇绍刚到洛阳时，有人对竹林七贤之一的王戎说："昨于稠人中始见嵇绍，昂昂然如野鹤之在鸡群。"尚书左仆射裴頠亦深器之，常对人说："使延祖为吏部尚书，可使天下无复遗才矣。"嵇绍也确有知人之明：沛国戴晞少有才智，与绍从子嵇含相友善，当时人们都认为戴晞大有前程，嵇绍却以为必不成器。戴晞后来为司州主簿，以无行被斥，州人方称绍有知人之明。嵇绍为人方正忠诚，不妄与人交，颇有乃父之风。惠帝元康年间，贾谧权倾朝野，潘岳、陆云等文学之士组成二十四友，望风跪拜。贾谧慕嵇绍之名欲与之交，嵇绍竟倨而不答。惠帝永兴三年（306），东海王司马越持惠帝讨伐成都王司马颖，在荡阴战败，百官及侍从皆溃散，飞箭雨集，嵇绍以身遮蔽惠帝，血溅惠帝衣，死难。事后，惠帝侍从要将衣上血迹洗净，惠帝说："此嵇中侍血，勿去。"宋代文天祥在《正气歌》中曾把"为嵇中侍血"作为"时穷节乃见，一一垂丹青"的代表之一加以讴歌。

嵇绍雅有文才，诗文皆优，《隋书·经籍志》载《嵇绍集》二卷，今佚。严可均《全上古三代秦汉三国六朝文·全晋文》辑其文一卷，逯钦立《先秦汉魏晋南北朝诗·晋诗》辑其诗一首。

嵇绍的散文今存多为奏章，如《上惠帝疏》《陈准谥议》《张华不宜复爵仪》《谏齐王冏书》等，均简括峻洁，崖岸自高，如《上惠帝疏》，此奏写于赵王司马伦篡位之后，嵇绍要惠帝牢记历史经验教训，不要让大权旁落，臣工要恪守本分，不要僭越。短短数言，有破有立，几个"不忘"，言简意赅，让人自然产生戒惧之心：

> 臣闻改前辙者则车不倾，革往弊者则政不爽，大一统于元首，百司役于多士。故周文兴于上，成康穆于下也。存不忘亡，《易》之善义。愿陛下无忘金墉，大司马无忘颍上，大将军无忘黄桥，则祸乱之萌无由而兆矣。

文章列举历朝和当代众多史实，要执政者勿忘教训；在此之后，又生荡阴之乱，惠帝面上中三矢，总算在嵇绍拼死遮蔽下死里逃生。此前此后，无不印证嵇绍奏中的论断。《陈准谥议》《张华不宜复爵仪》也都体现嵇绍立朝堂堂正正,不畏权贵,不徇私情。太尉广陵公陈准薨,太常寺奏上的谥号有溢美之嫌,嵇绍上《陈准谥议》指出谥号应该名实相符,"大行受大名,细行受细名","(陈)准谥为过,宜谥曰缪"。朝廷当然不会让一位太尉谥号曰"缪",但从此"朝廷惮焉"。司空张华为赵王司马伦在篡位时所诛,惠帝复位后,有司欲复其爵。嵇绍又上《张华不宜复爵仪》,旗帜鲜明地加以反对。文中指出:"臣之事君,当除烦去惑。华历位内外,虽粗有善事,然阖棺之责,著于远近,兆祸始乱,华实为之",今上"未忍重戮,事已弘矣",不宜复其爵位。文字干净利落,壁垒分明,很有乃父"刚肠疾恶,轻肆直言,遇事而发"的个性和文风。

嵇绍还存一篇传记文《叙赵至》,其中叙述赵至与其父嵇康的交友过程,颇具传奇色彩:

> 年十四,入太学观,时先君在学写石经古文,事讫去,遂随车问先君姓名。先君曰:"年少何以问我?"至曰:"观者风器非常,故问耳。"先君具告之。至年十五,阳病,数数狂走五里三里,为家追得,又灸身体十数处。年十六,遂亡命,径至洛阳,求索先君不得;至邺,沛国史仲和,是魏领军史涣孙也,至便依之,遂名翼之,字阳和。先君到邺,至具道太学中事,便逐先君归山阳经年。

文中明写赵至追随嵇康之执着,暗扬乃父的人格魅力。除传奇色彩之外,文风清切简要,是其散文的一贯特色。

嵇绍还存诗一首《赠石季伦》。诗中告诫石崇"中和为至德","量体节饮食",特别不要昏于酒色。通篇说教,虽无文采但诚意自现。石崇为当时权臣,为人骄奢残暴,但史载嵇绍与之相处不卑不亢,石崇甚钦敬之,从此诗中可见一斑。

嵇含(263—306),字君道,自号亳丘子。嵇康的侄孙,嵇绍从子,谯国铚(今安徽宿州市西)人。举秀才,除郎中。齐王冏辟为征西参军,长沙王乂召为骠骑记室督尚书郎。惠帝永兴元年(304)除太子中庶子,因道阻未拜。范阳王司马虓召为征南从事中郎,不久授振威将军、襄城太守。虓败,镇南将军刘弘表为平越中郎将广州刺史,未行。永兴三年(306),刘弘去世,嵇含为刘弘司马郭劢所杀。怀帝即位,谥曰宪。

嵇含好学能文,性格刚直。据史载,当时二十四友之一的王粹以贵公子身份娶公主,馆舍非常华美,将庄子垂钓图绘于中堂,并召集朝臣,请嵇含为画像作赞。对这种本身骄奢淫逸又故作清高的虚伪之举,嵇含毫不客气,当场加以揭露,指出这是"画真人于刻楣之室,载退士于进趣之堂,可谓托非其所",因此不能"赞"只能"吊",然后文不加点,写了篇《吊庄周图文》,结果"粹有愧色"。

嵇含善著文,《隋书·经籍志》载《嵇含集》十卷,今已佚。严可均《全上古三代秦汉三国六朝文·全晋文》辑其文一卷,逯钦立《先秦汉魏晋南北朝诗·晋诗》辑其诗一卷。

嵇含今存之文主要是一些赋序、诗序、铭、诔,其中赋最多,如《酒赋》《寒食散赋》《瓜赋》《长生树赋》《槐香赋》及《娱蜡赋》(并序)等。这些赋前多有序,如《白首赋序》《困热赋序》《祖赋序》《羽扇赋序》《寒食散赋序》《八磨赋序》《宜男花赋序》《孤黍赋序》《朝生暮落树赋序》《鸡赋序》《遇蚕赋序》《遇蚕赋序》《诗序》等。另有散文《南方草木状序》《木弓铭》《菊花铭》《司马诔》及《吊庄周图文》(并序),奏章《上言长沙王乂宜增置掾属》等。

《吊庄周图文》(并序)颇见嵇含乃有叔祖嵇康和从父嵇绍"刚肠疾恶,轻肆直言,遇事而发"的个性特征,为了抨击上层贵族骄奢淫逸又故作仰慕清静无为的虚伪之举,他在华堂之上、众宾面前将"赞"改为"吊",直截了当地指出将庄周这样的"退士"悬于"进趣之堂,可谓托非其所"。在《吊庄周图文》中还对当时"野无讼屈之声,朝有争宠之叹。上下相陵,长幼失贯。于是借玄虚以助溺,引道德以自奖"的官场生态和士风进行辛辣的讽刺。文辞尖锐,鞭辟入里,文风泼辣。

《白首赋序》叙述自己的生活、秉性和从政经历并抒发对此的感慨,为我们留下作者以及嵇康家族珍贵的历史资料,如说到自己的身体状况:"余年二十七,始有白发生于左鬓,斯乃衰悴之标证、弃捐之大渐也"。介绍自己的生活经历和志向:"蒲衣幼齿,作弼夏后,汉之贾邓,弱冠从政。独以垂立之年,白首无闻!壮志龃于芜途,忠贞抗于棘路;睹将衰而有川上之感,观趣舍而抱慷慨之叹。"。嵇含的赋作虽多,但鲜有特色,像《寒食散赋》《瓜赋》《长生树赋》《槐香赋》诸赋,虽有辞藻,但少寄寓,嫌味稍浅。《木弓铭》《菊花铭》诸铭文,状物生动准确,确有可取之处,如《木弓铭》写木弓之精良,用射鸟作为反衬:"乌名之朴,丰条足理。弦鸣走括,截飞骇止。射隼高墙,出必有拟。"《菊花铭》短短数语,写出菊花的形态和功用:"旋葰圆秀,翠叶紫茎。诜诜仙徒,食其落英。"

嵇含的诗作仅存两首:《悦晴诗》和《伉俪诗》。前一首描绘雨后景象,四韵八句,全系对偶成文,是今存较罕见的通篇写景的五言诗。后一首细腻地描绘夫妻恩爱,如"饥食并根粒,渴饮一流泉。朝蒸同心羹,暮庖比目鲜"等句,以对偶的句式、夸张的比喻来强调夫妻之间感情之深笃,明显看出乐府民歌的影响。

九、桓玄

桓玄(369—404),字敬道,一名灵宝,谯国龙亢(今安徽怀远)人。父桓温,东晋中期的权臣,曾北伐中原,略定西蜀,拥兵自重,心怀不臣之心,颇有曹操"奸雄"之气概。桓玄为桓温幼子,其政治品格比起乃父有过之而无不及:曾托庇于荆州刺史殷仲堪,得志以后,袭击荆州,杀害殷仲堪。又举兵东下,直奔金陵,自封宰相,录尚书事,都督中外诸军事,总百揆。元兴三年(404)末称帝,国号"楚"。八十日后,事败被杀。

桓玄在政治品格上乏善可陈,却颇有才华,富名士气,善清谈。《世说新语·文学》说他"善言理,弃郡还国,常与荆州殷仲堪终日谈论不掇"。又载他初领荆、江二州刺史时,"于时始雪,五处俱贺,五版俱入。玄在听事,上版至,即答版后。皆粲然成章,不相杂糅"。晋安帝也称赞他"文翰之美,高于一世"(《晋书·安帝纪》)。其著作甚丰,《隋书·经籍志》著录有集四十三卷,《要集》二十卷,《周易·系辞注》二卷,多亡佚。严可均《全上古三代秦汉三国六朝文·全晋文》辑其文一卷,逯钦立《先秦汉魏晋南北朝诗·晋诗》辑其诗一卷。

桓玄今存诗二首,一首四言曰《登荆山诗》,另一首五言,曰《南林弹诗》。《登荆山诗》多言玄理,缺乏诗味;《南林弹诗》描绘弹弓的精美:"轻丸承条源,纤缴截云寻",使用时得心应手:"落羽寻绝响,屡中转应心",以此来反衬射技的高超。另外"散带蹑良骥,挥弹出长林"也较为形象地勾勒出一位潇洒又从容的贵族射猎者形象。

桓玄的赋有《凤赋》《鹦鹉赋》《鹤赋》等,皆为咏物之作。状物尚称精工,但无寓意和感情意蕴,成就不高。桓玄的文今存颇多,其中相当一部分是论辩玄理,如就佛教徒应不应该礼敬王者,分别同桓谦、慧远、王谧等人论辩。其散文如《南游衡山诗序》《王孝伯诔》等成就较高。王恭字孝伯,东晋末年大臣,名士,曾与桓玄等刺史联合讨伐在朝廷专擅的王国宝、司马尚之等权臣,兵败被害。但不久桓玄率兵攻入建康,诛灭司马尚之,追赠王恭为侍中、太保。其诔文即作于王恭被害的消息传到江陵之时。文中多用比兴来称誉王恭和指斥朝政,如"岭摧高梧,林残故竹","犬马反噬,豺狼翘陆",痛悼王恭的丧生和天道的幽微,用语简洁又感情沉痛,如"川岳降神,哲人是育。既爽其灵,不贻其福。天道茫昧,孰测倚伏"。整篇诔文感情凝重又造语清新洗练,文字确实不俗。据说,王恭噩耗传来时,"桓玄尝登江陵城南楼,云:'我今欲为王孝伯作诔。'因沉吟良久,随而下笔,一坐之间,诔以之成"(《世说新语·文学》)。桓玄的《南游衡山诗》已佚,今仅存其"序"。序中叙述一行人由水路转山道,湘川水流之清澄,衡岳林间之美景,娓娓道来,不疾不徐,再加上用语典雅,文藻洗练,如写湘川水路是"涉湘千里,林阜相属。清川穷澄映之流,涯涘无纤埃之秒";衡岳山道是"或垂柯跨谷,挟巘交荫;或曲溪如塞,已绝复开;或承步长岭,邈眺遥旷;或憩舆素石,映濯水湄"。由此可看出此人虽是野心勃勃的大军阀,但确实文藻风流,不可因人废言。

第六节　两汉魏晋南北朝时期的安徽乐府民歌

安徽的两淮和沿江江南地区,在两汉和魏晋南北朝时代产生了大量民歌,这些民歌,有的被官方的采诗机构乐府所收录,有的被《史记》《汉书》等史籍或《艺文类聚》等类书所收录。这些民歌反映了当时江淮地区艰苦的生活条件和耿直强悍的民风,对当地统治者也有鞭挞和讽刺。其中以汉末乐府《孔雀东南飞》以及民间谣谚《颍川儿歌》《淮南王歌》等为代表。

一、乐府

据《汉书·艺文志》,汉代乐府机构著录的各地民歌共 138 篇,其中吴、楚、汝南歌诗 15 篇,淮南歌诗 5 篇。但由于汉哀帝刘欣不好音乐,特别是不喜欢民歌俗乐,颁诏"罢乐府",裁革了 441 名演奏各地俗乐的"讴员",因此除"铙歌十八曲"中保存少数几首西汉民歌外,几乎全部失传。到了东汉,采诗制度得以恢复。开国皇帝刘秀曾"广求民瘼,观纳风谣"(《后汉书·循吏列传叙》)。和帝即位后,亦"分遣使者,皆微服单行,各至州县,观采风谣"(《后汉书·李郃传》)。直到汉末灵帝时,还以风谣作为衡量官吏优劣的标准(《后汉书·刘陶传》),所以现存的汉乐府中绝大多数是东汉乐府。产生于今日安徽境内的《孔雀东南飞》就是东汉乐府,也是整个乐府诗中最杰出的篇章。此诗 353 句,1745 字,是我国古代最长的一首叙事诗。此诗通过刘兰芝、焦仲卿这对夫妇殉情而死的家庭悲剧,深刻揭露了以焦母为代表的封建礼教和以太守为代表的封建势力对青年男女的迫害,也歌颂了这对夫妇不屈的反抗精神,从中寄托了人民对自由的向往和反抗精神。此诗通过富有个性的人物对话来塑造鲜明的人物形象,全诗"杂述数十人口中语,而各肖其声口性情,真化工笔也"(沈德潜《说诗晬语》)。全诗结构完整、紧凑、细密,善于叙事,其中又有抒情性穿插和简短明快的人物行动刻画,兼有抒情叙事之长,绘声绘色之美,"质而不俚,乱而能整。叙事如画,叙情若诉,长篇之圣也"(王世贞《艺苑卮言》)。此诗产生于汉末,这在该诗的序中有明确的记载:"汉末建安中,庐江府小吏焦仲卿妻刘氏,为仲卿母所遣,自誓不嫁。其家逼之,乃没水而死。仲卿闻之,亦自缢于庭树。时人伤之而为此辞也。"但由于此诗最早出现是在陈朝徐陵编的《玉台新咏》之中,再加上诗中出现的"青庐""龙子幡"等器物,有的学者认为是到南北朝时才有,因而断定此诗是南北朝时的作品。其实,这个推断是不确切的,因为"青庐"和"龙子幡"等器物并非到南北朝时才有,前人已有专论①。《孔雀东南飞》的发生地,也可为作品产生于汉末的佐证。今日潜山县城梅城镇东南约五里梅河边,有个小镇叫小市港。小市港原名小吏港,即因"庐江府小吏焦仲卿"而得名。小市港的南端有座戏台叫孔雀台,始建于唐代,原为土台,清康熙年间改建为砖木结构。诗中所说的夫妇合葬处"华山旁",在今小市港粮站仓库后面的高坡上,叫"孔雀坟"。孔雀坟今已荡然无存,现在的所谓"汉焦仲卿、刘兰芝之墓"是二十世纪八十年代中期修建的。高坡的东面有座小山叫"花山",就是"华山",潜山一带"华""花"二字读音不分,曾做过舒州(州治在今潜山县梅城镇)通判的王安石在有名的散文《游褒禅山记》曾指出"华山"即"花山"。②有的文学史引用一些志书将庐江郡注为"今安徽寿县",又说"小吏港在合肥县东门内"③,殊不知合肥、寿县、潜山实际地域差别很大。庐江郡的郡治,汉初在今庐江县东北约七十公里的舒城,汉末才迁到今潜山县的梅城镇。焦仲卿夫妇合葬墓在潜山县城东南约五里的小市港,诗中又说焦仲卿为庐江府小吏。就从这个角度来说,这个故事也应发生在汉末,《孔雀东南飞》的"诗序"说得没错。

---

① 《焦仲卿妻辩证六——青庐不始于北朝,龙子幡亦为汉制》,见《乐府论文集》,人民文学出版社 1956 年版。

② 有关《孔雀东南飞》故事发生地资料及考证均见陈友冰《孔雀东南飞的民间传说和疑义新探》,《中学古诗文考析》,安徽教育出版社 1984 年版,第 189 页。

③ 聂石樵:《先秦两汉文学史·两汉卷》,北京师范大学出版社 1994 年版,第 411、416 页。

二、民间谣谚

先秦到南北朝,今日安徽地区还产生不少民间谣谚,这些谣谚有部分被收入郭茂倩编的《乐府诗集》"杂歌谣辞"之中,更多的则是收录在《史记》《汉书》等史籍或《艺文类聚》等类书之中。其地域以今淮北地区为主,沿江江南也有少量谣谚收录。其中较为著名的有汉初的《淮南王歌》《颍川儿歌》和《汝南鸿隙陂童谣》等。《淮南王歌》如下:

一尺布,尚可缝;一斗粟,尚可舂;兄弟二人不相容。

据《汉书·淮南厉王传》:文帝的族兄淮南王刘长在淮南一代阴结死党,横行不法。汉文帝不忍将其处死,便用辎车将刘长与其妻、子一同流放到蜀地邛徕,结果刘长忧愤不食而死。淮南一带民众"有作歌歌淮南王"。文帝闻之,迫于民意,将刘长追尊为淮南厉王,并按诸侯王待遇为其设置陵园。这首《淮南王歌》用最通俗的比喻说出了一个最浅白的道理:兄弟之间应该亲密无间,不可离心离德,更不可相互仇杀。诗中没有像官方史书那样去谴责刘长,而是同情弱者,在是非观上站到官方的对立面。前面曾说到"淮南人性并躁动,风气果决","俗尚淳质",于此可见一斑。

《颍川儿歌》以水喻人,短小而直白,带有预言性质:"颍水清,灌氏宁;颍水浊,灌氏族"。此歌载于《史记·灌夫传》和《汉书·灌夫传》,《太平御览》《太平寰宇记》等类书中也有记载。颍川,即今安徽阜阳,颍水从其侧流过,汇聚成有名的焦陂。灌夫,颍阴(今河南许昌)人,汉初开国功臣灌婴之后,封为颍阴侯。据《汉书》本传:灌夫不好文学,喜任侠,重然诺。勾结交通一些豪桀大猾横行颍川,积累财富"数千万,食客日数十百人"。本传中说他将"陂池田园,宗族宾客为权利,横颍川",其中的"陂池田园"就是焦陂周围的灌溉便利的良田美地,悉被灌夫及其亲属宾客霸占。这首儿歌以自然现象预示人事,很有点图谶的意味,也很富有哲理,不太像儿歌,所以《太平御览》《太平寰宇记》等类书将其改名为《颍川歌》。歌中的水清和水浊,实际上是政治清明和朝政混乱的借喻。据《史记·魏其武安侯列传》:"灌夫家居虽富",但在汉景帝去世后"失势,卿相侍中宾客益衰"。为挽救颓势也是"任侠使气",与同样失势的魏其侯窦婴靠到一起对抗新贵武安侯田蚡,结果被田蚡劾"骂座不敬",灌夫及"灌氏支属,皆得弃世罪",果然如儿歌所言。同《淮南王歌》不同的是,这首歌指斥的是地方豪强,但高妙的是并未点明灌夫的种种劣行,而是以谶语式的诅咒来表达民间的爱憎,简洁而含蓄,尖锐又直白。下面这首《汝南鸿隙陂童谣》与《颍川儿歌》的批判矛头相同,都是地方豪强,但表达方式却截然相反,表现出两淮地区民歌艺术手段的丰富:

坏陂谁:翟子威。饭我豆食羹芋葵。反乎覆,陂当复。谁云者? 两黄鹄。

据《汉书·翟方进传》:汝南一带有大陂叫鸿隙,该郡得其灌溉之利,颇为富饶。汉成帝时,关东一带连降暴雨,鸿隙陂水满为害。当时的宰相是翟方进,也是汝南人,曾想霸占鸿隙陂周围的良田而未得逞。现在报复的机会来了,就派员去鸿隙陂视察,然后上奏将陂堤掘开排干陂水。这样"既省堤防费而无水忧",又可将陂内开辟为肥美良田,似乎是一举数得。事实是鸿隙陂一失,淮北一带失去灌溉水源,原来富饶的良田变得只能种"豆芋葵"之类抗旱作物的贫瘠之地。到了"王莽时,常枯旱。郡中追怨(翟)方进,时有童谣云云"。诗中的"子威"为翟方进的字,"饭我豆食羹芋葵"则是直接道出毁坏鸿隙陂所造成的恶果,也表达出民众对此的态度。这首诗采用设问设答的形式,也是民歌尤其是儿歌常用的手法。同《颍川儿歌》的不同之处,不仅在于它直接道出毁坏鸿隙陂所造成的恶果,还在于它的幽默和含蓄:它不像"颍水浊,灌氏族"那种尖锐和直白,而是故弄玄虚:"反乎覆,陂当复。谁云者? 两黄鹄"。鸿隙陂应当恢复,这是谁说的? 是天上的鸟说的,让你找不着边际。这不能仅仅理解为当时政治上的恐怖,只能迂回讲究策略,更应看作民歌表现手法的丰富:"反乎覆,陂当复",这是"实",是汝南民众真实强烈的愿望;"谁云者? 两黄鹄"则是虚,这样虚虚实实,真幻相生,更增加了这首民歌的可读性和感染力。

先秦至南北朝时期的安徽民歌并不仅仅是政治批判,它的内容相当广泛,其中就有对安徽当地人物的咏歌,如《广舆记》中就有沛国(今安徽淮北)

民众对桓谭的咏歌:"玩扬子云之篇,乐于居千乘之官;挟桓君之书,富于积猗顿之财。"扬雄是西汉著名的辞赋家,桓谭的介绍见前面第二章,猗顿是春秋时期鲁国的富商。沛国民众认为:咏歌扬雄辞赋的快乐,甚于做高官;读桓谭的著作,其精神财富远远超过物质财富。这种认识,不仅是咏歌安徽人物,也表明昔日淮北民众的价值观念。这种观念也不仅存在于安徽的淮北,沿江江南同样有之,如《宣城民为陶汪歌》:"人当勤学得主簿,谁使为之陶明府"。据《艺文类聚》引《陶氏家传》:晋咸康中,陶注为宣城内史,重视教育,"广开学舍",并招隐逸,从民众中选拔勤学方正者,"辟为掾吏",这首歌正是对这位良吏的讴歌。《淮南子·齐俗训》中还载有一则民谚:"鸟穷则噣,兽穷则觕,人穷则诈。"《淮南子·齐俗训》对此解释说:"乱世之法,高为量而罪不及,重为任而罚不胜,危为禁而诛不敢。民困于三责,则饰智而诈上,犯邪而干免。"所谓"乱世用重刑",这话不一定对,因为上有政策,下有对策。重刑的结果只会让民情"智而诈",往往能逃脱处罚——"犯邪而干免。"还是应当从教化入手,从根本上改变民风。

第二编　隋唐五代时期的安徽文学

在唐代的版图上,今日安徽的阜阳地区属于河南道,沿江江北和江淮地区属于淮南道,沿江江南地区属于江南西道,徽州地区属于江南东道。从唐太宗贞观到玄宗天宝的一百多年间,由于社会承平,赋役较轻,安徽经济出现前所未有的繁荣景象,江淮一带成为全国粮赋的主要来源之一。京城长安的稻米主要取自苏浙皖地区,唐初每年从江淮征粮一百多万石,到天宝年间,已增至四百多万石。德宗贞元八年(792),宰相权德舆说:"江淮田一熟,则旁资数道,故天下大计,仰于东南。"此时,安徽的南部祁门、歙县一带也得到开发,歙县东南的吕公滩,祁门西南的阊门滩都是有名的险滩,中唐以后均得以治理,交通航运得以便利。绩溪的银、铅矿,青阳、秋浦两县的铜矿开采此时已很发达,我们从李白的《秋浦歌》中可知其日夜开采的规模和声势。安徽舒城、霍山、宣州和歙县的茶叶此时已行销全国,非常著名。

隋代的安徽作家可以提及的只有刘臻。唐代的安徽作家同繁荣的经济相比,本土作家的创作成就并不彰显。有唐三百年,其中突出者不过李绅、张籍、杜荀鹤、吴少微、曹松、康骈等数人而已,而且集中在中晚唐。李绅和张籍俱是新乐府运动的中坚人物。李绅是唐代新乐府运动的开创者,他首先创作了"乐府新题二十首",多为讽喻时病针砭时事,而且词直不忌。白居易、元稹等人的新乐府诗无论在内容上还是形式上都受到"乐府新题二十首"的启发。白居易对李绅也很心折,他曾说过"笑迂劝辛酒,间吟短李诗"(李绅个子矮小,白居易嘲为"短李")。张籍的乐府诗继承和发扬了《诗经》和汉乐府"哀时托兴"的现实主义精神,成为杜甫与新乐府运动间的过渡人物。他的新题乐府,或沿袭古题但创新意,或自创新题,广泛反映安史之乱后中唐社会的民生疾苦,笔锋直指当时的执政者。言语平淡而委婉含蓄,将笔墨触向生活的深处,或再现、或抨击、或揭示、或指斥,语出自然,却韵味无穷。吴少微的文学功绩主要在文章革新上。武则天时,陈子昂挺身而出,批评"采丽竞繁"的六朝文风,旗帜鲜明地提出"汉魏风骨"。但陈子昂的文学复古仅限于诗歌，也多停留在理论方面。吴少微则在创作实践上尤其是散文创作上，以简淡清新、朴质幽雅、毫无雕琢的新式散文取代"采丽竞繁、兴寄都绝"的六朝骈文，由此产生巨大影响，被称为"富吴体"（"富"指山西武功人富嘉谟。两人同为进士，又是好友，共同倡导革新了当时的散文文风）。"富吴体"的出现标志着唐代古文运动正式兴起，对其后的古文运动影响至深。盛唐的散文作家萧颖士、李华、元德秀、元结，中唐的独孤及、梁肃、韩云卿、韩会等，无不受富嘉谟、吴少微的影响。杜荀鹤是晚唐杰出的现实主义作家，他的诗作中一个重要的内容就是反映唐末动乱，闪耀着批判光芒。其批判锋芒几乎触及唐末动乱的各个方面：有恶过盗寇的官军，有用生灵鲜血染红朱绂的县令，有毫无心肝催租逼债的酷吏，有"短戈长戟困书生"逃难中的读书人，有"粉色全无饥色加"的蚕妇，有"麻苎衣衫鬓发焦"的寡妇，有"三边远天子，一命信将军"的戍守军士，也有在家乡登台远望的思妇。其创作风格，既继承贾岛的寒瘦苦吟精神，又继承张籍的反映社会现实旨趣。曹松也是以批判现实而得诗名，他的《己亥岁二首》"凭君莫话封侯事，一将成名万骨枯"已成为千古名句。

　　唐代安徽作家的这种创作状况，不仅不如后来的两宋和明清，甚至也不及以前的先秦和汉魏。文学艺术与社会经济发展的不同步，于此可见一斑。相比之下，流寓和游宦于安徽的外省或外籍作家却成为唐代安徽文学最为灿烂的华章，李白、韦应物、刘禹锡、杜牧这些中国文学最出色的作家都在安徽留下大量吟咏，甚至朝鲜汉文学奠基人新罗诗人崔致远，也在安徽写下被称为"东方文章之本始"的《桂苑笔耕集》。李白一生与安徽结下不解之缘：诗人从玄宗天宝元年（742）初到当涂，到代宗宝应元年（762）病逝这二十年里，相当长的时间是在安徽度过的。在安徽先后写下200多首诗篇和10多篇文赋，包括临终绝笔的《临路歌》。诗人的足迹几乎遍布江淮大地，先后到过亳县、砀山、泾县、秋浦、铜陵、南陵、庐江、历阳、霍山、太湖、宿松、潜山等地，而且六游当涂、宣城，三至泾县，两下南陵，登过安徽的名山黄山、九华山、天柱山，不仅留下著名的诗篇，连九华山名也是李白所取。李白不仅游安徽、咏安徽,也爱安徽,愿意终老是乡。他的墓地与谢朓结邻,在当涂县的谢家青山。韦应物在滁州刺史任上和西涧闲居期间,留下较多的诗作,而且题材广泛:酬答、寄赠、送别、逢遇、怀思、游览、登眺无不有之。内容上或反映战乱后滁城的衰败景象,或写百姓遭乱的种种不幸,或抒写思念亲友,或写田园风光,或写闲居时的心情。刘禹锡在和州刺史近三年任上,写有《九华山歌》《晚泊牛渚》《历阳书事七十韵》《望夫石》等咏歌安徽风物的诗篇。他的《陋室铭》经清代董浩《全唐文》、吴楚材《古文观止》播扬,已成家喻户晓的名篇。杜牧在宣州当幕僚以及池州刺史任上留下五十多首诗文,内容涉及宴游、题咏、酬答、抒怀等诸多方面。他的《题宣州开元寺水阁,阁下宛溪,夹溪居人》和《题乌江亭》都是《樊川诗集》中的顶尖作品。崔致远在安徽的诗作主要是宣州溧水任上所作的《中山覆篑集》和在高骈幕中所作的《桂苑笔耕集》二十卷。《中山覆篑集》大部分作品已散佚。《桂苑笔耕集》有着较高的史料价值。它和《旧唐书》《新唐书》《资治通鉴》等唐代史料相比,资料性上更为原始,对研究晚唐史事,特别是淮南高骈幕府甚有价值,可以补充、订正相关唐代史书的不足以及谬误。该书文风渊雅瞻丽,其中的诗赋部分最感人的是他怀念故国的诗篇,具有很高的文学价值。朝鲜洪奭周在《校印桂苑笔耕集序》中说:"吾东方之士,北学于中国,而以文声天下者,亦自崔公始,崔公之书传于后者,唯《桂苑笔耕集》与《中山覆篑集》二部。是二书者,亦吾东方文章之本始也。"

第一章　隋及中唐时期的安徽作家

第一节　刘臻　吴少微　刘太真　夏侯审　费冠卿

一、刘臻

刘臻(527—598),字宣挚,沛国相人。生于梁武帝大通元年(527),卒于隋文帝开皇十八年(598),享年七十一岁。年十八,举秀才。为邵陵王东阁祭酒,迁中书舍人。江陵陷没后任中书侍郎。为人善著文,北周冢宰宇文护辟为中外府记室,军书羽檄,多成其手。后为露门学士,授大都督,封饶阳县子。隋文帝受禅,进位仪同三司。隋代周后,左仆射高颎和太子杨广任元帅伐陈,刘臻为随军秘书,专典文翰。皇太子杨勇引为学士,甚亵狎之。史称刘臻无干才,唯"耽悦经史,终日覃思。尤精两汉书,时人呼为'汉圣'"。大概由于沉溺于经史之中,于世事"多所遗忘"。《隋书·文学传》曾记载刘臻这样一件趣事:刘臻有位朋友也姓刘,叫刘讷,也是东宫学士,也官仪同三司,时人也称之为刘仪同。有次,刘臻对侍从者说:"去刘仪同家。"从者以为他要回家,就将车驾回家。到了自家门口,甚至坐到堂上,刘臻并未觉察是自家,居然据案大呼:"刘仪同可出矣!"其子出来迎迓,刘臻这才醒悟过来。于是反怪从者,大骂曰:"汝大无意,吾欲造刘讷耳!"其实,刘臻并不糊涂,生活中很会耍一些小聪明:他喜欢吃蚬,但因为父亲名叫刘显,犯了父讳。但如割爱不吃蚬又舍不得。于是想了个变通办法,把蚬改名为"扁螺",吃的是"扁螺"而不是蚬,就可心安理得了。比起唐人李贺为避父讳,宁可不参加进士考试以致愁苦终生,刘臻是很会自欺欺人的。

刘臻不仅精通《汉书》,也精通乐律、音韵。文帝开皇中,曾诏刘臻与牛弘、姚察、许善心、虞世基等人"详定雅乐,并撰歌辞"①。当时作的太庙歌辞

---

① 《隋书》卷十三《音乐》,上海古籍出版社1986年版,第3286页。

"迎神歌""登歌""俎入歌""皇高祖太原府君、皇曾祖康王、皇祖献王、皇考太祖武元皇帝四室歌""饮福酒歌""送神歌"等,其中有许多即刘臻所作。陆法言在《切韵序》中也提到刘臻曾参与修改《广韵》,而且很投入:"开皇初,有仪同刘臻等八人,同诣法言门宿。夜永酒阑,论及音韵"。据《隋书》本传记载,刘臻有文集十卷。今均不存。仅《历代名臣奏议》存奏议一,《文苑英华》存有一首《河边枯树诗》:

奇树临芳渚,半死若龙门。疾风摧劲叶,沙岸毁盘根。将军犹未坐,匠石不曾论。无复凌云势,空馀激浪痕。可嗟摧折尽,讵得上河源。

这是首咏物诗,咏歌河边的一棵枯树,如何被水毁风摧。摧折之下,不仅"无复凌云势",而且匠人也弃置不用。诗人无非借物喻人,抒发自己有才难用又遭迫害的伤感。其实,刘臻除耽于经学,善为文檄外并无干才,而且人品也不好。据《隋书·柳肃传》:刘臻与太子杨勇异常亲昵,为帮杨勇巩固其地位,进章仇于宫中为巫蛊事。时为太子舍人的柳肃谏曰:"殿下帝之冢子,位当储贰,诚在不孝,无患见疑。刘臻书生,鼓摇唇舌,适足以相诳误,愿殿下勿纳之。"柳肃的诤谏,是一腔忠诚。可是太子杨勇表面称善,内心不怿,不仅从此不复信任柳肃,而且私下曾责刘臻不该让柳肃知道此事:"汝何故漏泄,使柳肃知之,今面折我。"杨勇被废后,柳肃也受累贬为庶民。炀帝闻其事,知柳肃无罪,召还之,任为礼部侍郎,未几转任工部侍郎,颇见信任。炀帝是一个气度窄小的人,但对柳肃之忠于太子勇,则不但不加猜忌,反信任之,由此可见刘臻为人。另外,从此诗的文学性来看,状物平平,没有精美之处;喻义也过于显豁,缺少含蓄。看来,十卷文集之不存,也是历史的淘汰。

二、吴少微

吴少微,新安(今安徽休宁)人,生年不详,卒年约为神龙二年(706)左右。据《新唐书·艺文志》等资料,武周长安年间(701—704)擢进士第,为晋阳尉。玄宗开元初年(713),调吏部参与编修《三教殊英》,后由兵部尚书韦嗣立推荐,拜右台监察御史。

吴少微任晋阳尉时,与同为晋阳尉的富嘉谟、太原主簿魏谷"并负文辞,时称'北京三杰'"。特别是吴少微与富嘉谟,二人同为进士,同在晋阳为官,其文才均受到当时并州长史的赏识,"待以殊礼,坐必同榻"。在吏部任《三教殊英》编修时,两人又是同僚。两人不仅情投意合,相与莫逆,而且有着共同的文学主张。他俩一反六朝骈文"纤靡淫丽"的陈腐习气,独树一帜,创立了"雅厚雄迈"的新式散文文体,"时人钦慕之,文体一变,称为'富吴体'"。其诗文今多散佚,仅存文《唐北京崇福寺铜钟铭并序》等七篇以及《长门怨》等六首诗。

吴少微的文学功绩主要在革新上。唐初受六朝骈文影响,"文人撰碑颂,皆以徐(徐陵)、庾(庾信)为宗",辞藻华丽,辞气孱弱,连雄才大略的唐太宗文章也不例外,他亲为宫体,并要群臣赓和,以至于后人批评说"唐太宗致治几乎三王之盛,而文章不能革五代之余习"①。武则天时,陈子昂挺身而出,批评"采丽竞繁"的六朝文风,旗帜鲜明地提出"汉魏风骨"。但陈子昂的文学复古仅限于诗歌,另外也仅停留在理论方面。与陈子昂几乎同时的富嘉谟、吴少微则在创作实践上大胆尝试,所作之文内容上"属词皆以经典为本",形式上则以简淡清新、朴质幽雅、毫无雕琢的新式散文取代"采丽竞繁、兴寄都绝"的六朝骈文,由此产生巨大影响。"时人钦慕之,文体一变,称为'富吴体"。如果说陈子昂是唐代文学复古的最早提倡者,那么富嘉谟、吴少微则是唐代文学复古的最早实践者。"富吴体"作为唐代古文运动中最早出现的新文体,开唐代古文运动之端绪,为唐代古文运动迈出了最为重要的一步。"富吴体"的出现标志着唐代古文运动正式兴起,它"以经典为本"的创作特色,对其后的古文运动影响至深。盛唐的散文作家萧颖士、李华、元德秀、元结,中唐的独孤及、梁肃、韩云卿、韩会等,无不受富嘉谟、吴少微的影响,至于古文运动领袖人物韩愈、柳宗元提出的"将复古道"的文学主张,以及三代秦汉奇句单行的散文文体,无论是内容还是形式,都可以看出"富吴

---

① 欧阳修:《苏子美文集序》,《欧阳修全集》,中国书店1986年版,第288页。

体"的影响。

吴少微的散文创作,今《全唐文》收其文六篇:《代张仁亶贺中宗登极表》《为桓彦范谢男授官表》《为任虚白陈情表》《为并州长史张仁亶进九鼎铭表》《冬日洛下登楼宴序》和《唐北京崇福寺铜钟铭并序》。此外,《唐代墓志汇编》中还存有富嘉谟、吴少微二人合撰的《有唐朝散大夫守汝州长史上柱国安平县开国男赠卫少卿崔公墓志》一文。其中《唐北京崇福寺铜钟铭并序》是仅存的"富吴体"代表作。崇福寺在晋阳(今山西太原)南五里,为唐代名刹,晋阳时称"北京"。《唐北京崇福寺铜钟铭并序》一文是为御史大夫魏元忠、并州长史张仁亶所铸崇福寺铜钟而作的铭文,长达800字。文章继承了先秦、两汉散文的写作特色,文字简淡清新、朴质幽雅,毫无雕琢和浮华习气;句式一反当时的四六文固定格式,用灵活多变的两字句、三字句、五字句,读起来节奏明快,起伏跌宕,语气上浑厚雄迈,气势不凡。文章开篇就指出铜钟在佛事活动中的功用:"夫钟者,梵场之信鼓也。聚万法者,莫大乎信鼓。是故,佛置信鼓,所以穷远穷微,一切贤圣恒河沙数者也。所以开教设敬,使天下之人,善劝而淫惧也。所以制鬼神之端,而魔魅不得闪其奸,义刹不得载其毒也。故以听则不惑,以念则受福者。信鼓之谓也。"接着叙述魏、张二人铸钟原因、过程等。其中对钟声的描写,以此来象征儒家教义,看出其为文确如新《旧唐书》所言,以经术、经典为本:"尝试而铿之,声闻于天,得未尝有。大而不枫,敏也;长而不掉,正也;固而无瑕,忠也;扣之则应,信也;大扣则粗厉而猛奋,勇也;小扣则清逾而温韵,仁也;刚而为圜,天也;含章可贞,地也。非夫虚妙纯粹,幽赞而不测者,孰能致于此。"其文句也与初唐盛行的六朝骈丽、浮艳之风截然不同,显示了吴少微出众的才华和"富吴体"的独特风格。《旧唐书·艺文志》云:"少微撰《崇福寺钟铭》,词最高雅,作者推重。"开元文坛领袖张说称赞"富吴体""如孤峰绝岸,壁立千仞,浓云郁兴,震雷俱发,诚可畏也,若施于廊庙,骇矣"。①

---

① 《旧唐书》卷190(上),《杨炯传》,上海古籍出版社1986年版,第602页。

吴的短文《冬日洛下登楼宴序》有云："取乐文翰,不孤风景,置旨酒,命群公列坐层楼,观望天地,烟霞咫尺,左右娱宾,山水凄清,纵横在目。其时既晚,其日将阑,度北牖之凉风,下南端之白石,览物增思,游子多怀,乃眷斯文,期乎不坠云尔。"此文虽有属对、炼句,却无绮靡之风,有骈文向散文化过渡的趋势。其《为任虚白陈情表》一文,为任虚白遭不公之待遇而向皇帝陈情,全文情辞宛然,写不公之处,不卑不亢,晓之以理,动之以情,亦为骈文上乘之作。

《全唐诗》存有吴少微诗六首:《长门怨》《怨歌行》《古意》《和崔侍御日用游开化寺阁》《过汉故城》和《哭富嘉谟》。前三首是写怨妇的,诗风上较孱弱、绮丽,未能摆脱六朝诗风的影响,但文势流畅,特别是《怨歌行》和《古意》两首歌行体诗作,铺排有序,极力渲染,传达怨妇之情。《过汉故城》五言古诗,为行游之作,写出了大汉故城的壮丽、繁华,曾显赫一时,然而"井田唯有草,海水变为桑",眼前落日下的空城,唯有寒风、青棘、古墓、孤兔。对此沧桑巨变,诗人感慨万分:"千秋并万岁,空使咏歌伤。"《哭富嘉谟》一诗,我们从诗序中看出两人的交情之重。当时卧病洛阳的吴少微,听说好友嘉谟逝去,"投枕而起,泪沾乎衽席,匍匐于寝门之外"。诗中对嘉谟的评价很高:"子之文章在,其殆尼父新。鼓兴翰河岳,贞词毒鬼神",指出了嘉谟文章有经典教义之功。《唐诗纪事》说:"少微与嘉谟齐名,并为御史,卧疾,闻其亡,号哭赋诗,其词莫不叹美,既而病亟,叹曰:'生死人之大兮,何恨焉,然官职十分,未作其一,乃至是耶。'慷慨而终",可见其乐于道人善和为官欲尽职之为人。

吴少微除在文学史上以"富吴体"获得巨大声誉外,其经术在初唐也有很高的地位。谢无量在《中国大文学史》中说:"盖武后在高宗时,已奖进文学,始则以北门学士诸人,纂集群书。革命以后,又有《三教珠英》之集,引拔尤众。一时文士,如苏李沈宋之宏丽,陈子昂、卢藏用之古文,富嘉谟、吴少微之经术,刘子玄之史学,以及张说之词笔,徐坚之博洽,并腾举文囿,上总初唐之丽则,下启开元之极盛。"

三、刘太真

刘太真(725—792),字仲适,讳太真,宣州人①。早年因家贫和社会动乱,没有出仕应举,而是"僻居江介,泛窥经典"(《上杨相公启》),在家乡潜心攻读,乐以忘贫,而且声名远播。中唐时代名相裴度曾为他作神道碑,称赞他"十有五而有志于学,弱冠以行义修洁,辞藻瑰异,名声藉甚于诸公间"(《刘府君神道碑铭》并序)。刘太真为人至孝。其父刘若筠患痈疽,医生说不能用手触摸,太真即用口吮疮口,一直到疮口平复。又有一次与兄遇盗,刘太真对盗说:"身惟所取,无害吾兄。"其孝悌之行深受乡党称颂。代宗广德二年(764),授左卫兵曹。永泰元年(765),除大理评事,因父病寻归。后又应陈少游之辟,为淮南节度使掌书记,再迁至侍御使。德宗皇帝即位,征拜起居郎,改尚书司勋员外郎,寻转吏部员外郎。建中四年(783)夏授中书舍人,后充河东泽潞恒冀易定等道赈给宣慰使。贞元元年(785)转刑部侍郎,贞元三年拜礼部侍郎。贞元四年(788)九月,德宗赐宴曲江亭,以太真及李纾等四人为上等。天宝中,与兄刘太冲等师事萧颖士,是唐代古文运动后期代表人物之一。他在主持试言考艺时,力主韩愈和萧颖士等人的古文主张,贬抑浮伪之词,因而"嚣嚣之口不绝",被贬为信州刺史。贞元八年(792),薨于余干县,享年六十七岁。其子刘讽将父"权窆于丹阳县",贞元十八年(802),归葬于宣城郡溧水县方墟之古原。

刘太真交游甚广,与中唐文坛的代表人物韦应物、顾况、韩翃、萧颖士等均有交往。他拜于萧颖士门下,又是顾况的表兄,萧颖士把他看作拯救当时颓弊文风的希望所在,对他期望很高:"太真,吾入室者也,斯文不坠,寄是子云"(《新唐书·萧颖士传附柳并传》)。刘一生著作宏富。顾况在《信州刺史刘府君集序》中说:"有文集三十卷,游名山而窥洞壑者,略举奇峰,纪胜境,至于鬼怪,不可纪焉。临终赋诗,意不忘本。凡古人所咏山水、游仙、田家之

---

① 两唐书皆谓宣州人,裴度所撰的《神道碑》则谓金陵人,且卒葬溧水县(今江苏境内)。

什,脱口罗走思以自适,其可得乎?"刘太真在《上杨相公启》中说他在五十四岁时,呈近日所记录三十余章。但这些作品已多散佚,今《全唐诗》仅收其诗三首,《全唐文》收其文六篇,《全唐文拾遗》卷二二亦收有其《诸道供纸张奏》一文。

　　刘太真对当时文坛重要人物韦应物、萧颖士等均有评价,可作为文学批评史上重要资料。《与韦应物书》中谈及韦应物诗歌的历史地位:"宋齐间,沈谢何刘,始精于理意,缘情体物,备诗人之旨。后之传者,甚失其源,惟足下制其横流,师挚之始,关雎之乱,于足下之文见之矣"①;对萧颖士的评价是:"退然贫居,述作万卷,去其浮辞,存乎正言。昔左氏失于烦,榖梁失于短,公羊失于俗,而夫子为斯折中"②;在《顾十二况左迁过韦苏州、房杭州、韦睦州三使君,皆有郡中燕集诗,辞章高丽,鄙夫之所仰慕,顾生既至,流连笑语,因亦成篇,以继三君子之风焉》中,谈及他与中唐著名诗人顾况的交往酬唱情形,皆是文学史上弥足珍贵的资料。

四、夏侯审

　　夏侯审,生卒年不详,约唐代宗大历末前后在世,安徽亳州人,一说为江东人,是中唐著名的"大历十才子"之一。德宗建中元年(780)下试"军谋越众"科,主考礼部侍郎令狐峘取为第一,授校书郎,后为参军。秩满后改任宁国县丞,仕终侍御使。《唐才子传》说其初于华山下买田园为别墅,水木幽闲,云烟浩渺,晚岁退居其下,吟讽颇多,但传世甚少,其诗作仅存一首,《咏被中绣鞋》:"云里蟾钩落凤窝,玉郎沈醉也摩挲。陈王当日风流减,只向波间见袜罗",仍未脱宫体旧习。其诗作不存,可能也是历史的淘汰。但夏侯审作为大历十才子之一,与大历年间文坛代表人物交往颇多,司空曙、李端、卢纶、耿

---

① 黄浩等:《全唐文》卷395,上海古籍出版社1990年版,第1777页。
② 《送萧颖士赴东都序》),《全唐文》卷395,上海古籍出版社1990年版,第1778页。

漳、韩翃、钱起、李嘉祐等与夏侯审皆有交往和酬唱。夏侯审赵任宁国县丞时,卢纶、司空曙、李端等皆有诗送行。卢纶为《送宁国夏侯丞》,司空曙为《送夏侯审赴宁国》,李端为《送夏中丞赴宁国任》。尽管本人诗作已佚,但从这些人物的唱和中亦可见其为人和在当时的诗坛地位,如司空曙的《送夏侯审赴宁国》:"青圻连白浪,晓日渡南津。山叠陵阳树,舟多建业人";韩翃的《送夏侯审校书归上都》:"后辈传佳句,高流爱美名";李嘉祐的《送夏侯审参军游江东》:"袖中多丽句,未遣世人闻",均可见其诗作颇多、流布很广,当时亦很有名气。司空曙在送别诗中甚至说"如接玄晖集,江丞独见亲",简直把夏侯审视为谢朓再世。另外,耿湋的《送夏侯审游蜀》:"暮峰和玉垒,回望不通秦。更问蜀城路,但逢巴语人。石林莺啭晓,板屋月明春。若访严夫子,无嫌卜肆贫";卢纶的《秋日晚霁后野望忆夏侯审》:"天晴禾黍平,畅目亦伤情。野店云日丽,孤庄砧杵鸣。川原唯寂寞,歧路自纵横。前后无俦侣,此怀谁与呈";韩翃的《送夏侯审》:"谢公邻里在,日夕问佳期。春水人归后,东田花尽时。下楼闲待月,行乐笑题诗。他日吴中路,千山入梦思"等,亦可见夏侯审与这批文坛领袖人物之间的友谊,也可从中窥知夏侯审的人生取向、创作风格和行踪。

五、费冠卿

费冠卿,字子军,池州青阳人,以乡贡进士久居京师。宪宗元和二年(807)进士及第。未及拜官,闻母病驰归,至家,母卒已葬,遂庐墓侧,哭不辍声三年,遂隐九华山少微峰下达十余年之久。穆宗长庆二年(822),御史李仁修察费之孝行,敬其志德,上疏朝廷推荐,穆宗遂征召费冠卿入京任右拾遗。费接诏后叹曰:"得禄养亲耳,丧亲何以禄为?"婉辞不就,并作有《不赴拾遗召》和《蒙召拜拾遗书情二首》诗,长期隐居九华山,终生绝迹仕途。时人以其"征诏不出",尊为"费征君",命其所隐之山为"少微峰",称其居宅为"费拾遗书堂"。姚合《寄九华费冠卿》诗有云:"夜眠青玉洞,晓饭白云蔬。四海人空老,九华君独居。此心谁复识,日与世情疏。"顾况之子顾非熊《寄九华山费拾遗》云:"先生九华隐,鸟道隔尘埃。石室和云住,山田引烧开。久闲仙客降,高卧诏书来。一入深林去,人间便不回。"皆可视为费冠卿不赴召的动因和隐居生活的真实写照。费逝世后,葬于鸡母山下的拾宝岩,后世许多诗人、学者前往费居遗址和墓地凭吊。《全唐诗》卷495收其诗11首,《全唐文》卷六九四收其文一篇。

费冠卿隐居九华山期间,写了不少咏吟九华山的诗篇。在这些诗作中,作者描绘家乡九华山一带秀美的景色,吐露出终老是乡的隐逸之情,如《题中峰》描绘了九华山上天台一带神奇秀美的景色:"中峰高挂沉寥天,上有茅庵与石泉。晴景猎人曾望见,青蓝色里一僧禅。"《秋日与冷然上人寺庄观稼》则写出九华山下浓浓的秋色:"美景当新霁,随僧过远山。村桥出秋稼,空翠落澄湾"。其中亦流露出归隐之乐:"世人纵扰扰,独自爱身闲。"《闲居即事》中"生计唯将三尺僮,学他贤者隐墙东"亦是表达类似的情感。在这类景色描写中也有寄寓,如《枕流石》:

不为幽岸隐,古色涵空出。愿以清泚流,鉴此坚贞质。傍临玉光润,时泻苔花密。往往惊游鳞,尚疑垂钓日。

诗中描绘九华山间枕流石周围清澈的溪流和幽深的景色,诗人唯恐打破溪水周围的清幽,甚至不愿去垂钓。诗人着意突出水流的清澈,枕流石的玉润和坚贞,强调枕流石周围的古色涵空,是有言外之意的,它是诗人人格的暗示和人生追求的象征。在《挂树藤》中亦是借挂树的藤萝间接抒写自己的志向:"向日助成阴,当风借持危。谁言柔可屈,坐见蟠蛟螭。"

费冠卿诗作的另一个重要内容就是交往酬答或抒发人生感慨。费冠卿品性高洁,擅长诗文,曾与姚合、张籍、马戴、肖建、殷尧藩等名诗人交游甚密,互相唱和。存诗中的《酬范中丞》《答萧建》皆为与友人酬答之作,其中亦见个性和志向,如《酬范中丞》:

花宫柳陌正从行,紫袂金鞍问姓名。战国方须礼干木,康时何必重侯嬴。捧将束帛山童喜,传示银钩邑客惊。直为云泥相去远,一言知己杀身轻。

此诗写于范中丞奉旨前往九华征费入朝为右拾遗之际。诗中不仅有对知遇之恩的感激,对征召的婉拒,更是以《信陵君列传》中侯嬴自喻,表白自己的人生志向。《答萧建》一诗长达十八韵三十六句一百八十字,诗中对游山中所遇景物均有逼真的描写,堪为游九华山导游词。《久居京师感怀诗》道出了居京师求名的辛酸和科场的不公;《不赴拾遗召》《闲居即事》更是直接表达对官场逢迎的厌弃和自己的归隐之志。

另外,作于元和八年(813)的散文《九华山化城记》,记述了新罗僧金乔觉的身世和卓锡九华山的经过,这些实录对我们了解九华山佛教史是有帮助的。

费冠卿以其诗才更以高洁的人品赢得后世的赞颂,晚唐名诗人对费几乎都有凭吊称颂之作,如罗邺《费拾遗书堂》、罗隐《九华山费徵君所居》、姚合《哭费拾遗徵君》、张乔《经九华山费徵君故居》、李昭康《赴举出山留寄山居郑参军》、刘昭禹《经费冠卿旧隐》等,均是凭吊抒怀或表达哀思之作。杜荀鹤在凭吊诗中写道:"凡吊先生者,多伤荆棘闲。不知三尺墓,高却九华山。天地有何外,子孙无亦闲。当时若徵起,未必得身还"(《经九华费征君墓》)。李昭象诗云:"还如费冠卿,向此振高名"(《赴举出山留寄山居郑参军》);刘昭禹诗云:"节高终不起,死恋九华山。圣主情何切,孤云性本闲。名传中国外,坟在乱松间。依约曾棲处,斜阳鸟自还"(《经费冠卿旧隐》);甚至到了五代末,徐铉诗中写道:"我爱费徵君,高卧归九华"(《送薛少卿赴阳》)。

第二节 李绅

一、生活道路

李绅(772—846),字公垂,安徽亳州人。高祖李敬玄为中书令,祖李守一,成都郫县令。父李晤,历金坛、乌程、晋陵三县令。绅六岁而孤,母卢氏教以经义,李绅身材不高,生得短小精悍,于诗有名,时号"短李"。元和初,登进士第,与皇甫湜同年,补国子助教,不乐,辄去。李绅为人有节操又聪明机智,东归金陵时,在江东叛乱的观察使李锜爱其才,辟为从事,要李绅为其作疏。绅假装害怕,发抖写不成字。锜怒骂曰:"何敢尔,不惮死邪。"对曰:"生未尝见金革,今得死为幸。"李绅事后对人说:"本激于义,非市名也。"唐沈亚之在《李绅传》中说:"李锜之贼江东也,其抗节有李云、李绅。"后穆宗召其为右拾遗、翰林学士,与李德裕、元稹同时,号"三俊"。累擢中书舍人。因牛李党争,为李逢吉中伤,罢为江西观察使,又改为户部侍郎,后徙江州长史,迁滁、寿二州刺史,以太子宾客分司东都。大和中,擢为浙东观察使。李绅治州郡刚严不苟,当时河南恶少多,因李绅治郡刚严,皆望风遁去。武宗即位,徙淮南节度使,拜中书侍郎,平章事。卒赠太尉,谥文肃。有诗集《追昔游集》。

二、文学功绩和诗歌创作

李绅是唐代新乐府运动的开创者,他首先创作了"乐府新题二十首"。由于这二十首诗均散佚,我们已无法得知全貌,但元稹有和答十二首,通过元诗,我们可窥其一斑。元稹在《和李校书新题乐府十二首》序中说:"予友李公垂,予乐府新题二十首,雅有所谓,不虚为文。予取其病时之尤急者,列而和之,盖十二而已。昔三代之盛也,士议而庶人谤。又曰世理则词直,世忌则词隐。予遭理世而君盛圣,故直其词以示后,使夫后之人谓今日为不忌之时焉。"可见李绅新题乐府诗多为讽喻时病、针砭时事,而且词直不忌。元稹在其八首诗题注中皆谈到李绅新乐府有关内容,为我们留下宝贵的资料,如《驯犀》题下注云:"李传云:贞元丙子岁南海来贡,至十三年冬,苦寒死于苑中";《缚戎人》题下注:"近制西边每擒藩囚,例皆传置南方,不加勘戮,故李君作歌以讽焉"。李绅的新题乐府《悯农》(又称《古风二首》):"春种一粒粟,秋成万颗子。四海无闲田,农夫犹饿死",是其诗直言时弊,讽喻现实的一个例证。而"锄禾日当午,汗滴禾下土。谁知盘中餐,粒粒皆辛苦",其教化之功亦垂及百世。我们知道,中唐时代的新乐府运动是以白居易为旗帜的,但白居易的五十首新乐府则是在李绅的"乐府新题二十首"的启发下才产生的。尽管白居易曾自称:"(李绅)常自负歌行,近见予乐府五十首,默然心伏。"但其新题乐府诗的开创之功是不可忽视的。其实,白居易对李绅也很心折,他也曾说过"笑迂劝辛酒,间吟短李诗"。

　　李绅有诗集《追昔游集》三卷,是诗人任宰相前所作,主要是记述诗人的游宦生活。《郡斋读书志》说:"追昔游者,盖赋诗纪其平生,所游历谓起梁汉,归谏署,升翰苑,及播越荆楚,逾岭峤,止高要,移九江,过钟陵,守滁阳,转寿春,留洛阳,廉会稽,分务东周,守蜀镇梁也。"这些诗作中有相当的篇幅是叙说自己在党争中所受到的攻讦、自我表白和归隐之念,如五言排律《趋翰苑遭诬构四十六韵》写自己"洁身酬雨露",却遭逢"利口扇谗诪""乱群逢害马"。当时是"谤兴金就铄,毁极玉生瘕"。李逢吉的诬构,使其"胆为爝肝竭,心因沥血枯""穷老乡关远,羁愁骨肉无"。诗人在结尾处抒发归隐之思:"疲马愁千里,孤鸿念五湖。终当赋归去,那更学杨朱"。诗人在被贬或移官宦游中,写有大量的纪游之作,如《过荆门》《涉沅潇》《移九江》《泛五湖》《过钟陵》《早发》《入扬州郭》《却到浙西》等。这类诗作在描写沿途景物的同时,同样抒发了诗人上述的内心感受。例如在贬往端州途中抒发的肠断思归之情以及忠而被谤的愤慨:"林中有鸟飞出谷,月上千岩一声哭。肠断思归不可闻,人言恨魄来巴蜀","惆怅忠贞徒自持,谁祭山头望夫石";在《涉沅潇》中通过悼念屈原,表达除奸邪的愿望:"屈原尔为怀忠没,水府通天化灵物。何不驱雷击电除奸邪,可怜空作沉泉骨";在《移九江》中回顾往事更觉悲从中来:"今来思往事,往事益凄然。风月同今昔,悲欢异目前。四时皆阅水,一纪换流年。独有西庭鹤,鸣在白露天";在《早发》中也意在抒发类似的伤感:"萧索更看江叶下,两乡俱是宦游情"。

　　《追昔游集》中还有一些诗作反映了李绅在外地为官时为民除暴安良的政绩,如《拜三川守》叙述开成元年(836)诗人为河南尹期间铲除恶势力,使闾里无复前患:"风变市儿惊偃草,雨晴郊薮谬随东";《转寿春守》讲述诗人任寿春刺史时的政绩:赴任三个月后,盗寇静;一年后,人和安定,虎不暴物,奸吏屏窜。《忆寿春废虎坑》和《虎不食人》写诗人为霍山百姓驱除虎患一事。李绅驱除虎患的同时也力图改变猛于虎的弊政,拯救民生;《渡西陵十六韵》写诗人任浙东观察使时,淫雨不止,田亩浸溢,水不及穗者数寸。诗人命人赍祝词,东望拜大禹庙,为百姓请命,后果然天晴三旬有五日;《却到浙西》则叙述浙西六郡因旱灾,百姓饥殍,而浙东大稔。于是诗人从浙东调米五万斛救济浙西。当诗人由浙去东都任太子宾客时,越中父老男女数万,携壶觞至江津相送,可见为任时深得民心。"海隅布政惭期月,江上沾巾愧万人。才按簿书惩黠吏,未齐风俗昧良臣"(《宿越州天王寺》)。诗人虽自谦,但万民相率而送,足见其为政清明。

李绅还作有一些咏物诗作。组诗《新楼诗二十首》均为七律,为任浙东观察使期间题咏浙中景物之作,一景一题。在一些咏物诗中,还寄托了诗人的情感。"叶满丛生殷似火,不唯烧眼更烧心"(《红蕉花》)。诗人将"红叶烧人眼"更进一步延伸,由眼及心,由景物及情感,表达他对浙东大旱、民生艰难的忧悒。元稹在《酬乐天东南行诗一百韵》自注中说:"李二十雅善歌诗,固多咏物之作。"可见李绅咏物诗创作颇丰,惜今集中不多见。他还有首《莺莺歌》,该诗对元稹《莺莺传》的流播以及其成为经典名篇,有推助之功。

李绅诗作中以五言排律和歌行体作品价值最高,尤其是歌行体,他的诗作也是"诗到元和体变新"的一个有力例证。白居易打趣说"每被老元偷格律,苦叫短李伏歌行",也是意在强调李绅对长篇歌行的关注。例如在《悲善才》这篇歌行中,他描述了天宝年间著名的琵琶师曹善才精致的弹奏技艺及其悲惨的遭遇,让人们在惊叹其艺术才华的同时引发对那个糟蹋人才的社会的不平。诗人先用"天颜静听朱丝弹,众乐寂然无敢举"来烘托陪衬,接着便描绘其指法是:"衔花金凤当承拨,转腕笼弦促挥抹",然后便是一系列生动形象的比喻来描绘其精湛的弹奏技艺:"花翻凤啸天上来,徘徊满殿飞春雪。抽弦度曲新声发,金铃玉佩相磋切。"最后诗人又将"尽弹妙曲当春日"与"有客弹弦独凄怨"进行对比,表达对琵琶师曹善才的悲悼之情,以此控诉那个压抑人才、毁灭人才的社会。我们知道,白居易有首同题材的歌行叫《琵琶行》,堪称唐代表现音乐题材的顶尖之作。《琵琶行》的过人之处就在于他不仅用出色的比喻将抽象的音乐语汇表现得具体形象,而且塑造了两个感人的形象:一位是身怀绝技却沦落天涯的琵琶艺人,一位是无端遭贬满怀幽怨的江州司马。诗人让此二人互相烘托,前后映衬,来抒发对那个压抑人才、毁灭人才的社会的不平之声。由此看来,李绅的《悲善才》与白居易的《琵琶行》无论在立意上还是技巧上都有相似之处,甚至使用的语汇也非常近似,如描绘其指法:《悲善才》是"衔花金凤当承拔,转腕笼弦促挥抹";《琵琶行》是"转轴拨弦三两声""轻拢慢捻抹复挑",然后皆用生动形象的比喻来描绘其精湛的弹奏技艺:《悲善才》是"花翻凤啸天上来,徘徊满殿飞春雪。抽弦度曲新声发,金铃玉佩相磋切";《琵琶行》是"间关莺语花底滑,幽咽流泉冰下难。冰泉冷涩弦凝绝,凝绝不通声渐歇"。白居易说他"间吟短李诗",也许读过李绅的《悲善才》。尽管《悲善才》的艺术才华不及《琵琶行》,但还是可以看出两者间的渊源关系的。另外,像《过关门二十四韵》《题法华寺五言二十韵》《到宣武三十韵》等亦能追随元白。

李绅在《追昔游集自序》中说:"追昔游,盖叹逝感时,发于凄恨而作也。或长句,或五言,或杂言,或歌或吟,或乐府齐梁,不一其词,乃由牵思所属耳。……词有所怀,兴生于怨,故或隐或显,不常其言,冀知音于异时而已!"《追昔游集》的诗歌风格,明毛晋在《追昔游集跋》中说:"然记游踪,俯仰感慨,一洗唐人小赋柔靡风气。"四库馆臣亦云:"今观此集,音节宽缓,似不能与同时人角争强弱。然春容恬雅,无雕琢细碎之习,其格究在晚唐诸人刻画纤巧之上也。"(《四库全书总目提要》)

第三节 张籍

一、生活道路

张籍(766—830?),字文昌,祖籍苏州,少时父辈移家和州乌江(今和州乌江)。故宅址,一说在后来的百福寺,一说在报恩寺,今均不存。张籍年轻时曾北游长安等地,与王建比邻而居,切磋诗艺。他曾在《祭退之》一文中,回忆自己及第之前人在江湖、以道自将,诗学众体、难遇于时的境况。后遇韩愈,待之甚厚。因其推荐,于贞元十五年(799)登进士第。及第后,未授官,取道徐州返和州,后居亲丧,期满后又北游。宪宗元和元年(806)调补太常寺太祝,仅为九品官。此间与白居易唱酬往还,建立了友谊。元和十一年(216)转国子监助教。此时韩愈、白居易、元稹等居于朝中,且有影响。元和十五年(820)为秘书郎。长庆元年(821)由韩愈荐,升为国子博士,第二年为水部员外郎,长庆四年(824)为主客郎中,后又任国子司业。大和四年(830)或前一年,卒于长安。存诗四百多首,由五代张洎裒辑成集,并为之作序。今有通行本《张籍诗集》,皖人李冬生有《张籍集注》,皖人纪作亮著有《张籍研究》。

张籍一生困顿,身居秩官,年近五十,又患眼疾,贫病交加,但诗名甚高,与当时朝野名士王建、贾岛、孟郊、白居易、韩愈、元稹、于鹄等皆有交游且情谊深厚。其古风诗作,价值较高,影响颇大。张洎甚至称之为"公为古风最善。自李、杜之后,风雅道丧,继其美者,唯公一人"(《张司业集序》)。宋人许顗、张戒、曾季貍、魏泰等人的"诗话"中,皆以张籍、王建俱工乐府、古风而以"张王"并称,《沧浪诗话》亦有"张籍王建体"。

二、文学功绩和诗歌创作

张籍诗歌创作的最主要功绩是新题乐府的创作,为中唐新乐府运动的前驱诗人。他的乐府诗继承、发扬了《诗经》和汉乐府"哀时托兴"的现实主义精神,成为杜甫与新乐府运动间的过渡人物。他的新题乐府,或沿袭古题但创新意,或自创新题,广泛反映安史乱后中唐社会的民生疾苦,笔锋直指当时的执政者。其中相当一部分是揭露战乱和苛重的赋税给民众带来的苦难,如《废宅行》写吐蕃侵扰下的京畿惨相,《塞下曲》写北方少数民族不断侵扰,边庭战事不息给百姓带来的苦难:"年年征战不得闲,边人杀尽唯空山"。这种苦难不仅是生活上的艰难,更是心理上的重创:"妇人依倚子与夫,同居贫贱心亦舒。夫死战场子在腹,妾身虽存如昼烛。"(《征妇怨》)这类反映战乱的诗作还有一个特点就是借古来刺今,如《永嘉行》借历史上的永嘉之乱,来揭露安史之乱后唐王朝兵力衰弱,边疆部族乘机侵扰;《董逃行》借汉董卓之乱,写安史之乱中洛阳的离乱景象,抨击官军残甚贼军的社会现实:"洛阳城头火瞳瞳,乱兵烧我天子宫。宫城南面有深山,尽将老幼藏其间。重岩为屋橡为食,丁男夜行候消息。闻道官军犹掠人,旧里如今归未得。董逃行,汉家几时重太平。"当然,张籍也不是一味反战,他的《凉州词》三首,也表达了收复失地、统一国土的爱国之心:"无数铃声遥过碛,应驮白练到安西。"但其中更多的是对边将辜负朝廷,不御寇敌的指斥:"边将皆承主恩泽,无人解道取凉州。"

张籍新乐府诗的另一个重要内容就是对官吏不顾民生疾苦、横征暴敛的鞭挞,其中的代表之作为《野老歌》:

老农家贫在山住,耕种山田三四亩。苗疏税多不得食,输入官仓化为土。岁暮锄犁傍空室,呼儿登山收橡实。西江贾客珠百斛,船中养犬多食肉。

全诗用白描的手法、极为朴实的语言写出一位山农生活的艰难:山地贫瘠,面积又小,一年的收成还不够交租。为了度日,只得和孩子冒着岁暮的寒风去采橡树籽充饥。官府不顾百姓死活横征暴敛,掠夺去的粮食只是堆放在仓库中任其腐烂。对比之下,更觉官员横征暴敛的可恶和民生的艰难。诗人的高明之处在于除官民对比之外,又安排了一个商农之间的对比,而且放在诗的结尾,形成重重的一击:"西江贾客珠百斛,船中养犬多食肉"。中国古代是个农耕社会,农业是民生之本,儒家的传统治国理念中应该重农。在张籍看来,商人生活得很优裕,农民却很艰难,这是治国理念的颠倒,国本的动摇。这个见解和揭露在当时应该是很深刻的。为了证明这点,我们不妨征引一首同时代的同样描写山农生活诗歌,顾况的《过山农家》:

板桥、人渡、泉声,茅檐、日午、鸡鸣。莫嗔焙茗烟暗,却喜晒谷天晴。

画面很美,也有诗人对农事的关心,但如说到对现实的批判和揭露,恐怕就不及《野老歌》了。另外,张籍诗中这种对比手法和结尾用重笔的表达方式,后来也都为白居易、元稹等新乐府的主将所吸收,变成新乐府诗一种常用的手法。

张籍的好友王建曾写过一百首《宫词》,专门反映宫中妇女的不幸和帝王的荒淫。张籍没有专门的宫词,但也有类似的谴责和批判,如《吴宫怨》描写宫闱里的妇女生活,婉转细致地写出了她们的苦痛和怨恨,揭露了帝王的荒淫。《求仙行》则通过鞭挞汉皇的求仙来借古讽今。白居易说"读君学仙诗,可讽放佚君"(《读张籍古乐府诗》),肯定其批判价值。

张籍的乐府诗,对百姓生产、生活的描写也很富有生活气息,如《采莲曲》写江南采莲女的劳动场面,欢快、清新,颇有民歌风韵:"秋江岸边莲子多,采莲女儿并船歌。青房圆实齐戢戢,争前竞折漾微波。试牵绿茎下寻藕,断处丝多刺伤手。白练束腰袖半卷,不插玉钗妆梳浅。船中未满度前洲,借问阿谁家住远?归时共待暮潮上,自弄芙蓉还荡桨。"笔法细腻,言语朴实。《塞塘曲》写一群少年的嬉游生活,特别是少年醉后,擎烛,用弓弩射游鱼的细节,描写得绘声绘形,极为生动。《江南行》描绘了水田农作、采桑养蚕等江南水乡的农事,逼真地再现了江南农村劳作的场面,全诗清新自然,极富生活气息,夹着泥土的芳香扑面而来,诗末云:"一年耕种长苦辛,田熟家家将赛神。"既反映了江南百姓在稻谷收获的季节,祭神酬功这一民俗,也表达了对百姓辛苦劳作的同情。《樵客吟》写山民上山采樵的劳动生活,记录了采樵人上山采樵、选取枯枝、挥斧砍伐、青葛束柴等劳动过程,语言朴实,没有对山民劳作场面的细微观察,是无法写出这类诗作的。

他的抒情诗《节妇吟》和《离妇》也值得一提。前者是诗人借男女之情来喻自己的操守。平卢节度使李师道想笼络收买张籍到其部下任职。张籍在诗中以一个坚贞不贰的少妇自比,表明自己忠于李唐王朝不愿依附藩镇的政治操守,但表达方式又很委婉:"知君用心如日月,事夫誓拟同生死",表现了作者政治上的成熟。后者写一位妇女,她曾与丈夫同甘共苦,辛勤创业,只因"薄命不生子"而遭弃。诗末的"有子未必荣,无子坐生悲。为人莫作女,作女实难为",这种对女性人生遭际的感喟,更闪烁着人性的光辉。

张籍的乐府诗,继承了汉魏乐府美刺比兴的传统,或借古体乐府,哀时托兴;或即事名篇,言语平淡而又能委婉含蓄。白居易说他:"尤工古乐府,举代少其伦。(《读张籍古乐府》)"韩愈说:"张籍学古淡,轩鹤避鸡群。"(《醉赠张秘书诗》)张籍乐府诗能将笔墨触向生活的深处,或再现、或抨击、或揭示、或指斥,语出自然,却又韵味无穷。

张籍的近体诗作在内容上有酬赠往还、吟咏写情和送别、旅思等诸多方面,相较乐府诗创作,成就稍有不及,但也不乏佳篇名句,如《逢王建有赠》:

> 年状皆齐初有髭,鹊山漳水每追随。使君座下朝听易,处士庭中夜会诗。新作句成相借问,闲求义尽共寻思。经今三十余年事,却说还同昨日时。

两人年纪相仿,交情日久,遭遇相类,相互酬赠之诗,有十首之多,该诗作于垂暮之年,记录了两人珍贵的情谊,这种情谊历久弥芳。他与于鹄、孟郊、贾岛、韩愈、白居易、元稹等之间的情谊,亦多见其近体诗作之中。七绝《秋思》是诗人经年宦游在外,面对秋景,有感而发:"洛阳城里见秋风,欲作家书意万重。复恐匆匆说不尽,行人欲发又开封。"此诗与一般悲秋之作不同,能将丰富的感情熔铸在平淡自然、简练含蓄的文字中。沈德潜认为此篇"亦复人人胸臆语,与'马上相逢无纸笔'一首同妙"。林昌彝《射鹰楼诗话》认为此诗为七绝之绝境,盛唐人到此亦少,并说"不独乐府古淡足与盛唐争衡也"。

第二章 晚唐五代时期的安徽作家

第一节 杜荀鹤

一、生活道路

杜荀鹤,字彦之,自号九华山人,池州石埭(今安徽石台)人。生年为武宗会昌六年(846),卒年一说为昭宗天祐元年(904),一说为天祐四年(907)。关于杜荀鹤的生平事迹,我们所知甚少,可能和他出身寒微有关。从他本人的诗文、友人唱和以及《唐诗纪事》等笔记中,我们知道的杜荀鹤生平大致如下:他早年读书于故乡九华山下,"自小僻于诗,篇篇恨不奇"(《投李大夫》),与顾云、殷文圭等为友。虽然家境贫穷,"食无三亩地,衣绝一株桑",但诗人不以为意,他坚信自己的才华,一定会有显达的一天:"莫愁寒族无人荐,但愿长官把卷看"。他和当时的许多读书人一样,朝夕用功,苦心吟咏,目的就是想求得一官半职、光耀门楣,但在科举考试中却屡试屡败,困顿多年,"男儿三十尚蹉跎,未遂青云一桂科"。为求登龙,他又四处奔走,遍访公卿以求举荐。在"若以名场内,谁无一轴诗"的科场行卷时风下,他四处投诗干谒,写下《郊居即事投李给事》《近试投所知》《冬末投长沙裴侍郎》《下第出关投郑拾遗》等诸多的干谒诗。然而遍游干谒后,却落得这样的结果:"四海欲行遍,不知终遇谁";"孤寒将五字,何以动诸侯"。他成了"江湖苦吟士,天地最穷人"。在朝政混乱的晚唐,缺乏有力的后台,要想出人头地是很困难的,"三族不当路,长年犹布衣"。昭宗大顺二年(891),他终于登上进士第,据说还是后来作乱的朱温推荐的,此时杜荀鹤年已四十六岁。杜得第后并未授官,因"时危势晏,复还旧山"(《唐诗纪事》)。归乡后,杜荀鹤被宣州刺史田頵辟为从事,在幕中近十年。及田遇祸,杜又被梁王朱温荐为翰林学士、主客员外郎。任上仗朱温之势,欺辱缙绅:"杜荀鹤恃太祖之势,侮易缙绅,人咸以为恨"。杜荀鹤曾自编《唐风集》三卷,顾云为其集作序。

二、诗歌主张及创作实践

杜荀鹤对诗歌创作有着自己的见解。作为杜甫、白居易的现实主义创作手法和忧国爱民优良传统的继承者,他继杜甫的"遭乱实漂泊,济时曾琢磨",白居易的"唯歌生民病,愿得天子知"之后,提出"诗旨未能忘救物"的诗歌主张,提倡诗歌应该有教化功能,应该恢复关心现实的风雅传统:"直应吾道在,未觉国风衰"(《维扬逢诗友张乔》)。他评论别人的诗,也以风雅作为标准,"言论关时务,篇章见国风"(《秋日山中寄李处士》)。就像他评价友人诗中所言:"君诗通大雅,吟觉古风生。外却浮华景,中含教化情。(《读友人诗》)"他把自己的诗,看作是社会生活的记录,历史的可靠见证。"此心闲未得,到处被诗磨",杜荀鹤的300多首诗,就是在现实生活的折磨和诗人责任感的催逼下写成的。顾云在《唐风集》序中引用裴赞的评语,说陈子昂作诗"出没二雅,驰骤建安",而杜荀鹤的诗"有陈体,可以润国风,广王泽"。

杜荀鹤诗作一个重要的内容就是反映唐末动乱,闪耀着现实主义的批判光芒。其批判锋芒几乎触及唐末动乱的各个方面:有恶过盗寇的官军,有用生灵鲜血染红朱绂的县令,有毫无心肝催租逼债的酷吏,有"短戈长戟困书生"逃难中的读书人,有"粉色全无饥色加"的蚕妇,有"麻苎衣衫鬓发焦"的寡妇,有"三边远天子,一命信将军"的戍守军士,也有在家乡登台远望的思妇。"无衣织女桑犹小,缺食农夫麦未黄",整个社会笼罩着饥寒的阴影;"农夫背上题军号,贾客船头擂战旗",全体民众都被驱赶到战争之中。《旅泊遇郡中叛乱示同志》就给我们描绘了一幅恶过盗寇的官兵肆虐图:

握手相看谁敢言,军家刀剑在腰边。遍搜宝货无藏处,乱杀平人不怕天。古寺拆为修寨木,荒坟开作甓城砖。郡侯逐出浑闲事,正是銮舆幸蜀年。

广明元年(880),黄巢起义军攻入长安,僖宗逃往蜀中。诗中反映了乱军的恶劣行径:搜宝物、杀平人、拆古寺、开掘坟冢,比强盗还要强盗。诗中虽未直接说出百姓苦难,但连州郡长官都可以随意撵走,百姓还不能任意宰割吗?而这一切,又都是因黄巢乱起、"銮舆幸蜀"而导致。篇末点题,结句用重笔,这正是中唐新乐府作家的常用手法。《乱后逢村叟》则用第一人称的手法记述了战乱给一个山村带来的灾难:村里的树木被砍光去做防御工事,年轻人被抓去当兵以致"绝子孙",村里的一切都变了,唯一未变的是赋税照旧:"还似平宁征赋税,未尝州县略安存。"这类诗作,使我们想起杜甫有名的"三吏三别"。在这类诗作中,揭露现实更深刻也更动人的是那篇著名的《山中寡妇》:

> 夫因兵死守蓬茅,麻苎衣衫鬓发焦。桑柘废来犹纳税,田园荒后尚征苗。时挑野菜和根煮,旋斫生柴带叶烧。任是深山更深处,也应无计避征徭。

这位山中寡妇,是战乱中百姓的一个缩影。丈夫在战乱中死去了,她的家也随之遭到毁灭。她肩负着生活的重担,忍受人世的悲酸折磨。在家乡生活不下去,只好逃匿深山之中,但"任是深山更深处,也应无计避征徭。"唐末赋税的苛重和无孔不入,统治者不恤民情和毫无心肝,孔子所云的"苛政猛于虎",都通过这两句活现了出来。顾云说,杜荀鹤的这类现实主义诗作,读之"能使贪吏廉、邪臣正、父慈子孝、兄良弟顺"(《唐风集序》),可见其战斗锋芒!

杜荀鹤诗作的另一个重要的内容是抒发求名的辛苦、不遇的悲情以及"力尽于文"的心志。"求名心在闲难遂,明日马蹄尘土中"(《题庐岳刘处士草堂》);"自别家来生白发,为侵星起谒朱门"(《江下初秋寓泊》),这些诗句颇与杜甫来长安求官时"朝扣富儿门,暮随肥马尘"的境遇相同,甚至句子也相近:"朝别使君门,暮投江上村"。当他"上国献诗还不遇","心火不销双鬓雪,眼泉难灌满衣尘",潦倒地回到故乡九华山。苦吟苦读的结果,却落得如此结果,内心的不平和悲凉自然是难免的:"马壮金多有官者,荣归却笑读书人"(《下第东归作》);"男儿三十尚蹉跎,未遂青云一桂科";"若看山下云深处,直是人间路不通","病向名场得,终为善误身"(《哭友人》)。这类诗句不断出现在他的后期诗作之中。甚至出现了控诉苍天不公、命运不平的诗句:"仙桂终无缘,皇天似有私"(《经贾岛墓》);"长把行藏信天道,不知天道竟如何"?值得称道的是,虽然不遇,虽然困顿,虽然不平,但他"平生心力尽于文"的心志,却丝毫未减:"卖却屋边三亩地,添成窗下一床书";"生应无辍日,死是不吟时";"四海内无容足地,一生中有苦心诗"。而且力求淡泊自守,保持独立的人格:"破瓮琴书伴病身,熟谙时事乐于贫。宁为宇宙闲吟客,怕作乾坤窃禄人"(《自叙》)。贫穷困顿折磨了诗人,也成全了诗人。

杜荀鹤诗作内容的第三方面,是退居故乡后对田园生活的咏歌。此时他的功名之心虽未泯灭,但面对的是寂静的山林、恬淡的田园生活,诗人生活其间,也有很多的感触和咏叹。苦吟之下,也产生许多精美的妙句,如"破窗风赘竹,穿屋月侵林"(《山中寄友人》);"野叟并田锄暮雨,溪禽同石立寒烟"(《乱后山居》);"一壶村酒无求处,数朵庭花见落时"(《闲居即事》);"山犬眠红叶,樵童唱白云"(《乱后归山》),这些诗句无论写静景、动景、昼景、夜景,都经过细心的推敲,句新而意工。

三、诗歌创作的艺术风格

对杜荀鹤诗的研究,大体说来,二十世纪五十年代前偏重于他的寒瘦苦吟的风格,五十年代后偏重于诗作中反映社会现实的内容。杜荀鹤的诗,既继承贾岛的寒瘦苦吟精神,又继承张籍的反映社会现实旨趣。两者结合起来,才是杜荀鹤诗的全貌。

首先是他继承贾岛的寒瘦苦吟精神。贾岛对晚唐诗人有着相当广泛而深刻的影响,像李洞、方干、李频等皆学习贾岛的苦吟,其中杜荀鹤尤为突出。他不仅在诗中不断提到贾岛悲苦的经历,控诉苍天的不公:如:"贾岛还如此,生前不见春"(《哭刘德仁》);"谪宦自麻衣,衔冤至死时。山根三尺墓,人口数联诗。仙桂终无分,皇天似有私。暗松风雨夜,空使老猿悲"(《经贾岛墓》)。实际上也是在借贾岛的酒杯,浇自己胸中的块垒,因为他和贾岛有着类似的经历。两人诗作的风格乃至诗句都非常近似,如贾岛的"下第只空囊,如何住帝乡"(《下第》)与杜荀鹤的"年华落第老,歧路出关长"(《下第东归别友人》);贾岛的"两句三年得,一吟双泪流"(《送无可上人》)和杜荀鹤的"一句我自得,四方人已知"(《苦吟》)等。

其次,他的近体诗创作成就较为突出。杜荀鹤的诗现存300多首,全是律诗和绝句。在晚唐后期的诗人中,杜荀鹤的近体诗创作有两个明显的特点:其一,从元白以来直至皮日休,大都是用乐府的形式来揭露社会黑暗、同情人民疾苦,而杜荀鹤全以律、绝的形式,把复杂的内容凝缩到短小的篇幅之中;其二,诗歌浅清直白又流畅合律。唐代在律诗上取得成就的诗人很多,杜甫就是最突出的一个。但杜诗常用典故,有艰深的一面,因而成为宋代"江西派"之祖。而杜荀鹤的律诗绝少用典,以通俗易懂取胜。他不用冷僻的字,有些句子明白如话,偶露辞采,亦不见雕琢痕迹。他多用直笔,很少用曲笔。他的绝句如行云流水,清新爽朗,有较浓的民歌风味。"官家不管蓬蒿地,须勒王租出此中"(《伤硖石县病更》),"夫因兵死守蓬茅,麻苎衣衫鬓发焦"(《山中寡妇》),"去年经过此县城,县民无处不冤声"(《再经胡成县》),"早起钓鱼去,夜深乘月归"(《溪居叟》)。比起皮日休、陆龟蒙、罗隐等同时代反映社会现实的诗作,表达上更加明白坦直。其诗风格质朴明畅,语言通俗,能将广阔的社会背景浓缩于短制之中,被严羽称为"杜荀鹤体"。

我们说杜荀鹤的诗通俗明白,却不意味着像前代有的批评家所指责的"鄙恶"或"鄙露已甚"①。相反,他是一个对待艺术精益求精的诗人。他苦吟的事迹在唐代诗人中是相当典型的:"从小癖于诗,篇篇恨不奇","乍可百年无称意,难教一日不吟诗"。苦吟的结果也给诗人带来巨大的声誉:"一句我自得,四方人已知"(《苦吟》)。杜荀鹤诗中确有不少经过反复琢磨的佳句,诸如"典尽客衣三尺雪,炼精诗句一头霜","一溪月色非尘世,满洞松声似雨天","有果猿攀树,无斋鸽看僧","戍楼三急号,探马一条尘","窗竹影摇书案上,野泉声入砚池中"。至于"风暖鸟声碎,日高花影重"(《春宫怨》)更被誉为《唐风集》压卷之作。

---

① 吴幸:《观林诗话》,吴师道:《吴礼部诗话》。

杜荀鹤曾经说过"多惭到处有诗名""空有篇章传海内"一类的话。可见他的诗,当时影响已经很大,普遍受到人们的重视。《唐才子传》说他:"极事物之情,足丘壑之趣,非易能及者也。"他的朋友顾云在给他诗集作序时,称他是"诗家之雄杰"。这种赞誉并不过分。

第二节 张乔 顾云

一、张乔

张乔,池州(今属安徽)人,生年约在文宗开成元年(836)前后,卒年在昭宗龙纪元年(889)前后。有诗名,咸通中与许棠、俞坦之、剧燕、任涛、吴罕、张蠙、周繇、郑谷、李栖远、温宪、李昌符等被誉为"咸通十哲"。家境贫寒,"时应举者多乘马,乔独乘驴"。他自己也诉说:"不是无家归不得,有家归去似无家"(《游边感怀》),"东归未必胜羁旅"(《望巫山》)。咸通中试京兆,其《月中桂》诗为时人传诵。但在晚唐科场之弊和现实政治乱象横生之中,才华之士如无后台只能是蹭蹬终生,就像郑谷所云:"看取年年金榜上,几人才气似扬雄"(《赠杨夔二首》)。张乔长期寓居长安,科场蹭蹬。由于"世道诗难通"(李洞《送张乔下第归宣州》),"有志年空过,无媒命共奇"(杨夔在《金陵逢张乔》),张乔在屡败场屋后只好回到故乡,后又因黄巢之乱而彻底隐居。张乔一生曾多次贫游边陲,交游甚广,与郑薰、李频、郑谷、薛能、李洞等当时的名流多有交往,其中与乡贤许棠、周繇、杜荀鹤、顾云、曹松等友善,交往颇多。其弟张霞亦有诗名。

张乔今存诗二卷,共170多首诗,多为律绝。诗中相当一部分为抒写人生蹉跎、科场失意的感怀之作。七律《城东寓居寄知己》是诗人久难登第、困居长安时所作:"落日独归林下宿,暮云多绕水边行。干时退出长如此,频愧相忧道姓名。"一次次干谒,一次次被婉拒后,落日暮云下,诗人独行、独归、独宿,说不尽的落寞和失意,"干时退出长如此,频愧相忧道姓名"两句,蕴含了多少奔走求荐者的羞愧和辛酸。七绝《自诮》更是其困顿科场的真实写照:

"每到花时恨道穷,一生光景半成空。只应抱璞非良玉,岂能年年不至公。""非良玉"是假,"不至公"方是真情,看来诗人在不断地科场失意后,不仅是落寞和失意,更有愤懑和不平!存诗中这类诗作还很多,也都是抒发类似的情感,如"看来人旋老,因此叹浮生"(《和薛监察题兴善寺古松》),"苦学犹难至,甘贫岂有成"(《延福里秋怀》)等诗句,皆是在感喟人生。然而诗人功名之心、青云之志并不因频频受挫而消歇,相反却愈挫愈坚:"功名如不立,岂易狎汀鸥"(《岳阳即事》);"莫言长是无心物,还有随龙化雨时"(《孤云》)。在科举制的网罗下,甘愿老死场屋的看来并不止蒲松龄,但无论是蒲松龄还是张乔,他们的命运,甚至不如吴敬梓笔下的范进。

张乔的存诗中,还有一部分是记述行游羁旅之作。在这些诗作中,我们始终能看到一位愁困的抒情主人公:"十载重来值摇落,天涯归计欲如何"(《题河中鹳雀楼》);"处处牵愁绪,无穷是柳丝"(《荆楚道中》);"歧路在何处,西行心渺然"(《将离江上作》);"阙下难孤立,天涯尚旅游"(《春日有怀》)等,这些诗句诉说着诗人"贫游无定踪"(《江村》)的愁绪和惆怅。值得一提的是,在其写贫游诗作中,有很大成分的景物描写,这些景物无不渲染着一种凄清的氛围,为突出抒情主人公的形象起了很好的烘托作用,如五律《江行夜雨》:"江风木落天,游子感流年。万里波连蜀,三更雨到船。梦残灯影外,愁积苇丛边。不及樵渔客,全家住岛田。"江风、波涛、夜雨、灯影与残梦、积愁,景情融为一体。即使是春光明媚下的曲江,在诗人笔下也变成了"岸凉随众木,波影逐游人"(《曲江春》)的依附者。

与诗僧、高士酬和赠答,也是张乔诗作的一个重要内容。诗意多表其忧郁不得志之后皈依佛门之念,如"久闲时得句,渐老不离禅"(《赠敬亭清越上人》);"心源若无碍,何必更论空"(《题山僧院》);"已知世路多虚幻,不觉空门是寂寥"(《赠头陀僧》);"甚愿依宗旨,求闲未有因"(《题兴善寺僧道深院》);"吾师视化身,一念即遗尘"(《题玄哲禅师影堂》);"若言不得南宗要,长在禅床事更多"(《宿齐山僧舍》)等。这些诗句,无不在表露诗人笃佛的行为和禅机的了悟。这类诗作往往意境凄清,禅味深远,如五律《题歙州兴唐寺》云:"山桥通绝境,到此忆天台。竹里寻幽径,云边上古台。鸟归残照出,钟断细泉来。为爱澄溪月,因成隔宿回。"幽静山径、云边古台、残照归鸟,还有细泉溪月,全诗意境清澄,禅意颇深。他的酬答之作中还有与异国友人的交往之作,如《送宾贡金夷吾奉使归国》《送棋待诏朴球归新罗》《送人及第归海东》《送僧雅觉归海东》《送新罗僧》《送朴充侍御归海东》等,这些诗作从一个侧面透露出晚唐时代新罗、日本僧人在中国的活动情况,是中外交往史上珍贵的史料。

张乔还有十首边塞诗,涉及晚唐的边防、边政,歌咏了边地将帅为国戍边的豪气,也表达了对民族团结、互不侵扰的期许,这在晚唐边塞诗多为厌战和谴责的主调中显得很另类,也很有特色。如《赠边将》写出了边将于沙场中的豪气、胆略:"对酒擎钟饮,临风拔剑歌",也咏歌边将的功勋业绩:"翻师平碎叶,掠地取交河"。诗人还赞颂边帅的战功给边疆带来和平安宁:"圣日雄蕃静,秋风老将闲"(《北山书事》),这是对凉州光复后,边疆平静安宁的讴歌;"大汉无兵阻,穷边有客游。蕃情似此水,长愿向南流"(《书边事》),"秦将力随胡马竭,蕃河流入汉家情。羌戎不识干戈老,须贺当时圣主明"(《再书边事》)等,既是对大唐边策的歌颂,更是对各民族间长久团结繁荣的期许。

张乔擅长五、七言律诗,属对工整精致,如"晚木蝉相应,凉天雁并飞"(《游华山云际寺》),"水近沧浪急,山随绿野低"(《浮汴东归》),"落日江边笛,残春岛上花"(《送友人归江南》),"舟楫故人少,江湖明月多"(《送陆处士》)等,或正对,或反对,皆工整雅致,而且诗句凝练,诗风清雅浅近。其诗歌艺术,当时就获得杜荀鹤、郑谷等人的推崇。杜荀鹤称他是"雅篇三百首,留作后来师"(《维扬逢诗友张乔》);郑谷称他的诗在晚唐有振衰起敝的复古之功:"平生苦节同,旦夕会原东。掩卷斜阳里,看山落木中。星霜人欲老,江海业全空。近日文场里,因君起古风"(《访题进士张乔延兴门外所居》)。王定保在《唐摭言》中亦称其诗"诗句清雅,迥无与伦"。

二、顾云

顾云,字垂象,池州人,约生于宣宗大中五年(851)。出身低贱,《唐诗纪事》云其为"卤贾之子也"。其初与杜荀鹤、殷文圭友善,急于成名,但科考却两次失利,《唐语林》称其"受知于相国令狐相公,赋为时所称,而切于成名,尝有启事,陈于所知。只望丙科尽处,竟列于尾科之前也"(见"顾云"条)。顾云下第时,友人也是晚唐名诗人郑谷、张乔、罗隐等皆有诗相寄,表达同情和安慰,其中以罗隐的《送顾云下第》让人读来倍觉凄楚:"年深旅舍衣裳敝,潮打村田活计贫。百岁都来多几日,不堪相别又伤春。"

懿宗咸通十五年(874),顾云终于登上进士第。顾中举后被淮南节度使高骈辟为从事。据《唐诗纪事》介绍,顾云与罗隐同谒淮南节度使高骈,高骈以顾云为人雅律,留云而远隐。唐末动乱中,归隐退居霅川(今浙江吴兴县南),杜门著书。昭宗大顺二年(891),与羊昭业、司空图、冯渥、陆希声等分修宣、懿、僖三朝实录,书成,加虞部员外郎,卒于昭宗乾宁初年(894)。其著述颇丰,《新唐书·艺文志》记有《顾氏遗编》十卷、《霅川总载》十卷、《启事》一卷、《赋》二卷、《集遗具录》十卷及纂《新文艺》十卷,另有《凤策联华》三卷、《昭亭杂笔》五卷。今存诗一卷,《全唐文》收其文23篇。

顾云今存诗仅十首左右。多为七言长篇歌行,近体只有咏柳两首,分别为七律和七绝。《华清词》《天威行》《筑城篇》《苏君厅观韩幹马障歌》《苔歌》《池阳醉歌赠匡庐处士姚岩杰》等歌行,每篇皆歌咏一事或一物。《华清词》写修道炼丹事,表达他的方外之思、神仙之术:"丹砂黄金世可度,愿启一言告仙翁"。《唐诗纪事》载顾云在淮南高骈幕中时,与张乔等为方外友。李昭象有诗《学仙词寄顾云》就有招顾云归隐之意;《苔歌》是首咏物诗,歌咏地上的青苔;《苏君厅观韩幹马障歌》是首题画诗,描述较为生动:"眼前只欠燕雪飞,蹄下如闻朔风起"。《筑城篇》是写高骈于乾符三年(876)筑成都罗城事,"风吹四面旌旗动,火焰相烧满天赤。散花楼晚挂残虹,濯锦秋江澄倒碧",描述新城之景。诗的结尾处写道:"西川父老贺子孙,从兹始是中华人",歌颂了筑建新城在民族团结中的作用。新罗文人崔致远亦有《西川罗城图记》和《谢立西川筑城碑表》两文;《天威行》是记载高骈打通安南至广州江漕要道,从而平定安南一事;《池阳醉歌赠匡庐处士姚岩杰》是诗人酩酊大醉后作的。诗中描绘醉酒的情态:"肺枯似著炉鞴扇,脑热如遭追凿打",比喻十分形象。在酒醒后,诗人开始坦露心声,指斥时弊:"时时说及开元理,家风飒飒吹人耳","裔孙才业今如此,谁人为奏明天子",行文流畅自然,时有波澜之状。《送崔致远西游将还》和《孤云篇》是写给新罗文人、诗人的同年进士崔致远的,在中国古典文学流播史中有一定的史料价值。诗中既有对崔学习中华文化的肯定,又有对其才华的赞誉,诗中还看到这位新罗文人在中国的文学地位和影响:"十二乘船渡海来,文章感动中华国。"诗中还叙及两人也是中外诗人间的友谊:"因风离海上,伴月到人间。徘徊不可住,漠漠又东还。"崔致远也曾称赞顾云的歌行是"学派则鲸喷海涛,词锋则剑倚云汉"(《献诗启》)。顾云的一首绝句和一首七律皆为咏柳,后者立意平淡,诗句也无新意,唯绝句似有言外之意:

闲草野花总争新,眉皱丝干独不匀。乞取东风残气力,莫叫虚度一年春。

诗人以闲草野花自喻,要乞取东风助一臂之力,在春日争新,莫让时光虚度。其中干谒乞取援引之意甚明。但"残气力""闲草野花"等诸句,比喻虽妥帖,总觉气力孱弱,场面狭小,这也是晚唐诗与盛唐诗的区别所在吧!

顾云文亦多为干谒之作。晚唐科场干谒、依投之风盛行,加之顾云急于事功成名,这类文字就更多。顾云在两次落第后都有干谒之作,仅存的23篇散文中绝大多数都是这类作品,如《投顾端公启》《投户部裴德符郎中启》《投殿院韦侍御启》《投户部郑员外启》《投翰林刘学士启》《投刑部赵郎中启》《上翰林刘侍郎启》《上池州卫郎中启》等。但这类文章也不能一概以干谒逢迎目之,因为其中所谓"边蓬易断,路权难芳,频伤肃杀之威,未识阳和之力。穷棲家远,旅宿衣单,望鹄长疏,悬鹑屡弊,况复吴波泻绿,秦巘堆青,怀橘莫从,采兰多阻,数奇只自伤,语苦而何人倾耳"(《上右司袁郎中启》)之类描述也吐露出下层文士赴举的艰辛、失败的痛苦,客观上反映了晚唐社会权贵占据要津,贫寒士人倍遭压抑的黑暗现实。另外,从他的愁叹和希求援引的热望中,也可以窥察顾云这类下层士人的心态,为研究晚唐社会思想提供某类样本,如他在《投顾端公启》中写道:"伏念一掷鱼竿,四环星瑄,华发洒依门之泪,远书开革岁之缄,而又曾弃关缙,空归未得。"在《投户部裴德符郎中启》更道出历遭落第后怯懦的心态和赴举时的艰辛:"二年求试,未过先场,抚萤窗而便欲灰心,对莺花而徒伤泪目。加以秦吴路阻,烟水程遥,甘滑多违。"

顾云散文中价值较高的是诗序和碑记,从中不仅可以看出其文学主张和历史观,而且模山范水,文笔优雅,状物精致,比起皮日休、罗隐等晚唐大家,并不逊色。他在昭宗景福元年(892)为友人杜荀鹤诗集而作的《唐风集序》,对唐诗发展作出简要而准确的勾勒,重点指出杜荀鹤诗歌的价值:"咏其雅丽清苦激越之句,能使贪吏廉,邪臣正,父慈子孝,兄良弟顺,人伦纲纪备矣",并认为"其壮语大言,则决起逸发,可以左揽工部袂,右拍翰林肩"。序中还提到执掌科举的裴公解释将杜荀鹤拔为上第的原因:"圣上嫌文教之未张,思得如高宗朝拾遗陈公,作诗出没二雅,弛骤建安,削苦涩僻碎,略淫靡浅切。破艳冶之坚阵,擒雕巧之酋帅。扫荡辞场,廓清文苑……以生诗有陈体,可以润国风,广王泽,因擢生以塞诏意,生勉为中兴诗宗"(《唐风集序》)。这段叙述,让我们了解唐末文风的凋敝,浮艳文风复炽,以及执政者对此的焦虑,也可以看出杜荀鹤诗风的源头和当时的文学地位,皆有较高的史料价值。此段文字连用排比,用语斩截而简练。他的另外两篇诗序——《题致仕武宾客嵩山归隐诗序》和《在会稽与京邑游好诗序》分别描写武则天从侄武攸绪隐居处嵩山景物和会稽山水,也很有特色:

弃官隐居嵩山,避荣宠也。想其始末,扪危选胜,驾迥裁基。钿走伊波,控隐士饮牛之渚;螺排缑峰,对仙人驾鹤之峤。移紫府之全模,写清都之胜概。玉桃植砌,董杏栽壇;帐合萝高,床平石古。飞流界练,贯幽响于风端;曙景张屏,挂清光于露壑。时或春花发尽,秋雨晴初。虚籁调

风,斜窗印月。吞露华兮,漱烟液而乐天和;吟酒赋兮,唱琴歌焉知帝力。(《题致仕武宾客嵩山归隐诗序》)

  造化之功,东南之胜,独会稽知名。前代词人才子谢公之伦,多所吟赏。湖山清秀,超绝上国,群峰接连,万水都会,昇高而望,尽目所穷。苍然黯然,兀然淡然,先春煦然,似昼似翠,似水似冰,似霜似镜,削玉似剑者,霞布似窈窕者,霜清似英绝者,如是者千状万态,绵亘数百里间。(《在会稽与京邑游好诗序》)

作者对这里的景物感叹道:"斯焉郡邑,一何胜哉!"两篇诗序皆善用比喻,遣词精工,状物形象,流畅而自然,而且骈散结合,对仗工整,音调铿锵,颇有六朝山水散文之遗韵。

第三节　许棠　曹松

一、许棠

许棠,字文化,宣州泾县人。懿宗咸通十二年(871)进士。因在此之前屡挫于科场,此番及第已无多少欣喜之情,正如"咸通十哲"之一张乔《送许棠及第归宣州》中所云:"雅调一生吟,谁为晚达心。傍人贺及第,独自却沾襟。"及第后,任宣州泾县尉,此时已经头白,名诗人郑谷写诗安慰曰:"白头新作尉,县在故山中。高第能卑宦,前贤尚此风。"(《送许棠先辈之官泾县》)。又据张乔《题上元许棠所任王昌龄厅》所云:"百四十年庭树老,如今重得见诗人",知许曾为江宁丞。王昌龄于开元二十八年(740)任江宁丞,一百四十年后,当为880年。许棠任江宁丞应在其任泾县尉后。《全唐诗》收其诗155首。

许棠一生科场、仕宦屡受挫折,困顿京城多年,多次下第,或随群彦贫游,或返归乡里。其诗作主要抒写久困场屋、身居下客的失意心情:"二十二三年,游秦复滞燕。徒陪群彦后,自苦此生前"(《陈情献江西李长侍五首》),"东下径牛渚,依然是故关……渔翁知未达,相顾不开颜"(《东归次采石》)。

这一诗歌主题体现在其登临、抒怀、行游、送别友人等诗作之中。

抒情诗《写怀》《遣怀》《陈情献江西李长侍五首》《旅怀》《长安书情》《春日言怀》《讲德陈情上淮南李仆射八首》《言怀》等,喟叹人生,其失意愁寂无不与久落科场有关:"此生何处遂,屑屑复悠悠";"天地虽云广,殊难寄此身"。志愿不遂,闲愁凭增,天地虽大,难容只身,这是诗人的独特感受;"僻寺居将遍,权门到绝因"贫游京城,难达权门;"平生南北逐蓬飘,待得名成鬓已凋",这是抒写多年来一如转蓬的人生旅迹。即使是晚第中举之后,抒写的还是幽怨和愁叹:"人事萍随水,年光鸟过空。欲吟先落泪,多是怨途穷"(《客行》)。

诗人困顿京城的生活艰辛,也多见其吟咏:"终年唯旅舍,只似已无家"(《旅怀》);"游秦复滞燕,不觉近衰年。旅貌同柴毁,行衣对骨穿"(《冬杪归陵阳别业五首》)。多年的贫游,他已变得像一根干枯的老柴。诗人长期贫游在外,回乡后,目睹离乱后的故园,看到亲人,凄然之泪,不禁夺眶而出:"骨肉皆名晚,看归却泪垂"(《冬杪归陵阳别业五道》)。

送别、寄答、登临之作,也多抒写诗人失意、寂寥的心情,如"江人如见问,为话复贫游"(《渭上送人南归》);"俱无中道计,多失半生期"(《寄赵能卿》);"立久夕阳尽,无言似寂寥"(《登凌歊台》)。

许棠还作有一些游历秦燕边陲,描叙边事边景的诗篇,如《塞外边事》《塞下二首》《成纪书事二首》《秦中遇友人》《五原书事》《雁门关野望》等。这些诗作既有对边事边景客观的记述,如"胡虏偏狂悍,边兵不敢闲。防秋朝伏弩,纵火夜搜山","广漠杳无穷,孤城四面空。马行高碛上,日堕迥沙中",也有对边陲战乱不断,民多伤死的哀悯。对唐王朝边政的批判,主要体现在《成纪书事二首》中。其一云:"东吴远别客西秦,怀旧伤时暗洒巾。满野多成无主冢,防边半是异乡人。山河再阔千余里,城市曾经一百春。闲与将军议戎事,伊兰犹未绝胡尘。"诗中将抒情、写事、议论融为一体,直抒胸臆、直截了当。

许棠诗歌的基调是低沉的,"闲吟只自宽"。许棠用吟诗来宽慰自己落寞的心灵,诗中始终有位抒情主人公在进行内心的挣扎:"半生为下客,终老托何人";"连春不得意,所业已疑非";"一第久乖期,深心已自疑";"眠云机尚在,未忍负初心";"无成归未得,不是不谋归"。许棠诗中对景物描写有一种灰暗的色调,这亦与其蹭蹬科场和时代气氛皆有关联:"高秋偏入望,霁景倍关情。落木满江水,离人怀渭城";"败苇迷荒径,寒蓑没坏舟。衡门终不掩,依杖看波流";"片席随高鸟,连天积浪间。苇宽云不匝,风广雨无闲";"风移残烧远,帆带夕阳遥";"夕阳唯照草,危堞不胜风。岸断河声别,田荒野色同"。这些景物或写京城长安,或写故乡江南,或写中原洛阳。在这些凄败的景象背后,我们看到了在一位寂寥、落寞、失意的抒情主人公歌声之中,大唐国运正在随着夕阳秋风冉冉西下。诗中所描写边塞景物,也多是写荒凉凄败的景象:"风收枯草定,月满广沙闲";"塞深烽寨密,山乱犬羊多";"乱叶随寒雨,孤蟾起暮关";"天垂大野雕盘草,月落孤城角啸风"。诗人"贫游多是滞边陲",在其笔下已无对奇异边塞风光的浪漫描写,也无献身边塞、建功立业的壮志豪情,这是许棠与岑参边塞诗的不同,也是晚唐边塞诗与盛唐边塞诗最大的区别所在。

许棠诗作皆为五言,且以五律居多。多用流水对,通过衰瑟的景色、平直的叙事和浅白的抒情来表达自己的落寞和愁绪,这与"近黄昏"的时代气氛息息相通,呈现一种末世情调。

二、曹 松

曹松(828—903),字梦徵,舒州(今安徽潜山)人。早年未达,在各地漫游,足迹北至安西,南至南海,行游的地方有桂江、岭南、湘阴、浙西等地。漫游中除写下大量行旅诗,反映民生疾苦和山水风物外,还做了一些利民之事,如在广东"西樵栖迟久之,教其民焙茶"。据广东《物产志》载:"(顾渚茶)自唐诗人曹松移植于西樵,号称茶山。今山中人多种之为业。或谓此茶甲天下,春摘者尤胜。"①僖宗乾符二年(875)往建州依投李频,李频死后,流落江湖无所依。广明元年(880)因避黄巢之乱隐居于洪州西山,与当时活跃在文坛的方干、聂夷中、贯休、齐己等人交往唱和,写下了许多反映现实苦难及隐逸生活的篇什。昭宗天复元年(901),曹松与王希羽、刘象、柯崇、郑希颜同登第,年皆七十余矣,号为"五老榜"。特授校书郎,后为秘书省正字,不久便弃官归江南,游洪州后殁。《唐摭言》说曹松"学贾岛为诗,此外无他能,时号松启事"。实际上时值晚唐社会动乱,曹松见不可能有所为便弃官不为。《唐才子传》说:"松野性方直,罕尝俗事,故拙于进宦,栖身林泽,寓情虚无,苦极于诗,然别有一种风味,不沦乎怪也。"此论较为中允。

曹松著有诗集三卷,140余首,《新唐书·艺文志》有传。

曹松存诗140余首,其内容首先是对久困科场的失意和世风日下的叹喟:"徒云多失意,犹自惜离秦"(《长安春日》);"富者非义取,朴风争肯还"(《贻世》);"出门嗟世路,何日朴风归"(《道中》);"触目尽如幻,幻中能几时"(《感世》);"吟诗应有罪,当路却如仇"(《书怀》)。这些诗句传递出了在世风颓败之下,诗人科场、仕途、功名的困顿。然而他也和同时代的安徽诗人顾云一样,屡遭挫折但仍不坠青云之志,对科举满怀希冀和热望:"岂能穷到老,未信达无时"(《言怀》)。他七十多岁终于中举,进入"五老榜",可以说是最终兑现了自己的诺言。他甚至觉得公道终于伸张:"得召丘墙泪却频,若无公道也无因。"(《及第敕下,宴中献座主杜侍郎》)实际上,在朝政极度混乱的晚唐,已无公道可言,曹松等"五老"的中举,完全出于侥幸。据王定保的《唐摭言》:"当时内难初平,杜德祥(礼部侍郎,当时主考官)以曹松等塞诏。"就在上一年十一月,昭宗被宦官囚禁,到了光化四年(天复元年)正月,昭宗复位不久,宰相崔胤联合朱全忠谋除宦官,谋泄,宦官李彦弼等劫昭宗奔凤翔,"帝、后、妃、嫔、诸王百余人被逼上马,恸哭声不绝,李彦弼纵火焚禁中"。如此动乱下,杜德祥用五位声望很好又考了一辈子的老人塞责,就很容易理

---

① (见"顾渚茶"条)。

解了。当然,曹松并未看清其中奥妙,自我感觉很好。

但是,曹松对当时的社会动乱造成的民生灾难以及所谓战功的实质看得还是很清楚的,传诵千古的《己亥岁二首》之一就是明证:

> 泽国江山入战图,生民何计乐樵苏?凭君莫话封侯事,一将功成万骨枯。

整个国家陷入战乱之中,百姓无法安居乐业,那些以维护国家稳定为责任的将军们还有什么值得夸耀的呢?更何况,他们的爵位是将士们的鲜血,更是生灵涂炭换来的。他与杜荀鹤的《再经胡成县》"新来县宰加朱绂,便是生灵血染成"同是晚唐政治生活的写照,也同样深刻。曹松诗作中反映晚唐战乱带来的民生灾难还有不少,如反映黄巢之乱的《己亥岁二首》其二:"传闻一战百神愁,两岸强兵过未休。谁道沧江总无事,近来长共血争流";"岂料为文日,翻成用武年"(《言怀》)。另外,像"天涯兵火后,风景畏临门。骨肉到时节,团圆因梦魂"(《铅山写怀》)、"前心因兵阻,悔作豫章分。芳草未归日,故人多是坟"(《忆江西并悼亡友》)、"任官征战后,度日寄闲身……废田教种谷,生路遣寻薪"(《赠雷乡张明府》)等均反映唐末动乱,表达对时局的关怀和民生的哀悯,类似史诗。

曹松一生多数时间在漫游中度过,因此纪游之作在他的诗集中占了很大的比重。诗人并没有因为久困科场、流落江湖,像同时代的宣州诗人许棠那样把行游之景写得黯淡无光,相反却是气象阔大、生机勃勃,这是与同时代的宣州诗人许棠有很大不同。如写洞庭湖:

> 东西南北各连空,波上唯留小朵峰。长与岳阳翻鼓角,不离云梦转鱼龙。吸回日月过千顷,铺尽星河剩一重。直到劫余还作陆,是时应有羽人逢。

中国古代描写洞庭湖的名句,如杜甫的"吴楚东南坼,乾坤日夜浮"、孟浩然的"气蒸云梦泽,波撼岳阳城"、刘长卿的"叠浪浮元气,中流没太阳"均以气象阔大、动态感强闻名。比起上述诸贤,"吸回日月过千顷,铺尽银河剩一重",其想象力差可比肩。最后两句写出洞庭湖传说中的成因,似前人所未道。另外像描写霍山的"七千七百七十丈,丈丈藤萝势入天","月将河汉分岩转,僧与龙蛇共窟眠"(《霍山》);描写巫峡的"不逐彩云归碧落,却为暮雨扑行人"(《巫峡》)等都有这类特征。

曹松多年羁留异乡,诗中却很少看到思归之情,更多的是浓浓的游兴或是类似隐者的闲情逸致。诗中景物清丽,诗思淡然,前者如"荔枝时节出旌好,南国名园尽兴游"(《南海陪郑司空游荔园》)、"冈扉聊自起,信步出波边。野火风吹阔,春冰鹤凿穿"(《钟陵野步》)、"可怜时节足风情,杏子粥香如冷饧。无奈春风输旧火,遍叫人唤作山樱"(《钟陵寒食日郊外闲游》)。当然游兴之中有时也会流露出淡淡的乡思,如《游西樵山》:"百花成实未成归,未必归心与事违。但把壶觞资逸咏,尽教风景入清机。半川残雾笼寒树,一道晴霓杂落晖。游子马前芳草合,鹧鸪啼歇又南飞。"①类似隐者的闲情逸致如:"无人知落处,万木冷空山"(《商山夜闻泉》)、"风梢离众叶,岸角积虚沙"(《慈恩寺东楼》)、"春流无旧岸,夜色失诸峰"(《九江暮春书事》)、"湖影撼山朵,日阳烧野愁"(《岳阳晚泊》)等。

曹松交游广泛,他与友人、官宦、僧人之间的赠别、酬答之作,情至而文自生。特别是其哀悼、凭吊之作,往往是睹物思人,哀悼之情油然而生。李频对他有知遇之恩,他作有《林下书怀寄建州李频员外》诗,其中有云:"水石南州好,谁陪刻骨吟",依投之情婉转而出。李死后,他在哀悼之诗《哭李频员外》中点出李频是在办公中去世的,去世时子女不在身旁,只留下一位孀妻:"出麾临建水,下世在公堂","瘴中无子奠,岭外一妻孀",感情真挚,绝非敷衍之作。类似的还有《哭陈陶处士》《吊贾岛二首》《吊李翰林》等。他与友人许棠、郑谷、方干、喻坦之以及诗僧贯休的酬答,也留下许多文学史料。

曹松对贾岛极为钦佩,他的《吊贾岛二首》,对贾岛的终生不遇深以为憾。他作诗也学贾岛,工五言律诗,炼字琢句,取境幽深,颇似贾岛。所不同

---

① 此诗见于广东《物产志》,《全唐诗》及《全五代诗》均未载。

的是,他没有韩孟诗派末流的险怪,而自有一种清苦澹宕的风味。"汲水疑山动,扬帆觉岸行"(《秋日送方干游上元》),"废巢侵晓色,荒冢入锄声"(《送进士喻坦之游太原》),正代表他的这种诗风。

曹松也刻意学贾岛苦吟:"平生五字句,一夕满头丝"(《崇义里言怀》),"寂寂阴溪水漱苔,尘中将得苦吟来"(《乱后入洪州西山》),正是他的自白。他的苦吟作品,句子工整,对偶精致,如《钟陵寒食日》中"云间影过秋千女,地上声喧蹴鞠儿"两句,描述寒食日女子荡秋千,男孩踢球,一写空中,一写地面;一写影,一写声;"影过"写出了轻盈之状,"声喧"写出了热闹的场面。另外,像"渔钓未归深竹里,琴壶犹念落花边"(《罗浮山下》)、"北阙尘未起,南山青欲流"(《曲江暮云雪霁》)、"瘴中无子奠,岭外一妻孀"(《哭李频员外》)等皆以对仗工整、词句精工著称。至于流水对"凭君莫话封侯事,一将功成万骨枯"更是揭示了战争和所谓军功的实质。但是,必须指出的是,由于作者刻意追求属对工整,有时也造成其诗句意境不深远,缺乏情韵,如"野火风吹阔,春冰鹤啄穿"(《钟陵野步》)、"盘蹙陵阳壮,孤标建邺瞻"(《望九华寄池阳太守》)等,只是刻意描摹,忘记了勾勒悠远的意境,一如齐己在《寄曹松》中所说:"旧制新题削复刊,工夫过甚琢琅玕,药中求见黄芽动,诗里思闻白雪难。"

第四节 汪遵 周繇 殷文圭 康骈

一、汪遵

汪遵(约公元 877 年前后在世),宣州泾县人,生卒年不详。幼为小吏,因家贫难得书,读书必借于人,于是昼夜读书良苦,彻夜强记。后辞役就贡,登懿宗咸通七年(866)韩衮榜进士。据王定保《唐摭言》:汪遵其初与同乡许棠友善,汪至京师应试,偶遇许棠,许棠讯之曰:"汪都①何事至京师?"汪遵曰:

---

① 《唐摭言》原注:都者,吏之呼也。

"此来就贡。"许棠怒曰:"小吏不忖,而欲与棠同研席乎?"甚侮慢之。后来,汪遵成名五年后,许棠才及第。汪遵存诗61首。

汪遵存诗俱为绝句,其中绝大部分是怀古诗,多借历史人物和历史事件的咏歌感叹来抒发自己的怀才不遇之情,如《吴坂》:

踸踔盐车万里蹄,忽逢良鉴始能嘶。不缘伯乐称奇骨,几与驽骀价一齐。

诗人借历史上伯乐相马故事来暗喻自己空有才华而无人能识,只得困顿泥途之中。这与《燕台》中的慨叹"如今寂寞无人上,春去秋来草自生"都是在借古讽今,指责朝廷不能尊贤重士。《南阳》中的"若非先主垂三顾,谁识茅庐一卧龙",《夷门》中的"今来不是无朱亥,谁降轩车问抱关"亦是出于同一构思。《三闾庙》《郢中》《招屈亭》《屈祠》等歌咏屈原的诗篇,《彭泽》中对陶渊明的咏歌,《箕山》对高士许由的赞颂,则是在抒发仰慕之情的同时也暗寓自己的志向。《细腰宫》《梁寺》《汴河》《比干》等又属一类,诗人通过对纣王、梁武帝、隋炀帝、楚王等亡国之君的批判来警告晚唐的统治者,起史鉴作用。另外,像《白头吟》《短歌吟》可能有感于自家身世,而像《咏酒》二首可能是有感于晚唐末世而发。

汪遵的这些咏史七绝,多是前两句铺叙史事,或写历史遗迹现状,后两句发表议论,并能将史事与史论结合起来。其史论多发前人未发之言,颇有新意,如"若非先主垂三顾,谁识茅庐一卧龙"(《南阳》);"隔岸故乡归不得,十年空负拔山名"(《项亭》);"严陵何事轻轩冕,独向湘江钓月明"(《桐江》);"虽然万里连云际,争及尧阶三尺高"(《长城》)。这种手法,颇似同为晚唐诗人杜牧,但其才华和咏史诗的成就,当然较杜牧甚远。

二、周繇

周繇,字为宪,池州人,生卒年均不详。家贫,工吟咏,时号为"诗禅",与段成式友善。咸通十三年(872,一说咸通十二年)进士,调福昌县尉,迁池州至德令。罢去后,与段成式、韦蟾、温庭皎同游襄阳徐商幕府,任检校御史中丞。徐商罢镇后，周繇归家乡九华山，卒葬纸阮山。周繇与许棠、张乔、郑谷、李昌符、俞坦之、吴罕、张蠙、李栖远、温宪、剧燕、任涛齐名，谓为"咸通十哲"，《全唐诗》收其诗一卷。《全唐文》收其文一篇。

《全唐诗》收周繇诗23首，几乎都是律诗。这些诗作多为送别、登临题咏之作。风格上清丽浅近，多用白描手法，如《送宇文虞》：

此别欲何往，未言归故林。行车新岁近，落日乱山深。野店寒无客，风巢动有禽。潜知经目事，大半是愁吟。

落日的乱山深处，严冬空无人迹的荒村夜店。诗人用白描的手法直接道出，此刻的愁绪和孤单自然呈现。"野店寒无客，风巢动有禽"着意点出深冬的寒意和孤独，语句精炼而对仗工整。《送边上从事》中的"衰草城边路，残阳垒上笳"；《送洛阳崔员外》中的"城迁周古鼎，地列汉诸陵"；《送人尉黔中》中的"峡涨三川雪，园开四季花"也都类此。但诗意平庸，多为祝词，也无世道方面的慨叹，更未见其中的寓意。在社会动乱江河日下的晚唐，如果不是麻木也是刻意地回避。

周繇的山水登临之作也有类似的特征，如《甘露寺北轩》：

晓色宜闲望，山风远益清。白云连晋阁，碧树尽芜城。水净沙痕出，烟消野火平。最堪佳此境，为我长诗情。

甘露寺在镇江北固山上，北面即大江，诗人从北窗远眺，看到隔岸扬州的碧树，看到大江的水净沙痕。其实，扬州也好，大江也好，都会使人产生许多感慨，尤其是孙刘联合抗曹的北固亭，辛弃疾在此就生许多感慨，但这些历史陈迹对周繇来说，只是"为我长诗情"而已。其他的登临诗中的感受也大都类此，如《题东林寺虎掊泉》中的"胜致通幽感"，《甘露寺东轩》中的"每日怜晴眺，闲吟只自娱"。也就是说，诗人吟咏月露风云、山川形胜只是为了"自娱"。诗意平庸，缺少时代的感受，也就缺少内在的骨力和深蕴，这是周繇诗歌的一大不足。但从诗句的锻造上来看，有些还是很精致的，如"风径绝顶回疏雨，石依危屏挂落泉"（《题金陵栖霞寺赠月公》）、"陵风舴艋呕哑去，出水鸬鹚薄泊飞"（《白石潭秋霁作》）等，这也大概就是周繇能成为"咸通十哲"

的原因吧！

周繇在襄阳徐商幕府中，与著名的小说家《酉阳杂俎》的作者段成式友善，相互间酬答唱和，有《嘲段成式》《看牡丹赠段成式》《和段成式》等诗，段成式也有和作。这也为中国文学史留下一些可贵的资料。

三、殷文圭

殷文圭，字桂郎，世居池州秋浦殷村，后移居九华，青阳人。生年不详，约唐昭宗天祐初年（公元904年）在世，年寿甚高。殷文圭青少年时效法杜荀鹤，在九华山半读半隐，刻苦于学，所用墨砚，底为之穿。唐末，词场请托公行，仅文圭与游恭独步场屋。乾宁五年（898）及第，为裴枢宣谕判官记室参军。朱全忠、钱镠交辟均不就。田頵置田宅迎其母，以甥事之，待文圭以上客礼，故颇为尽力。天复三年（903）十二月田頵败死后，事杨行密，任淮南节度掌书记，其后事行密子渥、隆演。武义元年（919）四月杨隆演称王，文圭掌书记。拜为翰林学士，终左迁牛卫将军。葬于池州市贵池区梅街镇牌坊村。殷文圭著述颇丰，据《唐才子传》，汇集成书的有《登龙集》十五卷、《冥搜集》二十卷、《笔耕词》二十卷、《冰缕录》二十卷、《从军稿》二十卷。但今均不存。《全唐诗》仅录诗一卷，33首，《全唐文》收其文一篇。

殷文圭的子孙亦颇有文名。子汤悦，据《南唐书·汤悦传》：汤悦，其先陈州西华人，父亲殷文圭，唐末有才名。悦本名崇义，字德川。建隆初，避宣祖庙讳，改姓名为汤悦。仕南唐，官学士，历枢密使、右仆射。元宗时，淮上用兵，书檄教诰皆出其手。曾参加编修《江南录》《太平御览》《太平广记》。有《汤悦集》三卷。《全唐诗》收其诗六首。

殷文圭孙汤允恭，宋徽宗宣和元年（1119）进士，历任常州通判、刑部员外郎、殿中御史、官至兵部侍郎，晚年养老池州齐山。

殷文圭的诗文在唐末和五代初是"入风度、见奇崛"者，影响颇大。今存的诗作多为近体律绝，内容广泛，多为依投、行游和酬唱之作。其行游题咏之作场面阔大，状物生动，构思也颇精巧，如《楼上看九华》三首其一：

> 九朵连云势欲腾,鸟飞难到最高层。谁家写在屏风上,岩下松间尽九僧。
> 九条寒玉罩云中,雨外霞分海日红。疑是巧人新画出,与他天柱作屏风。
> 回顾峦峰峭莫群,翠峰长与晓光分。尽分明处要清白,独倚青天绝白云。

诗人夸张九华山的高峻,不但飞鸟难过,连天上的白云也无法飘过,就像擎天柱一样撑在天地之间,又像天地之间的一块屏风。另外,像"九朵连云势欲腾""九条寒玉罩云中"等句也给人气势飞动之感。其他的诗篇,如《九华贺雨吟》中的"雷劈老松疑虎怒,雨冲烟洞觉龙醒"描绘九华山一带暴雨如注的情景;《八月十五夜》中的"华岳影寒清露掌,海门风急白潮头";《题吴中陆龟蒙山斋》中的"花心露洗猩猩血,水面风披瑟瑟罗";《江南秋日》中的"青笠渔儿筒钓没,蒨衣菱女画桡轻"等,状物形象生动,属对也很精工,在景物描写上颇见功力。

其酬唱之作也并非一味的虚与应酬,其中也有真情和内心感受,如《边将别》:

> 地角天涯倍苦辛,十年铅椠未酬身。朱门泣别同鲛客,紫塞旅游随雁臣。汉将出师冲晓雪,胡儿奔马扑征尘。行行独止干戈域,毳帐望谁为主人。

这首诗可能是诗人游边时告别边将而作。诗中既有诗人游边的辛苦与无奈,也写出边塞征战的频繁和劳累,更有干戈未息、边氛难靖的忧心和感叹。《寄广南刘仆射》写出抚镇广南的刘仆射"品流才子作将军"的儒雅风流,更写出其平抚南人的惠政,并就此发出渴望太平安宁的慨叹:"汉仪一化南人后,牧马无因更夜闻。"同他的纪游诗一样,酬唱之作属对也很精工,如"画船清宴蛮溪雨,粉阁闲吟瘴峤云。暴客卸戈归惠政,史官调笔待儒勋"(《寄广南刘仆射》),既有南方蛮荒的特色,也突现将军的儒雅风流,更有其勋业惠政的讴歌。有的纪游和酬唱诗则类似诗论,诗中对唐代诗人李白、杜荀鹤、陆龟蒙的评价很是精准,可作为文学批评史上一例,如评价杜荀鹤的文学功绩是"九子旧山增秀绝,二南新格变风骚"(《寄贺杜荀鹤及第》);指出陆龟蒙在当时的身价是"先生文价沸三吴,白雪千编酒一壶",其诗文的壮浪特色是"吟去星辰笔下动,醉来嵩华眼中无"(《览陆龟蒙旧集》);对李白的评价是"诗中日月酒中仙,平地雄飞上九天"(《经李翰林墓》)。应该说这些评价都是中肯的,也抓住了要害。诗人笔下的陆龟蒙隐居之地异常静谧优美:

> 万卷图书千户贵,十洲烟景四时和。花心露洗猩猩血,水面风披瑟瑟罗。庄叟静眠清梦永,客儿芳意小诗多。天麟不触人间网,拟把公卿换得么。

不难看出,纪游咏叹之中亦有诗人自己志向的表达。

唐末,科场请托公行,殷文圭也不能免俗,诗集中的《八月十五夜》《省试夜投献座主》《行朝早春侍师门宴西溪席上作》皆为依投或应酬之作。其中不乏"辟开公道先时英,神镜高悬鉴百灵"(《省试夜投献座主》)之类推捧座主,"脱俗文章笑鹦鹉,凌云头角压麒麟"(《贺同年第三人刘先辈咸辟命》)夸耀同侪的言辞,至于《观贺皇太子册命》更是庸俗的颂扬。但其中也有可称之处:一是有认识作用,借此可以看出殷文圭之类贫穷文士在唐末科场请托公行的处境和心态:"因君照我丹心事,减得愁人一夕愁"(《省试夜投献座主》);二是诗句精美、属对工整,与行游和酬唱之作相类,如"烛然兰省三条白,山束龙门万仞青"(《省试夜投献座主》)、"弦管旋飘蓬岛去,公卿皆是蕊宫来。金鳞掷浪钱翻荇,玉爵粘香雪泛梅"(《行朝早春侍师门宴西溪席上作》)、"金壶藉草溪亭晚,玉勒穿花野寺春"(《贺同年第三人刘先辈咸辟命》)等。《唐才子传》指出:"唐季,文体浇漓,才调荒秽,稍稍作者,强名曰诗,南郭之竽,苟存于众响,非复盛时之万一也。"唯有"文圭稍入风度,间见奇崛,其殆庶几乎",也是强调殷文圭的才情在晚唐的地位,应该说殷文圭今存的诗作中,类似上述可句摘者,还有不少。

殷文圭今存文一篇《后唐张崇修庐州外罗城记》,为殷文圭为淮南节度掌书记时所作。文末云:"目击连云之巨垒,神惊截海之深壕,聊得直书,无非实录。"可见这是作者想象和夸张下的合肥城貌。全文流畅自然,多骈丽之句,对我们了解庐州城历史和它在古代诗人心目中的位置,是有帮助的。

四、康骈

康骈,字驾言,池阳(今贵池)人。生卒年不详,唐昭宗末年(公元900年前后)尚在世。据《剧谈录·自序》和《新唐书·艺文志》记载,他和晚唐诗人杜荀鹤曾同为宣州刺史田頵的幕僚,僖宗乾符四年(877)登进士第,过了十二年官宦生活后又因事贬黜,退居田园并在京洛一带游历。昭宗景福、乾宁年间(892—897),黄巢攻入长安,他避乱于故乡池阳山中,后复出,官至崇文馆校书郎。其作品仅知有《剧谈录》三卷,词一首。

《剧谈录》属逸事小说。《四库全书总目》根据作者自序,将此书断为昭宗乾宁二年(895),作者避黄巢乱于池阳山中所作。也有人根据书中涉及广明元年(880)黄巢入洛事,推断此书作于僖宗中和(881—884)年间。

《剧谈录》所记皆唐天宝以来的事,杂以鬼神灵验等"新见异闻"。其创作目的和写作背景,据书前《自序》云:因黄巢陷京,他避乱于故乡黄老山中。山中缺少坟典,无法治学,为了排除寂寞,便将自己平时目见耳闻的逸事记录下来。因完全靠回忆,因此"所记亦多遗漏",而且亦不作语言结构上的推敲,"率意为之",只能算是"小说家流,聊以传诸好事者"。从《剧谈录》的内容和语言来看,作者的自评是符合实际的。如"元相国谒李贺"条,说元稹年老及第,执贽去拜谒少年诗人李贺,《四库全书总目》指出这明显不符。但亦如《提要》所云:"稗官所述,真伪互陈,未可全以为据,亦未可全以为诬。"

这部小说首先在于它的历史价值。《剧谈录》中有些篇目,与其说是逸事小说,还不如说是历史琐记。它真实地再现了唐末社会大动乱到来前人们的心态,为后人留下珍贵的史料;有的篇目则通过中唐以来政事得失和人物清浊的记述和品评,反映了离乱人对太平世的追慕,以及作者对唐代由治转乱原因的探究和思考;有的篇目则通过鬼神灵异之事来曲折反映当时人们的道德观念和处世态度,如"唐宣宗夜召翰林学士"条,记唐宣宗与令狐楚的一次深夜对话。从对话的内容来看,宣宗关心的是江表民众生活如何,郡守是否廉洁。令狐楚则借唐文宗所著的《金镜》,强调理国之要在于"任贤勿贰,去邪勿疑","任忠贤,则享天下之福;任不肖,则受天下之祸"。这实际上是对中唐以后宦官专权、吏治腐败的批判,亦带有唐王朝由盛转衰原因的探讨。"刘平见安禄山魑魅"条则以志怪的形式,对导致唐王朝由盛转衰安史之乱的评价和对安禄山的看法。"孟女人善歌"和"浑令公西平朱泚云梯"条,则公开号召人们要效忠唐王朝,甚至不惜以身相殉。这在唐王朝分崩离析、诸侯拥兵自重的时代,表达了作者的一种企盼。

另外,从中国小说史发展史来看,它也是唐人小说由传奇向逸事过渡的标志之一。唐末僖、昭年间,大乱在即,山雨欲来,文人们再无闲情去谈情说爱,避乱之中也不可能安坐书斋研读经史,于是就出现了康骈在《剧谈录》"自序"中所说的,以游戏笔墨来排遣烦闷,以前朝遗闻来打发时光的文字笔墨,当然也是给自己和世人留下一些太平时节的美好回忆,保留一些治乱兴亡的历史教训。这个时期陆续出现像卢肇《逸史》、康骈《剧谈录》和高彦休《阙史》这类逸事小说,成为唐人小说由传奇向逸事过渡的标志。

《剧谈录》也不全是作者所说的"率意为之",内中也有一些出色的篇目,结构完整,情节曲折,描述委婉生动,在作者的"率意"之中颇得自然流走之趣,文笔也波俏骀荡。如《炼炭》就曾获得历代论家众口交赞。故事写一群膏粱子弟,平时靠父母荫庇,生活奢侈无度。烧饭用的炭,也要"先烧令熟,谓之炼炭",否则,就觉得煮出的饭"犹有烟气",难以下咽。大乱到来后,这群纨绔子弟饿了三天,终于吃到村边小店的"脱粟",而且"土杯同食",居然感到"粱肉之美不如"。可见平日暴殄天物完全是摆谱作秀。全文不到五百字,却用前后对比之法,不露声色将这群纨绔子弟的骄奢轻浮刻画得淋漓尽致!另外,像《潘将军失珠》等篇,结构上也颇为曲折精致。

康骈还存词一首,题为《广谪仙怨》:

晴山碍目横天,绿叠君王马前。銮辂西巡蜀国,龙颜东望秦川。曲江魂断芳草,妃子愁凝暮烟。长笛此时吹罢,何言独为婵娟。

此词咏叹安史之乱中玄宗幸蜀、杨妃自缢一段史事,是针对台州刺史窦宏余《广谪仙怨》而发,窦词是:"胡尘犯阙冲关,金辂提携玉颜。云雨此时消散,君王何日归还。伤心朝恨暮恨,回首千山万山。独望天边初月,蛾眉犹在弯弯"。窦词认为,君王的"伤心朝恨暮恨"就是为了思念杨玉环。康骈认为不止于此:"何言独为婵娟"?作者虽未明言还为何事伤感,但从词中提到的"晴山碍目横天""龙颜东望秦川"等山川描绘,内中应有对故国的思念,对太平时节的回忆。也就是说,康骈这首《广谪仙怨》的主旨,与《剧谈录》中离乱人对太平世的追慕,对唐代由治转乱原因的探究是一致的。

第五节　　张泌　伍乔　吕从庆

一、张泌

张泌,字子澄,生卒年不详,淮南人。一说毗陵(今江苏常州)人。初官句容尉,上书陈治道,南唐后主李煜征为监察御史,累官至内史舍人。后随李后主归宋,仍入史馆,迁虞部郎中。李煜死后辞职返乡,传说每年寒食日张泌都要去后主坟上祭奠。《十国春秋》存其奏章一,《全唐诗》存诗一卷,20 首。另有词 28 首,(《花间词》中 27 首,《尊前集》中 1 首),但疑是晚唐人另一位张泌所作,胡适在其选注的《词选》中辨其事甚力。俞平伯亦认为存于《花间词》中的 27 首词作是晚唐河南泌阳人张泌,而非南唐的张泌。陈尚君在《花间词人事辑》中疑为其与唐末张曙为同一人,惜无确证。

张泌的 20 首诗作涉及赠答、怀人、羁旅、边塞、咏物、抒怀等诸多方面。其中最出色的自然是那首著名的《寄人》:

别梦依依到谢家,小廊回合曲阑斜。多情只有春庭月,犹为离人照落花。

据清人李良年《词坛纪事》:张泌在南唐任内史舍人时,与隔壁一浣衣女子相好,曾为她写过一首《江神子》词。"后经年不复相见,张夜梦之",写下了这首绝句。诗的主旨是抒发物是人非的思念之情,并无多少新意,但写得清丽幽冷又含蓄深沉,确实是首佳作。诗题是《寄人》,却从一个梦境写起。这使我们想起另一位唐代诗人崔护的另一首著名的怀人诗《题城南庄》,崔诗是实写经历,张泌却虚拟梦境;崔诗是直接抒发"人面不知何处去"的落寞,张泌却用谢家庭院内的"小廊""曲阑"来含蓄暗示,这里大概就是当年的见面或定情之所吧。至于"谢家"二字,亦是用才女谢道蕴来暗示这位姑娘的才华。这种表达方式自然比实写要空灵一些。崔护抒发物在人亡的感慨是"人面不知何处去,桃花依旧笑春风"。张泌的"多情"二句,大概是受其启发,但却不直接写人。不说人的多情而说月的多情。"落花"更是一种含蓄的暗示,更有一种衰瑟的伤感。《寄人》有两首七绝,第二首是:"酷怜风月为多情,还到春时别恨生。倚柱寻思倍惆怅,一场春梦不分明"。依然提到"梦",依然写到"月",依然提到"多情",但无论是情感的表达,还是含蓄的意蕴,比起上一首,皆逊色得多!

行旅羁愁在张泌现存的诗作中相对多一些。诗人善于选取典型的景物与心情形成比衬:或是以乐景衬哀情,如"暖风芳草竟芊绵,多病多愁负少年"(《春日旅泊桂州》),"青草浪高三月渡,绿杨花扑一溪烟"(《洞庭阻风》);或是以情染景,让景物带上一层伤感的色调,如"客离孤馆一灯残,牢落星河欲曙天"(《长安道中早行》),"秋风丹叶动荒城,惨淡云遮日半明"(《惆怅吟》)等;有时又通过景色的本身进行含蓄的暗示,如"弱柳未胜寒食雨,好花怎奈夕阳天"(《春日旅泊桂州》),"愁逐野云销不尽,情随春浪去难平"(《春夕言怀》)。

张泌的诗,含蓄深沉之外还有种清拔之气,如描绘洞庭湖是"千里晚霞云梦北,一洲霜橘洞庭南"(《秋晚过洞庭》),"二女庙荒汀树老,九嶷山碧楚天低"(《晚次湘源县》)等,但又总是带上晚唐五代那种衰瑟的时代气氛,这在它的边塞诗《边上》中表现得更为充分:

> 戍楼吹角起征鸿,猎猎寒旌背晚风。千里暮烟愁不尽,一川秋草恨无穷。山河惨淡关城闭,人物萧条市井空。只此旅魂招未得,更堪回首夕阳中。

景色是"寒旌""征鸿""秋草""夕阳",一片衰瑟的景象;山川人物是"山河惨淡""人物萧条";情感是"恨无穷""旅魂招未得",完全是一副末世图,比起"前军夜战洮河北,已报生擒吐谷浑"(王昌龄《从军行》),"四边伐鼓雪海涌,三军大呼阴山动"(岑参《轮台歌奉送封大夫出师西征》),这些盛唐边塞诗,甚至是卢纶《塞下曲》之类中唐边塞诗,那种豪情和自信,其差距何止以道里记。

二、伍乔

伍乔,南唐时庐江人,生年不详,其卒年约在后主李煜乾德五年(967)前后。少年时便口出豪言:"淮人无出己右者。"他不满足当地的师资和学习条件,溯江而上,到庐山求学,苦节自奋。南唐李璟保大十三年(955)开科大试,伍乔在僧人资助下,只身赴金陵赶考。结果不负众望,一举中试,初选入围,且名列第三。根据南唐科考惯例,主考官要宴请初试入围者,且要现场赋诗作文。一开始,按初试成绩,第一名宋贞观坐首席,第二名张洎、第三名伍乔依次而坐。酒过数巡,伍乔呈上自己的新作《八卦赋》和《霁后望钟山诗》。主考官阅罢,连连拍案叫好,并立马邀伍乔坐首席,宋贞观、张洎次之。不久,复试出榜,伍乔名列第一,荣登皇榜之首,这也是庐江县历史上唯一的一名状元。其文受中宗李璟赏识,刊于国学门上,以为永式。

伍乔中了状元后,并没有得到朝廷重用,只是把他外放歙州当司马,这在当时是一个闲职。四年后,和他同年擢第的张洎却深得皇上眷宠,官至翰林学士。于是他便写《寄翰林学士张洎》诗一首,表明心迹,试图请张洎向朝廷进言,让他回京城任职。其诗曰:"不知何处好销忧?公退摧樽即上楼。职事久参侯伯幕,梦魂长达帝王州。黄山向晚盈轩翠,黟水含春绕郡流。遥想玉堂多暇日,花时谁伴出城游?"张洎接到这首诗颇感意外,尽管当年伍乔把他挤到第三,但他此时却为伍乔对自己的信任所感动,便积极向皇上进言,荐举伍乔文才。交泰二年(959),朝廷诏伍乔进京,进考功员外郎,继迁户部员外郎。宋太祖开宝八年(975)南唐亡。伍乔不愿为仕,隐于九华山,病卒。享年七十余。据《嘉庆一统志》:"伍乔墓在庐江南马场冈"(今庐江县城南门外)。伍乔著作颇丰,《南唐书》《十国春秋》《全唐诗》《补五代史艺文志》等诗文集均收有伍乔诗作,但多亡佚。今存诗21首,另有两句残句,载于《全唐诗》。

伍乔毕生潜心于诗,所存 21 首诗皆为七律,多为酬答寄赠、行游题咏之作,抒写自己的生活情趣。首先,他喜欢选用山、水、竹、林、苔藓、闲云、野鹤、雾霭、月光等意象入诗,营造一种清幽闲淡的意境,如"鹤和云影宿高木,人带月光登古坛"(《宿潜山》);"怪石夜光寒射烛,老杉秋韵冷和钟"(《题西林寺水阁》)等。他的酬答、题咏,亦多透露出他对闲云野鹤式隐逸生活的倾心向往,诸如:"向竹掩扉随鹤息,就溪安石学僧禅"(《僻居酬友人》);"鹤和云影宿高木,人带月光登古坛"(《宿潜山》);"更疑独泛渔舟者,便是其中旧隐人"(《观山水障子》)等。

其次,伍乔诗作的特点是"寒苦",这种特色在其行旅诗和酬答诗中频见,如"满斋尘土一床藓"(《僻居谢何明府见访》);"僻居虽爱近林泉,幽径闲居碧藓连"(《僻居酬友人》);"梦回月夜虫吟壁,病起茅斋药满瓢"(《僻居秋思寄友人》);"尘土积年粘旅服,关山无处寄归心"(《九江旅夜寄山中故人》)等。其代表作《冬日道中》更是突现诗人贫游和愁绪:

去去天涯无定期,瘦童羸马共依依。暮烟江口客来绝,寒叶岭头人住稀。带雪野风吹旅思,入云山火照行衣。钓台吟阁沧州在,应为初心未得归。

人在天涯,了无归期;风雪岭头,行人稀少,行旅之苦辛,自在言外。自己有沧州之趣,却无法实现,"应为初心未得归"中含有多少别恨。他的好友孟贯有《寄伍乔》诗,诗中有云:"独游饶旅恨,多事失归期。君看前溪树,山禽巢几枝。""饶旅恨"可谓一语道破了伍乔行游诗作所体现的主题。

伍乔的诗,不仅"苦寒",而且"幽细",多写残破细小之景,虽毫发毕现但境界狭小,如"云吐晚阴藏霁岫,柳含余霭咽残蝉"(《晚秋同何秀才溪上》);"僻坞落花多掩径,旧山残烧几侵篱"(《寄史处士》);"江城雪尽寒犹在,客舍灯孤夜正深"(《九江旅夜寄山中故人》);"云傍水村凝冷片,雪连山驿积寒光"(《暮冬送何秀才毘陵》),这既是诗人的偏好,也是时代氛围的折射。

三、吕从庆

吕从庆(841—937),字世膺,一字彦余,唐末五代人,早年随祖父吕伸寓居金陵。唐僖宗广明元年(880),黄巢率军渡江攻金陵,时吕伸已卒。为避兵锋,吕从庆偕弟从善出走歙州竭田。僖宗光启年间(885—887)又与弟分手,独自迁于旌德丰溪吕村(今庙首乡里仁村一带),在纠峰岭上构筑别墅,啸傲山水,溪边垂钓,以诗酒自娱,自号"丰溪渔叟"。南唐升元初年(937)卒,享年九十六。临终嘱其子:"勿请撰志铭,书'唐诗人丰溪渔叟之墓'足矣!"由于诗人隐居深山,又自甘淡泊,所以在当时文坛少有人知其名姓。晚唐文学大家皮日休曾在《从庆公传》中叹道:"惜夫天子不知其名,史臣不书其概",为吕从庆名声不显而惋惜。也正因为如此,清人编的《全唐诗》失收其人其诗。

吕从庆诗文多逸,仅靠家族手录口传,到乾隆五年(1740)才由其裔孙吕积祚将叔高祖元进手录的传本刊印成《丰溪存稿》,仅一卷,收诗45首。由于有沈德潜、洪亮吉等名儒为之序或题词,序跋达42篇之多,这才引起当局的重视,安徽巡抚作为《四库全书》采进本录了《丰溪存稿》进呈,收录于《四库全书存目丛书》"集部"。《丰溪存稿》今存嘉庆七年(1802)刊印本。

吕从庆现存诗作的主要内容是咏歌其村夫野老的隐居生活,而且乐此不疲,其《寄弟》诗云:"函罢家音又拆看,添书绝句报平安。丰溪渔叟生涯定,明月清风一钓竿。"晚唐易代之际的连天烽火的社会动乱已离他很远,明月清风下的山村渔叟生涯让他淡忘了昔日的避乱艰辛以及兵燹之下民生的疾苦。现存的45首诗作中大量的是咏歌闲适和纪游登览之作。

纪游登览诗作有《登纠峰顶》《戏题金鳌山》《过金鸡石》《纠峰岭》《栅山》《游多宝寺》等。这类诗作或是表现望峰息心的隐者情怀,或是抒发幽居之中的恬淡清雅,或是与山僧交往中的佛老情思,如《登纠峰顶》:

盘盘纠峰岭,不与群峰同。我来值清秋,落叶飞苍穹。洪涛湃松柏,烟雨交空蒙。爱兹竟忘返,非关足力穷。

纠峰是旌德丰溪的一座山峰,坐落于旌德与泾县之间,山势陡峭,唐宋时代，只有一条小径悬于山腰。因地扼宣、徽咽喉，成为兵家必争之地。北宋方腊曾在此据守，与官兵激战。明嘉靖十三年（1534），宁国府通判署旌德县事李默，命比丘僧化缘募捐，鸠工开山凿石，沿溪筑路，方成通衢。吕从庆在诗中对此山的险峻和俊美并无出色的描绘，此山的杰特之处也未给人留下多少印象，仅是记述深秋季节登山所见和自己乐以忘返的感受。类似的还有《章氏幽居》，诗人描绘这位隐居者清幽的环境："绿树当檐里，红藤倚壁牵"，主人公幽处忘机的超然形象："主人闲处立，有客笑扶肩"，并直白道出作者的向往之情："邱山情更好，泉石盟须坚"。《游多宝寺》的结构和表达方式也类此："倚杖娱闲睇，闻钟寄远心。竹光浮古趣，松籁捲寒音。城衲烹茶出，先供坐佛歆"。意趣不深，表达方式也多雷同单调。今有论者称赞这类诗作说："诸诗所载之山、村、寺名，今仍沿用。二十世纪八九十年代编的《旌德县地名录》和《旌德县志》都有录自吕从庆诗篇。"将登览诗采作地志，这正说明吕从庆这类诗作类实录，缺少文学华彩和想象力。

另一类则是咏歌闲适清雅的乡居生活，这类诗作在诗集总数量最多，有33首，占全部诗作三分之二以上。其中或是咏歌住地附近的山川风物名胜，如《纠峰岭》《栅山》《戏题金鳌山》《溪西村》《过金鸡石》等，更多地抒发隐居期间的惬意和悠然，如《春日书怀》《小园》《村径中即事》《对月有感》《冬尽》《永丰桥闲坐》《夏日即事》《幽居喜晴》，其中多是诗人乡居生活的日常记录，多是饮酒："教儿棋正歇，得客酒重沽"（《小园》）、"焚香怀落落，对酒意嚚嚚"（《偶兴》）、"夜香金鼎烬，春酒玉壶乾"（《对月有感》），乃至沉醉忘归：《醉卧田间赖里人章氏子扶归作诗以谢之》；或是赏花赋诗："意绪浑如此，诗肠老未枯"（《小园》）、"境闲堪问道，客雅好论文"（《夏日即事》）；或是川边小径观风赏景，悠然忘返："川上渔歌断，坡前牧课休。淡烟随杖履，吾意自悠悠"（《薄暮步村径》）、"深壑和烟窈，清溪避石斜。他时须结伴，松底泛流霞"（《溪西村》）。其中虽可看出诗人甘于终老山间的淡泊操守，但由于生活面狭窄，所记又过于琐碎、雷同，缺乏一种普遍的社会意义和人生哲理的启迪。至于像《春日往栅山吟诗於驴子背上，未即就误入侧径，为丛莽所缚，卒成之》这类诗题,更可看出其诗歌题材的狭窄、平庸和细碎了。

也许,旌德地处当时偏僻的皖南,又是山环水绕的四围之境,类似陶渊明诗中避秦乱的桃源,没有兵燹的侵扰,所以诗人能悠然、能放歌,但是,同是晚唐的杜荀鹤不也哀悯过地处深山中的寡妇,不也愤慨过"任是深山更深处,亦应无计避征徭"(《山中寡妇》)吗?就在经济开发大大胜过晚唐的北宋后期,这里不也发生过反抗暴政和苛赋的方腊起义吗?吕从庆常以陶渊明自比,声称自己像陶渊明,宁可隐居深山,也不为五斗米折腰:"吾亦陶彭泽,从来懒折腰"(《偶兴》)。其诗歌风格,也有意识学陶诗的平淡和白居易的浅白,沈德潜、洪亮吉等在《丰溪存稿》序中多赞其类陶渊明和白居易。从诗人的出处行藏来看,其淡泊心性确有类陶之处,但陶渊明并未忘怀世事和民生疾苦,在他"采菊东篱下"的"悠然"中,内藏一颗"刑天舞干戚"的"猛志"。为解决农民现实苦难,他还设想出一个没有剥削、人人能自食其力、自获其劳的人间乐土桃花源:"春蚕收长丝,秋熟靡王税"。白居易更有干预现实、抨击时政的"讽喻诗"和"新乐府"正是有这种内存的热情,所以陶诗外表质实,内蕴丰腴;白诗浅切,内实劲切。这是一流大家与二三流诗人的不同,也是关心现实与逃避现实的差距。

当然,作为一个身经兵燹、避乱旌德的诗人,这段生活不会在他的诗作中毫无痕迹;生活在政苛税猛、动乱频繁的晚唐五代,即使是居处深山,即使是位隐士,也不会对这个时代无动于衷,对太平治世毫无期盼。如这首《贼警》:

兵火逾风疾,绕西已及东。苍翁灾海内,赤子哭途中。城关兼旬闭,邮书彻旦通。不知调国者,何以慰时匆。

回忆当年黄巢率军攻打金陵,他偕弟出走歙州竭田这段烽火岁月,仍让他心有余悸。"不知调国者,何以慰时匆",这类喟叹和责难,也就油然而生了。《行次歙州寓之》也是回顾这段逃亡经历,诗中的"明识离乡贱,强言避世高"道破寄居他乡的无奈,与上述的"境闲堪问道,客雅好论文""淡烟随杖履,吾意自悠悠"这些咏歌闲适、申说悠然的诗句相比,倒是真实地表现了时代的感受。至于结句"君听涂上客,多半说弓刀"更是一幅时代的风俗画。

吕从庆还有首《草堂坐雨》,虽也是咏歌隐逸,但与上述的闲适诗基调有所不同:

> 夏来田久旱,秋雨偶然并。岚影经眸幻,檐声滴耳清。幽花开小艳,愆黍转余精。还望潢池上,萧然洗甲兵。

诗人虽也感受着山雨晴岚中变幻的美景,欣赏着雨后艳艳的幽花,但这种闲情起于首句"田久旱"而喜得"秋雨","愆黍转余精"的欣慰,是出于对农事、农时的关心,与农民哀乐的共通。结句"还望潢池上,萧然洗甲兵"更是对太平治世的期盼,显然是受了杜甫"安得鞭雷公,滂沱洗吴越"的影响。吕诗中还有首《醉卧田间赖里人章氏子扶归作诗以谢之》,此诗小题大做,题外之意深婉,表现手法也很别致,不同于其他诗作的平直:

> 荷锄田泽畔,垂手引模糊。陷溺今方众,君还有意无。

诗人由自己醉倒在田头要人扶助这件生活小事出发,联想到广大民众如今亦深陷于水深火热之中,需要挽救,需要扶助。此诗意蕴深厚而表达婉曲。

这类诗作为数不多,却是吕诗价值所在。

第三章　外籍名家在安徽的文学活动

第一节　李白

李白出生于四川却终老于安徽。从唐玄宗开元十三年(725)诗人从家乡乘舟东下,途经当涂的天门山,留下第一篇吟咏安徽风物的诗篇《望天门山》,到诗人的绝笔《临路歌》,诗人一生在安徽境内先后写下180多首诗篇,占全部诗作的六分之一,包括绝笔《临路歌》,还有十多篇文赋。李白先后到过安徽境内的亳县、砀山、泾县、秋浦、铜陵、南陵、庐江、历阳、霍山、太湖、宿松、潜山等地,而且六游当涂、宣城,三至泾县,两下南陵,安徽的名山黄山、九华山、天柱山,他都登览过,不仅留下著名的诗篇,连九华山名也是李白所取。安史之乱中,他避乱之地亦在舒州的司空山。李白不仅游安徽、咏安徽,也爱安徽,愿意终老是乡。他的墓地与宣城太守谢朓结邻,在当涂县的谢家青山。

一、诗歌

李白咏歌安徽的诗作,包括以下主要内容:

第一,吟咏安徽境内的奇山异水。他笔下的奇山有:"两岸青山相对出,孤帆一片日边来"的天门山(《望天门山》)、"沧江溯流归,白璧见秋月"的白璧山(《自金陵溯流过白璧山玩月达天门,寄句容王主簿》)、"丹崖夹石柱,菡萏金芙蓉"的黄山(《送温处士归黄山白鹅峰旧居》)、"天河挂绿水,秀出九芙蓉"的九华山(《望九华山赠韦青阳仲堪》)、"奇峰出奇云,秀木含秀气"的皖山(《江上望皖公山》)、"风生万壑振空林"的浮丘山(《夜泊黄山,闻殷十四吴吟》)、"清湍鸣回溪,绿竹绕飞阁"的水西山(《游水西简郑明府》)、"萧飒鸣洞壑,终年风雨秋"的五松山(《与南陵常赞府游五松山》)、"醉爱风落帽,舞爱月留人"的龙山(《九日龙山饮》)、"众鸟高飞尽,孤云独去闲"的敬亭山(《独坐敬亭山》)、"避地司空原,北将天柱邻"的司空山(《避地司空原言怀》)、"南兰竦天壁,突兀如鲸额"的南兰山(《泾溪南兰山》)、"何意到凌阳,游目送飞鸿"的凌阳山(《至凌阳山登天柱石》)、"客心自酸楚,况对木瓜山"的木瓜山(《望木瓜山》)、"天倾欲堕石,水拂寄生枝"的水车岭(《秋浦歌》其八)等。

李白咏歌的安徽异水有:"一日三风吹倒山,白浪高于瓦官阁"的横江(《横江词》)、"吾怜宛溪好,百尺照心明"的宛溪(《题宛溪馆》)、"水色傲溟渤,川光秀菰蒲"(《赠丹阳横山周处士惟长》),"湖与元气连,风波浩难止"的丹阳湖(《丹阳湖》)、"乱石流洑间,回波自成浪"的牛渚(《牛渚矶》)、"白波若卷雪,侧石不容舸"的陵阳溪涩滩(《下泾县陵阳溪至涩滩》)、"石惊虎伏起,水状龙萦盘"的高溪三门六刺滩(《下陵阳沿高溪三门六刺滩》)、"沙带秋月明,水摇寒山碧"的落星潭(《泾溪南蓝山下有落星潭可以卜筑余泊舟石上寄何判官昌浩》)、"日暮紫鳞跃,木落潭水清"的观鱼潭、"人行明镜中,鸟度屏风里"的清溪(《清溪行》)、"渌水净素月,山花拂面香"的秋浦(《秋浦歌》其十三)、"山光摇积雪,猿影挂寒枝"的白笴陂(《游秋浦白笴陂二首》)等。

李白喜爱安徽的山山水水,在其间探胜寻幽,流连忘返,甚至希望自己终老其间。如铜陵的五松山一带,诗人多次在此盘桓,与友人醉中放歌、寄赠酬唱,咏歌其山水美景、人物风流,写下《南陵题五松山》《铜官山醉后绝句》《与南陵常赞府游五松山》《纪南陵题五松山》《于五松山赠南陵常赞府》等近十篇咏歌铜陵山水名区的佳篇。诗人在醉后甚至想终老其间:"我爱铜官乐,千年拟未还。应须回舞袖,拂尽五松山"(《铜官山醉后绝句》)。贵池的青溪,也是诗人流连忘返之地,写有《独酌青溪江石上寄权昭夷》《与周刚青溪玉镜潭宴别》《清溪行》《宣城清溪》《入清溪行山中》《清溪半夜闻笛》《宿清溪主人》近十首诗篇,从诗题即可看出,诗人常常夜宿清溪,听半夜的笛声,和"月落西山时,啾啾夜猿起"(《宿清溪主人》),甚至"永愿坐此石,长垂严陵钓"(《独酌青溪江石上寄权昭夷》)。秋浦(今池州)更是李白长期流连盘桓之地:"我自入秋浦,三年北信疏"(《秋浦寄内》)。李白在安徽留下180多首诗作中,秋浦之作就占36首,其中《秋浦歌》就有17首。同一题材写成如此之多的联章,这在《李太白诗集》是绝无仅有的。诗人认为秋浦的山美:"秋浦千重岭,水车岭最奇。天倾欲堕石,水拂寄生枝"(《秋浦歌》其八);水更美:"清溪清我心,水色异诸水","人行明镜中,鸟度屏风里"(《清溪行》);这里有漫山遍野的林木,自由自在的鸟兽:"千千石楠树,万万女贞林。山山白鹭满,涧涧白猿吟"(《秋浦歌》其八)。诗人在秋浦,最喜爱停棹溪流深处或栖息林泉之侧,去吞吐山水灵气,聆听天籁之音:"起坐鱼鸟间,动摇山水影。崖中响自合,溪里言弥静"(《入清溪行山中》)。即使在江上望见"奇峰出奇云,秀木含秀气"的皖山,也立即产生终老其间的愿望"待吾还丹成,投迹归此地"(《江上望皖公山》)。李白喜爱安徽山水,甚至希望自己终老其间,并非皆是诗人的浪漫或醉后的狂言。"一生好入名山游"的李白,足迹几乎遍及祖国各地,他的这种赞语和选择,也是有其实际经历、做过比较的。例如,他赞美宣城清溪的清澈,周边林木的繁茂,认为它胜过钱塘江的景色:"青溪胜桐庐,水木有佳色"(《宣城青溪》)。在《题宛溪馆》中,他赞美流经新安江一带秀美的景色,并且为它不如浙东富春江闻名于世而抱屈:"何谢新安水,千寻见底清。白沙留月色,绿竹助秋声。却笑严湍上,于今独擅名。""严湍"即"严陵濑",因汉光武时严子陵隐居于此而得名,在富春江上。同样的,他认为泾川之美远远超过浙东胜地若耶溪:"泾川三百里,若耶羞见之"(《泾川送族弟錞》)。浙东山水在唐代被认为是天下最美的,白居易曾在杭州做太守时就声称:"天下山水,东南为首,越为眉。"李白亦曾专门探访过,所以这种比较是以实际经历做基础。同样的,他对皖南山色的赞美也是如此:"五松何清幽,胜境美沃洲"(《与南陵常赞府游五松山》)。"沃洲"位于浙东新昌县境内,风景优美,为道家第十二福地。当然,也不只是浙东山水:"海潮南去过浔阳,牛渚由来险马当"(《横江词》),"一日三风吹倒山,恶浪高于瓦官阁",诗人认为牛渚矶一带风浪的险恶超过了湖北的马当山,横江浦一带巨浪胜过金陵一带江面。

现在的问题是:诗人为何对安徽山水情有独钟?这恐怕不仅仅是安徽境内山水美于别处,更多的可能是诗人眼中皖南山水与他的操守、性格合拍,也更能寄寓他的理想和追求。诗人的上述诗作多写于天宝十二载之后。诗人此时已被玄宗"赐金放还",接着就是安史之乱,诗人先是在秋浦一带漂泊避乱,后又因永王李璘案下浔阳狱和长流夜郎,中途赦归后更是在宣城、当涂一带盘桓并终老其间。此时的诗人是愤懑的,也是忧郁的。他愤慨朝政的昏暗,也感叹世道的艰难,在秋浦三年写下的十七首《秋浦歌》中,我们就不断听到他的愁叹声:第一首的开头就是"秋浦长似秋,萧条使人愁。客愁不可度,行上东大楼";接着的第二首开头也是"秋浦猿夜愁,黄山堪白头。清溪非陇水,翻作断肠流";第四首:"两鬓入秋浦,一朝飒已衰。猿声催白发,长短尽成丝";第六首:"愁作秋浦客,强看秋浦花";第七首:"醉上山公马,寒歌宁戚牛。空吟白石烂,泪满黑貂裘";第十首:"君莫向秋浦,猿声碎客心",直至那句流传千古的"白发三千丈,缘愁似个长"(《秋浦歌》其十五)。诗人要保持高洁的人品和不坠的志趣,只有高蹈遗世,只有将清幽的山水当作知音。诗人笔下的皖水,最突出之处是清澈:"水如一匹练,此地即平天"(《秋浦歌》其十二),"回作玉镜潭,澄明洗心魂"(《与周刚青溪玉镜潭宴别》),"清溪清我心,水色异诸水"(《清溪行》);诗人笔下的皖水,最突出之处是静穆与高寒:"山貌日高古,石容天倾侧"(《宣城清溪》),"天河挂绿水,秀出九芙蓉"(《望九华山赠韦青阳仲堪》);"青宴皖公山,巉绝称人意"(《江上望皖公山》)。诗人最喜爱停棹溪流深处或栖息林泉之侧,去呼吸山水灵气,聆听天籁之音,以此排除内心的积郁和烦恼:"起坐鱼鸟间,动摇山水影。崖中响自合,溪里言弥静"(《入清溪行山中》),乃至"永愿坐此石,长垂严陵钓"(《独酌青溪江石上寄权昭夷》)。此时只有寂静、清幽的山峦,陪伴着孤独的诗人,形体上相互慰藉,精神上相互沟通:"相看两不厌,唯有敬亭山"(《独坐敬亭山》)。诗人眼中的沿江和皖南山水,也是宛若游龙,波涛接天,神奇而富有气势,他与诗人狂放不羁的性格特征,富于浪漫想象的气质禀性不谋而合,引起强烈的共鸣。诗人眼中的横江是"白浪如山那可渡""涛似连山喷雪来""猛风一日吹倒山",诗人笔下的险滩是"白波若卷雪,侧石不容舠";"石惊虎伏起,水状龙萦盘",风波迭起、奔突搅动,类似诗人不安分的灵魂;"凤吹我时来,云车尔当整……他日还相访,乘桥蹑彩虹"(《送温处士归黄山白鹅峰旧居》),这是诗人在皖南黄山为人送行,充满仙境的神奇和浪漫;"送君登黄山,长啸倚天梯……开帆散长风,舒卷与云奇"(《登黄山凌歊台送族弟溧阳尉济充泛舟赴华阴》),这是诗人在宣城黄山为人送行。即使是在为躲避安史之乱的司空山,仍然充满求仙学道的浪漫,仍然是诗人精神的寄庐:"所愿得此道,终然保清真。弄景奔日驭,攀星戏河津。一随王乔去,长年玉天宾"(《避地司空原言怀》),充斥其间的则是诗人壮浪恣肆的诗情和丰富的想象力。

第二,咏歌安徽境内的历史遗迹和社会风物。李白诗中的安徽古迹和历史人物有谢朓楼、牛渚矶、老君庙、桓公井、凌歊台、化城寺等,主要在江南,少数在沿江和两淮。李白咏歌最多的是南齐诗人谢朓及其遗址北楼,在安徽的诗作中提到谢朓的就有六首之多。谢朓是六朝著名诗人,格律诗的先驱"永明体"的开创者之一,诗风清新秀发,有"余霞散成绮,澄江静如练"等千古传颂名句。齐东昏侯时,被始安王萧遥光诬陷死于狱中。齐明帝建武年间(494—497),谢朓曾出任宣州太守,在城北凌阳山顶建一居室,名曰高斋。唐初,宣城邑人为怀念谢朓,在高斋旧址建一楼,"曰谢公楼",因在城北,又称北楼。李白为人傲岸、才华横溢,却"一生低首谢宣城",在登北楼中多次抒发对谢朓的仰慕和思念之情,如《秋登谢朓北楼》:"谁念北楼上,临风怀谢公"?《宣州谢朓楼饯别校书叔云》:"蓬莱文章建安骨,中间小谢又清发"。宣州城北有座谢公亭,为谢朓任太守时所建,曾在此送别另一位六朝著名诗人范云,留下有名的《新亭送别》。李白对谢公亭亦有咏歌:

谢亭离别处,风景每生愁。客散青天月,山空碧水流。池花春映月,窗竹夜鸣秋。今古一相接,长歌怀旧游?

诗中表达了对谢朓的怀念,抒发了今古同心、不见斯人的惆怅。其中五、六两句上句是春,下句是秋,对谢亭一带秀美景色的高度概括,既是现实之景,又是历史回顾,更是夸张自己对谢朓时时处处的思念。清代的王夫之特别称赞这两句:"五、六句不似怀古,乃亦怀古,觉杜陵宝靥罗裙之句犹为貌取"。至于"古今一相接"句,他更是称赞道:"'古今一相接'五字,尽古今人道不得,神理、意致、手腕,三绝也"(《唐诗选评》)。李白对谢朓的思念和仰慕,也不尽然是由谢朓楼或谢公亭所触发,而是时时处处,如在秋浦写的《与周刚青溪玉镜潭宴别》:"兴与谢公合,文因周子论";在当涂青山的谢公宅前又怀念起这位南齐大诗人,写下《谢公宅》一首;青阳令殷仲堪赠给他皮裘,他用谢朓的诗句来感谢:"我吟谢朓诗上语,朔风飒飒吹飞雨"(《酬殷明佐见赠五云裘歌》);送友人去武昌,他称赞那里的诗歌如谢朓一般清新秀发:"诺为楚人重,诗传谢朓清"(《送储邕之武昌》);在金陵的西楼上,他又想起谢朓的名句:"解道澄江静如练,令人长忆谢玄晖"(《金陵城西楼月下吟》);到了谢朓吟此名句的板桥浦,对斯人逝去、佳句难再更加悲愤填膺:"独酌板桥浦,古人谁可征?玄晖难再得,洒酒气填膺"(《秋夜板桥浦泛月独怀谢朓》)。他甚至要归葬"谢家青山",与这位大诗人永世为伴,再不分离。李白为何如此眷念谢朓,除了佩服谢朓诗歌的清新秀发外,应当还有人生遭际上的原因。如上所述,李白在皖南的诗作多写于"赐金放还"之后,尤其是安史之乱前后。社会的现状,诗人的经历,被埋没的才华以及常年盘桓之地,都会使他与才情、经历、后期生活遭遇都极其相似的谢朓引发强烈的共鸣。上面提到那首《谢公宅》极力摹写诗人身后的凄凉:"青山日将暝,寂寞谢公宅。竹里无人声,池中虚月白。荒庭衰草遍,废井苍苔积。惟有清风闲,时时起泉石。"李白生前"宅近青山,同谢朓公之脱骨",死后也要"归葬谢家青山",大概也是出于惺惺相惜,共慰共诉寂寞的诗魂!上元二年(761),诗人已近生命的黄昏,他再一次游谢公亭,诗中写道:"谢公池塘上,春草飒已生","借君西池游,聊以散我情",这大概是在向谢朓作最后的告别吧!

　　李白在其他咏怀纪游之作中,面对历代遗迹、江山文藻,除了抒发人事代谢、思古之幽情外,多有自己的人生体悟、经历遭遇、生活理想寄寓其中,如在牛渚,他追忆东晋的尚书仆射、镇西将军谢尚。谢尚善吹笛,曾于牛渚月夜吹笛相和袁宏的吟咏,发现并拔识了当时这位并不为世所知的寒士,今牛渚仍留有后人所建的"赏咏亭"。李白在诗中将自己比作袁宏,但当世再无谢尚那样的名士能发现并赏识自己:"余亦能高咏,斯人不可闻",充满现实的批判和有才难用的叹息！在《独酌青溪江石上寄权昭夷》中联想到长钓子陵滩的汉代隐者严光,在《赠崔秋浦》中一再提到归隐的陶渊明,并说自己怀念屈原:"应念金门客,投沙吊楚臣";在《赠闾丘宿松》中赞美醉中独醒、不为世所容的阮籍,皆有社会批判和自己的人生遭遇寄寓其中。至于在安史之乱中写于司空山的《避地司空原言怀》中提到刘琨、祖逖北伐,更有自己老而弥坚的爱国之志体现。但在这类怀古咏史之作中,更多的是对古代仙人的追蹑,求仙访道愿望的表白,表达这位"谪仙人"至死不渝的长生追求,如《避地司空原言怀》,开头一番爱国之志表白后,结尾仍是求仙访道,祈求长生:"一随王乔去,长年玉天宾";在《送温处士归黄山白鹅峰旧居》中,他感兴趣的是黄帝的"炼玉处"容成子的"丹砂井";在宣城的灵墟山,他追慕在此"伏炼九丹成,方随五云去"的仙人丁令威(《姑孰十咏·灵墟山》);游化城寺,他赞叹仙风道骨的释道林,感慨"留欢若可尽,劫石乃成灰"(《陪族叔当涂宰游化城寺升公清风亭》),这与他的咏歌安徽山水诗作部分情思并无二致。

  第三,吟咏在安徽的交游。李白在安徽交游极为广泛。其对象基本上可分为四类:一类是朝廷达官显贵,如宰相张镐、吴王李祗等;第二类是地方长官、士绅、文士,如当涂少府赵炎、溧阳令郑晏、主簿窦嘉宾,宣州宇文太守、赵悦太守、韦少府、司户崔文以及侍御崔成甫,青阳令韦仲堪,浙江西道节度刘副使,句容王主簿,南陵县丞常建,铜官山刘都使,泾县何昌浩判官,秋浦县尉柳园、历阳褚司马、砀山令刘某等。士绅、文士则有汪伦、韩侍御、万巨、温处士、权昭仪、蒋君华、王历阳、卢六、杜秀芝、黄山胡公、闾丘处士、周惟长处士等;第三类是亲族,如族叔李云校书,当涂令李阳冰,族弟溧阳尉李济充,从弟宣城长史李昭,族弟河南参军李铎等;第四类是下层民众和一些僧人。下层民众如清溪主人、宣州纪叟、庐江主人妇、五松山下荀媪、唱鹧鸪者、胡人等。僧人有山僧、蜀僧、僧朝美、通禅师、仲濬公等。

  第一类诗作皆写于安史之乱中。此时的李白,已无当年"揄扬九重万乘主,谑浪赤墀青琐贤"(《玉壶吟》)的狂傲,在诗中或是干谒,或是陈情,或是求助,如《赠张相镐》二首。第一首写于肃宗至德二载(757)年十月。安史叛军围中原门户睢阳甚急,张镐以宰相兼河南节度采访使,都督河南诸军事驰援,路过宿松。当时李白正避乱宿松司空原,闻讯作此赠诗。说是赠诗,实际上是自荐信,表明自己在国家危难之际主动请缨,为国靖难的报国之志。诗中宣扬平叛部队的声威,夸张主帅张镐的才具和品格:"昊穹降元宰,君子方经纶。澹然养浩气,欻起持大钧。秀骨像山岳,英谋合鬼神。佐汉解鸿门,生唐为后身。拥旄秉金钺,伐鼓乘朱轮。虎将如雷霆,总戎向东巡。诸侯拜马首,猛士骑鲸鳞。泽被鱼鸟悦,令行草木春"。在希望张镐能将自己纳入军幕的自荐中,也不乏对自己才干的自夸和自信:"亚夫得剧孟,敌国空无人。扪虱对桓公,愿得论悲辛"。据《史记·游侠列传》,汉文帝时吴楚叛乱,名将周亚夫率兵平叛。行军至河南时遇到隐者剧孟。听了剧孟的一番献策后,大喜曰:"吴楚举大事而不求(剧)孟,吾知其无能为已也";王猛则是东晋桓温北伐时在洛阳遇到的名士,据《晋书·苻坚载记》:"桓温入关,王猛被褐而诣之,扪虱而谈当今之事,旁若无人。"李白在诗中将自己比喻成周亚夫平吴楚时的重要谋士剧孟,桓温北伐时的名士王猛,指弹之间可以定天下大事,可能自荐信就要这么写,李白式的自荐信更应该这么写。在李白的心中,只要是平叛,只要邀请他,他都乐意参加,都会倾身奉献,也都能大功告成。殊不知朝廷不是这么看的,要看跟什么人,执行谁的命令。李白受永王李璘之请参加与肃宗对着干的平叛大军,结果不但打着平叛旗号的永王李璘被歼灭,李白也因"叛逆"大罪下了浔阳狱。《赠张相镐》的第二首即写于下浔阳(今九江)狱之后,诗人的自信、希冀变成了自白、悲愤,自荐信也变成了陈情表。诗人自述是陇西李广的后代,李广一生苦战竟不能封侯,自己也似乎背上了家族"数奇"的宿命。诗人极富才华:"十五观奇书,作赋凌相如",而且曾为天子近臣:"龙颜惠殊宠,麟阁凭天居",但到老却沦落至如此命运:"晚途未云已,蹭蹬遭谗毁"。诗中还剖白自己所谓"附逆"的原因乃是出于誓清中原的报国之志:"抚剑夜吟啸,雄心日千里。誓欲斩鲸鲵,澄清洛阳水",这与上首诗的基调是一致的。这首陈情诗还是起了作用的,李白后来由"附逆"十恶不赦之罪从轻发落,改为流放夜郎,与御史中丞宋若思和丞相张镐的救助是大有关系的。李白浔阳出狱之后,流放夜郎之前,曾从浔阳到宿松住了三个多月。当时他已五十六岁了,身体不好,不知该去哪里安身治病。宿松县令闾邱十分仰慕李白,真诚欢迎他的到来,让他住在南台寺(在今宿松县城南门外三里多的南台山),派郎中为他治病,还特地为他在寺旁筑了一个太白书台让他读书。李白在宿松的三个多月期间,心情特别舒畅,他的诗作《山中与幽人对酌》表达了他的心情,诗曰:

两人对酌山花开,一杯一杯复一杯。我醉欲眠卿且去,明朝有意抱琴来。

此后,他写了两首诗送给闾邱。其一为《赠闾邱宿松》:

阮籍为太守,骑驴上东平。剖竹十日间,一朝风化清。偶来拂衣去,谁恻主人情。夫子理宿松,浮云知古城。扫地物莽然,秋来百草生。飞鸟还旧巢,迁人反躬耕。何惭宓子贱,不减陶渊明。吾知千载后,却掩二贤名。

其二为《赠闾邱处士》:

贤人不得志,乃在沙塘陂。竹影摇秋月,荷衣落古池。闲读山海经,散怡卧瑶帷。且耽田家乐,遂旷林中期。野酌劝芳酒,园蔬烹露葵。如能树桃李,为我结茅茨。

前者赞倾闾邱的为官政绩和清正廉明,后者描述闾邱家居沙塘陂的田园风光和生活乐趣,两诗都显示了主客之间的深情厚谊。

李白的这类诗作还有同吴王交游的诗作五首。吴王李祗,为唐太宗第三子吴王李恪之孙。安史之乱中,时任东平太守的李恪曾募集义兵坚守,受到朝廷嘉奖。李白与之交游是李在庐江(郡治在合肥县,即今合肥)太守任上。诗中赞誉李恪治政有方、英明怜才,誉满天下:"坐啸庐江静,闲闻进玉觞"(其一);"英明庐江守,声誉广平籍。洒扫黄金台,招邀青云客"(其三);自己得以攀附,实在荣幸:"淮王爱八公,携手绿云中。小子忝枝叶,亦攀丹桂丛",然后照例又是表白夸饰自己的才干、自白自荐这个老套路:"谬以辞赋重,而将枚马同"(其一),"客曾与天通,出入清禁中。襄王怜宋玉,愿入兰台宫"。其中固然有安史之乱中为国靖难的动机，但更多攀附夸饰的庸俗成分，这在《口号吴王舞人半醉》和《同吴王送杜秀芝举入京》中表露得更多一些。

　　第二类诗作的对象是地方长官、士绅和文士。其中多寄赠、酬答、送别、抒怀之作，亦多写对他们热情招待的感激，同游山水清都的感受，对友谊的讴歌等，也有少量乞求资助诗作。如在《自金陵溯流过白璧山玩月达天门寄句容主簿》中，描绘天门山一带江面美景，却遗憾友人王主簿不能同游："故人在咫尺，新赏成胡越。寄君青兰花，惠好庶不绝"。在《赠崔司户文昆弟》中，深情回忆十年前与崔文兄弟在京城相聚的情形，十年来的遭际困顿，今日相见相聚的欢欣，其中既有友谊的咏歌，更有世事沧桑、沦落江湖的人生喟叹！代宗上元初，李白曾与友人仓部郎中殷淑在当涂相遇。殷淑以五云皮裘相赠，此时已很潦倒的诗人自然感激不尽，写了首《酬殷佐明见赠五云裘歌》。诗中并无感激之词，更无寒酸之态，而是盛赞皮裘的华贵精美，自己坦然接受这珍贵的赠予："故人赠我我不违，著令山水含清晖"，然后"诗兴生我衣"，展开丰富的想象和极度的夸张，要身着此衣遨游天宇、往来古今："为君持此凌苍苍，上朝三十六玉皇"，"襟前林壑敛暝色，袖上烟霞收夕霏。群仙长叹惊此物，千崖万岭相萦郁"，至于司马相如的鹔鹴裘，王恭鹤氅更是无法与之相比！这就是李白对馈赠的接受方式，当然也更能表现出两人友谊的真诚与无间！杜甫在穷困中也接受过故人的相助，他在成都营造草堂时，有位王司马主动前来送钱相助，杜甫对此亦是感激不尽，写了首《王十五司马弟出郭相访遗营草堂赀》相赠，诗中写道："客里何迁次，江边正寂寥。肯来寻一老，愁破是今朝。忧我营茅栋，携钱过野桥。他乡唯表弟，还往莫辞遥。"现实的诗人与浪漫的诗人表达方式竟有如此的不同！杜甫在成都营造草堂时，因为贫穷，曾多次请求友人帮助，杜诗中就有《从韦二明府续处觅绵竹》《诣徐卿觅果栽》《又于韦处觅大邑瓷碗》等篇什。李白的交游诗作中也有一首请求资助的诗作，题为《赠刘都使》。向人借贷，诗题却是"赠"予对方，绝不似杜诗的直接具体。诗中也不提求贷之事，只说自己夜郎赦归后"归家酒债多，门客粲成行。高谈满四座，一日倾千觞"。结尾更是奇特："主人若不顾，明发钓沧浪",这就是流放归来仍脾性不改的李白!这就是"一生傲岸苦不谐"的李白的求贷方式!曾国藩曾对此感叹说:"此向刘都使借贷之诗,下语极有斟酌。"(《求阙斋读书录》)

在李白的第二类诗作中,流传最广,最为人称道的是《赠汪伦》:

> 李白乘舟将欲行,忽闻岸上踏歌声。桃花潭水深千尺,不及汪伦送我情。

郭沫若在《李白与杜甫》中,为了强调"太白对人民亲切有情",将汪伦说成是泾川的"一位农民",有选本或教科书则刻意模糊为"桃花潭村人"或"李白在泾县桃花潭附近村庄结识的一个朋友"。其实,汪伦是一位官僚士绅。《泾县志》据《三安汪氏宗谱》《梅城汪氏家谱》以及南开大学汪茂和教授根据祖谱整理的《汪氏家谱》,载汪论又名凤林,汪仁李之次子,黟县人,开元、天宝年间任泾县令,遂定居于泾县桃花潭。[①] 李白在同时所作的《过泾川汪伦别业二首》中也已清楚交代了汪伦的为人身份:他有一座"别业",内有幽深的池塘馆阁:"汪生面北阜,池馆清且幽"(《过泾川汪伦别业二首》其一),馆阁成片,随着山峦起伏,池水中还有亭台:"随山起馆宇,凿石营池台"(其二)。汪伦为人也很儒雅柔放,李白早闻其名"畴昔未识君,知君好贤才"(其二)。临别时两人在一起欢歌醉舞,直到天明还依依不舍:"永夜达五更,吴歈送琼杯。酒酣欲起舞,四座歌相催。日出远海明,轩车且徘徊。"此诗历来误解之处还有一个"踏歌"。"踏歌"是江南的一种歌唱形式,即唱歌时以足踏地作为节拍,又称"蹋歌"。据《宣和书谱》:"南方妇女,中秋夜,妇人相持踏歌,婆娑影中,最为盛集。"以此,"忽闻岸上踏歌声"只是一个由妇女演唱的欢送场面,并非汪伦"一边唱歌一边走来"。今日的桃花潭岸边,还留存清人所建的"踏歌楼",今日的旅游表演中,也有"踏歌",皆足以为证。

此诗通过一个告别场面反映了朋友之间真挚的感情,它抓住踏歌送别这个独特的场面,运用感情深于潭水这个新巧的比喻,通过"天然去雕饰"的浅

[①] 《泾县志》,北京:方志出版社,1996年版。

近而率直的语言来进行描摹和咏叹,再加上"踏歌"场面的描述,因而显得新颖活泼,富有民歌风味。

第三类与第二类相似,因为诗题中所谓"从叔""从弟"之类,只不过是李白的远亲,几乎没有血缘关系,至于"族叔""族弟",只是同源于陇西"李"氏而已。但因为有了这层亲属关系,使漂流异乡的诗人在诗中平添了几分亲切,内心的倾诉也少了几分顾忌,多了几分率直,如《宣州谢朓楼饯别校书叔云》。这位李云究竟是何身份,至今尚未搞清,甚至叫什么名字,也是众说纷纭:有人说是高祖之子道王李元庆之曾孙李云,有人说是唐宗室赵郡西祖李景昕之子李叔云。但因为有了"从叔"这层关系,诗中也就有了更多的亲切的内心直白,也就有了更多的狂放的宣泄和情感的波折:他称赞李云是"蓬莱文章建安骨",这是他在应酬中的常格,但自称如谢朓清新秀发:"中间小谢又清发",这可能仅是在亲族中的坦露;"俱怀逸兴壮思飞,欲上青天揽明月",这是李白饮酒兴起时的常态,但突然又跌入失望的低谷:"抽刀断水水更流,举杯消愁愁更愁",这种大起大落的情绪波动,只有在"赐金放还"时写的《将进酒》可与相比。至于结句:"人生在世不称意,明朝散发弄扁舟",更是情感的直白宣泄。这首诗起落无迹、变化无端,如云中神龙,成为千古传颂的杰作,也许要拜李白自认的亲族情感之赐!还有一首《泾川送族弟李錞》。李錞是赵郡东祖房李氏十一世孙,时为河南参军,与李白也仅是陇西先祖同族而已。但李白在诗中却显出一位兄长的关切和鼓励,真挚而情深。诗中介绍泾川的山水佳处所在,交代自己来泾川的原因,将兄弟两人比拟为三国的马良兄弟,自己宛如东晋的谢灵运,在送别有才华的弟弟谢惠连,又向苏武、李陵携手相别。在这类诗作中,诗人亦不忘本色,采用极度的夸张和想象来抒写惜别之情:"叹息苍梧凤,分栖琼树枝。清晨各飞去,飘落天南垂。望极落日尽,秋深暝猿悲。寄情与流水,但有长相思"(《泾川送族弟李錞》)。类似的诗作还有《登黄山凌歊台送族弟溧阳尉济充泛舟赴华阴》《陪族叔当涂宰游化城寺升公清风亭》《献从叔当涂宰阳冰》《赠从弟宣州长史昭》等。其中最值得一提的是李阳冰。李阳冰为赵郡人,与李白先祖同郡,亦仅此而已,但他对李白却是古道热肠,关爱有加。为人工篆书,今日的琅琊山石刻中存有他的墨迹。从李白临终前将文集托他保存,可见也是文学上的同道。肃宗上元二年(761)三月,史朝义杀其父史思明,谋反称帝。五月,肃宗任命李光弼为河南副元帅,统河南、淮南东西、浙江东西八道行营节度,出镇皖北的临淮关,讨伐史思明。时在金陵的李白又跃跃欲试,准备渡江北上去李光弼幕投军效力,无奈"天夺壮士心","半道谢病还,无因东南征"(《闻李太尉大举秦兵百万出征东南懦夫请缨冀申一割之用半道病还留别金陵崔侍御十九韵》)。此时的李白已是贫病交加,形容枯槁:"自笑镜中人,白发如霜草。扪心空叹息,问影何枯槁"(《览镜抒怀》),只好"孤凤向西海,飞鸿辞北溟",离开金陵,转投在当涂的族叔李阳冰。从他初见李阳冰的献诗来看,心情灰暗,生活已相当窘迫:"小子别金陵,来时白下亭。群凤怜客鸟,差池相哀鸣。各拔五色毛,意重泰山轻。赠微所费广,斗水浇长鲸。弹剑歌苦寒,严风起前楹。月衔天门晓,霜落牛渚清。长叹即归路,临川空屏营"(《献从叔当涂宰阳冰》)。而且此时又"江淮大饥,人相食","岁荒斗米千钱,乞食者属路"。李阳冰已即将离任,"临当挂冠",但仍接纳了李白,并在龙山一带安顿好李白一家老小。从《陪族叔当涂宰游化城寺升公清风亭》一诗的基调和游兴来看,诗人困顿愁乏的心情已松弛下来。就在这年冬,李白病重,临终前将其手稿在枕上拜托李阳冰整理成集。李阳冰虽于当年年底离任,但信守诺言,编成《草堂集》,并写下著名的《草堂集序》。序中高度赞扬了李白的为人和文学成就,其中"自三代已来,风骚之后,驰驱屈、宋,鞭挞扬、马,千载独步,唯公一人","至今朝诗体,尚有梁、陈宫掖之风。至公大变,扫地并尽;今古文集,遏而不行。唯公文章,横被六合,可谓力敌造化欤"成为李白文学成就的定评。李白病重时,除交给李阳冰自己的手稿外,还写有一首《临路(终)歌》:

  大鹏飞兮振八裔,中天摧兮力不济。余风激兮万世,游扶桑兮挂左袂。后人得之传此,仲尼亡兮谁为出涕?

  诗人生也伟岸,死亦慷慨;生也豪放,死亦浪漫。非李白,写不出如此壮浪恣肆的绝笔华章。李白,这只中国文学长空中最矫健的大鹏鸟,终于折断翅膀,跌落在当涂的谢家青山上。当涂幸甚!安徽幸甚!

第四类的咏歌对象是一些下层民众。在这类与下层民众的交往诗作中,诗人将自己的性格特征、生活爱好以及情感取向袒露无余。中国古代一些优秀的诗人,他们也有许多咏歌下层民众的诗作,但多是关心农事,同情民生疾苦,抨击社会不公,像李白这样直接与下层民众交往,表达对他们的仰慕、感激之情,抒发之间的友谊和感受,确实不多。李白在安徽的这类诗作其间最值得一提的是众人称道《宿五松山荀下媪家》:

> 我宿五松下,寂寥无所欢。田家秋作苦,邻女夜舂寒。跪进雕胡饭,月光明素盘。令人惭漂母,三谢不能餐。

贫苦荀媪的真诚款待,让诗人深怀感激而又惭愧。这餐没有任何菜肴的杂粮饭,在李白眼中胜过斗十千的"金樽美酒"和值万钱的"玉盘佳肴"(《将进酒》),因为它是老婆婆罄其所有的饭食,还是邻女夜舂赶制出来的。它使诗人想起当年乞讨来供食韩信的漂母,"三谢不能餐"更是其哽咽难言、食不下咽之状。质朴又真诚的铜陵老妇人,给一生傲岸的李白带来平生最大的感动,也是这首诗作显得格外质朴、真率,成为千古不朽的名篇。《宿王松山下荀媪泉》并不是唯一的一篇,也非唯一的一次诗人在皖游历中经常歇息于这些普通百姓家,也常常被他们待客的热情与真诚所感动。类似的还有《庐江主人妇》《宿清溪主人》《秋浦感主人归燕寄内》等。他歇息于宿松,居停主人的妻子,不但为他营炊,还为他裁制衣裳,使他联想到那位能干又贤惠的庐江小吏焦仲卿的妻子刘兰芝:"孔雀东飞何处栖,庐江小吏仲卿妻"。他深夜投宿碧岩山间,受到主人的热情接待。临别时依依难舍,就像燕子在檐前飞去又飞来:"胡燕别主人,双双语前檐。三飞四回顾,欲去复相瞻"(《秋浦感主人归燕寄内》)。

李白在安徽的这类诗作还有不少,如《题许宣平庵壁》的许宣平,是一位以砍柴为生的平民,曾写下一首诗,描述自己的日常生活和人生志向:"负薪朝出卖,沽酒日西归。路人莫问归何处,穿入白云行翠微。"李白读后慕其高洁冲淡,特意前往拜访,可累访不遇,于是写下这首题壁诗,表达了自己寻访不遇的惆怅:"窥庭但萧索,倚柱空踟蹰"。《哭宣城善酿纪叟》中的纪叟是宣城一位酿酒老人,善酿美酒"老春"。爱酒的李白是其常客。纪叟去世,诗人既失去美酒又失去老友,因而追悼道:"纪叟黄泉里,亦应酿老春。夜台无李白,沽酒与何人?"大概只有李白才会做出如此的夸张和想象,才会有如此的追悼方式。与友人饮酒时,有位客人唱起悠扬的江南民歌《山鹧鸪》:"清风动窗竹,越鸟起相呼",这引起诗人极大的兴趣,为之写下古风《秋浦清溪雪夜对酒,客有唱山鹧鸪者》,认为它远远超过雅乐:"持此足为乐,何烦笙与竽"。李白在安徽的诗作,还记录了当地的民风民俗:"白酒新熟山中归,黄鸡啄黍秋正肥"(《南陵别儿童入京》),这是安徽南陵山中农村;"提携采铅客,结荷水边沐"(《宿鰕湖》),这是池州一带采铅工的生活起居;"秋浦田舍翁,采鱼水中宿。妻子张白鹇,结罝映深竹",这是秋浦河边一对辛劳的渔民夫妇;"龟游莲叶上,鸟宿芦花里。少女棹轻舟,歌声逐流水",这是丹阳湖的美景和采莲姑娘。其中更值得称道的是《秋浦歌》第十四:

  炉火照天地,红星乱紫烟。赧郎明月夜,歌曲动寒川。

  这是一幅瑰玮壮观的秋夜冶炼图:炉火熊熊,火花四溅,紫烟蒸腾。整个天地都被照得通红明亮。就在这个火热的充满动态感的阔大背景下,诗人以粗犷的线条,勾勒出炼铜工人健伟壮硕的群像。"赧"本来是因羞涩造成的红色,这里却用来表现工人们健康的肤色,当然也是被炉火映红的颜色,它在"明月"之下,更显得壮硕伟岸。如果说"赧郎明月夜"还是外形勾勒的话,那么"歌曲动寒川"就是其内在情感的表露了:劳动是繁重的,但也是快乐的。工人们用歌声来表达自己的感受,也是用歌声来消除疲劳和统一节奏,这是一个相当壮阔、相当令人震撼的场面。诗人说"歌曲动寒川"。其实,被震撼的不仅是"寒川",更是诗人自身。诗人用神奇的画笔,让光、热、声、色四者交相辉映;明与暗、冷与热、动与静相互烘托、相互映衬,生动地再现了古代炼铜场景,字里行间饱含着诗人的赞美歌颂之情。当然,这首歌的价值,不仅在于它反映了诗人走进民间,对下层劳动者的咏歌,也许更是对冶炼工人劳动生活的最早、最形象记录。

二、文

李白也以文章名世,一生留下书、表、记、赞等文共四卷,其中以送别赠序为多,而极少论说文。其精美宏富并不减于元结等以文章著名的作家。只是为诗名所掩,不为世人所知罢了。李白在安徽境内的文章共有九篇,可分为四种体裁:一是铭文,计有两篇:《天门山铭》《化城寺大钟铭》;赞、颂共三篇:《当涂李宰君画赞》《宣城吴录事画赞》《赵公西候新亭颂》;赠序三篇:《春于姑孰送赵四流炎方序》《秋于敬亭送从侄耑游庐山序》《夏日奉陪司马武公与群贤宴姑孰序》。另外还有一篇代宣城太守写给右相杨国忠的书信:《为赵宣城与杨右相书》。其中亦以送别赠序为多,而无论说文。

司空图曾称赞李白的佛寺碑赞"宏拔清厉,乃其诗歌也"(《题柳柳州集后》)。从李白在安徽所写的《天门山铭》《化城寺大钟铭》来看,确有此特色,尤其是《天门山铭》:

> 梁山博望,关扃楚滨。夹据洪流,实为吴津。两坐错落,如鲸张鳞。唯海有若,唯川有神。牛渚怪物,目围车轮。光射岛屿,气凌星辰。卷沙扬涛,溺马杀人。国泰呈瑞(原作端,误),时讹返珍。开则九江纳锡,闭则五岳飞尘。天险之地,无安匪亲。

全文仅84字,却将天门山吴头楚尾的地理位置、两山对峙、夹据洪流的险峻山势,以及"开则九江纳锡,闭则五岳飞尘"的天险要津军事态势,用浪漫主义的笔调,一一夸张写出。其中"卷沙扬涛,溺马杀人"更是气势飞动的夸张,可以与《横江词》中的"猛风吹倒天门山,白浪高于瓦官阁"(其一),"白浪如山那可渡,狂风愁杀峭帆人"(其二),"浙江八月何如此?涛似连山喷雪来"(其三)对读。至于"唯海有若,唯川有神。牛渚怪物,目围车轮。光射岛屿,气凌星辰"数句,更是运用神话传说展开丰富想象,将天门山写得神奇而怪特,在雄伟壮阔的境界中又添上浪漫色彩,确是一篇不可多得的好文章。

《化城寺大钟铭并序》与其说是一篇铭文,毋宁说是一首浪漫《古风》。

文句为整齐的七言,手法完全是夸张和想象,至于大钟铸于何时何地,出于何因以及铸造经过则一概略去。全诗十句,前六句极力夸饰洪钟巨响所带来的惊天动地的威力:"雄雄鸿钟砰隐天,雷鼓霆击警大千。含号垣赫声无边,摧慑魑魅招灵仙。傍极六道极九泉,剑轮辍苦期息肩"。后四句盛赞当涂县令李公倡导铸造大钟的功德。为了符合钟铭的常格,诗人在铭前写了超过铭文十倍,长达 788 字的"序",但仍以极度的想象为主,如描叙大钟的铸造过程:"火天地之炉,扇阴阳之炭。回禄奋怒,飞廉震惊。金精转渣以融熠,铜液星荧而璀璨。光喷日道,气欹天维。红云点于太清,紫烟蠹于遥海。垣赫宇宙,功侔鬼神。"描述大钟的精美和声威,也类似铭文的夸饰:"龙质炳发,虎形夔跜。縻金索以上绠,悬宝楼而迭击。傍振万壑,高闻九天。声动山以隐隐,响奔雷而阗阗。赦汤镬于幽途,息剑轮于苦海。景福胖矣,被于人天。"就是一些记叙性语言,也像诗歌一般整饬、富有气势,如记叙李县令发起铸造大钟的经过:"于是发一言以先觉,举百里而咸应。秋毫不挫,人多子来。铜崇朝而山积,工不日而云会";"丞尉等并衣冠之龟龙,人物之标准。大雅君子,同僚尽心。闻善贾勇,赞成厥美"。

《李白集》中的一些人物画赞多写得不好,内容为歌功颂德之类应酬,文字也抽象、板滞,缺少李白诗文常有的情感、灵气和气势。他在安徽境内所写的《当涂李宰君画赞》《宣城吴录事画赞》《赵公西候新亭颂》亦皆有此特征。《当涂李宰君画赞》是为他的从叔当涂令李阳冰的画像作赞。从上面的介绍中已知李阳冰的为人以及和李白的关系,应当是写得极为具体细致、极富情感的。但赞中只见"应期命世,大贤乃生。吐奇献策,敷闻王庭","缙云飞声,当涂政成。雅颂一变,江山再荣"这类才具和政绩上空泛的赞词。至于作为一幅肖像画的赞语,仅有"眉秀华盖,目朗明星"空泛的八个字,看不到杜甫描绘画中人物的绝妙诗句"良相头上进贤冠,猛将腰间大羽箭。褒公鄂公毛发动,英姿飒爽来酣战"(《丹青引赠曹将军霸》)那种极细致又生动的描述。可见浪漫主义的表现与现实主义的再现各有优长,当然这也再次证明"一生傲岸苦不谐"的李白确实不会恭维人。

李白文章近诗,不仅是司空图所说的"碑赞",而是所有的文体俱有诗意:"青莲居士,文中常有诗意;韩昌黎伯,诗中长存文情。则其所长在此"(陆时雍《诗镜总论》)。李白文章中情感最丰富、最有诗意的要数纪游和赠序。这类文章最能显现他的才华,最能暴露他的禀性,也最富有诗性特征。《春于姑孰送赵四流炎方序》就是其中颇有代表性的一篇。赵四即当涂县尉赵炎,此时已被罢官,流放炎方,所以李白以他的排行称之为赵四,这也是唐人的习惯称呼,如李白曾称杜甫为"杜十二"。赵炎是李白在当涂的好友,李白曾为之作诗多首,如《当涂赵炎少府粉图山水歌》《送当涂赵少府赴长芦》《寄当涂赵少府炎》等,就在写这篇赠序同时,还写有《赠友人三首》,其中第二首唐本题为《赠赵四》。在这三首诗中,李白将赵炎视为莫逆,表示要"与君同急难","卒岁长相随"。李白为一位友人同时写一篇赠序,三首别诗,在太白集中也是绝无仅有,也是重友谊、"同急难"的具体表现。在序中也是如此,他不厌其烦地安慰赵炎:皇上正指挥平叛,一旦大功告成,必然大赦天下,你的昭雪和赦免,指日可待:"上当攫玉弩,摧狼狐,洗清天地,雷雨必作。冀白日回原阙照,丹心可明。巴陵半道,坐见还吴之棹。"文章最后,作者又说他要站在天门山上,惦望着赵四西去的身影,希望他像浮云一样随意,水流其道一样自然地对待这次贬谪:"仆西登天门,望子于西江之上。吾贤可流水其道,浮云其身,通方大适,何往不可?"如此痴情的惦念,如此细致的叮咛祝愿,也为这位浪漫诗人平素诗文所少见,更与他在另一首《别友人》中的"挥手自兹去,萧萧班马鸣"的率意迥然不同。当然,这篇赠序既是为友送行、咏歌友谊,也是在借此抒慨,倾吐自身的不平和情怀。文章一开头就说到赵炎"才貌瑰雅,志气豪烈",竟为一县尉,"泥蟠当涂",这是用"鸡栖鹤笼"来"窘束鸾凤";又居然连县尉也被罢免,流放炎方,这更是对人才的打压和摧残了。赵炎犯何罪,序中未明言,只说"以嫉恶抵法",大概是刚肠疾恶而招来欲加之罪,可能也与他秉公持证,为同僚所不容有关:"夫子秉家义,群公难与邻"(《送友人》)。从这首赠序以及同时写的三首《赠友人》诗作来看,赵炎在性格、爱好、理想等诸方面与李白有很多相似之处,如为人侠义:赵四是"长号易水上,为我扬波澜",李白是"喜纵横术,击剑,任侠"(《新唐书·文艺传》);为人傲岸不群:赵四是"夫子秉家义,群公难与邻",李白亦是"一生傲岸苦不谐,恩疏媒劳志多乖"(《答王十二寒夜独酌有怀》);重义轻财:赵四是"廉夫唯重义……何必金与钱",李白亦是"意轻千金赠,顾向平原笑"(《古风》其九);胸有大志又睥睨古今:赵四是"慢世薄功业,非无胸中画。谑浪万古贤,以为儿童邻",李白亦是"揄扬九重万乘主,谑浪赤墀青琐贤"(《玉壶吟》)。所以,这篇情感充沛、语言铿锵的赠序,也是在借他人之酒杯,浇自己胸中之块垒。

李白一生喜好山水,所谓"五岳寻仙不辞远,一生好入名山游",这在《秋于敬亭送从侄耑游庐山序》中显露得极为充分。这篇散文与其说是为人送别的赠序,毋宁说是一篇庐山风物的颂歌。文章开头,尚及送行题旨,但已重在表白自己云游名山大川的渴求。很快就偏离送行题旨,借从侄前往庐山漫游,大谈庐山香炉峰瀑布非凡壮观的气势:"长山横蹙,九江却转。瀑布天落,半与银河争流;腾虹奔电,潈射万壑,此宇宙之奇诡也。其上有方湖石井,不可得而窥焉。"其中夸张想象可与其名作《望庐山瀑布》对读,也许比其更具体,更有背景的烘托和交代。接着,又写自己对山水名区、求仙访道的向往:"恨丹液未就,白龙来迟,使秦人著鞭,先往桃花之水。孤负夙愿,惭归名山,终期后来,携手五岳。"文章也就在这一片浪漫的想象抒怀中结束。《夏日奉陪司马武公与群贤宴姑孰亭序》亦重在描述当涂士大夫在公务之余,纵情适性、寄情山水的潇洒身姿和闲适之情。作者为此举古论今,以"大贤"与"小才"对论,来肯定这种"逍遥偃傲"的举止和"纵情适性"的人生态度:

> 大贤处之,若游青山,卧白云,逍遥偃傲,何适不可?小才居之,窘而自拘,悄若桎梏,则清风朗月,河英岳秀,皆为弃物,安得称焉。

这也是作者人生归趋的表白和自我肯定!

第二节 韦应物 刘禹锡

一、韦应物

韦应物(737—792),长安(今陕西西安)人,世称韦江州、韦左司或韦苏州。十五岁起以三卫郎为玄宗近侍,出入宫闱,扈从游幸。早年豪纵不羁,横行乡里,乡人苦之。安史之乱起,玄宗奔蜀,流落失职,始立志读书,少食寡欲,常"焚香扫地而坐"。代宗广德至德宗贞元间,先后为洛阳丞、京兆府功曹参军、鄠县令、比部员外郎。滁州刺史和江州刺史、左司郎中、苏州刺史。德宗贞元七年(791)退职。苏州刺史届满之后,韦应物没有得到新的任命,他一贫如洗,居然无川资回京候选(等待朝廷另派他职),寄居于苏州无定寺,不久就客死他乡。

韦应物于建中三年(782)由尚书省比部员外郎外放为滁州刺史。兴元元年(784)冬罢任,闲居在滁州西涧,此后任江州刺史离开滁州,前后在滁三年左右。韦应物虽只在滁州生活了三年,但留下120多首诗作,占他全部500多首诗作的近四分之一。而且题材相当广泛:酬答、寄赠、送别、逢遇、怀思、游览、登眺无不有之。内容上或反映战乱后滁城的衰败景象,或记述百姓遭乱的种种不幸,或描摹写田园风光,或抒发思念亲友及闲居情怀。特别值得重视的是,对韦应物诗歌思想和艺术风貌产生深刻影响的"吏隐"思想是在滁州正式形成的。

韦应物在滁诗作,可分为赴滁诗作、守滁诗作和赋闲西涧三个部分。

1. 赴滁诗作

建中三年(782)夏,刚擢升为比部员外郎不久的韦应物外放为滁州太守。关于韦应物此次外放的原因,表面上是由于唐德宗的一道诏令:"诏中书门下,御史台五品以上,诸司三品以上长官,各举可任刺史、县令者一人,中书门下量才进拟,有犯坐举主。"(《旧唐书·德宗纪》)但实际情形可能并不如此,因为滁州在宋代欧阳修的眼中,仍然是个"地僻事简"的州郡,中唐时代更可想而知。当时州郡很小,只辖三县,而且地瘠民贫:"州贫人吏稀"(《对雪》)。从韦应物写给友人诗中所发的牢骚来看:"两府始收迹,南宫谬见推。非才果不容,出守抚荧嫠。"(《逢杨开府》)其原因可能是在尚书省履新后恃才傲物,为长官或同僚所不容才被以推荐刺史为名排挤出尚书省的。韦应物赴滁的路线是先由长安到洛阳,然后沿黄河转大运河乘船南下达盱眙再转道滁州。由于被排挤出政治中心外放偏僻小郡,诗人心情自然郁郁。他在临行时写的《自尚书郎出为滁州刺史》一诗中回顾了入仕以来的经历和即将赴滁时的复杂心情:

少年不远仕,秉笏东西京。中岁守淮郡,奉命乃征行。素惭省阁姿,况忝符竹荣。效愚方此始,顾私岂获并。徘徊亲交恋,怆恨昆友情。日暮风雪起,我去子还城。登途建隼旟,勒驾望承明。云台焕中天,龙阙郁上征。晨兴奉早朝,玉露沾华缨。一朝从此去,服膺理庶氓。皇恩倘岁月,归服厕群英。

诗中明写对京中亲友的留恋,暗抒被排挤出京的不平。结尾两句"皇恩倘岁月,归服厕群英"则公开表白希图早日回京的愿望。但从"况忝符竹荣""登途建隼旟""服膺理庶氓"等句来看,也还有赴任履新、担任一路诸侯的荣耀和责任感。临行前,韦应物还有一首《将往滁城恋新竹,简崔都水示端》也是表达类似的不快,诗中写道:"停车欲去绕丛竹,偏爱新筠十数竿。莫遣儿童触琼粉,留待幽人回日看。"诗人以恋新竹为题,表达他对京都的留恋;而以"幽人"自称,更是在表达他的不快。诗人途经洛阳,更是感慨万分:他初次为官即担任洛阳丞,也是他不畏权贵殴击中贵人军骑受到讼告愤而辞官之处。此番经过洛阳,受到昔日友朋热情迎送。朋友的热情给了他很大的慰藉,同时也增加了离别故乡和友人的惆怅,于是写下了名诗《自巩洛舟行入黄河即事寄府县僚佐》:

夹水苍山路向东,东南山豁大河通。寒树依微远天外,夕阳明灭乱流中。孤村几岁临伊岸,一雁初晴下朔风。为报洛桥游宦侣,扁舟不系与心同。

庄子在《列御寇》中主张无欲无求，所谓"巧者劳而智者忧，无欲者无所求，饱食而遨游，泛若不系之舟"。诗的前四句描绘黄河洛阳段的秋景，苍山迢迢，远天寒树，乱流之中夕阳明灭，无疑含蕴着孤臣去国的伤悲。诗歌结尾处化用庄子上述典故，并明白告诉当年游宦同侪："扁舟不系与心同"。自己要学"不系之舟"，无欲无求，顺其自然。其中当然包含遭受排挤，不能有所作为，只能顺其自然，奉命到滁州做官的感伤和不平。韦应物在滁州离任赋闲期间，写过一首有名的《滁州西涧》，诗中那只"野渡无人舟自横"的不系之舟，可与之前后呼应。洛阳也是韦应物与亡妻曾经同甘共苦过的地方。贤惠的妻子在他愤而辞去洛阳丞相，闲居城东同德精舍时，曾给他许多支持和勉励，现在物在人亡，睹物思人，更平添了许多伤感。此次路经洛阳，他又作了一首《同德精舍旧居伤怀》，在诗中他深情地写道："洛京十载别，东林访旧扉。山河不可望，存没意多违。时迁迹尚在，同去独来归。还见窗中鸽，日暮绕庭飞。"这种孤臣去国的伤感和被排挤出京的不平一直持续到到达滁州前的最后一站盱眙："落帆逗淮镇，停舫临孤驿。浩浩风起波，冥冥日沉夕。人归山郭暗，雁下芦洲白。独夜忆秦关，听钟未眠客。"(《夕次盱眙县》) 风波江上，落日孤舟，诗人又思念起秦关京畿，黯淡心绪，与临行时写的《自尚书郎出为滁州刺史》并无二致。赴滁途中，唯一脱离黯淡心情和伤感风格的是赞扬张巡守睢阳功绩的《睢阳感怀》。安史之乱中，真源县令张巡与睢阳太守许远齐心合力，"守一城而捍天下"，阻遏安史叛军的进攻势头，改变当时的军事态势。韦应物从洛阳经开封南下，途经睢阳而作此诗。诗中描述了安史乱起时的形势及睢阳之战的经过，高度赞扬了张巡"坚壁梁宋间，远筹吴楚利"的巨大功绩，对其"甘从锋刃毙，莫夺坚贞志"为国捐躯精神表达了仰慕之情。诗在结尾处对那些拥兵自重或投降贼寇的"宿将"进行强烈的抨击和声讨："宿将降贼庭，儒生独全义。空城唯白骨，同往无贱贵。哀哉岂独今，千载当歔欷。"其中也融进自身和现实的感慨。诗风慷慨，犀利健劲。清人乔亿对此诗曾大加感叹："古今公推韦诗冲淡，而韦之分量未尽也。如《睢阳感怀》《经函谷关》，并大有关系之作，尚得以冲淡不冲淡论耶？"(《剑溪说诗·又编》)

2. 守滁诗作

韦应物于建中三年秋到达滁州,到兴元元年(784)冬末,韦应物担任滁州刺史约两年半的时间。关于他在滁州的施政举措,史料上未见记载,从他的一些诗歌记叙来看,还是比较尽职尽责的:他看到滁州四面荒山,土地贫瘠,再加上年年战乱,赋役繁重,民生凋敝。于是努力宽征减赋,简政养民。在赴滁经汴州时,他就与当地友人共勉"相敦在勤事,海内方劳师"(《寄大梁诸友》)。到任后设宴邀请当地名贤耆老,了解民情,征询治州举措:"为郡访凋瘵,守程难损益。聊假一杯欢,暂忘终日迫。"(《郡楼春燕》)但韦应物治滁,确实不像后来的欧阳修,史载有诸多政绩。这可能有两个方面的原因:客观上是大环境不同。中唐时代,藩镇割据,战乱频仍,就在韦应物治滁的建中四年(783),滁州所在的淮西节度使李希烈又起兵袭陷汝州,滁州是"左右但军营"(《京师叛乱寄诸弟》)。况且这里地瘠民贫、交通闭塞,韦应物即使再能干,也无法在这个大环境下,在短短的两年多时间内让老百姓安居乐业,物阜民康。诗人的可贵之处在于,他深知滁州民众的种种灾难是由战乱带来的,是由苛重的赋税造成的,他却无力改变这个大环境,因而陷入深深的自疚自责之中:"风物殊京国,邑里但荒榛。赋繁属军兴,政拙愧斯人"(《答王郎中》);"氓税况重叠,公门极熬煎。责逋甘首免,岁晏当归田。"(《答崔都水》)诗中抒写了身为官吏逼迫黎民缴纳苛重赋税的痛苦与无奈,并表示甘愿被罢官,也不愿再去催逼百姓,这大概是这位同情民生疾苦的诗人仅能做到的吧!治绩不彰还有一个主观原因,那就是韦应物刚到滁就病了,从他在《新秋夜寄诸弟》《郡斋感秋寄诸弟》《郡斋卧疾绝句》《寄李儋元锡》中不断提及自己的疾病以及描绘自己的病容,如"方用忧人瘼,况自抱微痾。无将别来近,颜鬓已蹉跎。"(《新秋夜寄诸弟》)等诗句来看,病得不轻,病的时间也不短,使他无法去四处寻访,振衰起敝,这同后来的苏辙任绩溪令无政绩可言极其相类。他身为一郡主官却不能纾解民困,拿着国家俸禄却不能为国分忧,这让韦应物感到羞愧,产生负疚感,这是他守滁诗作中最感人的篇章,如"仓廪无宿储,徭役犹未已。方惭不耕者,禄食出闾里"(《观田家》);"理郡无异政,所忧在素餐"(《冬至夜寄京师诸弟兼怀崔都水》);"赋繁属军兴,政拙愧斯人"(《答王郎中》);"郡中永无事,归思徒自盈"(《寄职方刘郎中》),其中流传最广的当属那首《寄李儋元锡》了:

> 去年花里逢君别,今日花开又一年。世事茫茫难自料,春愁黯黯独成眠。身多疾病思田里,邑有流亡愧俸钱。闻道欲来相问讯,西楼望月几回圆。

李儋,字元锡,是韦应物的好友,时任殿中侍御史,曾托人问候在滁的韦应物。韦应物此诗是回赠。此诗风格平实,似质实腴,直白道出内心感受,内在含蕴却十分丰厚。诗论家张世炜称他读此诗的感受是:似是"家常语、烂熟调",但"少年读之,白首不厌"(《唐七律隽》)。当然,这首诗的感人之处并不在于抒写了两人之间真诚的友谊,因为这类友谊之歌,韦作不是空前,也不是绝后。这首诗之所以流传千古,是因为颈联"身多疾病思田里,邑有流亡愧俸钱"。这两句不仅属对精美,前者写己,后者写民;前者写身,后者写心,更在于他坦露了一位正直为民的官吏面对民困的无奈与愧疚,思想上的矛盾与痛苦。这种自觉的自责、真诚的自疚,不推诿,更不粉饰,是韦应物身上最可贵的品格,也是一位官员最难得的操守,因而受到历代政治家和诗论家的盛赞:宋代名臣范仲淹叹为"仁者之言",朱熹盛赞"贤矣"。诗论家黄彻说得更彻底:"余谓为官君子当切切记此语。彼有一意供租,专事土木,而视民如仇者,得无愧此诗乎!"(《䂬溪诗话》)即使在今天,这两句诗仍可作为官箴。

韦应物虽身在偏僻的滁州,仍关心着国家的治乱,反对藩镇割据,支持国家统一,表现出一名爱国者的勇气和操守。早在来滁之前的代宗广德年间,他在《洛阳作》中,就描绘了安史之乱造成的洛阳残破景象,并深有远虑地告诫唐代宗,借回鹘兵平叛无疑是饮鸩止渴:"饮药本攻病,毒肠翻自残。王师涉河洛,玉石皆不完。"在《经函谷关》一诗中,更是直接指出正是唐玄宗的用人不当才招致安史之乱:"藩屏无俊贤,金汤独何力",把抨击的矛头直接指向最高统治者。建中三年,河北、山东诸藩镇反唐,各自称王。建中四年正月,淮西节度使李希烈又起兵袭陷汝州,唐军屡为所败。建中四年十月,长安发生兵变。叛军奉朱泚为天子,德宗出奔奉天。兴元元年二月,奉命平叛的朔方节度使李怀光又与朱泚相勾结,战乱进一步扩大。诗人在《京师叛乱寄诸弟》中,对战乱造成的民生伤害作了真实的记述:

> 弱冠遭世难,二纪犹未平。羁离官远郡,虎豹满西京。上怀犬马恋,下有骨肉情。归去在何时,流泪忽沾缨。忧来上北楼,左右但军营。函谷行人绝,淮南春草生。鸟鸣田野间,思忆故园行。何当四海晏,甘与齐民耕。

诗歌前半叙述自己自弱冠遭安史之乱,二十多年来,战乱不息。现在又是叛军蹂躏家园。自己身处的淮南,也已是军营遍布,战火随时都可能波及。结句表达了诗人对四海晏安和平生活的渴望。这首诗中不仅有对处于危城中亲人的担忧和惦念,更有对战乱中民生的哀悯。结尾"忧来上北楼……淮南春草生"四句即表达诗人对烽火不息、民众死于战乱、生产荒芜的哀悯。但作为一名正直的爱国诗人,国难当头之际,他不但有抨击、有揭露,也有担当、有勉力,在滁州任上所作的《寄畅当》和《始建射侯》两诗就是其中之代表。《寄畅当》是为中唐名诗人畅当响应朝廷征召从军赴难而作,诗中对畅当急国家之急,投笔从戎表达了高度的赞许和肯定:"丈夫当为国,破敌如摧山。何必事州府,坐使鬓毛斑。"在《始建射侯》中甚至想投笔从戎、为国靖难:"男子本悬弧,有志在四方。……一朝愿投笔,世难激中肠。"

韦应物治滁时期写得最多的诗作,还是对故乡、对亲人的思念。韦应物与诸弟的感情十分深厚,在滁期间寄给家中诸弟的诗十分频繁。在诗集中,每逢"重九""冬至""岁日""元日""社日""寒食""三月三日""立夏""重阳",都有诗作寄赠。每逢季节变化如"新秋""始夏",或遇见典型景物如"秋雁""闻蝉""郡斋感秋"之际,或"晓至园中"之时,就更能触发乡思:"故园眇何处,归思方悠哉。淮南秋雨夜,高斋闻雁来。(《闻雁》)"前面说到韦应物到滁即病,病中更加深了这种思念之情,如在《新秋夜寄诸弟》中写道:"两地俱秋夕,相望共星河。高梧一叶下,空斋归思多。方用忧人瘼,况自抱微疴。无将别来近,颜鬓已蹉跎。"在《郡斋感秋寄诸弟》中,一面感叹"方知昨日别,忽觉徂岁惊",一面怀念闲居长安西郊时与诸弟采菊饮酒、无忧无虑的闲适生活。病中的孤独更引起他对亡妻的思念:"香炉宿火灭,兰灯宵影微。秋斋独卧病,谁与覆寒衣"(《郡斋卧疾绝句》)。建中四年,得知京城兵乱的消息后,韦应物也十分惦念仍在长安的兄弟和家人,于是立刻派人回长安探望,并写有《寄诸弟》《京师叛乱寄诸弟》等诗作,其后者云:"弱冠遭世难,二纪犹未平。羁离官远郡,虎豹满西京。上怀犬马恋,下有骨肉情。归去在何时,流泪忽沾缨。"情真意切,真挚感人。清人喻文鏊称赞其中的"两地俱秋夕,相望隔星河"两句说:"不待言之毕而已令人凄绝。左司之诗纯以清淡见腴,至其兄弟情见于集中者尤多。"(《考田诗话》卷一)五月九日,诗人派往动乱中的京城打探亲人消息的使者返回滁州,带来诸弟平安的回信,诗人更是激动不已,写下《寄诸弟》:"岁暮兵戎乱京国,帛书间道访存亡。还信忽从天上落,唯知彼此泪千行。"手足之情,更是感人至深。宋儒云:"修身齐家、治国平天下。"一个深深忠贞爱国、忧悒民生的好官员首先是个眷念乡土、钟情手足的好儿女、好兄长!

正因为如此,韦应物最盼亲友来访,欢宴畅叙能给他凄清孤独的心境注入一丝欢快和亮色。《滁州园池燕元氏亲属》《南塘泛舟会元六昆季》二诗记录了他的姻亲元氏兄弟来访时一起游宴的情景。尤其是好友李儋的来访使他感到了他乡遇故知的喜悦:"宿雨冒空山,空城响秋叶。沉沉暮色至,凄凄凉气入。萧条林表散,的砾荷上集。夜雾着衣重,新苔侵履湿。遇兹端忧日,赖与嘉宾接。"(《郡中对雨,赠元锡兼简杨凌》)冒雨游山峦,夜雾入深林,诗人的游兴皆因友人的到来而倍增。

滁州虽地瘠民贫,但民风朴厚:"州民自寡讼"(《种药》),再加上"郡中多山水"(《南园陪王卿游瞩》)、"信是高人居"(《再游西山》),对于外放到偏远州郡的韦应物来说,寄情山水是消磨政务以外的清闲时光,排解愁苦郁闷思乡之情的最好方法。韦应物在滁诗作中有相当篇幅的登览纪游之作:"几阁文墨暇,园林春景深"(《南园陪王卿游瞩》);"积逋诚待责,寻山亦有余"(《再游西山》)。韦应物有时是独自一人:"时事方扰扰,幽赏独悠悠。弄泉朝涉涧,采石夜归州"(《游西山》);有时是呼朋引类:"鸣驺响幽涧,前旗耀崇岗"(《游琅琊山寺》)。但韦应物的登览纪游有两个明显的特点:一是即使在登山临水、探胜寻幽之际,也未忘却自己肩上的责任:"物类诚可遣,疲氓终未忘"(《游琅琊山寺》);"逍遥池馆华,益愧专城宠"(《春游南亭》)。二是不重在借景咏志或怀古叹今,而多是远望当归,抒写思乡念亲之情,如"兹楼日登眺,流岁暗蹉跎。坐厌淮南守,秋山红树多"(《登楼》);"坐忆故园人已老,宁知远郡雁还来。长瞻西北是归路,独上城楼日几回"(《答端》);"高阁一长望,故园何日归。烟尘拥函谷,秋雁过来稀"(《西楼》)等皆是如此。可见思亲怀乡像身影一样跟随着他,挥之不去,而且历久弥深!

求得精神的慰藉、逃避内心痛苦还有一个途径就是宗教。韦应物与佛教接触颇深。大历十二年(777)爱妻病故,两年后自己又因京兆尹黎干获罪牵连,于十四年(779)六月称病辞去栎阳令,退居善福寺精舍,研读佛经。到滁州后,由于上述原因,他又频繁进出佛寺,与僧道交往,写有《宿永阳寄璨律师》《简恒粲》《赠琮公》《答释子良史送酒瓢》《寄全椒山中道士》等十多首诗作。与僧人谈诗论佛已成为韦应物日常生活的一项重要内容和精神排遣,在与道士的交往中,韦应物也开始信奉道家的服食导引之术。其《饵黄精》一诗云:"灵药出西山,服食将其根。九蒸换凡骨,经著上世言。候火起中夜,馨香满南轩。斋居感众灵,药术启妙门。自怀物外心,岂与俗士论。终期脱印绶,永与天壤存。"但此时的韦应物用世之志尚未完全消失,并未完全沉湎于佛道之中并未因寄情佛道而忘记自己的州官职责:"意有清夜恋,身为符守婴"(《秋景诣琅琊精舍》)。他只是要在官与隐之间寻求一种心理平衡,找到一个排除心底烦忧的不二法门:"行迹虽拘检,世事淡无心"(《南因陪王卿游瞩》)、"经世岂非道,无为厌车辙"(《同元锡题琅琊寺》)、"出处似殊致,喧静两皆禅"(《赠琮公》)。韦应物后期这条亦官亦隐的吏隐之路,就是从滁州发轫,从接触僧道开始的。

3. 赋闲西涧

兴元元年冬末,韦应物被免去滁州太守一职。由于清廉奉公,罢任后竟无钱凑足回长安的路费,只得在滁州西涧暂住下来,直到第二年秋天,朝廷任命为江州刺史,才从滁州往九江赴任,这半年多即西涧赋闲时期。此时奴仆等人均已散去,既无公务烦扰,更无世俗应酬。诗人本来对来滁为官就没有多少兴趣,加上战乱频仍、地瘠民贫,在任上无所作为,早已半官半隐、意兴阑珊。此番免职,不能说得其所哉,至少是淡然置之,好过诗酒自娱、谈经论道的优游岁月,并做归老故园之打算。此时他在除夕守岁时写给京城弟弟端武等人的一首诗作,就反映了此时的处境和心态,其后半首写道:

> 昨日罢符竹,家贫遂流连。部曲多已去,车马不复全。闲将酒为偶,默以道自诠。听松南岩寺,见月西涧泉。为政无异术,当责岂望迁。终理来时装,归凿杜陵田。(《岁日寄京师诸季端武等》)

诗中提到"昨日罢符竹",可见是刚免职不久,"家贫遂流连……车马不复全"三句是写明未能及时归京,滞留滁州的原因。"闲将酒为偶"等数句是叙写此时的行止和思考,以淡定的心态和自然的举止对待免职后的生活起居。最后"终理来时装,归凿杜陵田"两句则是点明自己的归宿。与此相类的还有《郊居言志》,此诗将退居西涧后的生活、志向和情怀说得更加具体、直白。诗的一开头就是"负暄衡门下,望云归远山",点破已为负暄野老,盼望回归故乡。然后说到此时的生活起居、情趣爱好:"但要尊中物,馀事岂相关。交无是非责,且得任疏顽。日夕临清涧,逍遥思虑闲。出去唯空屋,弊簦委窗间。"最后点明此时的情志:"世荣斯独已,颓志亦何攀。"一切荣华皆已成为过去,现在志气颓丧,无所欲求。诗人在此所说的世荣斯已,颓志何攀,只不过是他人生转轨的独特表达方式,只不过是以这种方式在向昔日的官宦世俗生活告别!

由于赋闲,此时的诗人对亲人更加思念,也更有时间来抒发对亲人的体贴关怀。除上述的《岁日寄京师诸季端武等》外,还有《简卢陟》《西涧即事示卢陟》《送杨氏女》等。卢陟是韦应物的外甥,从两诗中"栖惶戎旅下,蹉跎淮海滨""知子尘喧久,暂可散烦缨"等句来看,可能是投笔从戎,在军旅中任职。不受重视,壮志难酬,因而悲愤郁闷。这与韦应物的遭遇、心情都颇相近。出于亲情,也出于共鸣,诗人在赋闲中写了两首诗来安慰这位外甥,同情他的遭遇,也道出自己闲居中的处境。两诗的结尾,都邀请他前来西涧,共饮解忧。诗人此时还有《送杨氏女》一诗,更值得一提,诗云:

> 永日方戚戚,出门复悠悠。女子今有行,大江溯轻舟。尔辈况无恃,抚念益慈柔。幼为长所育,两别泣不休。对此结中肠,义往难复留。自小阙内训,事姑贻我忧。赖兹托令门,仁恤庶无忧。贫俭诚所尚,资从岂待周。孝恭遵妇道,容止顺其猷。别离在今晨,见尔当何秋。居闲始自遣,临感忽难收。归来视幼女,零泪缘缨流。

杨氏女是韦应物的长女,嫁给杨氏。从"居闲始自遣"一句看,应为韦应物被免去滁州刺史一职后所作。韦妻在十年前去世,长女"自小阙内训",还要担当起抚养弟妹的责任,如今在贫困中出适杨氏,自己没有多少陪嫁,只有一番叮咛。回来再看看嗷嗷待哺的幼女,更觉生活的艰辛,"零泪缘缨流",诗人内心的凄苦可想而知!

赋闲之际,诗人转向山水田园,创作了大量的山水田园诗作,记叙自己的所行所止、所思所感。登览纪游、探胜寻幽之作此时更多,而且同在职时的同题之作在思考角度和诗歌风格上均有所不同,如前后两首游西山之作:

> 南谯古山郡,信是高人居。自叹乏弘量,终朝亲簿书。于时忽命驾,秋野正萧疏。积逋诚待责,寻山亦有馀。测测石泉冷,暧暧烟谷虚。中有释门子,种果结茅庐。出身厌名利,遇境即踌躇。守直虽多忤,视险方晏如。况将尘埃外,襟抱从此舒。(《再游西山》)

> 屡访尘外迹,未穷幽赏情。高秋天景远,始见山水清。上陟岩殿憩,暮看云壑平。苍茫寒色起,迢递晚钟鸣。意有清夜恋,曾为符守婴。悟言缁衣子,潇洒中林行。(《秋景诣琅琊精舍》)

前者写于建中四年十月作者在滁州任上。诗中反省自己过去治郡不能举重若轻,终日沉埋于簿书之间,对南谯古山郡的山水胜景领略不多。在此之前,诗人曾游过一次西山,但那次正当长安兵变、德宗出奔奉天,"时事方扰扰"之际,作者去对江的采石公干,连夜赶回滁州,途经西山,出于爱好山水的天性,忙里偷闲,匆匆一游。诗中不但提到"终朝亲簿书",还说"积逋诚待责",即追捕逃亡的案子积累很多等待处理。诗中描绘了西山秀美的秋色,使诗人郁闷愁烦得以暂释。诗中也提到"释门子"的"茅庐",但仅是眼中所见一景而已,未加深论。后者则写于退职之后的第二年秋天。琅琊寺亦在西山。一开头就云"屡访尘外迹,未穷幽赏情",可见此时探胜寻幽已是常事,而且乐此不疲。"尘外迹""幽赏情"这些用语来看,诗人此时已变得超脱淡定,守滁时期的郁闷烦愁已若青烟散去。下面的景色描写:山水清远、暮云平壑、秋色苍茫和晚钟迢递,都带有幽人色调、清远风韵,离世俗已经很远了。诗人为了强调这种境界的升华,又加上结尾两句禅思:"悟言缁衣子,萧洒中林行"。我们说韦诗风韵淡远清雅,这在闲居西涧的山水诗作中有更多的体现。在这类诗作中,更具有代表性的是《滁州西涧》:

　　独怜幽草涧边生,上有黄鹂深树鸣。春潮带雨晚来急,野渡无人舟自横。

　　滁州西面是低矮的丰山,并无涧水,今日的西涧遗址在城北是片沼泽地。欧阳修治滁时就怀疑过这不是实景,因为即使是城北之涧,也是"水极浅,不胜舟,又江潮不到",于是猜测这可能是"岂诗人务在佳句,而无此实景耶"(《唐诗品汇》卷四九)。欧阳修猜测不无道理,只是韦应物追求的并非"务在佳句",而是要借此表达此时的心态和情怀:岸边幽草丛生,鹂鸣深树,春潮带雨,野渡舟横,这些景物带有一种原始质朴的自然美,澄淡清爽。这与诗人此时的恬淡安适、远离世俗的思绪和处境相合,那只横在野渡之上的小舟,更使我们想起他来滁是所写的《自巩洛舟行入黄河即事寄府县僚佐》中的那只"不系之舟",只是增添了一些罢职闲居中落寞和幽叹。有人将首句解为"君子在里,安贫守节",第二句解为"小人在上,居高媚时",可能是过渡解读。这首诗作不仅是诗人生感悟的升华,而且澄淡幽深,堪称诗人山水诗作的骊珠。韦应物之所以被称为中唐时代山水诗人的代表,与他在滁州尤其是退居西涧后的山水诗作关系极大。

　　诗人解职之后也不时亲自参加劳作:在西涧种柳(《西涧种柳》),在"园圃"种瓜(《种瓜》);将海石榴移到涧边有阳光处(《移海榴》),又从"山客"那里购来药草种在"幽涧"边(《种药》);诗人为手种的茶树发芽欣喜,因为"为饮涤尘烦"指日可待(《喜园中茶生》),也为紫荆开花而引起乡愁:"还如故园树,忽忆故园人"(《见紫荆花》)。诗人在上述的《郊居言志》结尾说到他此时最大的愿望就是"唯当岁丰熟,闾里一欢颜",由于居住郊外,又亲身参加劳动,他对农民的辛劳和疾苦有了近距离的观察和直接感受:

> 微雨众卉新,一雷惊蛰始。田家几日闲,耕种从此起。丁壮俱在野,场圃亦就理。归来景常晏,饮犊西涧水。饥劬不自苦,膏泽且为喜。仓廪无宿储,徭役犹未已。方惭不耕者,禄食出闾里。(《观田家》)

惊蛰以后,农家就忙个不停,丁壮们整日在田野劳作,起早而归晚。但一年的辛劳,都变成租税让官府征去,不但家中无隔夜粮,还要去服无休无止的徭役。诗人最后感叹道"方惭不耕者,禄食出闾里"。如果说《寄李儋元锡》中的"身多疾病思田里,邑有流亡愧俸钱"是千古名句的话,那是凭一位官员的自觉自疚打动了千千万万的人,而"方惭不耕者,禄食出闾里"则是作者亲历亲见的感同身受!

从上面的叙述也许可以发现,无论是亲身参加劳动,还是对山水风物的喜爱,以及冲淡平和的诗风、洗尽铅华的平质语言,从思想行为、生活态度到语言风格,韦应物,尤其是在滁州后期的韦应物,都非常近似陶渊明。诚然,韦应物是自觉向陶渊明学习的,韦集中不但有"慕陶真可庶(《东郊》)"等慕陶的独白,更有《与友生野饮效陶体》《效陶彭泽》等拟陶诗作。他的某些诗句,如"林清意已凄,采菊露未晞。举头见秋山,万事皆若遗(《答长安丞裴说》)"从语言到立意显然皆脱胎于陶诗。韦应物不仅在语言风格上酷似渊明,更重要的是,他本人也具有陶渊明式的品德与精神:感情真纯,热爱生活,挚爱自己的亲友,酷爱山水田园,而且关怀民生,厌恶官场,所以他的许多作品与陶诗不但形似,而且神似,前面所举的《郊居言志》就是"不曰效陶,实自真意"(刘辰翁《唐诗评选》)。诗论家何良俊甚至认为:"唐人五言古诗有陶、谢余韵者,独左司一人。(《四友斋丛说》)"但是,韦应物和陶渊明还是有所不同的:陶渊明终于与他厌恶的官场彻底决裂,韦应物虽厌恶官场,数次辞官退隐,但始终摇摆在退隐和从仕之间。就在他乐道的西涧之隐后约半年后,接到朝命,又赴江州刺史任去了。

二、刘禹锡

刘禹锡(772—842),字梦得,祖籍多有争议,有说是洛阳人,有说是彭城(今徐州)人,有说是定州人或中山无极人,曾任太子宾客,世称刘宾客,与柳宗元并称"刘柳",与白居易合称"刘白"。出身于一个世代以儒学相传的书香门第,本人自称是汉中山靖王后裔。德宗贞元九年(793),擢进士第,登博学宏词科,从事淮南幕府,入为监察御史。参与王叔文政治改革集团,转屯田员外郎,判度支盐铁案。贞元二十一年(805)改革失败后,贬为朗州(今湖南常德)司马。十年后召还,将置之郎署,又以作玄都观看花诗涉讥讽,执政不悦,复出为连州(今广东连县)刺史。穆宗长庆元年(821)改任夔州刺史,在和州任上,前后近三年。长庆四年调任和州刺史。敬宗宝历二年(826)奉调回到洛阳,任职于东都尚书省。刘禹锡与安徽有关的诗作有调任和州刺史途中写的《自江陵沿流道中》《武昌老人说笛歌》《九华山歌》《秋江早发》《西塞山怀古》《晚泊牛渚》等;在和州刺史任上,作有长篇古诗《历阳书事七十韵》《望夫石》等;离任后,由和州前往金陵,作有《金陵五题》《罢和州游建康》等。文章则有《和州谢上表》《谢分司东都表》《和州刺史厅壁记》《唐故宣歙池都团练观察使王公神道碑》等。

(一)赴任和州与陋室之铭

和州在唐代属上州,又地处长江冲要,物产富饶、人文荟萃。据刘禹锡自己写的《和州刺史厅壁记》,当时和州有人口一万八千多户,岁赋钱十六万缗,苎麻两篚。李白所咏歌的天门山、横江馆都在其境内,他的对岸就是有名的牛渚、采石矶。和州是一个山清水秀、物产丰饶的通都大邑,比"巴山楚水凄凉地"的夔州,当时的交通物产都要好得多。刘禹锡从夔州转和州,属"量移",即由远转近,由"不足当通邑"之地转到了"上州大郡"。所以这次赴任没有十八年前贬为朗州司马以及八年前改任连州刺史时的惊:"闻弦尚惊,危心不定"(《上中书李相公启》,下同);愤:"吞声咋舌,颗白无路";愁:"心有寒灰,头有白发";怯:"心因病怯,气以愁耗"等忧愤心情,相反却带有某种欣慰和兴奋。他在《和州谢上表》中说自己对这次改任是"恩私或降,庆抃失容。臣某中谢"。从起程时写的《秋江早发》也可看出此时的精神面貌:"轻阴迎晓日,霞雾秋江明。草树含远思,襟怀有余清。凝睇万象起,朗吟孤愤平……纳爽耳目变,玩奇筋骨轻。沧州有奇趣,浩荡吾将行。"红日冲破晓雾,朝霞映红江面。年近半百的诗人伫立于船头,耳聪目明、身轻骨健,往昔的"孤愤"一扫而平,正敞开襟怀,面对更新的万象,浩荡东行。诗人兴致很高,沿江东下途中,沿途都有诗歌纪胜:在经过湖北大冶附近的西塞山要塞时,诗人面对残存的战壕和潇潇的芦荻,勾起了他对历代王朝兴废的历史记忆,写下被后人称为"骊龙之珠"的《西塞山怀古》。有的学者认为此诗"是把嘲弄的锋芒指向历史上曾经占据一方,但终遭覆灭的统治者,是对重新抬头的割据势力迎头一击"(《唐诗鉴赏辞典》,赵其钧文)。这种解释似乎太过于政治化,也过于肤浅了。刘禹锡所思考的可能是由山川依旧所引发的历史上王朝兴衰的人世沧桑,更可能引发他对功名事业乃至人生的思考,说到底,还是一种政治家和哲学家对人类终极命运的关怀。刘禹锡写过《天论》,他提倡"天人相交":"用天之利,立人之纪。纪纲或坏,复归其始",这就是诗中"人世几回伤心事,山形依旧枕寒流"的内涵,只不过他在诗中是借景抒情,用文学的语言加以表达而已。他在途经佛教名山九华山时,曾上山游览并作了首有名的《九华山歌》。歌的结句是"君不见敬亭之山黄索漠,兀如断岸无棱角。宣城谢守一首诗,遂使声名齐五岳"。索漠无闻的敬亭山,经南齐大诗人谢朓揄扬后,遂名齐五岳,何况九华山有如此神秀的风光;此番经他的《九华山歌》传颂,也定会"籍胜乎人间"。从其中既可看出他对自身才华的自负,也可看出十多年的贬逐生涯并未使他的豪情稍减,难怪后人称他为"诗家之豪者"。

同年秋,他到达和州对岸的牛渚,并在牛渚停泊一夜,第二天绕过江心洲,到达和州。牛渚即牛渚矶,以传说中金牛出渚而得名。东吴大帝孙权赤乌年间

(239—249),广济寺僧掘井得五色石,遂更名为采石矶。采石矶与南京的燕子矶、岳阳的城陵矶并称为"长江三矶",而采石矶尤为著名。它前兀大江滨,后环牛渚河,遥对天门山,地势险峻,江窄水急,为历代兵家必争之地。东汉末年,孙策曾在此大破扬州刺史刘繇的牛渚营;东吴名将周瑜、陆逊都在此屯过兵;东晋镇西将军谢尚也曾在此筑城镇守。隋文帝开皇元年(589)大将韩擒虎伐陈,以精骑五百由采石渡江直捣金陵;赵匡胤的大将曹彬也是从此渡江攻灭南唐。江山胜处自然也是人文荟萃之地。东晋的温峤曾夜泊牛渚,听到矶下江水中隐约传来弦乐之声,便命人将可以辟邪的犀牛角点燃下照,果然见众多水族或乘车,或骑马,怪怪奇奇、熙熙攘攘,一见火光纷纷逃遁。当夜,温峤梦见一神人愤愤对他说:你我幽明相隔,路途不通,为何相扰?从此牛渚矶下再也听不到弦乐之声。"一生好入名山游"的李白在江淮游历时对此处更是流连忘返,在此写下了《夜泊牛渚怀古》《牛渚矶》等著名篇章。刘禹锡泊舟牛渚时,西天的残霞由明转暗,芦苇在晚风中飒飒作响。高空秋雁,阵阵惊寒;江中渔火,闪烁不定。此时此景,他当然会想起温峤的夜泊牛渚和李白的那首有名的《夜泊牛渚怀古》,于是他也作了首《晚泊牛渚》:"芦苇晚风起,秋江鳞甲生。残霞忽变色,远雁有余声。戍鼓音响绝,渔家灯火明。无人能咏史,独自月中行。"如果说《九华山歌》是表现了他的自负,那这首《晚泊牛渚》则表现了他对秀丽山川的倾倒和对前辈才华的折服。

　　刘禹锡于长庆四年(824)二月二十六日到达任所,和州此时正值江淮地区百年大旱后。这个著名的鱼米之乡,呈现在他眼前的却是一幅哀鸿遍野、民不聊生的惨状:"比屋恂嫠辈,连年水旱并"(《历阳书事七十韵》)。他深知和州一带"地在江淮,俗参吴楚,灾旱之后,绥抚诚难",一方面上书朝廷,要求减免赋税,赈灾济民,"奉宣皇恩,慰彼黎庶"来安顿灾民、安抚百姓;一方面各处巡查,了解救治之方,并用他多年留心搜集到的各种单方、验方为灾民看病。此后,又利用冬闲率领民众挖塘筑坝,疏浚河道,兴修水利。经过一年半的悉心治理,和州农业生产已经恢复,民生亦已开始复苏。到第二年(唐敬宗宝历元年)(825)六月,他在《和州刺史厅壁记》中的和州已是"田艺四谷,拳全六扰。

庐有旨酒,庖有腴鱼"。这虽然是文学的夸饰,但也可见刘禹锡的治国才干和德行操守。

更能表现刘禹锡操守德行的,是他在和州修建的陋室。据相关史料,刘禹锡为人一向淡泊名利、清心寡欲,不肯随波逐流,不喜通衢闹市,唯愿散居闲处。贬朗州(今湖南常德)时,他避开闹市,选择城墙拐角处的更鼓楼旁一块高地,在上面建了竹楼而居。用竹子作为建筑材料,不仅"价廉而工省",而且优雅素洁,助文人清兴;改任连州(在今四川连县)后,他也是远避尘嚣,在海阳湖畔建"吏隐亭",独处其中,并写下表明心迹的《吏隐亭述》,其中写道:"天下山水,无非美好。地偏人远,空乐鱼鸟。谢工开山,涉月忘返。岂曰无娱,伊险且艰。"这同后来在和州所作的《陋室铭》,不但皆是四言体,而且主旨乃至表达方式都极其相似。改任夔州任刺史后也是很少见客,陪伴在身边的只有童年时代的好友裴昌禹,以及同为八司马被贬远州的韦执谊儿子韦珣,其余概不久留,将公余的大量时间用于读经和写作,散文小品七篇《因论》以及《浪淘沙词》《畲田调》《竹枝词》等重要的诗歌创作皆作于此时。任和州刺史后,因和州是"上邦大郡",又在金陵(今南京)附近,市井繁华,丝竹杂乱,所以他在城东郊"依土山(今仙山)傍浅池(今龙池)"筑陋室而居,以避世嚣。公退之余,他在此或接待鸿儒贤士,笑谈终日,或焚香独坐,调弦读经,把案牍之劳抛在一旁,也远离了乱耳的市井丝竹之声。为了表达心志,他在此还写下著名的《陋室铭》:

山不在高,有仙则名;水不在深,有龙则灵。斯是陋室,惟吾德馨。苔痕上阶绿,草色入帘青;谈笑有鸿儒,往来无白丁。可以调素琴,阅金经。无丝竹之乱耳,无案牍之劳形。南阳诸葛庐,西蜀子云亭。孔子云:何陋之有?

关于陋室的所在地,旧有两种说法:一说是在河北定县(旧中山郡),一说是在和州。持定县说者的理由是刘禹锡为中山人,今定县南三里庄有陋室存世。此说的理由似不能成立,因为刘禹锡虽是西汉中山靖王刘胜之后,但在其七世祖刘亮时就已迁往洛阳,刘家祖茔也在洛阳邙山,后因"其地狭不可依"又改葬于荥阳的檀山原。刘禹锡的祖父刘锽一直在洛阳做官,其父刘绪先后在浙西、埇桥(今安徽宿州市南)等地任职,大约在唐德宗贞元十三年(797)死于扬州。刘禹锡于代宗大历七年(772)壬子出生在苏州一带,此时刘家寓居江南已十六七年,也从未在定县居住过。与刘禹锡相唱和的元稹、白居易、张籍诸人的诗作中也无迹可求,所以说陋室在定县是无据可证的。陋室在和州的最早记载见于宋代江宁知县王象之的《舆地纪胜》和州条:"陋室,唐刘禹锡所辟。"后来清《一统志》《历阳典录》和《和州志》中关于陋室的记载,皆取于王象之的《舆地纪胜》。

对《陋室铭》也是代有争论。最早说《陋室铭》为刘禹锡所作,亦见于王象之的《舆地纪胜》和州条:"陋室,唐刘禹锡所辟。又有《陋室铭》,禹锡所撰,今见存。"清代董浩编《全唐文》,曾收此文在刘禹锡名下;后经康熙时吴楚材编入《古文观止》播扬,遂成脍炙人口的名篇。但"四库丛书"中的《刘宾客集》却未收此文,因而有人又怀疑不是刘禹锡所作。但从《陋室铭》中所流露出的生活情趣和操守,与他在和州所写的其他诗文,应当说是完全一致的。亦正如前面提到的,这篇《陋室铭》虽作于和州,但可以说是诗人一贯言行和人格的延续。《陋室铭》文字不多,包孕的内涵却异常丰富。他有意识将素琴和丝弦、案牍和阅经、鸿儒和白丁对举,来强调自己的爱好和人生选择:他喜爱音乐但却厌恶歌舞聚会、笙歌聒耳;他厌恶官场文章却喜爱读书,尤其自己深研过的佛经;他喜爱安静和独处,但友人造访也能谈笑甚欢,但对那些粗俗的"白丁"却拒绝登门。《陋室铭》中还有种潜伏的情绪需要指出:它不全是咏歌淡泊和超脱,其中也有希冀和待时奋起,这表现在结尾的"南阳诸葛庐,西蜀子云亭"两句上。诸葛亮躬耕于南阳,胸中早规划好了三分天下,准备待时而动,这为人们所熟知。西汉的扬雄(字子云)也是位自甘寂寞又胸有大志的人。四十岁之前他在成都闭门读书,仿《论语》作《法言》,仿《周易》作《太玄》,可见其志向。四十岁被汉成帝召见,献《甘泉》《羽猎》二赋,世人视为司马相如再生,历史上并称为"扬马"。刘禹锡在铭中以诸葛庐、扬雄亭作结,意在暗暗表明:居处简陋志向却不浅陋,"兴尧舜孔子之道,利安元元"

的壮志一直存于胸中,这与他在《历阳书事七十韵》中勉励自己要勤于政事,把一己之乐置于脑后,全力以赴投入当时抗旱救灾之中,拯民于水火的自励相表里,从不同的侧面印证着刘禹锡人格的高尚。由于刘禹锡在和州任后即调回中央,因此也可以说是他二十多年流放生活与心志的一个表态和总结。

和州陋室,在今和县城关的历阳镇东。室为一正房两厢房,坐北朝南,小巧而紧凑。正房四檐如翼,庭前阶除三五级,旁植桐树,秀木交柯,绿荫满地,环境十分清幽。陋室铭碑就立在堂内。据《历阳典录》称:碑铭是由唐代大书法家柳公权所书写,后来毁于兵火。现在所存的碑铭乃清人金福保所书写,此碑毁于"文化大革命"。"文革"后,和州人将残碑拼在一起,重立在堂前。今天"陋室"大门的迎屏写道:"政擢贤良,学通经史;颉韦颃白,卓哉刺史",这是和州人对这位正直又勤勉的和州太守中肯的评价和深切的怀念。

(二)和州风物与太守咏歌

和州原名历阳,在秦朝设县,属九江郡。项羽称西楚霸王时封亚父范增为历阳侯,始建此城。境内有许多楚汉相争的古迹,其中的乌江浦就是项羽兵败不愿东渡的自刎之处,在浦东南约二里的凤凰山上建有霸王祠,境内的阴凌山、四溃山,皆是项羽从垓下突围后与追堵汉兵鏖战之处。南朝梁亡之际,陈霸先欲图霸业,拥立贞阳侯以归,王僧辨过江来临,会于历阳。两国协和,故改名为"和州"。和州除楚汉相争若干古迹外,尚有西梁山、历阳湖、彭悭湖、玄元台、濡须坞、望夫山、望夫石等名胜古迹。除人文荟萃之外,这里物产富饶、民风朴厚。刘禹锡在此为守三年,深深爱上了这块土地。他在《和州刺史厅壁记》中盛夸这里的物产富饶:"田艺四谷,蚕全六扰。庐有旨酒,庖有腴鱼";对国家贡献多多:"见户万八千有奇,输缗钱十六万,岁贡纤绠二筐,吴牛苏二钧,糁鱏九瓮,茅蒬七千两",而且人口增长和经济发展很快:"开元诏书以口算、第郡县为三品,是为下州。元和中,复命有司参校之,遂进品第一";这里地处冲要,历来为兵家必争之地:"城高而坚,亚父所营。州师五百,环峙於东。南濒江,划中流为水疆,揭旗树菆,十有六戍。自孙权距陈,出入六伐,常为宿兵之地,多以才能人处之";这里山川形胜、人文荟萃:"镇曰梁山,浸曰历湖。……神仙故事,在郊在薮。元元有台,彭铿有洞。名山曰鸡笼,名坞曰濡须。异有血阃,祥有沸井";这里男耕女织、民风朴厚:"女工尚完坚,一经一纬,无文章交错之奇;男夫尚垦辟,功若恋本,无即山近盐之逸。市无嗤眩,工无雕彤,无游人异物以迁其志"。作者如数家珍,娓娓道来。其中热爱眷念之情,夸赞自得之忞,洋溢其间。

刘禹锡出于太守之责,走遍和州的民间闾里;出于文人心性,也处处探胜寻幽,熟悉和州的地理沿革,也醉心于和州的历史人文,这在他的长诗《历阳书事七十韵》中得到充分的表现。《历阳书事七十韵》长达一百四十八句,是《刘宾客集》中最长的诗篇之一。诗中记述了和州的历史沿革,描绘了"远岫低屏列,支流曲带萦""场黄堆晚稻,篱碧见冬菁"秀美的田园风光。如果说《和州刺史厅壁记》中只是对和州的山川胜迹综述概论的话,《历阳书事七十韵》则是以诗的语言和诗的情韵对鸡笼山、濡须坞、乌江亭、西梁山、历阳湖等和州名胜古迹一一罗列加以讴歌,并抒发长长的感受。如诗的一开头就提到历阳的来历:"一夕为湖地,千年列郡名",继后提到的"鸡笼为石额,龟眼入泥坑",皆与鸡笼山的神话传说有关。鸡笼山在和州城北四十里,风景秀丽,是道家第四十洞天福地。据李亢《独异志》云卷上:"历阳县有一媪,常为善。忽有少年过门求食。待之甚恭,临去,谓媪曰:'时往县,见门阃有血,即可登山避难。'自是,媪日往之门。吏问其状,媪答以少年所教。吏即戏以鸡血涂门阃。明日,媪见有血,乃携鸡笼走山上。其夕,县陷为湖,今和州历阳湖是也。"今山上有石,状如鸡笼,故名此山为鸡笼山。濡须坞在和州西含山县西南七十五里的濡须山下。三国时,东吴水军常由裕溪口出长江北行濡须屯扎,而曹操南下攻江东也必须攻占濡须,双方屡屡在此交锋。刘禹锡在《和州刺史厅壁记》中称之为"名坞",唐时濡须坞仍在,坞旁有曹操祠。他在《历阳书事七十韵》中说:"曹操祠尤在,濡须坞未平。"看来至少在中唐时代此地就已成风景区了。乌江的名声更大,乌江又名乌江浦,原是长江北岸一片沼泽地。今有乌江镇,在和州城北四十里处。据司马迁《项羽本纪》,项羽从垓下突围后,至阴凌(今安徽定远)迷失道,受一田父欺骗,向东陷入乌江一带沼泽地中。结果被流兵追上，部队溃散，和州境内的四溃山亦由此而得名。今乌江镇东南一里凤凰山上建有霸王祠，匾额为"西楚霸王灵祠"，是李白族叔、当涂县令李阳冰所题。唐以后屡经修葺扩建，有正殿、青龙宫、行宫，共九十九间半，比帝王陵庙仅少半间。祠内有项羽、范增、虞姬等塑像，以及钟鼎、碑匾等文物。祠内有一联："司马迁乃汉臣，本纪一篇，不信史官无曲笔；杜师雄真豪士，临祠大哭，至今草木有余悲。"唐宋诗人孟郊、杜牧、苏舜钦、陆游等均有题咏。现仅存正殿三间二厢。据宋人祝穆《方舆览胜》记载：宋高宗绍兴三十一年（1161），金主完颜亮南侵到和州，欲从乌江渡江袭金陵，曾往项王庙"乞杯盏"未果，一怒之下"欲焚庙。俄见大蛇绕出屋梁，殿后林中鼓噪发声，若数千兵然。亮大惊，左右亦骇然"，此庙故又名"灵惠庙"。庙后有项王衣冠冢，周围为松林。宋乌江令龚相《项王亭赋》云"墓四周古柏数百章，怒涛汹汹如大风雨至"，吓走完颜亮的，大概就是周围的松涛声吧！衣冠冢前有明万历年间和州知州谭之风手书的碑额。刘禹锡在《历阳书事七十韵》所提到的"霸王迷路处，亚父所封城""沸井今无涌，乌江旧有名"，就是咏歌这段历史。刘禹锡在咏歌和州古迹名胜时，往往在咏歌之中大段抒发自己的人生感受，如在记述曹操祠和濡须坞这两处和州名胜之后，大段记述他由夔州赴和州任沿途的经历及其感受。其中插入一段故旧骆驿主人的邀饮："骆驿主人问，悲欢故旧情。几年方一面，卜昼便三更"，"敛黛凝愁色，施钿耀翠晶。容华本南国，装束学西京"，这并非仅是叙写友谊，更是抒发二十多年来贬谪荒州的人生感受。在描叙宣城、牛渚和望夫石等和州一带和对江的山水美景后，又着重叙写和州民众对自己赴任的热忱欢迎："里社争来献，壶浆各自擎。鸱夷倾底写，粔籹斗成文"，以及对目中所见和州大灾之年的思考："比屋茕嫠辈，连年水旱并。遐思常后已，下令必先庚"。面对水旱连年辗转沟壑的和州百姓和凄苦无依的孤儿寡妇，感到自己的责任重大，一定要勤于政事，把自己的辛劳和不快置于脑后。颁布政令，先抓农业生产这个根本。诗的结尾处，诗人又大段叙说自己的经历和遭遇：

  早忝登三署，曾闻奏六英。无能甘负弩，不慎在提衡。口语成中遘，毛衣阻上征。时闻关利钝,智亦有聋盲。昔愧山东妙,今惭海内兄。后来登甲乙,早已在蓬瀛。心托秦明镜,才非楚白珩。齿衰亲药物,宦薄傲公卿。捧日皆元老,宣风尽大彭。好令朝集使,结束赴新正。

诗中虽有人生"不慎",招致"中蕰"的愤懑,投闲散置、愧对后进的不平,更有"心托秦明镜"的品格自白和"宦薄傲公卿"的操守自傲。从结尾两句"好令朝集使,结束赴新正"来看,此诗似是写在结束和州任期,将赴朝廷新命之际。因此,这首长诗也可以看作是"巴山楚水凄凉地,二十三年弃置身"(《酬乐天扬州初逢席上见赠》)外放生涯的一个总结。(这也许是该诗写得如此之长的原因之一)

必须指出的是,这种操守上的自持、人格上的自傲和对人生前途的自信,是诗人一以贯之的人生取向,无论是逆境或是坦途,皆无二致:流放之中他坚信:"莫道谗言如浪深,莫言逐客似沙沉。千淘万漉虽辛苦,吹尽狂沙始到金"(《浪淘沙》之八);二十三年的被贬,回京后仍保持那种人生的倔强:"种桃道士知何处,前度刘郎今又来"(《再游玄都观》)。年轻时他高唱"马思边草拳毛动,雕盼青云睡眼开"(《秋词》);年老时也仍是信心百倍:"莫道桑榆晚,为霞尚满天"(《酬乐天咏老见示》)。至于他离开和州在白居易等的接风宴席所坦陈的"沉舟侧畔千帆过,病树前头万木春",更成为新陈代谢、潮流不可阻挡的人生格言。《历阳书事七十韵》中大段人生感慨的抒发,亦充满不屈的精神和奋发的基调,这与以上诗句所突显的进取精神和豪放气质是一致的,因而被宋人吕本中赞为"语意雄健,后殆难继"(胡仔《苕溪渔隐丛话》前集卷二〇引吕本中《童蒙诗训》)。因此这首诗作也是我们了解或研究刘禹锡生平思想的重要的第一手资料。

刘禹锡在和州还写有一首七绝《望夫石》:

终日望夫夫不归,化为孤石苦相思。望来已是几千载,只似当时初望时。

望夫山在当涂境内,当涂属和州管辖。原题下有注:此山"正对和州郡楼"。此山得名于一个传说:古时候有一位妇女思念远出的丈夫,立在山头守望不回,天长日久竟化为石头。此诗突出一个"望"字,四句之中出现三次,诗意亦在"望"字重复的过程中步步深化。这与其说是诗人为妇人的执着和贞操所感动,在发思古之幽情,毋宁说是托古咏志,表达他对故国帝京的思念。刘禹锡在永贞革新运动失败后,二十多年长流远州,思念京国的心情一直很执着。此诗即借妇人望夫的执着来寄托这种情怀,亦借妇人的贞操来暗喻自己的坚贞操守。上述的《历阳书事七十韵》中"望夫人化石,梦帝日环营"两句,就是此诗最好的注脚。刘禹锡的同道亦同时被贬的柳宗元有首《与浩初上人同看山寄京华亲故》,其中亦突出一个"望"字:"若为化得身千亿,散作峰头望故乡",亦可见这批永贞革新志士的共同趋归。只不过柳宗元是明白直接的表白,刘禹锡是借咏歌望夫石含蓄说出,手法更婉曲一些。

刘禹锡在和州还以一篇史论《华佗论》,对安徽亳州人华佗一生加以评说,文中不仅有对华佗医学创新的赞誉和不幸被害的惋惜,更有对执政者利用权柄施暴的批判。文章最后说道:"吾观自曹魏以来,执死生之柄者,用一恚而杀才能众矣,又焉用书佗之事乎!呜呼,前事之不忘,期有劝且惩也,而暴者复借口以快意。"这已经不是针对一个"用一恚而杀才能"的狭隘残暴的曹操,而是对整个专制制度暴君的批判;所同情的也不再是一个华佗,而是包括自己在内的封建时代正直又有才华的士大夫阶层。

第三节 白居易

一、白居易在皖生活经历

白居易(772-846),字乐天,自号香山居士,原籍太原,生于河南新郑东郭宅。白居易是与李白、杜甫齐名的唐代大诗人,他与安徽的符离和宣城有着密切深厚的关系。白居易的父亲白季庚于唐德宗建中元年(780)授徐州彭城县(今江苏铜山县)令,徐州的治下有彭城和今属安徽的萧县、泗州(今泗县)、符离、埇桥(今宿州市)以及现在的淮北市和濉溪县。白居易六岁时母亲举家由新郑迁往徐州。

由于当时徐州一带局势动荡,于是十一岁的白居易于建中三年(782)随母亲离开徐州,到治下的符离县避乱。移家符离,可能与符离在徐州治下,也可能与白居易的堂兄白某在符离任主簿有关。白家的一些亲属也多在符离不远处为官,外祖父陈润任徐州古丰(今属江苏省徐州市,地处苏鲁豫皖四省交界处)县尉,叔父白季般任徐州沛县令,这样互相有个照应。符离因北边的离山产符草而得名,距今已有二千多年的历史。在今符离东北不远处的濉水南畔,有一片高台宅基地,当地老百姓叫白堆,这就是白居易一家当年在符离县故址的"东林草堂"。但当时的符离也在战乱威胁下,白居易只得在江南杭州、苏州一带漂泊。从现在留下的白居易诗作中,知道他在此期间无时无刻不想念在符离的亲人。他写诗托北归的客人带给在符离的兄弟们,其中写到"故园望断欲何如?楚水吴山万里余。今日因君访兄弟,数行乡泪一封书"(《江南送北客因凭寄徐州兄弟书》);异乡除夕之夜,他思念故乡的弟妹:"感时思弟妹,不寐百忧生。万里经年别,孤灯此夜情。病容非旧日,归思逼新正。早晚重欢会,羁离各长成"(《除夜寄弟妹》)。

战乱暂息后,年已十九岁的白居易才回到符离与家人团聚,开始当时读书人的正业——读书应举了。他在符离,与文友张彻兄弟,父亲的同事、徐州录事参军贾宁之子贾谏兄弟等"符离五子"灯下苦读、诗酒唱和。后来在写给好友元稹的信中,谈到当时的状况:"十五、六,始知有进士,苦节读书。二十已来,昼课赋,夜课书,间又课诗,不遑寝息矣。以至于口舌成疮,手肘成胝。既壮而肤革不丰盈,未老而齿发早衰白;瞥然如飞蝇垂珠在眸子中者,动以万数,盖以苦学力文所致,又自悲矣"。这个"自悲"不仅是苦读使身体受到的伤害,主要还是功名不顺:他的友人韩愈、柳宗元、刘禹锡以及与他同在符离读书的文友贾谏都考中了进士,但年龄与他们大抵相仿(二十二岁左右)的白居易仍与科考无缘。贞元十年(794),时年二十三岁的白居易效法上述好友准备到科场奋力一搏时,家庭又发生了变故:父亲终于襄阳官舍,享年六十六岁。根据封建社会礼节规定,白居易必须守孝三年,包括不能参加科举考试,直到三年后的贞元十四年(798),白居易已二十七岁时才参加地方的"乡试"。

白居易的不幸还包括他的爱情遭遇：十九岁的白居易在符离有了他的人生初恋,姑娘叫"湘灵",是他家的邻居,比他小四岁,长得活泼可爱,还懂点音律,两人朝夕不离。白居易有一首绝句《邻女》,追叙了初恋的甜蜜:"娉婷十五胜天仙,白日姮娥旱地莲。何处闲教鹦鹉语?碧纱窗下绣床前"(《白居易集》第425页)。在年轻的白居易眼中,这位湘灵姑娘简直像是天上的嫦娥下凡,两人曾立下山盟海誓:"愿作远方兽,步步比肩行;愿作深山林,枝枝连理生"(同上,第231页)。湘灵还又给他做了一双鞋,并在上面打着双结连环,作为爱情的信物:"因思赠时语,特用结终始。永愿如履蹑,双行复双止"(《感情》同上,第203页)。但这对小鸳鸯却被白居易的母亲拆散,原因是门不当户不对。白居易的祖、父辈都是地方中级官员,属于"世代清贵"的仕宦之家,而湘灵只是小县城一个普通百姓家的姑娘:"有如女萝草,生在松之侧;蔓短枝苦高,萦回上不得"(《长相思》,出处同上)。地位的悬殊使这场青梅竹马之恋最终成为悲剧。湘灵心知别离在即,赠给白居易一枚小铜镜,让他时时记住自己的倩影:"美人与我别,留镜在匣中。自从花颜去,秋水无芙蓉"(《感镜》同上,第193页)。

贞元十五年(799),二十八岁的白居易在宣城参加宣歙观察使崔衍举行的乡贡考试中中举,第二年由崔衍举荐赴京参加省试,考中第四名进士。贞元十七年(801),符离主簿堂六兄白某去世,年四十余,这年春天,白居易回到符离,在符离住了近十个月,再次恳切向母亲要求与湘灵结婚,但又被门阀观念极重的母亲拒绝。白居易怀着极其痛苦的心情离开了家,写了题为《生离别》的诗:"食蘖不易食梅难,蘖能苦兮梅能酸。未如生别之为难,苦在心兮酸在肝。晨鸡再鸣残月没,征马连嘶行人出。回看骨肉哭一声,梅酸蘖苦甘如蜜。黄河水白黄云秋,行人河边相对愁。天寒野旷何处宿?棠梨叶战风飕飕。生离别,生离别,忧从中来无断绝。忧极心劳血气衰,年未三十生白发!"其中"黄河水白黄云秋,行人河边相对愁。天寒野旷何处宿?棠梨叶战风飕飕"四句,反映了诗人对婚姻的绝望。

贞元二十年(804)秋,白居易已三十三岁,在长安作了校书郎,需将家迁至长安,他回家再次苦求母亲允许他和湘灵结婚,但在儿女婚姻上权威至高的母亲,不但又一次拒绝了他的要求,且在全家迁离时,不让他与湘灵见面。白居易在题为《潜别离》中描绘的就是这次锥心泣血的别离苦痛:"不得哭,潜别离;不得语,暗相思。两心之外无人知。深笼夜锁独栖鸟,利剑春断连理枝。河水虽浊有清日,乌头虽黑有白时,唯有潜离与暗别,彼此甘心无后期"(出处同上,第241页)。这是两人被迫分离时的写实。从此,白居易离开了符离,离开了心爱的姑娘,也离开了断断续续生活了二十二年江淮大地。

二、在皖生活经历对白居易的终生影响

白居易断断续续二十二年在安徽境内生活、学习和初恋的经历,对白居易一生的政治取向、创作道路和个人生活都有着极大的影响。白居易一生怀抱"兼济天下"的政治理想,他从事文学创作的目的也是"文章合为时而著,歌诗合为事而作",这与他从少年到青年时代都生活在民间,大部分时间都在逃难和战乱中度过有极大关系。白居易诗作中最能反映民生疾苦、反对藩镇割据的莫过于他的《新乐府》五十首和《秦中吟》十首,其中一些诗作就是他在皖二十多年的生活感受。如《新乐府》中的名作《红线毯》和"秦中吟"的《轻肥》就是如此。贞元十五年(799),二十八岁的白居易来到宣城参加当地的乡试,受到宣歙观察史崔衍的赏识,当年乡试中举,第二年又推荐白赴京参加会试。在宣城他还结识了一位文友杨虞卿,两人相处甚密。元和二年(807),白居易初娶的第一位夫人杨氏就是杨虞卿的堂妹,也是杨撮合的。元和十年(815),藩镇节度使李师道等派人刺杀宰相武元衡和副相裴度,武被刺死,裴被刺伤。时为正六品赞善大夫的白居易义愤填膺,上书要求捕盗,结果以"越职言事"的罪名贬为从九品的江州司马。时为鄠县令的杨虞卿赶来相送,在浐水边两人执手,"悯然而诀"。之后,白居易给杨虞卿写了一封长信,倾吐自己为国家统一、主张平叛,虽遭受陷害死而无怨的报国之志(《与杨虞卿书》,见中国书店《白香山集》)。白居易对自己的发祥之地一直

很关注，也受到崔衍、杨虞卿等人品的影响和相互激励。所以，他在左拾遗任上对当时的宣州太守为了自己升官发财、不惜搜刮民脂民膏，一味讨好皇上，以及最高统治者为了自己的荒淫享乐，毫不顾惜民力之艰、民生之苦非常气愤，写下了一首《红线毯》来责问宣州太守和讽谏皇上。红线毯是以色丝织成的地毯，以其厚、软、色美被列为贡品。唐代是我国丝织技艺走上顶峰的时代，宣城出品的"红线毯"又是其中的精品，因而被宫廷定为"贡品"。在这首诗中，白居易在该诗中首先叙述"红线毯"织造之难："红线毯，择茧缲丝清水煮，拣丝练线红蓝染，染为红线红于蓝，织作披香殿上毯"，并通过对比强调其精美："太原毯涩毳缕硬，蜀都褥薄锦花冷。不如此毯温且柔，年年十月来宣州"，然后揭露宣州太守的献媚取宠："宣州太守加样织，自谓为臣能竭力。百夫同担进宫中，线厚丝多卷不得"，最后是愤怒的爆发和直接指斥："宣州太守知不知？一丈毯，千两丝，地不知寒人要暖，少夺人衣作地衣！"这首诗和作者的《轻肥》《重赋》《歌舞》等诗篇一样，锋芒所向，并不只是宣州太守等地方官吏，而是他们的庇护者、赏识者，而且也更加荒淫的皇帝。白居易的另一首与宣州有关联的诗是《紫毫笔》(亦称《紫毫笔歌》)。紫毫笔取野兔身一小处紫褐色毛制成，乃宣州特产，非常名贵，列为朝廷贡品，得到一支非常不易，宋代诗人书法家黄庭坚诗曰："千金求买市中无"(《谢送宣城笔》)，东晋大书家王羲之、唐代大书家柳公权想得到一支，都必须先下"求笔帖"预订。白居易当然知道宣州的紫毫名贵贡笔，是否得到过，无法考证，但他考中进士后在朝廷任职校书郎、左拾遗等官职时，见到过作为贡品的这种笔，则是确定无疑的，《紫毫笔》当是他在朝廷见到这种笔后有感而发的。白居易的这首诗，首先表达了他对宣州的牵挂与关怀，因为他在宣州生活过，心中有宣州情结；这首诗既写了紫毫笔的名贵和制作不易："江南石上有老兔，吃竹饮泉生紫毫。宣城之人采为笔，千万毛中拣一毫。"但更深层的是渴望手握这种笔的有权势的人要为社稷为民众，而郑重下笔："君兮苦兮勿轻用"，"臣有奸邪正匦奏，君有动言直笔书"，表达了诗人的社稷民本之心。

　　如果读一读白居易的文集尤其是诗集，就会发现在白诗中有浓郁的亲情、乡情。他的诗集中有相当多的"忆舍弟""示诸侄""喜外孙""谕诸亲友""示诸家属"等思亲怀乡和关怀子侄辈,以及《哭崔儿》《祭符离六兄文》《祭乌江十五兄文》等突显亲情之作,其数量在唐代作家中,大概只有杜甫可以相埒。白居易十五岁时寄食江南,其间又流转父亲任职的衢州,漂泊中经常思念隔离在符离、下邽和九江的亲人,其诗作《自河南经乱,关内阻饥,兄弟离散,各在一处。因望月有感,聊书所怀,寄上浮梁大兄、於潜七兄、乌江十五兄,兼示符离及下邽弟妹》:"时难年荒世业空,弟兄羁旅各西东。田园寥落干戈后,骨肉流离道路中。吊影分为千里雁,辞根散作九秋蓬。共看明月应垂泪,一夜乡心五处同。"与此相类的还有《江南送北客因凭寄徐州兄弟书》《除夜寄弟妹》等。这种基调从少年时代直到垂暮之年,在白居易诗歌中一直没有间断,而且老而弥深。史称白晚年"遂无立功名意,与弟行简、从祖弟敏中友爱。"①

三、白居易在皖的文学创作活动

白居易"作诗抒怀,好记年岁"(洪迈《容斋随笔》),所以他的诗作大部分皆有年月可按。但也有少量因种种原因,如思念湘灵的一些诗篇,不提写作具体时间。据宋人陈振孙《白香山年谱》(《白居易集·附录》中华书局,1979)、朱金城《白居易年谱》(上海古籍出版社,1982)和台湾学者罗联添《白居易作品系年》(学海出版社,1996)载:从建中三年(782)十一岁的白居易随母亲离开徐州,到符离县避乱,至贞元二十年(804)秋三十三岁的校书郎白居易移家长安,在皖的二十多年间写了四十多篇诗文,具体如下:

贞元二年(786)十五岁,《江南送北客因凭寄徐州兄弟书》《赋得古原草送别》,前一首可以确认为作者今存最早的诗作,后一首则是作者的名篇;

贞元四年(788)十七岁,《王昭君》二首;

---

① 《新唐书》118卷"白居易传",上海古籍出版社,4569页。

贞元五年(788)十八岁,参加长安"宾贡"①,《中和节颂》《病中作》;

贞元六年(789)十九岁,与湘灵相恋,在三十三岁时移家长安前的在皖期间,共写有相恋和思念诗篇七首:《邻女》《寄湘灵》《冬至夜怀湘灵》《长相思》《感情》《感镜》《逢旧》;

贞元十年(794)二十三岁,《游襄阳怀孟浩然》《题故曹王宅》;

贞元十二年(796)二十五岁,《醉后走笔酬刘五主簿长句之赠,兼简张大、贾》;

贞元十五年(799)二十八岁,在宣州参加乡试,写有《射中正鹄赋》《窗下列远岫赋》,另有《伤远行赋》,诗《李白墓》《题崔使君新楼》《自河南经乱,关内阻饥,兄弟离散,各在一处。因望月有感,聊书所怀,寄上浮梁大兄、於潜七兄、乌江十五兄,兼示符离及下邽弟妹》;

贞元十六年(800)二十九岁,在长安参加会试,写《性习相近远赋》《玉水记方流诗》,归符离后有文《与陈给事(京)书》《箴言》《哀二良文》;诗《及第后归觐留别诸同年》《叙德抒情四十韵上宣歙崔中丞(衍)》《及第后忆旧山》《乱后过流沟寺》;

贞元十七年(801)三十岁,当年春在符离,秋在宣城,后去洛阳,文《祭符离六兄文》《祭乌江十五兄文》,诗《郑方及第归洛下闲居》;

贞元十九年(803)三十二岁,应"博学鸿词科"试,作《汉高皇帝斩白蛇赋》、诗《送文畅上人东游诗》;

贞元二十年(804)三十三岁,在今任校书郎,举家迁往长安,诗《潜别离》《旅次华洲赠袁右丞》。

另外,创作时间不确定的还有《生别离》《花非花》《感秋寄远》《秋雨》《埇桥旧业》五篇②。

---

① 古代选拔人才的另一种方式:由地方直接推荐人才去中央,由中央挑选"待以宾礼,贡于京师",故称之为"宾贡"。
② 西北大学王用中教授等断为怀湘灵之作,见《白居易初恋悲剧与〈长恨歌〉的创作》,《西北大学学报》,1997年2月。

这近 40 篇诗文,从内容上看,可以分为以下几种类型:

第一类:应制诗文或命题作文。

这类诗作有《赋得古原草送别》《中和节颂》《射中正鹄赋》《窗下列远岫赋》《性习相近远赋》《玉水记方流诗》和《汉高皇帝斩白蛇赋》等。

这类诗文往往限于形式,很难自由表达,更难显露才华。但白居易却表现得很出色,其中最突出的就是那首《赋得古原草送别》:"离离原上草,一岁一枯荣。野火烧不尽,春风吹又生。远芳侵古道,晴翠接荒城。又送王孙去,萋萋别满情。"关于这首作品的创作时间,一些唐、五代"诗话"皆认为是白居易应举时,在长安拜望名诗人顾况时传出,如唐人张固的《幽闲鼓吹》云:

白尚书应举初至京,以诗谒顾著作(按:顾况曾任著作郎)。顾睹姓名,熟视白公曰:"米价方贵,居亦弗易"。乃披卷,首篇曰:离离原上草,一岁一枯荣。野火烧不尽,春风吹又生。远芳侵古道,晴翠接荒城。又送王孙去,萋萋满别情。即嗟赏曰:"道得个语,居即易矣。"因为之延誉,名声大振。

《旧唐书》卷 166 "白居易传"记载:此事是白居易在十五、六岁时,拜谒"吴人"顾况时发生的:

居易幼聪慧绝人,襟怀宏放。年十五六时,袖文一篇,投著作郎吴人顾况。况能文,而性浮薄,后进文章无可意者。览居易文,不觉迎门礼遇,曰:"吾谓斯文遂绝,复得吾子矣!"

《新唐书》卷 119 的本传也有类似的记载。诗题上的"赋得"二字,是青少年为应考的一种习作方式。按科场考试规矩,凡指定、限定的诗题,题目前须加"赋得"二字。这种作法起源于"应制诗",后来广泛用于科举"试帖诗"。此诗极有可能就是白居易在皖期间特别是和符离周围的莽原、野草有了感情之后所作,同时也为科举考试的拟题的"试帖诗"作准备习作,所以也加了"赋得"二字。这类"试帖诗"作法与咏物相类,须先点题,起承转合要分明,对仗要精工,全篇要空灵浑成,方称得体。束缚如此之严,故此体向少佳作。但白居易的这首《赋得古原草送别》虽然是篇"命题作文",但的确不同凡响,表现出这位文学少年的杰出才华。全诗通过对古原上野草的描绘,抒发送别友人时的依依惜别之情。可以看成是一首"野草颂",进而看成是一首生命的颂歌。诗的前四句侧重表现野草生命的历时之美,后四句侧重表现其共时之美。全诗章法谨严,暗用典故;用语自然流畅,对仗工整,情景交融,意境浑成,是"赋得体"中的杰作。难怪名诗人顾况会发出如此惊叹。

第二类:思亲怀乡。

这是白居易在皖诗文的主流,也是最能反映这个时段作者的生活遭遇和时代面貌,可以作为"诗史"来读。作品有《江南送北客因凭寄徐州兄弟书》《伤远行赋》《自河南经乱,关内阻饥,兄弟离散,各在一处。因望月有感,聊书所怀,寄上浮梁大兄、於潜七兄、乌江十五兄,兼示符离及下邽弟妹》《病中作》《自江陵之徐州路上寄兄弟诗》《祭符离六兄文》《祭乌江十五兄文》等。

《江南送北客因凭寄徐州兄弟书》写于贞元二年(786),作者十五岁。因为前面说过的原因,作者一个人在江南越中(今绍兴一带)漂泊,这对一个年仅十五岁又生于官宦之家的少年意味着什么,可想而知!这时,正好有位来客(也许是母亲托他来看望作者的)要前往江北,作者便托他带给亲人一首诗歌,这首《江南送北客因凭寄徐州兄弟书》,也是可以确认的作者今存最早的诗作,对白居易的生平研究,自有其重要意义。诗中诉说一位少年对家乡、对亲人的无尽思念:"故园望断欲何如,楚水吴山万里馀。今日因君访兄弟,数行乡泪一封书。"首句"望断"可以尽显北望故乡的时间之长、次数之多;结句"数行乡泪一封书"更是对"望断"的进一步补充和思乡念亲之情的尽情倾诉。首尾之间互相呼应、互相补充全诗直抒胸臆,语言平淡朴素,抒情和议论融为一体,这也是诗人日后诗风的主导倾向。

那首"自河南经乱"题目很长的诗,写于十三年后的贞元十五年(799),作者已二十八岁,此时经在浮梁县任主簿的大哥白幼文和任宣州溧水县令的叔叔白季康的介绍,在宣州参加宣歙观察使崔衍治下的乡试,诗中写道:

时难年荒世业空,弟兄羁旅各西东。田园寥落干戈后,骨肉流离道路中。吊影分为千里雁,辞根散作九秋蓬。共看明月应垂泪,一夜乡心五处同。

这首思亲诗怀念的已不止"徐州兄弟",还应包括在九江的大哥白幼文"浮梁大兄",在於潜县(今浙江於潜镇)任县尉的叔叔白季康的长子、"七兄"白阐,任乌江(今安徽和州市乌江镇)主簿的堂兄"十五兄"白逸,以及下邽(今陕西省渭南市临渭区北部)和符离的亲人。诉说的内容也不再是单纯的思亲怀乡,而是加上了战乱、灾荒等民生艰难的社会背景,题目上就点明"自河南经乱,关内阻饥",这是造成"兄弟离散,各在一处"的主因。据《旧唐书》卷十五"德宗纪":贞元十五年"二月,宣武军作乱,杀行军司马陆长源;三月彰义节度使吴少诚据蔡州(今河南汝南县)叛唐",诗题"河南经乱"即指此;又:"夏,旱,京畿饥。出太仓粟十八万石粜于京畿诸县,令阴阳人法术求雨"。诗题中的"关内阻饥"即指此。诗中亦是上下句之间反复强调这一诗题:首联上句"时难年荒世业空"是因,下句"弟兄羁旅各西东"是果;颔联上句"田园寥落干戈后"是因,下句"骨肉流离道路中"是果。这种结构方式和达到的效果,使诗的意境和内涵大大提高和升华,已不再是倾诉一己之悲,而是道出整个社会的灾难;不是单纯的思亲怀人,而是在控诉藩镇叛乱、朝廷荒淫这个时代的痼疾。诗人的这首诗作,比起十五岁时写的《江南送北客因凭寄徐州兄弟书》,无论是思想深度还是艺术表达都大大提高了。

至于两篇祭文《祭符离六兄文》《祭乌江十五兄文》,则是祭奠两位堂兄的。其中《祭符离六兄文》是祭奠同一祖父的堂兄,"六兄"亦是同一祖父的兄弟间的排行。白居易举家迁到符离,身为符离县主簿的"六兄"自然帮助不小,但他却英年早逝:"位不登于再命,年不及知命",即为官只一任,年龄不到五十岁就去世了,白居易在祭文中回忆他漂泊江南与六兄在黟歙(今安徽黟县和歙县)匆匆一面的情形,哪知这居然成为生死之别:"居易南游,兄亦东适,黟歙之间,欣然一觌,相顾笑语,相勉行役,中途遽别,情甚感激。孰知此别,为生死隔"(《白居易集》第892页,出处同前)。而且因为主簿是县吏,收入本就不丰,又只做一任就殁,家中就更加贫寒。祭文中说是"家无金帛,环堵之室,不容吊客,稚齿之子,未知哀戚",于是悲愤之中他控诉苍天:

"古人有言:'神福仁,天福敬'。又曰:'恶有馀殃,善有馀庆'。惟兄道源乎太和,德根乎至性,以孝友肥其身,以仁信膽其行,而位不登於再命,年不及於知命,何报施之我欺?"(同上)这些文字,表达了白居易恨及天地的内心极度哀痛。

《祭乌江十五兄文》是祭奠在乌江做主簿的另一位堂兄白逸。从祭文来看,白逸与符离的六兄一样,也是英年早逝,只为官一任,俸禄微薄:"位始及一命,禄未遇数锺,年且不得四十,而殁于道途之中"(《白居易集》第895页,出处同前)。祭文中哀叹其身后的凄凉:"有妹出嫁,无男主丧。悠游孤旐,未办还乡。宣城之西,荒草道旁。旅殡于此,行路悲凉。秋风萧萧,白日无光"。此番泣诉中可体察作者的痛苦心情。

第三类:纪游怀古。

其诗文有:《题流沟寺古松》《乱后过流沟寺》《及第后忆旧山》《王昭君》《李白墓》《游襄阳怀孟浩然》《题故曹王宅》《汉高皇帝斩白蛇赋》等。

作者在皖的时间跨度是从少年到青年,在他的诗作中明显可以看出随着社会动乱的加剧、自己阅历的加深,作品反映的生活面也在加大,思想识别能力也在加深,前面"思亲怀乡"类的《江南送北客因凭寄徐州兄弟书》与"自河南经乱"等就是明证。这也同样反映在纪游类的诗作中,如这两首《题流沟寺古松》《乱后过流沟寺》:

烟叶葱茏苍麈尾,霜皮驳落紫龙鳞。欲知松老看尘壁,死却题诗几许人(《题流沟寺古松》)。

九月徐州新战后,悲风杀气满山河。唯有流沟山下寺,门前依旧白云多(《乱后过流沟寺》)。

流沟寺名今已不存,旧注为"龙泉寺"。历史上提到"流沟寺",始见于《太平广记》卷二〇二所引的《玉堂闲话·陈琡》。其中说到陈琡曾"佐廉使郭常侍铨之幕于徐(州)","在职之时,唯流沟寺长老与之款接,并自述《檀经》三卷,留一章与其僧"。这位陈琡,就是白居易的好友陈鸿之子,白居易写《长恨歌》时,曾与陈鸿约定,让陈鸿写一篇《长恨歌传》,一人以诗,一人以文,来描述马嵬事件,这也是中国文学史上的佳话。据张钊《白居易诗文中的符离地名考》,流沟寺"即今萧县皇藏峪瑞云寺"。从白居易和陈琡的纪游来看,流沟寺应该是一个风景佳丽之处。白居易《题流沟寺古松》的创作时间应在德宗建中元年(780)白居易随母亲到符离县避乱的九到十一岁之间,据他的《与元九书》中所云"九岁谙识声韵",写诗应在九岁以后。从这首诗本身亦可看出年龄上的稚嫩:主题很单纯,也就是歌咏松树的古老,后两句"欲知松老看尘壁,死却题诗几许人"也是大实话,倒是十分切题,并无题外深意,颇似少年时代的习作。但后一首《乱后过流沟寺》就大不一样了。这首诗的写作时间可以确定是徐州战乱之后的贞元十七年(801)。这年春,二十九岁的白居易在在长安参加会试,试中第四名进士后返回符离,九月间路过流沟寺(实际上是再游)而作。这已不是一首单纯的咏物诗或纪游诗,甚至已不是纪游诗,而是一首托物抒情的政治抒情诗了。诗中感慨藩镇叛乱给国家、民众带来的灾难,现在是流沟寺亦是山河依旧、世事全非了:"唯有流沟山下寺,门前依旧白云多",其中隐含着一个诗人的深厚的家国情怀。

《游襄阳怀孟浩然》和《题故曹王宅》均作于贞元十年(794)。这两首诗皆应作于这年五月父丧料理完毕之后,诗中仍笼罩一层伤感悲凉的氛围,如"覆井桐新长,荫窗竹旧栽。池荒红菡萏,砌老绿莓苔"(《题故曹王宅》),弥漫着一种物在人亡的伤感。曹王即李皋,贞元三年(787)闰五月授襄州刺史、山南东道节度使,贞元八年(792)二月死于襄阳任上。"故宅"在襄阳西南的檀溪。白居易父亲是贞元九年(793)任襄阳别驾,与李皋应是同僚。白居易在此既是悼念父亲的朋友、同事,更是借此追思自己的亡父。最后四句"捐馆梁王去,思人楚客来。西园非盖处,依旧月徘徊",则借魏国梁孝王梁园和曹植《公讌诗》中"西园非盖"的盛宴场面,来进一步抒发物在人亡的感慨,其中的"楚客"即是点明来自楚地符离的作者自己。

《游襄阳怀孟浩然》更增添了一层自身遭遇的感慨。孟浩然是襄阳人,唐代著名的山水田园派诗人。作者在诗中称赞孟浩然盖世的才华:"秀气结成象,孟氏之文章",亦为孟氏后继无人的现状怅惘愁叹:"清风无人继,日暮空襄阳"。最后四句南望鹿门山当年孟浩然隐居处发出人生喟叹:"南望鹿门山,蔼若有余芳。旧隐不知处,云深树苍苍",这不仅是对孟浩然有才不能用于世,只能以隐士终生的抱憾,也含有自己人生多艰、壮志难遂的感叹。

《李白墓》更是一首传世名作:

采石江边李白坟,绕田无限草连云。可怜荒垄穷泉骨,曾有惊天动地文。但是诗人多薄命,就中沦落不过君。

古往今来,礼赞和怀念李白的诗篇何止千、万首,但流传最久、享誉最高的只有两首,一首是杜甫的《天末怀李白》,另一首就是白居易在宣城写的这首《李白墓》。李白死后,他的族叔当涂令李阳冰将李白葬于当涂县城南五公里的龙山东麓。但李白一生对南齐诗人谢朓情有独钟,说自己"一生低首谢宣城",谢朓死后葬在当涂青山,李白也希望百年之后"宅近青山,同谢公之蜕骨",李白死后五十五年,即唐元和十二年(817),李白生前好友范作之子宣歙观察使范传正为遂李白的遗愿,同当涂县令诸葛纵合力将李白墓迁葬于青山西麓,这就是现在的李白墓所在地。白居易诗中说的"采石江边李白坟"并非是李白墓,而是李白的衣冠冢。诗中"可怜荒垄穷泉骨,曾有惊天动地文"两句,与杜甫的"文章憎命达,魑魅喜人过",皆是传颂千古的名句。

第四类:赠答酬唱、咏歌友谊。

其诗文有:《哀二良文》《旅次华州赠袁右丞》《与陈给事(京)书》《及第后归觐留别诸同年》《叙德抒情四十韵上宣歙崔中丞(衍)》《送文畅上人东游》等。白居易特别看重友谊,他与元稹、刘禹锡的交往和友谊恐怕是唐代任何一个诗人所难于比拟的,他寄赠、思念、咏叹、追悼元稹的诗歌有130首左右,写刘禹锡的138首,这还不包括《与元九书》《与刘苏州书》《唐故武昌军节度处置等使元公墓志铭》《刘白唱和集解》等书信碑记。

徐州战事平息后,十九岁的白居易回到符离与家人团聚,刻苦读书,准备应举。这段时间主要的友人是"符离五子"刘翕习、张仲远、张美退、贾握中和贾沅犀。诗人和他们结为文友,互相勉励,"诗酒盘桓,称盛会焉"。后来,作者和张氏兄弟、贾握中皆先后进士及第:"五人十载九登科。二张得隽名居甲,美退争雄重告捷",与这段时日的刻苦读书当然关系极大。当然,这些年轻人读书之外,也有封建文士常有的飞月流觞、游宴醉歌。白氏的诗集中有首《醉后走笔酬刘五》,诗中回忆当年与这几位穷朋友一同泛舟陴湖,游流沟寺,登武里山,欣赏流沟山色,吟哦陴湖白鸥,醉尝濉水红鲤的情景:"朝来暮去多携手,穷巷贫居何所有。秋灯夜写联句诗,春雪朝倾暖寒酒。陴湖绿爱白鸥飞,濉水清怜红鲤肥。偶语闲攀芳树立,相扶醉踏落花归。张贾弟兄同里巷,乘闲数数来相访,雨天连宿草堂中,月夜徐行石桥上。"民间还流传他为濉溪名酒"口子酒"题词的故事,据说有次他与这几位友人乘车来到濉溪,刚到濉河畔便闻到扑鼻酒香,随即脱口吟道:"初入酒乡车即住,香满濉溪马不前",并应酒家之请,挥毫写下"闻香下马,知味停车"的条幅。《醉后走笔酬刘五》中的刘五即刘翕习:"是时相遇在符离,我年二十君三十。"此酬答诗作于元和三年(808),诗人在左拾遗任上,刘翕习为岐阳主簿来京选调,诗中描绘两人再次见面的情景:"日暮银台下直回,故人到门门暂开。回头下马一相顾,尘土满衣何处来。敛手炎凉叙未毕,先说旧山今悔出。岐阳旅宦少欢娱,江左羁游费时日。赠我一篇行路吟,吟之句句披沙金。岁月徒催白发貌,泥涂不屈青云心。"大概是刘翕习赠作者一首乐府《行路难》,诗中抒发自己有志难伸的不平,也表露"泥涂不屈青云心"的壮志。作者酬答这长篇古风,诗中既有"君同鸾凤栖荆棘,犹著青袍作选人"的代为不平,也有"惆怅知贤不能荐,徒为出入蓬莱殿。月惭谏纸二百张,岁愧俸钱三十万"的愧疚,最后是"君不见买臣衣锦还故乡,五十身荣未为晚"的鼓励和安慰。作者写此诗时已37岁,也就是说他同"符离五子"的友谊,在他离开皖地后仍一直保持着。

第五类:爱情诗。

第一、湘灵是他漫长一生中唯一的一位恋人,他与湘灵的那一段爱情经历,更是给他一生留下难以磨灭乃至久而弥新的伤痕和苦痛。白居易一直到三十六岁的时候才结婚。在此之前他早已考中进士和两次制科,作过校书郎、盩厔尉等中央和地方官吏两任官吏,并在社会上已颇有文名,家庭又是三代官宦,居然到三十六岁才成婚,这在封建社会是难以想象的。贞元十六年

(810)二十九岁的白居易已考中进士回符离住了近十个月,仍向母亲恳求与湘灵结婚被再次拒绝。但他实在割舍不下湘灵去另娶他人,于是他用拖延婚姻来同母亲软磨硬抗,直到三十六岁,才在好友杨虞卿的撮合下娶了杨的堂妹。婚后的白居易仍在怀念湘灵:元和七年(812)作者写了首《夜雨》:"我有所念人,隔在远远乡。我有所感事,结在深深肠。乡远去不得,无日不瞻望。肠深解不得,无夕不思量。况此残灯夜,独宿在空堂。秋天殊未晓,风雨正苍苍。不学头陀法,此心安可忘!"第二年又有一首《感镜》回忆当年和湘灵分别时的情景:"美人与我别,留镜在匣中。自从花颜去,秋水无芙蓉。经年不开匣,红尘覆青铜。今朝一拂试,自照憔悴容。照罢重惆怅,背有双盘龙。"元和十年(815),白居易因被诬为"越职言事",贬为最低一级官职、从九品穿青衫的江州司马。在赴江州途中,和杨夫人一起遇见了正在漂泊的湘灵父女,白居易与湘灵抱头痛哭了一场,并写下了《逢旧》:"我梳白发添新恨,君扫青娥减旧容。应被旁人怪惆怅,少年离别老相逢!"这时白居易已经四十四岁,湘灵也四十岁了,但并未结婚。元和十一年(816)夏天,白居易在江州翻晒衣物时,再次见到了他已保存了十八年的一双鞋,这是湘灵与他私订终身时相赠,他十分动情,又写了《感情》:"中庭晒服玩,忽见故乡履。昔赠我者谁?东邻婵娟子。因思赠时语,特用结终始。永愿如履綦,双行复双止。自吾谪江郡,漂荡三千里。为感长情人,提携同到此。今朝一惆怅,反复看未已。人只履犹双,何曾得相似?可嗟复可惜,色暗花草死。"直到长庆四年(824)白居易五十三岁时,在杭州刺史任满回洛京途中,还特意绕道符离,看到"变换旧村邻"(《涌桥旧业》),物是人非,湘灵早已不知去向,才最终为这段长达三十五年之久的恋爱悲剧划上了句号。

第二、这段爱情经历也直接激发了他的一些名篇的创作。在白居易的创作道路上,艺术成就最高的应数《琵琶行》和《长恨歌》,不仅国内妇孺皆知,而且流传到国外,日本的嵯峨天皇和韩国的李朝君臣都能吟诵,所谓"童子解吟长恨曲,胡儿能唱琵琶篇"(唐宣宗《吊白乐天》)。而且这种长篇歌行的叙事方式也被称为"元和体",成为一代文学的典范被文人仿效。许多学者都认为:《长恨歌》的主题确立和故事情节,都与白居易的这段"符离之恋"关系极大,如西北大学的王用中先生认为:"这段爱情经历是过去了,但留给白居易的思考伤感却是无穷无尽的。他悟出了男女追求理想的爱情天经地义,任何人以任何理由加以阻挠都是十分错误的真理,成为他写《长恨歌》等诗作的认识基础和感情基础。"①,钟来茵亦认为:"白居易对湘灵的思念及不能结合的绵绵之恨,是其创作《长恨歌》的感情酵母"。②

贞元二十一年(805)冬和元和二年(807)秋,白居易写有两首怀念湘灵的诗,前一首题为《寒闺夜》:"夜半衾裯冷,孤眠懒未能。笼香销尽火,巾泪滴成冰。为惜影相伴,通宵不灭灯。"后一首题为《感秋寄远》:"惆怅时节晚,两情千里同。离忧不散处,庭树正秋风。燕影动归翼,蕙香销故丛。佳期与芳岁,牢落两成空"!比较一下《长恨歌》中的"鸳鸯瓦冷霜华重,翡翠衾寒谁与共。悠悠生死别经年,魂魄不曾来入梦";"秋雨梧桐叶落时。西宫南内多秋草,落叶满阶红不扫",情景交融的情感表达方式完全相似。《长恨歌》的主题是"天长地久有时尽,此恨绵绵无绝期"的天上人间长恨,这也是白居易怀念湘灵诗篇的主题,如:"泪眼凌寒冻不流,每经高处即回头。遥知别后西楼上,应凭栏干独自愁。"(《寄湘灵》);"艳质无由见,寒衾不可亲。何堪最长夜,俱作独眠人"(《冬至夜怀湘灵》),甚至诗中也出现"长恨"的"恨":前面提到的元和十年诗人被贬江州途中遇到漂泊中的湘灵写的《逢旧》:"我梳白发添新恨,君扫青娥减旧容"。情节上:居易与湘灵之间的相识、相爱、被迫分离,无缘再见的久久相思也被移植到《长恨歌》中,区别只在于一个是帝王与嫔妃间的长恨,一个是贵介公子与平民女子之间的长恨而已。甚至两者的语言和比喻也有相似之处:《长恨歌》中的"在天愿作比翼鸟,在地愿为连理枝"与《长相思》中的"言人有愿,愿至天必成。愿作远方兽,步步比肩行。愿作深山木,枝枝连理生";《长恨歌》中的"蜀江水碧蜀山青,圣主朝朝暮暮情。

---

① 《白居易初恋悲剧与〈长恨歌〉的创作》《西北大学学报》1997·2。
② 《〈长恨歌〉的创作心理和创作契机》江西社会科学1985·3。

行宫见月伤心色,夜雨闻铃肠断声"与《长相思》:"九月西风兴。月冷霜华凝。思君秋夜长,一夜魂九升";《长恨歌》中想象"临邛道士"能"排空驭气奔如电,升天入地求之遍"与《寄远》中的幻想:"欲忘忘不得,欲去去无由。两腋不生翅,二毛空满头"的遗憾。甚至《长恨歌》中"金钗钿合"的纪念物与湘灵给他的定情物"铜镜"和纪念物——打着鸳鸯结的鞋子,在某种程度上也是一个细节上的"移植"。

白居易还有首名作《花非花》:"花非花,雾非雾。夜半来,天明去。来如春梦几多时?去似朝云无觅处"。全诗由一连串的比喻构成,它们环环紧扣,如云行水流,自然成文。反复以鲜明的形象突出一个未曾说明的喻意意境:似花非花、似雾非雾,如雾般朦胧,如云般飘忽的捉摸不定,表现出一种对于生活中存在过、却又消逝了的人与物的追念、惋惜之情。描述得隐晦而又真实,朦胧中又有节律整饬与错综之美,是情诗的一首佳作。这首诗在中国文学史上影响是巨大的:他成为中国朦胧诗的最早扛鼎之作,明代才子杨慎认为他甚至超过了文学史上的名篇宋玉的《高唐赋》和曹植的《洛神赋》:"白乐天之辞,予独爱其《花非花》一首,盖其自度之曲,因情生文者也。""花非花,雾非雾,虽《高唐》《洛神》,绮丽不及也"(《词品》)这首诗也被后人曾谱为曲子,绘成绘画,广为流传,在艺术史上也产生巨大影响。有的学者直接将此诗断为怀念湘灵之作,如顾学颉《白居易和他的夫人——兼论白氏青年时期的婚姻问题》(江汉论坛1980·6)就作此推断。

第四节 杜牧 崔致远

一、杜牧

杜牧与安徽的因缘,主要有三次:一次是文宗大和四年(830)九月,杜牧作为江西观察使沈传师的幕僚,随沈调任宣歙观察使来到宣州,直到大和七年(833)四月沈传师回京任职后,杜牧被淮南节度使牛僧孺辟为推官才离开宣州赴扬州任职,时间约两年半。第二次是八年后的文宗开成二年(837),

入宣徽观察使崔郸幕任团练判官,直到开成四年(839)年底才离开宣州,去长安任左补阙、史馆修撰,时间亦是两年多。第三次是武宗会昌四年(844)由黄州刺史转任池州刺史。到会昌六年(846)改任睦州刺史,时间也是两年左右。

　　杜牧前两次来宣州任幕僚,政治上谈不上有作为。第三次任刺史也属被排挤。会昌二年(842)春,时任比部员外郎的杜牧外放为黄州刺史。外放的原因史书上并无记载,杜牧自己认为受宰相李德裕的排挤。两年后又由黄州刺史转任池州刺史。一次次改任,离长安越来越远,心情自然郁郁。但杜牧在池州任刺史两年,虽怀才不遇,满腹惆怅,但作为封建时代的一个正直文人,还是做了一些有益于池州的事情。池州又名池阳郡,唐高祖武德四年(621)置州,辖秋浦、青阳、石台、至德等四县,治所在秋浦(今贵池)。池州在长江之滨、黄州之东。虽不像黄州那样是个"僻左小郡",但也只不过是个"吴头楚尾"、仅有一万七千户的江东小州。杜牧到任后即赴池州各地察访,革除弊端,节省民力。凡役夫及竹木砖瓦工匠之类,杜牧全部自置"籍簿",规定役吏须自检自差,不下帖到县,免去了地方胥史诸多干扰和弊端。他在《与汴州从事书》中道出这样做的目的:"今为治,患于差役不平……长吏不置籍簿,一一自检,即奸胥贪冒求取,此最为甚。"在杜绝奸胥贪冒求取扰民的同时,又大力打击盗匪,整顿治安。杜牧到任不久,江上大盗"劫池州青阳县市,凡杀六人,内取一人屠剖心腹,仰天祭拜"。此案涉及濠、亳、徐、泗、宋、许、蔡、申、光等中原沿江各道数州。杜牧认识到"江淮赋税,国用根本。今有大患,是劫江贼耳"(《上李太尉论江贼书》)。从国家整体利益出发上书,陈述江贼危害范围、程度,并提出解决办法,请求李太尉从中央主持,从速解决。会昌五年(845)七月,池州大旱,杜牧专程到下属的青阳县木瓜山山神处求雨,作《祭木瓜神文》。仰求木瓜山神"视人如子,渴即与之,不容凶邪,不降疾疫,千万年间使池之人敬仰不怠"。作为一个封建官吏,他只能用这种办法表达他对民瘼的关心。杜牧在池州任上最重大的一个行政举措就是支持武宗的"会昌灭佛"。唐武宗会昌五年七月下诏灭佛,敕毁天下佛寺。

"始命西京留佛寺四,僧准十人,东京二寺。天下所谓节度观察、同、华、汝三十四治所,得留一寺,僧准西京数。其他刺史州不得有寺"。杜牧从忠君、利国、利民出发,支持朝廷这一决定,拆除池州及九华山周边青阳一带十多所寺庙,令僧尼归俗。并写有《池州废林泉寺》《斫竹》和《还俗老僧》等诗作咏歌此举。但杜牧也像当年的韩愈一样,反对的只是佛教的无父无君,只是大兴佛寺耗尽天下之财,只是让天下之民成为不事生产的僧众。从他后来写的《杭州新造南亭子记》看,他还反对一些官吏和工商者等,以佞佛为名,行"买佛卖罪"之实,借此欺压盘剥百姓。他本人仍是有神论者,与僧侣亦多有交往:在黄州曾请僧人解梦,从僧人处乞酒:"寻僧解幽梦,乞酒缓愁肠"(《郡斋独酌》);在池州也和僧人一起共食,一同度过风雪之夜:"僧炉风雪夜,相对眠一褐。暖灰重拥瓶,晓粥还分钵。"(《池州送孟迟先辈》)所以他在池州灭佛行动中对朝命又有所保留:九华山上的数十处寺庙皆保留下来,未遭"会昌法难"。

杜牧在安徽的六年中,留下50多首诗文。其中最能表现他风流倜傥才子心性,体现其清新自然、明丽俊爽诗歌风格的是写景抒怀、题赠酬答类篇什。诗人后来在《念昔游》(三首)中回忆这段时光时说:"李白题诗水西寺,古木回岩楼阁风。半醒半醉游三日,红白花开山雨中。"(《念昔游》其三)无论晴日雨中,皆是"半醒半醉""一游三日",流连于烂漫山花之中。他的另一首名作《山行》,不知作于何时何地,但其中说道"停车坐爱枫林晚,霜叶红于二月花",喜爱登览山水,喜爱红白花开,则是与此一致的。

登临抒怀诗作 杜牧在宣州的登临抒怀之作当首推《题宣州开元寺水阁,阁下宛溪,夹溪居人》:"六朝文物草连空,天淡云闲今古同。鸟去鸟来山色里,人歌人哭水声中。深秋帘幕千家雨,落日楼台一笛风。惆怅无因见范蠡,参差烟树五湖东。"开元寺在宣州城北陵阳山上。寺始建于晋,初名永安寺,唐初改名大元寺,开元年间改名开元寺,寺内有水阁。宛溪是青弋江的一条支流,从宣州城东流过,两岸居住人家,人烟辐辏。城东北即秀丽的敬亭山。唐文宗太和四年(830),当时作为江西观察使沈传师的幕僚的杜牧随沈转到宣州。沈传师是唐代传奇作家沈既济之子,与杜牧的祖父杜佑同修过《宪宗实录》,又是杜牧的恩师。加之沈传师亦风流自任,赴宣州任时,居然把在江西结识的歌伎张好好也带到了宣城。因此两人虽为宾主,却相处甚得。杜牧此时不过二十多岁,又是一位贵介公子,喜冶游可以说是少年天性,也是他贵族本性。宣州又是通都大邑,六朝以来繁华之地,山水秀丽,名胜众多,所以无论从其本人的气质秉性,还是客观的自然和社会环境,都使杜牧爱上宣州风物并且多作咏吟。其中咏歌最多的当属开元寺。杜牧一到宣州就游开元寺,而且与六朝文物联系起来。六朝的谢朓曾做过宣城太守,并留有遗迹谢朓楼,就在开元寺附近,所以诗人一开头就慨叹天淡云闲今古相同,但不同的是人事变迁:六朝人物已经逝去,如今只剩下芳草绵芊。这就为全诗定下咏叹的基调:描绘江山风物,慨叹人事变迁。诗中接下去的六句皆在这时空转换、江山风物和人事播迁对举中完成:"鸟去鸟来山色里"是风物、是空间,"人歌人哭水声中"是人事、是时间;"深秋簾幕千家雨,落日楼台一笛风"是风物、是空间,"惆怅无因见范蠡,参差烟树五湖东"是人事、是时间。全诗就在这时空的转换和风物人事的交错中完成了主题的表达:抒发山川美景依旧而人物风流已逝的那种强烈的历史沧桑感,这也是杜牧在一些登临诗中反复咏叹的,如在池州创作的《九日齐山登高》,在长安写的《登乐游原》亦是如此。诗的最后思念那位功成之后归隐江湖的范蠡,既是触景生情,也是托古咏志。看来此时的杜牧既有建功立业的壮志,也有壮志未遂的惆怅。这首诗也充分体现了杜牧诗歌风调清丽、才气俊爽的独有特色。如"深秋帘幕千家雨,落日楼台一笛风"两句写出江南大郡深秋时节特有的两种景象:一阴一晴;一朦胧,一明丽。一方面是深秋时节的密雨,像给上千户人家挂上了层层的雨帘;一方面是落日时分,夕阳掩映着的楼台,在晚风中送出悠扬的笛声。前者低回惆怅,后者爽利流走。两种截然不同气候和情调居然出现在同一画面中,居然感觉不到矛盾,反而如此的和谐,就像杜甫的"江山空文藻,平居有所思"一样,这确实需要巨大的艺术才力。薛雪称此诗雄深老健,"直造老杜门墙"(《一瓢诗话》),不为无因。第二年春,杜牧再游开元寺,又写了一首五古《题宣州开元寺》,诗中写道:"南朝谢朓楼,东吴最深处。亡国去如鸿,遗寺藏烟坞。楼飞九十尺,廊环四百柱。高高下下中,风绕松桂树。青苔照朱阁,白鸟两相语。溪深入僧梦,月色晖粉堵。阅景无旦夕,凭栏有今古。留我酒一樽,前山看春雨。"诗旨与上一首几乎完全相同:描绘登临之景,抒发人事播迁的历史浩叹。一开始也是怀念南齐诗人谢朓,只不过比起上一首的"六朝文物草连空"更为具体,直接指事。谢朓楼在宣州北门,开元寺附近,是南齐时宣州太守谢朓所建,又称北楼。不同之处在于上一首是写楼前所见山川美景,这首则着重描绘开元寺本身,以附近的谢朓楼起兴,来反衬开元寺的古老和巍峨。另外,上一首是写白日所见所闻,此首是写月夜的所思所感;上一首着重写"人歌人哭",此首着重写自我感受。同一题材、同一题旨,却有完全不同的艺术手法,由此可见杜牧的才华横溢和表达方式的多样。杜牧在宣州还有一首关于开元寺的诗,曰《开元寺南楼》:"小楼才受一床横,终日看山酒满倾。可惜和风夜来雨,醉中虚度打窗声。"此诗作于开成二年(837),诗人第二次来到宣州,在宣歙观察使崔郸幕下任团练判官之时,据上述二首开元寺之作,已经过了八年。八年中,世事、自身都发生巨大变化。八年前,诗人还是个春风得意的豪门青年:先是以第五名考中进士,接着又在皇帝主持的制举考试中,录取贤良方正直言极谏科,授弘文馆校书郎、试左武卫兵曹参军。本来可以在京城做一个人人争羡的清贵京官,只是出于"通家之好"又气味相投的沈传师竭力相邀,才弃职来宣州当幕僚,完全出于年轻人的热情或不谙世事的贵族子弟心性,正像他后来对友人直白的那样:"我初到此未三十,头脑钗利筋骨轻"(《自宣州赴官入京路逢裴坦判官归宣州因题赠》)。这次来宣州就不同了:文宗太和三年(829),沈传师内召为吏部侍郎赴京,杜牧亦应淮南节度使牛僧孺之邀离开宣州赴扬州任推官。两年后回朝任监察御史分司东都。开成二年(837年),弟弟在扬州病重,杜牧先是请假去看弟弟。后来为了照顾弟弟,杜牧干脆辞去俸薄事轻的监察御史分司东都一职。为了维持生计,他投书宣歙观察使崔郸,被召为宣州团练判官,保留殿中侍御史,内供奉京衔。此番来宣州的原因和心情,就像他后来在诗中所说的那样:"尘冠挂却知闲事,终拟蹉跎访旧游","潇洒江湖十过秋,酒杯无日不淹留"(《自宣城赴官入京路逢裴坦判官归宣州因题赠》),一方面出于对宣城山水人物的眷念;另一方面也有人生蹉跎、事业无成的慨叹。这两种心态,在这首《开元寺南楼》中皆有形象的体现。这次在宣州,诗人干脆住进以往常来登临的南楼,但昔日"楼飞九十尺,廊环四百柱"的宏阔壮丽却变成"小楼才受一床横"的狭小窄逼;"青苔照朱阁""月色晖粉堵"的鲜艳明媚也变成夜雨打窗的凄冷;"留我酒一樽,前山看春雨"的雅兴更改为醉中度日、借酒浇愁的"醉中虚度打窗声"。其中"虚度"二字直道出自己的处境和心境。在南楼,他还写了一首遇雨诗《大雨行》,诗中把今日南楼遇雨与当年东楼遇雨时的心情,有意地做一对比:"我昔壮气神洋洋。东楼从首看不足,恨无羽翼高飞翔。……今年阘茸鬓已白,奇游壮观唯深藏。景物不尽人自老,谁知前事堪悲伤"。诗中把当年宣州幕时的才子风流、豪情壮志和今日人事播迁、老大无成的慨叹,对比表白得相当明白。

唐文宗开成三年(838)冬,杜牧内调到京师任左补阙,第二年春赴任。此时他三十六岁,正值壮盛有为之时,本可在左补阙任上做一番事业,但因得罪了宰相李德裕,又被排挤出京往偏僻的州郡任职。先是任黄州刺史,再转池州、睦州,前后达七年之久。这段时间,他的思想由进取转为颓放,内心也很愤懑:"会昌之政,柄者为谁?忿忍阴讦,多逐良善。牧实忝幸,亦在遣中"(《祭周相公文》)。唐武宗会昌四年(844)九月,杜牧由黄州刺史调任池州。池州位于长江中游的江南丘陵之中,秦时属古彰郡,汉时改属青阳,隋时置秋浦县,唐时改为池州。池州西北濒临长江,东南则是佛教名山九华山。梅埂河、秋浦河从东南向西北横贯全郡,可谓境内处处有山,山山有水,是个风景绝佳之地。但杜牧面对这明山秀水再也提不起往日的兴致,倒多了些山川永恒、人生短暂的伤感,处世态度也更多了些诗酒为伴、脱拘世事的旷达和颓放,这种处世态度也成了杜牧后半生的基调。可以说:外任黄、池,是他人生的一个转折点。这种基调,在他的另一首登临诗《九日齐山登高》诗中得以充分表露:

> 江涵秋影雁初飞,与客携壶上翠微。尘世难逢开口笑,菊花须插满头归。但将酩酊酬佳节,不用登临恨落晖。古往今来只如此,牛山何必独沾衣。

齐山,在池州市东南,山脚下有清溪,由此向北流入长江,是江南名胜之地。诗中描绘了登临所见的江南清秋美景以及与友同游的快慰,但美景与友情并未能排遣内心的积郁与忧思:面对西下的夕阳,诗人更有人生迟暮、事业难成的伤感。联想到春秋时代齐景公登山时面对落晖伤感流泪,更感到人生无常!诗人极力想用与友佳节登高的快慰来排遣长期积郁于心的郁闷,也想用难得一笑和醉酒酩酊来消弭登临和怀古所触发的愁叹。诗中"菊花须插满头归""但将酩酊酬佳节"、"不用登临恨落晖""牛山何必独沾衣"等句都让人明显看到这种情感上挣扎的痕迹。这就构成了此诗最大的特色:用俊朗顿挫之笔写落寞凄清之情。一方面是极力排遣、自慰所形成的语言上爽利豪荡,另一方面是挥之不去、排解不开的内心积郁所形成的凄恻低回。两者的交错往复,使这位在低迷情感中不断挣扎的诗人形象更加动人、感人!

写景记游诗作 杜牧在皖的写景纪游诗作中,最著名的莫过于那首《江南春绝句》:

> 千里莺啼绿映红,水村山郭酒旗风。南朝四百八十寺,多少楼台烟雨中。

这首诗虽不能指实是由宣州开元寺而生发开来,但四百八十寺的烟雨楼台中肯定包括"楼飞九十尺,廊环四百柱。高高下下中"的开元寺。此诗最大的特点是采用浓缩法,将千里江南浓缩于尺幅之中。画面中有绿树、有红花;有流水、有村落;有青山、有水郭;有青山绿水间散落着村落,村落中有酒旗临风的小酒店。作者采用俯拍的镜头,将自然景象与人文气象交叠契合,尽揽在一幅画面之中,构成一幅色彩明丽的千里江南春色图画。声色共现、耳目同感,色彩绚丽、气象阔大,展现出小杜独有的气度和才情。但是,历史上也有人对这种浓缩法不理解,明代的才子杨慎就曾批评说:"千里莺啼,谁人听得?千里绿映红,谁人见得?若作十里,则莺啼绿红之景,村郭、楼台、僧寺、酒旗,皆在其中矣"(《升庵诗话》)。对于这种批评,何文焕在《历代诗话考索》中曾驳斥道:"即作十里,亦未必尽听得着,看得见。题云《江南春》,江南方广千里,千里之中,莺啼而绿映焉,水村山郭无处无酒旗,四百八十寺楼台多在烟雨中也。此诗之意既广,不得专指一处,故总而命曰《江南春》。"何文焕的说法是对的,唯有杜牧的胸怀和才情,才能作出如此典型的艺术概括。其实,杜牧笔下的风景,大多皆有如此阔大的场景,动辄千里万家,如"青山隐隐水迢迢,秋尽江南草未凋"(《寄扬州韩绰判官》);"街垂千步柳,霞映两重城"(《扬州三首》);"暮景千山雪,春寒百尺楼"(《题敬爱寺楼》);"深秋帘幕千家雨,落日楼台一笛风"(《题宣州开元寺水阁,阁下宛溪,夹溪居人》)。《江南春绝句》中的"南朝四百八十寺,多少楼台烟雨中"两句更妙,不仅具有画面的广阔感,还有历史的纵深感:由眼前的宣州联想到历史上的江南,由眼前的开元寺联想到南朝的四百八十寺。南朝遗留下来的许许多多佛教建筑物在春风春雨中若隐若现,不仅在前两句的明朗绚丽之外,更增添了一种扑朔迷离之美,使得这幅江南春色图画变得更加丰富多彩,而且糅进了历史的沧桑之感。诗人在这里不说"江南四百八十寺",而说"南朝四百八十寺",显然别有意蕴。南朝统治者佞佛,劳民伤财,修建了大量寺庙,《南史·郭祖深传》说:"时帝大弘释典,将以易俗,故祖深尤言其事,条以为都下佛寺五百余所,穷极宏丽,僧尼十余万,资产丰沃,所在郡县,不可胜言。"据此,杜牧说"四百八十寺"确有历史依据。但南朝诸帝佞佛的结果并未得到佛祖的庇佑,一个个皆是短命王朝,梁武帝萧衍甚至被饿死在台城。杜牧对佞佛的恶果是深知的,这也是他后来担任池州太守时支持"会昌灭佛"的原因。但这是首绝句,他无法像任池州太守那样去身体力行,也不能像散文《杭州新造南亭子记》那样开列佞佛的弊端,只能将自己的历史取向化为景色描绘的深沉喟叹之中:如今南朝的"四百八十寺"都已成为历史的遗物,成为让后人感慨不已的江南风景组成部分了。审美之中不乏讽刺和伤感,诗的内涵也更丰富深沉。在艺术表达上,这首诗四句均为景语,一句一景,各具特色:有声音,有色彩,有空间上的广阔拓展,有时间上的深度追溯,显得绚丽又清新、豪放又深沉。

杜牧的写景名作还有一首《清明》：

> 清明时节雨纷纷，路上行人欲断魂。借问酒家何处有，牧童遥指杏花村。

此诗因见于后人编的《千家诗》中，影响更大；又因为《樊川文集》却未载，因而争论也最多。有人怀疑不是杜牧所作，更推及杏花村也不在池州。关于杏花村所在地，历史上至少有七处：第一种说法是在池州府秀山门外里许(今安徽池州市西郊)；第二种说法是在山西省汾阳县城北三十里处的"杏花村"；第三种说法是在山东省水泊梁山的南崖下，据传孔子问礼于老子的"问祖堂石窟"亦在村上；第四种说法是在湖北省麻城市古镇岐亭附近，杜牧被贬为黄州刺史时，常到此买酒浇愁；第五种说法是在江苏省徐州丰县东二十里。苏东坡任徐州知府时，曾到此劝农，有诗句"我是朱陈旧使君，劝耕曾入杏花村"(《题陈季常陈朱村嫁娶图》)，进一步传说杜牧任淮南节度使推官时到过此村；第六种说法是在南京城西南阳凤凰台一带，《金陵历代名胜志》载有"杜牧沽酒处"，并附清人陈退庵诗云："江南春雨梦无痕，沽酒旗亭白下门。一自樊川题句后，至今人说杏花村。"这六处杏花村，只有山西汾阳和安徽池州两地，比较有完整的史料佐证，又有遗迹可寻，其中又以池州的杏花村最有可能。汾阳的杏花村，原名"茂林堡"，西依吕梁，东临汾水，地处通衢，风光秀丽。远在南北朝时期就开始酿酒，因此地广植杏林，所以得名杏花酒。但因几度被子夏山的洪水淹没，杏林不存，酒名也改为因附近的汾水而得名"汾酒"。据当地的《古碑记》："佳酿之誉，宇内甚驰，凡王公士庶，逢月夜花晨，莫不以争先一酌为快。"传说李白、杜甫也都慕名而至，成为常客，但并未提到杜牧。更重要的是，杜牧一生并未到过汾阳。池州的杏花村则不同，历史资料更为齐全，而且出于方志，地点更具体，特别是明确提到杜牧，如《江南通志》池州条下："杏花村在府秀山门外里许，因唐杜牧诗有牧童遥指杏花村得名"；《安徽风物志》："杏花村在池州城西，有杏林百亩，春来杏花竞放，艳如锦云。……村中有黄公酒炉，自酿美酒，以飨客商，因此酒甘醇而远近驰名";《池州府志》:"杏花村,在池州城西里许,杜牧'借问'句即指此"。据上述史载,杏花村附近有一泉曰"广润泉",当地有位酿酒高手叫黄公,用此泉酿出的酒"杏花春",远近闻名。《池州府志》云:广润泉边"旧有黄公酒垆,后废。余井圈在民田内,上刻有'黄公广润泉'字"。明朝天启年间以及清朝康熙、雍正年间,曾相继在此筑亭、建坊、葺祠,历代诗人亦不绝咏歌:明代诗人沈昌洛经池州时便有诗云:"杏花枝上著东风,十里烟村一色红。欲问当年沽酒处,竹篱西去小桥东";池州太守顾元镜诗云:"牧童遥指处,杜老旧题诗。"杏花村酒的盛名亦历久不衰,现在此地尚保存唐代"古井酒墟"的遗址,古井仍存,"泉香似酒,汲之不竭","黄公酒"亦盛产不衰。今村内有"杜公亭",纪念小杜的名篇为他们带来了千百年的商机,造就了杏花村乃至池州的声誉。

其实,无须多加考证,稍辨诗意,即可知诗中的杏花村定在江南而非塞北,因为"清明时节雨纷纷,路上行人欲断魂"正是江南三月典型的气候特征,所谓"戎马秋风塞北,杏花春雨江南"。何况,《樊川文集》中还有一首《春末题池州弄水亭》。弄水亭在杏花村的西侧,池州城西门——通远门外的秋浦河边。该诗的写作时间比《清明》稍后,是在晚春。诗中提到太守与宾客在亭内欢饮:"亭宇清无比,溪山画不如。嘉宾能啸咏,官妓巧妆梳。逐日愁皆碎,随时醉有余。"诗人平时的愁绪皆在美酒中粉碎化解,难得一日与嘉宾暂欢。诗人的心情与《清明》一诗醉中销魂的基调是完全一致的。也许,这次弄水亭宴饮的美酒正是"牧童遥指杏花村"的结果吧!《清明》与《春末题池州弄水亭》一样,基调皆是颓放和低沉的。无论是清明时节连绵不断的细雨,还是诗人明白道出的"断魂"情愫,以及借酒浇愁的迫不及待,皆可见诗人此时的心境。但就像后来那位"衣上征尘杂酒痕,远游无处不销魂。此身合是诗人未?细雨骑驴入剑门"(《剑门道中遇微雨》)南宋诗人陆游一样,诗绪虽低沉,但并不灰暗,诗人虽颓放但并不潦倒,全诗在冷清中给人一种凄迷的美感、索寞的愁绪,它说明擅写风调清丽写景诗的杜牧也能写出一种阴柔的美,也说明杜诗风格的多样性。

杜牧在皖的纪游之作,还有《题池州弄水亭》《题池州贵池亭》《池州清溪》《池州废林泉寺》《游池州林泉寺金碧洞》《南陵道中》《秋浦途中》等。林泉寺,在贵池县城西街,据杜牧诗中记载来看,当时即已废圮,宋时重修,改名"太平寺"。寺侧有金碧洞,亦杜牧常游之所,并各有题咏。前者写道:"废寺碧溪上,颓垣倚乱峰。看栖归树鸟,犹想过山钟。石路寻僧去,此生应不逢。"后者亦是:"袖拂霜林下石棱,潺湲声断满溪冰。携茶腊月游金碧,合有文章病茂陵。"废寺颓垣,霜林栖鸦;冰断潺湲,相如老病。无论是景还是情,皆衰瑟伤痛,再也看不到作者当年在《宣州开元寺》中所描绘的天闲云淡、白鸟相语之鲜明景物和俊朗疏寓之情怀了。至于《秋浦途中》,不仅写出"萧萧山路穷秋雨"的萧索之景,而且更有对故乡的深深怀念和愁思。此诗写于赴任池州(秋浦)途中。在诗人看来,这次履新,是从一个穷乡到另一个僻壤:"黄冈大泽,葭苇之场,继来池阳,西在孤岛"(《祭周相公文》)。只不过是接连不断政治打击的又一次继续而已!《南陵道中》的结句:"正是客心孤回处,谁家红袖凭江楼"亦是对故乡亲人深深怀念和愁思的再一次触发。

怀古诗作 杜牧在皖的写景纪游之作,还有一个特点就是与怀古伤今或借古讽今结合起来,如下面这首杜牧《题乌江亭》:

> 胜败兵家事不期,包羞忍耻是男儿。江东弟子多才俊,卷土重来未可知。

会昌四年(844),杜牧在池州任上曾到过江北的和州,写过《和州绝句》;在和州横江馆暂歇息,写有题壁诗《题横江馆》;游览乌江,又写下著名的《题乌江亭》。乌江亭又叫项亭,在和州乌江霸王庙前,为当地人祭祀项羽所建。历来诗人皆有咏歌,其中最著名的除杜牧这首《题乌江亭》外,还有李清照的《咏史》:"生当为人杰,死亦为鬼雄。至今思项羽,不肯过江东";王安石的《乌江亭》:"百战疲劳壮士哀,中原一败势难回。江东子弟今虽在,肯与君王卷土来"。三首诗皆借咏史抒发对世事和人生的感慨,但见解却各不相同:李清照赞扬项羽不肯过江东之举,认为这样才是顶天立地的男子汉,借以暗讽偏安江东的南宋小朝廷;王安石则认为无论过江东还是不过江东都无济于事,因为项羽失去民心,江东子弟不会再为其卖命;杜牧则是惋惜项羽没有过江东,暗讽项羽缺乏政治眼光。杜牧认为胜败乃兵家常事,只要能忍辱负重、放眼长远,终能反败为胜。这种分析品评,可能是出于楚汉相争刘邦十战九败的史实,更可能出于杜牧的军事家眼光和谋略。杜牧的才华是多方面的,它不仅精通文史,对军事谋略也颇有研究,注过《孙子》,写有系列军事论文《战论》《守论》《原十六卫》等。他对历次战争常011别具只眼,写有翻案文章,此是一例,"东风不与周郎便,铜雀春深锁二乔"(《赤壁》)则又是一例,由此可见小杜的史识。至于《题横江馆》的结句"至竟江山谁是主,苔矶空属钓鱼郎",则属于后来的"大江东去,浪淘尽,千古风流人物"那种苏东坡式的浩叹! 至于《和州绝句》,更是对自己十年来羁留江南为幕为宦生活的总结:

江湖醉度十年春,牛渚山边六问津。历阳前事知何实? 高位纷纷见陷人。

文宗大和七年(833)四月,宣歙观察使沈传师回京任职,杜牧亦转为淮南节度使推官离开宣州赴扬州任职。杜牧赴扬州的路线是从宣州属地当涂的牛渚渡江北上达和州横江驿,然后由和州经定远达扬州。这次又来和州,已是六经牛渚,前后已经十年,诗的前两句就是回顾这段人生经历。杜牧有着济世安民之志,他的平生愿望就是"平生五色线,愿补舜衣裳"(《郡斋独酌》)。但十年来沦落外郡,不是与人作幕,就是就任偏僻小郡,而且一次次离故乡、离政治中心更远。所以,他慨叹"江湖醉度",情调索寞而低沉,与他在池州所作的《池州废林泉寺》《南陵道中》等感情基调是一致的,甚至与大和九年(835)他离开扬州任赴京任监察御史分司东都时所作的《遣怀》也是前后一致的。在那首诗中诗人亦是感叹落魄江湖、十年无成,借酒浇愁:"落魄江湖载酒行,楚腰纤细掌中轻。十年一觉扬州梦,赢得青楼薄幸名"。此诗还有个更大特点是将疑古与抒慨结合起来,这集中表现在后两句之中。"历阳前事知何实"是指关于历阳湖形成的一个神话传说,据李冗《独异志》云卷上:"历阳县有一媪,常为善。忽有少年过门求食。待之甚恭,临去,谓媪曰:'时往县,见门阃有血,即可登山避难。'自是,媪日往之门。吏问其状,媪答以少年所教。吏即戏以鸡血涂门阃。明日,媪见有血,乃携鸡笼走山上。其夕,县陷为湖,今和州历阳湖是也。"老媪靠行仁义得到神助逃过劫难,杜牧却用"历阳前事知何实"这一反问,表达他对此荒诞不经传说的怀疑,更是表达他对善恶报应的怀疑,因为下句就是"高位纷纷见陷人"! 如果说"天道无亲,常与善人",那些陷害人的奸佞之徒为何能获取高位,不受惩罚?杜牧没有说出的意思还包括:为什么忠贞之士却流落外郡,壮志难遂?如前所述,杜牧并不是无神论者,在此并非否认天道,只不过像当年蔡琰的《胡笳十八拍》那样:"为天有眼兮,何不见我独漂流?为神有灵兮,何事处我天南海北头?我不负天兮,天何配我殊匹?我不负神兮,神何殛我越荒州",以激愤之词表达胸中的不平和怨愤而已!

寄赠诗作 杜牧在宣州和池州与当地士人结下深厚友谊,写有不少寄赠之作,如《自宣州入官赴京,路逢裴坦判官归宣州,因题赠》《赠宣州元处士》《宣州送裴坦判官往舒州》《句溪夏日送卢霈秀才归王屋山,将欲赴举》《登池州九峰楼寄张祜》《池州送孟迟先辈》《池州春送前进士蒯希逸》《池州李使君殁后十一日,处州新命始到,后见归妓,感而成诗》等。在这些诗作中,诗人咏歌了当地厚朴的民风、真诚的友谊,也表达了诗人的人生取向和良好祝愿。如果说诗人在皖抒写的登临诗表达了诗人的风流潇洒、阔大襟胸,纪行描景诗作表现了诗人或俊爽或低沉的心绪,怀古咏史之作表现了诗人别具只眼的史识,那么寄赠诗作则主要表现了诗人的真诚和博爱。其中《池州送孟迟先辈》是很奇特的一篇。此诗长达 53 句,554 字,诗人不仅细细回忆了从孩提时代就与前辈士人孟迟结下的友谊,赞颂了这位诗人的杰特才具和豪放性格,真诚祝愿他健康长寿,而且在结尾一段,用一种狂放的夸张、浪漫的想象表达他对宇宙、对人生的探索,句式也从整齐的五言变得节奏跳荡、参差不齐,这在杜牧诗作中是绝无仅有的一例:

人生直作百岁翁,亦是万古一瞬中。我欲东召龙伯翁,上天揭取北斗柄。蓬莱顶上斡海水,水尽到底看海空。月于何处去?日于何处来?跳丸相趁走不住,尧舜禹汤文武周孔皆为灰。酌此一杯酒,与君狂且歌。

离别岂足更关意,衰老相随可奈何!

《池州李使君殁后十一日,处州新命始到,后见归妓,感而成诗》一诗,不仅可看出杜牧对友谊的真诚,从中也可看出他从政为人的价值取向。杜牧的前任刺史李方玄很有"吏才",任职四年政绩颇佳。晚唐政治腐败,胥吏更是从中作弊,民众担负的徭役多有不公平。李方玄在任上创立"籍簿"制度,按籍征发,使池州徭役趋于公平。又通过清理户税,免除对七千户平民的横加的赋税,使池州一度"天下无事,人安地熟"。杜牧与李方玄系同龄好友,外放前又同在朝廷为官,交往甚笃。两人先后外放池、黄二州后,常有书信往来,切磋政事,互诉衷肠。这次杜来池接任刺史,对好友的政绩颇为佩服,并萧规曹随,继续其"籍簿"制度。但李方玄离任不久还未等接到处州刺史的新任命就病殁。杜牧获悉后非常伤感,写下这首怀念诗作。诗中不仅有"黄壤不知新雨露,粉书空换旧铭旌"的遗憾和惋惜,更有"多少四年遗爱事,乡闾生子李为名"的感慨和敬仰。当然,从"乡闾生子李为名"的怀念感叹中,也可看出杜牧的价值取向。

《登池州九峰楼寄张祜》则是杜牧寄赠诗中一首名作:

百感衷来不自由,角声孤起夕阳楼。碧山终日思无尽,芳草何年恨即休?睫在眼前长不见,道非身外更何求。谁人得似张公子,千首诗轻万户侯。

池州东门的城楼叫九华楼,又叫九峰楼,因面对九华山而得此名。杜牧任池州刺史时,常携酒登此楼,远眺九华秀色,间抒忠而见疑、壮志难酬之忧愤。但此诗主旨却不在抒愤而在慰友。其友人张祜亦是晚唐著名诗人,曾特来池州访晤杜牧,两人一同在九月九日登览齐山并有唱和。杜牧诗中的"与客携壶上翠微"中的"客"就是张祜。张祜亦有《和杜牧之齐山登高》相和。诗中提到"秋溪南岸菊霏霏,急管繁弦对落晖",将杜牧比作南齐大诗人谢朓。杜牧在这首诗中则是揄扬张祜声名在外却不自知:"睫在眼前长不见",诗道高深已无须在意别人的褒贬,特别是最后结句,认为张祜诗名比万户侯还要高贵,海内无人可与比拟:"谁人得似张公子,千首诗轻万户侯。"杜牧为何要作如此揄扬？乃是要安慰这颗受伤的诗心。据五代王定保《唐摭言》：白居易任苏州太守时，张祜投诗拜谒。白居易戏称祜诗"鸳鸯钿带抛何处，孔雀罗衫属阿谁"为"问头诗"。高傲的张祜立即反唇相讥，称白诗"上穷碧落下黄泉，两处茫茫皆不见"为"目连经"，白居易因此不乐张祜。后来张祜和另一位名诗人徐凝皆希望白居易能推荐自己入京应进士第，白居易决定以诗赋决高低，要他俩试作《长剑倚天外》赋和《余霞散成绮》诗。测试的结果，白以徐凝居上。张祜很生气，"遂行歌而返"，不再赴京应试。杜牧闻讯后，遂作此诗，高度评价张祜的诗歌成就。但"千首诗轻万户侯"亦含有称誉为人耿介傲岸之意。再细绎诗意，其中固然含有为张鸣不平之意，但其中的"恨""孤"和"不自由"之叹，亦含有己身坎坷、壮志难遂的深悲。他的另一首登此楼所作的《登九峰楼》中，就将这种喟叹表白得十分明白："晴江滟滟含浅沙，高低绕郭滞秋花。牛歌渔笛山月上，鹭渚鸳梁溪日斜。为郡异乡徒泥酒，杜陵芳草岂无家？白头搔杀倚柱遍，归棹何时闻轧鸦。"前一首诗中含蓄地说"芳草何年恨即休"，此诗则明白道出"芳草之恨"的内涵："为郡异乡徒泥酒，杜陵芳草岂无家？"这种漂泊之感、芳草之思，往往会因人生蹭蹬而显得更加深重绵长。

散文 杜牧不仅是杰出的诗人，也是继韩愈、柳宗元之后的散文大家。洪亮吉甚至说："有唐一代，诗文兼备者，唯韩、柳、小杜三人"（《北江诗话》）。杜牧散文的最大贡献，就是在晚唐骈文复振，重新成为文坛主流之际，杜牧是坚持韩柳古文运动精神，仍以古文为主要创作方式的少数佼佼者之一。杜牧在皖的散文创作主要有三类：一是墓志铭，有《唐故处州刺史李君墓志铭》《唐故御史大夫韦公墓志铭》；二是书启，有《上李太尉论江贼书》《上宣州高大夫》《上宣州崔大夫》《上门下崔相公书》等；三是赠序记事之文，有《送薛处士序》《送卢秀才赴举序》《池州造刻漏记》《池州重起萧丞相楼记》等。"墓志铭"这种题材很容易被写成应酬文字，而且亦容易刻板、公式化。但杜牧继韩愈之后，将这类文字写得极其壮盛摇曳，情词并茂，确实不可多得。这在上述的诸篇中皆有体现：《唐故处州刺史李君墓志铭》是追悼池州前任太守李方玄的,其情感基调和价值取向与诗歌《池州李使君殁后十一日,处州新命始到,后见归妓,感而成诗》相近。只不过文体不同,体现出杜牧散文感情充沛、文辞精美的特色。《唐故歙州刺史邢君墓志铭》一文,记述了他与邢群的交往经过,两人为官经历相似、遭遇相类,情感相通,更显得情辞深婉、文茂情深。《唐故宣州观察使御史大夫韦公墓志铭并序》的"序"就很别致:"韦公会昌五年五月头始生疮,召子婿张复鲁曰:'三稚女得良婿,死以是托。墓宜以池州刺史杜牧为志。'"以一故事性的细节作为开头,颇似韩愈的名篇《试大理评事王君墓志铭》。墓志中对韦温立朝的一段记述,夹叙夹议,以形象的比喻来评骘人物,以骈文句式寓于散行结构之中,更是写得文气摇曳、情词并茂:

> 公幼不戏弄,冠为老成人。解褐得官,超出群众中,人不敢旁发戏嫚。及为公卿,在朝廷省阁中,大臣见公,若临绝壑,先忖度语言举止,然后出发。其所执持不可者,笔一落纸,言一出口,虽天子宰相,知不能夺,俯委遂之。不以德行尚人,人自敬畏;不施要结于人,人自亲慕。后进凡持节业自许者,获公一言,矜奋刻削,益自贵重。

杜牧在皖书启主要是池州任上给执政者的上书,主要表现作者的政见、治安才具和对民瘼的关心。如《上李太尉论江贼书》,请求在全国范围内抓捕劫池州青阳县的江上大盗,体现了杜牧在任上不畏强暴、大力打击盗匪、整顿治安的决心。其中对形势的分析体现了杜牧的胸襟和眼光:

> 濠、亳、徐、泗、汴、宋州贼,多劫江南、淮南、宣、润等道,许、蔡、申、光州贼,多劫荆襄、鄂岳等道。劫得财物,皆是博茶北归本州货卖,循环往来,终而复始。更有江南土人,相为表里,校其多少,十居其半。盖以倚淮介江,兵戈之地,为郡守者,罕得文吏,村乡聚落,皆有兵仗,公然做贼,十家九亲,江淮所由,屹不敢入其间。所能捉获,又是沿江驾船之徒,村落负担之类,临时胁去,分得涓毫,雄健聚啸之徒,尽不能获。为江湖之公害,作乡间之大残,未有革厘,实可痛恨。

杜牧着眼的是江贼在全国的派系和危害,绝非仅从池州一郡的本位考虑。对江贼成员的组成、主从的区隔以及肆虐沿江的原因皆有精当的分析，而这又建立在作者甫一到任，就进行深入调查研究的基础上："某到任才九月日，讯穷询访，实知端倪"。因此剿灭的建议也切实可行，体现了杜牧的胸襟和军事才干：

> 今若令宣、润、洪、鄂各一百人，淮南四百人，每船以三十人为率，一千二百人分为四十船，择少健者为之主将，仍于本界江岸创立营壁，置本判官专判其事，拣择精锐，牢为舟棹，昼夜上下，分番巡检，明立殿最，必行赏罚。江南北岸添置官渡，百里率一，尽绝私载，每一宗船上下交送。是桴鼓之声，千里相接，私渡尽绝，江中有兵，安有乌合蚁聚之辈敢议攻劫。

《上门下崔相公书》称赞门下侍郎崔群主政不畏骄兵悍将，"殿一家僮，驰入万众"，弹压乱兵的刚毅果敢行径，表达了杜牧对藩镇的政治态度。书中特别称赞崔群对乱兵不仅能"气压其骄"，而且能"文诱其顺"，对乱兵晓以大义，指明出路，又关怀施恩，让乱兵心悦诚服："指示叛臣贼子覆灭之踪，铺陈忠臣义士荣显之效，皇威坌涌于言下，狼心顿革于目前。然后剔刮根节，消磨顽矿，日教月化，水顺雪释。吐饭饱之，解衣暖之，威驱恩收，礼训法束。"结果是彭城一带"一年人畏，二年人爱，三年化成"，臻于大治。杜牧认为恩威并施，以教化为主导，这才是治乱的根本："战胜而天下曰善，非善者也；百战百胜，非善之善者也"，只有像崔群这样"手携暴虎贪狼，化为耕牛乘马，退数十万兵，解天下之缚，于谈笑俯仰燕享笔砚之间"，"能不战而屈人之兵"，"才是善之善者也"。这不仅是杜牧的军事思想，也是他的治国主张，看来杜牧确实似其祖父，有宰相之才！此文不但立论精警透辟，而且文势纵横，骈散相间，写得壮盛摇曳。作者又用铺垫之法，通过彭城各主官在乱兵前的畏葸和逃窜来反衬崔群的刚毅果敢："王侍中生于其间，称为健黠，奔马潜出，不敢回顾；高仆射宽厚闻名，能治军事，举动汗流，拜于堂下；及乎不受李司徒，脔食其使者，风波不回，气势已去。"然而"相公殿一家僮，驰入万众，无不手垂目瞪，露刃弦弓，偶语腹非，或离或伍"。通过对比，更显出这种"苟利国家生死以"的难能可贵。杜牧主张为文"以意为主,气为辅,以辞采章句为兵卫"(《答庄充书》)。杜牧在皖的这类书启,可谓主、辅、兵卫俱佳。

杜牧的记叙类篇什写得清新简洁,绘声绘色,这在皖所作的《送卢秀才赴举序》《池州造刻漏记》等诸作中皆有体现。《送卢秀才赴举序》写于宣州作幕时。作者同时还写有送行诗《句溪夏日送卢霈秀才归王屋山,将欲赴举》:"野店正纷泊,茧蚕初引丝。行人碧溪渡,系马绿杨枝。苒苒迹始去,悠悠心所期。秋山念君别,惆怅桂花时。"诗中只叙别情友情,前四句是分别的时、地,后四句是倒叙头年秋天两人初识时情形。这篇序文虽同样强调友情,却写得绕树三匝、峰回路转。开头大谈"治心、治身、治友"三者之间的关系和作用,然后分论如何才能修治心身:"治心莫若和平,治身莫若兢谨,治友莫若诚信"。从后面叙述中可知:卢生十七八岁"即主一家骨肉之饥寒,常与一仆东泛沧海,非至单于府,丐得百钱尺帛,囊而聚之,使其仆负以归主家"——兢谨治身是做到了;作者由池州改赴睦州任,卢生为友送行,"同舟三千里,复为余留睦七十日"——治友诚信也做到了。那么和平治心呢?作者没有直接回答,而是用主要篇幅大谈进士科的公道。作者以日常生活为例:三人可以为私,有十人参加就会公私对半;有百人参加就没有什么不公,何况进士试是千人参加呢?更何况"千人皆以圣人为师,眠而食,一无其他",不可能有私,你又"能辞,明敏","故取之者甚易耳"。这好像是在为卢生赴进士试加油打气,与和平治心似乎关联不大。但读到最后,杜牧提及卢生"年未三十,尝三举进士,以业丐资家,近中辍之"。屡次落第,又因家庭贫寒之后中途中断举子业。这样内心不免心生不平,埋怨科举不公。这时我们才明白杜牧为何要强调千人之事是会公平的,更何况"千人皆以圣人为师"!才明白为何要用近一半的篇幅说明心气和平的重要,原来是要化解卢生的心病!一篇不到三百字的短文写得如此波澜曲折,确实是位文章高手。文势的含蓄委婉,也说明杜牧重于情谊,善解人意。《池州造刻漏记》和《池州重起萧丞相楼记》这类纪事之文则写得简洁明了、准确清楚,如后者记重修池州刺史厅堂及得名萧丞相楼的原因,修建经过以及规模,全文一百三十多字,而将上述内容尽数纳入,而且其重修经过和规模记述尤详:"刺史李方元具材,刺史杜牧命工,南北相距五十六尺,东西四十五尺,十六柱,三百七十六椽,上下凡十二间,上有其三焉,皆仍旧制。以会昌五年五月毕,自初至再,凡七十一年。"由此可见杜牧散文的行文功力。

二、崔致远

崔致远(857—?),字海夫,号孤云,新罗王京(今韩国庆州)人。十二岁只身来唐,其父有严训,他在《桂苑笔耕序》中说:"臣自年十二离家西泛,当乘桴之际,亡父诫之曰:十年不第进士,则勿谓吾儿。吾亦不谓有儿,往矣勤哉,无隳乃力。"五年后,咸通十五年(874)宾贡科及第。在此间,他讽咏情性,寓物名篇,曰诗曰赋,几溢箱箧。后来浪迹东都,为诗为赋。僖宗乾符四年(877)调授宣州溧水县尉。在此间创作了《中山覆篑集》。宣州秩满后,广明初年,在淮南高骈幕中掌书记,深得高骈赏识,幕中文书皆由其掌书。又受唐僖宗礼遇,授都统巡官承务郎侍御史内供奉职,赐紫金鱼袋。僖宗中和四年(884)秋八月,致远以离乡岁久,以唐使身份归国。新罗宪康王封他为侍读兼翰林学士、守兵部侍郎知瑞书监。894年,进真圣王时务策十余条,官至阿飡。后来屡遭诬陷,先后外放为大山、富城郡守。终因对现实不满,率家隐居伽耶山以终。

崔致远的著作颇多,据其在《桂苑笔耕集序》中所说有《私试今体赋》五首一卷、《五言七言今体诗》一百首一卷、《杂诗赋》三十首一卷、《中山覆篑集》一部五卷、《桂苑笔耕集》一部二十卷。今多不存,只有《桂苑笔耕集》和收在《东文选》中的少量诗歌传世。

崔致远是朝鲜历代公认的朝鲜汉文学奠基人,他对中朝两国的文化交流做出了杰出的贡献,在中国的文学影响也很大,《唐书·艺文志》有他的列传,《全唐诗》和清末刊行的《唐宋百名家集》和《唐人五十家小集》都收有他的作品。

崔致远在安徽的诗作主要是宣徽溧水任上所作的《中山覆篑集》和在高

骈幕中所作的《桂苑笔耕集》二十卷。《中山覆篑集》大部分作品已散佚。关于此书的得名,作者的解释是:"尔后调授宣州溧水县尉,禄厚官闲,饱食终日,仕优则学,免掷寸阴,公私所为,有集五卷,益励为山之志,爰标覆篑之名,地号中山,遂冠其首。"

《桂苑笔耕集》二十卷他在高骈幕中的四年时间里完成的,作者在回国后于新罗宪康王十二年(886)正月将该书呈献给宪康王时曾说及这部书的编辑经过:

> 及罢微秩,从职淮南,蒙高侍中专委笔砚,军书辐至,竭力抵挡,四季用心,万有余首。然淘之汰之,十无一二,敢比披沙见宝,粗胜毁瓦画墁,遂勒成《桂苑集》二十卷。臣适当离乱,寓食戎幕,辄以笔耕为目,仍以王韶之语,前事可凭,虽则伛偻言归,有惭鸟雀,既恳既耨,用破情田,自惜微劳,冀达圣鉴。

由此看来,这部书是对四年高骈幕中所写的大量作品进行认真筛选,十存其二。目的是借鉴中国圣王之道、历史教训,来帮助朝鲜国君治理天下。可见其目光之远,用心之深。此书的价值也是两个方面,一是史料价值:此书和两《唐书》《资治通鉴》等唐代史书相比,在资料性上更为原始,对研究晚唐史事,特别是淮南高骈幕府甚有价值,可以补充、订正相关唐代史书的不足以及谬误。二是其文学价值:该书文风渊雅瞻丽,其中最感人的是他怀念故国的诗篇,如《秋夜雨中》:

> 秋风惟苦吟,世路少知音。窗外三更雨,灯前万里心。

诗人远离祖国的孤独感和深切的思念之情,通过秋风秋雨的烘托和灯前沉思的特定画面,表达得相当凄苦。语言又朴实无华,纯用白描手法,这都增加了感人的力量。又如《山阳与乡友话别》:"相逢暂乐楚山春,又欲分离泪满巾。莫怪临风偏怅望,异乡难遇故乡人。"诗中把在他国与故人的欢聚,分别的黯然神伤,在春风的陪衬和临风怅望的特定镜头下,表现得异常充分,手法和上一首几乎完全相同。这些诗篇因此也被韩国后世学人称为"东方文章之本始"和"东方艺苑之本始"。

《桂苑笔耕集》第二十卷中还收录了他辞别淮南高骈幕时与友人的酬答和赠别诗章,这种异国之间的文学交往和友谊自然是文学史和中国古典文学流播史中不可多得的史料,如《酬吴峦秀才惜别二绝句》其一云:"残日塞鸿高的的,暮烟汀树远依依。此时回首情何限,天际孤帆宰浪飞。"诗中凄清的景与离别情浑然一体。《和友人除夜见寄》云:"与君相见且歌吟,莫恨流年挫壮心。幸得东风已迎路,好花时节到鸡林。"友人在除夕之夜相互思念、相互鼓励,也表达了对故国的归思难收。崔致远归国时,亦供职于淮南高骈幕中的同年进士皖人顾云也有《送崔致远西游将还》和《孤云篇》两诗相送,这在前面顾云专论中已提及,不再赘述。朝鲜洪奭周在《校印桂苑笔耕集序》中说:"吾东方之士,北学于中国,而以文声天下者,亦自崔公始,崔公之书传于后者,唯《桂苑笔耕集》与《中山覆篑集》二部。是二书者,亦吾东方文章之本始也。"可见这两部作品的重要地位和深远影响。

崔致远的《檄黄巢书》和《西川罗城图记》的文学价值颇高。前者是其代高骈所作,全文声讨有力,气劲意直。"不唯天下之人皆思显戮,抑亦地中之鬼已议阴诛"。文中引经据典予以讨檄,其中引《道德经》:"飘风不终朝,骤雨不终日",指出黄巢之乱不久即败。写高骈军威之势,多用历史故实。后者记述了高骈在镇西川时,修筑罗城一事。唐王徽有《创筑罗城记》,其同年友顾云有七言歌行体诗作《筑城篇》。相较而言,《西川罗城图记》详细地记述了筑城的经过,全文多用骈句,善用历史故实,显示了作者的文学才华。

第三编　两宋时期的安徽文学

今日安徽的地理区划与宋代相比有较大的不同:宋太祖赵匡胤吸收唐末藩镇割据的教训,将节度使所辖的"郡"改为中央直属的"路",今日安徽的淮北地区属京西北路的颍州,淮南东路的亳州、宿州、泗州、滁州;江淮之间属淮南西路的庐州、和州、舒州、寿州、濠州;江南属江南东路太平州、池州、宣州。另外还有两个军州:无为军和广德军。

两宋时期,安徽接近政治中心,易得风气之先。北宋定都汴京(今河南开封),安徽北部为京畿辅郡;南宋定都临安(今杭州),且以建康(今南京)为行都,与安徽的沿江、江南也很接近。宋室南渡,中原士大夫南下,使中原文化又有一次与吴越文化融合的机会,安徽受这种文化氛围的影响很深。因此,宋代的安徽文坛有三点值得注意:一是安徽的文人进入权力中心的增多,如吕夷简、吕公著、吕好问、王珪、吴潜、程元凤等人,都位至宰辅,他们既是政治家,又是文学家,他们的创作对安徽乃至全国皆有重要影响;二是安徽两淮地区的州郡,因距京畿接近,号称"便郡",朝中一些士大夫以薄罪受惩,即贬谪至此,如王禹偁、晏殊、欧阳修、苏轼等都在安徽做过州郡长官,他们的创作活动,不仅丰富了安徽的文学宝库,而且也培育了当地的文学新人;三是宋室南渡,宋金以淮河为界,安徽两淮地区处于战争前沿,历史上著名的战役如顺昌之战、柘皋之战、采石之战等都发生在这里,安徽人民饱受战争的苦难,也出现了许多慷慨悲歌的爱国诗人、词人和散文家,创作了大量反映民族矛盾、表现爱国主义的优秀作品。

两宋时期,安徽的文学家们对宋代文学的发展做出过卓越的贡献:太平兴国年间进士、合肥人姚铉为矫正晚唐五代的绮靡文风,编纂《唐文粹》,为诗文革新运动提供了最早的创作典范;宣城的梅尧臣积极参与欧阳修领导的诗文革新运动,探索诗歌发展的新路,被称为宋诗的"开山祖师";亳州人张耒为"苏门四学士"之一,言传身教,把元祐文风一直延续到北宋末年;寿县的吕本中为"江西诗派"作宗谱图,并以其创作成就成为南宋早期文坛的领袖;芜湖的张孝祥继承和发扬苏轼开创的豪放词风,被誉为苏、辛词派承先启后的"津梁"。还有一大批杰出的诗人、词人、散文家,都以他们的创作成就,在文学史上占有重要地位;在文学理论上,我国第一部以"诗话"命名的《六一诗话》,即欧阳修晚年退居颍州时的著作;宋代两部最有影响的诗话总集——《诗话总龟》和《苕溪渔隐丛话》,出自安徽作家阮阅和胡仔之手。这对宋诗的发展和宋诗研究,都有极其重要的意义。此外,如秦醇、王铚、王明清、郭彖在宋人笔记和文言小说创作中也占有很重要的地位。

第一章　北宋时期的安徽文学

北宋时期的安徽文学,可分为前后两个不同时期,呈现两种不同的文学取向。前期以姚铉、梅询、梅尧臣、焦千之为代表的一批安徽作家,呼应王禹偁、石介等以复古求新变的改革主张,主张诗歌反映现实、务去靡芜,以他们或浅切劲健或自然清新的诗歌创作,对抗当时文坛主流西昆体咏歌太平、雍容浮艳的形式主义文风。尤其是梅尧臣,"去浮靡之习,超然于昆体极弊之际;存古淡之道,卓然于诸大家未起之先"(龚啸《宛陵先生集·附录》),为后起的欧阳修、苏轼等大家导夫先路,成就了以"简古、平淡、朴拙"为标识的有宋一代诗风。

另一方面,以王珪、王琪为代表的淮北诗人,则是西昆体后期的代表人物。尤其是王琪,基本上承续了杨亿、刘筠等西昆体前期诗人刻玉雕金、典实富艳的浓艳诗风,多歌德颂圣,表现承平富贵气象,诗中充满了"富贵语""丽语",被诗论家挖苦为"至宝丹"。但是这批诗人,即使是以诗风浓艳著称的王珪,对前期的西昆诗风有继承因袭,也有革新和反驳,他们也开始欣赏清新浅切的诗作,也尝试写出一些清丽、淡远乃至宏阔之作。这种转换,反映着北宋诗文革新运动的深入和普及,也显示着"唐风"正在向"宋韵"转化。

王安石熙宁变法失败后,北宋社会进入后期。变法失败,使固有的各种矛盾更加激化;金人的步步紧逼,主战派和主和派此消彼长,更使这艘百孔千疮的大船在狂风巨浪中失去航向。徽宗崇宁以后对元祐党人的迫害,借改革之名以谋私利的蔡京、童贯一批宵小的肆虐,更使这个政权失去了正直士大夫这支骨干力量的掌舵和支撑,最终在金人的最后一击下覆亡。

北宋后期的安徽文坛同全国一样,已不是文体、文风之争,因为欧阳修领导的诗文革新运动已取得彻底胜利,"杨刘风采,耸动天下"的西昆体已被"欧苏""苏黄"的"宋诗"所取代。以张耒、郭祥正、杨杰为代表的一批安徽诗人所关注的是民生疾苦和吏治的腐败,担心的是前方的战事和国家的安宁。

当然，也有大量对个人不平遭遇的抒写或想象力的激情喷发。在艺术风格上，也再无西昆体那种闲雅的气度和雍容的神情，只是表现为在"简雅古淡"的宋诗总体风貌下各别个体的不同特色。

在宋金对峙的特殊政治环境下，以高士谈为代表的一批羁留于金国的皖籍诗人，在身居高位、待遇优渥的情况下仍不忘故国，写出许多眷恋家国、凄叹身世的泣血之作，不仅向世人展露他们的归趋和士大夫固有的脆弱，更为重要的是再一次证明了汉民族在被异族征服时，以儒文化正统自居和自豪，是汉族士大夫赖以固守的精神家园和与之抗衡的力量支撑。

第一节 宋初诗坛

早期的安徽诗坛，如全椒张洎，休宁查元方，歙县舒雅、舒雄，新安吕文仲等皆是由南唐入宋的文人。当时虽很负诗名，但就现存的少量作品来看，基本是沿袭晚唐五代旧习。唯有合肥人姚铉能独辟蹊径，响应柳开、王禹偁、石介等人的诗文革新主张，并用十年时间编出《唐文粹》，作为"复古革弊"范本。稍后，如寿州的吕夷简诗作，关注国事民瘼；宣城的李含章、梅询，诗风清新淡雅，已开梅尧臣宣城诗风之先声。

一、姚铉

姚铉(968—1020)，字宝之，庐州合肥人。太平兴国八年(983)登进士甲科。历大理评事、知潭州湘乡县，迁殿中丞，通判简、宣、升三州。淳化三年，直史馆，太宗至道初迁太常丞，充京西转运使，历右正言、右司谏、河东、京东转运使，徙两浙转运使。姚铉为人"爽直，颇尚气"，因与杭州知州薛映不协，薛映"摭铉罪状数条，密以闻，因夺官"，贬为连州文学。被贬路上"犹佣夫荷担自随"，可见其为政颇得民心。恰逢大赦，量移岳州，后授舒州团练副使，真宗天禧四年(1020)卒。《宋史》有传。著有文集二十卷，编有唐人文集《唐文粹》。

姚铉多年任地方官，对当时的弊政看得比较清楚，因而积极主张革新，认为地方官应"强明莅事,惠爱及民","立教条,除烦扰"。凡有善政,应"岁终书历",使受代者"俾之遵行"。不能人存政举,人去政息,使胥吏"害公蠹政"。

与其政治上革除弊政的主张相一致,在文学上,他针对晚唐五代的绮靡文风,主张复古;并身体力行,用了十年时间,遍览了唐人文集,"掇英撷华",编纂成《唐文粹》一百卷。《唐文粹》作为一部唐代文学总集,其目的是呼应宋初文学的复古思潮,为当时的学子提供一个简便、全面的唐代诗文精华范本。从这个意义上说,姚铉也是宋代诗文革新的推动者。《唐文粹》的宗旨是崇经尊儒,注意文学的教化作用,但也有开通的释、道观。他在序中批评《唐诗类选》《英灵》《间气》《极玄》《又玄》《甲赋》《赋选》《桂香》等当时一些唐人诗文选本"率多声律,鲜及古道",只为"干名求试之急用",再次树起韩愈这面文学复古的大旗,以此来抗衡宋初的晚唐五代绮靡文风。他在书序中称赞韩愈"超绝群流,独高遂古,凭陵躏跞,可继扬孟",自己所选的这本《唐文粹》,就是要像韩愈那样一反潮流:"首倡古文,遏横流于昏垫,辟正道于夷坦";回复古道,"以二帝三皇为根本,以六经四教为宗师"。在宋初的诗文革新运动中,姚铉的这一主张,与柳开、石介、王禹偁等宋代诗文革新前驱者基本一致。石介鼓唱诗文革新,就是以这个选本作为范本的。他在一封书信中曾谈到他读《唐文粹》及《韩昌黎集》时的感受:述作"必本于教化仁义,根于礼乐刑政,而后为之词……以舒畅元化,辑安四方。今之为文,其主者雕镂篆刻,伤其本;浮华缘饰,丧其质"。在比较唐文和宋初之文的巨大差别以后,石介希望宋文能继承唐文的优良传统,写出"赫然为盛,与大汉相视、钜唐同风"的"大宋之文"(《徂徕集》卷一二《上赵先生书》)。《四库全书总目》评价这部书说:"是编文赋唯取古体,而四六之文不录;诗歌唯取古体,而五七近体不录";"铉欲挽其末流,故其体例如是。于欧、梅未出以前,毅然矫五代之弊,与穆修、柳开相应者,实自铉始"。

《唐文粹》的价值,不只是不满晚唐五代绮丽文风,倡导复古,呼应了宋初诗文革新运动,还在其总体文学准绳下,以其开通独到的选文眼光去吸纳各种见解、各种风格和各种文体,较为真实地反映唐代诗文的总体面貌和嬗变过程。《唐文粹》所收,虽"唯取古体",但所收集的唐代诗文文体多样、风格多样。姚铉将选文分为十类:"古赋、乐章、歌诗、赞颂、碑铭、文论、箴表、传录、述序",对唐代出现了新的文体类型"古文"更给予高度关注,收了十卷,体现了文体发展变化的实际。选文中注意容纳不同意见,不搞党同伐异。姚铉崇信韩愈,但集中收录了裴度的《寄李翱书》,批评韩愈的大弟子李翱,不满古文运动作者们的文风,并且批评韩愈"恃其绝足,往往奔放,不以文立制,而以文为戏"。集中收录的陆希声《唐太子校书李观文集序》,比较了李观和韩愈两人的异同,抑韩而扬李:"元宾则不古不今,卓然自成一体,激扬飞越。"

《唐文粹》还吸纳了不同风格的文章,奇异怪特之文亦兼收并存,如孙樵在《与贾秀才书》书中评论贾秀才:"今足下立言必奇,撅意必深,抉精剔华,期到圣人";皇甫湜在他的《答李生第一书》也主张文章必尚奇:"夫意新则异于常,异于常则怪矣。词高则出众,出众则奇矣";柳宗元在《读韩愈所作〈毛颖传〉》中也同样赞赏奇和怪。这类崇奇尚怪之文,《唐文粹》也吸纳其中。《唐文粹》甚至用五卷收录了三十九篇有关佛教的碑志。在这些碑志里,可以明显地看出姚铉对待佛教的态度——既不像韩愈那样排佛,也不像世人那样佞佛,而是把佛教看作和儒教一样有利世道人心的精神归趋。所以集中收录了裴休《赐紫大达法师玄秘塔碑铭》、张彦远《三祖大师碑阴记》、权德舆《唐故章敬寺百岩禅师碑铭》,而独不收韩愈排佛的《谏佛骨表》,可见其眼光的独到。也正因为如此,受到一些儒家正统选家的批评。明代朱熹学派传人陆陇其在《松阳钞存》中批评说:"姚铉所辑《唐文粹》者,宝应寺有记、放生池有碑,深溺于浮屠之说如此。其他如张说、王维、卢肇、李华、白居易、柳宗元之徒,连篇累牍称扬佛教者,又何足怪哉!故知韩退之真人杰也。《唐文粹》不载退之《谏佛骨表》,大端已差。"由此可见,姚铉并非一个只知复古的腐儒。

《唐文粹》成书于真宗大中祥符四年(1011)。最初刻本在高宗绍兴年间,刊行后立即受到学术界的重视和称赞。南宋初年的晁公武在《郡斋读书志》中曾记载此书出版时受欢迎的情况:"好事者于县建楼贮之,官属多遣吏写录。吏以为苦,以盐水噀之,冀其速坏。后以火焚其楼。据此则铉成是书,时在朝在野,皆欲得之。"杨万里、周必大等名家对《唐文粹》亦推崇备至。周必大比较了《唐文粹》和《文苑英华》的不同,称赞《唐文粹》精练、简洁:"由简故精,所以盛行"(《跋文苑英华后》),并有诗曰"余闲手点《唐文粹》,春昼长时分外勤"。元朝名诗人郝经《读唐文粹》称:"琅琅玉振璨珠光,一代雄文照李唐。"明代江盈科在《重刻唐文粹引》中更是将姚铉之举称为"二不朽讬一不朽"。明代的邱浚、王鏊等都在文章中提到学习、研读《唐文粹》的经过。王鏊在《孙可之文集序》说自己"少读《唐文粹》,得持正、可之文则往返三复","且欲痛刬日习,藻濯新思"。后人还把《唐文粹》和《文苑英华》《文海》《文鉴》《文衡》一起称为"博综一代,著作之林,无体不备"的类书。明清以还,对《唐文粹》的重视更是有增无减,在各种类书、文鉴中经常选录和引用,把《唐文粹》作为必备的经典和工具书。

在诗歌创作上,姚铉当时亦负盛名。《宋史》本传称其"文辞敏丽,善笔札"。阮阅《诗话总龟》记载:"淳化中,春日苑中赏花钓鱼小宴,宰相至三馆预坐,咸使赋诗,上(太宗)览以第优劣。时姚铉赐白金百两,时辈荣之,以比夺袍赐花故事。"但其作品今存者甚少。傅璇琮等主编《全宋诗》仅录其诗五首,断句二。其中七律二首,七绝一首,五绝二首,俱是近体。可见姚铉倡导古体,是从文学社会功能出发,并非不通音律。宋初西昆体代表人物杨亿深知这一点,他曾称赞姚铉《松江》诗云:"'疏钟天竺晓,一雁海门秋',亦颇清远,则铉非不究心于声律者。"刘熙载《艺概·赋概》亦有一则记载:"姚铉令夏竦为水赋,限以万字。竦作三千字。铉怒,不视,曰:'汝何不于水之前后左右言之?'竦益得六千字。"可见姚铉益善赋体铺排。

从姚铉现存的五首近体诗来看,两首绝句较佳:

水石一栏杆,僧归四山静。携琴谱涧泉,月浸夜深冷。(《冷泉亭》)
康乐误玄机,寂寥此栖息。经翻贝叶文,台近莲华山。(《翻经台》)

前者紧扣"冷泉"二字,写出僧人独处深山的感受,意境空寂,颇有唐人王维《竹里馆》等诸诗之清幽。后者则质朴无华,叙事之中,亦可看出作者的人生取向。仅存的两首五绝,就使用两种抒情方式,表现出两种不同的风格。

二、梅询

梅询(964—1041),字昌言,宣州(今属安徽)人,梅尧臣的叔父。太宗端拱二年(989)进士,为利丰监判官。真宗咸平三年(1000)直集贤院,因事降通判杭州。历知苏、濠、鄂、楚、寿、陕诸州。真宗天禧四年(1020),"坐朱能反,贬为怀州团练副使。未几,公复以计捕斩之。朝廷责其在前为玩愒,再贬池州"。宋仁宗天圣元年(1023),拜度支员外郎,知广德军事,继为两浙、湖北、陕西的转运使。仁宗天圣六年(1028),直昭文馆,知荆南。明道元年(1032)以枢密直学士知并州,入为翰林侍读学士,拜给事中,知审官院。宝元二年(1039)知许州。康定二年(1041)卒,年七十八。事见《欧阳文忠公集》卷二七《梅公墓志铭》。《宋史》卷三〇一有传。

梅询诗文创作内容丰富,据宋王安国《许昌梅公诗集序》:梅询有诗文"二百九十篇矣"。又据元陈天麟《许昌梅公年谱》云:"性喜为诗,有《许昌集》,王平甫为之序,又别有文集二十卷。"今诗文集均逸,仅存明朝梅一科辑佚的《许昌梅公诗略》诗歌28首。

梅询是宋代初期开启宋诗风气的重要诗人,欧阳修在其《翰林侍读学士给事中梅公墓志铭》中称梅询"言谈词气尚足动人……好学有文,尤喜为诗"(《翰林侍读学士给事中梅公墓志铭》)。从今存的20首多诗作来看,大体可以分为纪行、寄赠和山水三类。其中纪行、寄赠篇什多反映忠君爱国之志和对国计民生的关怀,多直抒其情,诗风平直而慷慨,如《奉使入契丹界道中偶成》:

旌节张皇鼓吹鸣,辽军道上宋官行。和戎利益三仪宴,遣使交通两国盟。醉寝驿亭红线辟,冒行沙漠白题迎。旋车言迈遄归日,不辱钦兹答圣明。

据《许昌梅公年谱》载:真宗咸平五年(1002),契丹数犯河北,梅询乃上封事以言边事,"书奏,帝深然之,问谁可使者,因请自行"。诗中直抒出使契丹界道上的感受。从"辽军道上宋官行""驿亭红线辟""冒行沙漠"等句遣词来看,他对"和戎"之策颇有感慨,但比起南宋杨万里的《出入淮河四绝句》和范成大的《揽辔录》,对"求和"国策的批判要舒缓、含蓄得多,基本上还是主张以和求安的。当然,这与两宋不同的国势亦有关系,但其中的忠君爱国之志则是共通的。这种情感在《哭寇莱公》中得以充分展露。真宗时宰相寇准极力主张以战御边,并在抵御金兵入侵中立有殊勋,后却因卷入皇家内部斗争而被流放海南。宋仁宗天圣元年卒于雷州。梅询此时刚从被贬的池州团练副使起用为度支员外郎,知广德军事。闻讯后,便不顾利害,写下这首追悼赞颂之章。诗中称寇准为"相君",称颂他的才具和人品:"相君文美武英兼,壁立岩岩众具瞻",更肯定以战御边的功勋:"明谋慑虏虏师潜",并公开为他的遭遇鸣不平:"祸机近起拂髭髯"。在《哭王文正公》这首悼诗中,亦对太尉王旦"深虑悬悬西北虏,先忧切切东南民"的抗金爱民的一生加以讴歌。王安国在梅询诗集序中说:"其褒扬人主盛德之余,而写元元懽忻之意,被之弦歌,所以为一时之乐;而中自放于山崖水滨,隐约之观游,以去国爱君之思,寓之翰墨,所以为一身之忧者,见之二百九十篇矣。"

但这类诗作中也有平庸之作,如《扈从圣驾东封》,叙述咸平三年,真宗赴泰山封禅,自己扈驾途中的感受。此时外有辽兵大兵压境,大将范廷召与辽兵战于瀛洲(今河北河间),大败。辽兵从德(今山东陵县)、隶(今惠民县东南)渡过黄河,将淄博、济南一带扫掠一空而去。内有都虞侯王均率益州戌兵叛乱独立,国号大蜀。内外皆可谓危机四伏。但在梅询的这首诗中看不到丝毫忧虑和紧迫,反而称道"四夷入贺威灵显,万国追陪礼貌隆",接着便是颂圣:"天下太平开白道,宫中长乐诵黄庭。天鉴圣明亲有道,千秋万岁乐无穷",像是一篇太平颂圣歌,与当时的西昆体并无什么差别。另外像仅存的两首怀古诗《过阴陵怀古》和《阴陵》,也仅仅是用诗的语言重复《史记》等史籍中记载的项羽故事,既看不出作者的史识,也不见借古讽今或借古咏志、抒怀等深层含蕴。

梅询仅存的诗作中,更多也更有成就的是山水咏物之作。这类诗作大多平淡朴厚、自然清新,表现出作者心态的平静、怡和、淡泊,与当时空洞无物、讲究辞藻、艳丽绮靡的西昆诗风迥然相异。如《江楼晚眺》:

潮落蚌耕洲,霞天雨尽收。月来山寺候,云驻海间秋。野鹜驯舟绕,红鱼逐饵游。欣然乘此兴,呼酒醉高楼。

诗人描绘江楼晚眺所见的江南秋色:沙洲、晚霞、山寺月上、海间秋云,点出了江南山水特有的地域和时空特色;野鹜、小舟、红鱼逐饵和酒醉高楼又将静景动态化,意象鲜明勾勒出秋雨之后万物欢快清新的自然风光,也真切表现了诗人心态的愉悦淡宕。

梅询还有一组"武林山十咏",其中亦有姚铉咏歌过的《冷泉亭》和《翻经台》:

古窦鸣幽泉,苍崖结虚宇。六月期客游,披襟苦徂暑,开窗弄清浅,吹篝疑风雨。不见白使君,烟萝为谁语。(《冷泉亭》)

灵运曾此台,冥心住幽寂。重绎叶上书,深藏林中迹。遗文传竹素,野蔓侵苔壁。登览殊未休,苍山日将夕。(《翻经台》)

和姚铉两诗相较,姚诗完全是客观地描叙,梅诗则是主观地诉说;梅诗细密,姚诗简洁;梅诗朴厚,姚诗空灵。但深幽的意境和寂灭的心境则是共同的。

梅询寄赠诗作中有首是给吕夷简的,可以看出这两位同时代的安徽著名诗人之间的友谊,也是安徽文学史中难得的资料,题为《濠邸与吕倅》:

小作山州又水州,州中山水正清幽。黄埃迥绝衔如洗,绿野宽平驾可游。斋寂官闲搬百瓮,庭空讼简卧三牛。劳君伴读良多益,请筑书台读大猷。

《许昌梅公谱》载此诗作于大中祥符三年(1010),梅询出知濠州之时。吕夷简此时进士及第,往濠州任推官。关于吕夷简来濠,《许昌梅公谱》中还记载一段逸事:"公尝夙戒作词,投泰山神祈梦,夜梦入一公厅,厅宇明敞,前廷有三石牛。俄而吏白有宰相人，公迎至，则乃一美少年，姿仪丰伟，紫衣金鱼，与握手，如平生交。对公曰：'濠僻在幽处，何欲往焉？'公曰：'正欲彼温故耳。'（少年）曰：'必欲往，吾当选一好伴读与。'未几，王公以进士吕夷简多才，故授以推官，往与公俱。"这就是诗中的"卧三牛""劳君伴读"的出处。

梅询诗文在当时就受到很高评价，如黄觉《送梅昌言出镇太原》云："文章一代喧高价，忠直三朝受圣知。"如宋庠《次韵和侍读梅学士秋雪》云："雅篇工状物，精思入参寥。"宋祁《送枢直梅学士守并州》称梅询如"唐诗存雅俗"。其中，梅询对梅尧臣的影响更值得一提。梅尧臣从小就跟随其叔父梅询生活、学习。李一飞《梅尧臣早期事迹考》说梅尧臣："十二岁至二十五岁，从叔父梅询宦学于襄、鄂、苏州、陕西京兆府、怀、池州和广德军诸地。"欧阳修《梅圣俞诗集序》云：梅尧臣"幼习于诗，自为童子出语已惊其长老"，其"长老"应当包括梅询。梅询对这位少年才子更加器重，更注意教诲。朱东润亦云："尧臣十二三岁以后，跟着梅询在外。梅询是当时有名的诗人，对于尧臣曾经起过一定的影响。"（《梅尧臣诗的评价》）我们从梅尧臣平淡隽永的诗风中也确实能看到梅询《题竹山寺》《西湖》等山水诗作的影子。

梅询诗歌今存：傅璇琮等主编《全宋诗》收诗 28 首，残句四；胡建升从元陈天麟的《许昌梅公年谱》、明梅一科的《许昌梅公诗略》、明钱穀的《吴都文粹续集》中又辑得逸诗 22 首。

三、吕夷简

吕夷简祖籍山东莱州，其祖父"龟祥知寿州，子孙遂为寿州人"（《宋史·本传》）。吕夷简与伯父吕蒙正，三子吕公著三代为相，次子吕公弼也官至军事最高长官枢密使。《宋史·本传》称："宋兴以来，宰相以三公平章事者四人，而公著与其父居其二，士艳其荣。"吕公著的曾孙吕本中、吕本中侄孙吕祖谦则分别是南宋诗坛和宋代理学的领军人物。吕氏一门在政治、军事、文化、哲学上有如此建树，这不仅在安徽文学史乃至中国文学史上都极为罕见。他们与庆历党人范仲淹、欧阳修、富弼，熙宁变法中的王安石，元祐更化中的司马光,南宋主和之争中的秦桧、赵鼎、曾巩、陆游,南宋理学著名公案鹅湖之会中的朱熹、陆九渊等,这些两宋乃至中国政治史、文学史、哲学史中重大事件和人物都有交往或重要关联,或本身就是其中的核心人物。

吕夷简(979—1044),字坦夫,蒙亨长子,宋真宗咸平三年进士及第。初补绛州(陕西运城新绛)军事推官,稍迁大理寺丞。乾元元年(1022),以龙图阁直学士;知开封府,参知政事。仁宗即位,以给事中参知政事,到天圣六年(1028)再加同平章事、集贤殿大学士,二月,复加昭文馆大学士,监修国史,始居相位。至康定元年(1040)五月,三度拜相。庆历元年(1041),封许国公。庆历二年(1042)判枢密院事,改枢密使。是年冬,感风眩,不能朝,拜司空、平章军国重事。庆历三年(1043)三月,以太尉致仕。庆历四年(1044)卒,享年六十五岁。赠太师、中书令,谥号文靖。《宋史·本传》有传。

吕夷简才识卓优、清慎勤政,当时便有"廉能"之誉。知滨州时,他上书请免掉农具税,真宗为之颁行天下。在祠部员外郎任上,他批评真宗建筑宫观是劳民伤财,请罢除冬天河运木石。真宗称赞他"有为国爱民之心",数次委以大任。他最大的政治功绩是在真宗去世后,既辅佐刘后临朝,又遏止了女主专权的发展,保证真宗死后政局的平稳、皇位的正常过渡,显示出掌控局势既守则又圆通的政治才干。对外关系上,他在真宗朝曾出使契丹议和划界,圆满完成使命,由此升任知制诰之职;仁宗朝又与范仲淹等配合,缓解了契丹与西夏造成的西北军事危机。作为活动在各种政治力量旋涡中的宰相,他既表现出古代的所谓"宰相器度",又表现出在封建官场中所练就的圆滑。仁宗时代,北宋经济发展、文化繁荣,吕夷简执政起到积极的作用。元代历史学家认为他是"一代良相","于天下事屈伸舒卷、动有操术"。但实际上,吕夷简只能算是"守成之相",他长期执政却缺乏政治远见,没能感觉到正在越积越重的社会危机,更缺乏应对的有效措施,致使积重难返。加上政风又主观专断、用人唯亲,在朝廷树朋党,斥逐范仲淹等庆历新政派,这在当时就为人所诟病。范仲淹等庆历新政的失败、二十年后王安石熙宁变法的失败,追本溯源,吕夷简是有责任的。

吕夷简有文集二十卷,但诗集今不存,仅存诗十一首。多是闲适纪游之作,从"老读文书兴易阑,须知养病不如闲"(《无题》),可能多是晚年之作。几度政治风雨之后,此时已是波澜不惊,归于平静淡定。诗中多描清幽淡雅之景,如"细风先动柳,残雪不藏梅"(《江南立春》)、"虎蹲临涧石,猿挂半岩藤"(《重游雁山》)、"净名庵下灵岩路,峻壁层崖倚半空"(《过灵岩寺》);多写空寂无人之境,如"闭门无客到,樽俎为谁开"(《江南立春》)、"不用闭门防俗客,此间能有几人来"(《天花寺》)、"眼界清虚心不息,浮生能有几人间"(《咏天宁院》)。此景此境之下,自然也就是淡泊安闲乃至羡慕深山老僧,向往归隐的情怀了。诸如"我爱老僧年八二,一生长住翠微中"(《过灵岩寺》)、"深愧山阴许都讲,肯随支遁出尘嚣"(《送僧归护国寺》)、"何日抛龟纽,孤峰上再登"(《重游雁山》)等。

吕夷简存诗只有十一首和五个残句,我们无法从诗中窥其思想全貌,但从仅存的早期诗作《西溪看牡丹》来看,诗人也并非完全淡然遗世:

异香浓艳厌群葩,何事栽培近海涯。开向东风应有恨,凭谁移入五侯家。

《舆地纪胜·泰州》记载,夷简曾监西溪盐税,此诗显属早年之作。牡丹,历来被称为国色天香,是富贵的象征。李白说:"名花倾国两相欢,长得君王带笑看。"白居易也说:"遂使王公与卿士,游花冠盖日相望。"但作者眼前"艳压群葩"的名花,却栽在这偏僻寂寞的海涯。诗人设想:本应生于五侯之家的牡丹,此时面对着东风该有无限的惆怅和怨恨吧!实际是抒发自己怀才不遇的感慨。联想到诗人世代簪缨的家世,这番感慨应该是借花喻人、有感而发。诗人有首《郑州浮波亭》,写于晚年。其中写道:"若问经纶康济术,亭中兼有钓璜人",既是对退位宰相陈尧佐的宽慰,也是他关心国事、关心民瘼心情的表露。可见即使是晚年,胸中也还有波澜。

吕夷简诗风淡泊清雅,自然流走,陈振孙在《直斋书录解题》称"其诗清润和雅,未易及也"是有道理的。缺点是有的诗作不够精当,多议论,缺少工致的美感,如《无题》之"老读文书兴易阑,须知养病不如闲。竹床瓦枕虚堂上,卧见江南雨后山",以及《过灵岩寺》《天花寺》等诗作,也都有议论过多之弊。

吕夷简诗现存有:陈焯编《宋元诗会》卷七《吕夷简集》一卷,文渊阁《四库全书》本。

第二节 梅尧臣

北宋前期,当西昆体极盛之际,首先以自己"语新意工"恢复古道的诗歌理论对抗西昆体的形式主义诗歌主张,以"平淡邃美"的诗歌风格扫除当时诗坛的"雍容华靡",为后起的欧阳修、苏轼等大家导夫先路,成就以"简古、平淡、朴拙"为标识的有宋一代诗风者,是安徽宣城诗人梅尧臣。

一、梅尧臣的生活道路

梅尧臣(1002—1060),字圣俞,宣城人。宣城古称宛陵,故世称梅宛陵或宛陵先生。父让,字克逊,居乡间务农。叔询,字昌言,进士及第,官至翰林学士。梅尧臣生于农家,幼时家贫但酷爱读书,"幼习于诗,自为童子出语已惊其长老",受到叔父梅询的器重。梅询任襄州通判时,十二岁的梅尧臣即随任就学,此后一直随叔父宦学于襄、鄂、苏州、陕西京兆府、怀、池州和广德军诸地。十六岁时梅尧臣参加乡试未取,以后又屡试进士不第,直到二十六岁始以门荫补太庙斋郎。是年,娶太子宾客谢涛之女。由于与谢氏联姻,与欧阳修、王安石、黄庭坚等也沾上姻戚关系,与他们的诗文唱和以及这些名人的赞誉,更提高了梅尧臣的知名度,也给他的仕途带来小小的发展。婚后不久,即调任桐城主簿,继调河南县、河阳县主簿。其时,西昆派重要人物钱惟演判河南府兼西京留守,欧阳修为留守司推官,尹洙以山南东道节度掌书记知伊阳县(今河南嵩县),梅尧臣与他们结为诗友,一时间洛阳成为诗歌活动中心。梅尧臣入仕之后,曾胸怀大志,抱有远大抱负,他原名"圣俞",后改"尧臣",立志要做个圣明君王的贤臣,然而他却没有遇到圣君,幸运之神仍然不来敲门。仁宗景祐元年(1034),再试进士不第,出任建德县令,改监湖州盐税。庆历四年(1044),至许昌任签书判官。梅尧臣在任地方官期间,待民诚厚,清廉自持,多有惠政。他经常深入乡间,与农人、烧瓦匠、贫妇交谈,了解民间疾苦,还亲自赶赴山林大火现场、洪水泛滥处进行实地察看。建德是一山区小县,县署外的竹篱,常年需要修护,因此成为向民众勒索的借口。梅尧臣到职后以土墙代替,不再扰民。梅去职后,当地民众筑亭怀念,曰"梅公亭"。元人吴师道在《梅公亭记》中赞颂梅尧臣"以仁厚、乐易、温恭、谨质称其人"。就在这一年(1044)七月七日,与诗人相濡以沫十八年的妻子谢氏病故;同月,次子十十亦死去,诗人这年四十二岁,正在赴许昌任上。四年后,女儿称称又病故。联系到诗人在地方官任上还有上述作为,是相当难能可贵的。

梅尧臣就这样任低层官吏一直到皇祐三年(1051)九月,始得宋仁宗召试,赐同进士出身,改太常博士,监永济仓。诗人此年已四十九岁。但不久又丁母忧,还居宣城守孝。直到至和三年(1056),诗人五十四岁时,才以欧阳修荐,补国子直讲。仕途如此蹭蹬,亲人又相继逝去。此时的梅尧臣,除了仍保持着自尊和操守:"岂能以口腹,屈节事豪权"(《永叔赠酒》),以及对诗歌艺术的执着追求外,整日块然独处,与酒为伴,人生已无多少乐趣了:"我生无所嗜,唯嗜酒与诗,一日舍此心肠悲"(《依韵和永叔劝酒》)。

嘉祐五年(1060)初,迁尚书都官员外郎,故世称"梅直讲""梅都官"。但只在任上过了三个月即病逝。

有《宛陵先生集》六十卷、《外集》十卷,今均不传。通行本有明正统本《宛陵先生文集》六十卷,《拾遗》一卷,《附录》一卷;明万历本《宛陵先生集》;《四部丛刊》明正统本影印本,皆六十卷。今人朱东润《梅尧臣集编年校注》(三册,上海古籍出版社 1980 年新版较为完备);另存词一首;参与编撰《新唐书》;所注的《孙子兵法》,为《孙子》十家注之一,有《四部丛刊》影明刊本。

二、梅尧臣的诗歌主张与创作内容

梅尧臣早年受西昆体影响较大。后来由于自己人生道路艰难,加之政治理想和操守等因素，使他的诗学观发生很大变化，由"谢公唱西都……乃复元和盛"（《依韵和王平甫见寄》），对西昆体代表人物由仰慕、崇拜，到批判和摒弃："迩今道颇丧，有作皆言空。烟云写形象，葩卉咏青红。人事极诹诡，引古称辩雄。经营唯切偶，荣利因被蒙"（《答韩三子华韩五持国韩六玉汝见赠述诗》），批判西昆体、晚唐体等当今的流行体徒作空言，只会讲求"切偶"，注重形式，"嘲风月，弄花草"而已。表示自己的创作要恢复古道"不书儿女语，不作风月诗。唯存先王法，好丑无使疑"（《寄滁州欧阳永叔》），发扬《诗经》的美刺传统、《离骚》的"愤世疾邪意，寄在草木虫"的比兴手法，去因物起兴，"自下而磨上"，发挥诗歌干预生活的社会功能。

梅尧臣在诗歌创作艺术上，提倡学习韩愈的创新精神，不蹈袭古人，做到意新而语工："诗家虽率意，而造语亦难。若意新语工，得前人所未道者，斯为善也"（欧阳修《六一诗话》引梅尧臣语）。梅尧臣非常推崇韩愈的革新精神，认为"文章革浮浇，近世无如韩"（《依韵和王平甫见寄》）。他在诗歌创作上有意识地学习韩愈的立意奇险，唯陈言之务去，也是历代诗论家一致公认的。如叶燮《原诗》云："宋之苏、梅、欧、苏、王、黄，皆（韩）愈为之发端"；夏敬观《说韩》云："宋之学退之诗者……梅圣俞亦颇效之"，今人钱锺书亦认为梅尧臣古诗，"从韩愈、孟郊，还有卢仝那里学了些手法"（《宋诗选注》）。梅尧臣的一些诗作，在诗题中就公开点明是学习韩愈，如《余居御桥南夜闻袄鸟鸣效昌黎体》《拟韩吏部射训狐》，而韩愈这两首诗，皆以奇特和创新著称。

另外，梅尧臣针对西昆体的华靡、深奥，提出"平淡"这一著名的艺术标准，并把它作为诗歌创作的最高境界和自己终生的艺术追求。所谓"作诗无古今，唯造平淡难"（《读邵不疑学士诗卷》），要求诗歌意境含蓄，富于形象性，能"状难写之景如在目前，含不尽之意见于言外"（欧阳修《六一诗话》引梅尧臣语）。他自己的诗歌创作，在立意造境、写景状物、遣词造句上也都力求"发纤浓于简古，寄至味于淡泊"（苏轼评语）。胡应麟《诗薮》称赞说："梅诗和平简远，淡而不枯，丽而有则，实为宋人之冠。"应当说，宋诗清远闲淡的时代风貌，就是从梅尧臣的诗歌理论和创作实践发轫的。

梅尧臣的诗歌创作,很好地实践了他的诗歌主张。他有诗作五十九卷两千八百余篇。创作内容具有以下几个很明显的特征:

第一,他继承《诗经》以来的美刺传统,广泛反映和干预现实生活。梅尧臣出身于农家,又长期担任低层官吏,对民生疾苦有比较深切的了解,因而反映这方面的作品较多。如《田家四时》《伤桑》《观理稼》《岸贫》《田家》《新茧》《陶者》等,分别从种植、蚕桑、陶者、军人等不同职业,老者、丁壮、贫女、儿童、官员、里胥、富翁等不同身份,赋税、徭役、战争、水旱灾害等不同侧面,反映民生苦难,对不同身份、不同阶层的各种人物表明自己的态度和愿望。《田家语》中,诗人站在农民的立场,申诉了赋税的苛重:"谁道田家乐,春税秋未足!"在《小村》中,哀叹一位无衣无食的老农连寒鸦都不如:"寒鸦得食日呼伴,老奥无衣犹抱孙!"在《汝坟贫女》中,诗人又让一位老父死于征丁,衣食无着的贫女直接在老父遗体前哭诉:"弱质无以托,横尸无以葬……抚膺呼苍天,生死将奈向?"此诗题下有小序:"时再点弓手,老幼俱集。大雨,甚寒,道死者百余人,自壤河至昆阳老牛陂,僵尸相继。"此诗写于作者知襄城县时,当为作者所亲历。同样写于知襄城县的《田家语》,他再次让一位老农直接站出来,控诉横征暴敛对农村造成摧毁性的破坏:

谁道田家乐?春税秋未足!里胥扣我门,日夕苦煎促。盛夏流潦多,白水高于屋。水既害我菽,蝗又食我粟。前月诏书来,生齿复版录;三丁藉一壮,恶使操弓韣。州符今又严,老吏持鞭朴。搜索稚与艾,惟存跛无目。田间敢怨嗟,父子各悲哭。南亩焉可事?买箭卖牛犊。愁气变久雨,铛缶空无粥;盲跛不能耕,死亡在迟速!

水灾蝗灾,已使收成无望,朝廷还要春税叠加秋税,征求无已。这还不算,官府还强行征兵,不仅丁壮从军,连老幼都不放过。劳动力没有了,生产工具没有了,剩下的跛子和瞎子,死亡也只在早晚!诗序中还特别提到"主司欲以多媚上,急责郡吏,郡吏畏,不敢辩,遂以属县令。互搜民口,虽老幼不得免"。可见是对整个赋税制度和国家机器的批判。北宋前期,宋王朝为了维持表面的繁荣,极力造成一片歌舞升平的假象,许多文人都自觉不自觉地营造这种气氛,像梅尧臣这样深刻地揭露社会矛盾者,是不多见的。

这类关心现实、注重国计民生之作还表现在抗敌御辱上。边患和异族入侵一直是两宋国家安全的最大威胁。一方面,诗人积极主战,咏歌那些为国忘身的将士。他曾自注《孙子》并进献给朝廷,希望对指挥战争有所补益:"庙谟盛夔契,正议灭乌孙,吾徒诚合进,尚念有亲尊"(《依韵和李君读余注孙子》)。甚至想投笔从戎,亲赴抗敌前线:"欲向萧关外,穷阴雪暗沙……自有从军乐,应无去国嗟"(《环州通判张殿丞亢》);"青骊渡河水,侠气动刀环……谁复轻儒者,难淹笔砚间"(《张修赴威胜军判官》);"青衫出二崤,白马如飞电……贾谊非俗儒,慎无轻寡变"。这些充满慷慨激情的送友从军诗,既是对友人的鼓励和边战获胜的期许,也是自己跃跃欲试心态的自白和流露。

另一方面,他又对宋军将帅的"邀勋轻赴敌"导致战争失败给予无情谴责,对士卒英勇献身抛尸疆场充满同情和悲悯。仁宗康定二年(1041)春,西夏元昊亲率十万大军南侵,欲在固原一带消灭宋军泾原路主力,表面上却边战边退,诱敌深入。韩琦的部下任福、桑怿却急功邀勋,刚愎自用,盲目冒进,结果在好水川中了埋伏,全军覆没。消息传来,梅尧臣既愤又悲,写下《故原战》《故原有战卒死而复苏来说当时事》,哀悼阵亡的将士:"纵横尸暴积,万殒少全生……侵骨剑创在,无人为不惊";谴责边将急于邀功的昏庸无能:"邀勋轻赴敌,转战背长河。大将中流矢,残兵空负戈。散亡归不得,掩抑泣山阿"。

梅尧臣还有一部分诗作是反映当时朝廷保守与革新的激烈斗争。他始终坚定地站在改革派一边,反对保守、腐败势力。当庆历新政失败,改革派代表人物如范仲淹、余靖、尹洙、欧阳修等一个个遭到贬谪时,他抑制不住自己的愤怒和不平,写下《彼鴍吟》《猛虎行》《巧妇》《闻欧阳永叔谪永陵》《闻尹师鲁谪富水》《寄饶州范待制》等一连串诗作,痛斥保守势力为一己私利,借堂皇理由来迫害忠良,像猛虎一样凶残:"当途食人肉,所获乃堂堂"(《猛虎行》);把范仲淹等直言敢谏者比作保卫森林的啄木鸟:"断木喙虽长,不啄柏与松","臃肿质性虚,圬蝎招猛嘴";把只顾保全禄位,一味"希旨"的众臣比作只会"啁啾弄好音"的众鸟;甚至把矛头直接指向最高统治者皇帝,将他比作不分是非的主人:"主人赫然怒,我爱尔何毁。弹射出穷山,众鸟亦相喜。"结果,国家这棵大树只有被蛀空而覆亡:"况兹树腹怠,力行宜瀕死。"(《彼鹥吟》)如此大胆抨击和辛辣讽刺,在宋诗中并不多见。至和元年(1054),欧阳修遭小人中伤,出知同州。居丧中的梅尧臣闻讯极度愤慨,在《闻永叔出守同州寄之》中说:"冕旒高拱元元上,左右无非唯唯臣",也是将批判的矛头直接指向最高统治者。可见《彼鹥吟》所言并非仅是一时的激愤。

第二,梅尧臣诗歌题材还有一个更为显著的特点,就是咏歌日常之景和平凡之事,善于从中抒发和平简远的情思或寄寓深邃的哲理,也就是所谓"寄至味于淡泊"。这是梅诗的特点,也是宋诗的特色。

在梅尧臣的 2800 多篇诗作中,比起军国大事、朝廷党争和民生疾苦这些重大题材,更多的则是婚媾嫁娶、生老病死、文物书画、美味佳肴、花鸟虫鱼。耕田的农具、养蚕的竹箔、鹅鸭的蛋卵、晚云、晨鸦、元旦、中秋,都可以成为他的诗题,可以说无事不可入诗,无时不可入诗。这不仅扩大了诗的题材,也更贴近了生活,因为生活中更多的是这些凡人小事,就像熊掌鱼翅,虽是美味,毕竟不可日日为之。这些看起来琐屑的小事、寻常的诗题,在梅尧臣的笔下,却变得那么亲近、那么隽永、那么寻常朴素,又那么富有浓郁的诗味。以写"秋"为例,几乎秋天的一切都可以揽入诗中,而且形象、情态各自不同:秋风是"秋风白虎嗥,长庚光如刀"(《秋风篇》),秋阴是"已过萧萧雨,犹成黯黯阴……远吹鸣高树,低云冒晚岑"(《秋阴》),秋雨是"雨后秋气早,凉归室庐清……石榴坠枝熟,苍藓缘阶生"(《秋雨》),秋雁是"秋雁多夜飞,前群后孤来。俦合鸣自得,只去音已哀"(《秋雁》);秋雷和春雷也有不同:"春雷不发蛰,秋雷不收声。向无一日雨,今无一日晴"(《秋雷》);等等。

更难能的是,这些表面上看来琐屑平淡的诗题却往往能小中见大,从另一角度反映诗人对国计民生的关注,或是淡中蕴深,透露出诗人对人生、对生活哲理的某种思考。如写吃河豚:开头写随着春天的到来,河豚既多且贱:

"春洲生荻芽,春岸飞杨花。河豚当是时,贵不数鱼虾";接着描写河豚的丑陋和剧毒,而食河豚的人却不知美味中包藏着无穷的祸机:"皆言美无度,谁谓死如麻";诗的结尾说:"甚美恶亦称,此言诚可嘉"(《范饶州坐中客语食河豚鱼》)。美和恶并存于一身,美中亦暗藏恶,人们往往为美所惑而身亡,短短的几句饮食小事中引申出如此深邃的哲理。《七月十六日赴庚直有怀》写自己月下赶路的感受:"白日落我前,明月随我后。流光如有情,徘徊上高柳",构语新巧活泼。但诗人立意并非赏景,接下去便是:"内有子相忆,外有月相守。何似长征人,沙尘听刁斗",由怀念妻、子到挂念月下戍边士卒,话题越来越沉重,诗思也越来越深长。《牵船人》以折脚雁比附纤夫在暮雨寒风中艰难地行走,也并非书写乘船所见,更在抒发对民生疾苦的悲悯。

他还写了不少描绘山水风光的优秀之作,给我们留下许多流传千古的名句,如"人家在何许,云外一声鸡"(《鲁山山行》)、"五更千里梦,残月一声鸡"(《朦后寄欧阳永叔》)、"野凫眠岸有闲意,老树着花无丑枝"(《东溪》)、"不上楼来知几日,满城无数柳梢黄"(《考试毕登铨楼》)等。诗人在出色的景物描绘中有时还深寓时世感慨或人生哲理,如《春寒》:

春画自阴阴,云容薄更深。蝶寒方敛翅,花冷不开心。亚树青帘动,依山片雨临。未尝辜景物,多病不能寻。

诗中不仅写出了春寒料峭下的景物特征,其中"花冷不开心"中的"不开心"三字则是描景写人,一语双关。诗人采取移情手法,道出自己此情此景下的内心感受。结句"未尝辜景物,多病不能寻"更是含蕴深厚。上句是诗人自白:不曾做对不住景物的事,一生处事待人,无愧平生;下句"多病不能寻"中的"病"字更是一语双关,既写了身体状况,也写出诗人此时的心情。联系诗人的人生经历和庆历新政失败后范仲淹等相继被贬斥的背景,不难理解诗人此时因改革处于低潮而感情凄苦、心情悲凉的深意。另外,像《桅乌》,描述夜夜在桅杆上啼叫的乌鸦,感叹它"犹不如水禽,双栖向烟外";《秋雁》中的孤雁,感叹"俦合鸣自得,只去音已哀"。据《梅尧臣年谱》,这两首诗皆写于庆历四年(1044),妻、子同年病逝,庆历党人又相继贬斥。凄苦孤独之情,皆深蕴其中。

类似的还有《寒草》《闲居》《金陵三首》《寄题徐都官新居假山》《秋日家居》《见牧牛人隔江吹笛》《重过步瓜山》《晚泊观斗鸡》等山水风景诗篇,均在平凡的景物描写或叙事中寄寓了深刻的哲理,或抒发了深长的人生感慨。

第三,梅尧臣诗歌题材除了重大、平凡这两个不同的走向外,还有一个明显的特点,就是怪特。作者处心积虑地搜罗一些别的诗人不屑一顾,甚至不愿提及至丑、至恶的事物,至俗、至秽的行为写入诗篇,如粪中的蛆虫、舔舐盘碟的苍蝇、脖子上的肿瘤、衣襟中的虱子以及拉肚子、上厕所、乌鸦啄蛆等,作者却刻意为之,津津乐道。作者这一创作取向,自然与"师韩"有关。韩愈为了"务去陈言",方法之一就是取材的奇特,以丑为美或化丑为美。梅尧臣为了反对西昆体的柔媚平熟,也力图在题材方面进行突破。但是,也许他缺少韩愈雄奇的才力和胆魄,也许他想百尺竿头,走得太过,但这种审美取向却违反了人们通常的价值观念和生活习性。人们对孰美孰丑的判断标准尽管存在着时代、种族乃至人与人之间的差异,但总有一个普世价值观念,总有一个尺度底线,因为美和丑的种种表现,如香与臭、新鲜与腐败、青春与老朽、协调与嘈杂等,都具有客观性,作用于人们的器官也会产生不同的具体感受,嗜痂成癖者毕竟是少数。要人为地颠覆美丑标准,张扬审美主体的差异性,就必须顾及大众的审美心理和审美习惯,否则就不可能被接受,就会被视为恶俗,他那首被多人指责的《八月九日晨兴如厕有鸦啄蛆》就是如此:

飞鸟先日出,谁知彼雌雄。岂无腐鼠食,来啄秽厕虫。饱腹上高树,跋嘴噪西风。吉凶非予闻,臭恶在尔躬。物灵必自絜,可以推始终。

诗人立意并不差,意在要人们洁身自好,但这种明目张胆以恶俗物为诗,恐怕连"险语破鬼胆"的韩愈也未必敢做愿做。还有一首描绘苍蝇如何舔盘子的《杂诗绝句十七首》之八更为恶心:

青蝇何处来,聚集满盘间。谁知腹中物,变化如循环。

盛着菜肴的盘碟上聚集一大堆苍蝇,不但与人争食,诗人还要说成与人"腹中物""变化循环"。恶心都来不及,如何欣赏诗中的美感?简直让人怀疑真的是出自以"古雅简淡"著称的梅都官笔下。

三、梅尧臣诗歌的艺术特色

梅尧臣诗歌给人的总体感觉就是在简朴古雅之中抒发纤微浓郁的诗思，在朴素无华的语言中寄托深趣，具体说来有以下几个方面：

1. 简淡

所谓简淡，也就是苏东坡所说"发纤浓于简古，寄至味于淡泊"（《书黄子思诗集后》）之意。这是梅诗的基本特征，也是诗人的终生追求。他曾说过："因吟适性情，稍欲到平淡"（《依韵和晏相公》），又说过"作诗无古今，唯造平淡难"（《读邵不疑学士诗卷杜挺之忽来因出示之且伏高致辄书一时之语以奉呈》）。他善于以朴素自然的语言，描画出亲切新颖、内蕴深厚的景物形象，如《东溪》：

行到东溪看水时，坐临孤屿发船迟。野凫眠岸有闲意，老树着花无丑枝。短短蒲茸齐似剪，平平沙石净于筛。情虽不厌住不得，薄暮归来车马疲。

这是一首融情于景的佳作。其中颔联，既描写出清淡平远、春意盎然的自然景色，又表现出诗人恬淡自适的闲淡心境。"野凫眠岸"是因为春暖，是因为幽静；"有闲意"，是作者从景物中生发出来的心境。"老树着花"，是春意；"无丑枝"，是作者的审美情趣。主观与客观、情与景融为一体。同是安徽作家的方回评此两句是"当世名句，众所脍炙"（《瀛奎律髓》）。

又如《梦后寄欧阳永叔》中"五更千里梦，残月一城鸡"两句，梦醒时分的见闻、心态，都跃然纸上，令人回味无穷。再如著名的《鲁山山行》：

适与野情惬，千山高复低。好峰随处改，幽径独行迷。霜落熊升树，林空鹿饮溪。人家在何许，云外一声鸡。

此诗细腻地描写晚秋山间荒凉幽静的景致，可谓曲尽山行的野趣。杜牧的《山行》结句"白云生处有人家"，是看见了人家。王维的《终南山》结句"欲投人处宿，隔水问樵夫"，是不见人家只得询问樵夫。梅诗中既看不见人家,也无人可问,眼前是一片白云萦绕,只听得白云深处一声鸡啼,暗示"白云深处有人家",无须再"隔水问樵夫"。既兼得前人名诗佳句之美,显得古雅,又把"熊升树""鹿饮溪"所表现的闲适、自在,烘托得更加幽远,显得韵味无穷。清人查慎行评此诗是"句句如画,引人入胜,尾句尤有远致"(《查初白十二种诗评》)。

这类诗作还有《梦后寄欧阳永叔》《考试毕登铨楼》《和才叔岸傍古庙》《秋日家居》等。这些诗作节奏舒缓、语言流畅,但没有西昆体轻滑圆熟的毛病;置字、炼句、成篇既经过精心琢磨,又无白体刻意锻炼痕迹,显得简古淡雅。这是他有意矫正白体的浅俗和西昆体的柔靡,使诗歌保持清新和灵性;也是他坎坷人生的"不平则鸣""苦于吟咏……构思极艰"(欧阳修语),以不平淡的心态,追求平淡的艺术境界而导致。他的安徽同乡宋代胡仔称赞他"工于平淡,自成一家"(《苕溪渔隐丛话后集》),明代诗论家胡应麟称赞"梅诗和平简远,淡而不枯,丽而有则,实为宋人之冠"(《诗薮》)。梅尧臣在简淡风格上的创建和努力,一定程度上反映了宋代诗人面对唐诗的高峰,有意另辟蹊径,偏离唐诗的丰神情韵去追求古朴、简淡的审美理想,因而代表着宋人的追求,也反映着宋诗的走向。

2. 奇险

梅诗的风格不唯平淡,还有雄奇、怪巧的一面,由于他为了矫正宋初诗坛靡丽之习,刻意学韩追孟,受韩愈、孟郊的诗风影响较大,有部分诗作如《黄河》《梦登河汉》等显得涵浑壮大,有部分诗作如《余居御桥南夜闻袄鸟鸣效昌黎体》《拟韩吏部射训狐》则显得荒诞怪奇。晚年一些哭诉自己贫穷孤苦的篇什,与孟郊的苦寒又颇接近。雄浑壮大者如《黄河》:

积石导渊源,沄沄泻昆阆。龙门自吞险,鲸海终涵量。怒洑生万滑,惊流非一状。浅深殊可测,激射无时壮。常苦事堤防,何曾息波浪。川气迷远山,沙痕落秋涨。槎沫夜浮光,舟人朝发唱。洪梁画鹢连,古戍苍崖向。浴鸟不知清,夕阳空在望。谁当大雪天,走马坚冰上。

诗中描述黄河的源远流长,一年四季惊流百状、朝晖夕阴的万千气象:春夏的怒涛,堤防的险危;秋天的潮落沙痕,川气迷漫;冬日的大雪弥天,走马坚冰。夜晚的槎沫浮光,清晨的舟人朝唱,河中的画鹢相连,两岸的古戍苍崖,场面阔大又多变,气势豪壮又奔放,好一幅黄河万里图。《梦登河汉》描绘诗人在梦中游历河汉的所见所感,其中遇见的有"玄衣乘苍虬""张目如电光"的神官,有"盘结为纪纲"的"丘蛇与穹鳖"。诗人向他们陈说自己对天界的疑问:"有牛岂不力,何惮使服箱?有女岂不工,何惮缝衣裳?有斗岂不柄,何惮挹酒浆?卷舌不得言,安用施穹苍?何彼东方箕,有恶务簸扬。"这虽是《诗经·小雅·大东》中疑问的化用,但"卷舌不得言""有恶务簸扬"等已渗入对现实政治的批判。整首诗充满浪漫的想象,诗风也更为壮浪恣肆,即使在韩愈、孟郊的诗中也是不多见的。《余居御桥南夜闻袄鸟鸣效昌黎体》《拟韩吏部射训狐》《依韵和欧阳永叔秋怀拟孟郊体》等则点明是仿效韩、孟:或是摹效其险怪,或是学其瘦硬,或是效其议论化、散文化的倾向,如前所述,这类诗作大多并不成功,有时成了分句的散文,有时过于牵强简拗,让人不知所云,如"秦已非秦孰为汉,奚论魏晋如割瓜"(《桃花源诗》),"不眠霜月上,霜月如可捧"(《依韵和欧阳永叔秋怀拟孟郊体》),"过桥已有一乘歇,解牛离轭童可哂"(《观杨之美盘车图》)。这些弊病也许像石介的"太学体"一样,是为了矫正宋初昆体、白体华靡软熟的诗风所必须付出的代价。

梅尧臣的散文不多,今存《揽翠亭记》一篇,《林和靖先生诗集序》一篇,赋十九篇,散文篇幅较短,简古纯粹;赋作的内容有的是作者亲历,因而朴实近俗,不类他人赋作常见的铺排和夸饰,如《南有佳茗赋》就是他在任建德令时深入官港茶区所作,赋中详细又生动地描述了茶叶的生长气候、采摘、制作、出售的全过程。赋成后他自嘲说"我乃采茶官也",可见赋文的扎实。梅尧臣的词作仅存一首《苏幕遮·露堤平》,题咏春草,别有情味,欧阳修曾"击节赏之"(吴曾《能改斋漫录》)。

四、梅尧臣的影响和文学地位

梅尧臣的诗歌理论尤其是创作,在宋诗史上具有划时代的意义,他的"简雅古淡"的诗风奠定了宋诗发展的基本方向。他的诗歌价值和文学地位,得到历代诗人和诗论家的肯定:欧阳修曾自以为诗作不及梅尧臣,在《依韵和圣俞见寄》中称赞梅诗说:"文章发春葩,节行凛筠筜。言才已愧君,子齿又先我";在《答梅圣俞寺丞见寄》中又将梅推许为诗坛主将:"辞章尽崔蔡,论议皆歆向。文会忝予盟,诗坛推子将。"南宋刘克庄则将梅尧臣推许为宋诗的开山祖师:"本朝诗,惟宛陵为开山祖师。宛陵出,然后桑濮之淫哇稍息,风雅之气脉复续,其功不在欧(阳修)、尹(洙)下。"(《后村诗话》卷二)陆游在《梅圣俞别集序》中,曾将欧阳修文、蔡襄书、梅尧臣诗作为宋代文化的代表:"三者鼎立,各自名家";司马光称:"我得圣俞诗,胜有千金珠";胡仔称梅在宋代"自成一家"(《苕溪渔隐丛话后集》);元人龚啸说他:"去浮靡之习,超然于昆体极弊之际;存古淡之道,卓然于诸大家未起之先。"(见《宛陵先生集》附录)南宋咸淳六年(1270),文开祥知宁国府,特往城郊双羊山麓梅墓祭拜,并赋诗纪行。

第三节　北宋前期的安徽其他作家

一、吕公著

吕公著(1018—1089),字晦叔,吕夷简第三子。"幼嗜学,至忘寝食,夷简器而异之"。仁宗庆历二年(1042)登进士第。初召试馆职,辞而不就,改通判颍州(今安徽阜阳),与知州欧阳修为讲学之友。神宗熙宁三年(1070)三月,因屡上章反对新法,朝廷不听,因此请求外任。四月五日,除翰林、侍读学士,知颍州。后又知河阳、定州安抚使,加大学士徙扬州。哲宗继位后,以侍读还朝。元祐元年(1086),拜尚书右仆射兼中书侍郎,正式入相,与司马光共同辅政,光薨,独自担当朝纲。元祐三年,恳辞位,拜司空、同平章军国重事。元祐四年(1089)二月卒,年七十一。赠太师、申国公,谥号正献。著有《吕正献公集》(又称《吕东莱集》)二十卷,《吕申公掌记》一卷,《吕氏孝经要语》一卷,今皆亡佚。参与编撰《太常因革礼》一百卷,《编定六家谥法》二十卷,《仁宗御集》一百卷,《英宗实录》三十卷,《神宗实录》两百卷。

吕公著是影响北宋历史进程的著名人物。他自少讲学,以治学养性为本,讲说尤精,语约而理尽。主要门人有邢居实以及其子吕希哲、吕希绩、吕希纯等人。他主张以儒学治国,称《论语》《尚书》"皆圣人之格言,为君之要道",并从《论语》《尚书》《孝经》等儒家经典中,节治道要语百篇进呈。要求君主以"畏天命、爱民、修身、讲学、任贤、纳谏、薄敛、去奢、省刑、无逸(《宋史·吕公著传》)"为座右铭。强调自古有为的君主,未有失人心而能图治;亦没有能用威胁、强辩而得人心者。应修德以安民。修德之要,莫先于学。君应以至诚待下,则臣下思尽诚以应上,上下至诚而变异未有不消者。只有人君去偏听独任之弊,而不主先入之语,则不为邪说所乱。他言出行随,言行一致:神宗朝他不念高位,数次上书反对《青苗法》,反对王安石专用《经义》作为科考内容,主张参用古今诸儒之说,恢复贤良乡正科。朝廷不予理睬后,又数次上奏要求外放。哲宗元祐年间,与司马光共同辅政,相得益彰,司马光去世后,又独自主政三年多,是继司马光之后的一代贤相。吕公著亦是庆历以后理学名家,推重邵雍、张载、二程,著有《吕申公掌记》一卷、《吕正献公集》(又称《吕东莱集》)二十卷、《吕氏孝经要语》一卷,参与编撰《太常因革礼》一百卷,《编定六家谥法》二十卷,对理学发展有一定影响。

《吕正献公集》明代已逸,今曾枣庄等编辑的《全宋文》存文92篇,姚红又检得逸文12篇(见《吕公著著述考》,杭州师范大学学报2010年6期)。

吕公著的散文绝大部分都是奏章,较为全面地反映了吕公著在思想信仰、治国理念以及驭民、御辱等施政措施和军事主张,如《谋对夏国奏》:

> 臣早来入对,陛下论及夏国事宜。臣窃以夏国既不肯全归二寨故地,则朝廷须至却留绥州,向去必是难保誓约,或至用兵。然臣以事势料之,秉常年幼国弱,虽有黠臣为之谋主,亦未能为国家深患。惟当修严武备,来则应之,以逸待劳,保无失利。若临遣大臣,张皇武事,或议深入,或求奇功,皆非国家至计。仍虑向后或有边境急奏,乞朝廷静镇,无致警扰。

此文写于神宗熙宁二年(1069),吕公著刚拜御史中丞之时。奏章分析了西夏李秉常刚继位"年幼国弱"的新近态势,"夏国既不肯全归二州故地,则朝廷须至却留绥州"的既定国策,因此双方难免一战。但鉴于西夏新主"年幼国弱",目前尚不具备南侵实力态势,建议朝廷既要"修严武备"、积极备战,又不要"张皇武事,或议深入,或求奇功",在准备不足的情况下轻起边衅。作者对双方国情既了然于胸,分析建议又务实中肯,可谓老成谋国。同年苏轼答神宗询问,也建议神宗不应"求治太急,听言太广,用人太锐"。可见,吕公著与司马光、苏轼等人对王安石"自负河湟、进迫西夏"的用兵方略都是有不同意见的。在《自古治戎之策莫先于积谷奏》中,作者又就自己在基层工作的经验和广为调查研究的基础上,就如何备战、富国强兵又提出具体的建议:"访闻西陲自兵兴后至今,所储军粮,只可支一二年。若缓急更添屯军马,何以供之?乞令陕西经略司与转运司共同广作计置,使沿边皆增及五年之蓄。如此,攻虽不足,守则有余。《兵法》曰:'国虽大,好战必亡;天下虽平,忘战必危,乞赐裁酌施行。'"元丰五年(1082),神宗在王安石的建议下欲兴兵讨伐夏国,吕公著为国计,不顾背上"畏敌避战"的恶名上书表示反对,再次重申"兴吊伐之师宜谨慎":"如谍者所告,则夏人诚有罪。然陛下欲兴吊伐之师,未审以何人为元帅?未得其人,则不如不举。(《兴吊伐之师宜谨慎奏》)"

《条例司举官非人奏》更能表现吕公著政治上的成熟和善于识人。他看到有许多小人借变法之名钻营牟利,如担任王安石变法副手的吕惠卿就是一例,王安石的人品倒是值得肯定:"条例司近转疏脱,所举官皆是奴事吕惠卿得之,并非韩绛、王安石所识。"这与苏轼的看法几乎完全一致。此奏亦写于刚提拔为御史中丞的熙宁二年十二月,亦可见其人品的刚直、不念权位。类似的还有《收复人才奏》《王陶不可复召奏》《乞殿试用策奏》等。其中《乞殿试用策奏》写于熙宁三年(1070)。由于深受神宗信任,吕公著此时以御史中丞权知贡举。神宗皇帝在廷试中要用诗赋策士,吕公著却不感恩希旨,却从举贤求治科考目的出发,提出不同意见,要求策试采用更为实用的策论:"天子临轩策士,而用诗赋,非举贤求治之意,且近世有司考校,已专用策论,今来廷试,欲乞出自宸衷,惟以诏策咨访治道";《再论新法乞外任》更能表现作者一心谋不愿苟且念位的政治品格:自王安石实行激进的新法以来,吕公著越来越感到某些变法措施给国家所带来的灾难。熙宁二年(1069)十月,上章乞罢制置条例司。次年二月,又前后上十多章,论《青苗法》不当,朝廷仍置之不理。于是,三月上书神宗乞求外放。但神宗不仅不同意,反而于四月五日又授翰林学士兼侍读学士、宝文阁学士,以示恩宠与挽留。但吕公著不为所动,再次上章《再论新法乞外任》,拒绝担任新职,请求外任,奏章写得慷慨斩绝、掷地有声:"臣之义若既当言责,而言不见用,又不能避位而去,则于廉耻之节,全然坠丧。其或朝廷既不听其言,又不许其去,则于进退群臣之礼,亦为差谬。况臣已曾面陈,实为多病衰耗,兼因论列时事,乞补外任。今有此命,绝不敢受。"最后,朝廷只得免去侍读学士、宝文阁学士衔,以翰林学士出知颍州。文集中的《遭枉滥宜辨明奏》更是推己及人,表明衔命大臣应以国事、天下人为重的宽广襟怀:"自古公卿大臣,遭枉滥而不能自直者,皆不得其时也。今吾生治世,事明主,近在帷幄之间,一旦被诬,而不能申理,则四方疏远之人,何以自明? 将恐治狱者狃以自张,被罪者望风畏却,一罹苛问,例自承服,致朝廷有滥罚之讥,罪乃在吾,不在朝廷也。"

与这些奏章的堂堂正气和循循说理相埒,文风也务实简洁,而且随内容的不同而呈现不同风格,如《再论新法乞外任》文风斩绝,目的意愿直接明了,没有任何商量妥协余地;《条例司举官非人奏》《王陶不可复召奏》亦是一语中的,直奔主题,没有丝毫迂回和容与;《谋对夏国奏》《自古治戎之策莫先于积谷奏》等风格则相反,以古证今,举圣贤之言,以事实为例,反复论说,循循善诱,以期说动人主;《乞殿试用策奏》是份密札,又值任知贡举责无旁贷之时,因此尽管是批评皇帝,要其改弦更张,因此语气比较直质,虽引古证今,也仅仅是三言两语。

吕公著存诗不多,傅璇琮等主编的《全宋诗》仅著录十八首,姚红的补遗,也仅搜到一个残句。从仅存的十八首诗作来看,皆为唱和、寄赠、留别、宴游之作,其中唱和分韵之作多达八首,多是"登高此地还能赋,会老他年定入图"(《杨郎中新居和尧夫先生韵》之一);"如此园池如此寿,儿孙满眼庆无涯"(《延福坊李太博乞园池诗》);"唱发幽人丞相和,当时纸贵洛城传"(《杨郎中新居和尧夫先生韵》之二)之类,其中显现的也是古代诗人唱和应酬之作常见词句,不必过于看重或苛求。但相对与其同时代的王珪等昆体作家来说,浮艳之气减少,朴厚之处增多;咏歌富贵气度闲雅的诗句稍减,内贮情韵外形传神的诗句增多,如"梦魂不悟东都远,依旧过从似旧时"(《寄吴传正寺丞》),坦陈诗人的思念和两人之间的情谊。上句说己,下句写对方;上句是思想,下句是行为,对仗工整而朴厚;《和王安之六老诗》中"小车行处莺花闹,大笔落时神鬼忙"将聚会时诗人的兴致和"六老"的才华渲染得形象动人;《分题得瘦林壶》是首议论诗,借树木谈人才的重要。最后四句"执一以废百,众功何由备。是惟圣人心,能通天下志"说广纳人才、不可偏废,言简意赅,足见作者识见。在这类唱和诗中,以描述人物形象最见特色,如《和王安之六老诗》三首之一:"林下狂歌不贴腔,贴腔安得谓之狂。小车行处莺花闹,大笔落时神鬼忙。门掩紫荆阛阓远,墙开瓮牖薜萝香";之二:"六老播然鬓似霜,纵心年至又非狂。园池共避何方胜,樽酒相欢未始忙。杖屦烂游千载运,衣巾浓惹万花香";之三:"追游共喜清平久,唱和争寻警策忙。荐酒月坡林果熟,发茶金石井泉香。千年松下麈谈尘,襟袖无风亦自凉"。三首和诗同韵,但描写人物形象的手法各不相同:"之一"中的六句,分别通过环境气氛的烘托、诗人行吟时的夸张动作和作者的主观感受来"对面傅粉",反衬出一个极具活力又富才华的诗人形象;"之二"主要通过人物肖像和杖屦、衣巾的直接描绘,勾勒出"六老"鬓发如霜却精神健旺、杖屦漫游、樽酒相欢的诗人形象,充满生活欢乐和生命意识;"之三"则是追忆当年诗酒唱和的情形,用月白风清、泉茶果蔬来暗示诗人的生活追求和为人品格,也抒发自己的想往怀念之情。

相对而言,吕公著诗作中较有成就的是山水咏歌,如《天津晚步》《留题龙门二首》《龙门石楼看伊川》《二十二日晚步天津次日有诗》等。这类诗作,

气势雄浑,开阔阔大,在极为工致的景色描写中暗寓自己的磊落不平之气,或作深度的人生思考,如《留题龙门二首》:

  谁将长剑斩长蛟,斩断长蛟剑复韬。爪尾蜿蜒凝华岳,角牙狞恶结嵩高。骨伤两处崭苍壁,血出东流汹巨涛。此物犹难保身首,为言谗口莫嗷嗷。(其一)

  融结成来不记秋,断崖苍壁锁烟愁。中分洪造夏王力,横截大山伊水流。八节滩声长在耳,一川风景尽归楼。行人莫动凭栏兴,无限英雄浪白头。(其二)

诗中对黄河龙门的景色描绘,形象突兀,气象森严,场面阔大,意境雄浑,显示出诗人在景物描绘上的出色才能。但从"其一"中蛟龙作恶的下场:"此物犹难保身首,为言谗口莫嗷嗷","其二"的结句"行人莫动凭栏兴,无限英雄浪白头"等句来看,亦暗含自己许多难以明言的政治和人生感慨。这与西昆体的雍容平和已有了较大的距离。

还有《龙门石楼看伊川》:

  数朝从款走烟霞,纵意凭栏看物华。百尺楼台通鸟道,一川烟雨属僧家。直须心逸方为乐,始信官荣未足夸。此景得游无事日,也宜知幸福无涯。

此诗抒发数度在龙门观景时的感慨,也是自己一生为官的总结和思考;既是伊川景物的出色描绘,也是对人生的回顾和思考。其中"直须心逸方为乐,始信官荣未足夸"是明说,"百尺楼台通鸟道,一川烟雨属僧家"是暗示。结句又归于颂圣和自得,显示出吕诗并未能彻底摆脱西昆体的阴影。

吕公著诗文今存有:清陈焯编《宋元诗会》卷一六《吕公著集》一卷,文渊阁《四库全书》本。另有:《全宋诗》录吕公著诗18首;《全宋文》收文92篇;姚红《吕公著著述考》补遗诗残句一,逸文12篇。

二、焦千之

焦千之(?—1080),字伯强,原籍汝阴椒陂(今安徽阜南焦陂)人,后移居丹徒(今属江苏)。据《颍州志·焦千之传》载:焦千之自幼敏而好学,以博学多才知名乡里。宋仁宗皇祐元年(1049)欧阳修知颍州,焦千之投其门下,专意经术受到欧阳修赏识,称高弟。吕公著时为颍州通判,聘焦为塾师,教其诸子。焦千之"为人严教方正",吕氏诸子长进很快。后吕公著进京任御史中丞,盛情邀焦千之随之同往。仁宗嘉祐六年(1061),召试舍人院,赐进士出身,为国子监直讲。神宗熙宁初知乐清县;八年(1075),移无锡县,入为大理寺丞。元丰三年(1080)卒。明正德年间《颍州志》载有《焦千之传》,《京口耆旧传》卷一、《苏轼文集》卷六九、《跋焦千之帖后》《宋元学案》亦载有焦千之事迹。有诗文集,今不传。傅璇琮等主编的《全宋诗》仅存诗六首。

焦千之为政莅事持正,勤于政务。在乐清令任上"创学校以教邑人",为邑人称颂;明正德八年(1513),邵宝在惠山泉三贤祠中增祀焦千之、钱颉、秦观、尤袤、张翼等,改称"十贤祠",该祠今仍在锡惠公园内。焦千之老年归里,由于为宦两袖清风,归来竟无居所,幸得当年学生吕希纯资助,才在颍州城南建房定居,人称"焦馆"。

焦千之是北宋前期安徽北方文坛代表人物之一,与当时的文坛领袖欧阳修、苏轼、吕公著和青年才俊王令等皆有往还唱和,由于其诗文集不存,我们已无法知其全貌,但从一些零星记载和唱和者诗集中还能窥其一斑。

焦千之是欧阳修入室弟子,很受欧阳修的赏识,两人亦师亦友。焦千之随吕公著赴京,欧阳修曾有诗相送。诗中称赞焦的人品,身为吕家塾师的主宾相得以及自己获得如此弟子的惊喜,然后语重心长地告诉他如何去读书做学问,最后叮咛他要常把新作寄来:

> 焦生独立士,势利不可恐。谁言一身穷,自待九鼎重。有能揭之行,可谓仁者勇。吕侯相家子,德义胜华宠。焦生得其随,道合若胶巩。始生及吾门,徐子喜惊踊。曰此难致宝,一失何由踵。自吾得二生,粲粲获双珙。奈何夺其一,使我意纷涌。吾尝爱生材,抽擢方郁葐。犹须老霜雪,然后见森耸。况从主人贤,高行可倾竦。读书趋简要,害说去杂冗。新文时我寄,庶可蠲烦壅。(《送焦千之秀才》)

《颍州志》称焦千之为人"耿介不苟,终日危坐,未尝妄笑语"。为侯门塾师,督责弟子照样严格不苟:"诸生有不至,则召之坐,面切责之,不少假借。"所教的吕家弟子吕希哲、吕希纯、吕希绩皆学有所成,吕希哲官居光禄少卿,以直秘阁知曹州,精通二程理学,学者称"荥阳先生";吕希纯曾拜中书舍人。出知亳州、睦州、归州,有文学才华,有《朱氏园》《玉泉庵》等著名诗篇名世。吕希绩也登第,为太常博士。三兄弟又能坚持理想,不改志向。徽宗崇宁年间均被列为元祐党人,罢职归里。焦千之老归无居所,吕希纯为其在颍州城南建房定居,于此也可见吕氏兄弟的人品,这当然与焦千之的人品、学问和教育有关。欧阳修诗中应当不是应酬之语。欧阳修在送别后还有一首《伏日赠徐焦二生》,诗中称赞焦千之人品"皎洁",如"寒泉冰",再次勉励他"少壮及时宜努力,老大无堪还可憎",可见眷恋之深。焦在嘉祐六年,召试舍人院,赐进士出身,这也与时任颍州知州的吕公著和在朝任参知政事的欧阳修推荐有关。欧阳修对这位得意门生的关护可谓无微不至,欧阳修文集中有篇《行书灼艾帖》就是写给焦千之的,要他试用艾条灼熏治疗风寒。

焦千之与苏轼也有文学交往。熙宁八年(1075),在杭州通判任上的苏轼受焦千之邀请,来到无锡游惠山泉,回杭后,因焦氏之请,写了首《焦千之秀才求惠山泉诗》。诗中描绘惠山泉喷涌流走之状。由于泉水出名,世上鱼目混珠冒充惠山泉者甚多:"瓶罂走四海,真伪半相渎。"最后说到朋友给他寄来新茶。为烹好茶,应需好水,求焦千之送一斛惠山泉给他:"故人怜我病,蒻笼寄新馥。欠伸北窗下,昼睡美方熟。精品厌凡泉,愿子致一斛。"诗中称千之为"故人",得了好茶,求他千里送水,可见两人不拘形迹。千之卒于元丰三年(1080),十年后,苏轼还念念不忘这位老友,在《跋焦千之帖后》中写道:"欧阳文忠公言'焦子皎洁寒泉冰'者,吾友伯强也。……伯强之没,盖十年矣,览之怅然。元祐五年二月十五日书。"

焦千之与宋初著名的青年诗人王令也有文学交往。《王令集》中有首《我思古人答焦千之伯强》。在这首古风中,诗人追慕古之贤者,表示自己要"累九鼎以自重兮""矫身以为衡",去实现自己人生目标。诗中提到"载重道远兮,予欲行而谁与",显然是把焦千之作为自己的知己和同道。

焦千之也是欧阳修在颍组织的聚星堂诗会的重要成员。据朱弁《风月堂诗话》载:仁宗皇祐二年(1050)正月七日,欧阳修在聚星堂宴集,探韵赋诗,参加者有吕公著、魏广、焦千之、王回、徐无逸等。焦千之分韵得"石"字;赋室中物,焦千之得金星砚;赋席间果,焦千之得金橘;赋壁间画像,焦千之得诸葛孔明。王回得李白,徐无逸得魏郑公。这次赋诗影响很大,"诗编成一集,流行于世。当时四方能文之士及馆阁诸公,皆以不与此会为恨"。惜其诗集不传,已无法探知焦千之这四首诗作原貌和其状物咏史的特色,但从《全宋诗》中辑存的六首诗作来看,焦千之还是很善于描景状物的。六首诗中有五首是咏歌无锡风物,应写于任无锡令的熙宁八年(1075)之后,第六首《文君宅》,据康熙年间《温州府志》,文君宅在温州的白鹤山,应写于熙宁初知乐清县时。其《砚池》诗写道:

萧公事迹久尘泥,独有当年洗砚池。世俗所传应仿佛,僧人独得耿颓隳。小亭新构藏幽趣,一水中分叠旧基。遗泽泯然无处问,清风缅邈竹阴垂。

据元人《无锡县志》宋明道年间,无锡知县苏绅建"砚水"亭于泉上,留有"砚池"遗迹。焦千之继任无锡令,对前任遗泽发出咏歌。此诗视点颇为独特:历代的砚池记皆立足于勤学苦练,作出一番成就,如曾巩的《墨池记》等。此诗则是咏叹人事播迁,旧政不存,也表达对前贤政绩的咏叹和追蹑。完全是借景抒情,因物记人。诗中描景工致而富情韵,很见状物工巧,如"小亭新构藏幽趣,一水中分叠旧基"二句:上句写水上之亭,下句写亭下之水;上句写新貌,下句写旧基;上句写今日所见的"幽趣",下句"叠旧基"则引起昔日的追忆,为结句"遗泽泯然无处问,清风缅邈竹阴垂"做好铺垫。结构上这四句又构成交叠呼应:第四句"清风缅邈竹阴垂"呼应第一句"小亭新构藏幽趣",第三句"遗泽泯然无处问"呼应第二句"一水中分叠旧基",很是精致工巧。另外"清风"和"竹阴"也象征前任县令的人品和操守,显得含蓄深蕴。另一首咏物诗《偃松》则是另一种风格:

得地久盘踞,参天多晦冥。月通深夜白,雪压岁寒青。独拥虬腰大,
疑闻雨甲腥。深根动坤轴,萧瑟挂疏星。

将松树想象成虬龙,这并非诗人的独创。诗人的杰特在于,他在此基础上又调动多种艺术手段,展开进一步的想象:将粗壮的主干想象成虬龙粗大的腰身,这是视觉想象;将雨中松枝的气息想象成鳞甲的腥味,这是嗅觉上的想象;"深根动坤轴,萧瑟挂疏星",静态的松树似乎在不断地向下、向上延伸,这是化静为动;深夜月色、大雪压顶,这是外界环境的映衬和反衬,来突出青松的品格。整首诗大气磅礴、生动突兀,富有想象力。

三、王琪

王琪,字君玉,生卒年不详。其先华阳(今四川双流)人,后徙舒州(今安徽潜山)。神宗时宰相王珪的从兄。进士及第,曾任江都主簿。天圣三年(1025)上时务十事,仁宗嘉之,命试学士院,授大理评事、馆阁校勘。五年(1027),签书南京留守判官事。景祐中,除集贤校理、直集贤院、两浙淮南转运使,修起居注、盐铁判官判户部勾院、知制诰。曾入对便殿,仁宗认为他是三司使的不二人选。庆历七年(1047)奉使契丹因疾病中途折返,被诬告,责授信州团练副使。后再历知润州、江宁、邓州。嘉祐六年(1061)知扬州。入判太常。英宗治平元年(1064)知杭州,二年再知扬州。以礼部侍郎致仕,卒,年七十二。《宋史》附王珪传后。有集二十卷,今不传,《全宋诗》存诗十四首,残句十四句。另有词集《谪仙长短句》,今逸,《全宋词》录其词十一首。

王琪是西昆体后期代表人物之一。宋代一些诗话,如欧阳修《六一诗话》、蔡绦《西清诗话》、黄朝英《靖康缃素杂记》、胡仔《苕溪渔隐丛话》、叶梦得《石林诗话》、刘克庄《后村诗话》对其诗论、诗作多有援引和揄扬。他是晏殊门人,诗风与晏差近;又与欧阳修、梅尧臣交友,诗学主张又受其影响。总体来说,王琪的诗学主张和创作风格呈现着从唐风向宋韵的过渡、从西昆体向欧梅诗文革新主张的过渡。

诗学主张　由于王琪的文集已逸,现存诗文数量不多,已不可能探知其

诗学思想的全貌，但就现存的诗文和一些诗话的评论及保存的资料来看，有两点值得注意：一是针对西昆派的用语"典雅"和"雄文博学"，主张诗歌要用俗语，并把能否用俗语作为诗人有无真功夫的判别标准。他曾经对人说："诗家不妨间用俗语，尤见功夫。雪止未消者，俗谓之待伴，尝有雪诗'待伴不禁鸳瓦冷，羞明常怯玉钩斜'。'待伴''羞明'皆俗语，而采拾入句，了无痕颖，此点瓦砾为黄金手也"（黄朝英《靖康缃素杂记》，转引自胡仔《苕溪渔隐丛话》前集卷二六"王君玉"条）。西昆派是反对用俗语的，杨亿倡导西昆体的原因之一就是不满白体的浅俗平易，欲以"雄文博学以救之"（欧阳修《六一诗话》），并"戒其门人，为文宜避俗语"（欧阳修《归田录》）。"宋调"的创立者欧阳修、梅尧臣则针锋相对地主张诗歌语言要"平易"，"以故为新，以俗为雅"。在这点上，王琪虽是西昆体后期代表诗人，却与宋初诗文革新的领袖们是同道。二是推崇杜甫。杨亿不喜俗语，因而不喜杜甫，称其为"村夫子"（刘攽《中山诗话》）。因此，杜诗在宋初并不流行。唐代诗人在宋代最先流行的是白居易，继而李商隐，再就是李白、韦应物。《蔡宽夫诗话》对宋初至中叶的诗坛唐代诗人流行情况作过一番描述："国初沿袭五代之余，士大夫皆宗白乐天诗，故王黄州（王禹偁）主盟一时。祥符、天禧之间，杨文公、刘中山、钱思公专喜李义山，故昆体之作，翕然一变；而文公尤酷嗜唐彦谦与诗，至亲书以自随。景佑、庆历后，天下知尚古文，于是李太白、韦苏州诸人，始杂见于世。杜子美最为晚出。"杜诗在宋代的流行与王琪、王安石的关系极大。仁宗嘉祐四年（1059），王琪刊刻《杜工部集》，成为杜诗的第一个定本，对杜诗的流播起了很大的推动作用。他在《杜工部集》"后记"中称赞杜甫"博闻稽古""用事非老儒博士罕知其自出"，又针对石介等"太学体"在反西昆中的极端做法，批评"近世学者"在学杜时，或"追所用险字而模画之"，或对杜诗中"有近质者""学者尤效之而过甚"这两种不良倾向。对俗语和杜甫的认识与前期昆体主张以及革新派都有一定的距离。作为一个后期昆体的代表人物，在"宋调"形成过程中能充当一个过渡者的角色，也是难能可贵的。

诗歌创作　王琪诗在当时颇受时人瞩目，蔡绦称赞王琪诗作"字字清奇，读之如咀冰嚼雪"(《西清诗话》);欧阳修曾叹赏其《燕词》中的佳句:"烟径掠花飞远远,小窗惊梦语匆匆"(魏庆之《诗人玉屑》卷三引《遗珠》)。王琪曾为晏殊的门客,宾主甚为相得,叶梦得《石林诗话》载:晏殊任命为南都太守,此时身为馆阁校勘的王琪请求卸去馆职随晏殊任职南都:"公特请于朝,以为府签判。朝廷不得已,使带馆职从公。外官带馆职,自君玉起。"晏殊也是西昆体后期的代表人物,他的诗作有着昆体的气度闲雅,但不再像前期昆派那样浓彩丽色,绝少金玉锦绣的字眼,色彩较为清丽。针对杨、刘的词句浓艳,彩丽竞繁,晏殊以"格高气逸,韵远思深"胜之(方回《瀛奎律髓汇评》卷五),王琪现存的十多首诗和残句来看,多是写景咏物之作,其诗风确与晏近似,色彩清丽,状物新巧,但多是客观描绘,即使抒情、议论,也坐实在画面之中,很少就此另外生发议论,这既与前期昆体拉开差距,也与苏、梅等诗文革新先驱人物有很大的不同,呈现一种中间过渡的趋势,如《答永叔问》:

> 班班疏雨寒无定,皎皎圆蟾望欲阑。应在浮云尽深处,更凭丝竹一摧看。

欧阳修与王琪之间多有唱和。王琪曾写一首《中秋席上待月值雨》,欧阳修亦有《酬王君玉中秋席上待月值雨》作答。继后,欧阳修又有《中秋不见月问客》寄赠,王琪这首《答永叔问》则是奉答。欧阳修诗中皆是主观发问:"试问玉蟾寒皎皎,何如银烛乱荧荧。不知桂魄今何在?应在吾家紫石屏。"中秋无月而以银烛替代,银烛高烧也胜过月色。况且月也并未离去,它就在家中的石屏风上。主观意向超越了客观现实,这种自我排解和自我安慰,表达的完全是琅琊醉翁式的旷达。王琪的《答永叔问》则在客观描景中表示自己真实感受:面对中秋之夜的疏疏寒雨,诗人对皎皎圆月望眼欲穿。当然诗中也有自我安慰,但不是安于现实的聊胜于无,而是从现实出发的悬想和主动追求:明月大概在浮云深处吧,让我们用拨弦飞管,摧开浮云,让皎皎明月重见。如果从人生寓意来说,后者更多一些进取意识。叶梦得的《石林诗话》也载有"应在浮云尽深处,更凭丝竹一摧看"这两句诗,但改为发生在王琪与晏殊之间,而且更富传奇色彩。诗话说中秋之夜阴晦,晏殊不乐,早早入寝。门客王琪得知后,写了这两句诗递进去,"公枕上得诗大喜,即索衣起,径召客治具,大合乐。至夜分,果月出,遂乐饮达旦"(胡仔《苕溪渔隐丛话》前集卷二六"王君玉"条)。胡仔虽是误记,但也说明王琪这两句诗在宋人中受欢迎的程度,这大概与其中的进取意识大有关系。王琪还有首《秋日白露亭向夕有感》,细致入神地刻画出登白露亭所见的秋景:"金斗熨秋江,素练横衣带。乾坤清且敛,气象朝昏改。芦花作雪风,飞舞来沧海。九霄汀鹭起,万里墙乌快。月上三山头,鸟没横塘外。苍茫洲诸寥,错落星斗大。"全诗全是客观的铺叙和描绘,色彩清丽,颇富情韵。刘克庄评王琪诗"皆精妙有思致"(《后村诗话》后集卷一)。一些诗话还保存了王琪的一些名句,此中更体现了王琪诗作的精妙和情韵,如"万壑松声山雨过,一川花气水风生""烟径掠花飞远远,晓窗惊梦语匆匆""陇雁半惊天在水,征人相顾月如霜""蜀江雪浪来天际,一派泉春宝钗碎""结伴不禁鸳瓦冷,羞明常怯玉钩斜""疾风甚雨青春老,瘦马疲牛绿野深""蚕寒冰茧瘦,蜂老露房欹""鱼寒不食清池钓,鹭静频惊小阁棋""露槿东西照,风荷向背愁""凉吹易成团扇恨,夕阳偏结小窗愁""山花冷隔何堪折,一曲红梅字字香""鱼上晚潮沙市合,鸦啼寒树石城昏""枫迷楚客伤春野,山晦荆王梦雨天"等。

但王琪诗与晏殊诗作也有很大的不同,那就是王琪诗深淳、刻琢。北宋末年诗论家蔡绦评王琪诗作:"王君玉琪,诗务刻琢,而深淳独至,高视古今"(《西清诗话》)。对于这种诗风,也有人表示不能认同,与王琪同时代的王安石就批评说"琪诗虽时有奇句,然雕镌不自在"(《钟山语录》,见《苕溪渔隐丛话前集》卷二)。其实,王琪有一类诗作,虽有一些经过雕琢"奇句",但是统摄在慷慨高古的诗风之中,显得慷慨动情、含蕴深厚。如《吴中晓寒曲》:

大泽穹天莽同色,碧瓦阊门晓花白。石岩左右断行人,洞庭一夜冰千尺。曾持汉节单于垒,北风如刀割人耳。知怜冻足苦双摧,一生不向遐方履。凭谁赠我紫衣裘,中吴风土清且柔。令严气正天地肃,长歌白苎临寒流。玉兰酒熟金醅溢,太白连云尚殊□。书窗半掩昼始开,几日红梅断消息。

此诗描绘苏州少见的大雪严寒，逗惹诗人回忆起庆历七年（1047）出使契丹时的情形。据《宋史·本传》记载，王琪此次出使"因感疾还"，结果被人诬告，贬为信州团练副使。梅尧臣当时有首送行诗，诗中写道："江南二月草青青，送子归时已满汀。谁信而今有忠义，只知七日哭秦廷"（《走笔送王琪》），感慨今人只知像申包胥那样向秦廷痛哭哀求，才算是忠义之行，也是在为王琪契丹之行辩诬，肯定其气节、其人品。但王琪这首诗中对此并无半字剖白，只诉说"一生不向遐方履"的自己，突然面临北地严寒时的感受"北风如刀割人耳。知怜冻足苦双摧"，暗示"感疾"并非使诈。然后与今日在吴中的环境形成对比："凭谁赠我紫衣袭，中吴风土清且柔"。最后表态："令严气正天地肃，长歌白苎临寒流。"其中的曲折在吞吐之间已让读者心到神知，这大概就是刘克庄所云的"刻琢深淳"。再如《题扬州九曲池》，诗中就隋炀帝在扬州大兴土木的一个细部——"九曲池"生发感慨，小中见大，探讨隋亡之因。炀帝制九曲水调，取"九成"的吉象，然而国运不仅没有因此昌隆，反而成了亡国的哀音。"仪凤终沉影，鸣蛙只沸声"，如今只剩下这个蛙声鼎沸荒凉的"九曲池"。从一个细部入手做足文章，得出国之兴亡并不在于附会祥瑞这个深刻道理，王琪之诗，确有"刻琢深淳"之特色。《金陵赏心亭》中的"冉冉流年去京国，萧萧华发老江湖"、《暮春游小园》中的"开到荼蘼花事了"、《绝句》中的"今日重来已如此，何须更问海生桑"、《无弦琴》中的"应嫌鼓腹者，独自抚弦琴"，皆以领悟式的议论结尾，且蕴有很深的人生感慨。

于是，王琪的诗风就呈现一种极为矛盾的现象：一方面渐趋"宋调"，刻琢而多感慨、议论；另一方面又"唐音"犹存，深淳又富有情韵。既有昆体的闲雅气度，又有昆体所无的韵远思深。其实，这正是北宋前期诗风转换期出现的复杂现象，王琪诗论和诗作在宋代文学史乃至中国文学史上皆有标志性意义。

词作 王琪的词作也很受时人瞩目。王安石批评王琪的诗，但对其词却很佩服，很喜爱他的《望江南》十首，尤其是其中的"红销香润入梅天"之句（陈辅之《诗话》，见《苕溪渔隐丛话前集》卷二六）。《复斋漫录》还记载晏殊

《浣溪沙》中名联"无可奈何花落去,似曾相识燕归来"的诞生过程:晏与王"同步池上,时春晚,已有落花。晏云:每得句书墙壁间,或弥年未尝强对,且如'无可奈何花落去',至今未能对也。王应声曰:'似曾相识燕归来。'自此辟置馆职,遂跻侍从也"(《苕溪渔隐丛话后集》卷二〇)。

王词有《谪仙长短句》一辑,今逸。《全宋词》录其词十一首。皆为感时伤春、描景抒情之作。所抒发的多是怀古伤今、离愁别绪,其状物工巧,颇类其诗,但缺少诗作的高格逸气;虽亦富有情韵,但又不如诗作深淳,如受王安石称道的《望江南》:

> 江南雨,风送满长川。碧瓦烟昏沈柳岸,红绡香润入梅天。飘洒正潇然。
>
> 朝与暮,长在楚峰前。寒夜愁敧金带枕,暮江深闭木兰船。烟浪远相连。

王琪共写了九首《望江南》,分别描绘江南的酒、雨、燕、竹、草、水、岸、月、雪。这首《江南雨》写江南特有的梅雨季节中雨的种种特征:绵长、细密、轻盈、持久;各种风物在梅雨中的种种情状,体物写景均精细入微。当所抒之情无非是孤独愁绪:"寒夜愁敧金带枕,暮江深闭木兰船"。虽情景相衬,但并无新意。《江南水》写停棹西塞山前的感受,结句也还是"西塞山前渔唱远,洞庭波上雁行斜。征棹宿天涯"。抒发的仍是孤独和乡愁,比起刘禹锡的《西塞山怀古》的结句"而今四海为家日,故垒萧萧芦荻秋"那种深沉的沧桑感,相去甚远。

四、王珪

王珪(1019—1085),字禹玉,舒州(今安徽潜山)人,祖籍华阳(今四川成都),王琪从弟。仁宗庆历二年(1042)举进士甲科,历大理评事、直集贤院、盐铁判官、知制诰、知审官院、翰林学士、知开封府;英宗朝,进端明殿学士;神宗立,迁翰林学士承旨。熙宁三年(1070),拜参知政事;九年(1076),进中书门下平章事、集贤殿大学士。元丰五年(1082),改尚书左仆射兼门下侍郎;元丰八年(1085),哲宗立,封岐国公,五月卒于位,年六十七,谥曰文。王珪历仕英宗、神宗、哲宗三朝,以文章致位通显,但明哲保身,无多建树,《宋史》本传说他"自执政至宰相,凡十六年,无所建明,率道谀将顺。当时目为'三旨相公':以上殿进呈,云'取圣旨';上可否讫,云'领圣旨';退谕禀事者,云'已得旨'也"。也有的学者认为在王安石罢政之后,王珪继任,是处在新旧两派矛盾的焦点上,他能有效地阻止以司马光为首的旧派势力抬头,辅助神宗继续推行新政,特别完成了元丰改制,这是应该予以肯定的。《名臣碑传琬琰集》和叶清臣《王文恭珪神道碑》载有平生事迹,《宋史》卷三一二有传。

据晁公武《直郡斋书录解题》和《宋史·艺文志》记载,王珪有《华阳集》一百卷,明代以后湮没不存。清四库馆臣从《永乐大典》辑成《华阳集》六十卷,附录十卷。武英殿聚珍版摹印时,删编为四十卷。

诗歌创作　王珪存诗,《四库全书》辑为六卷。傅璇琮主编《全宋诗》又辑得集外诗,编为七卷。作为同是西昆体后期的代表作家,比起从兄王琪,他对昆体刻玉雕金、典实富艳的浓艳诗风,继承得多而革新者少,而且终其一生无多大的变化。《四库全书总目提要》称其"诗尤富丽"(卷一五二)。这种承续,表现在诗歌题材上很狭窄,对诗歌题材的开拓无甚贡献,这继承了前期昆派的弊病。内容上多歌德颂圣,表现承平富贵气象,诗中充满了"富贵语""丽语",在其诗歌中很难见到真情实意,诸如"宝藏发函金作界,仙醪传羽玉为台"(《依韵和宋次道龙图阁曝书》)、"绿绣珥貂留帝诏,紫衣铺案拜宸香"(《呈永叔书事》);"忽觉祥烟绕禁门,宝兹宫里见后孙"(《集英殿皇子降生大燕教坊乐语口统》)、"雪消华月满仙台,万烛当楼宝扇开"(《恭和御制上元观灯》)等,满眼都是绿绣紫衣,金帘玉钩,凤阁龙楼,歌儿舞女,因而被诗论家挖苦为"至宝丹"(《王直方诗话》)。这种现象特别表现在如《恭和圣制上元观灯》《大飨明堂庆成》《依韵恭和圣制俯同太师文彦博玉津园赐宴上述怀》《依韵恭和圣制龙图天章阁观三圣御书》等奉召、应制、庆贺诸作,如《依韵恭和圣制上元观灯》:

　　云消华月满仙台,万烛当楼宝扇开。双凤云中扶辇下,六鳌海上驾山来。镐京春酒君周燕,汾水秋风陋汉才。一曲升平人共乐,君王又进紫霞杯。

诗中描绘上元灯节时帝王之都火树银花、君臣共乐的升平场面。仙台月华,万烛当楼的铺排,龙车凤辇、六鳌驾山的特写,镐京周燕、汾水汉才的济济群臣,平民共乐的场面、君王进杯的恩宠。所有这些,题旨无非是颂圣,无非是表现天下升平。至于民瘼,或是像辛弃疾、李清照的词作那样,借上元灯会来抒己慨,词中皆毫无所见,毫无个性的显现,而这恰是诗作最紧要的。葛立方的《韵语阳秋》曾把此诗与同朝,又同是西昆体后期代表人物夏竦的《上元应制》、胡宿的《赏花钓鱼应制》做一比较,结论是"皆典实富艳有余","如出一人之手"。至于诗集中六十多首立春、端午《内中帖子词》,更是奉命而作的颂圣粉饰之作。

这种内容、题材上的特征在咏物、山水、送别、唱和、述怀诸作中也有表现:

梦回金殿风光别,吟到银河月影低。舞急锦腰迎十八,酒酣玉盏照东西。(《寄公辟》)

这是一首怀友诗。诗中与其说是表达对别去友人的思念,毋宁说是对昔日金殿风光、歌儿舞女生活的惦记:"琪树无声粉蕊圆,岩峣双阙射云鲜。寒交玉佩趋三殿,晓拜珠旒下九天。仙仗影翻初照日,高门尘绝欲生烟。燕余宝陌腾归驭,更为都人赋有年"(《和刘原甫舍人雪霁早朝》),这是与同僚唱和,张扬的是"三殿玉佩""九天珠旒"的皇家气象,也有身为天子近臣,"仙仗影翻""高门尘绝"的矜夸;即使是伤老抒怀之类诗作,也还是呈富贵气象:"林梢拂晓禽初哢,门外经春柳自摇。可叹流年催白发,便将幽意属芳条。玉杯放酒成萧索,锦帐留灯照寂寥。任是名园更风雨,残枝须插醉明朝"(《和景彝对花》)。

《摸斗岭》是一首纪行诗,写自己出使契丹的所见所感:

载斗疆陲笼曙华,更凭重阜切天涯。安知玉殿开阊阖,日月星辰在帝家。

此时是北宋，我们不能要求他像范成大、杨万里奉使诗那样充满山河破碎的伤感，但连其从兄王琪诗中那种"北风如刀割人耳，知怜冻足苦双摧"现实描绘也没有，诗人要告诉我们的是，即使是"重皋""天涯"也沐浴在朝阳的光辉之中，日月星辰俱在帝王之家，仍不见个人身处边地的独特感受，更无身为汉使的政治责任感的表白，仍是一味颂圣，《宋史》送他个"三旨相公"的绰号，确实没有冤他。

与此类题材相埒，技法和风格上也多承袭早期的西昆诗风。王珪诗作不同于同时代的苏舜钦与梅尧臣，很少有古体，沿袭了前期昆派几乎全为近体的特色。诗风与杨亿、刘筠雅藻丽的风格近似。只是更讲究精思锻炼、细润熨帖。方回评上面提及的《依韵恭和圣制上元观灯》为"撷藻细润，典雅劲健"，引赵令畤《侯鲭录》记载的一则逸事，来证明王珪精于用典："元祐中，元夕，上御楼观灯，有御制诗。时王禹玉、蔡持正为左右相，持正扣禹玉云'应制上元诗，如何使故事'，禹玉曰'鳌山凤擎外不可使'，章子厚笑曰'此谁不知'，后两日登对，上独赏禹玉诗云'妙于使事'诗云'……'。是夕，以高丽进乐，又添一杯"。哲宗欣赏王珪此诗"妙于使事"，方回亦评曰："此但为善用事，亦诗法当尔。"并指出第三联出自宋之问《晦日应制》诗"镐饮周文乐，汾歌汉武才"（《瀛奎律髓汇评》卷一六）。王珪诗中类似这种撷藻细润、典丽精工的诗例还很多，如"翠玉装舆容扈跸，黄金涂纸看挥毫"（《再召至龙图阁观书》）、"雨润紫泥昏诏墨，风吹红蕊上朝衣。玉堂燕子应先入，朱阁杨花已半飞"（《较艺将毕呈诸公》）、"鼠惊琴匣闻余响，萤度莲塘见乱红"（《池亭月下独坐》）、"鸟惊危树栖无定，人倚空楼望更长"（《月夜有寄》）、"漏寒锦帐迟归梦，波暖金钟艳醉颜"（《依韵和梅圣俞从登东楼三首》）、"紫坛转仗回驰道，玉律惊灰入奉元。半夜桂花飘碧海，先春柳絮扑朱门"（《和元参政喜雪》）等。

王珪这类诗歌题材和风格特征的形成，也与其出生和经历有关：王珪以词翰进身，典内外制十八年，只做过很短时间的扬州通判，一直在中央任职直至宰相。长期供奉翰林，使他受宫廷、贵胄的习气影响颇深，诗歌追求富贵华赡;一生仕途顺利,从未受过贬斥谪迁,使他心气和平,少牢骚幽愤之气,诗风雍容平顺。许光凝《华阳集序》说"岐国王公,弱冠登甲科,不出都城,致位宰相。……公少登显途,未尝迁谪,故平生著述,多代言应制之文,而无放逐无聊感愤之作"(《永乐大典》卷二二五三六)。葛立方《韵语阳秋》卷一说"人言居富贵之中者,则能道富贵语,亦犹居贫贱者工于说饥寒也。王岐公被遇四朝,耳濡目染,莫非富贵,则其诗章虽欲不富贵得乎"。冯舒指出"盛世之文。此等皆世运为之,非关学力"。他们都指出王珪这类诗旨、诗风与时代、与自身经历的关系,并非皆是承袭前期西昆诗风的结果。

但是,王珪的诗题诗风也并非全是富贵气象和典雅富丽,他的状物、描景之作也有清丽淡远、气象宏阔的一面,他的抒怀、纪游也有人生遭际和历史兴亡的深沉慨叹。对前期的西昆诗风有继承因袭,也有革新和反拨,这当然也与时代和诗人的经历有关:王珪举进士迈入政坛的庆历二年(1042),欧阳修等发起的诗文新运动已经取得决定性的胜利,欧阳修已成为文坛领袖,他的知贡举,对改变文风起着决定性的作用。年轻的苏轼此时已开始崭露头角,他和欧阳修、梅尧臣等诗文革新领袖们的创作成就,对打击西昆体的镂金错彩,倡导"简雅古淡"的新文风更起着示导作用,"杨刘风采,耸动天下"已成为明日黄花。在人际关系上,王珪举进士时欧阳修为考官,二人有师生之分;王珪与梅尧臣为诗友,多有唱和;王珪集中有首《挽霸州文安县主簿苏明允》,可见同"三苏"也有交往。王珪同这些诗文革新运动领袖人物的唱和和交往中,不可能不受这种革新思潮的影响。他在给家乡两位人物立传时,对两人清新遒劲的文风多有称赞,如在《洪比部湛传》中,称洪湛"文采遒丽"(《全宋文》卷一一五四),在《聂内翰冠卿传》中,称赞聂冠卿"词极清丽"(《全宋文》卷1154)。这都反映在西昆体浓艳典雅之外有了新的美学判断标准。

在创作实践中,受时代风气和师友影响,王珪的部分诗作尤其是写景、咏物诗作显现一种清丽、淡远乃至宏阔之风,诗人开始用白描的手法写景状物,少用事典,更很少像《依韵恭和圣制上元观灯》那样使用僻典。如《梅花》:

冷香疑到骨,琼艳几堪餐。半醉临风折,清吟拂晓观。赠春无限意,和雪不胜寒。桃李有惭色,枯枝试并栏。

方回评此诗曰"其香到骨,其艳堪餐,起句十字已不苟。中间两联皆清爽,不可以'至宝丹'忽之也";冯班亦评曰"壮丽有风格",让人惊叹"至宝丹"还有如此清新之作。如果我们再与刘筠的《荷花》诗相比较,更可看出王珪此诗与昆体的不同。刘筠的《荷花》诗写道:

水国开良宴,仗天湛晚晖。凌波穿妃至,荡桨莫愁归。妆浅休啼脸,香清愿袭衣。即时闻鼓瑟,他日问支机。绣骑翩翩过,珍禽两两飞,牢收交甫佩,莫遣此心违。

诗中几乎句句用典,一会是凌波仙子,一会是江南莫愁,一会是鼓瑟的湘灵,一会又是支机的织女,直到诗的结尾,还来个"洛浦还珠"的典故,虽也写了荷花的色、香,但形成不了统一的形象,给人堆砌杂乱、辞繁意弱之感。王珪的《梅花》不再像前期昆派那样大量堆砌典故,而是描绘歌吟,显得清丽悠远、意境开阔。另外立意上也有创新:前人咏歌梅花,多赞其凌风傲雪、不趋炎附势的坚贞品格,这首诗却自出新意,说梅花是冒着严寒,报告春天的信息,并非恃才傲物。至于并栏的桃李,却不着一花一叶,当然只有自惭形秽了。这说明王珪对前期西昆缺乏气骨,堆垛典实之弊有所反拨,诗风由浓艳到清丽的转变。其他咏物诗作如《竹》《荷叶》《秋风》《喜雪》也都写得清新可人。《东楼》一诗,不仅平实少典,直白抒怀,而且也一反雍容平顺、咏歌太平的常态,开始世事的批判和倾吐内心的不平,开始显露诗人的个性了:

汉家宫省青槐下,信断鳌峰日易斜。应为能言锁鹦鹉,翻愁无思学杨花。风波滚滚惊人事,文字孳孳老岁华。偶向东楼望春色,归心不觉到天涯。

诗中提到"老岁华",可见是晚年之作。王珪一生并无贬谪且是"卒于位",所以诗中也并非遭贬或退归后引发的牢骚。按说晚年应该"耳顺"或"从心所欲不逾矩",但诗中的感慨却胜过以往:他感慨那些跟人学舌的鹦鹉,也痛恨毫无主见随风而摆的杨柳。这简直不像"三旨相公"说的话。诗中还感叹官场"风波滚滚",并萌生退意——"归心不觉到天涯"。可能一味顺从希旨也只是他处世待人的表象,内心是有许多难言之隐的。

王珪诗中也还有少量气骨雄健、宏阔壮丽之作,如《游赏心亭》这首登临怀古诗就是从大处着眼,抒发兴亡之感,很有历史深度。中间两联"万里江山来醉眼,九秋天地入吟魂。于今玉树悲风起,当日黄旗王气昏"怀古叹今,感慨遥深,而且对仗工整,场面阔大。政治抒情诗《闻种谔米脂川大捷》更是笔力劲健、气势豪雄。将米脂大捷后闻讯的喜悦,对杀敌御边将帅的赞颂和伟业的期许,写得慷慨淋漓、流走飞动,自然也倾吐出自己按捺不住的喜悦之情和爱国之志,再不像一个执掌庙膜、四平八稳的太平宰相:

> 神兵十万忽乘秋,西碛妖氛一夕收。匹马不嘶榆塞外,长城自起玉关头。君王别绘凌烟阁,将帅今轻定远侯。莫道无人能报国,红旗行去取凉州。

此诗得到后人的极高评价,许印芳评道"起笔得势,以下如破竹矣。通体作壮语,却无粗豪病,而且浑颧流转,神完气足"(方回《瀛奎律髓》卷三〇)。

王珪除《华阳集》外,还有《宫词》一卷凡百首。宋人将其与唐王建、蜀花蕊夫人所作宫词合刊为《三家宫词》。后人对王珪的《宫词》评价颇高,认为"思致在王建之上"(刘克庄《后村诗话·后集》卷三)。此评自然太过,因为它缺少王建《宫词》那种情思和风韵,写不出"自是桃花贪结子,错教人恨五更风"这类让王安石叹服不已的意味深婉而悠长的诗句来,"思致"不可能在王建之上。另外王珪的《宫词》也像他的大部分诗作一样富贵满眼,金玉满纸:金缕、金盘、金阶、朱弦、玉腕、金殿、锦帐、玉浪、金盆、玉宇、金枢、玉井、金床等充斥诗篇。但内容"述郊祀、御试、经筵、翰苑、朝见等"(葛立方《韵语阳秋》卷三),涉及宋代宫内生活诸多方面,有一定的历史认识价值。有些篇目长于铺叙,亦有佳句,如"翠眉不及池边柳,取次飞花入建章","春心滴破花边漏,晓梦敲回禁里钟","吹回一觉朝阳梦,帐外春风太薄情"等,富艳精工之外,亦有"劝百而讽一"之意(贺裳《载酒园诗话》)。

文章 王珪由翰林学士承旨至宰相,执掌朝政凡十六年,写下大量奏章、典册和内外制,《宋史》本传评价王文"闳侈瓌丽,自成一家",主要是指这类文字。这类文字骈四俪六,属对工致,写得洋洋洒洒,说得富丽堂皇,从这个角度来说,确实是"闳侈瓌丽,自成一家"。但这位"三旨相公"亦并非一味希旨,有些文字就像他的有些诗作一样,亦有自己的见解和个性,如针对当时科举制度的弊端所上的《议贡举庠序奏状》《诸科问经义奏状》奏章就是如此。宋朝开国之初,出于"以兴文教,抑武事"(司马光语)的既定国策,以及新扩张的帝国有着大量的空职位,需要填补,也为了安抚南唐降臣的子弟,科举制度搞得很宽、很乱:考试科目多,录取的名额也多,所考之经、史、律令等各不相同,甚至"释、老之教"也成为考试内容(司马光语)。考试内容和方法却很简单:一般都是"帖书"和"墨义",只要会死记硬背即可。这种做法作为出于巩固新政权安抚和延揽士人的急需和权宜之计,当然是可以的。但随着政权的巩固,这种做法的弊端也越来越显现,因为不易于选拔有真才实学的能员,相反却会产生大量冗员。所以从真宗时代起,一些有识之士开始建议整顿科举制度,改变考试内容和考试方法。王珪作为执政宰相,这篇《议贡举庠序奏状》是颇有分量的。他要求废除诸科,只考明经,因为:"诸科徒专诵数之学,无补于事。请自今新人毋得应诸科,皆令习明经,不数举间,可以尽革其弊。"建议虽然偏颇,但针对时弊,立场坚定,态度鲜明,而且要言不烦,通篇奏章仅数十字。也许是过于简洁,继后他又上《诸科问经义奏状》说明作如此建议的原因。奏章借鉴唐代取士的历史经验:"唐取士之法,虽有数科,然当时士选之盛者唯'明经''进士'而已",然后阐释以"明经"取士应如何操作:"盖'明经'先问义而后策试,三试而皆通者为得第,其大略与'进士'等";再批判目前诸科考试只考死记硬背"帖书"和"墨义"弊端,作为对比:"比试诸科,既不明经义,又无策试之式,但能精于诵数者! 即举以中选,是岂朝廷设科取士之意哉!"最后向皇上说出当前行政之弊并建议如何推行:"虑议者以谓难于猝更,犹欲安习前弊,伏望朝廷预戒有司,永以遵守。"一篇短文中,有破有立,立论着眼于大局,建议措施又很具体;既有历史经验为据,又有当前现状的洞悉;既出于为国选材的忠诚,又富有实际施政经验。执掌朝政凡十六年而备受皇上尊宠,并非一味希旨的结果。此后王安石为相,设选拔法律人才的"明法科"而废诸科,立《五经新义》来改变考试内容混乱和标准不一。应当说,王珪是有筚路之功的。

王珪的一些传记文也颇简白流畅,没有典册、制书那种雍容和华丽,而且有意学习韩愈纪传文的写法,穿插一些逸事片断来增加趣味性,如前面提到的《洪比部湛传》和《聂内翰冠卿传》,不仅可以从中看出其文学观念的变化,文笔于简洁叙事亦蕴藏深意和委曲,深得春秋笔法,如写洪湛蒙冤遭贬一段:

> 初,任懿以银二百五十两赂王钦若,登第后被告。上方顾钦若厚,懿更云湛。湛使陕西还,而狱已具,坐流儋州。官收湛赃,家无所有。湛素与梁灏善,假灏白金器以输官。六年会赦移惠州,至化州卒,年四十一。湛时一子偕行,甚幼,州以闻,特召赐钱二万,官为护丧还扬州。

任懿贿赂王钦若,因皇上宠顾王钦若,便转嫁到洪湛头上,洪出使在外,不知此情也无法自辩,等出使归来已被定案,被流放海南。文章特意点出抄家时,洪家一无所有,是从好友处借一些白金器来抵还赃款。传记暗示这纯粹是个冤案。继而又写洪湛因此祸死于流放之中,年仅四十一岁。太宗得知后,"特召赐钱二万,官为护丧还扬州",可见皇上也知其冤。这段叙事,吞吐曲折,既为"尊者讳",又为"贤者"鸣不平,很见行文的高妙。《聂内翰冠卿传》中注意通过细节来突出聂冠卿的人品才华。如称赞聂的《蕲春集》"词极清丽",是通过聂出使契丹,从辽主的口中道出,以及"自击球纵饮,命冠卿赋诗,礼遇甚厚"。暗示聂冠卿的文学才华不仅中土知名,已传到遐方异域。赞其抗击外侮,则通过他兼侍读学士时,"每进读左氏春秋必引'尊王黜霸'之义以讽",以至于将朝笏"坠于上前"这一细节来完成。

相比起典册、制书和传记文,他写的墓志铭更受时人称道。据陈鹄《耆旧续闻》记载:"同朝名臣,非欧阳公与王荆公铭其葬者,往往出禹玉手。高二王、狄武襄碑,犹有史法,而贵气灿然。"叙事简洁,要而不烦又清晰条贯是这类文章的主要特征,如《永寿郡太君朱氏墓志铭》《推忠佐理功臣正奉大夫行给事中参知政事上护军鲁国郡开国公食邑二千三百户食实封四百户赐紫金鱼袋赠礼部尚书谥质肃唐公墓志铭》等,叙述其家世、迁徙、仕途、履历皆有此特点。另外就像韩愈写的墓志铭一样,喜欢穿插一些生动故事来增加可读性,所以也像韩碑一样颇受欢迎,如《狄武襄公神道碑》写狄青南征侬智高一段就非常生动传神:

> 公亲执旗鼓,麾骑兵,纵左右翼,出贼非意,贼大败。复驰骑追之,斩捕二千二百级。伪署黄师宓宓侬智忠等五十七人殁于阵,智高夜纵火城中而遁。明日破贼入城,获金贝之物以巨万,畜数千,悉分其麾下。招复老壮七万二千二百零,尝为贼所胁者,皆慰之以归。又敛群尸,筑观于城之北隅。初有衣金龙之衣,又饰金龙于盾仆其旁,或言智高已死乱兵中,有欲为公急作奏者,公曰:"安知其非诈也,宁失智高,敢欺朝廷,以贪功耶!"

今流传的《华阳集》四十卷,有文渊阁本。通行本有丛书集成初编本,商务印书馆1918年版,其中诗六卷。傅璇琮等主编《全宋诗》又增辑得的集外诗,编为七卷。曾枣庄等主编《全宋文》收录有王珪文。

第四节 张耒

张耒(1054—1114),字文潜,号柯山,人称宛丘先生。因体貌丰肥,人称"肥仙"。亳州谯县(今安徽亳州)人。祖父任职于福建,父亲中进士后,游宦四方,官至三司检法官。外祖父李宗易官至尚书屯田员外郎,以诗文名世,长于写诗,深受晏殊赏识。张耒幼年就读于家乡学宫,自称"总角而读书,十有三而好文"(《投知己书》)。十七岁作《函关赋》已传诵人口。十八岁游学于陈州,受到苏辙的赏识,因之结交苏轼,成为苏门四学士之一。神宗熙宁六年(1073),十九岁时中进士,历临淮主簿、寿安县尉、咸平县丞,先后在安徽、河南等地做了十多年县尉、县丞一类地方官。因秩满改官不断往来京洛间奔波劳顿,加之父母、妻子此间相继谢世,家境更每况愈下,经济拮据。其诗文"我迁趋世拙,十载困微官"(《悼逝》),"飘然羁孤,挈其妻孥,就食四方,莫知所归"(《上蔡侍郎书》)说的就是这段经历。

元丰八年(1085),神宗崩,年幼的哲宗登位,支持旧党的高太后垂帘听政,起用反变法派,司马光、苏轼、苏辙相继奉调晋京。元祐元年(1086),大臣范纯仁荐举张耒参加太学学士院考试。这次被荐参加考试的还有亦为"苏门四学士"的黄庭坚、晁补之,由翰林学士苏轼命题,考试结果三人同被拔擢,张耒被任为秘书省正字,其后历任著作佐郎、秘书丞、史馆检讨,直到起居舍人。其间与秦观、黄庭坚等同门师友,或举酒论文,或同游酬唱。这是张耒一生中难得的美好时光,也是北宋文坛上的盛事。他们"一文一诗出,人争传诵之,纸价为贵"。馆阁八年,张耒有缘披览国家藏书,过着"图书堆枕旁,编简自相依"的学究生活,其文翰学术也日有进益。

但好景不长,哲宗亲政后,新党得势,竭力报复元祐旧臣。随着苏轼等人的被贬,苏门弟子也受到株连。绍圣元年(1094),张耒在以直龙图阁知润州任上徙宣州,绍圣四年(1097)贬黄州酒税监督,再贬复州(今湖北天门)监竟陵郡酒税。宋徽宗即位,四十七岁的张耒一度被内召为太常少卿,后又被启用为兖州、颍州(今阜阳)知州,但为时都很短暂。建中靖国元年(1101),远贬海南奉召内迁的苏轼病卒于常州,张耒闻讯后在颍州举哀行服,被劾后贬为房州(今湖北房县)别驾,安置于黄州,这是他在短短六七年内第三次被贬。他在黄州柯山下先后共住了七八年,与苏轼另一位弟子潘大临结为紧邻,两人彼此安慰,相濡以沫,共守大节。崇宁五年(1106),宋徽宗诏除一切党禁,张耒才得以回到故乡淮安。由于晚年长期赋闲,贫病交加,加之秦观、黄庭坚、晁补之、苏辙等师友同道相继去世,心情更觉凄凉,政和四年(1114)在寂寞和痛苦中辞世,年六十一。张耒有三子,曰"秬、秸、和,皆中进士第"。张秬、张秸在陈州死于宋末兵乱。张和为陕西教官,在归葬二兄时又被强盗杀害。陆游慨叹曰"文潜遂无后,可哀也"(《老学庵笔记》)。张耒著有《柯山集》五十卷,《拾遗》十二卷,《续拾遗》一卷。

《宋史》卷四四四有传,事迹见《东都事略》卷一一六。近人邵祖寿编有《张文潜先生年谱》一卷。

一、文学主张

张耒是北宋中晚期重要的文学家,为"苏门四学士"之一,也是"苏门四学士"中结识苏轼兄弟最早、辞世最晚和文学理论上受苏轼兄弟影响最深的作家。其文学思想主要体现在《上文潞公献所著诗书》《投知己书》《上曾子固龙图书》《答李推官书》和《贺方回乐府序》等书启和序文之中。

"文以明理"是张耒文学思想的核心,《宋史·本传》说他"诲人作文,以理为主"。他认为"自六经以下至于诸子百氏、骚人辩士的论述,大抵皆以文为寓理之具也,是故理胜者文不期工而工,理拙者巧为粉泽而隙间百出。故学文之端,急于明理","如知文而不务理,求文之工,世未尝有是也"(《答李推官书》)。这实际上是对欧阳修"文以明道""理胜者文不期而至"等文道关系的继承和阐释,但也有发挥,即在以理为主的前提下也重视"情"。他从诗歌的产生和作用来强调情感的重要性:"古之言诗者,以谓动天地、感鬼神,莫近于诗。夫诗之兴,出于人之情喜怒哀乐之际,皆一人之私意。而至大之天地,极幽之鬼神,而诗能感动之者,何也?盖天地虽大,鬼神虽幽,惟至之诚能动之。彼诗者虽一人之私意,而要之必发于诚而后作。故人之于诗,不感于物,不动于情,盖寡矣。"(《上文潞公献所著诗书》)因而他认为成功之作,应该是"以理为主,辞情翼之",做到文理并重:"文以意为车,意以文为马,理强意乃胜,气盛文如驾。"(《与友人论文因以诗投之》)主张作家创作应遵循天然之理和情性之道:"文章之于人,有满心而发,肆口而成,不待思虑而工,不待雕琢而丽者,皆天理之自然而情性之道也。"(《贺方回乐府序》)被当时学者奉为至言。

其次,在文章风格上,他反对奇简,提倡平易;反对曲晦,提倡词达。这也是苏轼"词达"观的阐述。早在知徐州时,苏轼给黄庭坚的一封信中就对当时文坛追求奇险的风尚进行过批评,认为"凡人文字,当务使平和。至足之余,溢为怪奇,盖出于不得已也",希望他的弟子黄庭坚引以为戒(《与黄鲁直尺牍》其二)。张耒在给李推官的一封信中,也对李氏所作《病暑赋》和杂诗中追求险怪瑰奇的倾向提出批评:"足下之文,可谓奇矣",但"能文者固不能以奇为主",首先要"理达":理达之文,如"江湖河海之水","不求奇而奇至",理弱之文,则似"激沟渎之水而求奇",徒劳无益(《答李推官书》)。他反对雕琢文辞,主张顺应天理之自然,直抒胸臆,他举河水为例:"夫决水于江、河、淮、海也,顺道而行,滔滔汩汩,日夜不止,冲砥柱、绝吕梁,放于江湖而纳之海,其舒为沦涟,鼓为波涛,激之为风飙,怒之为雷霆,蛟龙鱼鳖,喷薄出没,是水之奇变也。水之初,岂若是哉!顺道而决之,因其所遇而变生焉"(《宋史·本传》)。

张耒强调在创作过程的抒发真情、笔随意驱,这确实把握住了文艺创作的真谛,但一味地否认构思、修饰、琢磨、锤炼等在创作过程中的必要性,则又不免矫枉过正。他本人的创作也正因其自立的樊篱,多少显得肌理有余而文采不足,略嫌枯槁。其创作成就前不及东坡,后不如放翁,除才华有差外,这也可能是痼疾所在。

二、诗歌创作

张耒的创作成就是多方面的,而以诗歌的成就最高。集中今存诗歌一千七百余首,题材比较广泛,其内容可分为抒情遣怀的个人愁叹、关注民生疾苦和西北边事、田园风光和寄赠唱和之作几个主要方面。

张耒一生坎坷,在贫穷中生,在贫穷和孤独中死。为宦期间长期担任下层官吏,颠沛流离,后又三贬黄州,长期废斥。因而诗中多写生活的清苦贫寒,颠沛之中的孤独伤感,多抒有志难伸的抑郁和悲愤。这一点,颇类孟郊。"醉眠多似陶彭泽,官况贫于郑广文"(《官舍岁暮感怀书事》),这是说他像陶渊明;"欲知老子居陈事,古寺萧条屋数楹。幸免绝粮惭孔圣,更无环堵羡渊明"(《失题》),这是说他穷得连陶渊明也不如。"浮世十年多少事,风烟依旧别离愁"(《寿阳楼下泊舟有感》),这是在诉说十年沉沦下僚,"就食四方,莫知所归"的孤独和愁叹;"残生飘泊客东南,忧患侵陵心若失"(《再寄》),这是晚年亲友凋零后的孤独和愁叹。相比之下,前者是暂别,后者是永诀;前者还有相聚的可能,后者则是彻底的绝望:"恼我以贫贱,我心如死灰。诱我以富贵,我视如尘埃"(《在告家居》)。《荆轲》一诗中叹道:"燕丹计尽问田生,易水悲歌壮士行。嗟尔有心虽苦拙,区区两死一无成。"这大概是他对自己坎坷困顿、壮志难遂一生的总结。但难能可贵的是,面对如此坎坷失落的人生,诗人仍能贞操自守,绝不随波逐流:"我无功名愿,与世日益疏。反慕古沮溺,穷年事耕锄"(《赠蔡彦规》),这是在向友人表白自己的志向;"吾道倘有待,穷通宁遽忧。朝来望清颍,一雁下汀州"(《早秋感怀》),如此困顿之中诗人居然没有丧失理想和未来,这更令人敬佩。这些诗作,虽是咏歌"小我",感叹自身,但他折射的却是"大我",是遭受摧残和不公正对待的一批正直的士大夫的共同遭遇,控诉的是整个压抑人才、毁灭真善美的社会制度,更能引起人们对这个不公正社会存在合理性的质疑和厌恶!

更让人们敬佩的是,诗人不仅咏歌"小我"来折射社会的不公正性,也能直面社会下层,用自己的诗歌来反映劳苦大众遭受的苦难,由于他长期担任地方卑官,对社会现实体察甚深,反映面也相当广阔。在他的诗作中,为我们勾勒出一组挣扎在死亡线上的劳苦者群像:这当中有"筋骸长毂""半衲遮背"出卖苦力者(《劳歌》);有饿死车下,妻子抱子而泣的逃荒汉(《一亩》);有一辈子不知盐味,守着"坏屋疏篱"靠着"脱粟寒蔬"度日的山间老农(《九月十二日入南山憩一民舍》);有"北风吹衣射我饼,不忧衣单忧饼冷"的卖饼孩子(《北邻卖饼儿》);有"试问朱门余酒肉,几人回首念无衣"(《北风》)的贫富对立尖锐画面;有"昨者飞雹几破屋,颇说四郊妨麦熟"(《昨者》)对农事的关心。通过这一幅幅悲惨画面,不仅表现了诗人"哀哉天地间,生民常苦辛"(《籴官粟有感》)的悲悯,以及"我身为吏救无术,坐视啼泣空汍澜"(《一亩》)的自责和愧疚,诗人还进一步试图探求造成这一状况的原因:

> 持钱籴官粟,日夕拥公门。官价虽不高,官仓常若贫。兼并闭仓廪,一粒不肯分。伺待官粟空,腾价邀吾民。坐视既不可,禁之益纷纭。扰扰田亩中,果腹才几人。我欲究其源,宏阔未易陈。哀哉天地间,生民常苦辛。(《籴官粟有感》)

诗中将造成农民极度贫困化的原因归结为:兼并之家,囤积居奇,哄抬粮价;朝廷治国无方,无抑制粮价的得力措施,贪官污吏借此损民以肥己。在《送程德孺赴江西》中又再次指出"年来屡下宽大诏"而"赤子未免饥与寒"的原因就在于吏治的腐败:"朝廷法度寄吏手,付授得所乃合宜"。诗人认为吏治腐败才是造成农民饥寒交迫的真正原因。

诗人所勾勒的画面和生发的感慨,我们在杜甫的《自京至奉先咏怀五百字》、白居易的《卖炭翁》、杜荀鹤的《山中寡妇》、韦应物的《寄李儋元锡》中都似曾相识,说明张耒的这类诗作是中国诗歌优秀传统的继承,而《八盗》则是这个传统的进一步发扬光大。诗中写八名强盗铤而走险、横行天下的传奇故事。写他们由于对抗官府、劫富济贫,深受民众欢迎、队伍迅速壮大:由八名骨干发展到"其徒新故有十三",最后是"扰扰坐致几千人",而且深受欢迎:"朝饭南山民献觥,主人赠刀其姓李。道逢两夫捕鹰隼,胁之以威使从己。晚投民居迫之馈,坐有三夫愿从事。"我们联想到同时代"宋江三十六人"事和河北田虎、江南方腊,但那是民间故事,这却出自士大夫官员笔下,尽管诗中也说到他们采取"胁之以威",也"淫污妇女",但也许这就是草莽英雄固有的癖性和特征,诗人只是在写实。最后由于小人贪于百万赏钱,致其中二人被捕,但另外六人却成功逃脱,诗人的倾向性是非常明显的。诗人在《和晁应之悯农》中写道"为盗操戈足衣食,力田竟岁犹无获。饥寒刑戮死则同,攘夺犹能缓朝夕",这简直就是杜甫"不过行俭德,盗贼本王臣"(《有感》其三)的北宋版。

张耒还有一类诗作反映他对西北边事的态度。《听客话澶渊事》通过追忆当年来盛赞在澶渊城下积极抵御外族入侵的寇准,夸张他"雷惊电发一矢飞,横射胡酋贯车柱。犬羊无踪大漠空,归来封禅告成功"的伟绩,表明自己对和战之争的态度。《少年行》则类似曹植的《白马篇》,通过一个"黄尘昼飞羽如插,身射单于碎弓甲"的少年壮士来抒发自己愿赴疆场的报国之情,甚至为此批判起宋代"重文轻武"国策:"从来书生轻武夫,坐遣挥毫写勋业。"类似的篇章还有《昭陵六马》《再和马图》等。另外像《送胡考甫》《送刘季孙守隩州》《送毕公淑奉诏赴陕西》等则以高昂的格调,激励友人赴身边庭,立功报国。"策马勿自滞,我将观厥成。一奋庸将骄,泛灌出精英。立功报天子,执节飏旗旌。男儿当封侯,宁为老书生"(《送胡考甫》),这既是对友人的勉励,也是自己心志的剖白。

张耒诗题的第三个主要方面是对山水田园的咏歌。其中如农村腊日乡村妇女儿童的打扮:"箫鼓儿童集,衣裳妇女矜"(《腊日》);瓜农的日日夜夜:"竹笼晨收果,茅庵夜守瓜"(《夏日》);贪戏采莲而晚归的采莲女:"晚来弄水船头湿,更脱新裙裹鸭儿"(《采莲子》);男女老少齐上阵抢场打麦的场面:"场头雨干场地白,老穉相呼打新麦"(《仓前村民输麦行》)。这些诗篇散发出浓厚的乡土气息,它是诗人长期为下层官吏和多年闲居贴近民众、贴近生活的结果。还有一些诗篇,则直接抒发他闲居田园生活的感受,这类诗篇更多,如《不出偶成》二首:

  老人杖履一茅亭,花谢西园不复扃。翠被一方都盖覆,红妆数子尚娉婷。可怜莺蝶狂都歇,颇觉风云意有营。闻说陂田雨三尺,远城酾水种春秔。

老来茅屋安居,同杜甫的草堂和陶渊明的"茅屋八九间"差近。但比陶渊明更为疏懒:陶是"园日涉以成趣,门虽设而常关"(《归园田居》),而张耒则是"花谢西园不复扃"。生活条件也比杜甫好,杜甫是"布衾多年冷似铁,娇儿恶卧踏里裂"(《茅屋为秋风所破歌》),张耒则是翠被一方都盖覆;杜甫是"恒饥稚子色凄凉"(《狂夫》),张耒则是"红妆数子尚娉婷"。诗人气舒心闲,不再有招蜂引蝶的狂浪,关心的只是天气阴晴,种稻春水。表现如此悠闲恬淡乡居生活的诗篇还有:"深行乱飞蝶,时亦掇芳香。况复携妇子,笑言何乐康。归溪踏新月,到家灯烛光。田园兴偶动,疏懒意何长"(《步蔬圃》);"半卷画帘屏扇掩,朦胧春睡拥春衣"(《残春三绝》)等。但是,这只是诗人田园生活的一个侧面,在另一些同题材诗篇中,诗人并非皆是如此气舒心闲,疏懒而有种满足感,如《苍浪》:

  苍浪鬓发一衰翁,何事年来到骨穷。魍魅何常居四裔,自怜放逐尚无功。

贫穷像影子一样终生追随着他,到老又加上孤独和疾病。崇宁以后复辟新党和钻营其中的宵小之徒更让他愤慨不已,面对日衰的国势而无力回天更让他黯然神伤。《不寐》中的"骚人多怀夜不眠,老松微吟风飒然";《草舍》中的"寄远相思时有梦,感时长啸不无神";《朝寒》诗:"朝寒卯饮已战胜,煮饼一瓯充午饥。便是衰翁一日了,夜炉茗果亦随宜"等,也都有人生或时事的感慨和寄寓。

张耒的纪游诗也存在类似的两种基调:属于前者的如《初出夏门》:"出郭心已清,青山忽相对。游人傍流水,俯迎秀色内。……同游得君子,兴与烟霞会";《初离淮阴闻汴水已下呈七兄》:"朝离淮阴市,春水满川平。依依道边人,送我亦有情。千里积雪消,布谷催春耕。人家远不见,柳色烟中明。轻舟鸣根子,野静遥相应";《楚城晓望》:"鼓角凌虚雉堞牢,晚天如监绝秋毫。山川摇落霜华重,风日晴明雁字高"等,在登览或游历中描绘山河秀色、田园风光,表达自己喜悦澹宕之情。属于后者的如《蔡河涨二首》:"西风疏苇乱,斜日远村微。淹泊从吾道,扁舟伴钓矶";《沈丘道中》:"芬菲怅已晚,夏阴生桑枣。慷慨一据鞍,此怀殊未了";《出都有感》:"四序风光半为客,百年飘泊一浮名。春来多病思高卧,老去违时畏后生"。此中的山水风景不过是用来抒发自己人生感慨的背景或道具。张耒曾在《汴上书事》中道出自己咏歌山水的本意:"入洛自惭文价薄,却凭山水助清狂。"因此不管是哪种类型,皆不是为写景而写景,都是为了主观情感的抒发。

张耒的诗歌以平易晓畅、流丽明快见长,不尚雕琢,很少使用硬语僻典,显得坦易而自然,苏轼在评价门人诗歌风格时说:"秦(观)得吾工,张(耒)得吾易。"《宋史》本传也说他至晚年,诗风益务平淡。但平顺坦易之中亦显圆润工丽,同门四学士之一晁补之称赞说:"君诗容易不著意,忽似春风开百花"(《题文潜诗册后》)。他自己也认为是"肆口而成,不待思虑而工,不待雕琢而丽"(《东山词序》),这在他的乐府诗中表现得更为充分。张耒的乐府诗学张籍,在北宋颇负盛名。周紫芝甚至说:"本朝乐府,当以张文潜为第一。

文潜乐府,刻意文昌(张籍),往往过之。"(《竹坡诗话》)其乐府诗,不仅出于"合为事而作"的鲜明目的性,而且也同样力求使"妇女童子听之而谕",语言平易而晓畅,如前面提到的《仓前村民输麦行》开头四句:"场头雨干场地白,老稚相呼打新麦。半归仓廪半输王,免教县吏相煎迫",用语通俗浅白、流丽明快:起句一个"白"字,用白描手法活画出打麦场地在大雨初霁后时的干净整洁,透着一股清新之气,而"输王"二字前人评为更是"老农语,若时享岁贡终王勤王之类,其语古矣"(郭绍虞《宋诗话辑佚》上)。再如《读中兴碑》,亦是平易流畅而气象恢宏,不用事典而韵味悠长。诗人在结尾处感叹说:"百年废兴增叹慨,当时数子今安在?君不见,荒凉浯水弃不收,时有游人打碑卖。"思古幽情中,透出诗人对国事日蹙的忧患意识。方回称赞说:"不事雕琢,自然有味"(《瀛奎律髓汇评》)。另一首乐府诗《于湖曲》的结尾也类似:"王气高悬五百秋,弄兵老濞空白头。石城战骨卧秋草,更欲君王分上流。"其他如《寄衣曲》《七夕歌》《大雪歌》《周氏行》《啄木词》《梁父吟》等也都有类似的特征。

张耒的近体律、绝,写得也相当出色。特别是晚年之作,刻意学杜,更是铅华落尽,淡雅凝重又韵味悠长,此创作经历颇类王安石晚年。如:

微云淡月夜朦胧,幽草虫鸣树影中。不待南城吹鼓角,桐声长报五更风。(《秋夜》)

庭户无人秋月明,夜霜欲落气先清。梧桐真不甘衰谢,数叶迎风尚有声。(《夜坐》)

上首写清晓,下首写夜分,背景都是清秋时节,无论是夜色沉沉或是五更将晓,景色皆是梧桐清霜,庭户阒寂,唯有幽草虫鸣,环境寥落而清肃,诗人心境的孤寂凝重,用此景暗暗衬出,颇似杜甫的《阁夜》等夔州诗作。相类的还有《偶题二首》(之二)、《二十三日即事》等。晁补之称张耒的有些律、绝,"气格不减老杜"(叶梦得《石林诗话》引晁补之语),大概指的就是这类作品。

张耒的近体同样体现直白浅俗又流丽明快的风格,如"春水长流鸟自飞,偶然相值不相知。请君试采塘中藕,若道心空却有丝"(《偶题二首》);"轻阴江上千峰秀,小雨桥边百草生。惟有春情慰孤客,晓啼浑似故园声"(《绝句》九首)等诗作,纯熟地利用了民歌中谐音双关手法,把民歌俚调的直白浅露与诗人的含思隽永巧妙地融合在一起,亦皆有感而发,韵味悠长。张耒的近体,也特别注重炼句,吕本中《童蒙诗训》云:"文潜诗自然奇逸,非他人可及,如'秋明树外天''客灯青映壁,城角冷吟霜''浅山塞带水,旱日白吹风''川坞半夜雨,卧冷五更秋'之类,迥出时流。"(《苕溪渔隐丛话》前集卷五一)此类佳句可谓俯拾皆是。但即使在这类被誉为高妙精工至极的作品中,亦不失平易自然的基调,如《梅花》:

> 北风万木正苍苍,独占新春第一芳。调鼎自期终有实,论花天下更无香。月娥服驭无非素,玉女精神不尚妆。洛岸苦寒相见晚,晓来魂梦到江乡。

诗人通过对梅花馨香,雅洁而又高贵、傲岸品格的咏歌,暗喻自己人格的高洁,特别是梅花傲然怒放于苦寒的顽强生命力,更是作者处穷途而自振的人格追求的真实写照。此诗在对仗、押韵、用典以及造语等方面皆有精警之处。周紫芝将它与林逋的名篇《山园小梅》相提并论,甚至"犹可使和靖作衙官"(《竹坡诗话》)。这虽是偏爱之词,但也可以看出这首诗在宋代诗论家眼中的价值。苏轼晚年作书教导儿子苏过,信中称秦观、张耒才识学问为当世第一,无论优劣。其中特别称道张耒"气韵雄拔,疏朗通秀"(《书付过》,见《苏轼佚文汇编》卷五),指的也是张耒晚年的近体。这类诗作开北宋诗人学习唐调风气,成为南宋范(成大)、陆(游)清圆舒畅诗风的先河。

但是张耒的诗过分强调"满心而发,肆意而成","不待思虑""不待雕琢",长于锻造佳句,短于谋篇布局,有时琢炼不够,部分作品不免流于草率粗疏。朱熹曾批评说"张文潜诗有好底多,但颇率尔",又云"张文潜诗只一笔写去,重意、重字皆不问,然好处亦是绝好"。(《朱子语类》卷一四〇)

三、文　词

文　张耒的文章近三百篇,可分为论说、集序、辞赋、记序、题跋、书启等主要类型,其特色与他的文学主张和诗歌特色相一致,自然畅达、质朴无华。特别是晚年之作,比喻通俗又气势雄健,简洁流畅又富有情韵。苏轼认为其文风近似苏辙:"汪洋淡泊,有一唱三叹之声。其秀杰之气,终不可没"(《答张文潜书》)。张表臣也称其文"雄深雅健,纤秾瑰丽,无所不有"(《张右史文集序》)。

其中政论和史论,如《本治论》《论法》《敦俗论》《悯刑论》等,重在阐发张耒治国安邦的种种主张,实际上是苏轼兄弟政治观的继承和阐释,如《本治论》讨论"治天下之道",既反对"抱已陈无用之物而求施之"因循守旧的保守观念,认为"时易而事迁,世变而势异",主张变革,"按今之势而善为之";但又反对巨变速成,搞"猛政",以图"一快",这与苏轼反对王安石式熙宁变法,又不同意元祐更化尽废新政如出一辙。他的《敦俗论》主张以教化的手段,将社会导向"民淳而法简",这种中庸、简易的渐进式改革观,与二苏亦颇为接近。这类文章以立场鲜明、论述有力、语言条畅为其特色。他的传记、赠序以及记物类散文,如《思淮亭记》《冰玉堂记》《双槐堂记》《送秦少章赴临安簿序》等多夹叙夹议,借物寓意,人物形象或客观景物的记叙描写之中往往寄托着自己的情感和理想,又巧妙地隐藏在他物之后,借以躲避激烈党争中的政治是非。如《冰玉堂记》借冰玉堂称赞刘恕父子"洁廉不挠,冰清而玉刚"的操守,对党人风骨的肯定和朝政的批判亦暗寓其中。《送秦少章赴临安簿序》引经据典,以《诗经·蒹葭》篇为喻,得出"故阴霜不杀者,物之灾也;逸乐终身者,非人之福也"这个人才成长规律。以此勉励不乐为临安主簿的秦少章能经受住这番历练,终成大器,其中未尝不有自己的人生经历和感受。以记叙事件或风土民情为主的叙事类、杂记类散文,主要来自其笔记《明道杂志》《续明道杂志》,内容多记当时杂事,有一定的史料价值。一些记诗、论诗之语并不一定精当,但可看出其诗歌主张,如评杜、韩、柳诗称:"老杜语韵浑然天成,无牵强之迹";"退之以高文大笔,从来便忽略小巧,故律诗多不工"。书中语言活泼风趣,调笑谐谑,可看出张耒文风的另一面,如记长安有安氏者,家藏唐明皇髑髅,作紫金色,其家事之甚谨,因尔家富达,有数子得官,遂为盛族。其后人分家争髑髅,用斧将髑髅斫为数片,人分一片。作者感慨地说:"唐明皇生死都为姓安人极恼。"又记当时有位学士秦观方,被贾御史弹劾有过失。作者对秦开玩笑说:一千余年前贾谊写《过秦论》,今天又重复了一次。

张耒擅长辞赋。熙宁、元祐年间激烈的党争催生了这批优秀篇章,集中表达了张耒对时势的看法和对自己坎坷命运的透析与体悟:《哀伯牙赋》抒发曲高者孤独无与,媚众者身安得志的愤懑;《鸣蛙赋》运用各类比喻形容蛙鸣;《雨望赋》描写风雨气势,皆有弦外之音,有人认为在立意、遣词上都有超过唐人辞赋之处(清·浦铣《复小斋赋话》)。他的一些题跋和诗序,如《贺方回乐府序》《送秦观苏杭州为学序》《跋唐太宗画目》等,均能结合作者的生平,对其作品主要成就和作者个性作准确的把握和生动的描述,又能别开生面,借此阐发自己的文艺见解和生活观。

总之,张耒散文能融合了自己的阅历与个性,选择叙议结合作为主要表达方式,理性色彩浓烈,但又能借物寓意、委婉中和,形成谨严持正、纡徐从容的行文特色,这在苏门中皆为独具。张耒散文既继承和发扬了前代散文的优良传统,又为后代散文发展提供了可资借鉴的新经验。在苏门其他人物相继辞世之后,张耒独撑师门,完成了结束北宋文坛、影响南宋文学的历史任务。

词 张耒词作甚少,吴曾《能改斋漫录》卷一七录其《少年游》《秋蕊香》二词时说:"元祐诸公皆有乐府,唯张仅见此二词。"可知其词作当时就不多见。他自己也说"倚声制曲",往往"不能置一词"。从今人辑得六首《柯山词》来看,填词确实似非所长。唯《秋蕊香》《风流子》二首写得深婉多情,风调略与秦观相近。六首中佳句:"看朱成碧心迷乱,翻脉脉、敛双蛾。相见时稀隔别多,又春尽、奈愁何"(《少年游》);"朱栏倚遍黄昏后,廊上月华如昼。别离滋味浓于酒,著人瘦。此情不及墙东柳,春色年年如旧"(《秋蕊香》)亦颇受词家称赏。

今存的张耒文集主要有四种版本:《宛丘先生文集》七十六卷,有清康熙吕无隐抄本、《四库全书》本等;《柯山集》五十卷、拾遗十二卷,存武英殿聚珍版本、广雅书局刻本;《张右史文集》六十五卷,存明万历抄本、清雍正七年谢浦泰抄本等;《张文潜文集》十三卷,存明嘉靖三年郝梁刻本。今李逸安等校点,中华书局1999年出版的《张耒集》较为完备。词有《柯山诗余》,赵万里辑本。笔记体专著《明道杂志》一卷,有中华书局1985年版。

第五节　北宋后期的安徽其他作家

一、郭祥正

郭祥正(1035—1113),字功父,一作功甫,号谢公山人、醉吟居士、净空居士、漳南浪士。太平州当涂(今属宣州)人。仁宗皇祐五年(1053)进士,年十八。除秘阁校理,迁星子县(今属江西)主簿。因与上司不合,至和元年(1054)弃官归寓宣城昭亭,与居内忧的老诗人梅尧臣交游。嘉祐四年(1059)赴德化县(今江西九江)尉。嘉祐八年(1063)任满,适逢母卒,归家守丧。其后一直在家闲居。英宗治平四年(1067)王安石知江宁府,祥正与之交游。神宗熙宁五年(1072)任武冈(今湖南)令,并应辟权邵州防御判官,参与章惇平梅山峒蛮事;六年四月为太子中舍,与江东路家便差遣,遭谗言,还当涂;八年(1075)为桐城县令。时王安石为相,实行"新政",郭祥正拥护王安石变法,上书神宗,奏请天下大事"唯安石一人是听","凡议论有甚异于安石者,虽大吏亦当屏黜"。神宗甚异之,将奏疏转给王安石,称其"有才可用"。王安石避嫌,"耻为小人所荐,因极口陈其无行",与他保持距离。熙宁十年(1077)自桐城令徙为签书保信军节度判官;十一年(1078),以殿中丞致仕,归隐当涂青山。元丰四年(1081),起为汀州通判;五年(1082),摄守漳州,以顶撞吏部使者,被召回京。行至半途,遭诬下狱。出狱后还汀州依知州陈轩,自号"漳南浪士"。元丰七年(1084)还当涂。哲宗元符元年(1098)以覃恩转承议郎,漳州之冤得直。元祐二年(1087),以朝请大夫知端州。四年(1089),以年迈请求归里。初宅居当涂城关东街西二条巷的寿俊坊。晚年,隐居青山东麓,一吟一酌,婆娑溪上,自号"醉吟先生",宅号"醉吟庵",曾作《醉吟先生传》。徽宗政和三年(1113)卒,年七十八。

郭祥正为宦一生,却"不营一金",所莅之处,亦"多有政声"。屡次遭逸言,乃至下狱,慷慨豪宕之风犹存。时人以"太白后生"相誉。其实酷似李白的不仅是诗风,一生经历和为人也颇似。存诗1400余首,《青山集》30卷。

诗歌主张 郭祥正喜欢写诗,也喜欢论诗。与友人相聚最大的乐趣就是论诗:"感公招我欲论诗"(《将至寿州先寄知府龙图三首》其一);与友人相别最大的遗憾也是无人论诗:"南风一送轻舟去,更与何人细论诗"(《次韵池守富仲容寄诗酒为别二首》其一)。他对自己的诗论也很自负:"子善评文我不如,我亦谈诗子深许"(《瑞昌双溪堂夜饮呈吴令》),但有时又很自谦:"论诗愧杜坛"(《将至历阳先寄王纯父贤守》)。他和当时文坛巨匠王安石、苏轼、黄庭坚等都讨论过诗文。据陆游《入蜀记》,他甚至和苏轼还为李白《姑孰十咏》的真伪发生过争论。

郭祥正没有专门的论诗专著,他的诗学主张皆在对己诗歌风格的自白和对人诗歌的评论、题跋及唱和之中。诗如其人,诗论亦如其人。郭祥正首先赞扬和肯定充满阳刚之气、慷慨豪壮的诗歌风格,这是他的审美取向,也是他评诗的标尺。如评论陈显仁祖孙的诗风:"君家大阮最能诗,又见麟孙出盛时。笔力纵横驱阵马,成才不患少人知。"(《寄陈显仁秀才二首》其一)称赞陈轩诗"醉来落纸驱龙蛇,电雹万里轰雷车"(《卧龙山泉上茗酌呈太守陈元舆》);说陈元舆诗是"霹雳轰车风雨惊"(《中书舍人陈公元舆以诗送吾儿鼎赴尉慎邑卒章见及次元韵和答》);评耿天骘的诗"雷惊电掣露怪变,山崩海泻能扶持"(《送耿少府天骘》);在寄给一位友人的诗中,说自己很欣赏对方的"纵横才力知无敌"(《次凌江先寄太守黎东美二首》)。如此等等,皆着眼于壮浪恣肆的豪放风格。他对自己的诗作很自负,也是突出其豪壮:"手携大笔恣吟览,老句气焰摩星躔"(《舒州使宅天柱阁呈朱光禄》);送沈司理是"笔写纸上虬龙奔"(《送沈司理赴阙改官》),送吴景山是"高吟壮魂魄,老句掣惊电"(《送吴景山宫教供职》),蒋颖叔是"落笔成千言,霹雳震白昼"(《和颖叔游海丘观》)。

其次是清淡,这与上面提及的豪壮是并行不悖的两个方面,就像李白既有"笔落惊风雨,诗成泣鬼神"的豪壮,也有"清水出芙蓉,天然去雕饰"的清丽。他在《奉和蔡希蘧鹄奔亭留别》中自叙其诗学倾向:既是"大鲸驾浪吹长空","墨海濡毫写长句",又是"挺特千松霜后见,孤高一笛陇头闻"。前者是雄阔,后者是"清高"。他对这种美学追求是很自觉的:"自从梅老死,诗言失平淡。我欲回众航,力弱不可缆。栖迟二十年,时时漫孤唫。……为我聊一吟,粹芳超俗艳"(《赠陈思道判官》)。这种"平淡"不是枯涩,更不是俗艳,而是像梅尧臣那样,"发纤秾于简古,寄至味于淡泊"。表现在诗论中,是突出一个"清"字:他在送呈长者进览的诗卷中说自己的诗作是"句泻碧潭月,篇成清夜秋"(《览进醇老诗卷》);称赞诗友的佳作,是"思猿有佳作,敢为倒清樽"(《至节日君仪见过诵思猿佳作》);称自己写诗的动机是"椽笔发清唱"(《次韵和元舆待制后浦宴集三首》);诗境也是月白风清:"月洗晴江秋愈清,扁舟西渡历阳城。渔翁赘见无恙雁,满袖盈襟皆月明"(《代刺访历阳孙守公素》),对自己诗才的自负也突出一个"清"字:"才清思健知无敌"(《次韵行中龙图游后浦六首》)。

如何才能"发清唱",做到"句泻碧潭月,篇成清夜秋"?诗人认为必须经过精心的构造和雕琢,将清拔之气蕴于清词丽句之中,在看似平淡的浅白诗句中含有深深的内蕴。他在《题方处士卷尾》中说:"璞中美玉谁雕琢,潭底神龙会屈蟠。"美玉即使在璞中也仍然是美玉,神龙即使潜伏在深潭也能伸屈自如——因为它是神龙,这都是强调内蕴清拔之气的重要。他在《补道难并序》中曰:"词则丽矣,然未能尽碧落之状,予取其言而补之,题曰《补道难》。"词仅仅"丽",还不能"尽碧落之状",还必须"补道难"。诗人认为这是他到老才达到的至境:"文章老愈精,光彩烂星日"(《酬耿天骘见寄》)。

郭祥正还有重要的一个诗学观点,那就是强调"寄兴",大概由于认为郭祥正多直抒胸臆的豪放之作,这个观点研究者们鲜为提及,就像人们知道他的诗风似白,很少知道他也自称似杜:"诗似杜陵相仿佛"(《奉和梧守蔡希蘧留题石室》),甚至说自己有的诗句压倒了李白、杜甫:"大句压甫、白"(《蒋颖叔要予同赋平云阁》),将李杜都比了下去:"李杜缩光焰"(《和敦复留题池州弄水亭》),似李白,自然是其壮浪恣肆的诗风;似杜甫,则主要是"寄兴":"李翰林与杜工部,格新句老无今古。我驱弱力谩继之,发词寄兴良辛苦"(《送徐长官》)。比起豪放、清淡之说,他的"兴寄"之说更为完整。

首先,他认为诗的产生是外物激发的结果,也是诗人主观情感的寄托,即刘勰所说的"感物吟志"(《文心雕龙·明诗》)。他在《赠元龙图子发》中,对这一过程作了细述:"遇胜寄幽怀,览古兴绝唱。况逢谪御史,文章是宗匠。赓酬戛金玉,侧身听响亮。""览古""遇胜",都属客观外物的激发,"寄"和"兴"则为心灵化的过程,这二者的完美结合,便产生了"戛金玉"的诗歌。一方面是"笔窥造物",另一方面是"心通造物"(《嵩山归送刘伯寿秘监》),这就构成了郭祥正"兴寄"说的两极。

其次,在"兴寄"中,郭祥正更多地强调了主观情感和心灵感悟在优秀诗歌中的作用。他认为只有经过这个心灵化的"通神"过程,方可产生优秀的作品:"谈诗何所极,元化浩无垠。物象不得晦,丹青亦通神"(《送僧白》)。在《招蒋颖叔游丁山彰教寺》中亦明确提出创作的过程就是窥探物理、遥感心灵的过程:"请携吟笔窥造物,更向云中调管弦";《赠潜山伊居哲先生》又说:"生平读尽道藏书,寓兴成诗仅千首。"道家有个很著名的观点就是超然物外,心与神游。诗人曾声称读遍《道藏》,大概对此领悟很深。

再次,郭祥正还强调这种"兴寄"不能只是个人的感激兴发,还必须具有干预生活的社会功能。他甚至认为司马相如的《长门赋》、屈原的《离骚》都不能算是好的作品,因为他们感叹哀伤的只是陈皇后或作者的个体,没有发挥诗歌"神补时缺、救济人病"的"补世"功能:"相如漫作《长门赋》,屈原虚著《离骚》经。不知于世竟何补,可怜博得千年名"(《瑞昌双溪堂夜饮呈吴令》),让其"兴寄"说回归儒家诗学的核心价值观。郭祥正说他诗作颇似杜甫,在实际创作中写下大批同情民生疾苦、关心时事的诗篇,皆是从此出发或是将此付诸实践。

赋　郭祥正的赋作不多,内容主要是两个方面:一是颂扬帝国声威和皇朝永祚,表达了心存魏阙之情。这类赋作与汉代大赋一味颂扬或劝百讽一的主旨和作用略有不同,它们作于北宋王朝日趋崩塌的后期,作者想以此维系人心,起到振顽起懦的作用。如《思嵩送刘推官赴幕府》,赋中描绘嵩山祥瑞氤氲的万千气象,帝都列槐承太平风露,"紫阙峙而辉煌"。嵩山是宋室皇陵所在地,诗人讴歌其祥瑞的万千气象,自然是希冀皇图永固;帝都是国家政权的象征,槐树也常被古代诗人用来比拟国祚,诗人颂扬其列槐承太平风露,宫阙巍峨壮丽,当然也是盼望国家长治久安。它与《补易水歌》咏歌为国忘身、搏击强秦的荆轲表现形式不同但目的则一。此时诗人正羁留南方,赋中对嵩山的思念自然也有"总为浮云能蔽日,长安不见使人愁"李白式的慨叹。二是抒发个人的心志和人生感慨,其中有仕途险恶的慨叹和报国无门的无奈,也有归隐之乐的咏歌。前者如《泛江》。诗人一生五次出仕,五次解职,旅进旅退,乃至遭诬下狱,应当说他对仕途险恶感受是很深的。此赋写于熙宁五年(1072),作者由太子中舍任上遭逸解职还故乡当涂之时。诗人想到了屈原当年的遭遇,这篇《泛江》从情感表达到结构手法都刻意模仿《涉江》。赋中描绘归途之艰辛以喻仕途之险恶,慨叹受逸遭贬内心郁结和无人理解的苦痛:"惚恍恻怆其不得已兮,谁察予情。"赋中还慨叹自己的归隐不如陶渊明,陶还有"方宅十余亩,草屋八九间",自己却是"士有以处兮,无亩以耕",唯一安慰的是从此可以在父母身旁,以尽孝道:"眷余绪之尚抽兮,慨慈亲以为荣"。在《言归》中也说到母亲年老,自己要"还印绶于有司兮"辞官返乡,奉养老母:"吾母耆兮恋故乡,虽得邑而禄兮,曾寤寐之弗遑"。其实,因"无亩以耕"而出仕也好,因"吾母耆兮"要辞归奉养也好,皆是托词。想奋发有为,为国家为民众施展才华,实现平生之志,但朝政黑暗、屡遭贬斥乃至报国无门,只好归隐,这才是真正的原因所在。就像他在《广言归》赋中所表达的那样:"朝廷清明兮,予忠曷施? 道不行于家兮,何以教吾民之为哉。"在朝为官吧,没有谁采纳我的忠言(尽管朝政是那样"清明");道不行就归隐吧,又挂念还有谁来为老百姓说话。诗人一生几乎都生活在隐与仕、为民与侍亲的矛盾之中。

《招邈》《山中词》等赋作则是表现晚年彻底归隐后的平和快乐心态。《招邈》是模仿淮南小山的《招隐士》。赋中描写自己的隐居生活,朝暮徜徉在山水之间,像白云一样自由自在:"朝采木兮邈而食,暮茸蘘兮邈而衣。云徜徉兮出岫,奋吾心兮与期。"并且把这种生活与为宦做一对比,为宦虽有肥马爵禄,但"虎豹啮人兮,胡独为宜",不如归去。这也是作者对一生经历的反思所得出的结论。作者把隐居生活写得如此美好,自然也是一种浪漫的夸张和想象。

郭祥正赋作不多,但在宋代赋史上却有独特的地位。赋作为我国古代文学的一个古老类型,从先秦的骚体到两汉铺张扬厉的大赋,再到汉魏六朝的抒情小赋。到了郭祥正的时代,经过欧阳修、苏轼等散文大家的改造,已成为结构较为自由、表现手法多样的散体结构,通常称为"文赋"。但郭祥正却戛戛独造,直接上承《楚辞》并表现出独特的面貌。如上所述,他的《泛江》从情感表达到结构手法都刻意模仿屈原的《涉江》,他的《招邈》也是模仿淮南小山的《招隐士》。他的《留君仪哀辞》则借鉴屈原的美人香草来借喻对方的人品,用屈原的鸾鸟麟凤升天入地来表达自己的追思。在借鉴传统的同时,又糅进时代的精神和手法。他的《补道难》有意学习李白的《蜀道难》,将李白在诗歌中的神奇想象和壮阔豪情移植到赋作之中。他的《山中》《山中乐》等诸赋无论在思想情调上还是在人物形象塑造上都深受欧阳修的影响。《山中词》《山中乐》与欧阳修的《山中乐》三章同名或相近。《山中词》刻画了一个林间醉者形象:"客醉其间兮殊不知为,发被衣颓以顾兮谁为吾俦?山花为我一笑兮,山草为我以忘忧。嗟世人之愚兮,竟营营以何求",不仅形象颇类《醉翁亭记》的醉翁,思想倾向也是以颓放来对抗世俗功利。欧阳修领导的诗文革新成果在郭祥正的复古赋作中体现出来。

诗歌 郭祥正存诗 1400 多首。内容可分为社会批判和自我咏歌两大类。

自我咏歌包括咏歌山水田园、纪游酬唱、排忧遣愁和人生领悟等方面。其中数量最多的是山水田园诗作。《郭祥正集》中现存山水田园诗有 450 首左右,约占全部诗作的三分之一。时间跨度也很长,从二十岁到六十岁,长达四十年。尤其是晚年,田园诗作更多。涉及的地域包括今日的安徽、浙江、江西、福建、广东、江苏、湖南、湖北等地。郭祥正诗作中山水田园诗作既有宋代文士共有的对山水文化的认知,更有诗人的个性特征。诗人说他"平生厌羁束,乐为名山游"(《浪士歌》)。官小位卑、旅进旅退的官宦生涯和有志难伸的郁闷,更加剧了诗人与官场的疏离和随性自适性格的发展,更钟情于山水林泉,将明山秀水作为心灵家园以求得慰藉。在罢官滞留汀漳期间,诗人以谢公山人、净空居士自称,访遍名山,创作了大量的山水诗作。这类诗作,或写他歇息山间的感受:"夜寂松风度,魂清客枕寒。琴声传不尽,诗句写应难"(《松风》);或记他寻访隐者的经过:"一径沿崖踏苍壁,半坞寒云抱泉石。山翁酒熟不出门,残花满地无人迹"(《访隐者》)。在山水的探访吟哦中,诗人暂时忘却了世事的烦忧:"客经易水忘归处,云倚巫山欲散时。安得不吟仍不饮,满头华发拟何为"(《又同赏落梅二首》)。在与僧道隐者的访谈中,诗人也领悟了人生的真谛:"百年易得变尘土,后世视今今是古","以此为长年,谁人不同归"(《拟挽歌五首》)。一个躲避政治风雨和坎坷人生的精神寄庐就这样在山水游览中建立了起来。退居尤其是归隐后的田园诗作清新疏朗,自然明快,诗人完全摆脱了出仕、入仕之间的矛盾纠结和仕途坎坷的愤懑慨叹,显得平和而淡泊,如《春日独酌》之二:"江草绿未齐,林花飞已乱。雾景殊可乐,阴云幸飘散。且致百斛酒,醉倒落花畔。"江南三月,春草新绿,林花乱飞,云淡风轻的蓝天下,诗人醉倒在落花畔。诗人无忧无虑,眼中的村民也是与世无争、无忧无虑,像一批隐士:"远近皆僧刹,西村八九家。得鱼无卖处,沽酒入芦花"(《西村》)。

诗集中交游酬唱之作也很多。郭祥正一生的交游非常广泛,《青山集》共涉及 270 余位交往者,交往诗共 560 余首,占三分之一还多。这些诗作,多表现诗酒唱和的文人雅兴,从中亦可看出诗人豪放的禀性,如:"为君高吟岂知倦,十分美酒谁相陪"(《寄题蕲州涵辉阁呈太守章子平集贤》);"携手出烟雾,致酒清江台"(《清江台致酒赠范希远龙图》);"贤哉光禄余太守,昨引佳宾列樽酒。朝饮三百杯,暮吟三百首"(《宣州双溪阁夜宴呈太守余光禄》);"朝吟吟有余,暮醉醉不足"(《双泉轩赠太平守梁正叔》);"尔为我满斟,我为尔高吟"(《仲春樱桃下同许损之小饮因以赠之》)。有的则在寄赠中或透露自己的人生志向,如"念昔未弱冠,与君昆弟游。各怀经纶志,壮志凌阳秋"(《昨游寄徐子美学正》),或表白人生感悟和归趋,如"跨青牛兮驱白鹿,莫向人间歧路行。岂有悲欢与荣辱。休休休,归去来,计已决"(《送吴龙图帅真定》),"跨黄牛,骑白鹿,时时自唱无生曲。无生曲,君试听,五音六律和不得,为君写作东林行"(《东林行》)。这类表白,与他山水诗中将归隐生活夸张得无比美好一样,虽能看出他与腐朽官场决裂的政治操守,但总给人一种苍白空洞的感觉。

与苏轼的交游,是郭祥正这类诗作中颇为重要的篇章。在郭祥正诗集中,现存的有《观苏子瞻画雪雀有感寄惠州》《闻子瞻移合浦寄诗》寄赠之作。在这些诗作中,有对苏轼防御黄河水患政绩的讴歌:"彭门子弟长欢游。长欢游,随五马,但看红袖舞华筵,不愿黄河到楼下"(《徐州黄楼歌寄苏子瞻》);有对苏轼无端遭贬的慰问和不平:"平生才力信瑰奇,今在穷荒岂易归。正似雪林枝上画,羽翰虽好不能飞"(《观苏子瞻画雪雀有感寄惠州》);还有劝诫苏轼谨言慎行,以免再罹文祸的叮咛和关心:"莫向沙边弄明月,夜深无数采珠人"(《闻子瞻移合浦寄诗》)。苏轼亦有《次韵郭功甫观予画雪雀有感二首》《郭祥正家,醉画竹石壁上,郭作诗为谢,且遗二古铜剑》等相赠相和。建中靖国元年(1101)四月,苏轼遇赦北归抵当涂,郭祥正造访于馆驿。三个月后,苏轼即在常州下世,可见两人的交游酬唱终其一生。诗论家皆注意到郭祥正诗风受李白的影响。其实,苏轼对郭的影响也很深,郭的《金山行》一诗,被称为"造语豪壮",其中"卷帘夜阁挂北斗,大鲸驾浪吹长空。寒蟾八月荡瑶海,秋光上下磨青铜。鸟飞不尽暮天碧,渔歌忽断芦花风。蓬莱久闻未曾往,壮观绝致遥应同。潮生潮落夜还晓,物与数会谁能穷",从题材、诗题、诗中议论,到清雄的诗歌风格,都颇似苏轼的《游金山寺》,这与郭祥正与苏轼的长期交游酬唱不无关联。

郭祥正的社会批判诗作主要是关心现实政治,同情民生疾苦。在《苦寒行》《前春雪》《后春雪》《川涨》《治水谣》等诸多篇什中,处处显示出他关心农事、忧悯民生。久雨季节他祈求:"苍天无路不可干,哀歌空屋声何酸"(《苦雨行》);春雪苦寒中他惦念:"嗷嗷何物声,云是饥民哭"(《前春雪》)。他为风调雨顺而欢欣:"和气油然熟禾黍,天下蒸黎免穷苦"(《送沈司理赴阙改官》),又为洪水泛滥而诅咒苍天:"彼苍罪斯民,杀戮不以杖"(《川涨》)。他的惦念和忧伤,他的欢忭和诅咒唯一的出发点就是"民欢忭"和"民伤痛"。因为他认为为政就应该爱民,考察官吏是否贤良的主要标准就是能否乐民之乐:"乐民之乐真循良"(《蒲涧奉呈蒋帅待制》)。他任武冈(今湖南)令时的最大愿望就是"湖南本钱二十有四万,岁望何以安黎黔"(《祁南岳喜雨呈李倅》)。

郭祥正的悯农之心不仅表现在对久雨苦寒等天灾的诅咒上,更有对人祸的谴责。在郭祥正笔下的北宋官场,内政则"官冗人愈卑",外交则"将懦边无威",大大小小的官员,只知道追求声乐享受:"家家侈声乐";只知道求仙拜佛,大兴土木:"土木绚金碧,佛仙竟新祠"。而且这还不是个别现象,而是一个个文恬武嬉:"举朝无完人"。结果是国家财力耗尽,法纪弛废,本来淳厚的世风也变得很浇薄:"用广财已乏,政宽法不举","淳源变浇漓"(《送黄老察院》)。作者指出,这才是国家的"心腹疾",才是民生凋敝的主因。正是基于上述认识,作者在创作这类社会批判诗篇时常常采取对比的手法,如《前春雪》中就采用两个对比:一边是"嗷嗷何物声,云是饥民哭","寒威如戈矛,命尽须臾速";另一边是"民间已乏食,租税仍未足。县令欲逃责,催科峻鞭扑",这是灾民与官吏的对比;"谁家敞园馆,草树变琼玉。美人学回风,欢笑列灯烛。不知万户寒,唯忧五更促",这是灾民与豪贵的对比,结尾两句更慨叹:"世无采诗官,悲歌寄鸿鹄。"这种结构方式和"卒彰显其志"的表现手法,显然是白居易、张籍等新乐府运动在宋代的延续和继承。

郭祥正诗歌主要的特色就是气势豪雄,壮浪恣肆。他认为优秀的诗篇就应该"挥手出宇宙""气夺天下秀""落笔成千言,霹雳震白昼"(《和颖叔游浮丘观》),就应该如"雷惊电掣",似"山崩海泻","令人壮观不知已,倦翼欲接青云飞"(《送耿少府天骘》)。这种"词源奔激吼波涛,笔画纵横挫矛槊"(《寄题德兴余氏聚远亭》)的豪纵,不仅是他评骘别人诗歌优劣的标尺,也是自己的夫子自道和终生追求:"逸调雄才世无敌,十年学诗自谓豪"(《谢刘察推》),甚至夸说自己的诗歌是"大句压甫、白"(《蒋颖叔要予同赋平云阁》),让"李杜缩光焰"(《和敦复留题池州弄水亭》),至少也是"诗似杜陵相仿佛"(《奉和梧守蔡希蘧留题石室》)。这也不能完全看成是诗人的狂放与夸张。他那种近唐而别宋的慷慨豪壮诗风也得到一些诗论家的赞扬和肯定:杨慎在《升庵诗话》中曾说:"宋诗信不及唐,然其中岂无可匹体者,在选者之眼力耳。"如郭功甫的《水车岭》云:"千丈水车岭,悬空九叠屏。北风吹不断,六月亦生冰。……谁谓宋无诗乎?"胡应麟在《诗薮》中也说:"蔡天启的《题申王画马图》……与郭功甫的《金山行》,俱七言古诗翘楚,不可全以宋目之。"郭祥正的《金山行》《凤凰台次李太白韵》《月下独酌二首》《劝酒二首呈袁世弼》《宣州双溪阁夜宴呈太守余光禄》《双泉轩赠太平守梁正叔》《仲春樱桃下同许损之小饮因以赠之》等相当一批诗作皆体现了这种狂歌狂醉、壮浪恣肆的风格。

这种风格的产生,主要导源于诗人的个性,但也与刻意追蹑李白关系极大。郭祥正诗作中涉及李白,次韵仿作李白诗篇者有 37 首之多,其中诗题就标明次韵或追怀李白者就有 16 首之多,如《凤凰台次李太白韵》《松门阻风望庐山有怀李白》《题毕文简公撰李太白碑阴》《追和李白金陵月下怀古》等。还有一些并未提及李白,但诗题或诗句明显是仿作的诗篇,如《月下独酌二首》与李白的《月下独酌》,《补道难》与李白的《蜀道难》。《宣州双溪阁夜宴呈太守余光禄》中的"朝饮三百杯,暮吟三百首",《仲春樱桃下同许损之小饮因以赠之》中的"尔为我满斟,我为尔高吟"的表达方式与李白《将进酒》中的"会须一饮三百杯","与君歌一曲,请君为我倾耳听"都极其相似。唐代有个诗人张碧,也是倾慕李白,仿李白字太白,将自己字"太碧",但像郭祥正这样大量模仿李白的诗题和手法,在中国诗歌史上是相当少见的。况且,郭祥正这种酷似李白的诗风,也得到当时和后来一些诗论家的肯定和赞扬。至和元年,年仅十九岁的郭祥正将自己的诗作呈给梅尧臣。老诗人梅尧臣阅后惊呼:"天才如此,真太白后生也!"并作《采石月》相赠。当时的诗坛名将郑獬、潘兴嗣等也纷纷以"江南又有谪仙人""人疑太白是重生"等相誉。曹庭栋在《宋百家诗存》中更说他的诗"沉雄俊伟,如波涛万叠,一涌而至,莫可控御,不特句调仿佛太白,其气味竟自逼真"。陆游《入蜀记》记载:郭死后,当涂士人将他入李白祠配享,可见当地民众眼中他也是李白的后继。

郭祥正晚年退隐以后,诗风由豪壮而冲淡,这主要表现在一些山水田园诗作中,如:

> 远近皆僧刹,西村八九家。得鱼无卖处,沽酒入芦花。(《西村》)

> 洗尽青春初变晴,晓光微散淡烟横。谢家池上无多景,惟有黄鹂一两声。(《金陵》)

诗意闲散,画面萧疏清淡,意蕴却很深厚。《西村》中这八九个渔民似乎也像是不与世人交往的隐者,与诗人在情感上心心相印。《金陵》中用"谢家池"点出昔日的繁华,再用"惟有黄鹂一两声"暗示"六代豪华春去也,更无消息",暗暗抒发出世事沧桑的人生感慨,与诗人壮浪恣肆、直抒胸臆的主调风格截然不同。据说王安石深爱这两句,曾请善画者依这两句诗意作图,自题云"此是功甫题山居诗处"。类似的诗作还有《山居》《春日独酌》《松风》《访隐者》等。

郭祥正诗赋的不足有二:一是他将归隐闲居生活的美好描绘得过于夸张,特别是仕途中受挫思归之作。由于缺乏现实生活基础,作者又处于隐与仕的矛盾之中,这种夸大式的美好,更像是心灵的挣扎,给人一种苍白、口号式的感觉。二是他的模仿之作特多,模仿李白、模仿苏轼、模仿欧阳修。特别是对李白诗风的模仿,也许是缺乏李白的才力,也许是缺乏李白的高层阅历,有的诗句徒具李白之形骸而少李白之神韵;狂放之中亦少李白飘然不群之妙句而多粗疏之笔。达摩曾云:"学我者生,似我者病",郭祥正在处理继承与创新关系上是有教训的。

郭祥正有《青山集》三十卷、《青山续集》7卷。钱锺书认为"续集里的诗篇差不多全是孔平仲的作品,后人张冠李戴,错编进去的"(《宋诗选注》)。版本有南宋初刊本、道光九年刊本,振绮堂有抄本、文渊阁《四库全书》本。今有:书目文献出版社1990年影印本,孔凡礼点校的《郭祥正集》,黄山书社1995年版。录诗30卷1353首,辑佚3卷94首,共1447首,较为完备。

二、杨杰　石懋

1. 杨杰

杨杰,字次公,又号无为子,无为军(今安徽无为)人。生卒年不详。少有文名,仁宗嘉祐四年(1059)进士。尝为黄梅令、楚州教授。神宗熙宁五年(1072),为礼院检详文字。元丰中(1081年前后)官太常博士。哲宗元祐中(1090年前后)为礼部员外郎,出知润州。三年,提点两浙路刑狱。卒年七十。一生创作甚丰,惜大多散逸。南宋赵世粲搜集其遗作,编成《无为集》十五卷。又有《别集》十卷,《乐记》五卷,皆逸。事迹见《东都事略》卷一一五、《宋史》卷四四三有传。

杨杰曾与欧阳修、王安石、苏轼等游,学有根底,元丰时参与议论典礼因革,故所为文章多有关于礼乐典制。又好老庄之学,喜谈佛理,曾为五代时延寿编辑的《宗镜录》作序。文集中亦多谈禅论道之文,其《别集》则为此类文章专辑。它们在中国音乐史、宗教史上有一定的认识意义和资料价值,但文学价值不大。

《全宋诗》中辑存诗歌6卷,227首,残句7。其中以咏歌山水、访僧论道、凭吊古迹为最多,其次为赠别酬唱。诗人们多见的抒怀咏志之作不多,关注现实社会批判类更是仅有《勿去草》《古鉴谣》等很少的几篇。《四库全书总目提要》称其诗"大致则仍元祐体也"。"虽兴象未深,而亦颇有规格,其率意者近白居易,其偶为奇崛,……或偶近卢仝"。所谓元祐体是指宋哲宗元祐前后,苏轼及其门下士黄庭坚和陈师道等人相互唱和、相互影响所形成的一种诗风。尤其是黄、陈,用事范围上至"儒释老庄之奥",下至"医卜百家之说"在"以文学为诗""以才学为诗"方面走得更远。杨杰的凭吊古迹、访僧论道之作充分体现了这一特色。这类诗作,很少模山范水或纪游踪行迹,多是仙道之类的体悟或佛理的阐发,如《庐山五笑》,先嘲弄净土宗祖师慧远,自言孤高却创立白莲社,拉拢名士入社,也是"言空未空,行在有中":

> 我笑东林寺,孤高远法师。种莲招社客,干地凿成池。(《远师》)

二笑陶渊明,喜谈佛理,又不肯全身心地投入,只愿做一个游离于寺院生活之外的"居士":

> 我笑陶彭泽,闻钟暗皱眉。篮舆急回去,已是出山迟。(《陶渊明》)

三笑陆修静已修炼成仙,却又留念故土:

> 我笑陆简寂,修真脱世埃。九霄一飞去,重入旧山来。(《陆先生》)

陆修静,字元德,号简寂。浙江吴兴人,三国吴丞相陆凯的后代。早年弃家修道,好方外游,晚年在庐山筑精庐修炼(即今太虚宫),传道授徒长达七年之久,为庐山道教势力扩充起了很大作用。门徒们夸说得道仙去。杨杰则说他凡心未断,即使成仙而去仍留恋世俗。四笑的对象是庐山开先寺高僧善暹禅师,他是江西临川人,云游天下而到庐山,因与慧远有段公案机锋被慧远看重,立为法嗣。杨杰却嘲弄他云游天下无事找事,不能消尽机务之心:

> 我笑开先老,家风双剑高。云间本无事,拭目看金毛。(《开先招老》)

最后是自嘲:想学古人隐居匡庐,但又禁不住世俗的诱惑,来到庐山后又往外跑:

> 我笑无为子,游山学古人。康庐不能住,骑马入红尘。(《无为子》)

组诗前三首暗用"虎溪三笑"之典,连诗题《庐山五笑》也是仿"虎溪三笑"。《远师》中的"旱地作池"也是在阐发佛理,以喻不能顺应自然之力。《开先招老》则暗中针对善暹禅师的一首七律:"不是无心继祖灯,道惭未厕岭南能。三更月下离岩窦,眷眷无言恋碧层。二十余年四海间,寻师择友未尝闲。今朝得到无心地,却被无心趁出山",亦多"儒释老庄之奥"。杨杰这类诗作很多,如《钓矶怀古十章》《东峰白云院》《隐静十八松》《妙莲阁》《施肩吾书堂》等皆是仙道之类的体悟或佛理的阐发,很少在凭吊中就人物本身成就,登览中从山水自身美景来叙述、评论、描绘或感叹,即使是凭吊某一领域的顶尖人物,也不例外,如诗集中几首关于李白的诗作:

一别蓬宫不计年,锦袍吟醉钓鱼船。鉴湖贺老天机浅,轻向人间号谪仙。(《李白》)

桃花潭似武陵溪,太白仙舟去路迷。岸上踏歌人不见,年年空有杜鹃啼。(《太白桃花潭》)

半醒半醉游南国,浮名浮利重一毫。天上星精钟太白,人间文格将风骚。仙翁曾换金龟酒,老笔空传褐兔袍。姑孰遗音千古在,长随春色满江皋。(《李翰林祠》)

李白杰出的文学成就,李白"安能摧眉折腰事权贵"的傲岸性格,在第一、二首中全然不见。第一首指责贺知章泄露的"谪仙人"的天机,第二首是慨叹李白仙去,凡人不知,诗人仰慕的是李白贬谪人间又返回天堂的仙风道骨。第三首提到了李白的文学成就,特别是《姑孰十咏》,但立足点仍是慨叹李白是太白金星下凡,不重世间浮名浮利。四库馆臣说杨杰诗中"其率意者近白居易",一些论者亦以此为据。其实,杨杰的这类诗作并无白居易的现世情怀,无论在精神归趋还是语言表达上更似《寒山》《拾得》。他的咏寒山、拾得诗赞叹两位诗僧不露行迹的生活处世方式,语言和表达也像寒山诗那样浅俗直白,几近口语:

家住天台寺,云岩万丈潭。本来人不识,饶舌是丰干。(《寒山》)

拾得元无姓,山前拾得来。常携一敝帚,不是扫尘埃。(《拾得》)

杨杰还有一偈,几乎可与寒山诗混同:"男大须婚,女长须嫁。讨甚闲工夫,更说无生话",宋人代僧人普济曾将它收入佛典《五灯会元》。杨杰这类诗作含蕴不深,兴像外露,不像王维的《鹿砦》《鸟鸣涧》等诸章,写人声写鸟语却越发显得内心空寂,不言禅而禅意深蕴,四库馆臣说他"兴象未深"确是的评。

杨杰的200多首诗作也并非全是这类作品,即使是上述咏歌山水、凭吊古迹题材,也有一些自然清新,想象生动之作,如:

幽鸟无心去又还,迢迢湖水出东关。暮云留恋不飞动,添得一重山外山。(《遥碧亭》)

买得青山不用钱,金沙门外草绵绵。黄梅老令醉欲倒,拟借白云今夜眠。(《游白云山醉题僧壁》)

《遥碧亭》前两句暗示"鸟倦飞而知还",后两句暗示"云无心而出岫",皆暗含《归去来辞》中归隐之意,但想象更为生动。《游白云山醉题僧壁》写归隐之乐而未见"归隐"二字,用"青山""绵草""黄梅""白云"四个物象来叙写自己的闲静又意足的日常生活,想象力也非常丰富,不再是直白浅俗、"兴象未深"。王之道称赞杨杰诗作"达于权变,旁通妙解"(《无为集序》),可能就是指这类诗作。它也使我们联想起南宋杨万里有名的"诚斋体"代表作:"野菊荒苔各铸钱,金黄铜绿两争妍;天公支予穷诗客,只买清愁不买田"(《戏笔》);"莫言下岭便无难,赚得游人空喜欢。正入万山圈子里,一山放过一山拦"(《过松源晨炊漆公店》)。也许,杨杰的这类诗作就是诚斋体的源头之一。

杨杰还有一些凭吊、酬唱之作,不但表达方式不再是直白浅俗,而且情感也不散淡和超然,其中有血性,也有愤怒和不平,如"亭中学士日日醉,泽畔大夫千古醒。醉醒今古彼自异,苏诗不愧离骚经"(《沧浪亭》),这是在为苏舜卿的才华和遭遇鸣不平;"险捋虎须曾幸免,怒形蜂目亦徒然。谁能杖箠平凶乱,千古荒城锁暮烟"(《玩鞭亭》),则借主弱臣强的东晋往事来慨叹北宋末年政治现实。至于"君不见长安公卿家,公卿盛时客如麻;公卿去后门无车,唯有芳草年年加"(《勿去草》),更是对见风使舵、反复无常官场政客的讽刺和批判。个别诗篇,如《送李辟疆》,狂放奇崛,不遵句律,确如四库馆臣所云"或偶近卢同"。

今存《无为集》十五卷,有宋绍兴十三年无为军刻本、《四库全书》本、民国李之鼎刊《宋人集》本。傅璇琮等主编的《全宋诗》录其诗六卷。曾枣庄等主编的《全宋文》收其文九卷。

2. 石懋

石懋一作石柔,字敏若,自号橘林,生卒年不详。祖籍眉山,曾祖石待问曾通判太平州,寓家芜湖,子孙遂为芜湖人。父石振(字兴宗),尝任江西彭泽县尉,为其三子(懋、凭、悠)筑读书岩,后黄庭坚来此题字,誉其为"橘林三少"。石懋读书过目成诵,为文老成,颇受黄庭坚器重。祖父石禹勤视其为"吾家千里驹"。弱冠登哲宗元符三年(1100)进士。崇宁元年(1102)召试,中博学宏词科,都人争录其文,谓有元和之风,官密州教授。宣和间,梁师成弄权,欲罗致名士。遣人示意石懋前往拜见,曰:"一见之,立贵显。"懋啾然曰:"腐夫弄权,岂国之福!恨未能手批蠹根,奈何欲因以取富贵?"因此忤犯梁师成而受排挤,职止州幕,卒年三十四。著有《橘林集》,已逸。事见清嘉庆《芜湖县志》卷八、卷一三。

石懋诗歌集早逸,《全宋诗》辑得十二首诗歌和五个残句,皆为近体七绝、七律,大都是咏物遣怀之作,诗风趋向"清逸"一路(祝穆《事文类聚》)。他经常选取珠帘、水月、兰花、玉笛等为诗歌意象,加之比喻、通感等修辞手法,显得清新流畅、形象感人,如《绝句》:

来时万缕弄轻黄,去日飞毬满路旁。我比杨花更飘荡,杨花只是一春忙。

柳枝由嫩黄变成飞絮满地,这是一种很正常的自然现象,诗人却在形态上时间上做足文章:形体上用杨花飘荡暗喻自己的到处颠沛;时间上用杨花的"一春忙"来陪衬自己的"一生忙",强调"我比杨花更飘荡"。诗人辗转仕途的羁旅乡思,通过这种暗喻明说,由视觉变为触觉和沉重感的通感充分得以展现。精巧的构思以一种通俗流畅的形式表现了出来,与当时流行的江西派完全是截然不同的两种风格,此诗被清末倡导宋诗的陈衍编入《宋诗精华录》。类似的还有《梅花》《柳絮》《金钱花》和《酴醿》等咏物之作。它们和

《绝句》一起被《古今事文类聚》《古今合璧事类备要》《全芳备祖》和《锦绣万花谷》等类书所收录,可见影响之大。

石懋还有一些咏物遣怀之作写得飘逸而豪放,如《雪》:

> 风云快约千丝雨,天地空无一点尘。晓树放开花意思,夜窗添起月精神。

> 鹦鹉杯中未觉贫,寒凝酒面不成鳞。何如飞上参军鼙,与恼红楼歌舞人。

前两句不但气象阔大,而且有一种飞动的气势,三、四两句则将无生命的大自然和无思想的花卉赋予人的情感,这种拟人手法使严酷的风雪之夜充满生命的喧闹和明晓的期待。最后两句似江西派的"打猛诨入",以一种戏谑的方式将飞雪的颜色与人体的衰老联系起来,可见诗人丰富的想象力。类似的还有"寿语珠联千轴富,贺樽鲸吸百川空"(《生日》),"燕南雪花大于掌,冰柱悬檐一千丈"(《咏雪》)等,皆以夸张想象行笔,神思飞动为特色,颇富浪漫色彩。特别是《咏雪》中的"燕南雪花大于掌",明显是模拟李白的《北风行》。无怪乎黄庭坚曾赠诗曰:"才似谪仙惟欠酒,情如宋玉更逢秋",道破了石懋的这类诗风与李白的承续关系。

著有《橘林集》,今不存。傅璇琮等主编的《全宋诗》辑得十二首诗歌和五个残句。

三、高士谈

高士谈(1097—1146),字子文,一字季默,号蒙城居士。先世燕(今河北)人,后迁成都。宋韩武昭王琼之后,宋英宗宣仁高皇后之族弟。为人温文尔雅,多与诗友唱和,徽宗时历任忻州户曹参军、黄门侍郎。宋钦宗靖康元年(1126),金兵攻入汴京。第二年四月,金军掳宋徽、宋钦二帝北上,尽置伪官,安抚士民。高士谈亦被任为"伪官"绛州通判,后召为待制,迁翰林直学士,封河内郡开国公。金熙宗皇统六年(1146),因参与宇文虚中密谋南归而被拘,后遭杀害。《金史》卷七九附见宇文虚中传,《大金国志》卷二八有载。能诗词,有《蒙城集》,已逸。

高士谈为由宋入金的文士,为金初文学的代表人物,与宇文虚中、蔡松年和吴激等齐名。作为天潢贵胄又任职宋廷,由宋入金之后,被迫仕金的压抑和苦痛,不同的文化背景和生活习俗的异域感受,难以排遣的去国之思和痛定思痛的抚今思昔,成为他现存诗作的主调,其痛苦是可想而知的。在他现存的三十首诗作中,表达强烈的异域之感,苦痛的思归之情的就有十六首之多,包括《梨花》《次韵东坡定州立春日诗》《秋兴》《不眠》《秋晚书怀》《早起》《春日》《次伯坚韵》《晚登辽海亭》《风雨宿江上》《棣棠》《苦竹》《杨花》《丙寅刑部中二首》《偶题》等。另外两首残诗中的《题禹庙》也是表达抚今思昔的痛定思痛。

这类诗作有的是直抒其情,有的是直接表白自己或难眠或惊梦的故国情怀,如《不眠》:

> 不眠披短褐,曳杖出门行。月近中秋白,风从半夜清。乱离惊昨梦,飘泊念平生。泪眼依南斗,难忘故国情。

去国离乡的无奈,漂泊异域的孤独,在这个月近中秋的夜晚集中迸发出来,诗人难以入眠,只好曳杖出门。其实,就是能入睡,也会被乱离的梦魇惊醒。阮籍有首《咏怀·夜中不能寐》,也是抒发他在乱世中难以入眠、披衣中庭纷扰又压抑的思绪,但结尾是"徘徊将何见?忧思独伤心",始终没有点破伤心何在,难以入眠之缘由。高士谈却在结尾处直接点破,直抒其意:"泪眼依南斗,难忘故国情。"也许异族文网不像司马昭之心那样苛酷和细密,但也可见高士谈诗风的一种特色。类似这样情感表达方式的还有:"流落孤臣那忍看,十分浑似御袍黄"(《棠棣》);"可怜风雨胼胝苦,后世山河属外人"(《题禹庙》);"客情到处身如寄,别恨他时梦可通。自叹不如华表鹤,故乡常在白云中"(《晚登辽海亭》)等。

这种痛彻心脾的苦痛和日夜不已的思念,在高士谈的现存诗篇中,更多的是通过景色风物的描绘、季节习俗的触发表现出来,如《秋晚书怀》:

> 肃肃霜秋晚,荒荒塞日斜。老松经岁叶,寒菊过时花。天阔愁孤鸟,

江流悯断槎。有巢相唤急,独立羡归鸦。

诗人没有像《不眠》《棠棣》那样直接抒发自己的思乡怀归之情,而是选取肃肃秋霜、荒荒边塞、秋晚斜阳的深秋暮景,构成荒凉、清冷、寂寞的意境,让自己孤独感伤的情怀从画面中暗暗流露出来。诗中的孤鸟因天阔而愁,江流悲悯不能再前行的断槎,究竟是人孤还是鸟孤,人悲还是江悲,槎断还是归路断,断槎值得悲悯还是羁金人在悲悯,细寻诗意,是不难体察的。这实际上是杜甫"感时花溅泪,恨别鸟惊心"(《春望》)这种移情法的再次出色运用。南宋诗人蒋捷有首出名的《贺新郎》,诉说自己在国破家亡自己颠沛漂泊的感受,其中写道:"望断乡关知何处?羡寒鸦,到着黄昏后,一点点,归杨柳",可作为高士谈此诗结句"有巢相唤急,独立羡归鸦"的注脚。中国古典诗歌就是这样在不断地继承创新中奔流向前。

这类诗作,还多用故国异域的对照比衬来表达诗人的政治取舍和情感归趋,如"旧日屠苏饮最先,而今追想尚依然。习俗天涯同爆竹,风光塞外只寒烟。故人对酒且千里,春色惊心又一年。残年无复功名望,志在苏君二顷田。"(《庚戌元日》)这是故国新年与异域新年的不同,不同的节日气象自然有着不同的心情感受;"中原节物正,梨花配寒食。黄昏一雨过,满地嗟狼藉。塞垣春已深,花事犹寂寂。朝来三月半,初见一枝白。"(《梨花》)这是故国春天与塞外春天给诗人不同的感受。"中原节物正"的一个"正"所表现的不仅是诗人对故国春天的偏爱,还暗含诗人的政治取舍。

还有一类作品,是表现诗人对官场的厌弃和归隐之思,如:"功业本非吾辈事,此身聊复斗尊前"(《次韵饮严夫家醉中作》)、"残年无复功名望,志在苏君二顷田"(《庚戌元日》)、"待我南游载君去,扁舟归钓五湖春"(《集东坡诗赠程大本》)、"午睡醉来无一事,地偏心远似陶潜"(《晓起戏集东坡句二首》)、"羡他田父老于农,远是庄西与舍东。不似宦游情味恶,半生常在别离中"(《偶题》)、"肯教轩冕移心志,未厌林泉入梦魂。我亦平生倦游客,一尘无处问东屯"(《志隐轩》)。现存的最长的一首古风《予所居》,叙述自己一生的经历和志向,开头就是:"我本麋鹿姿,强服冠与簪。束缚二十年,梦寐游山林",结尾又是对此的重复和强调:"常思返丘壑,岂愿纡朱金。遥知北山处,猿鹤余清音"。将这种人生选择反复抒发,表现得异常充分和强烈。尽管他在这类诗作中反复表白"地偏心远似陶潜""志在苏君二顷田",但这种归隐之思和旷达之情绝不同于陶渊明和苏东坡,自有其独特的文化和情感内涵,在中国文学史上亦自有其独特的地位,因为这种人生取向虽然与思乡有关,但与高士谈在金的政治文化生态关系更大,它反映了金初由宋入金的汉士与金朝贵族的心理隔阂和民族文化间的不相容。宇文虚中、高士谈这批汉族文士在政治上臣服于女真人的金戈铁马,但在文化心理上仍以中原正统文化而自居,他们从内心鄙视女真贵族,"凡见女真人辄以矿卤目之"(《金史》卷七九"宇文虚中传"),不时地流露出正统文化代表者的清高和自傲。金统治者出于统治的需要,对这批汉士优待有加、委以重任,但使用中也是充满了怀疑、嫉恨和提防,这从宇文虚中和高士谈等人的被害中可得以证实。高士谈遭害的罪名是参与宇文虚中密谋南归,完全是个莫须有罪名。据清内府本《增补中州集·高士谈小传》:宇文虚中"恃才轻肆,好讥讪,凡见女真人辄以矿卤目之"。金朝贵族被宇文虚中嘲笑,"积不平,必欲杀之"。于是罗织罪名,说其家"所藏图书为反具"。宇文虚中辩驳说:"南来士大夫家例有之。喻如高待制士谈,图书尤多于我家,岂亦反邪? 有司承风旨,并置士谈极刑。"高士谈被害是由于"有司承风旨",可见当时金朝上层对汉族文士的普遍态度,这种文化上的不认同所造成的心理隔阂以及随之而来的政治上的压力,更增加了这些汉士的羁留感,使他们的内心世界变得更为痛苦而复杂。与宇文虚中的"恃才轻肆,好讥讪"相比,高士谈要谨慎得多,无奈之中,解官归隐就成为诗人摆脱政治困窘一种理想之途,如果能如华表之鹤,返回故乡更是两全其美。他在诗作中多次表白自己是倦游客,学陶慕苏,皆导源于此。只是比起陶渊明和苏轼,他是欲归不得,更多了一层臣服于异族的屈辱和伤感。

高士谈的词作,从现存的四首词来看,《减字木兰花》《朝中措》作于宋,内容为流连风景、怡情山水、咏歌风物,虽有岁月易老、清景难在的人生感慨,却与时事、经历无涉,在大厦将倾之际甚至认为可以尽享太平,反映了他羁金

前的另一面人生,也可从中看到北宋末年一部分士大夫的精神面貌,如《减字木兰花》:

> 西湖睡起,飞絮游丝春老矣。涨绿涵空,十顷玻璃四面风。时平事少。天与湖山供坐啸。他日西州,却怕羊昙感旧游。

另一首《朝中措》咏歌琅琊山清雄美景,"风流宾从,清闲岁月,且共从容",反映的仍还是上述的精神面貌和时代评估。结句"莫笑尊前老大,犹堪管领春风"简直是以管领风月的花魁自居了。

《好事近》和《玉楼春·为伯求作》则作于羁留金国之后,主调改为眷念故国、叹时伤老和希求归隐,这与在宋时的词作相异而与同期的诗作相近,只不过不像诗歌那样直露,也更加灵动和鲜活。如《玉楼春·为伯求作》:

> 少年人物江山秀,流落天涯今白首。形容憔悴不如初,文采风流仍似旧。百花元是仙家酒,千岁灵根能益寿。都将万事付天公,且伴老人开笑口。

手法仍是今昔对比:当年是"少年人物",今日是"天涯白首";当年是"江山秀",今日呢?却不像诗歌那样直抒"后世山河属外人"(《题禹庙》)。同是说"老",心态也与在宋时截然不同:在宋时是"莫笑尊前老大,犹堪管领春风",今日则是"流落天涯今白首,形容憔悴不如初"。面对异族强悍的金戈铁马,只有"文采风流仍似旧","可怜桑颠一生,文字更清绝"(《玉楼春·为伯求作》)。这种文化优越感是词人的精神支撑。《玉楼春》的结句"直拟驾风归去,把三山登彻"表露的仍是归隐之思,诗词同调。

高士谈著有《蒙城集》,已逸。元好问《中州集》选录其诗三十首,清内府本《增补中州集》录残诗二则。唐圭璋《全金元词》辑其词四首。

第二章　南宋时期的安徽文学

随着南宋在临安建都,汉族政权政治和经济的南移,比起北宋,南宋时代安徽出现更多的作家群。继梅尧臣之后,更出现朱熹、张孝祥这样一些开宗立派的一流作家。在创作内容和体裁上,文学批评、文史笔记和文言小说在南宋时代的安徽有长足的发展。欧阳修晚年退居颍州时成书的《六一诗话》,是我国第一部以"诗话"命名的诗学专著;宋代两部最有影响的诗话总集——《诗话总龟》和《苕溪渔隐丛话》亦出自皖人阮阅和胡仔之手,它对宋诗的发展和宋诗研究都有极其重要意义。吕本中的《江西诗社宗派图》,首开对诗歌流派的群体研究之先河。吕本中的《童蒙诗训》《紫微诗话》及周紫芝的《竹坡诗话》、朱弁的《风月堂诗话》在中国古典文学批评史上也占一定的位置。秦醇、王铚、王明清、郭彖等人的笔记和文言小说,也被历代学者所看重。

第一节　南渡初期的诗文作家

一、吕本中

吕本中(1084—1145),初名大中,字居仁,号紫微,世称东莱先生,寿州(今安徽寿县)人。北宋宰相吕公著的曾孙,父吕好问为资政殿学士。本中幼时聪颖,得到曾祖吕公著的钟爱,十六岁时因作诗呕血而得疾终生,以荫授承务郎,初任洛阳主簿。徽宗政和、宣和间,官济阴主簿、泰州士曹掾。徽宗宣和六年(1124)任枢密院编修官。钦宗靖康元年(1126),迁职方员外郎。高宗绍兴六年(1136),召为起居舍人,赐进士出身。八年(1138),擢中书舍人,兼侍读,权直学士院。为人不畏强权,敢于直言,军国大事多所论列,屡次上疏论恢复大计。同年十月,因草拟的制书中有反对和议之语,被秦桧指使御史萧振弹劾而罢职。晚年深居讲学,是著名道学家,因先世为东莱(今山东掖县）人，故学者称之为"东莱先生"。高宗绍兴八年卒于上饶，谥文清。《宋史》卷三七六有传。著有《春秋集解》十卷、《东莱先生诗集》二十卷、《外集》三卷、《江西诗社宗派图》《师友渊源录》五卷以及诗话《童蒙诗训》《紫微诗话》等。词不传，今人赵万里《校辑宋金元人词》辑有《紫微词》。

诗学主张　吕本中的诗学贡献，主要是高扬起江西派的旗帜又改造了江西派的主张。吕本中从年轻时代起就崇尚江西诗派，主张学习杜甫和黄庭坚。他仿照禅宗法嗣，别出心裁搞了个一祖三宗的《江西诗社宗派图》，以杜甫为祖，黄庭坚、陈师道、陈与义为三宗，潘大临、谢逸、洪刍、饶节、僧祖可等二十五人为法嗣。吕本中用"宗派图"给诗派命名，带有标榜门户、抬高师友的性质。但这种为一个诗派修谱作传、标新立异的创新之举，在当时诗坛产生很大的反响，其后许多诗人学者，如刘克庄、方回等纷纷对其进行修改、补充、划分等级，引发了大量或褒或贬的评论。这对扩大江西派的影响，乃至使江西派成为宋诗主流诗派，应当说起了很大的推动作用。另外，《宗派图》在诗歌批评史上也有其独特的价值。宗派图中所列的二十五位诗人，有十余人不是江西人，这说明吕本中并不是以地域来划分流派，而是基于这些诗人在精神追求和审美趣味方面的相似和相近。这种从宏观上把握诗歌风格和流派演进的研究方式，又为诗论家们开了个先例。以往的诗论家，偏重于诗人个体和诗歌技巧的研究，《宗派图》出现之后，不管是支持还是反对的，都自觉不自觉地注意对诗人群体的研究。从这个意义上说，《宗派图》对宋代诗论的发展起着积极的推动作用。

吕本中诗学主张对江西派诗论又有所改造和创新。黄庭坚和江西诗派由于讲究严格的法度规矩，注重格律、章法、句法、字法、诗眼、用典等具体技巧，以"夺胎换骨""点铁成金"为秘诀，虽规矩备具、用功深刻，也容易使诗歌创作受到拘束，不能自由地、畅快地抒情言志。尤其是其末流，眼界狭小、诗境枯寂，只注意句法、格律的研习，而忽视了主体精神的高扬，造成学黄"未得其所长，而先得其所短，诗人之意扫地"（张戒《岁寒堂诗话》）。矫正江西诗派之弊，吕本中提出"活法"说和"悟入"说。"所谓活法者，规矩具备，而能出于规矩之外；变化不测，而亦不背于规矩也"(《夏均父集序》)。实际上就是要用苏轼"无意于文者之法"来补救黄庭坚的"有意于文者之法"，用苏轼的"风行水上、自然成文"来补救黄庭坚的"规矩备具"。这就是后世诗论家所说的"以苏济黄"。吕本中创造性地融苏、黄二家诗论为一体，取其所长，避其所短，提炼出"活法"这一学说，比较全面地反映了以苏、黄为代表的宋代诗学的精神，也是对两宋之际诗歌批评的一种理论概括和总结，指示着此后宋诗的创作方向，其价值自然不可小觑。至于"悟入"一语取自禅宗，包括诗境之悟和律法之悟两个方面。至于如何"悟入"，吕本中说得比较抽象和空洞，只说要注重学习揣摩前人作品和在长期的创作实践中去体悟，要下苦工夫，"悟入必自工夫中来，非侥幸可得也"(《童蒙诗训》)。

诗歌创作 吕本中的诗歌名重一时，当时一些大家对他都推崇备至：曾几称其诗"独步海内"(《东莱先生诗集后序》)，并向他请教如何作诗；谢逸推其为"当今之世主海内文盟者"(吕本中《吕紫微师友杂志》引)，刘克庄也将其视为南渡后"大家数"(《中兴绝句续选》序)。

吕本中诗作的内容，从其现存的1270多首诗作来看，数量最多、成就最为突出的是对"靖康之难"的历史记录和慷慨悲歌。建炎元年(1127)二月，吕本中之父吕好问受命于危难之际，任兵部尚书抵御围攻汴京之金兵，本中亦随父留在围城中，并"夜间雪中布衣芒鞋传达意旨"(《三朝北盟汇编》卷一二〇引秦湛《回天录》)，参与汴京保卫战的策划布置，亲历了京城被围及陷落的整个过程。这一特殊经历所激发的重大社会责任感，使得诗人慷慨悲歌，"以韵语记时事"，留下了一组组惊心动魄的镜头，史诗一般的展开天崩地裂之际的历史画卷。其中有汴都军民高涨的抗敌热情："贼马侵城急，官军报捷频。民心皆欲斗，天意已如春"(《京城围闭之初天气晴和军士乘城不以为难也因成四韵》)；有对宋廷上层的腐败怯懦的指斥："国论多遗策，人情罢请缨。有谁似南八，血指众心惊"，"万事多反复，萧兰不辨真。汝为卖国贼，我作破家人"(《兵乱后自嬉杂诗》其三、其九)；更有城破之日金兵的残暴肆虐的真实记录："城北杀人声彻天，城南放火夜烧船"(《兵乱寓小巷中作》)。

当然,通过这一个个历史镜头的摇过,诗人无可奈何又无比忧愤的爱国之心和报国之念亦尽露其中。如果我们将这些诗章与记录这段历史的《三朝北盟会编》《靖康实录》等史料比较一下,更可看出这些史诗的史学价值和文学价值。《三朝北盟汇编》卷六八记金兵第二次围攻汴京时,都人群情激愤的抗金热情:"金人犯顺,直抵京畿,掳掠居民,凭陵郡邑。主上出宫禁之御供士卒之食,军民感泣而思奋,都人鼓噪以争前";吕本中则在诗中描叙道:"今春贼来时,军士怖而走。今冬贼来时,决拾揎两肘。愤然思出斗,不但要死守。(《闻军士求战甚力作诗勉之》)"《会编》卷六九记载金兵在城破之日的烧杀掳掠:"京师失守,金人先纵火焚诸楼橹及阵州门、东水门,火光亘天,照城中尽赤……军兵乘时劫掠,横尸满道";吕诗中则写道:"昨者城破日,贼烧东郭门。……是时雪正作,疾风飘火云。十室九经盗,巨家多见焚。至今驰道中,但行胡马群"(《城中纪事》)。比起《三朝北盟汇编》这些史料,记叙内容近似,真实可靠,但更形象、更具体、更富感人力量。一些诗论家不但将吕本中这类诗作誉为"诗史",而且视之为杜甫诗风的直接继承,如曾季狸在《艇斋诗话》中称:"吕东莱围城中诗皆似老杜",方回则认为"老杜后始有此(《瀛奎律髓·忠愤类》)"。

在这类诗作中,更为人誉扬的是组诗《兵乱后自嬉杂诗》。它非一时一地之作,是吕本中在围城中及随后辗转漂泊途中陆续写成的,共二十九首。组诗不仅记载了亲历的京城被围及陷落的整个灾难过程,更有流亡路上的种种经历和感受。国破家亡以后痛定思痛的种种反思,由朝廷大员、世家贵介到亡国难民身份角色转换中的相关经历,使这类诗作显得更为沉痛,更加深刻。诗人面对"檐楹镞可拾,草木血犹腥"(其二十一)的战后家国,开始探讨和反思国破家亡的缘由,其中有朝廷轻开边衅给金人造成口实:"孽开边隙,羌胡恃衅端","夷甫终隳晋,群胡迫帝居";更有执政者忘却武备,造成人情厌战这个国策上的失误:"国论多遗策,人情罢请缨","平世多忘战,今真得陈梁。燕雪拥豺狼,陆晋失金汤"。朝中大臣文不能谋国,只会空谈,武不能请缨,畏敌怯战,更是京都陷落的直接原因:"报国宁无策,全躯各有词",

"汝为误国贼,我为破家人"。组诗中还描述了他目睹的宋亡后社会大动乱给基层民众带来的巨大灾难:民众在争相逃难:"水水但争渡,城城各点兵";田园荒芜了,行李也被抢劫一空:"牛亡罢耕种,马夺尽徒行。囊橐经抄掠,寇来浑不惊";乱兵和叛将也乘机肆虐:"操戈得金币,夺马载妻孥"。诗中还记载河北布衣范仔等组织义师抗金,让诗人看到了复国的希望:"欲逐范仔辈,同盟起义师"。范仔义师事,《靖康实录》等史籍未载,可补史阙。诗人在从江左流落到岭南的以后岁月中,陆续写下《己酉冬江上警报》《自祁门至进贤路中怀旧二绝》《宿翠微寺》《阳山雨雹》《连州阳山归路三绝》《题赵祖文盘谷图》《简范信中钤辖三首》《失题》《闻二弟召对》《贞女峡》《过刘显忠乡县作》等一连串诗作,继续以史笔记录两宋之交的沧桑巨变,抒发诗人强烈的爱国情怀。

《东莱先生诗集》中还有一些正直诗人常有的直面现实、忧悯民生的诗章。其中有对达官贵人们贪得无厌、争权夺利的揭露:"眼看霍霍万钱食,便就匆匆五鼎烹"(《访张鉴秀才兄弟》);有对士大夫丧失气节,俯首权门的慨叹:"权门蹲踏儿女笑,我一思之不能食"(《送一上人之京师》)。诗人甚至把批判的矛头直指宋徽宗这位道君皇帝,在《高邮道中荷花极目平生所未见》《望金陵偶成两绝》《北齐》《学仙行》等诗篇中,指责这位道君皇帝在国势飘摇之际醉心于慕仙学道,为造"艮岳"大兴耗费民力民财的"花石纲"。甚至将他比作因骄奢淫逸而失国的北齐后主和陈后主:"台城南望入斜阳,尚想能诗玉树郎"(《望金陵偶成两绝》),"陈郎苑里朝朝树,齐主宫中步步莲"(《北齐》),批判矛头的所向,尖锐而大胆。

吕本中诗作在批判当朝权贵乃至最高统治者的同时,对饱受苦难的百姓则寄予深切的同情,如《邮上祈雨》《高邮遇大热作》《蛇》《送一书记杲公作天宁化士》等,关注水旱酷暑,忧悯民生,并指出农民彻底贫困化的根源乃是官府苛重的赋税:"田家得米输官仓,一粒不得囊中藏","因官乞取民始病"(《送一书记杲公作天宁化士》)。

吕本中是位道学名家,其诗作也深受道学思想的濡染,多表现个人净退保性、学道参禅的功夫,如长达二十韵的《学道》,倡导"不动心"。他又崇佛,写了不少偈语式的诗,如《寄朱时发》《学视》等。甚至在靖康围城中,他虽奔走呼号、参与抗金,但静下来时仍在读《易》:"闭仁端坐读周易,直过新春围闭时"(《读易》)。这大概即是他说的所谓"不动心"。晚年思想更趋消极,在诗中大讲"戒杀""蔬食"的道理(《蔬食三首》《戒杀八首》),甚至不能摆脱轮回说的困扰(《宋元学案》卷二七引《王氏师说》)。在《除日》《秋日》等诗篇中,他也像苏轼、张末等人那样,讲求道家的养生之术。这也是我们评价吕本中诗作时必须面对的。

吕本中的早期诗作,刻意学习黄庭坚、陈师道用语的新奇拗折。后来他在创作中实践自己的"活法"理论,诗风逐步发生变化,使其诗呈现浑厚雄奇、空灵清丽,质朴平淡又圆转流畅等多种风格,成为师承江西诗派而又变革江西诗派的重要人物。陆游称他的诗文"汪洋闳肆,兼备众体,间出新义,愈奇而愈厚,震耀耳目,而不失高古"(《吕居仁集序》)。气势雄浑、高古壮阔主要体现在长篇古体、歌行体和排律中,这些诗一扫江西诗风的艰涩生僻,任笔挥洒,酣畅淋漓,气韵通贯,如《吴说傅朋游丝书》《游会胜寺蒙泉》《登太室绝顶》等。吕本中诗作更多体现的是平易、浅切,诗人让其情感静静流淌于平易、浅切的字里行间,时隐时现,显得韵味悠长,如《符离阻雨》,由阻雨逗留勾惹起旧游的回忆,再由景似而人亡引发对故人的怀想,全诗似不经意,随笔而成,细细品味,方觉百虑丛生,包蕴复杂无尽的情愫,可谓"平淡而山高水深"(黄庭坚《与王观复书》)。类似的佳作还有《春日》《边愁二首》等。

吕本中的一些绝句最能体现其"好诗流转圆美如弹丸"的"活法",如《别夜》:

> 薄酒残灯欲别情,暗萤依草不能明。悬知先入他年话,一夜蛙声连雨声。

前两句是景物环境的铺垫,"悬知"二字突兀而起,造成全诗时间、空间和情感基调的三个逆转:时间由此刻换至将来,空间由今夜的实景变成他日相逢的虚拟;情感由离别的难舍与无奈,转成对相聚的期盼与深信。诗意虽袭用李商隐的《夜雨寄北》却又能"夺胎换骨",这就是吕本中的"活法"。类似的佳作还有深受曾季狸称道的《木芙蓉》,自道为"举目云天尽新语"的《董村归路马上口占》等。其实,在吕本中的律诗、古风中,也有一些宛转流畅的佳句,如"树阴不碍帆影过,雨气却随潮信来"(《暮步至江上》);"江城气候犹含雪,草市人家已挂灯"(《记昔年正月十日宣城出城至广教》);"雪消池馆初春后,人倚栏杆欲暮时"(《春日即日二首》其二)。这个特色也最受诗论家们称道:曾几评其诗"其圆如金弹,所向如脱兔"(《读吕居仁旧诗》),方回称"居仁在江西派中最为流动不滞者,故其诗多活"(《瀛奎律髓·送别类》)。也代表着吕本中诗歌的主要成就。

词作 吕本中词作今存二十七首,多为小令,偏重于个人情感的抒发,主要写离愁别恨、村色野景,流寓江左后的词作亦有思乡怀国之作,但相对于诗作,题材范围偏狭。但其中一些词作清新自然,构思新奇,且具有民歌情调,甚至比其诗作的影响和流传范围还要大,如脍炙人口的《采桑子》:

恨君不似江楼月,南北东西,南北东西,只有相随无别离。恨君却似江楼月,暂满还亏,暂满还亏,待得团圆是几时。

在千百年来数以万计的言情之作中,此词也堪称上乘。词中以月为据,抓住月亮有圆有缺和如影随形等自然特征,赋予人的情愫:一会恨君"不似"明月,不能东西南北相随无别离;一会又恨君"却似",时盈时亏,永无长久团圆之时。全词就在这"不似"和"却似"中反复吟叹,贯穿其中则是"恨君",这又是民歌中常用的"冤家"之类反语。"恨"实际是"爱",恨深实际是爱极。因为恨的是别离,不能长久相依相伴。这种起兴手法和复叠章法,是以诗经《蒹葭》《东山》等篇章为源头的民歌常用手法,加以构思新巧、语言浅近自然,成为中国古典诗词中为数不多的爱情绝唱。

吕本中词作还有一种婉转凄清的朦胧美,如果说前者贴近民歌,后者则是文人婉约词的典型风格,如被人传诵的《踏莎行》:

雪似梅花,梅花似雪,似与不似都奇绝。恼人风味阿谁知,请君问取南楼月。记得去年,探梅时节,老来旧事无人说。为谁醉倒为谁醒,到今犹恨轻离别。

词中抒写老来无凭、无人听其诉说的孤独和伤感。此情此景,自然非吕本中这位老人所独有,陆游、辛弃疾等同时代名家的诗词中,也不止一次表白过。但这种先雪到梅再到"南楼月",由"至今"推到"去年"再到往日"旧事"的叙写方式,以及这种方式所表露出的如梦境般的恍惚凄迷,无人对诉、欲说还休的吞吐曲折,则不是其他作家类似题材都具有的。吕本中现存的为数不多词作中,类似的婉转凄清名句还有一些,如"对人不是忆姚黄,实是旧时风味老难忘"(《虞美人·平生臭味如君少》);"要相忘,不相忘"(《长相思·要相忘》);"来岁花前,又是今年忆去年"(《减字木兰花·去年今夜》);"梅花自是于春懒,几回冲雨过疏篱"(《虞美人·梅花自是于春懒》)等,都是在颠倒反复中展露曲折掩映之美。

《直斋书录题解》录《东莱集》二十卷,外集二卷。《东莱集》有宋乾道年间沈度刻本,《四库全书》本;《外集》有宋庆元年间黄汝嘉刻本。今有《东莱集》,台湾商务印书馆1986年版;《东莱集》,齐鲁书社2001年版;傅璇琮主编的《全宋诗》录其诗24卷,1274首,残句5。赵万里《校辑宋金元人词》中辑有《紫微词》27首。

二、汪藻

汪藻(1079—1154),字彦章,号浮溪,又号龙溪,先世徽州婺源人,后移居饶州德兴(今属江西)。早年曾向徐俯、韩驹学诗,入太学,喜读《春秋左氏传》及《汉书》。徽宗崇宁二年(1103)进士,任婺州观察推官、宣州(今属安徽)教授,大观三年(1109),为江西提学司属官,与前辈诗人徐俯、洪刍、洪炎等人唱和,与胡伸俱有文名,时称"江左二宝"。召为《九域图志》编修官,迁著作佐郎,出为宣州通判,因不附时相王黼,黜为提点江州太平观,终黼之世均不得用。钦宗即位,召为屯田员外郎,再迁太常少卿、起居舍人。绍兴元年(1131),除龙图阁直学士,知湖州,后知抚、徽、泉、宣等州,官至显谟阁大学士、左大中大夫,封新安郡侯。绍兴十三年(1143)言官劾汪尝为蔡京、王黼门客,罢职居永州,累赦不宥。绍兴二十四年(1154)死于贬所。秦桧死,复职,官其二子。二十八年(1158),《徽宗实录》成书,右仆射汤思退奏汪藻对此书贡献很大,诏赠端明殿学士。汪藻为官清廉,"通显三十年,无屋庐以居"。《宋史》卷四四五有传。著有《浮溪集》六十卷、《猥稿外集》一卷、《裔夷谋夏录》三卷,大多亡佚。今存《四库全书》辑本《浮溪集》三十二卷。清人孙星华《拾遗》三卷。

文 汪藻擅长写四六文,时人比作唐代的陆贽,方回推为"中兴第一"(《瀛奎律髓汇评》卷二十五),四库馆臣亦视为"南渡后词臣冠冕"(《四库总目提要》)。汪藻现存骈文533篇,其中内制201篇、外制177篇、表108篇、书启47篇。制书为代帝后立言,容易写成堂而皇之的表面文章,但汪藻笔下却能洞达激发又堂皇得体,一些代表之作还能壮怀激烈,情采飞扬,有警顽起懦的强大震撼力,如《皇太后告天下手书》:

> 虽举族有北辕之衅,而敷天同左袒之心。乃眷贤王,越居近服。已徇群情之请,俾膺神器之归。由康邸之旧藩,嗣我朝之大统。汉家之厄十世,宜光武之中兴;献公之子九人,为重耳之尚在。兹为天意,夫岂人谋!尚期中外之协心,同定安危之至计。庶臻小憩,同底丕平!

《手书》用了不足三百字,将纷繁复杂的政局,危急窘迫的情势表述得剀切明白,感人肺腑。诏书最后指出康王继承大统,是天意所归,是振兴复国希望所在,呼吁举国和衷共济、同创太平,写得慷慨激烈,势饱意酣。其中有为汉奸张邦昌开脱罪责之句,曾遭到讥评。须知此是制书,是代隆祐太后立言,要按"圣意",岂可由己自由挥写!元代古文家吴澄评汪藻这类骈文"制作有体,不但言语之工而已"(《浮溪文粹序》),就是看到其体制上的特点。罗大经称这篇诏书"事词剀切,读之感动,盖中兴之一助也",则是称赞其警顽起懦的巨大鼓舞作用。在《建炎三年十一月三日德音》中,描述宋高宗被南下金兵追击的困顿以及高宗罪己无德无能,"坐令率土之流离,乡闾遭焚劫之灾",表示今后要"省费恤民,贬食损衣而从简"。语言朴实又整饬,情意恳切而无冠冕堂皇之遁词,在公文的程式化上确实有所突破。孙觌称其"闳丽精深,杰然视天下"(《浮溪集》序)。这类制书,也深得高宗的青睐,南渡初诏令、制诰均由他撰写,宋高宗还把自用的白团扇赏赐给他,亲书以"紫诰仍兼绾,黄麻似六经"十字以嘉奖。

汪藻的书启文以《贺李纲右丞启》《抚州谢表》《罢职谢表》等为代表。这类作品写得情韵摇曳,富有强烈的感情色彩,如名篇《贺李纲右丞启》,作为投递之作,很容易流于空洞无物,大言夸饰。但汪藻充分运用骈文音韵铿锵、凝练华美的优点,将李纲在靖康之难中的忠勇之举写得铿锵顿挫、慷慨淋漓。既热情洋溢地褒扬了抗金名将,又激发了人们的抗金斗志:

> 惟公夙夜,与国存亡。挺身六品之卑,抗议九重之邃。留家誓死,镵血书词。销大变于胚胎,转危机于呼吸。洎干戈之指阙,援桴鼓以登陴。义动三军,人皆奋死;气吞大敌,彼辄请盟。身且九殒以一生,国则崇朝而再造。

南渡以后,李纲因主张收复失地忤逆高宗而被罢免,其罢免的制词《罢李纲制》亦出自汪藻之手,因而又带来颇多讥评。

汪藻的散文,在南宋初年也很负盛名。其记叙文多寄托忧国伤时的情怀,如《镇江府月观记》写知州刘岑修葺月观的始末,借山川风物之美激励刘岑为恢复中原建功立业。立意新颖,结构严谨,将叙事、抒情、议论融为一体。其他如《石头驿记》《永州柳先生祠堂记》《永州玩鸥亭记》等也都写得很好。

诗词 汪藻现存诗五卷,二百八十余首。汪藻早年曾向徐俯学诗,中年以后又拜韩驹为师,追求江西派的拗折奇崛。后学张耒,诗作多触及时事,寄兴深远,诗风亦趋于清丽条畅。如组诗《己酉乱后寄常州使君侄四首》,描叙建炎三年,金兵追高宗于海上的仓皇情景,与制书《建炎德音》所叙之事相同,但已不是替皇上代拟的谕旨纶音,因而带上了许多主观情感的抒发和议论,如"百年淮海地,回首复成非""诸将争阴拱,苍生忍倒悬""只今衰泪眼,那得向君开"等句,以浅白条畅语言,对大好河山沦于敌手痛心疾首,对生民涂炭之际诸将却拥兵自重、坐观成败的极大的愤慨。郁愤至深,颇似老杜。此亦可以反证《皇太后告天下手书》为张邦昌开脱是代太后立言,并非已意。

在《桃源行》中,诗人更借古喻今,含蓄批判宋徽宗荒淫误国,连秦始皇都不如。秦始皇求仙之际还知道修长城以备胡。这位"汉天子"却一味求仙慕道,导致靖康之祸,老百姓连个避秦的桃园也没有,只能四处逃散,任金兵杀戮。中国诗歌史上,王维、韩愈、刘禹锡、王安石都曾有同题咏歌,此诗却别开生面,道前人所未道,诚如陈岩肖所云:"语意新妙,王摩诘、韩退之、刘禹锡、王介甫诸人所未道。(《庚溪诗话》)"类似的诗作还有《蜂儿行》《己酉乱后寄常州使君侄》《次韵周圣举清溪行二首》等。

汪藻的一些写景咏物和书写怀抱之作,或清新活泼,或感慨遥深,浅近直白又风韵摇曳。其中抒发人生感慨者,如《宿鄡侯镇》:

> 当时踏月此长亭,鬓似河堤柳色青。今日重来堤树老,一簪华发戴寒星。微凉初破候虫秋,露草萤光已不流。搔首与谁论往事,星河无语下城头。

今昔对比,情景相衬,这是诗人常用之法,但一般是用风物依旧反衬人生易老,所谓"人生易老天难老"。此诗却是风物与诗人同步:当年诗人鬓发青青,河堤柳色也青青;今日诗人华发如寒星,堤树、露草也已老去,甚至流萤也不放光。这是移情法在今昔对比中新的用法。至于结句,更是移情加上拟人,更是"语意新妙"。类似的还有《漫兴二首》等。

另外,像《春日》中的"野田春水碧于镜,人影渡傍鸥不惊";《即事二首》中的"西窗一雨无人见,展尽芭蕉数尺心","钩帘百顷风烟上,卧看青云载雨过"等,则是清新活泼的写景咏物之作,表现诗人生活在田园之中的澹荡愉悦之情。

汪藻的现存的四首词作皆为思亲怀归的婉约之作,由景切入,直抒其情,词句清新浅白,并不典丽,更不浓艳,如"夜来秋气入银屏。梧桐雨,还恨不同听"(《小重山·月下潮生》);"君知否?乱鸦啼后,归兴浓于酒"(《点绛唇·新月娟娟》)等,皆不失为情真景切的佳句。

文集有《浮溪集》三十二卷,《四库全书》本;《拾遗》有《武英殿聚珍版书》福建本、广雅书局本;《浮溪文粹》十五卷,《四库全书》本;傅璇琮主编《全宋诗》辑存其诗 5 卷,282 首,残句 9;唐圭璋《全宋词》录其词 4 首。

三、周紫芝

周紫芝(1082—1155),字少隐,号竹坡居士,宣城(今安徽宣州)人。早年家贫好学但科举失意,"此生三度试甘酸"(《阮郎归》),落第后因耻归故里而隐居凌阳山中。高宗绍兴十二年(1142)始以廷对第三同学究出身登第,年已六十。绍兴十五年(1145)为礼、兵部架阁文字,十七年(1147)为右迪功郎敕令所删定官。历任右司员外郎,枢密院编修官。绍兴二十一年(1151)因和御制诗,有"已通灌玉亲祠事,更有何人敢告猷"之语,秦桧以为讥己,出知兴国军,秩满奉祠。后寓居庐山以终。因热衷禄位,晚年屡以诗文谀颂秦桧父子,被后世讥之为"老而无耻"。

著有《太仓稊米集》七十卷,《竹坡诗话》一卷,《竹坡词》三卷。据《宋史·艺文志》还有《竹坡楚辞赘说》一卷;据《竹坡词》原跋称,周紫芝还著有《尺牍》《大闲录》《群玉杂嚼》《胜游录》(一作《钱塘胜游录》)等,今皆逸。

词 周紫芝诗文俱佳,相对而言,词的成就更高。今存词 156 首。作者自谓早年学晏几道:"予少时酷爱小晏词,故其所作,时有似其体制者"(《鹧鸪天》小序)。所谓体制相似,是指其题材、手法和风格皆差近,多写男女情事、离愁别苦,多用今昔对比、景中现情之法,词风清丽婉曲,多用白描之法直抒胸臆,而情韵悠长,如《鹧鸪天》:

> 一点残红欲尽时,乍凉秋气满屏帏。梧桐叶上三更雨,叶叶声声是别离。调宝瑟,拨金猊,那时同唱鹧鸪词。如今风雨西楼夜,不听清歌也泪垂。

这是怀念一位歌女的言情之作。上片写别后的凄苦,下片点破别离的对象,今昔对照。上片由残灯泯灭、秋夜深沉,"梧桐叶上三更雨"触发凄苦之情怀,从视觉、触觉、听觉三个角度触景生情;下片则是用昔日欢聚与今日孤守相比衬之法抒写思念之情,则是由情到景,由回忆再回现实。情景交叠而情思绵绵,手法多变;词风委婉曲折,语浅而情深,"如江平风霁,微波不兴,而汹涌之势、澎湃之声固已隐然在其中"(毛晋《竹坡词跋》)。

早期的类似佳作还有《踏莎行·情似游丝》《醉落魄·江天云薄》《生查子·春寒入翠帷》《江城子·夕阳低尽柳如烟》《卜算子·江北上归舟》等。这类词作不仅学小山词的词情词境,也刻意学习五代北宋以来诸婉约大家之长,如《踏莎行·情似游丝》虽亦是倾诉别后难眠的相思之苦,但通篇俱用白描,语言浅切乃近俗语,尤其是结尾三句"如今已是愁无数。明朝且做莫思量,如何过得今宵去",这是李煜和李清照《漱玉词》的常用手法和语言特征。另外如《醉落魄·江天云薄》:"寒灯不管人离索。照得人来,真个睡不着";《生查子·春寒入翠帷》:"满眼是相思,无说相思处";《江城子·夕阳低尽柳如烟》:"因甚江头来处雁,飞不到,小楼边";《卜算子·江北上归舟》"君似孤云何处归,我似离群雁"等,手法和语言也都类此。周紫芝在《太仓稊米集·书自作序后》说自己从三十年前的中秋词《沙塞子》到三十年后的《渔家傲》,皆是模仿前贤,"前一词似鹦鹉,后一词作秦吉了",这是以自谦的形式说出他的词学追求。竹坡词清丽婉秀,语言工致浅切,情感表达深婉而曲折,兼有五代、北宋诸婉约大家之长。到了晚年,由于久试不中的落魄,饱尝人间冷暖、世态炎凉,尤其是靖康之乱中的颠沛流离,使词人在清丽委婉中又加上人生凄苦和悲怆,词作内容也有单纯的言情扩展至登临、纪游、赠别和咏怀言志,间或也有画面开阔、气势豪壮之作,"刊除秾丽,自成一格"(《四库全书总目提要》卷一九八)如《临江仙·送光州曾使君》:

> 记得武陵相见日,六年往事堪惊。回头双鬓已星星。谁知江上酒,还与故人倾。铁马红旗寒日暮,使君犹寄边城。只愁飞诏下青冥。不应霜塞晚,横槊看诗成。

此为送友人赴宋金对峙的光州前线之作。词中不再是一点残红、杨柳绿阴,而是铁马红旗、霜塞边城;词人也不再是清歌泪垂、对月伤情,而是"只愁飞诏下青冥",不能"横槊看诗"边关行。词人把早年剪红刻翠式的言情改换成铁马秋风式的言志,虽不像爱国词人张元干的《贺新郎》、张孝祥的《六州歌头》那样显豁慷慨,但词人对时事的感慨,对友人立功边塞的勉励还是可以明显感觉到的。此外还有一些登临之作,如《水调歌头·丙午登白鹭亭作》。此词写于"丙午",即靖康元年,北宋王朝此时已风雨飘摇、岌岌可危,词人在六朝故都白鹭亭上抚今思昔,触景生情,借六朝之故事,叹今日国势之衰微,隐隐预感到大乱之将至:"六朝文物何在?回首更凄然","王谢堂前双燕,空绕乌衣门巷,斜日早连天",通篇所营造的气氛是十分悲凉凄清的。另外像《朝中措·西湖烟尽水融融》《渔家傲·路入云岩山窈窕》等皆在清丽委婉中,透出几分悲慨之气,画面比早期作品还要开阔些。

诗 周紫芝虽然推崇黄庭坚、陈师道、陈与义等人,但诗风受江西派影响不大,他讲求格律,但不堆砌典故;讲求句法,又少雕琢痕迹。诗风清新爽利,能于江西派之外自成一家。《四库全书总目》称其诗"在南宋之初,特为杰出,无豫章生硬之弊,亦无江湖末派酸馅之习"。相比于词,他的诗作更多地反映时代风雨和现实生活。如组诗《禽言》分别模仿婆饼焦、杜鹃、提壶芦、布谷等鸟的叫声,以寓言的形式,反映两宋之交的赋税、战乱、酒榷等诸多社会问题:《婆饼焦》反映战争带来赋税的苛重,使农民无法存活;《杜鹃》借杜鹃叫声"不如归去"来反衬现实中战乱使百姓流离失所、无家可归;《提壶芦》批判南宋政府与民争利的酒榷制度;《布谷》是一边"布谷催春种",一边却是"贼今在邑农在山"的颠倒和动乱。宋代梅尧臣、苏轼、黄庭坚等皆作有《禽言》,但"周紫芝的《禽言》比他们的都好"(钱锺书《宋诗选注》)。作者《禽言》的四种鸟与梅尧臣的《四禽言》完全相同,但梅尧臣的《四禽言》用的是这个寓言的原生态本意,周紫芝用的却是引申义,由此鸟叫声生发感慨,引入社会批判,如梅尧臣的《婆饼焦》:"婆饼焦,儿不食,尔父向何之?尔母山头化为石。山头化石可奈何,遂作微禽啼不息"。借婆饼焦的鸣叫述说一个传说故事,类似童谣;周紫芝的《婆饼焦》:"婆饼焦云穰穰,麦穗黄。婆饼欲焦新麦香,今年麦熟不敢尝,斗量车载倾囷仓,化作三军马上粮",着笔于对南宋政府苛重捐税的批判。梅尧臣的《提壶芦》:"提壶芦,沽美酒。风为宾,树为友。山花缭乱目前开,劝尔今朝千万寿",借提壶鸟的叫声劝酒祝寿;周紫芝的《提壶芦》:"提壶芦,树头劝酒声相呼,劝人沽酒无处沽。太岁何年当在酉,敲门问浆还得酒。田中禾穗处处黄,瓮头新绿家家有",反映的是南宋政府为了维持庞大的军费开支,实行酒类专卖,严禁私家酿酒,使百姓无酒可饮。相对而言,社会意义要深刻得多。类似的诗作还有《输粟行》《双鹊行》等。

他的近体诗,尤其是绝句,清丽流畅,别有情致,很有特色,如《秋晚》:

月照寒林欲上时,露从秋后已沾衣。微萤不自知时晚,犹抱余光照水飞。

月照寒林,秋露沾衣,显示的是幽寂和清冷。这是自然景物,静态的,起着营造氛围和勾勒背景的作用。重点是后两句:小小的流萤,不知道明月已经高照,也不知道自己即将走到生命的尽头,还发着余光只管在水上飞着。这很有点像诗人的晚景。类似的还有《题湖上壁》等。

其著作版本:《太仓稊米集》七十卷,有宋陈天麟淳熙八年刻本,明梅鼎祚刻《周少隐存集》刊本,〈四库全书〉本;《竹坡诗话》一卷,见何文焕《历代诗话》,中华书局 1981 年版;《竹坡词》三卷,有《唐宋名贤百家词》抄本,毛晋汲古阁本,上海古籍出版社 1981 年版。

四、王之道

王之道(1093—1169),字彦猷,号相山居士,濡须(今无为)人。为人慷慨有气节。徽宗宣和六年(1124),与兄之义、弟之深同登进士第。对策极言燕云用兵之非,以言辞激烈切直被压为下等。宣和八年(1126),通判滁州。钦宗靖康元年(1126)调和州历阳县丞,摄乌江令,以奉亲罢。高宗建炎年间,金兵南侵陷无为军,王之道率乡人据险共保,扰击金兵。镇抚使赵霖命摄无为军。绍兴二年(1132),进承奉郎,镇抚司参谋官。绍兴和议初成,之道在滁州通判任上疏反对和议,力陈辱国非便,大忤秦桧意,谪监南雄州溪堂镇盐税,会赦不果行,退居相山近二十年。秦桧死后,起知信阳军,历提举湖北常平茶盐、湖南转运判官,以朝奉大夫致仕。乾道五年(1169)病卒,终年七十六岁。因其子王蔺官枢密使,因而追赠太师。尤袤《故太师王公神道碑》称:"读其书,可以见公之学。考其始终大节,可以知公之心。"《宋史翼》有传。

著有《相山集》三十卷、《相山词》两卷,另有《文献通考》传世。

　　王之道一生留下大量诗文著作,有文 11 卷;诗 15 卷,860 多首;词 2 卷,185 首。其散文明白晓畅、词锋健劲,诗亦朴厚真纯,词作或清新淡雅、平易自然,或慷慨激昂、直抒胸臆,具有婉约、豪放多种风格。但八百多年来,王之道的思想、事迹和文学创作几乎湮没无闻,无论从创作数量或是质量,都与他目前的文学地位很不相称。2006 年国家图书馆出版社出版了沈怀玉、凌波点校的《相山集》,王之道研究开始发轫,但六年过去,研究界仍未见全面深入的讨论,遑论普通读者对其了解了。

　　文　王之道文章今存 11 卷,包括札子、奏议、状、序、记、书、启、跋、杂文、墓志诸种文体。王之道一生以抗金恢复为己任,他的散文中最引人注目的就是抗战方面的论述和主张。绍兴初年,秦桧力主议和。王之道时在滁州通判任上。他上书吏部侍郎魏矼、谏议大夫曾统,力陈和议辱国,极力反对;又不顾人微言轻,上疏朝廷,力言"敌有可胜者五",并把给魏、曾二人的书信也附上,以示毫无私心。因此大忤秦桧,沦废者二十年。王之道一生以抗金恢复为己任,因此,他的散文、诗、词最重要内容是表现强烈的爱国情怀。四库馆臣评其上魏矼、曾统二书:"所论九不可和之说,慷慨激烈,足与胡铨封事相匹,气节尤不可及"(《四库全书总目》)。王之道的这类文章不仅表现了当时激烈的和战之争,表现了本人的气节和操守,而且也为研究宋代军事史提供了重要资料,如卷二〇《又与汪中丞画一利害札子》《申三省枢密利害札子》,卷二一《乞卖度牒籴军粮札子》等,在以弱对强的态势中如何博弈,枢密院、枢密使在宋金对峙中的应如何谋划,如何在国家经济拮据时筹划军粮辎重等,都提出自己的看法和建议,至今仍有借鉴意义。另外像《庐州天庆观物产记》《绍兴府法华山维术记》等为研究宋代水运、宗教、商业和社会矛盾等方面提供了有价值的资料。

　　诗　王之道存诗 15 卷,860 多首。在中国古代作家中存诗数量算多的,诗作中长篇排律相对更多,也说明诗人有丰富的情感和杰出的才华。其中对故乡风物的咏歌和民生关怀,与安徽作家的唱和,在宋代诗人中更显突出。

他沉醉于"桑芽蚕翅小,荻笋凫肩肥"的故乡田园美景(《春日无为道中》),"十顷净明天上下,两奁光映水东西"(《题无为秀溪亭》)。故乡绣溪更让他魂牵梦萦;他希望无为县令对民亲近,与百姓休戚与共:"百里寄一令,于民为最亲。休戚咳唾间,讵可非其人"(《送无为宰赵涣冰仲》)。他以合肥为诗题的就有五首之多,在宋代诗人中,大概只有姜夔可与他相埒。但姜夔眷念的是与歌伎莺莺燕燕那段缱绻,王之道则为合肥频遭战火、百姓流离而感叹哀伤:绍兴十三年(1143),金兵南下,地处冲要的合肥被焚掠一空,诗人真实地记录了他在合肥北门所见到的情形"断垣甃石新修叠,折戟埋沙旧战场。阛阓凋零煨烬里,春风生草没牛羊"(《出合肥北门二首》)。八年后诗人再次来到合肥,战争的创伤仍未平复,城池荒芜,百姓仍在流离,诗人对此感慨万分:"重来岁月恍如飞,但怪芜城壁四围。千里漫推新政善,几人能遂故园归。(《和张序臣合肥驿中诗》)"此时秦桧当权,主持和议,这大概就是所谓"新政"吧!但"几人能遂故园归",新政又"善"在何处?王之道在滁州通判任上就曾上疏反对和议,此诗写于绍兴二十年,闲居相山已多年,可见其政治操守是一以贯之。陆心源在《宋史翼·王之道传》中称赞道"为人质直,尚风节,议论伟然",并非过誉。

　　王之道与同时代的安徽作家多有唱和,不仅数量多,而且多是风节操守上的相通和共鸣,如亳州诗人张耒,为人有气节,苏轼病卒于常州,张耒闻讯不顾利害,公开在颍州任上举哀行服,结果被贬为房州别驾。王之道有十首追和张耒的梅花诗《梅花十绝追和张文潜韵》,借赞美梅花"清香还向雪中闻""冰玉肌肤巧耐寒"(《梅花十绝追和张文潜韵》)来赞扬张的人品;甚至又追蹑张耒,写了十首《追和东坡梅花十绝》,公开对元祐党人的遭遇表示同情,对被贬海南的苏轼表示仰慕和安慰:"清肌瘦骨如冰玉,瘴雾那能奈子何。春到梅梢日自和,动人芳气不须多"(其一)。《相山集》中还有《追和东坡雨中睡熟至晚》《追和东坡严车二雪诗》等,可见《追和东坡梅花十绝》并非一时冲动之作。王之道与芜湖有名的力主抗金词人张孝祥也有唱和。张孝祥因为主战,支持北伐,常被主和派攻击,旅进旅退。之道在《和张安国舍人》七律中高度赞扬张孝祥的才华,暗示其闲置的不公正,并勉励张蓄势待发,不要丧失理想:"判花西掖妙当年,曾见声华振日边。文翰共推唐李峤,功名将踵汉韦贤。江山到处供诗笥,风月多情付酒船。琳馆正应聊尔耳,会看鹏击水三千"。

王之道与周紫芝的唱和更多,更值得一提。两人家乡很近,一个在无为,一个在宣城,一江之隔。两人的经历也有相似之处:一个上疏反对和议忤秦桧,谪监南雄盐税,退居相山近二十年;一个和御制诗中秦桧以为讥己,出知兴国军,秩满奉祠。两人现存唱和诗六首,词三首。绍兴十八年(1148),王之道赋闲相山,曾在临安与任实录院检讨官的周紫芝相聚,临行时周写有《送王彦猷归淮西》诗赠别,诗中叹息不食家乡鱼已十多年了,至今仍沉沦下僚,唯盼望老友时来相聚;并安慰老友不要为赋闲不甘,自己很快也要辞官归隐了。王之道作《酬周少隐赠行之什》以答谢,诗云:"我老无知独梦鱼,清风一枕午钟余。忽惊珠玉情相厚,便觉山林计不疏。酒熟会看延客醉,诗成还复遣儿书。何人竟得闲中趣,只恐无聊叹索居。"诗人告诉周紫芝:自己在家乡独享食鱼之乐,闲居山林,生活充实又坦然,只是这种乐趣无人理解,以为我为生活孤独而叹息。在同期之作《和周少隐实录院对竹三首》中,也是一面抒发"老去荷君频折简,时来容我尚同寮"两人的诗书往还、老来依旧的情谊外,更强调自己壮志依旧,丹心未悔:"老来须鬓白刁骚,犹喜丹心未遽凋"(其一),"秋赋肯甘同宋玉,昼眠聊复糗边韶"(其二)。看来两人的人生理想还是有差距的。王之道面对退居是坦然,周紫芝说自己不久也要归隐是矫情,因为事实是并未归隐。但乐于归隐的王之道在二十年后又起知信阳军,最后以朝奉大夫致仕,死后赠封太师;不想归隐的周紫芝却在贬知兴国军后秩满奉祠,寓居庐山以终。历史就喜欢跟人们开这类不大不小的玩笑。《相山集》两人最后一次唱和是在周作诗忤秦桧被贬知兴国军后。王到兴国去探望安慰,周紫芝在万山堂设宴款待并赋词送别,王之道和韵《卜算子·和兴国守周少隐饯别万山堂》三首酬答,周紫芝再次韵相酬,王之道又赋诗《为兴国周少隐题》相赠。但无论是三首和词还是这首赠诗,再无自己志向和人生理想的自白和暗中对周的规谏,只有友谊和安慰,劝其乐山乐水,优游其中:"紫翠林攒面面山,个中佳致为君还。凭阑人在风尘表,落纸诗成咳唾间。良夜幸陪红袖醉,清时聊伴白鸥闲。笼纱归去高城晚,凝翠堂东月满湾。"由此亦可见王之道为人和人品。

王之道诗作中还有南宋初年爱国诗人的共性,就是强烈地反对和议,力主抗金、收复失地,以及对战乱中民生的忧悯和对金兵烧杀掳掠的谴责。他的这类诗作很多,纪行、登临、感怀、题赠、唱和、咏物等多种题材诗作中皆有这类情感的大量流露。纪行诗如前面提到《题合肥驿》《出合肥北门二首》;感怀诗如《秋日书怀》:"尊君正是吾侪事,可但南冠学楚囚","安得尚方三尺剑,扫除骄虏献俘囚"。对奸臣误国,中原沦丧,痛心疾首,渴望自己能在抗金恢复中建功立业。类似的还有题赠诗《赠淮西运干徐迫远》:"左手人头右手印,此理未可轻易论。丈夫盖棺事始定,擒戎会使来称藩。"唱和诗作如五古《次韵刘春卿书怀》:"老去宜安分,年来强竞辰。功名虽自许,心腹欲谁陈","感时悲鹤战,忧国赋车辚。寤寐思摧敌,行藏冀泽民",表达年虽老而心犹壮,为国靖难、膏泽斯民的豪情壮志。在纪行诗《丹阳湖阻风二首》中,亦是再次表达老去心犹壮、时危思报主的类似豪情:"老去心犹壮,诗成喜欲颠。时危思报主,穷极待呼天";《次韵胡德辉松轩时乞兵戍淮》的结句则显露诗人的日夜悬望是渡河北伐:"何时元戎北渡森旗章,料敌制胜一一尽所长,鸡群野鹤看昂昂"。

诗人还有相当多的喜雨、苦雨、苦热、苦旱之类诗作,反映他对农事的关心和民生的忧悯,如"稻田高下欲分畦,积潦瀰弥茫隔寸堤。天意未收连夜雨,农功良苦半身泥。一丸莫救风涛决,千顷空怜稼穑低。朝满夕除应可信,望晴心绪忆昌黎"(《苏台悯农》),这是描绘久雨造成农田一片汪洋;"涉春苦淫雨,连绵过梅夏。西来二十日,终朝走泥滓……垂成麦伤潦,将老蚕病柘。那知困羁旅,正恐害耕稼。痛哉兵火余,人物久凋谢。疮痍索抚养,嵬琐烦教化"(《苦雨呈蕲守徐次公》),这是要求郡守采取措施,拯救兵燹加上涝灾中困顿万分的百姓。当及时雨从天而降时,欢忭中的诗人首先想到的也是农事、农民:"原田嘉谷半焦黄,何独枯鱼濡涸辙。忽然一雨洗瘴昏,珠玉无边难价论。坐令愁叹变欢忭,千岩万壑江流奔。从今不厌商羊舞,十日一犁均下土"(《信阳和同官喜雨韵》)。

诗人二十多年处闲乡居,也留下大量田园山水和咏物抒怀之作。这类作品多表现田园生活的清幽美好和自己的闲适淡荡之情,但诗人亦未忘却沦陷的故国和主政者的荒淫误国,心态并非像吟咏所说的那样散淡和宁静。如《中秋》二首:

> 静院三更雨,楼台一点风。新诗愁恨里,故国梦魂中。节物他乡异,交情我辈同。眼前多怪事,咄咄强书空。
>
> 出户喜折屐,江天来翠岑。看云忘久立,待月动微吟。关塞重回首,简编劳系心。琴中有山水,应解遇知音。

第一首将故国之思和对朝廷举措多咄咄怪事的批判,表露得清楚明白,无须多说。第二首多用典,也较隐晦,但抗金复国之念仍很强烈。开头一句"出户喜折屐"就是用谢安淝水之战典故。谢安得到谢玄从前线传来喜报后,表面上不动声色,但内心喜极,"过户限,不觉屐齿之折"。王之道处虽无喜讯传来,但"折屐",这也许是个喜讯预告吧!下面的关塞回首,知音难遇,皆是对昔日国难已遇的回顾和感慨。诗风真朴有致,亦可代表相山诗的基调。

词 王之道现存词185首,主要是唱和之作,还有一些咏物、言情、题赠、祝寿之作。题赠中相当一部分是赠给歌儿舞女,相对于诗,题材较为狭窄,也更多地反映了宋代士大夫日游夜饮、檀板金樽的共同时尚。风格舒婉而清隽,以言情之作《如梦令》最为人称赏:

> 一晌凝情无语,手撚梅花何处。倚竹不胜愁,暗想江头归路。东去,东去,短艇淡烟疏雨。

这首情词,叙写一位闺中人对远离的心上人的殷切盼望,思春伤别,与传统题材并无二致。其特色是着意人物心理和情态的刻画,这种刻画又采取暗用典故,因而吐露得极为委婉含蓄。如"手撚梅花何处",暗用《西洲曲》"忆梅下西洲,折梅寄江北"和陆凯赠范晔诗"折梅逢驿使,寄予陇头人"的诗意,来抒写对远方心上人的怀念。但《西洲曲》的情人和陆凯赠诗中范晔都是有具体地址的:一个在"江北",一个在"陇头",而这位闺中人所怀念者,却不知在"何处",真是"相思欲寄无处寄"了,故"手撚"梅枝,彷徨徘徊,更显深婉。下句"倚竹不胜愁",暗用杜诗《佳人》中的"天寒翠袖薄,日暮倚修竹",暗示词中女主人公离居的忧伤和贞操自守。末二句"东去,东去,短艇淡烟疏雨"更见构思技巧。本来是写盼归,结尾却是倒叙离去时的情景:一叶扁舟在烟雨迷蒙的江头东去。这显然是对汉诗"步出城东门,遥望江南路。前日风雪中,故人从此去"结构上的模仿。词人在此之上又连用"东去,东去"加以叠唱,更显女主人公企盼的失望,也丰富了词的内蕴。全词融情于景,清新淡雅,频繁采用深密的典故却显得如此平易自然,亦可见词人的文学功力。另外,像"春不负人人自负。君看流觞,只恁良宵度"(《蝶恋花·和张文伯上巳雨》);"逼剥声中人不语。见可知难,步武来还去。何日挂冠宫一亩,相从识取棋中趣"(《蝶恋花·和鲁如晦园棋》);"自笑自怜还自语。钝滞如君,只合归田去。竹屋数间环甽亩,个中自有无穷趣"(《蝶恋花·追和东坡,时留滞富池》)等也可见歌舞谈笑、月白风清中的人生感慨和理想追求。至于像《八声甘州·和张漕进彦》,将温婉清新之风化为"叹关河在眼,孰雌雄,兴废古犹今"的雄阔慷慨之音,以此来慨叹心系中原、抨击朝政,在其作中亦偶能一见。

　　著有《相山集》30卷(《直斋书录解题》作26卷、《宋史·艺文志》作25卷),已逸。清四库馆臣从《永乐大典》辑为30卷,其中文11卷、诗15卷、词3卷、附录1卷。词集另有《强村丛书》本《相山居士词》2卷。今有:傅璇琮主编《全宋诗》录其诗15卷,860多首,残句1;唐圭璋《全宋词》存其词185首,存目3;曾枣庄等主编《全宋文》录其文9卷;沈怀玉、凌波点校《相山集点校》,国家图书馆出版社2006年版。

五、朱翌　朱松

1. 朱翌

朱翌(1087—1167),字新仲,自号潜山居士,晚号省事老人。舒州怀宁(今安庆怀宁)人。其父朱载,官至司农卿,尝从苏轼、黄庭坚游,有诗名。徽宗政和八年(1118),朱翌以太学生赐同上舍出身。初任溧水簿,历敕令所删定官、秘书省省正字、实录院检讨官试秘书少监、试起居舍人。高宗绍兴十一年(1141)擢中书舍人兼实录院修撰。秦桧在相,坐赵鼎党贬官,谪居韶州,凡十四年。桧卒,始复官。绍兴二十五年,起充秘阁修撰,出知宣州、平江府。退休后卜居于明州鄞县(今属浙江)。孝宗乾道三年卒。著有《潜山集》四十卷(《宋史·艺文志》作四十五卷),不传。诗三卷,亦逸,四库馆臣据《永乐大典》辑为三卷,《强村丛书》辑有《灊山诗馀》一卷,另有《猗觉寮杂记》二卷行于世。有关事迹见李心传《建炎以来系年要录》卷一〇六、一二二、一三七、一三八、一四一,《宝庆四明志》卷八,《延祐四明志》卷四,《宋史翼》有传。

朱翌现存诗歌 323 首,残句 16。多是近体,内容多是寄赠、送别、纪游、园林、抒怀等个人生活和情感的记录,如《地僻》:

> 地僻门常闭,家贫客自疏。溪山行老我,风月不欺予。谩有书成诵,端无货可居。清江千里道,持此问春锄。

地僻、家贫、独处、农耕,相伴的只有溪山风月,万卷诗书。这是朱翌近二十年贬谪生活的写照。这也是他长期地处偏僻,消息闭塞,诗作中很少有社会干预、时事感慨的原因,当然也可能与秦桧当权,他又与秦桧是政敌有关。但朱翌毕竟是个有血性的儒者,在这些记录个人出处的诗作中偶尔也会透露出时代的感慨和民生的哀叹,如"深山大泽堑劫灰,甲第名园走狐兔""为善本求乡里称,浩歌正坐儒冠误""今子新从彭泽来,归去来兮几时去"(《简宗人利宾》);"纷纷眼底何时定,郁郁江南更久居""铜驼可惜埋荆棘,会有人能为扫除"(《寄胡明仲》)。在《重阳不见菊次诸公韵》中,诗人借菊怀古,讥讽一些古人得势不知进退以及无耻士大夫奔走权门:"迟笑秦昭舅,吝讥和长舆","梁王门下客,先后有严徐"。有人说是暗讽秦桧父子和门下客,也不为无因。

朱翌才力富赡,喜逞才使气,健笔凌云,排律能长达百韵,如《送吏部张尚书帅成都一百韵》《宣城抒怀》。诗集中四五十韵的则有十多首,佳者如《简宗人利宾》《南华五十韵》《竞渡示周宰》等。与人送别,常人一般是一首、两首,他能连写八首《送郑公绩赴试金陵》;读杜诗,能为其中"北风吹瘴疠,羸老思散策"两句作出十首和诗;做梦以中药名组成诗句,也能写成十八句以上的排律。刘克庄说:"《潜山集》多不经人道语,此公读书多,气老笔遒。"(《后村诗话》)"多不经人道语"似是过誉,"笔遒"倒是不争的事实,如《送吏部张尚书帅成都一百韵》叙述吏部尚书张焘在朝廷任命为四川制置使后,不顾天下士大夫劝阻,出镇成都。诗中铺叙张焘出处大节,由吴赴蜀是山高水远,沿途是山川形势和出使的种种声威。再从历史着笔,叙说汉唐北宋治蜀的能吏严助、李德裕和二张,暗中为张焘树立前贤榜样;在铺叙成都物华天宝、地灵人杰,暗示张焘只要尊重人才、因势利导必大有作为。全诗铺叙、描写、议论,无一不尽骋其才,健笔凌云意气纵横。类似的还有《宣城书怀》《简宗人利宾》等。《宣城书怀》铺排宣城这个上国大郡的地灵人杰,但与《送吏部张尚书帅成都一百韵》不同的是,不是得出一个可以大有作为的积极进取结论,而是把退隐视为佳地,诗中铺排山川之清嘉,田园之恬静秀丽,池鱼、园蔬之佳美,都是着眼于此。《简宗人利宾》则以跳荡、拗折的手法,表达沉郁的身世之感、家国之悲。但是,诗人为着意出新,时见一些佶屈聱牙之句,如"塑手藏衣袭,闺姝败钵唇""代代灯灯续,尘尘刹刹匀"(《南华五十韵》);"仙人中谪李,邻里外依刘"(《归去来围南邻刘家菜圃近许辟路相通》)之类,反而冲淡了诗的韵味,甚至让人不知所云。

诗人一些怀人、纪游和咏物之作,或清新工巧,或厚重深沉,或直白浅近,呈现另一种风格,如《寄题竞秀亭》:

来往人传客寝安,问渠何事驻征鞍。只应门外千山好,能使胸中百念宽。

一问一答,将诗人的人生追求和贬谪之中的胸怀直白道出,通俗而浅近的语言中蕴含着深深的人生哲理。此外,像"至今清夜梦,犹在笑谈中。想见芙蓉句,空怀杨柳风"(《寄王承可》);"雁过宜频问消息,诗成犹得慰相思。想当雨澹烟昏处,又见橙黄橘绿时"(《寄江东故人》),则将殷殷深情通过整饬工致的精美诗句加以流露。

朱翌的近体诸作,直白清丽之外有时还有豪壮之风,如《观潮》:

海山不见两螺青,但见横江展玉城。动地鼓鼙飞屋瓦,刺天鬐鬣斗溟鲸。拍浮未见群儿弄,借抛须令万楫迎。俄顷日斜风欲定,向来元是一沤生。

诗中海潮霎时来,霎时去。来时如动地鼓鼙、鬐鬣长鲸,海山玉城般铺天盖地而来;去时则日斜风定、海水一沤。其中又有弄潮儿的踏浪和万船潮头竞赛,富有气势又充满动态感,使人想起潘阆的《酒泉子·长忆观潮》和周密的《观潮》。

朱翌存词仅有三首:《点绛唇·咏梅》《朝中措·五月菊》和《生查子·咏折叠扇》,均是咏物,以工致新巧为其特色,其中较佳者为《点绛唇·咏梅》:

流水泠泠,断桥横路梅枝桠。雪花飞下,浑似江南画。白璧青钱,欲买春无价。归来也,风吹平野,一点香随马。

历代咏梅词,多赞其傲雪凌霜的品格,强调其"无意苦争春,一任群芳妒"(陆游《卜算子·咏梅》)的孤高。此词却咏歌梅花在春天的芳姿,横截在断桥流水边,但却不是"寂寞开无主",而是像纷纷的雪花缀满横路,让馥郁的香气飘洒平野,给江南带来金钱难买的无价春光,让江南美得像一幅风景画。这首词是作者十八岁时所作,词坛名家朱敦儒看后十分赞赏,将其抄写在自己的扇面上,于是人们误传此为朱敦儒所作。直到陈鹄《耆旧续闻》经过辩证,才确定这位名不见经传的小青年拥有著作权。宋代皇家画院考试画士时,曾出过一个题目叫作"踏花归去马蹄香",用的也是此词结尾的意境,可见此词在当时的影响。

朱翌《潜山集》现存有:文渊阁《四库全书》本;知不足斋本;傅璇琮主编

的《全宋诗》录其诗4卷,323首,残句16。唐圭璋《全宋词》录其词3首,存目2首。

2. 朱松

朱松(1097—1143),字乔年,号韦斋。徽州婺源(今属江西)人,出身于"以儒名家"的婺源朱氏,《风月堂诗话》作者朱弁之侄,著名理学家朱熹之父。朱松幼承家教,从小就养成好文向道的性格,时人称其"学道于西洛,学文于元祐"(邓肃《栟榈集》卷一九《跋朱乔年所跋王安石字》)。在郡学时,其诗文就已出类拔萃,以至于远近传诵、京师闻名。徽宗政和八年(1118)同上舍出身,授建州政和县尉,调南剑州尤溪尉、监泉州石井镇。高宗绍兴四年(1134)试馆职,除秘书省正字,历秘书省校书郎、著作佐郎、尚书度支员外郎、司勋员外郎、吏部员外郎,至承议郎。绍兴八年(1138),因反对与金人言和忤秦桧,出知饶州,未就请祠,主管台州崇道观。十三年(1113)卒。今存《韦斋集》十二卷,《外集》十卷已逸。《宋史》卷四二九《朱熹传》有附传。

朱松深受以欧阳修为代表诗文革新运动的影响,喜爱古文而轻视科举时文。曾自述从束发入乡校起,就视科举之文如儿戏,不足以尽心,唯独喜诵古人文章,"取六经、诸史,与夫近世宗公大儒之文,反复研核,尽废人事,夜以继日者十余年"(《上谢参政书》)。在这些大儒中,他最佩服贾谊和陆贽。他认为贾谊之杰特在于"言道",其《过秦论》《治安策》诸文论秦汉所以兴亡治乱,无不通达国体,切明事理。陆贽的表现重在"行道",奉天之乱时,他临危受命,以宰相之位而运筹帷幄,成为匡复社稷的重臣。二人也因此被誉为"古之伊、管"。黄宗羲评朱松的治学闻道经历也着重指出这一点:"先生初以诗名,继而契心于贾谊、陆贽之通达治理。"(《宋元学案》卷三九"豫章学案·朱松")在两宋之交的政治现实中,朱松以自己的文和行,实践着自己闻道治学主张:绍兴四年(1134),朱松初次入都召试,就提出了"顺人心、任贤才、正纲纪"的中兴恢复之策(程敏政《新安文献志》卷六三《朱公松神道碑》)。再次召对,朱松举东汉光武和东晋元帝为例,力劝高宗戒除元帝苟且江左、无意中原的卑志,效法光武身继大业、恢复一统的雄心(《韦斋集》卷八《试馆职策》)。高宗感动之余,将此召对颁示辅臣以共勉。绍兴八年(1138),秦桧复任宰相,和议再起。朱松遂联合同僚共奏《上皇帝疏》进行抗争。疏中痛斥金人怀藏狼子野心,与我有不共戴天之仇。一味屈己求和,等于自取灭亡。疏中通过形势和对策的分析,力勉高宗不可心存侥幸,要树立信心,担负起祖宗社稷之重托。此次上书虽然未能改变和议的大局,但"论者莫不壮之"(《韦斋集》卷七)。和议既成后,又上书论和议善后事宜,劝谏高宗身处艰难之运,要实现大有为之志,宜励精图治、从长计议。并建言"复武举",以储将帅之才;"建太学",以倡节义之风(《上皇帝疏》,《韦斋集》卷七)。其奏疏慷慨陈词又循循善诱,语言晓畅坦荡,亦可见其文风。因而招秦桧忌恨,以"怀异自贤"的罪名将其逐知外郡。朱松愤而不屈,遂自请辞罢,奉祠后归退家山,"讨寻旧学",教养子女,直到去世。

朱松更以诗知名。傅自得序其集说他"建炎、绍兴间,诗声满天下。一时名公巨卿交口称荐,词人墨客传写讽诵如不及"(《韦斋集序》)。他为文行道推崇贾谊、陆贽,作诗则推崇陶潜、韦应物和同时代的陈与义。因而他的诗歌题材多咏歌山水田园、纪游行吟。可贵的是,他在这类诗作中并不像陶潜那样超脱高蹈,更未忘却民生疾苦,如《于潜道中》:

山行厌荦确,理策扶欹危。绿野两三家,一息知可期。冉冉晴林瑞,炊烟袅晴晖。其民丰且乐,恐是太古遗。哪知都邑间,百索困鞭笞。繁华今何有,半作道旁羸。

诗中虽有"绿野两三家""冉冉晴林瑞,炊烟袅晴晖"等类似陶渊明笔下静穆安宁的田园景象,但那是在赋税莫及的崇山峻岭之中,王税之下的都邑之民,却在被鞭笞催租税,以致饿死于道旁。因此,尽管深山"荦确""欹危",百姓还是乐于居住此地,因为苛政猛于山道之险,这就是朱松在诗中要告诉我们的。另一首《春社斋禁连雨不止赋呈梦得》,悯生情怀更显得直白:"岁丰农犹饥,岁恶何可说。哀哉半菽氓,罪岁同一舌。年时旱尘涨,腊尽不见雪。"即使是追慕陶渊明的诗篇,也和陶渊明这位隐士兼佛门居士呈现不同的精神风貌,如《效渊明》,诗中说他鄙弃世俗,想学渊明归隐,也想像陶潜那样,在醉酒、饮酒中忘怀世事。其中一些诗句,几乎是陶诗的翻版,如开头四句:"人生本无事,况我鹿麋姿。一堕世网中,永与林壑辞。"但诗中也同时强调,自己无法像陶渊明那样归去,原因是"为寒饥""归耕无田"(《书枡楇院壁》)固然是难以归隐之由,但更主要的恐怕还是动乱时代的使命感吧!他还有首《五言杂兴》云:

> 侧席忧宗周,负疴头岑岑。又传衢梁盗,弄兵保山林。渴闻平房诏,蛰户跋雷音。欲舞恨袖短,诸君独何心。

金兵虎视眈眈,朝廷却一味求和;地方上又盗贼蜂起,百姓不得安生。我渴望北伐诏书就像盼望惊蛰的春雷却迟迟不见踪影。我不会像那些长袖善舞的朝堂诸公,不知他们是何居心。每想到这些,就头痛不已,难以入眠。这也许就是他没有归隐也无法安然恬淡的主要原因。这类诗歌,不仅与陶、韦的志趣、情调有异,诗风也不尽相同。朱松更多地受到江西派后期诗风的影响,语言虽已不像黄庭坚那样拗折多典,显得通俗直白,但坦白直陈,多议论,缺乏形象性的描述,则带有江西派后期诗风的共同特色。

韦斋诗多议论,缺乏形象性,也与他道学家的心性有关。朱松是东南闽学代表人物罗从彦的弟子。之所以号"韦斋",即表示要以"韦编三绝"韧性来改造自己学识浮华和性情卞急的"旧习"。为此他写了许多修身养性和悟道之类的道学诗。文学史上皆认为朱熹是理学诗的开创者和代表人物之一。应当说,不仅在道学思想上,就是在理学诗创作上,朱熹也深受其父的影响。如《送僧》一诗就是在阐发他对大千世界的看法:

> 空中世界纷河沙,不知底处为天涯。乾坤百亿在指掌,触处与子同一家。云何犹作去来想,千里一跌毫厘差。坐令契阔费星纪,岭云欲寄山川遐。拨眉相对此何日,丈室净扫余天花。诗豪辩舌久投阁,万窍寂历风无哗。为君游戏出三昧,妙处哪复相聱牙。往将妙想应空谷,一任飞锡凌唱霞。

这是一首送别诗,送一位僧人去云游天下。但诗人认为:大千世界,恒河沙数。百亿乾坤,既是无边无际,亦在指掌之中,何必要去云游呢?其结果只能是诗友天涯相隔,空劳相思,但是即使不能相聚唱和,也还可以神交共游的,因为百亿乾坤,既是无边无际,亦在指掌之中,结论又回到开篇。这就是诗人的时空观,其中既有禅宗的心外无物,也有道学家的天道观。这类阐发物理和人生领悟,以议论居多的诗作,在《韦斋集》中还有不少,如"莳兰西窗下,萧艾病其根。白露堕秋夕,美恶两不存……物各信所遭,此意谁与论"(《秋怀十首》);"宴坐自观我,中深抱天机……大虚同一如,浮云渺何依"(《秋怀十首》);"山河我四大,物我同一体……多生抱此念,耿耿未云已。哪知知鱼乐,更有濠梁子"(《逢年与德灿同之温陵谒大智禅师医作四小诗送之》);"永怀山中人,独立谁与友。神交解其意,长啸震林阜"(《沙豀口望梨山》)等。

《韦斋集》中也有一些绝句,以景生情或情中突发奇想,新巧生动,与上述诗作不同调,如:

天涯投老鬓惊秋,梦想长江碧玉流。忽对画图揩病眼,失声便欲唤归舟。(《题范才元湘江唤舟图用李居仁韵》)

西山相对卧寒斋,耿耿思君不满怀。比似持云来寄我,何如君自作云来。(《寄人》)

前一首,夸张一幅绘画江上行舟图的乱真,竟然能让病中的诗人产生幻觉,欲乘坐此舟回故乡去。四句小诗既夸张了绘画的高超技艺,也流露了倦于宦游思念故乡之情,可谓一石二鸟。后一首是由来信生发的联想——不仅是联想,简直是奇想:友人大概在信中说托白云寄来自己的思念,诗人则借此更近一层,与其让白云寄来思念,还不如让白云将友人载来。新巧、俏皮,同道学家的凝重和沉思简直判若两人。朱松绝句中类似的诗作还有不少,如"道人足迹扫尘寰,坐看筇枝上藓斑。鬓得䉶龙千就就,却教行水绕空山"(《报恩寺》);"一月分身入万池,道人何处不相随。卧听绝壑传风籁,历历新诗世不知"(《寄湛师》);"行穿苍麓瞰平岗,踏破青鞋到上方。城市纷纷足机阱,却从山路得康庄"(《石门寺》);"纤纤花入麦,漫漫雨黄梅。泥径无人度,风帘为燕开"(《雨》)等。

《韦斋集》有明弘治年间邝璠刊本,清康熙年间陈崿刊本,雍正年间朱玉刊本,文渊阁《四库全书》本。今有《四部丛刊》续编本,商务印书馆 1925 年版;上海古籍出版社 1987 年版影印本;傅璇琮主编《全宋诗》存其诗 6 卷,306 首。唐圭璋《全宋词》存词一首。

第二节 张孝祥

一、生活道路

张孝祥(1132—1169),字安国,号于湖居士。唐代诗人张籍七世孙,祖籍和州乌江(今和州),出生于明州鄞县(今浙江宁波)。南宋高宗绍兴十三年(1143)前后阖家迁居芜湖(今安徽芜湖)。父祁,亦能诗,官至淮南转运判官兼淮西提刑。绍兴二十四年(1154)孝祥参加廷试,高宗亲擢为进士第一。授承事郎,签书镇东军节度判官。张孝祥中状元后随即上书为岳飞辩冤,指出岳飞被害,"则敌国庆幸而将士解体,非国家之福也",表现出鲜明的坚持抗战的政治态度,因而遭权相秦桧陷害。诬陷其父张祁有反谋,并将其父下狱。次年秦桧死,始得解脱,转秘书省正字。绍兴二十八年(1158)任起居舍人兼权中书舍人,因主张抗战不断遭到主和派排挤打击,在位不久便被殿中侍御史汪澈以"轻躁纵横、挟数任术,年少气锐"等欲加之罪罢免,此后闲置近三年之久。绍兴三十二年(1162),以集英殿修撰知抚州;孝宗隆兴元年(1163),转朝散大夫改之平江府。他在平江锄强抑暴,上疏要求减免赋税,有不少德政。孝宗隆兴二年(1164)出知建康,领江东安抚使,兼都督府参赞军事,积极支持张浚北图中原,又因符离之败被主和派攻击而罢官。乾道元年(1165)仍复集英殿修撰,知静江府,不久又遭到攻击。乾道五年(1169),请祠侍亲,以显谟阁直学士致仕。是年夏于芜湖病死,葬南京江浦老山。终年三十七岁。

张孝祥是南宋初期朝廷中有才华也有作为的高级官吏,也是一位胸有大志、志在中原的爱国者。在当时和战两派的激烈斗争中,坚定地站在主战派一边,终生的愿望就是"扫开河洛之氛祲,荡洙泗之膻腥",恢复中原,以雪国耻。为此而多次受到主和派的排挤打击。在十五年的从政生涯中,两入中枢,六更州郡,旅进旅退,赍志以殁。才华没有得到充分施展,志清中原的人生壮志也成泡影。这是张孝祥的人生悲剧,也是历史的悲剧、时代的悲剧。

著有《于湖居士文集》,有宋刊本,明万历刻本,《四库全书》本,商务印书馆《四部丛刊》。今存诗词文共四十卷。有徐鹏点校的《于湖居士集》,上海古籍出版社1980年版,皖人宛敏灏点校的《于湖词》,中华书局2010年版;皖人韩酉山《张孝祥评传》,南京大学出版社1993年版;以及《张孝祥年谱》,安徽人民出版社1993年版。

二、词

张孝祥诗文俱佳,兼善书法,但最著名的是词。他是南宋前期比张元干稍晚而影响较大的爱国词人。今存词二百二十多首,题材相当广泛,登临、怀古、山水、田园、酬唱赠答、羁旅恋情无所不有,虽然直接表现民生疾苦的词作不多,但力主抗金、匡复中原的爱国激情却是其词作的主调。其早期的爱国词作,主要表现恢复中原慷慨报国之情,以及在主和大势下被处闲散置、报国无门的孤忠与悲愤,这是他在当时激烈的和战之争中用词作来做政治表态,如有名的《水调歌头·闻采石战胜》:

> 雪洗虏尘静,风约楚云留。何人为写悲壮,吹角古城楼?湖海平生豪气,关塞如今风景,剪烛看吴钩。 喜燃犀处,骇浪与天浮。忆当年,周与谢,富春秋。小乔初嫁,香囊未解,勋业故优游。赤壁矶头落照,淝水桥边衰草,渺渺唤人愁。我欲乘风去,击楫誓中流。

绍兴三十一年(1161)九月,金人南侵战争爆发,宋军节节败退,十一月,完颜亮企图从采石渡江,情势万分紧急。奉命至建康犒军的中书舍人虞允文,毅然整顿散兵,采石一役,挫败完颜亮的渡江计划。这是战争爆发以来第一个大胜仗,消息传来,举国振奋。张孝祥此时因汪澈弹劾罢职正在家里空闲,"小儒不得参与戎事",不能参与谋划,更不能亲赴前线了此平生之愿。

所以闻此喜讯后,既振奋惊喜又有感慨遗憾,写下了这首大开大阖、纵横古今、感情勃郁的千古名作。对采石之胜,词中并未渲染和铺叙胜利场面,而是用战后山河的宁静"雪洗虏尘静"作为开篇,高度加以概括,然后通过描景、叙事,尤其是借古喻今,引用周瑜、谢玄、祖逖一系列江左英雄,战胜南侵之敌或挥师北伐,来比附指挥采石之役获胜的虞允文和战后国事的大有可为。但词中的"剪烛看吴钩",尤其是"忆当年,周与谢,富春秋""赤壁矶头落照,淝水桥边衰草,渺渺唤人愁"数句,就像苏轼《念奴娇·赤壁》中的"遥想公瑾当年"一样,暗含处闲散置、时不我待的报国无门浩叹,结句则直接点破渡江北伐的报国志向。此间的忠愤郁勃之气,亦如苏轼笔下乱石崩云、惊涛裂岸的大江,激越而奔放。其中引用古人、化用前人成句,也是上承苏轼,下开辛弃疾之先河。词人的另一首词作《水调歌头·凯歌上刘恭父》以及诗歌《辛巳冬闻德音》,也是讴歌这次胜利,并表达类似的情感。谢尧仁在《张于湖先生集序》中,说张孝祥"雄略远志,其欲扫开河洛之氛祲,荡洙泗之膻腥者,未尝一日而忘胸中",上述词作就是见证。

　　如果说《水调歌头·闻采石战胜》是为战胜而喜,是对主战派的讴歌的话,那么《六州歌头》"长淮望断"则是为战败而悲,是对主和派的斥责。贯穿两者之间的仍是不离不弃、一如既往地恢复中原之志。词的上阕,词人就用赋体为我们铺排了淮北大地沦陷后的凄楚情形:随着壁垒填平、号角声消,昔日衣冠之地、文明之邦现在是一片胡风夷俗:"洙泗上,弦歌地,亦膻腥。隔水毡乡,落日牛羊下,区脱纵横。看名王宵猎,骑火一川明,笳鼓悲鸣,遣人惊。"一方面是天意气数(符离之败并非是主战者不尽力),另一方面更是主政者苟且求和造成的。前者,是词人安慰开脱之词,因为在隆兴北伐之初,词人就以他敏锐的政治洞察力指出:成败的关键在于北伐诸将能否同心协力。他在给前敌指挥李显忠的信中说:"今淮西三帅列屯,朝廷安危,实系于是。太尉与王侯、成侯必须同心协力,而后可以成功。"要想同心协力,就必须"专图国事,尽去私心"①。符离战败的事实不幸被张孝祥所言中,恰恰是前方主将李显忠、邵宏渊之间不和所造成的。符离战败后,主和派又甚嚣尘上,主持北伐的张浚则备受责难。为支持抗战,为主战派打气,词人自然会将北方沦陷的惨状归罪于主和派。词的下阕转入对执政者的批判和自己空有满腔忠愤的感慨抒发,全词均用赋体,多三字句,造成一种气短节促,哽咽之声,抒悲愤无奈、难以言传之情,极富艺术感染力。据宋代无名氏《朝野遗记》记载:张孝祥是在当年主持北伐的主帅张浚的宴会上赋此词的,张浚听后,竟感动得食不下咽,"罢席而入"。汤衡在《张紫薇雅词序》中曾称赞孝祥词的风格是"骏发踔厉,寓以诗人句法者也",此词风格可见一斑。这种激动人心的艺术效果,与多用三字句进行赋体铺排关系极大。这类爱国词作,还有"好把文经武略,换取碧幢红旆,谈笑扫胡尘"(《水调歌头·送谢倅之临安》);"骁马秋肥雕力健,应看名王宵猎。壮士长歌,故人一笑,趁得梅花月"(《念奴娇·张仲钦提刑行边》);"休遣沙场虏骑,尚余匹马空还"(《木兰花慢·送张魏公》);"欲吐平生孤愤,壮气横秋。浩荡锦囊诗卷,从容玉帐兵筹"(《雨中花慢》"一舸凌风");"君王天纵资神武,要尺箠,平骄虏。思得英雄亲驾驭。将军行矣,九重虚宁伫,谈笑清寰宇"(《青玉案·送频统辖行》)等,都豪情满怀,对抗战恢复充满信心。但比起《水调歌头·闻采石战胜》尤其是《六州歌头·长淮望断》,多了些豪放,少了些沉郁和悲慨,使我们感受不到现实的沉重感,也无法体验词人那种报国无门的内心真实感受。

随着词人的迭遭打击、旅进旅退,词人咏叹报国无门、申述恢复之志的词作渐少,寄情山水、咏怀风物之作渐多。那月白风清的大自然,烟草凄迷的江南山水,是词人在壮志破灭之后的精神寄庐,现实与理想剧烈冲撞后的人生归趋。这类词作语言深婉,境界清幽,潇洒出尘,如后期词风的代表之作《念奴娇·过洞庭》:

> 洞庭青草,近中秋,更无一点风色。玉鉴琼田三万顷,着我扁舟一

---

① 《与李太尉》,见徐鹏点校《于湖居士文集》,上海古籍出版社1980年版。

叶。素月分辉,明河共影,表里俱澄澈。悠然心会,妙处难与君说。应念岭海经年,孤光自照,肝胆皆冰雪。短发萧骚襟袖冷,稳泛沧溟空阔。尽挹西江,细斟北斗,万象皆宾客。扣弦独啸,不知今夕何夕!

如果说,《水调歌头·闻采石战胜》《六州歌头》"长淮望断"代表着词人豪放悲壮风格的话,那么,这首《念奴娇·过洞庭》则是转为旷达清壮。但"壮"则是前后一致的连贯风格。词人笔下的八百里洞庭是壮阔的:"玉鉴琼田三万顷",而且"更无一点风色";天地也是浩瀚辽阔的:"素月分辉,明河共影","沧溟空阔";词人的襟怀也是旷达又洒脱:在明月的照耀下,诗人与天地融为一体,"表里俱澄澈",而"尽挹西江,细斟北斗,万象皆宾客"更显其襟怀的潇洒和气度的阔大。这首《念奴娇·过洞庭》,无论是咏物或是抒怀,都使我们想起苏东坡那首《赤壁赋》。宋人魏了翁认为这首词最能表现张孝祥的性格特征:"张于湖英姿奇气著之湖湘间,未为不遇。洞庭所赋在集中最为杰特。方其吸江酌斗,宾客万象时,讵知世间有紫微青琐哉!"(《鹤山大全集》)清王闿运甚至认为这首词比苏东坡《水调歌头·月夜怀子由》更为潇洒:"飘飘有凌云之气,觉东坡《水调》犹有尘心"(《湘绮楼词选》)。其实,张孝祥这首词固然有"凌云之气",但何尝没有"尘心"? 其神思天外,却心存魏阙。词中极力表白自己"襟袖冷,稳泛沧溟空阔","表里俱澄澈",并非纯粹写景,也并非山水美景中的沉醉忘我,亦与此时的经历和遭遇有关。此词作于乾道二年(1166)秋被罢职后,由静江(今桂林)返回家乡途经洞庭之时。乾道元年(1165)正月,词人被任命知静江府、领广南西路经略安抚使,七月达任所,但不到十个月,第二年四月即被殿中侍御史王伯庠弹劾罢官,罪名是"专事游宴"。这是张孝祥短暂一生中第三次被劾落职。其实在短短十个月内,张孝祥在桂林还是做了不少德政的:"筑寸金堤以免水患,置万盈仓以储漕运"(《宣城张氏信谱传》),只是在朝廷激烈的和战之争中再一次遭到暗算而已。所以上述的景色描绘和感慨,其中有被诬的辩白,也有人生志向的独慨! 只是此时的张孝祥已将百炼钢化为绕指柔,再没有"念腰间箭,匣中剑,空埃蠹,竟何成"的激愤之语,也没有"忠愤气填膺,有泪如倾"的直接表白,而是通过洞庭月夜明澈洁净的世界,尤其是"表里俱为澄澈"来婉曲地表达,甩开空阔的襟袖,将泼来的污水一笑挡在心灵之外,这就是"尽挹西江,细斟北斗,万象皆宾客"这种想落天外的壮浪之句的内涵所在,当然其中也未尝没有对"专事游宴"罪名的内心愤慨,至于结句"扣弦独啸"的感叹,更有不被理解和遭受诬陷的孤独感,他和苏轼的《念奴娇·赤壁》结句"人生如梦,一樽还酹江月"的基调是一致的。

类似的山水词作还有《多丽》《水调歌头·泛湘江》《水调歌头·金山观月》《西江月·丹阳湖》等。《多丽》作于绍兴二十九年(1159)秋,词人由中书舍人任上首次落职返回故乡芜湖路上。词中汀州上的水乡秋色,夕照下的炊烟渔舟,即将与亲人相聚的期盼,冲淡了词人落职的沮丧,想到从此可以摆脱羁绊,过着朝来爽气、秉烛夜游的清闲岁月,甚至还有几分侥幸和快意。但开篇满目败芦枯蓼的萧疏秋景,结尾处无言面对隔船琵琶的哀怨清商,都会使人想起江州之贬的白居易,都会勾惹起"同是天涯沦落人"的一声长叹。词人将淡淡的哀愁暗含于萧疏的秋景和怀亲念闺的委婉叙说之中,在清雄之外,呈现一种骚雅风格,可以视作词人词风转变的标志。《水调歌头·泛湘江》与《念奴娇·过洞庭》为同期之作,只是缺少前者清旷而多了几分幽怨。词中摘取屈赋中的成句和《史记·屈原列传》的语意,表达对屈原的赞美和不幸遭遇的同情,以此抚慰自己心中之块垒。《水调歌头·金山观月》结尾处与群仙邀约,翳凤骖鸾,同去三山,亦是追步屈原,力图离开污浊苦难的大地。但就像屈原神游之中忽然见到故国,"仆夫悲余马怀兮,蜷局顾而不行"一样,张孝祥的后期词作也往往处在这样的矛盾之中:一方面在精神上努力寻求解脱;另一方面又念念不忘君国,不忘建功立业,如《水龙吟》(过浯溪)。一方面期待"清都归路,骑鹤去,三千岁"的悠游岁月;一方面又在"中兴碑下,应留展齿",而且还要发问:"元、颜去后,水流花谢,当年事,凭谁记"。在《水龙吟》(望九华山)中,想象仙人"笑我尘埃满面",邀他摆脱苦难,三山同游;他又眷念君国,迟迟下不了决心,"怅尘缘未了,匆匆又去,空凝伫,烟霄里"。他想学范蠡归隐五湖,但"未办当年功业"只能"空击五湖船"(《水调歌头·垂虹亭》)。其实,词人早年立下的"我欲乘风去,击楫誓中流"的恢复壮志,至死都未消弭,一直耿耿于胸中。下面这首《浣溪沙·荆州约马奉先登城楼观》即写于去世前一年:

> 霜日明霄水蘸空,鸣鞘声里绣旗红,澹烟衰草有无中。万里中原烽火北,一樽浊酒戍楼东,酒阑挥泪向悲风。

词人登楼远眺,中原大地,澹烟衰草,烽火未熄,收复中原仍遥遥无期。词人就是带着这种遗恨离开了人世。

张孝祥还有一部分表现男女恋情的作品,如《虞美人·柳梢梅萼》《虞美人·罗衣怯雨》《念奴娇·风帆更起》《木兰花慢·送归云去雁》《木兰花慢·紫箫吹散后》等,又往往沿袭婉约派的手法摹景状物、寄意抒情,其特点是情意深切、绵密深曲、凄婉动人,代表着《于湖词》的另一类风格,也很受评论家的重视,清代词论家况周颐就称赞其"绵密蓄艳,直逼花间"(《蕙风词话》)。

《于湖词》在宋词发展史上有着重要的地位。它继张元干之后,在词坛上高扬起爱国主义大旗,鼓唱着抗金北伐同仇敌忾之声,在当时激烈的和战之争中,起着警顽起懦的战斗作用。正如清代词论家陈廷焯所称赞的,"淋漓痛快,笔饱墨酣,读之令人起舞"(《白雨斋词话》)。词人把个人命运同国家、民族紧密联系在一起的爱国情怀,"欲扫开河洛之氛,荡洙泗之膻腥"的豪情壮志以及身处逆境不与世俗同流合污的高尚操守等,也对此后的豪放词人产生了重要影响。在词风上,他刻意学习苏轼的清旷词风和表现手法,这在上述的《念奴娇·过洞庭》《水调歌头·金山观月》等词作中可见一斑。要强调的是:张孝祥的时代毕竟不同于苏轼所处的北宋。苏轼所处的熙宁前后,尽管国政多弊、朋党纷争,但国家毕竟统一,士大夫也不会有国破家亡之痛,对未来、对人生都还充满期待,这是偏安江左、对金主称臣的南宋小朝廷所无法比拟的。所以尽管张孝祥刻意追摹苏轼词风,但既缺少苏轼所处的时代精神,也缺少苏轼特有的人文气质,所以清雄之中总含有苏词所没有的沉郁和幽旷,倒是后来的辛弃疾与其相近。缪钺评价《于湖词》在词史上的地位是"清旷豪雄两擅长,苏辛之际作津梁"(《灵谿词说》),此说甚是。另外苏以诗为词,辛以散文入律,张词基本继轨东坡,也偶以散文入律,也呈现一个过渡的趋势。

三、诗 文

张孝祥以词鸣世,然兼擅诗文,工书法。现存散文二十四卷,政论、记叙、书启皆有特色。其政论文多为奏章,集中表现他在抗金、备战、吏治、救灾、用人上施政主张,大都言简意赅,说理生动透辟,富有逻辑力量。如上孝宗的《论用才之路欲广札子》,全文四百余字,把广开用才之路的重要性、目下用人制度的弊端和解决的办法都说得比较清楚。其中大胆提出"舍去拘挛,收拾度外之士"用人思想,颇有现实针对性。文势流畅而词锋尖锐,颇见作者不避时忌、率性敢言的性格特征。其记叙文多记爱国军民抵抗金兵的英雄事迹和胆略,如《宣州修城记》《乐斋记》等。《宣州修城记》记述建炎以来宣州两任太守修城备战,固守拒敌,使金兵在宣州军民面前望而却步。《乐斋记》则是记述一个下层小吏赵再可不怕牺牲,勇赴位于前方的任所,担负救国重任的英雄事迹。叙事状物简洁而生动,特别是能用寥寥数语让人物形象立于纸上,形貌性格毕现,如记叙宣州太守任公到任时,见宣州城垒东倾西决,戎器剥折蠹败景象时,"公耸然惧曰:'吾惟守土,不此之务,吾失职矣。'"短短十七字,将一位太守守土的责任心和紧迫感表现得异常充分。《乐斋记》则通过两层铺垫来突出赵再可在强敌压境之际不计利害、敢于担当的爱国情操:一是隆兴元年赵再可被任命为濠州钟离县主簿时,众人纷纷渡江南下,赵却谢绝亲友的劝告,"独驱车以北"。二是以当时的达官显贵在强敌面前的畏葸之态作为铺垫反衬:这些"号称大官"者,"平时冒爵位,取富贵,一旦敌人猝至,股栗心悸,谋自窜之"。作者认为这些大官在赵再可面前"可愧死矣",同样表现作者不避时忌、率性敢言的性格特征。张孝祥还有一些纪游、状物的散文,如《风月堂记》《游朝阳岩记》《棠阴阁记》《千山观记》《太平州学记》等。这类散文,很少就事论事,往往借题发挥,表达他的施政理念或人生追求,如《风月堂记》,是应堂的主人季高的请求而作,但无一句写堂的修建过程或对堂本身进行描绘,而是大谈宰相的忧乐和责任,最后居然说:"堂虽成,予恐风月不能淹李高于此也",颇类范仲淹《岳阳楼记》的写法。《太平州学记》有四个层次,只有第二层写到太平州学,首层是谈孔庙的作用,第三层是作者的感慨:"客有过而叹曰";第四层仍是作者的感慨:"客于是又有叹曰"。谢尧仁称赞张孝祥散文"如大海之起波涛,泰山之腾云气,倏散倏聚,倏明倏暗,虽千变万化,未易诘其端而寻其所穷"(《张于湖先生集序》),在议论、记叙两类散文中最见其特色。

张孝祥的诗在当时也很负盛的。刘克庄在《中兴绝句续选序》中将他与陆游、范成大、杨万里等放在一起,并列为南渡初期"大家数"。今存诗十一卷。内容大都是赠答、题咏和纪行,反映爱国情怀、要求收复失地仍是其主调,如《读中兴碑》:"北望神皋双泪落,祇今何人老文学",慨叹当今没有像元结、颜真卿那样的大手笔,来写大宋中兴碑,只能为神州陆沉、中兴无望而双泪交流。《次沈教授子寿赋雪》气势充沛、感情深沉,很有盛唐边塞诗的气韵:"北风吹来燕山雪,十万王师方浴铁。风缠熊虎灵旗静,冻合蛟龙宝刀折。何人夜缚吴元济?我欲从之九原隔。东南固自王气胜,西北那忧阵云结?岂无祖逖去誓江,已有辛毗来仗节"。

张孝祥诗歌,具有以下两个典型特征:

一是刻意学习苏轼和黄庭坚。学习苏轼主要是学其自然流走、无所羁绊;学习黄庭坚则是多用典故又能"点铁成金"。前者如《水车诗》,完全是模仿苏轼的《无锡道中赋水车》,虽无苏轼的新意迭出,妙喻横生,但显得更为平易圆转。全诗放笔快意却讲求法度,在句眼处尤为着意,如"转此大法轮,救汝旱岁苦,横江锁巨石,溅瀑叠城鼓,神机日夜运,甘泽高下普"几句,以夸张的笔法写水车的抗旱之功,其中"锁"字化静为动,"叠"字化声为形,"运""普"二字响亮涵富。

他也模仿山谷体"夺胎换骨"的"活法",诗作中有很多化用前人的成句,如"经行有恨是阴雨,不见香炉生紫烟"(《江次州王知府叔坚韵》)就是化用李白《望庐山瀑布》中的"日照香炉生紫烟";《和刘国正觅雌黄》中的"刘郎家具少于车,只有诗囊未厌渠"亦是化用孟郊《借车》中的"借车载家具,家具少于车";《和仲弥性烟霏佳句》中的"醉余彩笔三千首,老去苍官四十围"则是化用欧阳修《赠王介甫》中的"翰林风月三千首,吏部文章二百年"。有的则是直接采用黄庭坚的名句,如《和都运判院韵》中的"君诗我续貂不足,曹邻大楚非匹俦",即化用黄庭坚的"我诗如曹邻,浅陋不成邦;公如大国楚,吞五湖三江"(《子瞻诗句妙一世,乃云效庭坚体,次韵道之》);《和万老》中的"落木千山夜,空江万里秋"则是化用黄庭坚的"落木千山天远大,澄江一道月分明"(《登快阁》)等,或正用或反用,或夺胎或熔铸,或易一二字,或整句照搬,诗句看似率成滑熟,但在全篇中却有浑然不可携之势。张孝祥虽学黄"夺胎换骨",但又有自己的特色。他虽然熟悉用典用事的各种诀窍,却能做到不用生句夺胎,不取僻典换骨,如"佛狸定送死,榆关不须扃。庑势看破竹,我师真建瓴……八章《车攻诗》,十章《燕然铭》;我学益荒落,尚可写汗青"(《诸公分韵,得老、庭字》);"莫吟青玉案,恐弊黑貂裘。国步艰难日,人间浩荡秋。不须鸟工往,且作贾胡留"(《送谢梦得归昭武》);"尘满庾楼烦鬲拂,经余莲社更摩挲。文成本自筹帷幄,不数黥彭战伐多"(《和曾衮父韵送老人赴镇九江》)。这些诗句,几乎一句一典,但又似乎未假雕琢、浑如天成。精工的字句构筑出生动鲜明的形象,圆美流转的诗篇包蕴着浑厚的内涵。虽是他人言语,诗人却能以整体情感统之,使其圆美流转,无不体现了诗人缜密的思致、辛勤的锻造。汤衡评《于湖词》:"初若不经意,反复究观,未有一字无来处"(《于湖词序》)。词是如此,诗又何尝不是如此。

二是深受南宋理学的影响。张孝祥晚年与张栻、朱熹等理学家"讲性命之学",建立了深厚的友谊。随着与理学家交往的日益频繁,诗人的创作思维逐渐转向内在,他更加注重对中正平和之气的修养。跃动的激情在诗作中慢慢隐退,自然冲淡的作品则在张孝祥后期诗歌创作中占有越来越大的比重。在《赠张钦州》中,他称赞理学家张栻自然淡如、心气和平的精神状态:"南来清贫家立壁,但有万卷书满楼。云山极观半空写,下有花竹秀而野。闭门读易已三年,乐天知命忘华颠",这也是在表白自己的精神追求。在《陈仲思以太夫人高年,奉祠便养,卜居城东,茅屋数间,澹如也。移花种竹,山林丘壑之胜,湘州所无。食不足而乐有余,谓古之隐君子,若仲思者非耶!乾道戊子六月,某同张钦夫过焉,徘徊弥日,既暮而忘去。钦夫欲专壑买邻,钦夫有诗,某次韵》一诗中,张孝祥又用恬淡的笔触描绘了理学家心中理想的儒者形象:"平生交游中,此士故耐久。不折为米腰,颇袖斫轮手。卜居并东郭,草草宫一亩。日课种树书,笺题遍窗牖。花草当姬妾,松竹是朋友"。此诗的长题,也直接道破了自己的精神归趋。两首《请说归休好》更在对陶渊明《归去来兮辞》的重新熔铸中,申发了诗人萧散恬淡的精神追求。他题赠朱熹的《题朱元晦所书凯歌卷后》则简直就是一篇理学语录:"我词不足录,聊以醒渠醉。更参三十年,当与风子对。"他的《酬朱元晦登定王台之作》再无早年登临时的"悲泪不盈睫""忧国空含情"(《赭山分韵,得成、叶字》)的悲咽长叹,而是"日月何曾蔽,风云会有开。登临一杯酒,莫作楚囚哀"的通脱和领悟。他的一些写景小诗,如《道间见梅》《题塔子寺》等,灵动而活络,其思理皆受理学影响。

第三节 朱熹

朱熹是中国古代杰出的思想家。在中国思想史上,除先秦诸子之外,他在中国思想史和文化史的地位是无与伦比的。如果我们把儒家思想作为中国传统文化最核心的内容,那么朱熹堪称仅次于孔孟的圣哲,因而被后人尊称为"朱子",并形成明清以还的显学"朱子学"。朱熹也是一位非常有成就的文学家,他的文学理论、文学批评和《诗经》《论语》、韩愈研究都卓有建树。他的诗文创作在十二世纪下半叶中国诗歌发展史上,虽不足与陆游、辛弃疾并驾比肩,但较之范成大、杨万里和陈亮等诸人是毫不逊色。其理趣诗在他手中得到发扬光大,从而成为中国古典诗歌苑囿中一个独特的门类。但遗憾的是,朱熹的文学思想和创作成就一直被人们忽视甚至误解。究其原因可能是为其理学家的盛名所掩盖。一个历史人物,如果某一方面的成就太突出,那么其他方面的成就往往会被前一方面的光芒所掩盖,以宋人为例,范仲淹的文学为政名所掩,欧阳修的经学为其文名所掩,陆游的词为其诗名所掩,姜夔的诗又为其词名所掩等等皆是显例。二是由于明清以还的统治者在提倡理学时,主要着眼于其有益于治道、教化方面的功利价值,刻意强调和凸现理学思想中"穷天理、窒人欲"的非文学、反文学的因素。朱熹文学思想和创作成就也被当成经学或哲学讲义,其文学性质和创作才华被有意或无意抹去,变成一个刻板僵化的道学圣人。

一、生活道路

朱熹(1130—1200),字元晦,一字仲晦,号晦庵、晦翁、考亭先生、云谷老人、沧州病叟、逆翁,世居安徽歙县皇墩,后徙婺源(今属江西)。歙县为唐代新安六郡之一,有紫阳山,故自称新安人,别号紫阳。朱熹出生在一个文学气氛非常浓郁的家庭:祖父朱弁,是著名的《风月堂诗话》作者。父亲朱松深受欧阳修诗文革新运动的影响,喜爱古文而轻视科举时文,以诗知名,著有《韦斋集》。傅自得序其集说他"建炎绍兴间,诗声满天下,一时名公巨卿交口称荐,词人墨客传写讽诵如不及"(《韦斋集序》)。朱熹受教于父,聪明过人。四岁时即询问其父"天上有何物"。八岁便能读懂《孝经》,在书上题字自勉:"不若是,非人也。"十四岁时父亲去世。高宗绍兴十七年(1147),朱熹参加乡贡中举,时年十七岁。录取他的主考官蔡兹曾对人说:"吾取一后生,三策皆欲为朝廷措置大事,他日必非常人。"第二年进士及第,绍兴二十三年(1153)任同安主簿,任满后即以亲老请祠,从李侗潜心理学研究并四处讲学,宣扬他的"太极"和"存天理,灭人欲"的理学思想体系,成为程(指程颢、程颐)朱学派的创始人。孝宗即位,应诏上书反对言和,隆兴初受召入对,重申前议,忤时相与近习,除武学博士,辞朝命。十五年间,屡召不起。淳熙二年(1175),以陆九渊为首的另一学派在信州(今上饶)鹅湖寺相聚,就一些重大的哲学分歧展开辩论,从而形成理学史上的两大流派,这就是中国哲学史上著名的"鹅湖之会"。淳熙五年(1178),经宰相史浩推荐,朱熹出任南康(今江西星子)知军。八年(1181)三月至八月,朱熹任江南西路茶盐常平提举。

在任期间,他募集钱粮赈济灾民,百姓得以安生。拟调直秘阁,他以捐赈者未得奖赏不就职。次年,因弹劾台州守臣唐仲友违法扰民,被唐之姻亲、宰相王淮扣压并改荐朱熹为浙东常平提举,朱熹坚辞新命,挂冠东归。光宗绍熙元年(1190),出知漳州。三年(1192),除知潭州,领湖南安抚使;次年五月莅任。宁宗即位,召为焕章阁待制。时韩侂胄用事,被劾落职,旋指为伪学逆党,几遭杀身。宁宗庆元六年卒,年七十。嘉定二年(1209)诏赐遗表恩泽,谥曰文,寻赠中大夫,特赠宝谟阁直学士。理宗宝庆三年(1227),赠太师,追封信国公,改徽国公。

朱熹性格耿直,从不依违取容,政治上屡遭诬陷打击但愈挫愈勇。在任地方官期间,力主抗金,恤民省赋,节用轻役,限制土地兼并和高利盘剥,并实行某些改革措施,镇压民间叛乱。退则著书立说,设帐授徒,以建立"洛学正宗"的道统为己任。在庐山建白鹿洞书院,订立《学规》,讲学授徒,宣扬道学。在潭州(今湖南长沙)修复岳麓书院,讲学以穷理致知、反躬实践以及居敬为主旨。他继承二程,又独立发挥,形成了自己的体系,后人称为"程朱理学"。他学识渊博,对文学、史学、经学、哲学、宗教都有较深入的研究。主要哲学著作有《四书章句集注》《四书或问》《太极图说解》《通书解》《西铭解》《周易本义》《易学启蒙》等。文学研究有《诗集传》《楚辞集注》,诗文创作有《晦庵集》,此外还有门人所辑《朱子大全》《朱子语录》等。

二、文学思想与文学研究

文道观 朱熹文学思想的核心是他独特的文道观。既不像程颐、程颢那样持对文学一概排斥的极端态度,又反对苏轼等北宋古文家以"道自道、文自文"来强调文学的独立性。朱熹的文道观,基本上可分为两个层次:首先是道本文末,重道轻文。他认为"道者,文之根本;文者,道之枝叶"(《朱子语类》卷一三九)。朱熹是位道学家,一生倡导义理,他认为人生最紧要的事情是讲学明理,研求圣贤之道,不应该把时间和精力都浪费在做文章上面,"才要做文章,便是枝叶,害著学问,反两失也"(《朱子语类》卷一三九)。为此,他声称自己"平生最不喜作文",并责问那些把心力耗费在作诗上的人们:"不知穷年累月做得那诗,要作何用?"(《朱子语类》卷一〇四)出于此认识,他竭力反对科举以诗赋取士:"所以必罢诗赋者,空言本非所以教人,不足以得士。而诗赋又空言之尤者,其无益于设教取士,章章明矣月。"(《学校贡举私议》)上述议论,是对二程文道观的继承。其次是主张文道合一,反对"道自道、文自文"的文道割裂。他指责欧阳修不知道德文章实为一体:"彼知政事礼乐之不可不出于一,而未知道德文章之尤不可使出于二也"(《与汪尚书》);指责韩愈等古文家"未免裂道与文以为两物"(《读唐志》)。他认为苏轼文道观的最大错误就是"道自道、文自文":"今苏东坡之言曰:'吾所为文,必与道俱',则是文自文而道自道。待作文时,旋去讨个道来放入里面,此是他大病处"(《朱子语类》卷一三九)。苏轼倡导的"文与道俱"是对韩愈等古文革新理论的丰富和发展,也正确处理了文学内容和形式之间的关系。朱熹对此的攻击,自然是道学家的偏颇。但其中也显露了朱熹文学观与二程的差异。二程是彻底否定文学的,认为它是"闲言语",只会"害道"。朱熹则认为两者同为一体,只是一为根本,一为枝叶,但没有枝叶的根本是长不成参天大树的,这是常识。这是对二程文道观的修正。他认为适当的文学创作不但无害,相反还有助于明义理,见心性:"贯穿百氏及经史,乃所以辨验是非,明此义理,岂特欲使文词不陋而已?义理既明,又能力行不倦,则其存诸中者,必也光明四达,何施不可?发而为言,以宣其心志,当自发越不凡,可爱可传也"(《朱子语类》卷一三九)。朱熹认为好的文学作品不但不会害道,相反还具有涵泳性情,发明儒道的重要功能。例如《诗经》,如果能"章句以纲之,训诂以纪之,讽咏以昌之,涵濡以体之。察之情性隐微之间,审之言行枢机之始,则修身及家,平均天下之道,其亦不待他求而得之于此也"(《诗集传序》)。正是出于这样的文学观,他教育自己的儿子在读《左传》等经书之外,还要从"韩、欧、曾、苏之文滂沛明白者,拣数十篇,令写出,反复成诵,尤善"(《答蔡寄通》),也常常要求自己的学生多读一些好的古文,掌握写作技巧:"人要会做文章,须取一本西汉文与韩文、欧文、南丰文","东坡文字明快,老苏文雄浑,尽有好处。如欧公、曾南丰、韩昌黎之文,岂可不看"(《朱子语类》卷一三九)。他甚至认为在诠释儒家经典上,有的古文家比道学家做得还要好,原因就在于他们的笔力过人,文章有气势:"东坡解经,莫教说着处直是好,盖是他笔力过人,发明得分外精神"(《朱子语类》卷一三〇),又说:"东坡《书解》却好,他看得文势好"(《朱子语类》卷七八),他曾从韩愈文集中精选出选三十四篇,"以惠后学"。又选"欧阳文忠公、南丰曾舍人文萃,合上下两集,六卷,凡四十有二篇。观之择之之精,信非他人目力所能到"(《鲁斋王文宪文集》卷一一)。他还在门人巩仲至的协助下校过《陈与义诗集》,他在给巩仲至的一封信中说:"陈诗误字,今用别纸录去,须逐字分付修了,看过就此句消了,方再付一字,乃可无误。"(《朱文公文集》卷六四)可见他对诗人的诗集校勘得很认真,也很仔细。他集注过《诗经》《楚辞》,甚至还想编选一本通代的诗选:"欲抄取经史诸书所载韵语,下及《文选》、汉魏古词,以尽乎郭景纯、陶渊明之所作,自为一编,而附于《三百篇》《楚辞》之后。"(《答巩仲至》《朱文公文集》卷六四)他在做了《韩文考异》之后又想做《杜诗考异》,因为"杜诗最多误字……如'风吹苍江树,雨洒石壁来'。'树'字无意思,当作'去'字无疑"(《朱子语类》卷一四〇)。可见他对文学著述多么热心,对字句有多么考究!这都是从道学家的立场肯定文学的功绩和作用,这都是他的文学观不同于传统的伊洛之学的明证。当然,这也说明他热爱文学,本身就有文学的性情和天赋。就像他声称自己"不能诗"(《答杨宋卿书》),甚至发誓不作诗,可是朱子集中却留下一千二百五十多首诗作一样。

文学的内容与形式 朱熹从道本文末的文道观出发,主张作文以达意明理为主,反对本末倒置地讲求形式。他认为只要有了道,文自然就会产生,更无须在文上耗费心力:"主乎学问以明理,则自然发为好文章,诗亦然。"(《朱子语类》卷一三九)至于文章内容上的具体要求,主要有两点:一是要辨别邪正是非,使诗歌内容能"得其性情之正"(《诗集传序》);二是要出自品性,发乎自然,"为诗不期高远而高远自至"(《答巩仲至》《朱文公文集》卷六四)。形式上的具体要求则有以下三点:第一,强调明白平易,反对艰深雕琢:

"今人作文,皆不足为文。大抵专务节字,更易新好生面词语。至说义理处,又不肯分晓。观前辈欧、苏诸公作文,何尝如此?圣人之言坦易明白,因言以明道,正欲使天下后世由此求之。使圣人立言要教人难晓,圣人之经定不作矣。"(《朱子语类》卷一三九)第二,必须讲究法度,探究形式。朱熹认为圣贤是无所不通、无所不能的。圣人一开口便是至文,当然不用费力去追求形式,但常人都是学而知之的,如果想要成功地运用文字来达意明理,就必须下工夫来探究形式,讲求法度,即使是李白、苏轼这种天才型的作家也不例外。而多读前人作品,吸取前人的成功经验,是较快地掌握写作法度的诀窍所在。譬如李白,其"《古风》两卷多效陈子昂,亦有全用其句处"(《朱子语类》卷一三九)。他曾劝告友人也这样做:"试取孟韩子、班马书大议论处熟读之,及后世欧、曾、老苏文字,亦当细考,来见为文用力处。"(《答王近思》《朱文公文集》卷三九)他承认自己年轻时就是从熟读典籍中悟出作文之法的:"某从十七八岁读至二十岁,只逐句去理会,更不通透。二十岁以后,方知不可恁地读。原来许多长段,都自首尾相照管,脉络相贯串。只恁自熟读,自见得意思。从此看《孟子》,觉得意思极通快,因悟作文之法"(《朱子语类》卷一〇五)。作诗也是一样,当"先用看李杜,如士人治本经。本既立次第方可看苏、黄以下诸诗"(《朱子语类》卷一三九),甚至赌咒发誓说:"今日要做好文者,但读《史》《汉》、韩、柳而不能,便请斫取老僧头去"(《朱子语类》卷一三九),强调熟读古人作品,来涵泳体悟作文、写诗技巧章法,这与他的理学家历史观是完全一致的。朱熹是位理学家,崇尚三代,厚古薄今是其理学的基本出发点。文学史观也不例外:"韩文力量不如汉文,汉文不如先秦战国",这说的是散文,诗歌也是一样:"虞夏以来,下及魏晋,自为一等;自晋宋间颜、谢以后,下及唐初,自为一等;自沈、宋以后,定著律诗,下及今日,又为一等。然自唐初以前,其为诗者固有高下,而法犹未变。至律诗出,而后诗之与法始皆大变。以至今日,益巧益密,而无复古人之风矣。"总之是愈古愈好,愈变愈差。至于这种厚古薄今的文学史观是否就意味着复古倒退呢?那倒不一定,就像韩愈提倡复古,说"非三代秦汉之文不可观"一样,朱熹的文学史观也是有其现实针对性的。他认为宋代的文风,从宋初到仁宗嘉祐前,文风谨重,风俗浑厚,到北宋末年,文风已经"穷极华丽",浑厚的风俗已不复存在。而渡江之初,时世艰难,士风与文风又稍振,此后到眼前(光宗绍熙年间)文风又形成巨大落差:"容冶调笑""圆熟软媚"之风充斥文坛。究其原因,朱熹认为与社会政治教化密切相关,是社会风气在文学上的反映:嘉祐之前,在朝的著名文臣有范仲淹、韩琦、文彦博等人,在朱熹眼中都是德行纯粹的名臣,朱熹曾为他们编写《名臣言行录》。在朱熹看来,这些人的文章都是有为而作,并不追求形式华美工巧。北宋末年,政治黑暗,庆历时期那种以忠义立朝参政的士大夫风骨已被排斥异己、谋取私利的鬼蜮伎俩所取代,与之相表里的文学创作也变成以纤巧华美为风尚。至于南渡初期至光宗绍熙这五十年间文风的巨大落差,与南渡初期主战派的奔走呼号以及其后的主和派得势有很大关系。随着抗金复国希望的日益渺茫,军民的士气也日益孱弱低沉,文学也随之日益萎靡不振。朱熹的这种观念与当时的爱国大诗人陆游有惊人的相似之处。陆游也认为:"靖康祸变之后,高皇受命中兴,虽艰难颠沛,文章独不少衰。得志者司诏命,垂金石;流落不偶者娱忧抒愤,发为诗骚。视中原盛时,略无可愧,可谓盛矣。久而寝微,或以纤巧摘裂为文,或以卑陋俚俗为诗。"(《陈长翁文集序》)由此看来,朱熹的今不如昔论并非复古倒退,他是从文风切入,来批判南宋不图进取、士气衰靡的政风与世风,与他鼓吹抗战恢复的政治态度和"天行健,君子自强不息"的理学家操守是完全一致的。再推进一层,朱熹的上述论述也道出了文学与政治、文品与人品、文风与世变之间的关系,它与刘勰所说的"文变染乎世情,兴废系乎时序"(《文心雕龙·时序》)是完全一致的。

文学批评、文学研究　朱熹对历代作家、作品多有批评,足见其文学上的通识和眼光。对一些先秦典籍,虽系片言只语,但眼光独到、振聋发聩,如对《尚书》他认为其中多有伪作,成为散文史研究上革命性创举。对《论语》《孟子》《庄子》《荀子》也多有文学性的批评,如荀子的赋,他认为"荀卿诸赋缜密,盛得水住"(《朱子语类》卷一四〇);对《庄子》,既从义理上批评他"剽剥儒墨",又从文学角度称赞其"文章只信口流出,煞高",甚至认为《庄子》的文章与《孟子》不相上下,"文章皆好"(《朱子语类》卷一二五)。对汉唐以后的散文则有系统的论述,且多集中在韩柳和欧苏两个文学革新集团上。在道学义理上,朱熹对韩愈等古文家标榜继任儒家道统很不以为然,对他们过于重视文辞的行为也常常严词斥责。但从文学角度又高度评价唐宋古文家们恢复古文传统的艰难历程和历史功勋:"汉末以后,只做属对文字。直至后来,只管弱。如苏颋著力要变,变不得。直至韩文公出来,尽扫去了,方做成古文。然亦只做得未属对合偶以前体格。然当时亦无人信他,故其文亦变不尽。才有一二大儒略相效,以下并只依旧。到得陆宣公奏议,只是双关做去。又如子厚亦自有双关之文。向来道是他初年文字,后得年谱看,乃是晚年文字,盖是他效世间模样做则剧耳。文气衰弱,直至五代,竟无能变。到尹师鲁、欧公几人出来,一向变了。其间亦有欲变而不能者,然大概都要变"(《朱子语类》卷一三九)。这段论述貌似与学生间不经意之漫谈,实际上确包含着朱熹对唐宋散文发展过程的深刻理解,其中如评价柳宗元"亦自有双关之文",即多骈体文,直到晚年仍是如此;指出韩柳之后直至五代,骈文仍是文坛上最有势力的文体,而且文风萎靡,每况愈下,皆嘎嘎独造,不同于常人之论,反映出骈散之间互主文坛的文学史实际。

　　对各位古文家的艺术个性,朱熹也有细致的分析,亦多精辟之论,如评论韩愈散文"议论正,规模阔大","平易处极平易,险奇处极险奇"(《朱子语类》卷一三九)。指出柳宗元文风与其人性格之间的关系:"柳子厚看得文字精,以其人刻深,故如此","文之最难晓者,无如柳子厚。然细观之,亦莫不自有指意可见"(《朱子语类》卷一三九)。称赞欧阳修散文"虽平淡,其中却自美丽","欧公文字敷腴温润",称赞其《谢上表》中自叙一段"只是自胸中流出,更无些窒碍,此文章之妙也"。但又从明义理、见心性的文道观出发,批评其《六一居士传》"意凡文弱","人老气衰,文亦衰";《释秘演诗集序》有"断续不接处,如少了字的模样"(《朱子语类》卷一三九)。对苏轼亦是有褒有贬,从不盲从时尚。他称赞苏轼"天资高明,其议论文词自有人不到处","文字明快","东坡文说得透"。但批评更为严厉:文字"伤于巧,议论有不正当处","东坡则华艳处多","东坡轻文字,不将为事。若做文字时,只是胡乱写去"(《朱子语类》卷一三〇、一三九)。朱熹对苏文的不满,与理学家与古文家价值标准的不同有关,与洛、蜀二党的恩怨可能更有关系。可见即使像朱熹这样的"圣人",在文学批评中要持客观公正的态度也是很难的。

朱熹在文学研究上也卓有贡献,其《诗集传》《楚辞集注》《韩文考异》都是影响深远的文学研究专著。《诗集传》中对"诗序"的怀疑和否定,对《诗经》中"淫诗"的解读,对"赋比兴"的理解和诠释等都具有开创性的意义。更为重要的是,尽管朱熹是位经学家,但从朱熹开始,《诗经》研究在很大程度上改从文学角度,这在诗经研究史上是划时代的。在《楚辞集注》中,朱熹不同于旧注只注意训诂名物,而从现实政治出发,发明屈原"忠君爱国之诚心"。对屈赋文意的诠释,比兴手法的运用,《楚辞集注》也给了更为合理的诠释和说明,从而成为《楚辞》的最权威注本。《韩文考异》的价值也溢出校雠学的范畴,其中对韩文的创作年代、真伪皆有详细的考证,对其写作意图、思想倾向进行诠释,而且往往独辟蹊径,破除了过去许多误读。《韩文考异》中还包含朱熹对韩愈的谱系、族里等专题研究,具有很高的学术价值。

四、文学创作

诗歌 朱熹一生留下一千二百五十多首诗作,其内容可分为三个方面:第一,表达对某种人生哲理或道德境界的体认,这部分诗作与邵雍等北宋理学家的诗如出一辙。第二,关心国家大事和民生疾苦的写实之作。第三,抒写个人襟怀情趣或题画、咏花、亲情、送别等咏歌日常生活之作。第一类诗作主要是承续程颐、邵雍,以诗歌的形式来宣扬教化或阐释义理,类似押韵的高头讲章。这类诗作不少,价值却不高。人们通常所欣赏的朱熹诗作中生意盎然的理趣并不属于此类诗作,如写给孩子们看的《训蒙绝句》九十八首中的《困学》:

旧喜安心苦觅心,捐书绝学费追寻。因衡此日安无地,始觉从前枉寸阴。

此诗约写于绍兴三十一年(1161)辛巳。此时朱熹通过师事李侗,逃禅归儒,深感过去所学之非,曾以"困学"二字名其燕居之室,并作《困学恐闻》,从中倒是可以看出他三年来的思想转变:在摸索追寻中终于领悟作文害道、枉费寸阴,从此决定放弃"旧喜",终生以"唱道"为己任。诗中完全是求知过程的经验总结,将他弃文务道追寻经历直白道出,缺乏文学的形象性,也缺乏艺术感染力。前两句"旧喜安心苦觅心,捐书绝学费追寻",与他《语录》中的"熹初为学,全无见成规模,这边也去理会,那边也去理会寻讨"并无二致,只不过一是韵文,一是口语。第三、四句亦是《孟子·告子下》"困于心,衡于虑,而后作"的韵文演绎和注释。

这首《困学》不过是将《困学恐闻》的要义用韵文形式浓缩一下。又如《九思》:

> 人之进学在于思,思则能知是与非。但得用心才熟后,自然后处有思随。

这首诗在教育学上极有价值,他阐述了"熟、思、知"三者之间的辩证关系。人们学习要想取得成效,在于善思考,善思考才能辨是非;但思考未必能轻易做到,只有用心学习,对所学的教材内容纯熟了才能做到。他与《朱子语类》中"泛观博取,不若熟读而精思","大抵观书,先须熟读,使其言皆若出于吾之口;继而精思,使其意皆若出于吾之心,然后可以有得耳"(卷十)是完全一致的。但文学价值不高,亦如《困学》。类似的诗篇还有《示四弟》:"务学修身要及时,竟辰须念隙驹驰。清宵白日供游荡,愁杀堂前老古锥";《唤醒》:"为学常思唤此心,唤之能熟物难昏。才昏自觉中如失,猛醒猛求则明存",皆是以训诫或感悟的方式谈论修身之道或对学理的探求,给哲学史或教育史提供许多成例,但在文学创作上却乏善可陈。

第二类是关心国事、力主抗战和关心民生疾苦的写实之作。朱熹诗集中这类诗作不多,却很有价值,从中既可看出朱熹的大节和操守,也为那个天崩地解时代正直士大夫的心路历程提供了信史。如《感事》:

闻说淮南路,胡尘满眼黄。弃躯惭国士,尝胆念君王。却敌非干橹,信威藉纪纲。丹心危欲折,伫立但彷徨。

此诗作于绍兴三十一年(1161)完颜亮南侵之初。其时,作者已辞官乡居,但"位卑未敢忘忧国",仍时刻关心国家的安危。诗中既有对神州陆沉、国势陵夷的忧虑,更有自己空怀抗敌之志却只能徘徊长叹的无奈,正是当时被排斥在话语权之外的爱国士大夫内心情感的真实写照。当年秋,江淮、浙西制置使刘锜的部将、驻守真州的邵宏渊率部,在胥浦桥夹河打了一场阻击战,其后刘锜又在皂角林伏击了完颜亮,杀死其部将高景山,擒敌数百。捷报传来,朱熹喜不自胜,遂步次子之韵,写下《次子有闻捷韵四首》。虽是步韵,却激情奔涌、一气呵成四首,特别是其中的二、三两首:

杀气先归江上林,貔貅百万想同心。明朝灭尽天骄子,南北东西尽好音。

孤臣残疾卧空林,不奈忧时一寸心。谁遣捷书来荜户,真同百蛰听雷音。

第二首不但夸奖百万将士同仇敌忾,战胜强敌,甚至对乘胜追击、光复神州也充满希望。第三首是自我表白,虽退居林下,仍不失图谋恢复之心,所以闻此捷报特别振奋。要知道,朱熹是位理学家,讲究事理通达、心气和平,如此激情奔涌连写四诗,如此急切的自白直陈,只能解释为这是他长期被压抑的爱国激情的顷刻喷发。同年十一月,更大的喜讯传来:虞允文在采石矶大败金兵,完颜亮毙命瓜州,朱熹听到这一胜利消息,更是喜出望外,连续写下《闻二十八日之喜报而成诗七首》,诗中勉励将士再接再厉、挥戈北进,收复失地:"渡淮诸将已争驰,杀尽残胡方反旆","胡马无端莫西驰,汉家元有中兴期";希望皇上重用主战派将帅张浚:"圣主聪明似尧舜,旧德登庸倘有期(自注:张魏公)"。如果把这些诗作与著名的爱国诗人张孝祥、陆游的同类作品《水调歌头·闻采石战胜》《闻武均州报收复西州》等相较,皆体现出时代脉搏的最强音,其风格亦如出一辙。更可贵的是,诗人并未被一时战胜冲昏头脑,作者在欣喜之余,对战争前景并非十分乐观。朱熹在同期写的《与黄枢密(祖舜)书》就清醒地指出:二十多年来,"朝政不纲,兵备弛废,国势衰弱,内外空虚",这次胜利,是事出侥幸。目前必须加紧备战,尤其是要起用元老重臣。否则,金人缓过气来,重修旧怨,国事将不堪。事实证明,朱熹对形势的判断是正确的。果然时隔不久,金国新主完颜雍又发起南侵的攻势,淮襄诸军浴血奋战恢复的失地,重新沦入敌手。对此,诗人感慨万分,用当年感事的旧韵写下新的感慨,其中第二首写道:

廊庙忧虞里,风尘惨淡边。早知烦汗马,悔不是留田。迷国嗟谁子,和戎误往年。腐儒空感慨,无策静狼烟。(《感事再用回向壁间旧韵二首》)

当年迷信"和议",疏于边备,以致风尘惨淡、复国无望。现在不能再迷国和戎、一误再误了。话语恳切酸痛,似乎可见这位爱国理学家吞声泣血之状。诗人不仅把恢复中原作为自己终生矢志不移的志向,还勉励朋友勿忘恢复大业。在送别诗《短句奉迎荆南幕府二首》中,他勉励友人在捍卫荆楚边陲的同时,还要不忘北伐,建树奇功:"客有筹边略,人知幕府尊","宛洛何年向,奇功要一论";在《送张彦辅赴阙》中,他劝诫友人在赴阙诏对时,不要作封禅之类粉饰太平奏对,而要建议皇上修政攘夷、挥师北伐:"明堂、封禅不要论,智名勇功非所敦。愿言中兴圣天子,修政攘夷从此始","一朝决策向中原,著鞭宁许他人先"。淳熙十四年(1187),他以主管南京鸿庆宫名义领祠禄。南京,即商丘,为北宋时的行都,此时正沦入敌手,他无限感慨地说:

旧京原庙久烟尘,白发祠官感慨新。北望千门空引籍,不知何日去朝真。

他在给刘清之信中言及此事,心情十分沉重地说:"年衰易感,不觉涕泗之横集也。"这年,他五十八岁,颇有时不我待的紧迫感。可见北伐中原,收复失地的爱国之志贯穿他一生的始终。

朱熹一生亲历政事的时间不多,但对民生疾苦却十分关心。乾道四年(1168)七月,崇安县山洪暴发,身为监潭州南岳庙闲差的朱熹却积极投身赈灾。十多天中,他不仅竭力奔走于穷乡僻壤扶危济困,而且对朝廷官府在大灾之中漠视民瘼、敷衍塞责极为痛心,他在给弟子的信中写道:"朝廷所遣使者方来,所主揭榜,施米十日。市井游手及近县之人得之。深山穷谷尚有饥民,却不沾及。然所谓十日,亦只虚文。只轺车过后,便不施也。其实也无许多米给得也。世衰俗薄,上下相蒙,无一事真实,可叹!可叹!"(《答林择之书》)他的五言《杉木长涧四首》就是在这个背景下创作的。诗中,他怀着深切的同情,反映农民在繁重赋敛和灾荒频仍的双重煎熬下,"室庐或仅存,釜甑久已空","阡陌纵横不可寻,死伤狼藉更悲吟"的悲惨遭遇。抒发自己身居闲职,不能为民解忧的痛苦和感叹。对官府、时政的抨击尖锐而深刻,对民间疾苦的哀矜是真切而深厚的。淳熙九年(1182),朱熹以提举浙东茶盐公事的身份被朝廷委派往浙中处理水旱大灾后的赈灾专务,他不但劳心竭力,多方设法赈济钱粮,而且雷厉风行地惩治贪官污吏,他对台州太守唐仲友嫖宿官妓严蕊一案处理特别严厉,六次上书朝廷要求严惩。当朝宰相王淮认为是"文人间争闲气",后世学者亦认为朱熹不近人情,凌濛初甚至在《二刻拍案惊奇》中编写小说《硬勘案大儒争闲气,甘受刑侠女著芳名》为唐翻案。其实,这正是乾道三年目睹赈灾过程中种种"可叹",长期郁积于心的一朝喷发,也是他以实际行动在书写《杉木长涧四首》的续篇。朱熹的青少年时代,是在颠沛流离中度过的。入仕之后,长期奉祠乡居,生活清贫,因此比较关注民间疾苦。清褚人获《坚瓠集》三集《葱汤麦饭》条载:

> 朱晦庵访婿蔡沈不遇,其女出葱汤麦饭留之,意谓简亵不安。晦庵题诗曰:"葱汤麦饭两相宜,葱补丹田麦疗饥。莫谓此中滋味薄,前村还有未炊时。"

也正因为如此,朱熹特别痛恨贪官污吏,特别不满官府的横征暴敛。在《题米仓壁》中,他甚至借用老庄的话进行抨击:"度量无私本至公,寸心贪得意何穷!若教老子庄周见,剖斗除衡付一空。"正因为如此,不仅他自己做地方官时,敢于抑制豪强,打击贪官污吏,而且也以此勉励朋友,在《送彦集之官浏阳》中说:"君行岂不劳?民瘼亦已深。催科处处急,椎凿年年侵。君行宽彼甿,足以慰我心。"这是一位正直的士大夫对民瘼、对腐败的一以贯之的常态!

第三类是富有生活气息的题画、咏物、亲情、抒怀、送别等咏歌日常生活的小诗。

就像作者声称自己"不能诗"却写了一千二百多首诗作一样,宣扬"穷天理、窒人欲"的这位道学家也写下许多充满生活情趣、生趣盎然的情景小诗。这类诗作代表朱熹主要的诗歌创作成就。我们所称道的"理趣诗"实际上也属于这一类。因为它是通过闲游、赏景、观书、送别等日常生活小镜头的叙述和描写,构成鲜活的形象来完成的,并无上述理学诗中特别的训诫或直白的说教。至于其中蕴含的哲理或人生感受,完全是读者从诗的画面和形象中体悟出来的,如《春日》:

胜日寻芳泗水滨,无边光景一时新。等闲识得东风面,万紫千红总是春。

此诗诉说的是游春时的感受。南宋时孔子居住的洙、泗已沦陷于金人,诗人怎能于"胜日"去寻芳呢?于是有人解释为此是虚构的意象,借泗水喻孔孟之道,用胜日寻芳来暗喻对圣人之道的探求(《宋诗鉴赏辞典》,上海辞书出版社1987所版)。其实,"泗水"是"四水"之误,即湖州"霅溪"的别称。此为绍兴二十一年(1151)春,朱熹赴临安诠试中等后,到附近的湖州看望叔父朱槔,游霅溪时所作。但这首游春诗确实不意在描摹万紫千红的春光,而是重在抒发寻春的感受,简言之,是在阐释"理一分殊"的哲理。"理一分殊"是朱子一个重要的哲学观点,他曾以月为喻:"如月在天,只一而已。及散在江湖,则随处而见,不可谓月已分也。"(《朱子语类》卷九四)这一哲学命题,已为近代物理学的"小孔成像"原理所证实,是科学的认识论和宇宙观。这首诗中,诗人通过"胜日寻芳"这个生活小常识告诉我们:春日之"芳"无须去寻,浩荡春风之下,到处都是万紫千红,这都是一个"春"所带来的,这就是春与万紫千红的"理一分殊"。但作者并没有告诉我们,而是全靠读者自行体会出其中的理趣。再如《观书有感二首》:

半亩方塘一鉴开,天光云影共徘徊。问渠那得清如许?为有源头活水来。

  昨夜江边春水生,艨艟冲巨舰一毛轻。向来枉费推移力,此日中流自在行。

前一首通过源头活水使得半亩方塘清澈如镜,阐释圣人之道是保持人们心灵纯洁的生命之泉,可见习道、卫道之重要;后一首通过只有春水涨潮,大船方可自在行走,说明人们行事必须顺应客观环境,不能凭主观意愿,一味蛮干。这些哲理皆借助物象表达,读者往往被诗中描写的意境所感染,在咀嚼吟味中有所领悟,用古代诗论家的话来说,有"理趣"而无"理障"。类似的还有《偶题三首》等。朱熹这类蕴有理趣的诗作,往往是使自然物象呈现出一种自为的灵性,一种人化的品格或一种空灵澄鲜的境界;往往在感性形象中,闪烁着理性的精灵,又总是给人一种澄澈的透明感,从而成为中国诗歌史上一个独特的类别。

朱熹虽曾经以兼济天下为己任,然"登第五十年,仕于外者仅九考,立朝才四十日",大部分岁月是在隐迹山林,在讲学、著述中度过的。因而他的诗歌有相当大的部分是反映这种生活,通过登山临水、探胜寻幽和僧堂闲话,阐发对某种人生哲理的参透和领悟,抒写一种淡泊、孤寂的情怀。如《夜坐有感》,写寒夜青灯下的心理活动,充塞着"幽独不自怜,兹心竟谁识"的智者孤独和"独有忧世心,寒灯共萧索"的悲悯情怀;《病告斋居作》写病中对节候变化的感受,虽有"聊寄兹日闲,尘劳等虚设"闲居生活的超脱,但也有"独卧一窗间,有怀无与写"的无人倾诉、无处倾诉的孤独与惆怅;《邵武道中》更是直接表白"不惜容鬓凋,镇日长空饥。征鸿在云天,浮萍在清池"的人生孤独与困顿。这类诗作的基调是冲淡安谧,但也杂有忧虑、惆怅乃至愁怨和牢骚。朱熹在评价陶渊明时曾说:"隐者都是带气负性之人为之"(《朱子语类》卷一四〇),这也是朱熹的夫子自道。这类诗作还有《六月十五日诣水公庵雨中作》《奉酬九日东峰道人溥公见赠之作》《武夷棹歌》十首等,也都意在表达类似的情感,呈现类似的风格。只是《武夷棹歌》十首语言活泼自然,更接近民歌风格。

朱熹还创作了许多描写日常生活的小诗,这类诗作风格轻灵、姿态跌宕、灵气秀发,耐人寻味。如《题榴花》:

> 五月榴花照眼明,枝间时见子初成。可怜此地无车马,颠倒苍苔落绛英。

诗中描摹的对象是榴花、苍苔等细小寻常之景,但诗人能观察到榴花落到苍苔之上的颠倒情状,可能也属于王维式的"人闲桂花落"吧!加上"可怜此地无车马"的明确提示,一个寂寞又散淡的闲居者形象就显露其中。另外,"五月榴花照眼明"的"明"字,将榴花似火的灿烂和给人留下的鲜明视觉形象皆尽数脱出,可见朱熹诗歌用词的精当。朱熹的描写日常生活的小诗大多皆如此。

散文 朱熹传世文集多达121卷,其中绝大多数文字都是散文,不但数量多,价值也大。后世学者甚至将朱熹散文与陆游诗歌等量齐观:"南宋之文,朱仲晦大家也;南宋之诗,陆务观大家也。"(洪亮吉《北江诗话》)朱熹的散文,基本上可以分为三类:议论文、记叙文和抒情散文。议论文数量最多,且多是阐释义理的议论文字,以注释、序、跋等形式出现,但也有单独成篇,如《读唐志》。这类文字重在论道而不是审美,文风严肃平正但通俗易懂,且多用口语比譬,旨在明理。其中奏章之类的议论文字文学价值最高,如《壬午应诏封事》《戊午谠议序》《与陈侍郎书》等。这类文字从爱国之情和现实政治出发,抨击朝廷乃至最高统治者的主和言论,壮怀激烈,言辞锋利,如高山坠石、惊涛裂岸,锐不可当。如《与陈侍郎书》中连用排比对主和言论大加挞伐:

> 沮国家恢复大计者,讲和之说也;坏边陲备御常规者,讲和之说也;内咈吾民忠义之心,而外绝故国来诉之望者,讲和之说也;苟逭目前宵旰之忧,而养成异日宴安之毒者,亦讲和之说也!

《戊午谠议序》更是把批判的矛头直指主和派总领秦桧及其支持者宋高宗。乾道元年(1165),魏掞之把高宗绍兴八年(1138,戊午)朝臣关于和议的奏稿编成《戊午谠议》,朱熹为之序。序中对绍兴年间南宋小朝廷从和战不定变为一意主和的屈辱历史进行了总结,抨击秦桧等主和派对国家、民族造成的巨大伤害,揭露秦桧为迎还高宗生母等主和理由只不过是借口而已,真正的目的是苟且偷安以及打击主战派正直之士,借此专权。文章结尾以诛心之论对秦桧作最后一击:

> 呜呼!秦桧之罪,所以上通于天,万死而不足以赎者,正以其始则唱邪谋以误国,中则挟虏势以要君,使人伦不明,人心不正,而末流之弊,遗君后亲至于如此极也。

全文高屋建瓴、锋芒毕露又精光四射,置主和派首领秦桧于万劫不复之地,而且上联高宗主和出于孝道的伪善,下批汤思退、钱慕礼等末流之弊,与平日"心气和平"的理学家面目大相径庭。

朱熹的记叙文,包括人物传记、游记、庵堂亭台等状物之作,则各有特色。朱熹一生中有多半时间是在山间度过的,他又性喜山水草木,"每观一水一石、一草一木,稍清阴处,竟日目不瞬"(《朱子语类》卷一〇七,吴寿昌录),所以他的山水散文对此间山水佳处、草木情态,把握得十分准确又极富情感,如《云谷记》,将云谷中白云环绕,"虽当晴昼而白云坌入,则咫尺不可辨"的奇特美景一一道来,竟长达1789字,而且文笔清丽可喜,读之不觉其长。《卧龙庵记》先写儿时读诗知其庵名,长大后读文知其地景色之美。及至亲临其地,发现庵已废但景色依旧,再写重建此庵,让人文景观与自然美景互相映衬。文气抑扬有致,章法跌宕多姿。这类文字中最出色的当属《百丈山记》。作者开门见山,把读者引入一个清幽绝尘的人间仙境。然后移步换形,写山间游历的经过。记游历经过也不面面俱到,而是突出水之态和云之容。作者笔下的水有各种形态:"水皆清澈,自高泻下,其声溅溅然",这是石梁之下小涧之水;"自西阁中循石罅奔射出阁下",这是上流源泉之水;"当水石峻激相搏处,最为可玩",这是阁下之水;"夜卧其上,则枕席之下,终夕潺潺,久而益悲",这是夜卧阁上听水。水形、水态、水势、水声,笔下多变亦多趣,足见作者观察的细密、状物的工致以及对山水的钟爱。写山间夕照和早上云雾中的群峰,更是美轮美奂:

日薄西山,余光横照,紫翠重叠,不可殚数。旦起下视,白云满川,如海波起伏。而远近诸山出其中者,皆若飞浮来往,或涌或没,顷刻万变。

其他如《名堂室记》《归乐堂记》《江陵府曲江楼记》《西原庵记》《百丈山记》《邵武军学丞相陇西李公祠记》等,或写山水风景,或叙游览见闻,或记风物人事的出处大略,都是传诵人口的佳作。

他的一些纪传体散文,如张浚、陈俊卿、刘珙等人的行状,不仅有重要的史学价值,也有很高的文学价值。选材精到,记叙平实、生动,笔端常带感情,充分表现出传主忠于国事,不顾个人安危荣辱的高尚品格。但过于平缓纡徐,缺乏波澜,说教的成分多,但也有生动镌刻之处,如《记孙觌事》:

靖康之难,钦宗幸房营。虏人欲得其文,钦宗不得已,为诏从臣孙觌为之;阴冀觌不奉诏,得以为解。而觌不复辞,一挥立就,过为贬损,以媚虏人,而辞甚精丽,如宿成者。虏人大喜,至以大宗城卤获妇饷之。觌亦不辞。其后每语人曰:"人不胜天久矣,古今祸乱,莫非天之所为。而一时之士,欲以人力胜之,是以多败事而少成功,而身以不免焉。孟子所谓'顺天者存,逆天者亡'者,盖此谓也。"或戏之曰:"然则,子之在虏营也,顺天为已甚矣!其寿而康也,宜哉!"觌惭无以应。闻者快之。

孙觌在北宋末南宋初是很有影响的词臣,以文章作手而著称,然大节有亏。作者只用寥寥二百余字,抓住写降表这个典型事例和事后孙觌自我开脱之言,深刻地揭露了孙觌取媚金人的可耻行径。《孙记觌事》不失为一篇思想性、艺术性皆佳的记人小品。

第四节　南宋中期的安徽其他诗文作家

宋高宗绍兴三十一年冬,金主完颜亮大举南侵、兵败被杀,部下与南宋议和退守淮河之北;南宋在符离之败后无力也无心北伐,与金订立隆兴和议,宋金双方都进入无力征战的相持阶段。直至宁宗开禧二年(1206)北伐战火再起,其间相对稳定了四十年。隆兴初年(1163)张浚死后南宋再无名将,朝廷主政也多是汤思退、钱慕礼等主和派,虽有辛弃疾、陆游等已近暮年的爱国诗人仍在主唱抗战之声,但比起渡江之处,气焰已经式微。中期文坛主将姜夔、吴文英、朱熹、叶适等诸人,或是讲性命之学,用诗歌来诠释人生体悟,或是讲求田园之趣和闲居之乐,或是游走江湖抒写羁旅闲愁,其间当然也不乏对国家命运和民生疾苦的关切,但诗词创作的基调和风格皆已与南宋前期异趣。安徽作家中此期间的代表人物朱熹、王炎、吕祖谦、华岳等也基本符合上述特征。

一、王炎

王炎(1138—1218),字晦叔,一字晦仲,所居在武水之阳,双溪合流处,因之号"双溪",徽州婺源(今属江西)人。乾道五年(1169)进士,调崇阳县的主簿。历绍兴府户曹参军,知临湘县。张栻帅江陵,闻其贤,檄入幕府。淳熙十年(1183)为潭州教授,迁通判临江军并权知军。宁宗庆元初,召为太学博士。庆元三年(1197)迁秘书郎,实录院检讨,著作佐郎。五年(1199),为军器少监。以事出知饶州,未数月罢,主管武夷山冲佑观,闲居七年。宁宗开禧三年(1207)起知湖州,任满后引年告退。赠中奉大夫,封婺源县男。嘉定十一年(1218)卒,年八十。《宋史》有传,《新安文献志》卷六九有传。著有《双溪集》二十七卷,有明万历王孟达刻本,《四库全书》本。另有词集《双溪诗馀》一卷。傅璇琮等主编《全宋诗》存诗九卷,七百四十多首,残句一。唐圭璋《全宋词》存词四十六首。

诗歌 王炎现存诗作中涉及咏怀、酬唱、赠答、纪游、状物、田园、闲居以及针砭时弊多种题材,其中以酬唱、赠答最多。王炎与朱熹同乡,交谊甚笃。受朱熹影响,其酬唱、赠答之作亦多圣人之道的阐释和人生体悟的道白,风格也是通俗平易,直白而平顺,如《和马宜州卜居七首》:

哲人欲不丧道,昧者是难胜非。学贵复之不远,在知心体危微。(其四·复斋)

争利欲心汲汲,争名私智闲闲。公独退身一步,静中着眼回看。(其五·退圃)

身外成亏万事,人间宠辱百年。丝毫不挂念虑,一榻清风昼眠。(其七·足堂)

这三首诗,咏歌友人的居室园亭,但并无建筑与风景的具体描绘,而是对其堂名、园名和室名意涵的阐释。与其说是咏物抒怀,还不如说是在阐释义理。其《即事六绝》亦皆是讲义参玄的人生体悟:"焚香清坐对韦编,妙处悬知不可传。三画分明寄玄旨,谁将修绠汲深泉"(其一);"布衣蔬食且随缘,睡起时参柏子烟。欲倚绳床拈白拂,何人真解意中玄"(其三);"了无俗驾到蜗庐,隐几闲翻贝叶书。属会苍头休洒扫,绿苔随意上阶除"(其四)。王炎集中这类讲义之作还很多,如"昏昏未必晦,昭昭未必明。浑浑未必浊,潎潎未必清。吾道本自贵,国爵亦可并"(《和汪诚之韵》);"虚静能养心,笃实可存诚。此理君得之,底里期再倾"(《和王右司回雁峰韵》其一);"达人识其几,青云首回顾。不受宠辱惊,进退皆裕如"(《和王右司回雁峰韵》其二);"准绳行义当趋正,淘练文章自出奇"(《和吴梦授韵》);"胸次有天和,本与春意同。士戒溺于欲,物忌居其雄。西山有理窟,一室惟清风"(《和赵行之三首》之一);"心于外物无荣辱,身与虚名孰重轻"(《和至聊述怀二首》);"清静心如水,和平气似春。自然眉寿永,何必羡松椿"(《贺吴兴郡王生日》)。他次韵朱熹的《次韵朱晦翁十梅》亦是如此,如《落梅》:"幽人自爱花,花落恨岑寂。岂悟化工意,褪花方有实。"与朱熹不同的是:朱熹是位理学家,阐释领悟的均是正心诚意天理人欲的道学要旨,王炎的参悟却很杂,有道学的,更有道家玄学,乃至佛理。

但是,王炎的诗也像他的同乡友人朱熹的诗文一样,"事理通达、心气和平"虽是其常态,但偶尔也露出剑拔弩张、金刚怒目的一面,如《和王宗礼送行韵》:

羊肠官路困跻攀,为米低头亦厚颜。尚欲束装趋帝阙,未能尽室返家山。青云新贵争先进,空谷幽人去不还。我独行藏两无取,狐疑丘壑市朝间。

此亦是唱和诗,但与上述诗作的情感表达大相径庭。此诗写于宁宗庆元五年(1199)在饶州任上被罢职还乡之时。在此之前,诗人在军器少监任上因事出知饶州,诗人为着禄米隐忍出京赴任。殊不知未及数月又被罢免。诗人慨叹"羊肠官路困跻攀",这还是其次,更追悔自己没有及时醒悟,为了禄米又"低头厚颜"去饶州赴任,结果带来更大的侮辱,真是"咎由自取"!这种"我独行藏两无取,狐疑丘壑市朝间",是诗人最大的追悔和懊丧所在!类似的人生感慨还有"木偶漂漂无定踪,归来依旧叹途穷","纵使寒松生涧底,也胜泽雉蓄樊中"(《和至卿叙述三首》之一);"世情一任手翻覆,此道元如肘屈伸"(《和至卿叙述三首》)。此时的诗人再不是"清静心如水,和平气似春"了,而是充满了世道沦丧、正直不行的屈辱与愤怒!类似的情感在《行湖路》《秋怀二首》《醉松》中亦有体现。

王炎亦有感怀时事,反映民生疾苦之作。这类诗作的情感基调和表达方式与酬唱抒怀篇什中的后类近似,即事名篇,针砭时弊,慷慨直陈,不计利害。如《冬雪行》,直接抨击南宋朝廷推行的"和籴"制度。所谓"和籴",实际上是除了高额赋税之外,对农民的另一种掠夺。这首诗通过冬雪苦寒时节,穷家小巷"典衣籴米无炊烟"的事实,深刻地揭露了"和籴"的弊端。去年秋旱无收,还可以从官仓里买来一些霉烂的粮食;今年秋熟反而米价腾贵,买不起口粮了。今年冬雪老百姓已经无衣无食,明年再春雪就更加民不聊生。诗的结尾和白居易等人的新乐府一样"用重笔",直接将各级官府比作豺狼:"九关有路虎豹守,欲语不敢空长吁"。其他如《太平道上遇流民》《闻虎伤人》《丰年谣五首》《劝农道场山》等,也都从不同的角度反映了作者对民生的忧悯。他的另一些诗作,如《过浯溪读中兴碑》《和林宝文鹿鸣宴韵》《和陆簿九日一首》《和沈粹卿登南楼韵》《怀忠堂辞》等则是对南宋苟安局面的批判和恢复之志的申述:《过浯溪读中兴碑》通过赞颂为唐代中兴立下殊勋的郭子仪等人,暗讽南宋廷臣枢要只知保全禄位,不图进取,自己又无能为力,空有书生之叹。诗的结尾更是公开点破:"神州北望三叹息,翰墨是非何议为";《和林宝文鹿鸣宴韵》勉励一位新科进士在得意之余要以国事为重,劝助君王忧念国事,克复神州,伸其夙志:"月中折桂虽堪喜,马上看花未足云。忧国爱君伸素志,始酬劝驾意殷勤";《和陆簿九日一首》中申述自己老来情味淡薄,重阳之日也无情无绪,但又念及"危台戏马今安在",清愁顿起,诗肠搅动,忧国之心始终未减当年;《怀忠堂辞》以骚体和屈原的比兴手段、神游浪漫章法向忠魂礼敬和祈求;《和沈粹卿登南楼韵》更是面对滔滔江水,深沉地诉说神州陆沉、和谈成局、北伐无望的无尽愁绪:

鼓角声悲城上头,沈郎怀古一登楼。下临平楚容回顾,北望神州定欲愁。叫日征鸿云路冷,嘶风战马塞垣秋。人间俯仰更兴废,江汉滔滔万古流。

王炎的一些古题乐府《饮马长城窟》《出塞曲》《战城南》《关山月》《拟古闺怨》等也是借古题来抒写时代的感慨。《饮马长城窟》中用"征人悲故乡,闺人守空房"的征夫怨妇来抒写宋金交兵烽火不断给百姓带来的苦难;用"安得霍骠姚,饮马瀚海旁"来批判所用非人和驱逐胡虏之愿;《出塞曲》中的"岂畏虏骑多,只忧将权轻。阃外不中制,一贤当长城"更是借古喻今,批判宋代的边政。

王炎在罢知饶州以及晚年退居双溪后,写有不少反映自己乡居生活和描写自然风物的小诗,这类诗歌也颇像他的好友朱熹那样,风格轻灵、姿态跌宕,很有生活情趣,也多在议论之中阐发人生哲理,如《双溪种花》:

双溪渐有杂花开,每日扶筇到一回。胜似名园空锁闭,主人至老不归来。

苍头为我劚西山,扶病移花强自宽。纵不为花长作主,何妨留与后人看。

两诗由赏花、种花写到人生态度。第一首说无主的山野杂花胜似名园的奇花异草。山野杂花,每到开放时节,还有人来欣赏它;而名园的奇花异草,主人奔走于名利场中,空锁着园门,任它自开自谢,徒做摆设。第二首说自己在垂老之年,扶病种花,创造着美,也欣赏着美,但并不想占有美:"纵不为花长作主,何妨留与后人看"。诗句平淡自然、韵味悠长,两诗在如何对待名利的追求和精神的富足,财富的创造与占有等都留下许多启迪。类似的还有

《和九日尧章送菊》《和林宝文吹暑轩二绝》《和王右司游南岳三绝》《即事》等。

词 王炎现存词46首。他在自序中说其创作追求是"惟婉转妩媚为善"。早期的词多写夜饮、春情、宦游,浅斟低唱、伤春怨别,从题材到风格,属婉约一派,如在乾道五年(1169)中进士后崇阳县主簿任上写的两首《蝶恋花·崇阳县圃夜饮》,其中一首写道:

纤手行杯红玉润。满眼花枝,雨过胭脂嫩。新月一眉生浅晕,酒阑无奈添春困。　　唤起醉魂君不问,憔悴颜容,羞与花相近。人自无情花有韵。风光易老何须恨。

词中写酒阑夜深、美人散去后的感受。此时词人三十一二岁,刚中进士,风华正茂,偏要说"憔悴颜容""风光易老",纵不是无病呻吟,也是"为赋新诗强说愁"。第二首也是如此,结句"漫道遣愁除是醉。醉还易醒愁难去"。其中的"愁"绝不是家国之恨,从首句"柳暗西湖春欲暮。无数青丝,不系行人住"来看,当是惜春、伤春之情。类似的词作还有表达宦游思乡之情的《点绛唇·崇阳野次》,伤春念远、闲情愁绪的《阮郎归》《青玉案》等。此间值得一提的是有少数作品受苏轼、张孝祥的影响,刻意追求清旷典雅,如淳熙十年(1183)为潭州教授之时所作《水调歌头·夜泛湘江》《水调歌头·登石鼓合江亭》,清旷又多想象力,显然是学习张孝祥《念奴娇·过洞庭》等湖湘词风,其摄取的意象,甚至语言都从张词中化来。

后期归隐双溪,同诗一样,多咏山水风物,多抒闲情逸致,多叹老伤病之感。题材转换的同时,词风也开始转变:语言由婉转妩媚转为浅近直白,风格亦由典雅转为清新自然,颇类渡江初期的李清照,而与同期的姜夔的清空、吴文英的绵密迥异,成为当时词坛上的别调,如《卜算子·嘉定癸酉二月雨后到双溪》:

渡口唤遍舟,雨后青绡皱。轻暖相重护病躯,料峭还寒透。老大自伤春,非为花枝瘦。那得心情似少年,双燕归时候。

此词写于嘉定六年(1213)在湖州任满辞归故乡双溪之后。词人叹老伤病又伤春,面对料峭春寒,期盼着春暖花开,心情也许会像少年时节欢快一些。其实,人的心情与身体、年龄、环境、经历有关,与季节关系并不大。这首词很容易使我们想起李清照晚年那首亦是在双溪写的著名的《武陵春》,其中写道:"物是人非事事休,欲语泪先流。闻说双溪春尚好,也拟泛轻舟。只恐双溪舴艋舟,载不动许多愁。"类似的情感表达和风格还有:"蓓蕾枝头怯苦寒,恰似人憔悴。人莫恨花迟,天自催寒去"(《卜算子·散策问芳菲》);"老大逢春,情绪有谁知。帘箔四垂庭院静,人独处,燕双飞。怯寒未敢试春衣"(《江城子·癸酉春社》)。下面这首《南乡子·甲戌正月》抒写徜徉于暮春田园中的闲情逸致,疏朗而有情韵,与上述诸作情调迥异:

云淡日昽明。久雨潺潺乍得晴。社近东皋农务急,催耕。又见菖蒲出水清。池面縠纹平。掠水迎风燕羽轻。试出访寻春色看,相迎。巧笑花枝似有情。

二、吕祖谦

吕祖谦(1137—1181),字伯恭,寿州(今安徽凤台)人,生于婺州(今浙江金华)。北宋元祐年间宰相吕公著的玄孙,南渡初年理学名家、人称东莱先生吕本中的侄孙。绍兴三十一年,以祖荫为右迪功郎,授严州桐庐县尉,主管学事,年二十五岁。但吕祖谦并未看重这荫庇之职,甚至没有去上任,一心要走科举入仕的道路。孝宗隆兴元年(1163)四月,中博学宏词科,后又中进士。孝宗特下诏"减二年磨勘,堂除差遣"。特授左从政郎,改差南外宗学教授。其后家庭迭遭不幸,先是妻子韩氏去世,儿子夭折,继而母亲去世。乾道五年(1169),添差严州教授,再娶原配韩氏之妹。六年升任太学博士,并兼国史院编修官、实录院检讨官。七年(1171)五月,继娶又去世,所生女亦夭折;乾道八年(1172),父亲又去世。接连不断的家庭不幸,给吕祖谦精神上、身体上都带来巨大打击,虽年仅四十岁已疾病缠身。淳熙三年(1176),守丧期满,因李焘的推荐,升任秘书省秘书郎,并兼国史院编修官与实录院检讨官。淳熙四年(1177)三娶芮氏为妻,但两年后又去世,再过两年,吕祖谦也在沮丧和羸弱中病故,这年他四十四岁。

吕祖谦一生虽屡遭不幸,但在学术上却获得巨大声誉,是南宋时期著名的理学大家之一,因别于吕本中的"东莱先生",人称"小东莱先生"。与朱熹、张栻"鼎立为世师",时人尊为"东南三贤"。他以关洛为宗而兼总众说,自成学派。他所创立的"婺学",也是当时颇具影响的学派之一。清代学者全祖望在校补《宋元学案》中,称赞"小东莱之学,平心易气,不欲逞口舌以与诸公角,大约在陶铸同类以渐纪其偏,宰相之量也"。他曾促成了朱熹、陆九渊的"鹅湖之会",这是我国哲学史和思想史上一次重要的论辩。政治上,他主张发展生产,宽厚民力;关心国事,对南渡之后五十年,"文治可观而武绩未振"的情况极为担忧,极力主张抗金、恢复国土,并愿投身实际谋划,曾上书说:"恢复大事也,规模当定,方略当审……臣愿精加考察,使之确指经画之实,孰先孰后,使尝试侥幸之说不敢陈于前。"

他在哲学、史学、文学上均著述甚丰。哲学上有:《吕氏家塾读诗记》32卷、《古周易》1卷以及《周易音训》《周易繫辞精义》《近思录》等;史学著作有:《春秋集解》、《左氏博议》、《左传类编》、《左氏传说》20卷、《左氏传续说》12卷、《十七史详节》273卷、《欧公本末》《历代制度详说》12卷、《历代奏议》10卷、《国朝名臣奏议》10卷等,并参与编修200卷的《徽宗皇帝实录》。文学创作有《东莱集》40卷,其中存诗1卷。另编有《宋文鉴》130卷、《古文关键》2卷、《丽泽集文》10卷、《丽泽集诗》35卷。其《东莱左氏博议》和《古文关键》后附的《关键总论看文字及作文法》1卷也有相当部分属于文学散文。联系到他年仅四十四岁,孱弱多病又迭遭不幸,其治学的专注和勤奋确实是惊人的。

文学贡献 吕祖谦出身于一个学术世家:曾祖吕好问、伯祖吕本中、祖父吕弸中、父亲吕大器等皆为著名学者。东莱吕家登《宋元学案》者七世十七人,被称为"东莱学案"(清·王梓材《宋元学案·范吕诸儒学案按语》)。尤其是伯祖吕本中,在理学、诗学上皆为一代之师。虽然吕本中去世时祖谦年方九岁,未亲受教诲,但是祖谦的另两位重要老师林子奇和汪应辰却都是吕本中的得意弟子。另外,他自幼长于外祖曾几家中。曾几为南宋四大家之一,"江西派"之干城,祖谦自幼对江西诗法自然也是耳濡目染。江西诗派的诗学理论对他的影响明显表现于他的一些文学论著之中,其注重章法的思想与黄庭坚、吕本中的诗文理论非常相似。

吕祖谦的文学贡献主要表现在他评选的古文选本《古文关键》和编录的宋代文学总集《宋文鉴》中。这两本书既有其自身的学术价值,也体现了吕祖谦的文学主张。

《宋文鉴》是一部"断自中兴以前"的北宋诗文总集,共150卷,涉及诗文集800余家。它是现存宋代唯一具有历史影响的文学总集,为后人留下了大量的珍贵作品,在很大程度上它成了后人全面认识北宋文学发展面貌的依据。其中散文1400余篇,反映了北宋古文运动的实绩,体现了南宋作家对北宋散文传统的重视,它对确立北宋文学,特别是北宋散文的历史地位起到了至关重要的作用。更可贵的是,吕祖谦不以学派和政治恩怨衡文,兼收并蓄,各体皆备,使后人得睹北宋文学的真实全貌,这是《宋文鉴》的最大贡献。吕祖谦为理学名家,但对倡导"新学"的王安石诗文在《宋文鉴》中就有196篇之多,数量超过欧阳修。宋初西昆体与理学家提倡的"存天理,灭人欲"也是背道而驰的,但他们的作品在《宋文鉴》中却都有一定程度的反映,甚至有些是借《宋文鉴》才得以流传。《宋文鉴》之后,以《文鉴》为名的文选不断出现,如黄宗羲的《宋文鉴续编》、张云章的《南宋文鉴》、蒋显谟的《南宋文鉴》、严道甫的《南宋文鉴》、姚叔祥的《南宋文鉴》等,可见《宋文鉴》对后人的影响。《古文关键》则首开南宋文章评点之先河。由《古文关键》确立的这种新的文学批评形式,奠定了评点学的基础,对后来的评点学的发展产生了很大的影响。

除《古文关键》和《宋文鉴》外,吕祖谦还评选有《吕氏家塾增注三苏文选》60卷,专评选三苏之文;《丽泽集文》10卷,评选西汉至唐代的古文;《丽泽集诗》35卷,评选宋以前诗歌。在这些诗文集的评选中,除了反映吕祖谦兼收并蓄,尊重不同流派、不同学派的文学思想外,还反映出吕祖谦下述一些文学观念和主张。

首先,把理学和文学合而为一,强调为文不仅要讲究经学义理,也研究文章的写作技巧。他编的《古文关键》《宋文鉴》,是为学文者指示门径,提供范本的。《古文关键》内有题为《看古文要法》的导言,分《总论看文字法》《看韩文法》《看柳文法》《看欧文法》《看苏文法》《看诸家文法》《论作文法》和《论文字病》等八节,对怎样读、怎样写古文,提示了具体法则。其《总论看文字法》既强调义理与技巧的主次,又指出两者缺一不可:

> 学文须熟看韩、柳、欧、苏,先见文字体式,然后遍考古人用意下句处。苏文当用其意,若用其文,恐易厌人,盖近世多读故也。第一看大概主张,第二看文势规模,第三看纲目关键,第四看警策句法。

文以载道、文以明理,这是唐宋古文的优良传统。但宋自元祐以后,理学家和文学家的矛盾,带来了文与理的割裂甚至对立。后人批评宋文之弊是"尚其文者不能畅于理,据于理者不能推之文"(刘将孙《赵青山先生墓表》),这正是吕祖谦最早指出并企图加以解决的。吴子良作《荔窗续集序》指出吕氏这一学术功绩:"自元祐后,谈理者主程,论文者宗苏,而理与文分为二。吕公病其然,思融会之。"吕祖谦之后的吴渊提出了"程张之问学而发以欧苏之体法"(《鹤山集序》)的为文主张。到13世纪,批评文理割裂,主张文理融会,成为文学思想的主流。吕祖谦对此则有首倡之功。

其次,在文章作法上重视布局、注重句法和语言锤炼。吕祖谦在《古文关键》中首先提出"学文须熟看韩、柳、欧、苏,先见文字体式,然后遍考古文用意下句处"(《总论·看文字法》)。如何"遍考",他提出以下四个基本渠道:立意上要求"意深而不晦","意常则语新";行文布局上看"如何是一篇铺叙次第,如何是抑扬开合处",吕祖谦最欣赏的是铺叙要有曲折,他在《范增论》行文评点中,详细讲述了什么是文章的曲折,如何使文章曲折。他说:"吾尝论,一段前平平说来,忽换起放开说,见得语新意相属,又见一伏一起处。"这种针对具体行文所作的批评,有利于读者对古人文章行文布局精妙之处的理解与体会。在警策句法上则是看"如何是一篇警策,如何是下字下句有力处,如何是起头换头佳处,如何是融化曲折、剪截有力,如何是实体贴题目处"。另外,吕祖谦还指出:各家文章都有其不同的特色,故读者也应从不同的角度加以学习,如韩文特色为"简古",学韩文则要兼"简古"与法度,"徒简古而乏法度,则朴而不华";柳文特色在于能掌握"关键",学柳文"要学他好处,要戒他雄辩";欧文特色则为"平淡",学欧文要兼"平淡"与渊源,"徒平淡而无渊源,则枯而不振";苏文特色为有"波澜",学苏文"当戒他不纯处"。综观吕祖谦上述观点,虽然也有个别地方杂有理学家的偏见,但绝大部分都是非常精辟的。

诗歌创作 吕祖谦现存诗歌共155首。与别的诗人不同的是,其中的祭诗挽章达44首,占了近三分之一。有的论者称赞"他善用真情着笔,追忆亡魂,字字痛切,感人肺腑"(王晓靖《试论吕祖谦的诗歌创作》,连云港职业技术学院学报19卷4期),这恐怕是在为贤者讳。这类诗作是典型的应酬文字,何况其中还有不少是代人而作的或应约而作的,与韩愈的谀墓文并无多少差别。这类篇什多作于晚年,与作者出身名门又是理学名家可能有一定关系。倒是他的一些酬唱赠别和写景咏物小诗更有文学价值。其特色是清新俊逸、轻快流转,颇有情韵,如:

  城峻先迎月,疏帘不隔风。棋声传下界,雁影没长空。岛屿秋光里,楼台海气中。登临故待晚,雨外夕阳红。(《城楼》)

  万顷烟波一叶舟,已将心事付溟鸥。蓬笼夜半萧萧雨,探借幽人八月秋。(《富阳舟中夜雨》)

绍兴二十六年(1156),年方二十的吕祖谦随父吕大器在福州任所,其间创作了一系列写景抒情的小诗,如《城楼》《富阳舟中夜雨》《清晓出郊》《晚望》《游丝》等,亦呈现类似的风格。《城楼》写夕阳下登福州城楼的感受:诗人晚登城楼,远眺鼓山,秋光摇曳;俯瞰楼台,海气空蒙;雨帘之外,西垂的夕阳,分外妖娆。前四句以风、月、声、影烘托城楼的高峻,又显现出秋光的明丽,清峻闲远,又字字落到实处。尤其是中间两联"棋声传下界,雁影没长空"和"岛屿秋江里,楼台海气中",气象阔大,静谧之中又充满动态感,皆见其行文布局的精妙,注重句法和语言锤炼,亦如其在《古文关键》中所言。元人方回特别欣赏这两联,认为堪称"五言佳作"(《瀛奎律髓汇评》卷五)。七绝《富阳舟中夜雨》以烟波、孤舟、溟鸥、蓬笼、夜雨、幽人,层层点染出八月的秋意,似一幅意态潇洒、清闲淡远的泼墨山水,显露出诗人恬淡的意绪和人生追求。

吕祖谦这类小诗中类似佳句还很多,如《清晓出郊》中的"落月窥瓮牖,殷勤唤人醒";《游丝》中的"几度莺声留欲住,又随飞絮过东墙";《题刘氏绿映亭二首》中的"明床小放前溪入,澄绿光中独岸巾","墙东种得阴成幄,隔夜看来却有情";《次韵叶丞相陈尚书游南园》中的"润花雨过红群湿,倚竹风斜翠袖寒";《西兴道中二首》中的"野花照水开无主,谁信春归已两旬"等,皆清新俊逸,富有情致。其《春日绝句》:"一川晚色鹭分去,两岸烟光莺唤来",很容易使我们想起王安石的《书湖阴先生壁》:"一水护田将绿绕,两山排闼送青来"。贺裳在《载酒园诗话》中就是以这首诗为例,证明"道学家诸公诗,亦自有佳句",《春日绝句》"尤雅靓也"。

吕祖谦的一些酬唱题赠和感物抒怀之作,表达作者对某种哲理或道德境界的体认,通俗直白,坦诚而多理性,与朱熹的同类诗歌相近,而与上述的写景抒情小诗呈现不同的风格。如乾道七年(1171),在写给出守嘉禾的丘宗卿的送别诗中,告诫友人要勤政爱民、体恤民情:"折肱称良医,识病由身伤。开府事如麻,岂尽昔所尝。平生老农语,易置复难忘。麦黄要经雪,橘黄要经霜。"(《送丘宗卿博士出守嘉禾以视民如伤为韵》其四)诗人推心置腹,坦诚相告,"此戒乘快无恻忐之心也"(黄震《黄氏日抄》卷四〇),诗中多坦诚训诫,但诗味则不浓,手法也过平直。长诗《酬上饶徐季益学正》回忆其伯祖吕本中如何治学敬业、诲人不倦、家法森严,可视为文学史或教育史上第一手资料,但多罗列,如"冷淡静工夫,槁干迂事业。有来媚学子,随叩无不竭。辞受去就间,告诫意尤切"之类,文风板滞又句法平直。但也有些酬赠之作写得突兀生动,如《寄章冠之》,用生动的笔触夸张地描绘章冠之的性格特征:

  章侯平生一诗囊,酬风酢月遍四方。浩歌姑熟酒淋浪,醉呼太白同举觞。遂登浮玉临渺茫,江涛挟笔益怒张。沙头倚樯乐未央,兴阑忽上秋浦舫。门前槐花日夜黄,闭门琢诗声绕梁。

类似的还有《方斋行》《过九江赠同舍陈伯秀》《尚书汪公得请奉祠饯者十有四人分韵赋某得敢字》等,皆可看出这位理学名家宽厚静默的外表下内心的血性。

散文创作 吕祖谦的古文创作取得较高成就。《四库全书总目提要》称其文"闳肆辨博,凌厉无前","虽豪迈骏发,而不失作者典型","在南宋诸儒之中,可谓衔华佩实"。最具代表性的著作为《东莱左氏博议》,这是对《左传》的评点和由此生发的议论,其中很有些独到的眼光。如《左传》记载的齐鲁长勺之战,柳宗元在《非国语·问战》中肯定庄公之对"小大之狱,必以情断之"是"庶乎知战之本",除此之外,还应该悉知"君之臣谋而可制敌者谁也,将而死国难者几何人,士卒之熟练者众寡,器械之坚利何若,趋地形得上游者以言敌者何以",方可言战。吕祖谦在《博议》对此论不以为然。他认为"宗元之所言,皆所谓战,而非所以战也",而"战"和"所以战"是不同的:"军旅形势者,战也;民心者,所以战也。二者犹泾渭之不相乱"。作者举守门刖者为子荛避乱这一史实,说明战争之胜负,在于民心向背:"民既乐为之死,则陷坚却敌,特余事耳"。作者据此告诫我们为学必须慎重,不可妄加测度:"春秋之时,虽不学之人,一话一言,有后世文宗巨儒所不能解也,况时所谓有学术者耶。"(《东莱左氏博议》卷六"齐鲁战长勺")这段"博议",不仅表明吕祖谦独具的史识,也有现实意义:作者意在提醒南宋当局,对内必须施行仁政,聚拢民心,才能实现恢复之大计。立论新颖,笔锋犀利,颇能反映吕祖谦"巧于逞辩"的风格。其记叙文如《汉舆地图序》《薛常州墓志铭》《重修钓台记》《游赤松山记》也很受人称道,最著名的则为《白鹿洞书院记》,记中历叙白鹿洞书院的兴废,理学源流,说明朱熹兴办书院的本意,文章"闳肆辨博",细密详正,颇能反映吕文的特色,如其中叙述朱熹动议重建白鹿书院一段不到二百字,却将白鹿书院的兴废经历,重建的人文意义乃至具体经办人俱叙写得清清楚楚。而且用朱熹经过此处的感叹方式叙出,感叹之中又将毁坏的

"佛老之宫"与废弃的书院加以对比:前者是"斧斤之声相闻,各复其初";后者是"独此地委于榛莽,过者太息,庸非吾徒之耻哉",来突出这位理学大师的崇高使命感和不同于世人的道学操守。

吕祖谦著作今存《东莱吕太史文集》十五卷,别集十六卷,外集五卷。有宋嘉泰四年吕乔年刻本,元明递修本,《四库全书》本。今有国家图书馆"中华再造善本"《东莱吕太史文集》30册,2004年版;浙江古籍出版社《吕祖谦全集》16册,2008年版。研究类有潘富恩、徐余庆《吕祖谦评传》,南京大学出版社1992年版;杜海军《吕祖谦文学研究》,学苑出版社2003年版。

三、华岳

华岳(?—1221),字子西,贵池(今安徽池州)人。因读书于贵池齐山翠微亭,自号翠微。宁宗庆元五年(1199)入太学,开禧元年(1205),权臣韩侂胄"欲立奇功以固位",力主兴师北伐。华岳认为天时人事皆不具备,轻启衅端,必招致"干戈相寻,败亡相继",作《上韩平原》诗讥刺韩侂胄。又因上书请诛韩侂胄、苏师旦,被下建宁(今福建建瓯)狱。后韩侂胄伏诛,华岳被放还。因志在抗金,遂弃文习武,转入武学。嘉定十年(1217),登武科第一,积官至殿前司同正将。嘉定十四年(1221),密谋罢去专权误国的丞相史弥远,事泄,下临安狱,杖死东市。

华岳是宋代士大夫中一个有着独特个性、带有游侠作风和传奇色彩的人物。首先,他出身于"武状元",这在宋代诗人中独一无二,又是爱国志士,《宋史》入《忠义传》。为人胸怀坦荡,不计个人恩怨,一切以抗金复国为出发点。开禧元年权臣韩侂胄力主兴师北伐,华岳认为这是轻启衅端,招致败亡,上书请诛韩侂胄,被下狱。但战争爆发之后,他又不囿于个人恩怨,上《平戎十策》,采取积极支持的态度。北伐失利,史弥远与杨后勾结,密谋杀害韩侂胄,并函首向金乞和。华岳认为有失国体,又作《和戎》诗以刺,因而又招致史弥远的疑忌,继续受到打压,直到嘉定九年(1216),才复籍太学。最后终因密谋除掉这个一味求和的宰相而遭杀害。华岳学识人品均受到历代士大夫盛赞：南宋叶绍翁比之为陈亮（《四朝闻见录》甲）；明代佘翘赞其"论事似晁错，谙兵似孙子"（《华子西论》）；清代王士禛将其比之为南宋初年的太学生陈东（《翠微南征录》题词）；曹廷栋称他为"诗人之杰"（《宋百家诗存·翠微南征录》）。

著有诗文合集《翠微南征录》十一卷，其中文一卷，诗十卷。有元抄本、《贵池先哲遗书》本、清康熙三十年郎遂还朴堂刻本、《四库全书》本、《四部丛刊三编》影印旧抄本、上海古籍出版社 1980 年版影印本；文集《翠微北征录》十二卷，今存元抄本、《贵池先哲遗书》本；其词作久逸，孔凡礼《全宋词补辑》从《诗渊》中辑得十八首。

诗歌 华岳是一位长期被埋没的南宋诗人。《翠微南征录》存诗 10 卷，391 首。傅璇琮等主编《全宋诗》又从刘克庄《后村千家诗》《诗渊》、明代《池州府志》中辑得诗 26 首，共 417 首。

华岳诗亦如其人，在南宋诗坛是一个另类，以直抒胸臆、慷慨豪壮自成一格。他的七律多抒爱国情怀，直白坦诚、慷慨悲壮；七古学李白，喜写月与梦，意境雄奇流丽，是复古创新重振唐风的成果；山水诗善写动态变化景色；田园诗多侧面表现农民的生活与心态，细节真切有味，富于乡土气息；爱情诗真率坦白，毫不矫饰，在宋诗中一枝独秀。不仅不同于庆元、开禧、嘉定年间朱熹、吕祖谦的冲淡平和，而且迥异于南宋诗坛主流"江西""四灵""江湖"等主流诗派之外，因而被一些诗论家不看好，长期不受重视，如南宋周密讥之为"粗恶"，清代王士禛为华岳诗辩解，"率粗豪使气，不以工拙论可也"（《跋翠微南征录》），言下之意也是诗本身"拙而不工"。

华岳的 400 多首诗作中，最突出也最能体现慷慨豪壮风格的是那些抒发抗金复国之志，以及遭受迫害、报国无门的愤慨与不平诗篇。这类诗作大多写于被囚圄土和建宁监管期间。在这些诗中，他以受困蛮荒的"英雄豪杰""忠义男儿""国士"自许，抒发誓雪国耻、抗敌御侮、实现统一的理想抱负，宣泄勇斗权奸、衔冤被囚、请缨无路的忠愤，诗中激荡着一股慷慨悲凉之气，具有震撼人心的力量。例如，"自愧材猷不足观，独于忠义死难干。二陵风雨谁思汉?万里腥膻谁报韩?眼到北盟常揾血,话残南渡欲冲冠。如何一代多人杰,稽首称藩鼻不酸"(《寄杨渭夫》);"一片忠肝照日明,济时无策苦伤情。謦牙拊几悔南渡,和泪挑灯编北盟。汉用檄招三十郡,楚因歌散八千兵。太平若斗生灵肉,何用生灵望太平"(《呈李朝举》)。他还多次以渡江北伐的祖逖和雪夜平蔡州的李愬自励和自许,抒写抗金报国、杀敌除奸的忠烈之气:"安得有臣如祖逖,慨然击楫誓江长"(《早行述怀》);"我欲誓江同击楫,中流不惜伴英雄"(《勉赵法曹》);"好将今日平淮策,说与当年李愬听"(《雪中有戏》);"何当夜缚吴元济,去作中兴社稷臣"(《除夜大雪》)。

诗人在这类诗作中还辛辣嘲笑南宋统治集团对敌奴颜婢膝、稽首称藩,更怒斥他们榨取民众骨髓、涂炭生灵,袒露出爱国忧民的忠肝义胆。很多诗章径直以"怒题""闷题""伤春""忧世""述怀"为题,直摅胸臆,嬉笑怒骂,痛快淋漓。在那首招致祸殃的《上韩平原》中更是将韩侂胄比作窃汉的王莽和祸唐的安禄山:"汉地不埋王莽骨,唐天难庇禄山躯","十庙英灵俨如在,漫于宗社作穿窬",横放恣肆,痛快淋漓,凸显出"动和权势作仇敌"的好斗性格。元代韦居安评华岳"豪放不羁,诗文皆有气骨"(《梅磵诗话》卷下);清人曹廷栋评其诗"脱口豪纵,多破胆险句"(《宋百家诗存·翠微南征录》),以及上述的王士禛称其诗"粗豪使气"皆主要针对这类诗而言。

这类诗作中还有一些是记述他被囚圜土的艰困生活和切身感受。如《套筒》写自己被"以铁圈、竹筒、贯索为系"的囚禁情状;《牢城言怀》描绘"冤鬼夜随风雨泣,病囚时作犬羊呻"的狱中生活。值得指出的是,这类诗作常以一种自我调侃的形式来表达,以谐写悲,让炭火与冰雪交织在一起:自己被捆绑笔直像一个"无孔窍之箫",却自嘲说:"从今节节能通气,安得当为积蓄钱";狱内鬼火(萤火)闪烁,蚊声阵阵,他却当作电闪雷鸣来欣赏:"眼前萤掣檐前电,耳底蚊轰屋底雷"(《牢城述怀》);他可以在一无所有的监狱内创造条件,用酒罐煮饭,用囚灯读书:"煮饭只烧沽酒罐,读书权借守囚灯"。难怪清人曹庭栋读后感叹说,"可谓癖于吟者矣"(《宋百家诗存·翠微南征录》)。这类诗作,表现了作者乐观豪放的性格,更表现了作者的顽强与不屈。这种调

侃表面上很轻松,骨子里却极沉重,像岩浆在地下突奔,时不时会突然喷发,如《闷怀二首》:

壮士刚肠不受冤,髑髅可断志难干。越仇未报薪当卧,汉贼犹存铁漫弹。

有鼎不烹胡虏肉,无刀可断佞臣头。男儿此等不平气,空使冲冠射斗牛。

"烹胡虏肉""断佞臣头",始终是他支持他在监狱内乐观顽强坚持下去的信心和力量。

除上述的政治抒情诗外,华岳还有相当数量的山水田园之作。华岳一生大部分是在乡居、流放中度过的,做官的时间不长,因而了解民间的疾苦。他这方面的诗作,数量虽不多,但相当深刻感人,如《田家十绝》表现了农家生活的各个侧面,颇类范成大的《四时田园杂兴》。《田家十绝·其二》"农夫日炙面如煤"和《其三》"老农锄水子收禾",对农民遭受的残酷的地租剥削作了真实、全面、形象的概括;《其四》"鸡唱三声天欲明"写农家的辛勤劳作以及夫妻间互相体贴、和谐温暖的家庭生活;《其十》"拂晓呼儿去采樵"选取农家柴薪不济、日暮枵腹的生活细节,反映农家生计的艰窘拮据。以上皆可看出诗人对农家生活有真实的感受,对农民疾苦有真切的同情。在《新市杂咏十首》等诗篇中,华岳还对建宁等地市井与乡村的风俗人情作了真实生动的表现,如其二:"翠翘伴醉倩人扶,约我文君卖酒垆。解佩向人赔笑问,一杯容妾佐樽无",将建宁市井女子豪爽热情、无所顾忌的性格特征以及当地独特的风俗人情,通过她的相约共饮、解佩佐酒的言行,生动形象地展示出来。

华岳还有一些写景状物的小诗,或对景写生,或即事抒怀,皆清新活泼、生动自然,表现出浓郁的诗情画意和乡土生活气息。如《宿灌头》:

淡鱼才煮咸鱼熟,白酒新醅红酒香。莫讶杯盘成草草,一年忙处是蚕桑。

诗人将农家五月的繁忙,繁忙中亦盛情待客的朴厚和热情,农家待客的简陋和真诚,通过这"淡鱼""咸鱼","白酒""红酒"的交相咏歌跃然纸上。

华岳的写景之作,有两个明显的特点:一是喜用这种交相叠咏的方式加以强调,极富民歌风味,也使画面充满动态感,如《江上双舟催发》,用"前帆""后帆"的反复叠唱组成四组移动的长卷,再加上拟人的手法,使画面活泼而跳动。《骤雨》也是这样:

牛尾乌云泼浓墨,牛头风雨翻车轴。怒涛顷刻卷沙滩,十万军声吼鸣瀑。牧童家住溪西曲,侵晓骑牛牧溪北。慌忙冒雨急渡溪,雨势骤晴山又绿。

"牛尾""牛头"的反复咏歌,雨急、雨晴的交相叠唱,写出骤来倏去的暴雨特征和气势以及牧童猝不及防、无处躲避的狼狈,状物生动准确又富有生活气息,它使我们想起苏轼那首著名的《望湖楼醉书》。

第二个特征是或彩绘,或白描,均能各臻其妙。彩绘者如《严陵方市》:"浮云扫尽天宇清,千花万花开锦屏。好风吹皱一池绿,白鸟点破千山青。客行五里复五里,两眼丹青间红紫。杖屦不知行路难,人在江南图画里。"诗人说他客行严陵方市,如在江南图画里。我们读这首诗,也像进入青绿红紫竞鲜艳的水彩画之中。又如"溪南风物照窗扉,溪北兰舟缆翠微。双桨碧云苔浦合,一帘红雨杏花飞"(《次翁正叔溪山胜游之韵》)、"山拥青螺出粉墙,水环银带插溪庄。一百五日雨翻浴,三十六宫人斗妆。蝶翅拍花催舞袖,凤毛翻锦入诗囊"(《题溪庄》)、"阑干古木琐青葱,阑外檐花灼半空。万里好山春黛碧,一溪流水暮霞红"(《临清阁》)等,诗人尽情地挥洒彩笔,使诗歌画面色彩鲜丽、丰富,缤纷耀眼。白描的诗,如《登楼晚望》:"疏雨洗空碧,晚晴人倚楼。稻花千顷浪,枫叶一帘秋。远岸明残日,孤村认小舟。溪山如爱我,相见亦回头。"像一幅淡雅清新的素描。又如"水瘦石生齿,山寒梅未花"(《游溪西寺》)、"古树晴摇盖,残蝉晚带钟"(《题练省元壁》)、"水滴莲花晓,山空桂子秋"(《呈鲁伯瞻》)等。这些白描的诗,语言清淡、朴素,显示了作者多方面的艺术才能。

华岳的诗歌风格,除了上述的慷慨豪放和清新活泼外,有些诗作则壮浪恣肆,富有神奇的想象力。同所有的浪漫诗人一样,这类诗作是通过梦幻、神游等题材来实现的,如《梦谪仙》写他在梦中驾云参拜李白,李白留他赋诗,于是他步李白后尘:"醉将只手挈虹笔,便扯青霄作彩笺";他的《记梦》诗也像李白的《梦游天姥吟留别》一样,梦中神游,与嫦娥共饮,众仙女陪侍:"寒风绕我梦魂去,飞扬直上蓬莱宫。蓬莱宫殿女如玉,霓裳羽扇环帘棁。月娥留我宴珠翠,玳筵间列花丛丛",写得迷离惝恍、缤纷多彩,只是缺少李白《梦游天姥吟留别》所蕴含的人生失意、蔑视权贵、追求精神自由等丰富深刻的含义,其意象与意境也不及李诗那么曲折多变,但刻意学习李白的浪漫精神和表现手法是明显可以感觉到的。华岳的浪漫诗作,也有同一般浪漫诗人的不一样之处:他还善于运用唱和、赠别、闲适、写景甚至陈情这类日常生活题材来发挥神奇想象,在浪漫夸张中张扬自我,表现出壮浪恣肆的风格。如《钓鳌行》,这是一首干谒陈情诗作,据诗题下原注,此诗写于建安被囚时呈给"提刑左史张舍人",意在辩白冤情,乞求减免刑罚。这种陈情表类诗作,应该是很具体、很伤感,也很少富有诗意的,但华岳却极尽想象、幻想和夸张之能事,写成一首张扬自我的豪放个性、宏伟抱负与超凡才智的长诗,极富豪情,极为淋漓酣畅。他先展现出一个北风浩荡、沧溟辽阔、浊浪翻空、雷霆震怒的大背景,然后把自己写成神奇的钓鳌客,这钓鳌客用新月为钩,绮霞为索,又持虹蜺为钓竿,把鲲鹏作香饵。当他的钓索欲垂未垂之际,竟使鬼神号泣,星斗无光,天地昏暗,海灵向他乞求饶命。他一钩便可钓出六只巨鳌,为的是要酬报张公的知遇之恩。而提刑左史张公,在诗人笔下,成了"万里风烟伯"。他的度量使环海也显得狭窄,蓬莱仙山在他的胸中盘踞高耸,他的壮气直可吞下云梦大泽。接下去,诗写风烟伯与钓鳌客在风帆浪楫间交杯豪饮,相得甚欢。诗的结尾表示,如能得到张公辩白冤屈、赏识任用,他一定要叱咤风雷,大显身手,不然就满载明月,归家隐居。全诗幻想神奇、意象雄伟、境界壮阔,磅礴着一种顶天立地的豪气。这样的干谒诗,在诗史上似乎前所未见。类似的诗作还有《归钓吟》《浴》《嘲热》《上赵漕》《赠陈道人》等,皆是超越现实,化平凡为神奇。

　　华岳是一位有极富想象力的诗人,他的浪漫诗风,完全得力于他的想象力,而且想象得极为生动和精致。以咏月诗为例:他能将月影的移动想象成"月怕抛人步步随"(《夜步水西》)、"长虹吸月印秋水"(《丹青阁》)、"乱云推月上层楼"(《送李子方》)、"夜深常倩月移竹"(《西爽》)。李白在月下饮酒是"举杯邀明月,对影成三人",华岳则是与嫦娥为伴:"月娥邀得醉携壶"(《舍后丈地令人植花种竹闷则邀清风明月尽醉而倒》),"月娥好作云间侣"(《纸帐》);而且把整个月亮伴着美酒一起吞进肚里:"索酒得杯和月吞"(《春愁》),"且听杯人和月吞"(《出郭》)。月下的诗人是孤独的:"一声残角送黄昏,独倚阑干空断魂。竹影扫阶尘不动,自挨明月闭柴门"(《月夜吟》),他由此想到月中的嫦娥更加孤独:"人间离别最堪怜,天上嫦娥恐亦然。昨夜广寒分破镜,半夜飞上九重天"(《弦月》)。

毋庸讳言,华岳的诗也有缺点。由于才情过人而学养不足,他的不少作品诗意单纯浅薄,艺术表现也失之粗豪、直露,即使在较好的篇章中,也有锤炼不足、词不逮意之病。但总体来说,华岳的诗歌在南宋是独树一帜的。钱锺书说:华岳并不沾染当时江西派和江湖派的风尚,真率、坦白,不怕人家嫌他粗犷或笑他俚鄙。宋人说他的人品"倜傥"像陈亮;"粗豪使气"的诗格,同时人里只有刘过和刘仙伦的作风相近,而他的内容比较充实,题材的花样比较多(《宋诗选》)。

散文 华岳生活在偏安的南宋宁宗和理宗朝,满怀着抗金复国的壮志,渴望谈兵虎帐,征战沙场,做一番轰轰烈烈的事业。然而南宋王朝的统治者苟且偷安,或是向金人称臣称侄,岁贡银绢,屈膝求和;或是为了猎取政治权力和声誉,在主客观条件均不具备时轻举妄动,仓促起兵而招致失败。华岳对这两种政治举措都坚决反对。今存的《上宁宗皇帝谏北伐书》《平戎十策》和《治安药石》三篇议论文,皆观点鲜明,切中时弊,语言伉直,气势夺人。如开禧元年(1205)四月二十七日叩阍上《上宁宗皇帝谏北伐书》,激烈揭露与抨击韩侂胄专执权柄,与苏师旦、周筠等人结党营私,沆瀣一气,对人民剜膏吸血,彫瘵军心,疮痍士气,却欲空国之师,竭国之财,贸然北伐,轻启边衅,实属乱臣贼子行径,必败无疑。为此,他乞斩韩、苏、周三人,以谢天下。这篇谏书写得气势凌厉、情辞慷慨,对战争形势的分析和预计切实中肯。文章感情充沛,忠肝义胆毕现,条分缕析而又激昂慷慨,可与南宋的一些著名奏议如陈亮《戊午上高宗封事》、胡铨《上高宗封事》等媲美。

华岳的散文,以议论见长。其议论文,既有不屈不挠的斗争精神,又善于喻事说理,反复论证,显得气足而理周,这在开禧三年(1207)所上《平戎十策》和嘉定元年(1208)所上《治安药石》皆有充分的表现。两文皆作于下建宁狱时。《平戎十策》开头就提及朝廷极不愿提及之事,开禧北伐结局为自己不幸而言中:"重蒙圣慈,不赐诛戮,谪臣建安,迨今两载。伏自戴罪以来,日闻边鄙之音,伤痛不已,乃知臣前日之所以料陛下今日之事者审也",表现一种毫不妥协的劲直之态。然后便是以救火为例,设喻事说理,反复论证如何才是从根本上救治之策:"夫救火于炎炎之时,不如徙薪于曲突;拯溺于狂澜之中,不如济人于溱洧。今火之既焚,水之既溺,复将坐视而不恤,则燎原滔天之患将莫知其所止矣"。然后进一步指出:战前不听自己的建言,导致开禧北伐失败;今日又不甄别平反,仍将自己关在牢中,这是错上加错。只不过在表述上用一种婉曲自责的方式来表达:"当其未焚未溺,臣不能挽回陛下之听,臣之罪也不可逃;及其既焚既溺,复不能为陛下扑灭而疏导之,臣之罪可胜诛邪?"《平戎十策》对如何取士、征兵、攻守、赏罚等都提出具体措施,皆非书生空言,而且眼光有时很独到,如讲到如何罗致人才时,特别强调隐于沿边地带,"三城、桐柏之耕农,罗源、贾木之樵牧,六安、辽峰之高隐,羊岘、房陵之商贩"中的人才。认为这些人不仅熟悉沿边的复杂情况,更为重要的是,这些"怀才抱艺之士,耕云钓月之徒,天下晏然,四方无事,犹意切功名,更相劝勉,以图进取。事业之秋,孰甘疏外?苟招致不廑,旁求之未尽,则舍虞之秦者,乌知其非百里奚?背楚归汉者,乌知其非韩淮阴",其他如《招军》《御骑》《陷骑》《得地》《守地》《恩威》《利害》《财计》《马政》等诸篇,讨论战略战术等实际问题,都有极强的针对性,也有可操作性。华岳为人豪放不羁,轻财好侠,敢作敢为,才华洋溢,又醉心于政治军事方略与纵横捭阖之术。这些性格特征都可从上述论文中看出。

词 华岳的词多散佚,唯《诗渊》尚存十八首,收入孔凡礼《全宋词补辑》。内容多数写艳情,如《南歌子·粉絮飘琼树》《霜天晓角·情刀无劙》等,写对情人的思念。词中由景入情、以景寓情,虽是词人常套,但像"都把银河细剪、做花飞","说后说应难尽,除非是、写成轴"等句,富有想象力,且夸张奇特,与华岳诗作《钓鳖行》《梦谪仙》等同调。另外像"呵手牵人相伴、塑狮儿","情刀无劙,割尽相思肉"等全用市井语言,质朴、泼辣,却极富表现力,应是华岳词独有的特色。其中亦有抒发渴望恢复中原而报国无门的苦闷情怀,如《满江红·庙社如今》《念奴娇·倚藤临水》等。前者作于编管建宁府之时,词中对开禧北伐的前景表示忧虑,但也表示长驱万里,驱除金虏的志向始终如一,可视为《上宁宗皇帝谏北伐书》的韵文表达。后者大谈功业如浮云,"十里松萝,一蓑烟雨"方是平生之愿,实际上只不过是他的理想、抱负屡屡受挫,心境痛苦的一种自我排解方式。

第五节　　南宋后期的安徽诗词作家

一、方岳及其他江湖诗人

南宋后期诗坛出现两个有代表性的诗歌流派,一是以赵师秀、徐照、翁卷、徐玑为代表的四灵诗派;另一则是以戴复古、刘克庄和方岳为代表的江湖诗派。他们大都不参加科举而漂泊江湖,以干谒公卿为生计,其创作旨趣是崇尚晚唐而反对江西派。当时临安书商陈起将这些人的诗作陆续编刊为《江湖集》《江湖前集》《江湖后集》《江湖续集》,江湖诗人亦由此而得名。这是个人数众多又松散的创作群体,成分比较复杂,安徽的方岳、程垓、高翥、程炎子都属于这个流派,并取得不同的成就。

(一)方岳

方岳(1199—1262),字巨山,号秋崖。歙州祁门城北何家坞(今属池州)人。出身于一个世代耕读之家,七岁能赋诗,时人称为神童。理宗绍定五年(1232)进士,授淮东安抚司干官。端平元年(1234),蒙古灭金,南进侵宋,时任京西、湖北制置使的史嵩之力主和议,方岳代赵葵作书谴责。嘉熙三年(1239),史嵩之为右相兼枢密使,方岳被罢黜,闲居四年。淳祐四年(1244)复官,除秘书郎、宗正丞。赵葵任枢密使兼参知政事,督视江淮京湖军马,辟方岳为行府参谋官。后调知南康军。九年,因杖责横行不法的官吏得罪贾似道,改知邵武军,未久辞官。程元凤为相,起知袁州。宝祐六年(1258),丁大全为相,以方岳早年不荐己而重修旧怨,被弹劾罢官。后复被起用知抚州,又因与贾似道的旧嫌而取消任命。景定三年卒,年六十四。著有《秋崖集》,明嘉靖本为83卷。其中文45卷、诗38卷(包括词4卷),四库馆臣因其分卷太小,改编为40卷。通行本有《四库全书》本《秋崖集》、《宋代五十六家诗集》中《秋崖小稿集》本。今有秦效成《秋崖诗词校注》,黄山书社1998年版。

诗歌 据秦效成《秋崖诗词校注》,方岳诗歌今存34卷,共1392首(含3首存目)。南宋后期,他的诗名很大,差不多比得上刘克庄。在方岳近1400首诗作中,绝大多数是表现他罢职乡居时的心情和感慨,以及对山水田园、自然风物的描摹和咏歌,这类诗歌"不用古律,以意为之,语或天出"(洪焱祖《秋崖先生传》),清新自然,疏朗淡远,如《泊歙浦》:

此地难为别,丹枫似去年。人行秋色里,雁落客愁边。霜月欹寒渚,江声惊夜船。孤城吹角处,独立渺风烟。

题材是传统的羁旅客愁,但状物设色并不刻意经营,而以意为之。全诗围绕"秋色"和"客愁",句句描绘浓重的秋色,又句句突显浓浓的客愁,显得真率、自然、流走。方回说秋崖"其诗不江西,不晚唐,自为一家"(《瀛奎律髓》卷二七),其实,方岳对唐人、对江西诗法都是有继承和借鉴的。其诗初学江西派,后受杨万里、范成大的影响较深。陆游、白居易、贾岛、姚合、大历诗人都对方岳的诗歌产生过影响。如这首《泊歙浦》其构思和表达方式颇似唐人薛道衡的《人日思归》;"人行秋色里,雁落客愁边"的遣词命意,又借鉴了王湾那首著名的《次北固山下》。他的《农谣五首》描写农村风光,诸如"小麦青青大麦黄,护田沙径绕羊肠。秧畦岸岸水初饱,尘甑家家饭已香"(其三);"春雨初晴水拍堤,村南村北鹁鸪啼。含风宿麦青相接,刺水柔秧绿未齐"(其一),质朴、自然,刻意口语化,富有生活气息,很接近范成大的《四时田园杂兴》。《春思》写自己初春时的感受,平易流畅,构思新巧,其首句"杨柳生寒莫上楼"化用秦观的名作《浣溪沙·漠漠轻寒上小楼》,基调也颇接近;"情知社近迎新燕"亦是袭用宋初晏殊的"燕子来时新社"。转益多师,使得方岳之诗,具有多种风格,清人《宋诗钞》称其"诗主清新,工于镂琢,故刻意入妙,则逸韵横流。虽少岳渎之观,其光怪足宝矣"。所谓"光怪陆离",也是意在强调其多种风格,但也意味着方岳之诗,模拟之技强而创新之意少。这更说明诗到宋末,已亟待变革。

  方岳诗中最有特色的是他那些咏物的篇什。方岳的咏物诗,范围相当广泛,不仅有诗人经常咏歌的竹、梅、兰、荷、桂、菊、桃、柳、牡丹、水仙、菖蒲、海棠、七里香等,一些食品如荔枝、螃蟹、土瓜、腊鹅干、腊鱼干、紫菜汤、苋菜汤、甘蔗等也成了他的咏歌对象。更为独特的是诗人刻意学习民歌复叠、颠倒等手法,多用俗字俗词,如"渠""阿谁""唤住人""俗了人"等,使这些咏物诗如话家常,通俗而质直。如《梅花十绝》中的"一枝斜入丛篁里,人不见渠渠见人"(其二);"阿谁不爱梅花句,未省梅花爱阿谁"(其三);"自插斜枝垫角巾,诗狂又有老精神。黄昏酒醒欲归去,月出山来唤住人"(其五);"有梅无雪不精神,有雪无诗俗了人。薄暮诗成天又雪,与梅并作十分春"(其九)。这样的梅花诗不仅突显的诗人的个性,更代表着诗人独特的风格。又如咏竹组诗《此君室》十首,不仅借竹抒发了诗人安于寂寞,不同流俗的处世态度,而且十首诗每首的最后一字也组成"余子不可数,此君何可无"两句咏竹诗,显其独特的构思匠心。《别子才司令》中的"不如意事常八九,可与语人无二三",通俗之中深蕴哲理,简直成了后人口头的经典。

  方岳还有些诗作,表现其强烈的爱国情怀,如早年在故乡所作《次韵徐宰题岳王祠》,诗中慨叹当年主和屈杀岳飞,以致百年来中原沦陷,百姓遭受祸殃:"和之一字误人国,今且百年遭祸机。白骨自荒公论在,青山良是物情非",八百多年后,我们仿佛仍能听到诗人那沉重的叹息声。在这类诗作中,诗人为宋军哪怕一次小小的胜利也欢欣鼓舞。嘉熙元年(1237)秋,蒙古军自光州、信阳抵合肥。十二月,赵葵援安丰奏捷,这是宋军在屡战屡败的战事中,第一次小胜,诗人的喜悦之情,溢于言表,大醉之下,写了《十二月二十四日雪》,"诗简拟醉玉跳脱,捷羽已飞金仆姑",醉态之中可见诗人拳拳爱国之心。理宗淳祐七年(1247)和议又起,这次是与蒙古而不是金,但同样是以拱手断送中原为代价。诗人闻之,在《直汀晚望》中写道:

> 沙头新雨没潮痕,独立苍茫欲断魂。如以长江限南北,何堪丑虏共乾坤。中年岁月疾飞鸟,旧隐文移惊夜猿。鸥鹭不能知许事,烟寒袖手与谁论。

如果真与蒙古划江而治,不知怎样与这些侵略者共戴天地?诗人慨叹岁月疾如飞鸟,转眼之间,自己已过中年,尚埋头在来往文书之间,不能为国共谋大业。诗人独立寒秋,怅望沙头新潮,鸥鹭明灭,满腔忧愤,不知向谁倾诉!还有首《观渔》,看似山水之作,意在描叙渔夫指挥鸬鹚捕鱼的全过程。诗中既惟妙惟肖地表现了鸬鹚捕鱼时的勇敢顽强,又绘声绘色地把渔夫描写成如同号令严明、赏罚有度、指挥若定的大将军。但诗的结尾突然话锋一转,联想到塞上将军的排兵布阵:"呜呼奇哉子渔子,塞上将军那得尔"。如果守边的将军们都能像你一样,还能打败仗吗?说明诗人的爱国之情处处皆在且至老不衰,即使在晚年一些描写自然风物的诗歌中,亦时有显现。

方岳多次出任过地方官吏,且长期乡居,对农村生活,尤其对农民的疾苦比较了解,因此诗中多有反映。如《三虎行》:

> 黄茅惨惨天欲雨,老乌查查路幽阻。田家止予且勿行,前有南山白额虎。一母三足其名彪,两子从之力俱武。西邻昨暮迟不归,欲觅残骸无处所。日未深黑深掩关,毛发为竖心悲酸。客子岂知行路难!打门声急谁氏子,束蕴乞火霜风寒。劝渠且宿不敢住,袒而示我催租瘢。呜呼,李广不生周处死,负子渡河何日是?

诗中叙述一位深夜敲门的"谁氏子",谢绝留宿而冒被虎所伤、乞火逃奔而去。通过这一类似小说的情节,告诉人们官府"催租"吏的追逼猛于"南山白额虎"。诗人先用猛虎的凶残做铺垫:"一母三足其名彪,两子从之力俱武。西邻昨暮迟不归,欲觅残骸无处所";用"黄茅惨惨天欲雨,老乌查查路幽阻"天昏地暗做渲染。然后再让这位逃租者在留宿免被虎食和逃跑免被吏捕间做出抉择。结果是再次证明了"苛政猛于虎"这个历史结论。这样,诗人描绘的"日未深黑深掩关,毛发为竖心悲酸"就不仅仅是虎祸造成的凄惨,而且是南宋后期社会画面的缩影。在南宋诗坛上,如此抨击社会的黑暗,是不多见的。《秋崖集》中的类似题材还有《山庄书事》《田制》《郑签判取苏黄门"图史园囿,文章鼓吹"之语见贻,辄复赓和》《白诗效其体三首》之三、《排门夫》《唐律十首》之七等篇什。在《郑签判取苏黄门"图史园囿,文章鼓吹"之语见贻,辄复赓和》中,诗人回忆自己做州郡官的经历,宁遭主司的申斥,也不愿贻害百姓。《山庄书事》则通过一个衣不蔽体、形容枯瘠的田翁之口,控诉当时官吏的残暴,以及竭泽而渔的赋税政策。

散文 方岳的散文以议论文为多,文章流畅平易,且颇有见地。四库馆臣说他"才锋凌厉",主要指这类散文,如为赵葵行府参谋官时所作的《与赵端明书》指责赵葵治军之失,真切直率,表现了作者敢于任事、不避利害的刚直人品。在《论对第一剳子》中,指斥当时"二、三大臣远避嫌疑之时多,而经纶政事之时少,共济艰难之意浅,而计较利害之意深",被洪焱祖赞为"深切之论"。

方岳也是南宋后期的骈文名家,所作表、奏、启、策,用典精切,文气纡徐畅达,为当时人所称道。四库馆臣说他"以骈体为尤工,可与刘克庄相伯仲"。如其传诵一时的《两易邵武军谢庙堂启》的结尾一段:

> 尚念某草茅之习固然,萍梗之踪定。若曰统临之部,本无界限之分。恐郡国难,而朝廷处之更难;既江东可,则福建奚其不可? 畏首畏尾,吾身余几,谁云天地之宽;何蓑何笠,尔牧来思,孰与山林之密? 敢因摧谢,并以恳祈!

《两易邵武军谢庙堂启》不仅再次表现出他特有的傲岸不群的品格,而且以意为之,很少事典,语若天出又属对精工,文意一气呵成,毫无生涩凝滞之感,确为四六中的佳作。

词　方岳的词,现存 70 余首。风格颇受苏、辛之影响,多用以抒情咏志,风格悲凉慷慨。题材上以寿词、唱和和写景状物为多。寿词共 29 首,几近现存词数量的三分之一。有人批评这类词"大都阿谀之辞,无可取也"(宛敏灏《方岳与秋崖词》,《学风》6 卷 2 期),其实也未尽然。方岳的寿词分为寿人与自寿两种。自寿词大多抒发用世之心屡遭挫折的人生感慨,带有鲜明的个性,如《满江红·乙巳生日》:

> 说与梅花,且莫道、今年无雪。君不见、秋崖冀底,茎茎骚屑。笔砚只催人老大,湖山不了诗愁绝。问答筝、何事下矶来,抛云月。重省起,西山笏。终负却,东山屐。把草堂借与,鹭眠鸥歇。乌帽久闲苍藓石,青衫今作枯荷叶。笑人间、万事竟如何,从吾拙。

此是淳祐五年(乙巳,1244)所作自寿之词。上一年,词人刚被赵葵聘为行府参谋官。在此之前,词人遭右相兼枢密使史嵩之的报复而被罢职,闲居家山四年。到乙巳年生日,词人已四十六岁,转眼之间已过中年,尚埋头在来往文书之间,岁月闲抛,一生壮志无从实现:"笔砚只催人老大,湖山不了诗愁绝",这与述志诗作《直汀晚望》"中年岁月疾飞鸟,旧隐文移惊夜猿"完全是一个基调。在此之前的淳祐元年(辛丑)冬,词人还写过一首自寿词《鹊桥仙·辛丑生日》:

> 今朝廿九,明朝初一,怎欠秋崖个生日。客中情绪天知道,道这月、不消三十。春盘缕翠,春缸摇碧,便泥做梅花消息。雪边试问是耶非,笑今夕、不知何夕。

这年冬,传言朝廷拟起复方岳为刑工部架阁,但又迟迟不见任命。方岳预感到时为右相的史嵩之又在伺机报复,并非真心起用自己,于是在生日来临之际写下这首自寿词。词人生日是三十,但这年小月,只有二十九天(农历),生日就这样跳过去了,就像朝廷任命,只听楼板响,不见人下楼。词人自我调侃道,这是老天"欠秋崖个生日","客中情绪天知道,这月不消三十"。词人一再怨天,以及下阕"雪边试问是耶非""泥做梅花消息"等暗示,这种"笑今夕、不知何夕"的自我解嘲,是无法冲淡内心的郁闷和愤怒,也无法掩盖自己功业难建、壮志难酬的失望之情。另外像"问乾坤,待谁整顿,岂无豪杰"(《贺新凉·戊戌生日用郑省仓韵》》);"乾坤许大山河旧。几多人、倚剑西风,笔惊南斗。俯仰之间成陈旧。忘是子虚乌有。渺烟草,不堪回首"(《贺新凉·戊申生日》)等,皆是在寿日咏志,表达其情系中原,志在恢复的爱国之情。

寿人之词更多通过对对方勋业的讴歌或祝愿,来表达自己抗金救亡的爱国之情,如《水调歌头·寿吴尚书》:

> 明日又重午,挽借玉蒲香。劝君且尽杯酒,听我试平章。时事艰难甚矣,人物眇然如此,骚意满潇湘。醉问屈原子,烟水正微茫。溯层峦,浮叠嶂,碧云乡。眼中犹有公在,吾意亦差强。胸次甲兵百万,笔底天人三策,堪补舜衣裳。要及黑头耳,霖雨趁梅黄。

词中借时近端午,大谈沉冤投水的屈原,大谈时事的艰难,借此勉励吴尚书及时努力,发挥自己的文武才干,去补"舜衣裳",收复中原失土。祝寿词恐怕很少有这种写法,与其说是应酬文字、阿谀之辞,毋宁说是自己胸怀和志向的真情表白。类似的基调还有《水调歌头·寿赵文昌》:"江涛今已如此,可奈寸心丹。我宋与天无极,公寿如春难老,王气自龙蟠。勋业付珉石,留与世人看";《水调歌头·寿丘提刑》:"自有秦沙以后,试问少游而下,谁卷入毫端。补衮仲山甫,冰雪照云寰",这类寿词,都可以视为抒怀咏志词作。

方岳的一生是在宁宗和理宗两朝度过的,正值南宋史上最黑暗的时期,外则蒙古窥江,虎视眈眈;内则权臣秉政,排斥异己。内外交迫,情势危急。方岳为人刚直,先后得罪史嵩之、贾似道、丁大全等权要,曾三仕三黜。尽管方岳非常想建功立业,但那个时代并未给他提供施展的机会和空间。方岳的一些唱和及登临之作中,对收复失地的期待和壮志难酬郁愤的抒发,正是这种时代气氛和个人经历的折射,如"醉眼渺河洛,遗恨夕阳中","天地一孤啸,匹马又西风"(《水调歌头·平山堂用东坡韵》);"故国山围青玉案,何人印佩黄金斗。倘只消、江左管夷吾,终须有"(《满江红·九日冶城楼》);"江涛还此,当日击楫渡中流","莫倚阑干北,天际是神州"(《水调歌头·九日多

景楼用吴侍御韵》)等。这类词作,方岳最喜用长调,可以《喜迁莺·和余义夫行边闻捷》为代表:

> 淮山秋晓。问西风几度,雁云蛩草。铁色骢骄,金花袍窄,未觉塞垣寒早。笳鼓声中晴色,一羽不飞边报。君莫道,怎乾坤许大,英雄能少。谈笑。鸣镝处,生缚胡雏,烽火传音耗。漠漠寒沙,荒荒残照,正空不劳深讨。但喜欢迎马首,犹是中原遗老。关何事,待归来细话,一尊倾倒。

嘉熙元年(1237),蒙古元帅温不花率军南下攻黄州,被宋将孟珙击退;转攻安丰,又被守将杜杲和前来驰援的池州都统制吕文德联合击退。这虽是防御战中两次小胜。但喜讯传来,词人还是为之倾倒,词中充满喜悦之情。虽然此时国力孱弱的南宋根本谈不上反攻和北伐,但诗人还是幻想"中原遗老"前来马首欢迎,满怀收复失地的渴望和期待。

仕途上屡屡碰壁的方岳,只好将他的情感放诸田园,讴歌田园生活的乐趣。这类状物、写景、抒情小词,通俗明快,洒脱自然,充满田园的清新气息和生活乐趣,如:"乃携酒与鱼,共寻秋径,乘风化鹤,感慨荒台。能几重阳,已无老子,人世何妨笑口开。苍崖下,有二犁膏雨,十亩汗莱"(《沁园春·再和韵》);"江山例合闲人管,也白几分头。去年曾此,今年曾此,烟雨孤舟"(《眼儿媚·泊松洲》);"帝乡知在何处,烟水老吟情。屋后屋前青嶂,村北村南黄犊,付于短歌行"(《水调歌头·和罗足赠示》);"道是梅花,不是梅花。宿鹭联拳倚断槎。昨夜寒些,今夜寒些。孤舟蓑笠钓烟沙"(《一剪梅·客中新雪》)等。但是,田园生活对于渴望建功立业、光复神州的方岳来说,只是一种无奈的选择。他的田园词在咏歌田园之乐、山水之趣时总带有隐隐的苦涩,听到微微的叹息声,如上面提到的《眼儿媚·泊松洲》开头就是:"雁带新霜几多愁。和月落沧州。桂花如许,菊花如许,怎不悲秋";《水调歌头·和罗足赠示》中在展示"屋后屋前青嶂,村北村南黄犊"的田园生活之后,结句是"留得荷锄手,未觉负平生",谁都能咀嚼出"未觉负平生"是个激愤之语,它与词的开篇"帝乡知在何处"是相互呼应的。下面这首《贺新凉》,更能听出归隐的无奈和壮心成灰的叹息声:

天意然乎否。待相携、风烟五亩,招邀迂叟。屋上青山花木野,尽可两朋三友。笑老子、只堪棋酒。似恁疏顽何为者？向人前、不解高叉手。宁学圃,种菘韭。

春猿秋鹤皆依旧。怪吾今,鬓已成丝,胆还如斗。谁与庐山麈之去,尔辈何留之有。黯离绪、暮江搔首。非我督邮犹束带,这一归、更落渊明后。君试问,长亭柳。

方岳词有意学习苏、辛,这首词的慷慨悲凉确实像辛弃疾带湖、瓢泉之作。王鹏运说方岳词豪气不减于辛弃疾、刘过,词作不在叶梦得、刘克庄之下(《四印斋所刻词》)。其实,方岳词不仅豪气不减辛弃疾、刘过,手法上也和辛弃疾、刘过近似,多用经史语入词,有种散文化、议论化的倾向。比较突出的如《哨遍·问月》和《哨遍·用韵作月对和程申父国录》。前一首问,后一首答,简直像两篇有韵的议论文。其中虽不无精彩的思想火花,但毕竟缺乏词的韵味。

(二)安徽其他江湖诗人

1. 程垣

程垣,字务实,号逸士,徽州(一说福建龙岩)人。似是一位隐逸诗人。有诗七卷,已逸。今存唯《江湖后集》所收十四首。其诗自比姚合、贾岛,而刘克庄则谓有任华、卢仝之风(《后村集·跋程垣诗卷》)。傅璇琮主编《全宋诗》存诗十四首。

程垣现存的十四首诗作中,除三首古乐府拟写闺中怀亲致远的思念外,其余皆是咏歌山中隐逸的所见所感。其中《杂兴》三首属于述志咏怀。诗人咏歌南山松竹的高洁和劲直:"青青琅玕竹,节直中心虚。风月与相忘,雪霜不能欺",这是咏竹;"南山有孤松,夭矫苍龙质。亭亭耸华盖,清风自永日",这是咏松。诗人如果就这样写下去,或是以此来暗喻自己的品格,这为中国古典诗人所惯用,并不足奇。好在诗人并不老套,笔锋一转,写它们终遭砍伐,或成为"黄金舆"的装饰,或成为高堂华屋的"栋梁材",欲高洁自守、遗世独立而不能。构思、立意俱很独特。作者生活的时代,南宋近亡,大乱将至,欲遗世独立而不可得,"金风未动蝉先觉",避世隐逸的诗人可能对此有种隐隐的警觉担忧。第一首诗中叹息虽有精工制作的华美锦缎,但"世无黄钟尺,何以制华服",道出这位人在山中的诗人仍有魏阙之念,对自己才能埋没的不甘。

他描写樵夫生活的组诗《樵家》《樵叟》《樵子》《樵径》《樵风》情感较为复杂,既有写实,流露出对民生疾苦的同情,也对其理想化,借以表达自己乐于选择的归隐人生。如《樵叟》前四句:"苍苍双鬓银,矍铄不惮勤。背曲行步迟,徐徐溪水滨",强调一位老者在山中负薪跋涉之艰难;后四句"群儿喧南山,踏起南山尘。翁跣负薪回,换得一壶春",意味老翁的辛勤劳作换来了子孙的欢笑,自己也在醉中获得了慰藉。《樵子》前四句"头蓬面萎黄,身轻步忽逮。方斫柴薪回,又带刀斧去",亦是重笔描绘劳作的繁重,生活之艰辛,但接着又是欢笑:"戏笑茅根掘,时暂松根踞",最后两句"间道后山归,人寻不知处",简直是贾岛笔下的隐者了。《樵径》的开头"扪萝登峻坂,不比岚霾冒",写采樵之险之难;结句"谁言此地幽,亦有春风到"又似乎是归隐的乐园。至于《樵风》写风雨之中的樵子:"只顾担轻重,无心问是非。才观六鹢退,随知少女机",已经不是风雨中负薪荷担、艰苦前行的砍柴人,而是心无是非,随机知命的山中隐者了。形象不够和谐统一,情感前后矛盾,是这些诗作的不足之处。

2. 高翥

高翥(1170—1241),字九万,号菊磵,蒙城人。祖父世英官至秘阁修撰,谥"文端";父亲高选,为绍兴十八年(1148)进士。叔父高迈,淳熙二年(1175)进士,皆有诗名。高翥继承父业,幼习举子业,应试不第,遂弃而隐居,以教授为业。"既而,游钱塘、越金陵、浮洞庭、彭蠡",游览名山大川,结交当时名士如刘克庄、方岳、戴复古等,人称"江湖游士"。晚居杭州西湖,卒于此。有《菊磵集》二十卷,已逸。今存有汲古阁影宋钞本《菊磵小集》,顾氏读书斋刊本《中兴群公吟稿》,四库全书《信天巢吟稿》本。今人傅璇琮主编《全宋诗》收其诗一百八十五首,残句一。

在高翥今存的一百八十首诗作中,没有一首唱和之作,寄赠、送别之类一共也只有五首,这在诗社多、唱和多、步韵多、寄赠送别多的南宋诗人中是相当独特的。特别是江湖诗人,出于交游或干谒,更需要酬唱和寄赠。可能是他的这类作品已散佚,也可能是他秉性孤傲,喜欢独往独来,虽被称为江湖游士,纳入江湖诗派,实际上更像一位隐士或田园诗人,其七律《题信天巢集》可以为证:

> 信天巢小仅容身,中有图书障俗尘。不与世争闲意气,且随时养老精神。破铛安稳齐钟鼎,短褐参差比缙绅。渴饮三杯饥二饭,主人日用未为贫。

诗前有序,说有两种水鸟:一种叫信天缘,"凝立水际不动,鱼过其下而取之,终日无鱼亦不易其地";另一种叫漫画均,则"奔走水上,不分腐草泥沙必尽索而已,无一息少休"。高翥欣赏信天缘的习性,将其居室题名"信天巢",将自己的诗集也命名为《信天巢集》。诗中写的即是他在信天巢中生活的感受,表白自己的人生追求。安贫乐道、读书避俗,"不与世争闲意气,且随时养老精神",这是典型的田园归隐生活。

话虽如此,末世的凄风苦雨不可能不吹打这小仅容身的信天巢,万家忧乐也不可能不汇聚这位"且随时养老精神"的隐者心头,因为他毕竟是一位因战乱逃难到江南的士大夫后代,毕竟是一位不可能苟且偷安、忘怀世事的正直诗人。在他那些游览山水或咏歌闲适的诗作中也不时发出忧国伤时、恢复无望的慨叹:登镇江多景楼,他想起了江北的故国:"江南好景从来少,北望空多故国愁"(《多景楼》);游采石矶,又想起昔日的靖康之难:"今古多遗恨,英雄几噬脐。征尘何日尽,北望转悲凄"(《采石》);过险峻的大江锁钥马当山,他更是遗恨难消:"壮怀未分甘衰老,回首长淮恨更长"(《夜过马当山》)。下面两首记人之作更可看出胸中的不平:

> 自小在行伍,得官因用兵。筹边头发竖,入阵骨毛轻。战马惜如命,宝刀都有名。酒酣常骂坐,嫌客话升平。(《李将》)

> 垂头终日坐当门,两臂苍龙隐墨纹。笑捻白须传阵法,手摊黄纸说

君恩。中年主帅皆为鬼,晚岁虞侯见领兵。每劝儿孙学刀箭,解衣教看旧瘢痕。(《老将》)

这两位老将当年都身经百战,立下赫赫战功,如今是烈士暮年,壮心不已,还沉浸在昔日壮烈、辉煌的战斗生涯的回忆中。上一首的"酒酣常骂坐",下一首的"晚岁虞侯见领兵",内含"李广数奇"的概叹,用"灌夫骂坐"之典,暗寓爱国英气尚在,不思见其苟安局面,亦有对当前军队现状的忧虑和朝廷粉饰太平的不满。高翥是高琼裔孙,祖上封王,曾祖父公绘官至保靖军节度使,绍兴初曾以军功追封为咸宁郡王。从祖父开始转而习文,因此在其隐逸的静思默想中,偶尔也为没能继承家族尚武的传统感到痛心,如《感怀二首》(之二)中,他概叹:"数茎发向殊方白,一寸心从故国丹。弓软臂无三斗力,杯深量欠十分宽。粗豪到了非吾事,只盍家居度岁寒。"《老将》或许就是诗人的内心自白。它使我们想起王维的《老将行》,皆是借他人之酒杯,浇自己胸中之块垒。

作为一位江湖诗人或田园诗人,高翥更多的诗作是纪游和山水田园的咏歌。这类诗作平易流畅,少发议论,极少用事用典,格调清新淡远,又富于轻快流畅的节奏感。元人姚燧说他的诗"气象浑厚,不务险怪艰深,哀乐皆适其中,辞气圆美流转如弹丸"(《菊磵集序》),也主要是指这类诗作,如《行淮》:

老翁八十鬓如丝,手缚黄芦作短篱。劝客莫嗔无凳坐,去年今日是流移。

诗人选取一个生活片断,用白描的手法通过一个八十老翁的言行,写出沿淮百姓生活的艰辛。这种艰辛是由战乱和流离造成的。如果再追问下去,老翁为何要在战乱中流离呢?自然是南宋朝廷一味求和,甘让北方领土沦丧造成的。虽只是一个生活片断,语言也简单直白,但很沉重,含蕴很深厚。再如《船户》,亦是抓住几个典型的生活剪影,惟妙惟肖地描写了船户一家飘忽不定的生活状态:"尽将家具载轻舟,来往长江春复秋。三世儿孙居舵尾,四方知识会沙头。老翁晓起占风信,少妇晨妆照水流。"结尾处诗人再反躬自问:"自笑此生漂泊甚,爱渠生理付浮游",点破这种随遇而安、泰然自若的生活态度的人生价值,从而将该诗的思想深度大大推进了一层。这类诗作,既不像刘克庄用事冗塞,更不像刘过粗豪使气,在江湖诗人中是很独特的。另一些山水纪行诗作则显得清新淡远,如《晓行》:

跨马登长路,闻鸡度远关。水光斜漾月,云影倒虀山。人迹霜桥外,禽声烟树间。自惭林下客,清梦未曾还。

诗中的鸡鸣、清梦、人迹、霜桥、水光、斜月、禽声、烟树,多重景物构成清旷悠远的诗情,画面经过精心选择,造语精致雅丽,颇似晚唐温庭筠的《商山早行》,明显不同于《行淮》《船户》的通俗浅白。类似的诗作还有《山行即事二首》《冬日即事》等。

3. 程炎子

程炎子,字清臣。理宗时宣城人,一生未仕。有《玉塘烟水集》,已逸。今存仅《江湖后集》收录的诗作十六首,嘉庆《宁国府志》收诗一首。傅璇琮等《全宋诗》存诗十七首。其中唱和诗五首,其余为纪游咏物之作,基本反映作者浪迹江湖和隐居生活的感受,诗境清寂且有禅意。如《题如庵》:

脱略机关一散人,清于兰畹抱幽馨。抚松细嚼渊明句,瀹茗闲笺陆羽经。春对风光秋对月,晓观云气夜观星。世间局面多翻覆,着数虽高亦懒听。

诗中自白是脱略机关的江湖散人,抚松品茗,读陶诗,写茶经,晓观云气夜观星象,清闲而幽馨,因而对政客们的救世高论掉月懒听。这就是作者的日常生活,也是诗人的理想追求。诗人有时还将此与世俗的世道人心做一对比,来突显这种人生追求的价值所在。如《水乐洞》:

南山水乐洞,窈窈白云深。满耳笙歌者,谁能一洗心?

前两句是自己的理想之所,后两句是权贵的人生追求,如冰炭互不相容。其中"满耳"与"洗心"已藏禅机。又如《登新安五岭》:"五岭崎岖一步难,白云兼雾幂中间。行人莫道山多险,更有人心险似山。"意趣和手法与《水乐洞》完全相同。也使我们想起刘禹锡的《浪淘沙》之七:"瞿塘嘈嘈十二滩,人言道路古来难。长恨人心不如水,等闲平地起波澜。"《次郡太守刘朔斋秋晚谒谢朓亭小饮三首》之二:"话向禅中参冷淡,心于静处息纷纭",已公开向当权者表白自己参禅悟道、心静无波的精神归趋了。

但是,程炎子也与自称"信天缘"的江湖诗人高翥一样,"言空未必空",对国难世事并非全不关心,内心也并非如古井无波,如《登高感兴》:"塞远书传雁,天昏墨点鸦。凭高穷望北,何处是中华。"登高望远之际,对中原沦丧仍难以释怀。上面所举的《登新安五岭》亦有对世道人心的感慨叹息。但也仅仅是感慨叹息而已。

二、汪莘

汪莘(1155—1227),字叔耕,号柳塘,休宁人。"自幼不羁,青年时代有大志,但不肯降意于场屋声病之文,乃居安丘园研究《易》"(清·施璜《紫阳书院志》卷八)。宋宁宗嘉定年间,以布衣三次上书朝廷,陈述天变、人事、民穷、污吏等弊病,以及行军布阵之法,没有得到答复。陆九渊著名弟子杨简见其所上之书曾感叹说:"真爱君忧民之言也。"早年从同乡前辈吴儆游,与朱熹友善,明人程瞳《新安学系录》和清人施璜《紫阳书院志》均将其列入朱子及门弟子。晚年筑室柳溪之上,囿以方渠,遂自号方壶居士。穷研《易》义,旁及韬钤、释、老等诸书。其理学论著《天地交泰辨》关于宇宙有限与无限相统一以及天地交泰等观点,集中体现了汪莘自然哲学思想,也代表着南宋自然哲学的研究成果。

著有《方壶存稿》9卷,有明汪璨等刻本;又有《方壶集》4卷,有清雍正九年(1731)刻本。今有《方壶存稿》国家图书馆"古籍珍本丛刊",北京书目文献出版社1988年版,第88页。

文学思想 汪莘年轻时热爱辞章,曾将他写的大量诗词寄给朱熹,朱熹在回信中称其"诗文论说甚富,三复不置","足以见其博而笃矣",但又告诫他:"文词,一小伎耳。以言乎迩,则不足以治己;以言乎远,则无以治人。是亦何所与于人心之存亡、世道之隆替,而校其利害,勤恳反复,至于连篇累牍而不厌耶?(《晦庵先生朱文公文集》卷五九)"这完全是《朱子语类》中"不知穷年累月作得那诗,要做何用"的再版。在朱子的点拨下,汪莘的兴趣转到儒学与理学上,这一点同朱子的另一徽州弟子程珣的经历颇为相似,他的文学主张也带有浓郁的理学家特色,其代表就是他在《说诸家诗》中提出的"诗源太虚说"。他认为诗并不是诗人创作出来的,诗歌本身存在于天地之间:"凡天地日星云月风霆烟雨之变化,山川草木鸟兽虫鱼神鬼生人万物之状类,君臣父子兄弟夫妇朋友之大伦,皇王帝霸道德风俗之殊,治乱盛衰之变,贤人君子贵贱得失否泰消息之机,与夫羲文洙泗之传,避秦商隐之志,翟昙黄老之道,是皆诗之散在太虚间者",关键在于诗人是不是能看到并表现他们:"太虚间皆诗也。诗人所见无非诗,而人各以其所得咏歌之为诗",这实际上是他《天地交泰辨》自然哲学观在文学思想上的表现。这实际上混淆了诗歌题材与诗歌本身的界限,抹杀构思、情采、语言、表达等文学创作过程的价值和作用,也否定了文学的继承创新等自身规律的存在。

诗中"有道有权",可以"观其时",这是汪莘文学观的第二个方面。汪莘认为,这些"散乎太虚者,聚见于诗人之作"诗歌,其作用就是"诗有道有权。颜孟有诗人之道,而伊周得诗人之权"。所谓"道",自然是道学家倡导的"敦人伦、厚教化"的君子之道;所谓"权",则是指诗歌产生的影响力。通过这些有道有权的诗人写出来,作用是"观其时""足以用天下",改变世道人心,发挥道德教化的功能。这也是朱熹"道本文末",诗歌在于弘道明理,反对沉溺于文学创作的"文道观"的另一种表达。因为他所列举的颜回、孟子也好,伊尹、周公也好,都不是诗人,而是道德模范、天生圣人。

但在具体的文学批评中,汪莘还是承认诗歌自身是在变化发展的,有着继承和创新,如在《诗余序》中提出了"三变说":

> 唐宋以来,词人多矣。其词主乎淫,谓不淫非词也。余谓词何必淫,顾所寓何如耳。余于词,所喜爱者三人焉。盖东坡而一变,其豪妙之气,隐隐然流出言外,天然绝世,不假振作;二变为朱希真,多尘外之想,虽杂以微尘,而其清气自不可没;三变而为辛稼轩,乃写其胸中事,尤好称渊明。此词之三变也。

对宋词中豪放一派风格的流变:从苏轼的豪妙之气、天然绝世,不假振作;变化为朱希真,多尘外之想,清气自不可没;再变为辛弃疾的写其胸中事,尤好称渊明,还是很有些见解的。

诗歌 《方壶存稿》存诗6卷,312首,多七绝联章。《四库全书总目提要》中评价说,"今观其集诸文,皆排宕有奇气。诗源出李白而天资高秀,不及之故往往落卢仝蹊径。虽非中声,然亦不俗"。说他有"奇气",主要是指想象力丰富,说他末流"落卢仝蹊径",是指他钻营太过,有点出奇入怪。实际上,这与他的理学家思维方式有关。理学家作诗意在探究物理,表达思趣,优秀者如朱熹,能将物理暗寓其中,用生动的形象表现出来。汪莘诗中的末流却是穷追猛打,一再追问,显得执拗、怪怪的,如诗集的第一首《水天月歌》,欲从理学的角度探寻月的本源,解释月的形成,结果变成带韵的理学讲义:

水中有天天不湿,天中有水水不入。天耶水耶堕渺茫,但见天光与水光。月来水天中,水天裹月如不裹。月去水天中,水天锁月如不锁。明月不来不去时,琉璃泡中珠一颗。先自水天莫分别,更添月色更亲切。水色天色月色擘不开,水光天光月光拈不来。

颠三倒四,解释来解释去,还是一个水、天、月的"天地交泰辨"。还有一首《对月与念六弟谈化作》,同样是翻来覆去解释天地、日月的生成以及相互之间的关系,类似高头讲章:"日月天中行,地下亦双明。天地在太虚,一点如流萍。水轮载以浮,风轮吹不停。地譬鸡子黄,天乃鸡子清。天半绕地下,天半出地上。星辰附天旋,昼夜成俯仰。""日宫月宫留不住,翻身透过天顶去。双手拨转赤精球,山河万象在里头。此时见天不见地,忆尝阅尽世间事。几度穿入月之内,几度穿出天之外。"类似的还有《春怀》之五:"我心如明镜,万象相映烛。我心如虚空,万物自磨触";《野趣亭》:"一野万事野,其野不可追。天地不能野,不合文理争峨巍。日月不能野,不合照耀光陆离。昆仑瀛洲不能野,不合琳琅金碧相撑支。不知此心孰赋与,一块太朴元不亏。野于万象不可饰,野于万事不可医"。

但是,汪莘一旦沉浸于山光水色之中,暂时忘却理学思维,吐露出真实情感时,却也新巧而奇特,诚如四库馆臣所云"天资高秀",至少"不俗",如:

  坐卧芙蓉花上头,青香长绕饮中浮。金风玉露玻璃月,并作诗人富贵秋。(《湖上早秋偶兴》)

  野店溪桥柳色新,千愁万恨为何人?殷勤织就黄金缕,带雨笼烟过一春。(《次潘别驾韵》)

两首都是咏物。前一首写荷花,一开头就以"青""绕""浮"等字眼,形容它的馥郁香气,把嗅觉、视觉一齐调动起来,使人仿佛看到,那美丽的荷花,在荡漾的碧波、婆娑的翠叶间摇曳生姿,意象、氛围都令人陶醉。推而广之,这早秋天气,金风、玉露、玻璃月,都是诗人宝贵的财富啊!第二首,以拟人手法写杨柳。起首即以"野店""溪桥"与新的柳色形成强烈的反差,营造凄凉寂寞的气氛。接着一个设问:杨柳为着何人有这许多愁和恨?这就把杨柳人格化了。下两句算是杨柳的回答:我小心谨慎地织就这黄金新装,却只在"带雨笼烟"中耗尽一个寂寞的春天!这也许是诗人怀才不遇情绪的流露。两诗的立意造境上都十分新巧,透露出诗人的真情实感。再如"好剪吴淞半江水,袖归三十六峰前"(《三月十九日过松江二绝》),"怪得湖边天色好,小舟争载夕阳归"(《晚晴即事》),借用杜甫等前人成句或诗境而又能自出机杼,清新而自然。

  即使是咏月诗,一旦撇开物理说教,也是新巧而精致,可看出诗人在大自然的陶醉之状,如《夜兴》:

  簟纹如水浸蟾光,睡觉湖边月半床。道是广寒疑不是,月中那得藕花香。

  语言浅切、通俗,想象却很奇特:湖边纳凉,簟纹、水波、月光融为一体,它不是广寒宫却又胜过广寒宫——"月中那得藕花香"。诗人用夸张和幻觉为我们描绘出一个清凉又皎洁的湖光月夜图,这个胜于广寒宫的人间佳境只有心境闲适的隐者才能获得和体悟。这大概就是四库馆臣所称道的"源出李白"的"奇气"。诗中虽蕴哲理也有体悟,但比《水天月歌》和《对月与念六弟谈化作》却高明得多。诗人一旦用诗学思维来感受大自然时,他的观察是极其细微,品味也是极有诗意的。仍以咏月诗为例,诗人笔下的月具有各种形态,富有多种情感:"春来风雨耿黄昏,初见青青月一痕"(《己巳暮春初六日晓对新月》),这是初春新月给诗人的感受;"堂堂皓月排空出,自觉精神涌碧霄"(《九月十六日出郡登舟如钱塘十七日舟中杂兴》其五),这是中秋明月让诗人精神倍增;"浮云散尽月孤明,月里仙人影更清"(《偶题》),没有浮云为伴的孤月让诗人更感孤独;"落日扁舟万古心,半山明月半溪阴"(《九月十六日出郡登舟如钱塘十七日舟中杂兴》其一),半山明月又给诗人带来历史的苍凉之感;"杜子美李太白,清风为魂月为魄"(《放歌行》),明月竟成了诗人之魂!这是"事理通达、心气和平"的理学家汪莘的另一面,是内心奔涌着诗情诗意的诗人汪莘!

词 今存《方壶诗余》2卷,68首。另有存目词《清溪曲》2首。四库馆臣认为"其于诗余,亦称作手。平生所爱者苏轼、朱希真、辛弃疾三人"。汪莘本人也称"余于词所爱者三人焉"。只是汪词缺少苏轼的清旷、朱敦儒的浪漫和辛弃疾的沉郁,这大概是思想、经历的不同,更有着才华上的差异。汪莘词作时间很晚,据《方壶诗余·自序》,到五十四岁才有意作词,此时已隐居多年,理学色彩更浓,又受佛老思想的影响,词中又多表现清静无为和遁世思想。前者如《水调歌头》:

> 欲觅存心法,当自尽心求。此心尽处,豁地知性与天侔。行尽武陵溪路,忽见桃源洞口,渔子舍渔舟。输与逃秦侣,绝境几春秋。举全体,既尽得,要敛收。勿忘勿助之际,玄牝一丝头。君看天高地下,中有鸢飞鱼跃,妙用正周流。可与知者道,莫语俗人休。

词人写行游中经过桃林时的感受,有《桃花源记》的联想,但多是天道、人欲关系的探求与论述,以及心法心求、尽得敛收、勿忘勿助之类的玄妙物理。还有另一首《水调歌头》,其上阕云:"听说古时月,皎洁胜今时。今人但见今月,也道似琉璃。君看少年眸子,那比婴儿神采,投老又堪悲。明月不在盛,玉斧亦何为。"虽似辛弃疾以议论为词,但却缺乏辛氏《木兰花慢》等咏月词的思想深度和文史修养,类似塾师开讲。词前有序,也是一段关于物理的高头讲章:"东坡云:'明月几时有,把酒问青天',本于太白问月诗'青天有月来几时';太白云:'今人不见古时月',本于《抱朴子》云:'今月不及古月之朗。'抱朴子所言,非绮语也,深思而得之,诚有此理"。意念题旨和诗歌《水天月歌》几无二致,区别仅是一为诗,一为词而已。后者如《方壶诗余》的自题词《沁园春·自题方壶》。词中说自己既不学李太白的恃才傲物、"飞扬跋扈",也不学陶渊明的郁郁寡欢、慷慨唏嘘。词中把自己的方壶居所描绘成"一炷清香满太虚"隔绝尘世的仙境,就像道家经典中"无帅长"的华胥国,自己就像庄子《逍遥游》中的的姑射神人,掩门高卧,"一觞一咏",乐在其中。咏物用典,直白抒怀,风格有点像辛稼轩的带湖瓢泉隐居之作。类似的情感表白和叙事方式还很多,诸如:"频已白,枫犹绿。鲈已晚,橙初熟。叹人间何事,称如吾欲。五柳爱寻王母使,三闾好作湘妃曲。向飘风、冻雨近柴扉,骑黄犊"(《满江红·自赋》);"晓角霜天,昼帘却是春天气。小园行处。双蝶相随至。恰向梅边,又向桃边觑。孜孜地,访兰寻蕙,谁会幽人意"(《点绛唇》)等。

汪莘的归隐词作,也像辛弃疾带湖瓢泉之作一样,虽自称"老合投闲""老来曾识渊明",但仍会"梦回吹角连营",仍会"醉里挑灯看剑"。汪莘在这类词作中虽咏歌隐逸之乐、江湖之趣,虽常称已明理悟道,实际上也并未忘却世事,行吟之间也常发出怀才不遇的惆怅,只不过有时是直白道出,有时是借他人之酒杯而已,如"一曲清溪绕舍流。数间茅屋正宜秋。芙蓉灼灼出墙头。元亮气高还作令,少陵形瘦不封侯。村醪闲饮两三瓯"(《浣沙溪》),这是为陶潜、杜甫抱屈,暗抒自己遭遇不公;"青春误我,白发今如此。幸自识方壶,有个人、神通游戏。涧边野鹤,岩上忽孤云,倾浊酒,对黄花,又似东篱子",这是公开表白渊明式归隐的无奈,是"青春误我"。下面这几首词的词句,似乎更有对沦陷山河的怀念,对当年断送大好河山求和派的暗中谴责:

> 村南北,夜来陡觉霜风急。霜风急,征途情绪,塞垣消息。佳人独倚琵琶泣。

一江明月空相忆。空相忆。寒衣未絮,荻花狼藉。(《忆秦娥》)

梦下瑶台,神飞阆苑,自叹尘寰久客。三人成周,望皇居帝宅。荡兰桨,伊阙波涛;曳玉杖、洛阳阡陌。独踌躇、武烈文谟,天垂晚月生魄。(《眎龙谣》上阕)

孔孟化尘土,秦汉共丘墟。人间美恶如梦,试看几张书。还是天一地二,做出朝三暮四,堪笑又堪悲。谁忆陶元亮,春酒解饥劬。(《水调歌头》上阕)

汪莘词作中,咏物词最得苏辛的豪放,其代表之作如咏歌家乡山水的《沁园春·忆黄山》词的上片,描写黄山千峰竞秀,万壑争流的雄奇风光:"三十六峰,三十六溪,长锁清秋。对绝顶,云烟竟秀;悬崖峭壁,瀑布争流。洞里桃花,仙家芝草,雪后春正取次游。亲曾见,是龙潭白昼,海涌潮头。"既泛写黄山三十六峰、三十六溪的锁烟孥云的雄奇壮伟,给人总体印象,又突出孤峰绝顶、云烟瑶草、瀑布深潭等黄山特有的景观,给人独特之感。下片再以浪漫想象写黄山历史,神游其中,使古与今、真与幻、浪漫与现实结合在一起,颇似苏轼《念奴娇·赤壁》、辛弃疾《沁园春·灵山齐庵赋》的书写方式。其他如《沁园春·家在柳塘》《水调歌头·酿秫小春月》《好事近·堂上挂黄山》也都是较为出色的咏歌黄山之作。

三、程珌　吴潜　吴渊

1. 程珌

程珌(1164—1242),字怀古,休宁人。祖籍洺州(今属河北),因此自号洺水遗民。光宗绍熙四年(1193)进士。授昌化主簿,调建康府教授,改知富阳县,迁主管官诰院。历宗正寺主簿、枢密院编修官,权右司郎官、秘书丞,迁浙西提举常平,入为秘书丞,起居舍人,礼部尚书兼权吏部尚书,拜翰林学士知制诰,进宝文阁学士知福州兼福建安抚使,封新安郡侯。在任期间曾五次上疏丐祠,终以端明殿学士致仕。寻卒,年七十九,赠特进、少师。《宋史》卷四二二有传,《新安文献志》卷九四载有《程公行状》。

程珌极富才华,十岁咏冰,便有"莫言此物浑无用,曾向滹沱渡汉兵"的惊人之句。直学士院时,宋宁宗崩,与丞相史弥远夜草矫诏,一夕为制诰25篇。然其"立朝以经济自任",于文学不甚乐长。由于积极主张抗金恢复,因受到奸相史弥远的排挤,郁郁不得志以终其身。

著有《洺水集》六十卷,已逸。明嘉靖三十五年程元眒搜刻为二十六卷;《两宋名贤小集》录其诗为《洺水小集》一卷;文渊阁《四库全书》本(三十卷本);毛晋录其词43首,编为《洺水词》;唐圭璋《全宋词》辑其词44首;傅璇琮等《全宋诗》存诗二卷,120首。

程珌之文宗欧、苏,长于议论,其"论边备、蠲税诸疏,则拳拳于国计民瘼,详明剀切,利病井然"(《四库总目提要》)。如《丙午论对札子》论开禧北伐失败的严重后果,条分缕析,据理入情,读之令人扼腕。诗歌成就不高。俞文豹《吹剑录》称其省试《红药当阶翻》诗中的"黄麻方草罢,红药正花翻"一联,亦未为佳句。现存的120首诗,大量为挽诗、贺词、致语等应酬文字,价值不大。一些纪游怀古之作,也较平庸无新意,诸如《小憩许由亭》:"历数河南去,乾坤一草亭。一亭犹是累,千古尽浮萍";《陈时柏》:"陈未亡时柏已苍,风来历历说兴亡。世臣元不如乔木,阅尽中原几战场"等。倒是一首《代上杨诚斋》写得虎虎生风,其开头写道:

> 杜陵已醉老坡仙,生后百年恨不及。那知开眼大江西,突兀见公正冠帻。凛然清风不可攀,千载懦夫毛骨粟。暇时略吐胸中云,坐使九霄成五色。未辨执乐三千指,不计酒材七百石。落然收宝入丹田,归省庐阜千寻碧。那知城里住相如,但信城东有太白。

诗人将杨万里凛然清风的道德文章,继往开来的文学地位写得准确又概括,突兀又生动。

程珌以词名世。今存词44首,因曾与辛弃疾交游,受其词风影响较大,但多祝寿等应酬词作,淡乎寡味。一些登临篇什,也意浅味薄。《四库总目提要》评为:"珌文宗欧、苏,其所作词,亦出入于苏、辛两家之间。中多寿人亦自寿之作,颇嫌寡味。"冯煦《蒿庵论词》亦有类似的评价:"有与幼安周旋而即效其体者,若西樵、洺水两家。惜怀古味薄,济翁笔亦不健。"然而亦不可一概而论,其中表现家国之难的作品,情感充沛,而且一以贯之,至老不衰;一些咏物感怀之作,颇富生活情趣,词风也明白晓畅。前者如《水调歌头·登甘露寺多景楼望淮有感》:

> 天地本无际,南北竟谁分?楼前多景,中原一恨杳难论。却似长江万里,忽有孤山两点,点破水晶盆。为借鞭霆力,驱去附昆仑。望淮阴,兵冶处,俨然存。看来天意,止欠士雅与刘琨。三拊当时顽石,唤醒隆中一老,细与酌芳尊。孟夏正须雨,一洗北尘昏。

多景楼在京口(今镇江)北固山临江处,北眺即是沦陷的中原大地,是爱国词人经常登临抒怀之处,辛弃疾、陈亮都曾在此写下忧时怀远的优秀辞章。此词登楼北望,怀古叹今,抒写中原沦陷的遗恨以及恢复一统山河的希冀。通篇只写登临的感慨,并无一句提及登甘露寺多景楼本身,情感、手法都颇似辛弃疾的《永遇乐·京口北固亭怀古》。其中"忽有孤山两点,点破水晶盆。为借鞭霆力,驱去附昆仑"采用夸张笔意;结句"孟夏正须雨,一洗北尘昏"在暗喻比附中显豪雄气势,风格也近稼轩。在《壶中天·寿丘枢密》中,他称赞作过封疆大吏且矢志恢复的丘崈"火令方中符国运,天与非常英杰","笑谈一镇,单于底事心慑"。希望丘崈赋闲不忘国事,"中原恢拓,要公归任调燮"。笔力雄健、堂堂正正,爱国之心,情真意切。味既不"寡",力亦不"弱"。晚年所写的《喜迁莺·别陈新恩》,其中回顾自己力主抗战的一生:

> 少年意气,恼燕兵胡录,虏王区脱。眼底朦胧,腹中空洞,不著曹刘元白。闻道殊科八中,也要彩卢连掷。收拾尽,到如今但有、寸心如铁。

可见爱国激情一以贯之,至老不衰。

程珌一些咏物感怀之作,也颇富生活情趣,也并非皆是"寡味",如《锦堂春·留春》:

> 最是元来,苦无风雨。只怨匆匆归去。看游丝、都不恨,恨秦淮新涨,向人东注。醉里仙人,惜春曾赋。却不解、留春且住。问何人、留得住。怕小山更有,碧芜春句。

词人写惜春之情。他恨秦淮河新涨东流去,带走了春天;恨仙人只会写惜春之赋,却不能留住春天;更怕读哀怨的小山词,只会勾惹起自己的伤春之情。通篇是"恨",却源于"爱"、源于"惜",写法颇似黄庭坚的《西江月·春归何处》,构思新巧,语句活泼浅近。《念奴娇·初见海棠花》,运用拟人、比喻、通感、联想等手法,描摹海棠花的色泽、气韵和情态:"嫣然一笑,向烛花光下,经年才见。欲语还羞如有恨,方得东君一盼。天意无情,更教微雨,香泪流丹脸",很见状物之工巧。《沁园春·读史记有感》,运用和司马迁对话这种荒诞的方式来抒写胸中之积郁,内蕴深刻的时政批判,从叙事起,以赏景结;从盘诘太史公起,以潇洒日月、自得其乐终。把严肃的题目写得挥洒自如,生动活泼。《烛影摇红·青旆摇风》《鹧鸪天·饮罢天厨碧玉觞》等篇什则以神游等浪漫方式来夸张其隐居之乐,都有其独特的艺术价值。

2. 吴潜

吴潜(1195—1262),字毅夫,号履斋,宣州宁国人。宁国吴家为南宋历史上最贵盛的家族之一:吴潜与父亲吴柔胜、兄吴渊三人均进士及第,同为台阁重臣。吴柔胜官至秘阁修撰赠燕国公,吴渊、吴潜兄弟先后入相,被称为"吴氏三杰"。今故里云梯存有"三贤祠",宁国县城亦敕建有"状元坊"。伯父吴柔立,解元,亦官至太师,封魏国公。吴潜子吴璞,淳祐四年甲辰科进士,累仕至吏部尚书。吴潜于宁宗嘉定十年(1217)举进士第一,成为宁国1300年科举考试中唯一的状元,授镇东军节度签判,改广德军。后逐步升迁,历任太府卿表权沿江制置、知建康府、江东安抚留守、知庆元府兼沿海制置使、权兵部尚书、吏部尚书、工部尚书,以吏部尚书兼知临安府。理宗淳祐十一年(1251),入为参知政事,拜右丞相兼枢密使,封崇国公。十二年(1252)罢。宝祐四年(1256)再判庆元府,移判宁国府。开庆元年(1259)拜左丞相兼枢密使,进封庆国公,后改徐国公。景定元年(1260)以谏阻贾似道立赵禥(即宋度宗)为太子之议,谪建昌军,徙潮州,寻责授化州团练使,循州安置。三年(1262)六月,卒于贬所。后恢复名誉,追赠少师。《宋史》卷四一八,《宋历科状元录》卷七有传。

吴潜为人廉洁清正、勤政爱民，无论是在地方任职，还是权掌六部，他都以正直无私、忧国忧民、忠义爱国闻名。时值南宋末年，蒙古大军不断南侵，吴潜于民族危亡之际出任宰相，颇想力挽狂澜，救国家于不坠。曾上书议政，认为"边事当鉴前辙以图新功，楮币当权新制以解后忧"。对蒙古，吴潜主张和、守、战三者结合："以和为形，以守为实，以战为应。"吴潜还是我国最早抗击倭寇的民族英雄。宝祐年间任沿海制置大使时，在沿海创立军民联防的"义船法"。又在夜飞山设永平寨，将渔民统以编校，饷以生券保护渔户正常作业免受倭寇侵扰。又在定海招宝山创设军港"海上十二铺"，绵延长达百余里，构成了一个海上长城，对来自倭、丽（高丽）的海盗起到了有效的震慑作用。数百年后冯梦龙犹感叹说："海上如此联络布置，使鲸波蛟穴之地，如在几席，呼吸相通，何寇之敢乘？"吴潜还是著名的水利桥梁专家。他担任浙东制置使在宁波市鄞江上修筑的它山堰，是中国古代四大水利工程之一，至今仍发挥其阻咸、蓄淡、泄洪、引灌的水利功能。1989 年，宅山堰被国务院公布为全国重点文物保护单位。其配套工程湾塘三坝，以及吴公塘、大西坝、北郭碶、澄浪堰等水利工程，历经了 800 年风雨，有的至今还在发挥作用，造福后人。吴潜还于宝祐四年（1256）重建宁波鄞西高桥，至今屹立不倒，1998 年入选《宁波十大名桥》，在建筑史、军事史、交通史、民俗史上都有重要的历史文化价值。即使在死前的景定三年循州流放期间，还在东山寺创设了"三沙书院"，向循州学人传播先进的中原文化和南宋理学，开启了潮汕地区启蒙教育的先河。吴潜之死也颇富传奇性：景定元年（1260）秋，吴潜被奸臣贾似道罗织罪名，流放循州。贾又惧怕吴潜会东山再起，遂指派武臣刘宗申到循州任知州，暗中将吴潜毒死。吴潜死前已有预感，对家人说："吾将逝也，夜必雷风大作"，是夜，果然电闪雷鸣、风雨交加。吴潜撰遗表，作《谢世诗》《谢世颂》各三首，端坐而逝。十五年后的德祐元年（1275）九月，贾似道亦被流放循州，途中被押送官郑虎臣用锤击死。南宋无名氏作《长相思》道此天理昭彰："去年秋，今年秋，湖上人家乐复忧，西湖依旧流。吴循州，贾循州，十五年前一转头，人生放下休。"

吴潜著有《履斋诗馀》《论语士说》《许国公奏稿》《鸦涂集》等,又主纂修编了《四明续志》十二卷。其诗文皆亡佚,明代梅鼎祚辑存编校有《履斋先生遗集》四卷,其中辑诗一卷、词一卷、杂文两卷。后其裔吴斗祥又辑有《许国公奏稿》。朱孝臧《疆村丛书》辑有《履斋先生诗余》收词250余首。

词 吴潜以词名世,是南宋词坛的重要词人,今存《履斋诗馀》一卷,250多首,在两宋词坛上是创作数量较多的一位。其词题材广泛、激昂凄劲,主要是抒发济时忧国的抱负,也常吐露个人理想受压抑的悲愤。纵观吴潜词作,可以看出这样一个思想历程:首先是反映时事、抒发忠愤,表现艰难时世中一位爱国士大夫的勤勉与忠贞;继而在接连不断的打击下,开始喟叹和自省,了悟人生;最后是理想破灭后的人生归趋,向往和咏歌田园。这也几乎是中国古代正直士大夫共同的思想历程。

第一,反映时事、抒发忠愤。吴潜常以唐代名相陆贽、裴度自比,以富强南宋、建立不世功勋自期。时人称其"器能如诸葛亮而无其短,贤良如董仲舒而无其迂"(方岳《秋崖集·代贺吴尚书》)。但所处时代已是南宋末年,外则强敌压境,内则权臣握柄,政治腐败,内外交困,吴潜虽有兴国救民之策却不得施展,屡受排挤而两度罢相,内心忧时伤国、沉郁悲慨,这在词作中表露得相当充分,如"问古今,宇宙竟如何,无人省"(《满江红·齐山绣春台》);"叹十年心事,休休莫莫。岁月无多人易老,乾坤虽大愁难着"(《满江红·豫章滕王阁》);"凭栏久,问匈奴未灭,底事菟裘","梦里光阴,眼前风景,一片今愁共古愁"(《沁园春·多景楼》);"勋业竟何许,日日倚危楼","但怜吾衰久矣,此事恐悠悠"(《水调歌头·江淮一览》)等。下面这首《满江红·送李御带珙》为代表之作:

> 红玉阶前,问何事,翩然引去。湖海上、一汀鸥鹭,半帆烟雨。报国无门空自怨,济时有策从谁吐。过垂虹亭下系扁舟,鲈堪煮。拼一醉,留君住;歌一曲,送君路。遍江南江北,欲归何处?世事悠悠浑未了,年光冉冉今如许。试从头,一笑问青天,天无语。

这首词作于理宗嘉熙元年(1237)八月,吴潜时知平江府(今苏州)。词中巧妙利用古迹"垂虹亭"的典故,把离愁别绪和个人内心郁结写得沉郁顿挫,表达了作者对友人的深切了解,对其遭遇的深厚同情,同时也对朝廷的昏聩表示了强烈愤慨。不难看出,作者在李珙的遭遇中,亦寄予了自己的身世感慨。杨慎说:"'报国无门空自怨,济时有策从谁吐',亦自道也。(《升庵诗话》)"结穴"世事悠悠浑未了,年光冉冉今如许"数句,更是刻画出一个爱国志士因报国无门而苦闷彷徨的自我形象。

第二,人生的了悟和喟叹。吴潜一生历经沉浮,大起大落:他曾春风得意,金榜题名,独占鳌头,也曾辗转播迁,遭受权臣的猜忌和打击;他时而身居宰相之高位,大权在握,时而被贬窜荒僻之地,命若游丝。上层统治集团间的钩心斗角,以及自身不断遭受政治陷害和排挤,崎岖而饱经忧患的人生经历,不但使他沉郁悲慨,也使他对人间世情的体察更加深刻。他开始自问自省,开始对人生道路和生活真谛的反思。这在词作中可分为两个层面:一是厌恶这充斥着无谓争斗的大千世界:"底事东风犹自妒,片片狂飞乱舞"(《贺新郎·一笑春无语》),这是词人对大自然的发问;"回首看朝市,名利人方醉。蜗角上,争荣悴"(《汉宫春·吴中齐云楼》),"点检人间今古,问谁为赢局,底事输棋。漫区区成败,蚁阵与蜗围"(《八声甘州·和魏鹤山韵》),这是词人对社会、人生的发问。二是对此的看穿和看破:"万事情知都是梦,聊复推迁梦中"(《贺新郎·和翁处静桃园洞韵》),"举世悠悠,何妨任,流行坎止"(《满江红·送吴叔永尚书》)。《沁园春·多景楼》的下阕堪称此种思想之代表:

> 回头,祖敬何刘。曾解把功名谈笑收。算当时多少,英雄气概,到今惟有,废垅荒丘。梦里光阴,眼前风景,一片今愁共古愁。人间事,尽悠悠且且,莫莫休休。

祖逖击楫中流,刘裕北伐建功,但到头来皆是"废垅荒丘"。古与今,尽是"悠悠且且",皆可"莫莫休休"。联系到吴潜的人生志向和生活经历,这种人生态度,看似旷达,实为郁结;说是洞晓彻悟,实则辛酸无奈。它是中国历代正直士大夫有志难伸、有才难用时的共同自慰自解方式,具有普遍意义。

第三,由于国事日非,恢复无望,词人了悟之后便屡动归隐念头:"安得便如彭泽去,不妨且作山翁酩。尽古今,成败与兴亡,都休省"(《满江红·九日郊行》);"田二顷,非无粟。官二品,非无禄。更不知足后,待何时足。恰好园池原自有,近来新创三间屋。且饥时吃饭困时眠,平为福"(《满江红·细阅浮生》)。仕途的污浊使吴潜郁郁不快,想游离于纷乱的尘世又做不到,于是他憧憬那与官场形成鲜明对比的田园。他在五十岁时回忆家乡皖南和儿时生活写下的十四首《望江南》词,每首均以"家山好"开头,构想了一个充满自然情趣的田园景象,如其一:"家山好,结屋在山椒。无事琴书为伴侣,有时风月可招邀。安乐更相饶"。其二:"伸脚睡,一枕日头高。不怕两衙催判事,那愁五更趣趋朝。此福要人消"。随着年龄的增长和国事的日非,吴潜对山林隐逸的兴趣也日益增浓,他不断地表白,不断地反问自己(当然也是在向朝廷示意):"我亦故山猿鹤怨,问何时、归棹双溪渚"(《贺新郎·用赵用夫左司韵送郑宗丞》);"细阅浮生,为甚底、区区碌碌。算只是、信缘随分,早寻归宿"(《满江红》);"老夫从此归隐,耕钓了余生"(《水调歌头·奉别诸同官》)。《满江红·和吕居仁侍郎东里先生韵》最完整地表达了这种思想:

> 拟卜三椽,问何处、水回山曲。朝暮景,清风当户,白云藏屋。更得四时瓶贮酒,未输一品腰围玉。待千章、手植木成荫,周遮绿。且休羡,陶令菊。也休美,子猷竹。算百年一梦,谁荣谁辱。唤客烹茶闲话了,呼童取枕佳眠足。但晨香、一炷愿天公,时丰熟。

宦海浮沉,心力疲竭之际,他设想了一个的心灵家园:这里"水回山曲""清风当户,白云藏屋",可以在其间饮四时美酒,可以唤客烹茶闲话,可以随时呼童取枕佳眠。生活悠闲,精神解脱。但是,士大夫的忠君爱国之志使他始终下不了决心,以致垂老投荒,身死岭南。

第四,写景、咏物之作。一是写景咏怀。通过对山水名胜或寻常风景的描写,表达内心的感受。其情感表达可纳入前面三类。二是咏物之作。在吴潜250多首词作中,咏物之作多达35首,约占14%。在南宋豪放词人中,仅次于辛弃疾、刘克庄、刘辰翁。这类词作往往都有借喻,如《暗香》:

澹然绝色。记故园月下，吹残龙笛。怅望楚云，日日归心大刀折。犹怕冰条冷蕊，轻点污、丹青凡笔。可怪底，屈子离骚，兰蕙独前席。

院宇，深更寂。正目断古邗，暮霭凝积。何郎旧梦，四十余年尚能忆。须索梅兄一笑，但矫首，层霄空碧。春在手、人在天远，倩谁寄得。

此为借梅怀人之作。上阕由梅起兴，追忆当年情事，月色撩人，笛声悠扬。借状物写友人的人品。下阕折入现状，词意萧飒，仍以兴衰更替为脉络。"何郎"句，暗用何逊《扬州早梅》诗意，明为梅花的凋零而感伤，实则暗抒友人逝去的孤独。全词状物工致，借物拟人，颇得风人之旨。类似的佳作还有《满庭芳·梅》《声声慢·和吴梦窗赋梅》《疏影》《暗香》等咏梅之作。

吴潜词作也有较高的艺术成就。其词多抒发济时忧国的抱负与报国无门的悲愤，格调沉郁，感慨遥深，与辛弃疾词风相近。"履斋词学稼轩，颇能得其是处"（薛砺若《宋词通论》），他与姜夔、吴文英等又多交往，吴文英即其门下幕僚。与姜夔交游长达十年之久，姜病死于杭州，他曾出资助殡，故其词亦受姜白石和吴文英的影响，凄劲骚雅而绵密。由于博采众长、转益多师，从而形成自己激昂凄劲、深婉雄浑的独特词风：意气昂扬但不粗率叫嚣，境界凄劲但不生涩空疏，缘情择体而又灵动有变，兼有激昂凄劲和隽淡绵密两种特色。属于前者如《满江红·登豫章滕王阁》：

万里西风，吹我上、滕王高阁。正槛外、楚山云涨，楚江涛作。何处征帆木末去，有时野鸟沙边落。近帘钩、暮雨掩空来，今犹昨。

秋渐紧，添离索。天正远，伤漂泊。叹十年心事，休休莫莫。岁月无多人易老，乾坤虽大愁难着。向黄昏、断送客魂消，城头角。

此词作于理宗淳祐七年（1247）秋。这年七月，吴潜遭受言官攻击被罢去同签书枢密院事兼权参知政事等要职，改任福建安抚使。其兄吴渊此时供职于南昌。此词应该为吴潜前往福州道经南昌时所作。无论是情感基调还是表现手法，都颇似辛弃疾的《水龙吟·登建康赏心亭》。辛词借楚天的千里秋水，献愁供恨的群山，来抒发无人理解、报国无门的忧愤。吴潜亦是借登临所见的楚山楚云、楚江楚涛，伤叹十年心事，无人诉说。两首词，也都有萧疏无奈的结句。辛词在体式上常借慢词长调来抒发内心雄健悲慷的意绪,这一体式稍有不慎则会失之浅白。许多学辛的词人气势虽存,终乏蕴藉,刘过、刘克庄等人之失即是教训。吴潜学辛能入其堂奥,做到既意气昂扬又不粗率质直肤浅,不仅是得益于他丰厚的学养,也还得益于他与辛氏相近的三起三落的仕宦经历。类似的雄奇又沉郁之作还有《沁园春·多景楼》《满江红·送李御带珙》《满江红·齐山绣春台》《水调歌头·江淮一览》等。

吴潜另一类词作则隽淡峭拔或绵密深细。如仿姜夔写的八首《暗香》《疏影》,颇得其神韵;其《贺新郎·暗香》前有一小序,道出该词创作与姜夔《暗香》《疏影》二词之间的关系:"犹记己卯,庚辰之间,初识尧章于维扬。至己丑嘉兴再会,自此契阔。闻尧章死西湖,尝助诸丈为殡之,今又不知几年矣。自昭忽示尧章《暗香》《疏影》二词,因信手酬酢"。其词立意、表达及其清空峭拔风格,皆深受姜夔《暗香》一词影响,如开篇的"晓霜一色,正怅时陇上,征人横笛",结句"春漏也,应念我,要归未得",皆刻意模仿姜夔《暗香》的开头和结尾:"旧时月色,算几番照我,梅边横笛","又片片吹尽也,几时见得"。但毕竟是富贵中人,终缺姜夔那种清婉淡远的情致和飘逸杳渺的韵度。类似词作还有《武陵春》中的"无语立亭皋""苍鸟横飞过野桥"等句,清空峭拔,亦颇有白石词境。

吴潜的另一些词作,如《声声慢·和吴梦窗赋梅》《浪淘沙·家在敬亭东》等,描景状物,绵密工致,可谓吴文英词的同调。吴潜词近吴文英,主要是指描景状物的绵密工巧,《声声慢·和吴梦窗赋梅》则是典型代表之作。至于梦窗词的浓丽在履斋词中并无表现,可见吴潜亦自有取舍。

缘情择体而又灵动有变,这则是吴潜词独有的特色。他极善运用联章体重叠复沓的手段来歌咏他所钟情的事物:一组《如梦令》就是 10 首,极尽赏春、叹春、惜春之能事;一组《望江南》则是 14 首,尽情讴歌乡居生活的宁静幽美;调寄《满江红》的一组咏梅词便是 8 首,描景抒怀,面面俱到,声情并茂,显露出词人的丰厚才情。吴潜词中还有不少写景感怀的小令,如《更漏子》等能洗尽铅华,写得气格劲健、韵味隽永。遣词意象飞动,工致绵密,体现了他深厚的语言功底和高超的表达技巧。况周颐对此深为膺服并举例云："履斋词《满江红·九日郊行》云：'数本菊香能劲'，'劲'韵绝隽峭，非菊之香不足以当此；《二郎神》云：'凝伫久，蓦听棋边落子，一声声静'；《千秋岁》云：'荷递香能细'，此'静'与'细'，亦非雅人深致，未易领略。（《蕙风词话》卷三）"

当然，履斋词的不足也是很明显的。他继承辛弃疾词议论化、散文化的传统，而且走得更远，影响了词的形象性、诗意韵味。词作中有一批率意随性之作，构词谋篇均显粗疏，有浅陋粗糙之弊。如《哨遍·括兰亭记》，将王羲之的名作《兰亭集序》内容概括到一首词作之中：

在晋永和，癸丑暮春，初作兰亭会。集众贤，临峻岭崇山，有茂林修竹流水。畅幽情，纵无管弦丝竹，一觞一咏佳天气。于宇宙之中，游心骋目，此娱信可乐只。念人生相与放形骸，或一室晤言襟抱开。静躁虽殊，当其可欣，不知老至，然倦复何之。情随事改悲相系，俯仰间遗迹，往往俱成陈矣！况约境变迁，终期于尽，修龄短景都能几谩古换今移，时消物化，痛哉莫大生死。每临文吊往一兴嗟，亦自悼不能喻于怀，算彭殇、妄虚均尔。今之视昔如契，后视今犹昔，故聊叙录时人所述，概想世殊事异。后之来者览斯文，将悠然、有感于此。

用词来概括散文内容，这本身就违反文学规律。通篇只能算是有韵的散文，而且是不甚流畅通顺的散文。

诗歌 吴潜存诗一卷，260多首，多为纪游、即事之作，有的也抒发"丈夫勋业在安边"（《送曾阿宜往戍》）之类抗敌抱负。诗风平易，语言浅白，但佳作不多。其中数量最多的是咏歌雨雪旱涝、关心国计民生和倦宦思归之作，可能与其宰相的身份和仕宦经历有关。尤其是前一类在其诗作中更多，其中"喜雨"51首、"喜雪"32首、"苦雨"11首，共94首，占其全部诗作的三分之一强。这类诗作的基调是勤政爱民、关心民瘼，语言朴实，很少流露风花雪月之类士大夫情调。天降瑞雪之时，他便满心欢喜："明年定赛今年熟，野老心脾更体胖"（《喜雪用禁物体二首》之一）；当淫雨霏霏连月不开之时，他又忧心忡忡:"稀苗忧冒没,矮岸恐颓倾"(《苦雨吟十首呈同官诸丈》之二)、"稻禾都旺否,庐舍莫淹无"(《苦雨吟十首呈同官诸丈》之四)。喜雨也好,苦雨也好,其出发点不是观风赏景,而是"愧乏康济术,粗怀饥溺心"(《久雨喜晴检阅计院纪以春容之篇敬用韵为谢》)。他在喜雨中甚至想到:"有司不损应言损,随分蠲租助盖藏。(《喜雨二首》之一)"在宁波任职时留下的《喜雨三首》(之二)可作为这类诗作的代表:

西抹东涂老不禁,芙蓉洲畔更浮沉。数茎半黑半丝发,一寸忧晴忧雨心。乌䅎且欣将渐玉,红莲何翅已抽簪。小臣献穀秋尝了,深密山林可访寻。

诗中抒写作为一位地方官遭逢及时雨的欢悦之情,前提自然是对农事民瘼的关切。《牧津录》云:"吴履斋在宁波有'数茎半黑半丝发,一寸忧晴忧雨心'之句,自古牧民未有者。"

3. 吴渊

吴渊(1190—1257),字道夫,号退庵,宁国县云梯乡人。吴柔胜第三子,吴潜之兄。自幼"端重力学",精研兵法,胸怀大志。宁宗嘉定七年(1214),吴渊进士及第,后历任浙东提举干办公事,权工、兵、户部侍郎,大府少卿,镇江知府,太平知州,兵部尚书、参知政事等职。《宋史》有传,称其"有才略,迄济事功,所至兴学养士,政尚严厉",时有"蜈蚣"之称、弟弟吴潜曾为此向他劝诫。比起其弟吴潜,他的仕途顺畅得多,备受荣宠:任资政殿大学士,封金陵侯,宋理宗赵昀赐匾"锦绣堂""忠勤楼",又晋爵庄敏公。宝祐五年(1257)正月,吴渊以功拜参知政事,身列相位,仅七天即卒于自荆湖回京途中,追赠"少师"。著有《易解》《庄敏奏议》30 卷。文集有《退庵集》,有清顾氏读书斋《南宋群贤小集》本和《四库全书·两宋名贤小集》本。

据傅璇琮等新编的《全宋诗》,吴渊存诗 21 首。多为登临咏物之作,占存诗十之八九,还有两三篇酬唱送行等应酬篇什。在这些登临纪游和咏物的诗作中,同吴潜一样,通过对山水名胜或寻常风景的描写,表达内心的感受;咏物之中亦多有寄寓,如《九日》:

百年王事谩劳形，客里逢时迹类萍。无酒可添元亮兴，任人浪笑阮宣醒。荆湖城壁连征鼓，河朔黎元陷虏廷。啾拥旌旄愧无补，敢将衰朽叹飘零。

诗人九日登高，其中虽有常见的"身在异乡为异客"的飘零感，但诗人却将这种感受同山河破碎、中原沦陷的时代感受联系起来。荆湖一带烽火遍地，河朔大地沦于敌手，让他这位手握重兵的朝廷大员愧疚不已。所以他九日登高无法像陶渊明"采菊东篱下"那样悠然，也不想像阮籍那样借酒佯狂。特别是结句"敢将衰朽叹飘零"将国事放到个人遭遇之上，使人对这位国家重臣的使命感产生敬佩之心。这类感受和表达方式，在登览诗中还有一些，如"北望淮浉何处是，晚来烟雾正沉沉"（《用横碧堂韵》）；"长向此时忧徼塞，不知何日乐林丘"，"畴昔谪仙愁绝处，我来登眺更多愁"（《凤凰台二首》）；"昏昏赤县神州地，渺渺白萍红蓼洲。谁道天分南北限，人分南北至今愁"。

吴渊为人胸有大志，又善理政治军。宁宗嘉定七年（1214）进士及第后，丞相史弥远与他竟日长谈，称之为"国器也"。吴渊知太平州兼江东转运使时，有两淮流民40余万逃亡入境，他赈济安抚，使民免于冻馁；任江西安抚使和兵部尚书兼平江知府时，又大力开展救荒，三次拯救灾民127万余人。又富有军事才干，在灭金和抗蒙古军南侵中屡建功勋：端平元年（1234）灭金后，蒙古军向南宋连续用兵，吴渊建司空山、燕家山、金刚台三个大寨和二十二个小寨，组织丁壮耕战戍防，守住江淮之地，以功授资政殿大学士，封金陵侯，晋爵为公；宝祐三年（1255）拜观文殿学士兼总领湖广、江西、京西财赋和京湖屯田大使时，调兵两万援四川，与蒙古军大战于白河、沮河、玉泉一带。大败敌将汪惟立，为人又极富远见，对敌对己都有清醒的评估：在任右文殿修撰、枢密副都承旨兼右司兼检正时，朝廷准备进兵中原，丞相郑清之拟采取"据关守河"的策略，吴渊竭力反对，认为以当前"国家力决不能取，纵取之决不能守"，郑清之很不高兴。不久，中原战事发展果然不出吴渊所料，郑清之写信向吴渊引咎并致谢。所以，诗人在上述诗作中哀愍"河朔黎元陷虏廷"，抒发

"人分南北至今愁",皆是他政治理想和人生态度在诗中的折射。至于慨叹"啾拥旌旄愧无补",表面上是自责自愧,内中亦有对朝廷苟且偷安、不图恢复,朝廷朋党多方掣肘,无法施展抱负难遂壮志等多种内涵。至于"晚来烟雾正沉沉"、"昏昏赤县神州地"等更是借景喻政,类似辛弃疾的"休去倚危栏,斜阳正在烟柳断肠处"了。

与其弟吴潜的同类诗作相比,除了借景抒情和咏物之中亦多有寄寓这个共同点之外,也有许多不同。由于仕途顺畅、备受荣宠,反映在诗作中就少了一些吴潜诗作中的坎坷之叹而多了一些悠悠岁月的自适,少了一些归隐之念而多了一些进取意识。如下面两兄弟所作的两首咏雨诗:

莫嫌暴冻势如喷,此是家家老饭盆。雨足蛟龙应得谢,秋登鸡犬亦蒙恩。频年已喜稼无贼,今岁尤欣禾有孙。回首江南田谷口,西风飒飒倍销魂。(吴潜《喜雨二首》其二)

坐来杂霰洒隆冬,痛饮那禁膏发风。却忆西枢承旨日,冒寒犹立大明宫。(吴渊《冬雨》)

吴潜诗中的喜悦是因为秋雨带来了丰年,农民可以足食。年丰民足,盗贼也就少了,天下可以太平,这是诗人喜悦的出发点和立足点。吴渊诗中看到的只是饮宴御寒中对昔日立朝承旨的追忆。立足点和境界都是有差别的。记今昔之游,写田园风光,抒山林之乐,偶之劳发国事是吴渊这类诗作的基调和倾向,如《劝耕二首》其一:"细霭轻烟弄晚晴,聊驱小队出城闉。囗将泉石膏肓疗,为识庐山面目真。古殿松篁无盛夏,斋厨笋蕨有余春。道旁处处闻流水,一部笙簧更可人。"《劝耕二首》其二:"铃斋日日簿书尘,不觉光阴暗里侵。忽见前山有花发,始知今岁已春深。边风尚有寒吹面,腊雪全无早系心。忧国忧民平日事,新来赢得白盈簪。"诗题是《劝耕二首》,但诗中完全看不到农人、农桑、农事,有的只是古殿松竹的阴凉,寺院斋饭的可口,潺潺的流水宛如动听的音乐。如不是后两句"忧国忧民"的表白,会让人误以为是隐者的山林之乐。

在艺术风格上,吴渊的诗作也不同于吴潜的平易浅白,显得气舒韵长、雍容典雅,尤其是描景状物,有不少属对精工、贴切形象又诗味隽永的名句,如"怪石巉岩蹲虎豹,老松偃蹇卧龙虬"(《游青山》);"半城杨柳春风满,四四野桑麻雨露深"(《横碧堂》);"尽洗娇红春态度,独呈雅素雪精神"(《霜蕤亭》);"绿深夜雨龟鱼远,红压春风莺燕迟"(《挥麈堂》)等。

唐圭璋《全宋词》存吴渊词八首,另有一首存目。从这八首词来看,风格和题材与其弟吴潜相近,多抒发济时忧国的抱负,词风慷慨健劲、感慨遥深,有意学辛弃疾词风。但由于没有辛弃疾以及其弟吴潜仕途坎坷、迭遭打击的人生遭遇,缺少报国无门的悲愤,因此不及上述二人的沉郁悲壮,雄劲而不凄厉,因而缺少震人心魄的力量。其代表作是作于采石矶的《念奴娇》:

我来牛渚,聊登眺、客里襟怀如豁。谁著危亭当此处,占断古今愁绝。江势鲸奔,山形虎踞,天险非人设。向来舟舰,曾扫百万胡羯。追念照水燃犀,男儿当似此,英雄豪杰。岁月匆匆留不住,鬓已星星堪镊。云暗江天,烟昏淮地,是断魂时节。栏杆捶碎,酒狂忠愤俱发。

这首词的上片写登眺牛渚危亭,因景抒怀,追忆昔日虞允文等在此打破金人南侵的英雄业绩;下片由燃犀触景生情,慨叹中原沦陷,收复无望,激发满腔忠愤与无奈。词中多用典故,借景抒发忠愤与无奈,这都颇似辛词手法。结句"栏杆捶碎,酒狂忠愤俱发"更类似辛弃疾的《水龙吟·登建康赏心亭》:"江南游子,把吴钩看了,栏杆拍遍,无人会,登临意"。词中流露的深沉的历史感和现实感,以及豪迈悲壮的鲜明风格极都具感染力。从词风看,应是早年作品。

作者晚年写有两首《沁园春·梅》,为其弟贺寿。作者时为兵部尚书,巡边归来,寄居在弟弟的南园。吴潜此时已拜相。但词中既无贺弟离迁的喜悦,亦无巡边归来的慷慨,昔日力图恢复的壮志。虽身在京华,惦念的则是江南故乡,关情的是手足相聚,盼望的则是解甲归去:"喜我新归,逢戎初度,关情更深","六旬屈指,风雨对床频上心。殷勤祝,道何时回首,及早抽身"(其一);"十月江南,一番春信,怕凭玉栏。正地连边塞,角声三弄,人思乡国,愁绪千般","松竹交盟,雪霜心事,断是平生不肯寒。林逋在,倩诗人此去,为语湖山"（其二）。这类情感,在吴渊诗中极为少见,这恐怕是"诗言志,词言情"的区别。这种现象,同为宋代作家欧阳修的诗和词中,陆游的《入蜀记》和同时写的词中都可以见到。这也为我们研究吴渊的生平和思想提供另一类资料。

四、宋季安徽诗人

南宋末年,皖人有称于诗坛的主要是江湖派诗人。比方岳稍晚的有歙县吴龙翰、婺源胡次焱以及闲居诗人休宁吴锡畴、绩溪汪梦斗等。他们都是徽州士人,又有一个共同特征:前期或许有稍许任职经历,但很快退守田园或浪迹江湖,以布衣终其一生。由于阅历的局限,诗歌题材都较为狭窄。诗风近于方岳、刘克庄,较为粗豪浅白,但在宋季潦倒率易的诗风中,尚称清新劲健。

1. 吴锡畴

吴锡畴(1215—1276),字元范,后更字元伦,休宁人,吴儆从孙。四岁而孤,刻志于学,从程若庸学,不乐仕进,亦不慕浮名。三十岁后即不应试。度宗咸淳间知南康府,叶阊聘其为白鹿洞书院堂长,亦辞不赴,以闲居山林为乐。性喜幽兰,自号兰皋子,亦以此命名自己的文集,寓幽独自芳之意(《四库全书总目提要》)。端宗景炎元年卒,年六十一。死后第三年南宋即灭亡。《新安文献志·先贤事略》《休宁县志》载有其事迹。有《兰皋集》二卷。有宋咸淳陆梦发序本、《四库全书》本。傅璇琮等主编《全宋诗》存诗二卷,127 首,其中新辑五首。

吴锡畴现存的 120 多首诗作,多为抒写村居感受、纪游登临、状物咏怀之作,题材较为狭窄。其中偶有忧国之作,且作金刚怒目式的表达,如《多景楼》:

> 栏杆投北是神州,莫怪诸公怯上楼。千载潮声如有恨,犹能含怒到瓜州。

词人不愿上楼,因为不愿看到栏杆前方沦陷的北方大地。潮水犹有恨,人岂能无恨? 此人借此直抒胸臆,怒斥苟安的南宋小朝廷,表达自己的恢复之志。类似的还有《对灯咏感》：

> 伶俜瘦影伴孤灯，两鬓萧然失旧青。豪在当堪论剑术，骨凡何用泥丹经。半生踪迹如春燕，少日交游类曙星。闲拂桐丝写幽意，洋洋不为有人听。

词的主旨是叹时伤老，但提到当年的论剑，今日的孤立独守，抒写幽意，皆有历史往事的批判和今日的知音难遇等时代感慨在内。但这类诗作在《兰皋集》中亦"类曙星"。吴锡畴死后第三年南宋即灭亡，但在《兰皋集》中却感受不到飘摇的时代风雨和大厦将倾的强烈忧患意识。有的诗作即使有伤痛、有忧伤，也是隐隐的、淡淡的，如《春日》：

> 韶光大半去匆匆，几许幽情递不通。燕未成家寒食雨，人如中酒落花风。一窗草忆濂溪老，五亩园思涑水翁。无赋招魂成独啸，且排春句答春工。

诗中提到"赋招魂""成独啸"，确有时代的感慨蕴含其中，但恐怕不能就此得出伤春即伤时忧国，表现了强烈的爱国情怀的结论。因为词的基调还是咏歌隐逸生活，表达闲适情怀。词中借司马光的涑水之隐和周敦颐的濂溪之乐已将题旨表达得很清楚。诗中刻意遣词命意，很见清新工巧，方岳就很欣赏其中的"燕未成家寒食雨，人如中酒落花风"二句。但这种刻意营造的闲适与"家室破败风吹絮，身世凄凉雨打萍"的末世氛围差距太大，只会显得纤巧肤浅，但在宋末潦倒率易之风中还是面目一新的。四库馆臣对此评价说："集中佳句，似此者尚颇不乏，岳偶举其一二耳。盖其刻意清晰，虽不免偶涉纤巧，而视宋季潦倒率易之作。则尚能生面别开。(《四库全书总目提要》)"《兰皋集》中类似《春日》这样的命题还很多，如《秋日》《夏日》《冬日》《九日》《元日》《秋夜》《秋怀》《送春》等，主旨或是叹老伤病，或是咏歌闲适，偶有时事的隐隐伤感，如"楼高霜冷漏声迟，独立阑干忆别离"，"岁寒时节难为客，老日头颅尽付诗"(《楚东岁暮》)；"老眼添昏如浊镜，吟怀多感类寒螀"(《秋夜》)；"直上浮屠最上头，茫茫渺渺入双眸。斜阳断雁新秋意，惹起西风一段愁"(《六和塔》)；"昏眸但觉看山易，倦足方知行路难。扪虱坐谈思傲睨，闻鸡起舞叹衰残"(《次韵逢原偶兴》)等,虽属偶一之作,但在宋季潦倒率易的诗风中,也算难能可贵了。

2. 吴龙翰

吴龙翰(1233—1293),字式贤,歙县人。出身于理学世家,其曾祖父吴友堂曾追随朱熹,为挂名弟子。著有《易论》四十卷,《史评》七卷,诗文五十卷。理宗景定五年(1264)中乡贡,以荐授编校国史院实录文字。宋亡,乡校请充教授,寻弃去,布衣终生。元至元三十年(1293)去世,年六十。明弘治《徽州府志》卷七有传。家有老梅,因以古梅为号,并作为集名。著有《古梅遗稿》六卷,《四库总目》传于世。傅璇琮等著《全宋诗》存诗三卷,102首;唐圭璋《全宋词》存词一首。

吴龙翰只做过短暂的朝廷文字类官员,大部分时间在乡居中度过,以布衣终生,与江湖派诗人的生活经历很接近,与其代表人物亦多有交游:曾师方岳,两人间多有唱和,在现存的百首诗作中就有四首是与方岳酬唱之词。亦拜见过刘克庄,留下四首七律。诗风也近刘克庄和方岳,气势粗豪、语言俗白,因此可以算是江湖派的后期人物或余绪。现存的102首诗作,多为纪行酬唱或咏物感兴之作,颇似同时同郡的吴锡畴,如两人写的吊唁林和靖的两首七绝:

> 遗稿曾无封禅文,鹤归何处但孤坟。清风千载梅花共,说着梅花定说君。

> 老鹤高飞入白云,空馀残照管孤坟。清风千古镇长在,见著梅花如见君。

前为吴锡畴的《林和靖墓》,后为吴龙翰的《拜林和靖墓》。构思、命意乃至词句都几乎完全一致,简直可以视为互相地抄袭或改写。但比起吴锡畴的《兰皋集》、吴龙翰的《古梅遗稿》,咏歌闲适的篇什显然少得多,而忧时伤乱、有志难伸的悲愤却要强烈率直得多。如《登长干寺塔》:

> 金陵王气已消沉,几度凭栏愁满襟。往事仅存南北史,伤情空费短长吟。龙蟠故国山河壮,凤在荒台草木深。旧物尚余吴塔在,夕阳影移

照江心。

据《景定建康志》,长干塔为北宋太宗端拱年间建造。诗人登塔,抚今思昔,愁绪满襟。山河依旧壮丽:"龙蟠故国山河壮",但是王气消沉,昔日的凤凰台如今草木深深,国势亦如江河日下:"夕阳影移照江心"。是谁造成如此不堪之局面?诗人在长吁短叹中矛头所向,是不难理解的。比起吴锡畴的登塔诗《六和塔》:"直上浮屠最上头,茫茫渺渺入双眸。斜阳断雁新秋意,惹起西风一段愁",情感表白要显豁和强烈得多。写景抒怀之作亦是如此,如《吴越归秋晚》:

湖海归来晚,园荒菊几丛。秋山吟瘦骨,霜叶醉红颜。吊影寒溪上,怀人落月中。青灯滋味永,不用哭途穷。

此诗写人生遭际:江湖归来,见故园荒芜;深夜青灯独坐,唯有落月入怀。但诗意并不衰瑟,诗人并未叹卑伤老,结句反而振起:"青灯滋味永,不用哭途穷"。程元凤说这首诗"句老意新","咀之隽永,殊非苟作"。同时同郡的吴锡畴也写过一首《夜坐》:

萧萧下庭叶,未晚闭柴门。故箧搜诗读,残灯唤酒温。砧鸣深巷月,犬吠隔溪村。人世如无夜,劳生事更繁。

皆是灯下枯坐,残灯伴醉,但生活态度不同、人生取舍不同,因为造成不同的风格和情调。程元凤说此诗"句老意新""咀之隽永",可能就是指诗人在历尽劫波、萧然归来后,仍能不离不弃,强势对待未来,这能给人许多人生启迪,这在宋季潦倒率易的诗风中,更显难能可贵!

吴龙翰还存词一首《喜迁莺》,写闺中相思之情,为习见的婉约词基调和表达方式,语言虽浅白率直,但艺术价值不高。

3. 汪梦斗

汪梦斗,字以南,号杏山,绩溪人,生卒年不详。理宗景定二年(1261)以明经发解江东漕试,得魁,授承节郎、江东制置司干官。度宗咸淳间为史馆编校,与叶李等议上书劾丞相贾似道,李等坐罪,梦斗亦遁归。宋亡后,尚书谢昌言荐梦斗于元世祖,特召赴京,于至正十六年(1279)成行,时年近五十,卒不受官放还。后从事讲学以终。明弘治《徽州府志》卷七有传。

汪梦斗诗集,有明隆庆三年汪廷佐刊《北游诗集》,文渊阁《四库全书》本;傅璇琮等《全宋诗》辑其诗129首,唐圭璋《全宋词》录其词5首。

今传汪梦斗的《北游集》,乃是元至正十六年应诏赴京,往返途中纪行之作,是他此次旅途的纪实。诗人在序中说,过去没有机会到中原去,这次权作一次采风。《北游集》中不仅记载所见的风土人情,还充塞着经过江淮故地,对当年主和误国导致南宋覆亡当权者的深深遗恨。如《过江陵登秦申王坟读决策元功精忠粹德碑文有感近事而赋》:

> 力成和议得休兵,痛骂犹烦诸老生。拘执行人招覆灭,幸逃诛死罚犹轻。

秦桧死后封为申王,并在坟前树碑立传。诗人由这位力主和议的奸相,想到另一位奸相贾似道的"近事":理宗景定元年,元世祖即位,遣翰林学士郝经,重申贾似道镇守鄂州时,曾许以称臣纳款的请和前议。贾似道为了掩盖这段丑事,扣留郝经,引发了战争,导致南宋的覆亡。诗人说贾似道罪不容诛,然而只给予罢官南迁,这惩罚实在太轻了。当诗人来到当年划江而治的江淮河大地,其兴亡之感、故国之情更使诗思喷涌,倾吐自己的伤感和眷念。如在从金陵渡江来到仪征时,他一口气写了六首七绝,宣泄他的故国眷念和伤感,如"金陵怀古句,绝唱是西河"(其一);"江上无多作,淮南正要诗"(其二);"当年衣带水,元不管兴亡"(其三)等。类似的诗作还有《宝应城北门外登崖散步》《舟次比屋》《车行济州道中即事》《下邳永丰桥舟过其下有感》《汉高祖歌风台》《南园歌伤吴履斋旧景》等。比起同期、同为布衣又同为徽州府的诗人吴锡畴、吴龙翰等,这类伤时抒愤、眷念故国的诗作要充分得多。

更要指出的是,诗人在气节操守上不仅是言者,也是行者,他自始至终眷恋故国、不亏晚节。宋亡后,诗人虽然不得已北去大都,却没有接受官职,一再表示"不死虽然如管仲,有生终自愧渊明。商飚愈紧归心切,莫把诗书博恶名"(《羁燕四十余日,归兴殊切,口号赋归八首》)。"省署朝衣杂狸鼠,市廛人迹混龙鱼"(《入都门漫赋》),这就是他对元朝新贵的看法,这与同为遗民亦应诏北上的名诗人张炎不同。他不但自己眷念故国,勉励同乡和友人,而且坚持操守,如写赠同乡丘舜臣同知的诗写道:"不爱一身死,以全千里生。群言更廉洁,此事甚分明。(《简乡人丘同知舜臣》)"宋亡后,尚书谢昌言荐梦斗于元世祖,他写下《见礼部尚书谢公昌言》,不仅不感激举主,反而讥讽其虽才华盖世却言行不一、大节有亏,并表明自己绝不做贰臣:

曾将鸿笔冠群英,自是峨眉第一人。执志只期东海死,伤心老作北朝臣。叔孙入汉仪方制,箕子归周范已陈。□□□□□□□,正须自爱不赀身。

谢在四川省试名列第一,曾任南宋高官。屈节降元后任礼部尚书。汪梦斗在诗中以鲁仲连宁赴东海而死、义不帝秦之典,讥讽谢昌言当年矢志报效朝廷,如今却违心地做了北朝的臣子,实在让人伤心:"执志只期东海死,伤心老作北朝臣。"结尾说"正须自爱不赀身",表示自己为了保持节操,会宁死不屈。风骨凛然,诗风堂堂。

汪梦斗还存词五首,有的就写于北上往还途中,与上述诗作题旨、情感基调皆相似,如《南乡子·初入都门漫赋》与诗歌《入都门漫赋》题目都相同,只是表达上更为直露,情感抒发更为充分一些:

西北有神州。曾倚斜阳江上楼。目断淮南山一抹,何由。载泪东风洒汴流。

何事却狂游。直驾驴东渡白沟。自古幽燕为绝塞,休愁。未是穷荒天尽头。

《朝中措·客邸有感》中的"客窗梦断,星稀月淡,一枕凄凉。旧日春风汴水,□□多少垂杨",亦是抒发重返故国的伤感以及坚持操守,无人理解和支撑的孤独。《金缕曲·月夕》:"一段凄凉心中事,被秋光、照破无余韵。却不是,诉贫病";《金缕曲·月夕》:"宫廷花草坦幽径。想夜深、女墙还有,过来蟾影。千古词人伤情处,旧说石城形胜"亦可作如是观。

4. 胡次焱

胡次焱(1229—1306),字济鼎,号梅岩,晚号余学。其始祖为唐宗室,唐末避乱婺源胡姓,遂冒姓胡。宋度宗咸淳四年(1268)进士,授迪功郎、江州湖口县主簿,以母老改池州贵池县尉。恭帝德祐元年(1275),都统制张林潜纳款以城降元,次焱奉母亡归,教授乡里。元成宗大德十年卒。明弘治《徽州府志》卷八有传。

著有《梅岩文集》十卷,由明嘉靖中其裔孙琔及琔之甥潘滋搜集整理而成。傅璇琮等著《全宋诗》录其诗五首。

其文主要表现作者眷恋故国的情怀。如《雪梅赋》即以雪梅的孤洁自况,以申孟子在逆境中"威武不能屈"的君子之行。潘滋《梅岩文集·序》曾指出:"其孝足以事亲而不辱也,其节足以全身而不污也。《雪梅赋》见君子之行乎?患难而威武不能屈。"《四库全书总目提要》认为该赋为《梅岩文集》之冠:"冠以《雪梅赋》,盖著其素心。"在《菊墅记》中,则说:"晋初士不仕寄奴,艺菊自老于是";"渊明之恋晋也,犹夷齐于商;而其鄙刘也,犹园绮于秦。宜其爱菊为万世之倡。呜呼!士有不幸而类渊明所遭之世者,不有篱菊,将谁与归",明白无误地表示不愿仕元的遗民操守。

现存诗作则主要表现山中感受,突显隐逸情怀。诗意浅白,但刻意讲究对仗,如写步瀛桥:"直通两岸东西路,横截一溪上下流"(《步瀛桥乐章》),比起辛弃疾笔下的小桥:"正惊湍直下,跳珠倒溅;小桥横截,缺月初弓"(《沁园春》),其飞动气势和比喻之生动形象,不可同日而语。其余如"网罗学士唐天子,管领英雄张状头"(《步瀛桥乐章》);"藜杖对星占曙色,芒鞋踏月浣秋光。栎阴瞑彻疑浇墨,桂露滴人如馈桨"(《秋日早行》),都有刻意经营的痕迹。其代表作《媒嫠问答》在题材、构思上更是刻意经营之作。德祐元年池州都统制张林潜献城后,胡次焱不肯降元,逃归乡里,教授为生。有人劝其出仕,次焱作两首长诗《媒嫠问答》以明志。前一首《媒问嫠》,为媒婆劝嫠妇改嫁,分别从生活配偶、名誉地位和生死价值观念等方面进行劝诱,实际上是指元统治者对宋遗民的种种收买手段。其中夫亡后嫠妇空房独守的一段描绘和情感抒发,形象地抒发了亡国之臣的孤愤,也暗示了将不畏艰苦以遗民以终的决心。后一首《嫠答媒》,是嫠妇回答媒婆。如果说前者着重写元统治者对宋遗民的劝诱收买,暗中表达自己不为所动的坚贞操守的话,这首则直接挑明:"女不践二庭,妇不再移天","妾命春叶薄,妾心顽石坚","宁贫任劳鹿,宁贱受磨研。宁冻如寒蝇,宁饿如饥鸢",写得义正词严、堂堂正正。宋亡时,侍臣汪元量诗云:"昨日太皇请茶饭,满朝朱紫尽降臣。"(《湖州歌》)作为一介布衣,气节远超那些身居高位、信誓旦旦的达官显贵,所以此诗的立意和显现的气节一直受到后人的礼重。四库馆臣并不看重胡次焱诗作,认为没有自己的独特风格"在宋元作者之中,尚未能自辟门径",只能属于一般的江湖诗人,但看重胡次焱的志节人品,认为高于江湖派诸人,还特别指明胡次焱有"陶潜栗里之风",即像陶潜明那样挂印归隐而不与新朝合作,并认为这是他的诗集"至今尤传"的主要原因(《四库全书总目提要》)。至于他的乡里和后人,对《媒聱问答》中表现的气节人品更是赞扬备至。潘滋在《梅岩文集》"序"中称道:"予尝读梅岩书而慕其为人……《媒聱问答》则坚贞从一,守天之道,甘言谀舌,不足以变其节,此先生所自为者然也。"元代婺源人程文的《跋媒聱问答诗后》亦感慨地说:"呜呼!读柳子《河间传》,知邪之得以败正;读先生是诗,知正之所以胜邪。天理之在人心,犹日月之在天也,可以缺食,而不可以丧其明,若先生之心,孰得而缺蚀之哉!虽与日月争光可也。"

从创作渊源来看,《媒聱问答》虽源于汉魏的代拟体,但从立意到比拟手法更似张籍的《节妇吟·寄东平李司空师道》,语言亦似张籍乐府诗通俗平顺,唯用典较多。全诗198句,1002字,至少有四分之一用了典故,如"贫女古难嫁,卖犬办资装",典出《晋书·吴隐之传》;"陶婴寡鹄吟,卫妻孤燕篇",上句典出《列女传·鲁寡陶婴》,下句典出《诗·邶风·燕燕》篇;"三少秽难洗,五嫁丑莫镌",上句典出《左传·宣公九年》夏姬事,下句典出《史记·陈丞相世家》陈平妻事,只是由于语言浅白平顺,不觉其用典罢了。

第三章　宋代安徽笔记、小说、诗话

　　宋代是个理学盛行的时代，也是一个崇奉道教的时代，而巫鬼信仰在南方更是根深蒂固。宋代商品经济的繁荣，特别是南渡以后南方的开发，使市民队伍增大和增强。如此的大文化背景，影响着这个时期白话小说的发展方向，也制约、规定着它们的描写内容和艺术形式。大儒们自然不语怪力乱神，但他们畏天命、重历史，颇以反映天命惩戒、数说历史教训为己任，这使得有宋一代的名臣大儒如司马光、欧阳修、张齐贤、苏轼、苏辙都加入"稗官野史"的创作队伍中，所以宋代的逸事小说特别发达。宋代安徽作家的文言小说多作于南渡初期，与南渡以后南方的开发关系更大。秦醇《谭意歌传》中的谭意歌，是宋代文言小说中塑造得最成功艺术形象之一，这样的人物形象，在宋以前的小说中很难看到；王明清的逸事小说《摭青杂说》，在题材上一改过去只把注意力集中在官僚士大夫身上的传统，让商人、茶肆老板、风尘妓女，甚至失身为"贼"的青年成为小说的主人公，这都可能与北宋中后期城市经济的进一步繁荣、市民队伍的不断壮大，市井妇女独立生活意识和追求美好生活的勇气不断增强有关。为迎合市民的审美取向，传奇小说则趋向情节离奇，志怪小说则更加荒诞无稽，前者如秦醇的《温泉记》《骊山记》，后者如郭彖的《睽车志》，娱乐性功能增强，劝诫性功能减弱，更为广大市民喜闻乐道，也为明清的话本、拟话本、文言小说、戏曲提供了诸多素材，影响深远。

　　宋代重文抑武的国策使宋代文人多了一层社会责任感和使命感，所以宋人多议论，喜欢发表言论，表达自己的意见。朱熹的著作，大都是讲话语录。文人笔下，随笔之类多了起来；诗学见解，除了论诗绝句、书信等传统方式外，也出现说话、随笔的方式。安徽的"文史笔记"和"诗话"在宋代大放异彩：中国第一部诗话——欧阳修的《六一诗话》就写于任职颍州期间；舒州人阮阅的《诗话总龟》、绩溪人胡仔的《苕溪渔隐丛话》为宋代两部大型综合性的诗话总集。两书"相辅而行，北宋以前之诗话大抵略备"（《四库全书总目提要》),是研究宋诗的重要参考资料,亦是皖人对宋代诗歌理论建设做出的重要贡献。其余如朱弁的《风月堂诗话》,吕本中的《童蒙诗训》《紫微诗话》也都有自己独到的文学见解,其中载入的一些诗文和作家行状,有的今已亡佚,因而具有相当大的文献价值。此时安徽作家的一些文史笔记,如程大昌的《演繁露》和《续演繁露》,朱弁的《曲洧旧闻》,王铚的《默记》,王明清的《挥麈录》《玉照新志》,除了表达作者对社会、对人生的思考,具有认识价值外,文献学的价值更高。

第一节 文史笔记、小说

一、秦醇的传奇小说

秦醇,字子复(一作子覆),谯郡亳州人。生平事迹无考,其生活年代大约在北宋中期。现存的四篇小说《赵飞燕别传》《骊山记》《温泉记》和《谭意歌传》皆为传奇故事,收在刘斧编纂的文言小说集《青琐高议》中。

《赵飞燕别传》副题作"别传叙飞燕本末",收在《青琐高议》卷七,描写汉成帝宫闱逸事。虽名为"赵飞燕别传",主人公却是赵飞燕、赵合德姐妹两人。关于赵飞燕姐妹的故事,宋以前即有,最著名的要数托名汉代伶玄的《赵飞燕外传》。《别传》相较《外传》故事情节有相似之处,但人物形象更为鲜明,性格发掘也更为深刻。飞燕姐妹联合起来对付宫中其他嫔妃。飞燕为求子,以致"以小犊车载年少子与之私通",到后来又假装怀孕,到"分娩"时要太监买民间婴儿来冒充。赵合德则"宫人孕子者,皆杀之"。其目的皆在于"固宠",这是一种为了个人乃至家族的政治、经济利益而展开的权力斗争,并非单纯是女人间的争风吃醋,同时也反映了子嗣在封建伦理关系中的重要地位。女人即使贵为皇后,地位也要靠子嗣来维持和巩固,这都是《别传》比《外传》思想上深刻之处。在人物形象塑造上,《别传》与《外传》也更为成功,尤其是赵合德,性格由《外传》中柔弱变为明锐又残忍,对嫔妃嫉妒悍泼,对姐姐则又忍让维护,而这并非皆出于手足之情,而是维护"一损俱损、一荣俱

荣"的个人乃至家族利益。如赵飞燕与人私通被发觉后,在赵合德苦苦哀求下,成帝终于答应不杀飞燕。她在转告飞燕时说:

> 姊曾忆家贫寒馁,无聊赖,使我共邻家女为草履市米。一日得米归,遇风雨,无火可炊,饥寒甚,不能成寐,使我拥姊背,同泣,此事姊岂不忆也?今日幸富贵,无他人次我,而自毁如此。脱或再有过,帝复怒,事不可救,身首异地,为天下笑。今日,妾能拯救也。有殁无定,或尔妾死,姊尚谁援乎?

赵合德说完,乃涕泣不已,后亦泣焉。回忆过去的苦难是为告诫飞燕不要自毁尊荣,为天下笑;冒死拯救姐姐,与其说是出于手足之情,还不如说是为了维持家族也包括自身"无他人次我"的"今日富贵"。如此心机,又是通过推心置腹"涕泣不已"的形式表达出来,使得"后亦泣焉"。赵合德的聪慧、清醒,心思缜密等性格特征通过这番"诉衷情"很形象地表现了出来。写赵合德嫉妒、悍泼、残忍,小说通过在帝前撒泼和残杀刚出生婴儿这两个细节,表现得异常生动逼真:

> 时后宫掌茶宫女朱氏生子,宦官李守光奏帝,帝方与昭仪共食,昭仪怒言于帝曰:"前者帝言自中宫来,今朱氏生子,从何而得也?"乃以身投地,大恸。帝自持昭仪起坐。昭仪呼官吏祭规曰:"急为吾取此子来。"规取子上,昭仪谓规曰:"为吾杀之。"规疑虑,昭仪怒骂曰:"吾重禄养汝,将安用也?不然并戮汝。"

明代学者胡应麟也认为《别传》比《外传》的语言生动优美,云:"其间叙才数事,多俊语,出伶玄右。"(《少室山房单丛》)

《骊山记》副题为"西蜀张俞遇太真"。写西蜀举子张俞,落第后游骊山,遇一老翁述杨贵妃、唐明皇在骊山宫事,突出描写了杨贵妃与安禄山的暧昧关系。明言安禄山的反叛,一是因为杨贵妃,所谓"见贵妃,叙吾别后数年之离索,得同住三五日,便死亦快乐矣";二是因为杨国忠,杨将他送给贵妃的珍宝和私人书信尽数吞没截留。将导致唐王朝由盛转衰的这场政治大动乱解释为儿女情长和个人恩怨,仍是在宣扬"红颜祸水"这个封建道德观。在《骊山记》之前的北宋前期有乐史写的《杨太真外传》,是谴责唐明皇重色倾国,误国误贵妃也误己,与白居易的《长恨歌》主旨近似。《骊山记》比起这两者,认识上是一种倒退。

《温泉记》是《骊山记》的续篇。其写张俞再过骊山,留题二绝句,有"不妨野鹿逾垣入,衔出宫中第一花"之句,即指安禄山与杨贵妃私通事。梦中为已入仙籍的贵妃所召,两人温泉同浴。张俞不能忍受温泉的沸热,只能别具汤沐,与太真相去数步,却不得共浴;夜间又与太真对榻而寝,也不得共枕。太真说:"吾有爱子心,子有私吾意,宿契未合,终不可得。"赠"百合香一小器"而别。张俞醒后,百合香犹系臂上。如果说《骊山记》是以老农叙述的现实方式来荒诞地解释历史,《温泉记》则是以荒诞的方式来反映文人对佳丽的渴求。但同汤又不能共浴,同寝又只能对眠,这不仅反映理想与现实的距离,想肌肤相亲而不可得,也可能受中唐小说《周秦纪行》的影响。有人托名牛僧孺作此小说,写牛僧孺在骊山遇汉文帝母薄太后。太后让杨贵妃等侍宴,与牛秀才诗酒唱和,以此证明牛僧孺有不臣之心,作为牛李党争的工具。所以《温泉记》中以肌肤始终没有相亲作为开脱,也是文人的乖巧之处。北宋中期以后,这类传奇不仅数量明显增多,而且传奇性明显增强,情节更为集中,上述三篇皆围绕中心人物来展开故事,不再像北宋前期的《杨太真外传》《绿珠传》那样芜杂。从社会功能来说,则娱乐性增强而劝诫功能减弱,因此虽像《温泉记》《骊山记》这样荒诞无稽,却更为广大市民喜闻乐道。

以上三篇,都是借助历史人物演绎故事,表达某种主旨。《谭意歌传》则是以现实生活为题材的传奇故事。小说写潭州妓女不甘沉沦风尘,执意从良。脱籍后,与茶官张正宇一见相得,约为夫妇。两年后张调官,意歌有孕数月,两人情难割舍,誓不背弃。别后,意歌频寄书信,表达相思之苦;张亦念念不忘,然"内逼慈亲之教,外为物议之非",竟娶孙殿丞之女为妻。意歌闻张别娶,自知"以贱偶贵,诚非佳婚",但从此闭门不出,治家教子,井然有序,并致书张正宇,表示坚守前约。三年后,张正宇的妻子孙氏病死,时有长沙来客,极口称赞谭意歌行止端方,谴责张正宇薄情寡义。张正宇深感羞愧,不远数千里奔赴长沙,明媒正娶意歌为妻。故事至此,大团圆结局。作者着意塑造谭意歌这一下层妇女形象,她,美姿容、性慧黠、富才情又不甘沦落,运用自己的才智和坚强意志来反抗世俗偏见和命运播弄,终于获得幸福美满结局。其立意构思、表现技巧,不仅高于上述三篇,也高于此前同类作品。其题材和命意显然受到唐人传奇《莺莺传》和《霍小玉传》的影响,"殆窃取《莺莺传》《霍小玉传》为前半,而以团圆结之尔"(鲁迅《唐宋传奇集·稗边小缀》)。但谭意歌不同于霍小玉,这主要表现在她的不甘沉沦、勤劳、坚韧以及对自己命运的把握和抗争。当她与情人张正字分别时,不像莺莺那样哀怨;当她得知自己苦苦思念之人已另娶他人时,也不像霍小玉那样绝望、自暴自弃,而是操持内外,养育幼子,过着自食其力的独立生活。她此时写给张的书信,更是文情并茂:

　　……遽此见弃,致我失图。求之人情,似伤薄恶;揆之天理,亦所不容。业已许君,不可贻咎。有义则企,常风服于前书;无故见离,深自伤于微弱。盟顾可欺,则不复道。稚子今已三岁,方能移步,期于成人,此犹可待。妾囊中尚有数百缗,当售附郭之田亩,日与老农耕耨别穰,卧漏复虆,凿井灌园,教其子知诗书之训,礼义之重,愿其有成,终身休庇妾之此身,如此而已。……燕尔方初,宜君子之多喜;拔葵在地,徒向阳之有心。自兹弃废,莫敢凭高。思入白云,魂游天末。幽怀蕴积,不能穷极。得官何地,因风寄声,固无他意,贵知动止。饮泣为书,意绪无极,千万自爱。

对其薄幸虽哀怨但不乞怜,责以大义又动之以情,既表白自己今后独立持家的人生意愿以显其坚强独立人格,又坦陈自己闻此讯后的伤感和对对方的挂念,独立独行又不离不弃,堂堂正正又荡气回肠,可以说是宋代文言小说中塑造得最成功的艺术形象之一。这样的人物形象,在宋以前的小说中很难看到,这可能与北宋中后期城市经济的进一步繁荣、市民队伍的不断壮大、市井妇女独立生活意识和追求美好生活的勇气不断增强有关。我们从宋代的通俗小说《闹樊楼多情周胜仙》中周胜仙的身上,从《碾玉观音》中秀秀养娘的身上,都看见类似的人物行为和性格特征。

二、朱弁及其《曲洧旧闻》

朱弁(1085—1144),字少章,号观如居士。徽州婺源(今属江西)人,朱熹叔祖,太学生出身。建炎元年(1127)自荐为通问副使赴金,为金所拘,不肯屈服,拘留十六年,宋金和议成,始与洪皓、张劭同时放归,高宗诏为"忠义守节"。有司提议论朱弁之功应晋升数级,因曾劝宋高宗恢复中原,得罪秦桧,仅授奉议郎。后迁宣教郎、直秘阁修撰,奉祠主管佑神观。绍兴十四年四月病逝。其侄孙朱熹写有《奉使直秘阁朱公行状》,《宋史》卷三七三有传。

著有《聘游集》四十二卷、《輶轩唱和集》,已逸,今存《曲洧旧闻》十卷、《风月堂诗话》三卷、《杂书》一卷、《骪骳说》一卷、《书解》十卷。

朱弁是南宋初期的重要诗人。他的诗集《南归诗文》一卷,写于留金期间,元好问《中州集》收入38首。傅璇琮等《全宋诗》据《中州集》《四库全书》和《永乐大典》辑为一卷,45首,残句2句。其内容主要是表现高尚的民族气节和对故土的眷恋,如《春阴》:

关河迢递绕黄沙,惨惨阴风塞柳斜。花带露寒无戏蝶,草连云暗有藏鸦。诗穷莫写愁如海,酒薄难将梦到家。绝域东风竟何事,只应催我鬓边华。

诗中描写塞外的春寒,质问东风为何只催人年华,却不给大地带来明媚的春光,言外之意,不难测度,哀伤沉郁,亦颇有老杜的气象。其他如:"结就客愁云片断,唤回乡梦雨霏微"(《送春》)、"病骨怯风露,愁怀厌甲兵。人居绝域久,月向此宵明"(《十七夜对月》)、"使节空留滞,候圭未会同。阶除雪不扫,独坐数归鸿"(《独坐》)、"秋夜虽渐冷,未抵客愁长。秋月虽已圆,不照寸心方"(《秋夜》)、"齐名李杜吾安敢,千载公言有汗青"(《客怀》)等,都在表达类似的气节和忧国怀乡之情。

朱弁其诗学李义山,感情真挚深沉,风格缠绵婉曲,炼句甚见功力,如"绝域年华久,衰颜泪点新"(《寒食》)、"诗穷莫写愁如海,酒薄难将梦到家"

(《春阴》)、"结就客愁云片段,唤回乡梦雨霏微"(《送春》),都颇有晚唐风调。朱熹在《奉使直秘阁朱公行状》中说他"于诗酷嗜李义山,而词气雍容,格力闲暇,不蹈其险怪奇涩之弊"。

朱弁亦能文,《宋史》本传说他为文"援笔精博,曲尽事理"。如《上等忠义奏疏》,颇得史家笔法。其中写朱昭在靖康间困守孤城数月,以身殉国事,叙事平实,首尾该贯,且波澜起伏,生动感人。其中写城破一节,通过手刃诸子、与众将士毁家纾难的壮烈之举,来凸显大义凛然、誓与守城俱亡的英雄群像,后又以此举给攻城之敌的震慑作为反衬,使英雄形象更加刚烈威猛。城陷一段,通过"昭瞋目仗剑,卒无一人敢向者"夸张式对峙,完成英雄雕塑的最后一凿。

朱弁在后世享有盛誉的还是文史笔记《曲洧旧闻》和诗话《风月堂诗话》。《曲洧旧闻》是南宋一部比较重要的文史笔记,亦作于作者被羁金国期间。曲洧是洧水河畔的一个小镇(今河南开封尉氏洧川),属宋故都东京汴梁治下,又临近作者长期生活的故地新郑,因此被用以书名,借以表达作者对家乡、故国的强烈思念。作品追忆两宋旧事,故曰"旧闻"。书中记录了北宋及南宋初期的朝野遗事、社会风情和士大夫逸闻,对北宋灭亡、南宋贫弱的理性反思,其中无一语及金,显然寓有怀念故君与家国之思,具有较高的史料价值。作品内容丰富、情节生动、文字雅洁,其中保存了大量的文人逸事,对宋代文学的研究亦很有价值。书前有作者自题四首绝句,点明该书的创作缘由、得名、创作过程及主要内容,可为该书的总纲:

  留金弗纪金间事,曲洧依然纪旧闻。二帝播迁虽自取,祸缘新法变更纷。(其一)

  建隆端拱政堪征,绍圣宣和百事兴。设使子孙守祖制,何愁万事不绳承。(其二)

  汴都掌故颇传真,说部非同耳食伦。何事临安安半壁,冰天雪窖忘君亲。(其三)

  清浊渭泾本自殊,操戈同室若为乎?因翻汝□独藏本,略恨尔时程

与苏。(其四)

该书的价值主要在两个方面:一是通过对北宋初年盛世人物和言行的缅怀和故乡风物的介绍,反映羁金期间对家乡、故国的思念之情。如卷一追忆盛赞开国之君太祖及太宗的宽宏、仁爱、纳谏、任能,夸张他们的性格特征和人格魅力,记载太祖给攻南唐的大将曹彬手书:"朕宁不得江南,不可辄杀人也。"攻太原时也告诫部队:"朕今取河东,誓不杀一人!"记载仁宗将自己最宠爱的"内夫人""掌梳头者"发遣出宫,因为她恃宠干政。书中记仁宗善于纳谏一段,更为出色:

> 张尧佐除宣徽使,以廷论未谐,遂止。久之,上以温成故,欲申前命。一日,将御朝,温成送至殿门,抚背曰:"官家今日不要忘了宣徽使。"上曰:"得,得。"既降旨,包拯乞对,大陈其不可,反复数百言,音吐愤激,唾溅帝面,帝卒为罢之。温成遣小黄门次第探伺,知拯犯颜切直,迎拜谢过,帝举袖拭面曰:"中丞向前说话,直唾我面,汝只管要宣徽使、宣徽使,汝岂不知包拯是御史中丞乎?"(卷一)

温成是仁宗宠爱的张贵妃,张尧佐乃张贵妃之兄。仁宗因为张贵妃的缘故,准备安排张任宣徽使,但因朝廷有议论,故停了下来。时间已久,看在张贵妃面上,又想下其任命。上朝前,张贵妃再次提醒此事。但包公反对,谏诤时吐沫横飞,直喷到仁宗脸上。仁宗只好忍气吞声,再次作罢,回宫后埋怨张贵妃。作者通过一些细节,将人物性格形象表现得异常鲜活动人,如上朝前,温成送至殿门,抚背曰:"官家今日不要忘了宣徽使",道出温成企图以柔情促成此事的聪明;作罢后"温成遣小黄门次第探伺,知拯犯颜切直,迎拜谢过",又说明温成见机行事的乖巧。而仁宗面对张温成的两番言语的动作:上殿前是"上曰:'得,得'",回宫后是"举袖拭面曰:'中丞向前说话,直唾我面,汝只管要宣徽使、宣徽使,汝岂不知包拯是御史中丞乎?'"更是活画出仁宗在娇妻面前的无奈和埋怨,当然也突显了仁宗从谏战胜私情的仁君品格。书中还不时回忆故国家乡景物,寄托自己对遥远的家乡的思念。这类叙述往往很平实,如记家乡出产的"苦益茶":

新安郡婺源境中产一种草茎,叶柔弱而不长,叶类似甘菊叶,俗呼"蔗",今讹为"遮"字。吃起来有苦又有甘甜味。性温、行血,尤宜产妇。煮熟揉去苦汁,产后多服之无害。因此,又叫"苦益茶"。这里的医家无一人知道。

淡淡地、平静地叙述益母草的植物学特征和药用价值,但最后一句"这里的医家无一人知道",却在雁北与皖南的对比中,强烈显现了作者情感上的取舍,就像古井无波,却有着深深的源泉。

二是对北宋灭亡的深刻反思,这也是该书更有价值的一点。诚如四库馆臣所言,该书"多记当时祖宗盛德及诸名臣言行,而于王安石之变法,蔡京之绍述,分明角立之故,言之尤详。盖意在申明北宋一代兴衰治乱之由,深于史事有补"(《四库全书总目提要》)。作者认为北宋的衰亡是由三个方面原因所导致:一是徽、钦二帝荒淫昏聩,对蔡京等奸相有所批判揭露;二是不守祖制、新政变法,推崇司马光而不满王安石;三是"程与苏"党争,即以二程为代表的洛党和以苏轼为代表的蜀党"操戈同室",具有史识史见,不可以小说家流目之。

书中对名臣言行记述得甚为详细,兼有诗文与考证,亦有神怪谐谑之谈,既非纯粹的文史笔记,更非文言小说,所以四库馆臣说它"深于史事有补,实非小说家流也。唯其中间及《诗话》《文评》及诸考证,不名一格"(《四库全书总目提要》),因此将它归入"杂家"类。

作者晚年还作有《续骫骳说》,亦属杂记之书,今仅于元人陶宗仪《说郛》中见到5条,已不见全目。

《曲洧旧闻》在《直斋书录解题》中著录为一卷,《宋史·本传》和朱熹《晦庵集》均著录三卷,而《说郛》则为十卷。今存汪氏振绮堂刊本及《四库全书》《知不足斋丛书》《学津讨原》《笔记小说大观》等本,亦皆十卷。今有中华书局本、上海古籍出版社《宋元笔记小说大观》本。

三、王铚的文史笔记和文言小说

王铚,约生于元祐年间(1086—1093),卒于高宗绍兴十七年(1147)左右。字性之,汝阴(今安徽阜阳)人,自称汝阴老民。王铚出生于世代书香之家,是宋初著名学者王昭素的后裔。父亲王萃,字乐道,家中藏书甚富。王铚少而博学,尝从欧阳修学,善持论,强记闻。据说他读书能五行俱下,别人才三四行,他已尽一纸。陆游很推崇王铚,称其"记问该洽,尤长于国朝故事,莫不能记,对客指画育说,动数百千言。退而质之,无一语缪。予自少至老,惟见一人"(《老学庵笔记》)。徽宗大观中,与祖可、善权在庐山结诗社。靖康中入王襄幕,高宗建炎三年(1129)入康允之幕。建炎四年(1130)初,因廷臣奏荐,官迪功郎,权枢密院编修官,奉诏纂集太宗以来兵制。绍兴四年(1134)书成二百卷,受到高宗赏识,赐名《枢庭备检》。守太府寺丞。五年,以右承事郎主管江州太平观。绍兴九年(1139),献《元祐八年补录》及《七朝史》,迁右宣义郎。绍兴十四年(1144)为右宣教郎新湖南安抚司参议官,因反对秦桧将徽宗陵名奏为"永固"触怒秦桧,被罢职,主管台州崇道观。后避地剡溪山中,日以觞咏自娱,人称雪溪先生。《宋史翼》卷二七有传。

王铚对历史、文学、哲学均有造诣,据《建炎以来系年要录》《宋会要》等书的记载,除《枢庭备检》外,还编有《历代陵名》,续过《七朝国史》,著有《太玄经义解》《王公四六话》等,可惜的是这些书大都没有保存下来。王铚亦能诗善文。幼时尝从欧阳修学,随父与曾巩、曾布交游,并娶曾布孙女为妻。任枢密院编修官后与朱希真、徐敦立等相过从,这对王铚的文学创作影响都很大。著有《雪溪集》八卷(今存五卷),有《四库全书》本、《两宋名贤小集》本;傅璇琮等著《全宋诗》存诗五卷,36首。多酬唱咏物之作,多古风、多议论,诗风古朴雅健。文史笔记和文言小说则有《默记》《补侍儿小名录》。另有《续清夜录》一卷,已逸。

《默记》 主要记载北宋时期的朝野遗闻、典章制度。比起后来的《四朝闻见录》《桯史》以及其子王明清的《挥麈录》等文史笔记,其小说成分更多一些,所以《四库全书》《知不足斋丛书》皆将他归为"说部"。但由于王铚"尤长于国朝故事",该书在朝政逸事方面的史料,比起其他文史笔记更为集中、丰富,因此还是归于文史笔记为宜,中华书局就将此纳入"历代史料笔记丛刊"出版。如首篇"清流关",记赵匡胤攻南唐滁州清流关事,基本情节与欧阳修《清流关记》《宋史·太祖记》相同,但增加了许多细节。如前两书只说南唐守将皇甫晖据清流关以阻周师,赵匡胤却从赵普处得知有小道绕过清流关直攻其腹背,让皇甫晖猝不及防,因而大败。《默记》则增加赵匡胤得知小道的经过,清流关一战的意义,特别是记载了皇甫晖被俘后拒不投降,不食而死。滁人很怀念他,至今还留下五时鸣钟以追悼皇甫晖的习俗。文章最后还特别指出,以上史实可"补国史之阙",可见作者创作目的是很明确的。

同朱弁《曲洧旧闻》明显不同的是,《默记》对宋太祖、太宗没有"天纵聪明"之类的神话,更接近于史实。如上述的赵匡胤取清流关,就不是所向披靡,料事如神,而是在大败走投无路的情况下遇到赵普,在赵普的指点下才有抄小道之策。第二则"太祖入周宫"更是直接暴露古代帝王阴狠残暴的一面。该则记赵匡胤陈桥兵变后,要杀掉周世宗的两个幼子,一点也不顾及周世宗在世时对己的宏恩。只是在大将潘美的劝谏下,说这样做"于理未安",才下令赦免,并将其中之一赐给潘美做养子,这就是后来历史上有名的文臣潘凤。其心狠手毒与《宋史·本纪》中所称道的"气度豁然,仁义道德之风汉唐不让",简直判若两人。潘美也与戏剧《潘杨讼》和历史演义《杨家将演义》完全不同,也许《默记》所载的更接近历史真实,王铚更有秉笔直书的史德。据其子王明清《挥麈录·后录》记载:绍兴二十年,秦桧为其后事着想,上奏"乞禁野史"并鼓励人告发。当年便有曹泳告发李光之子李孟坚所撰私史,下狱,并有朝臣胡寅等八人连坐;继后又有郑璋告其同乡吴元美作《夏二子传》。在这种"大揭发"政治气候下,此时王铚虽已去世,其妻怕连累后人,便将"先人所述史稿杂记之类"通通焚毁,这可能与《默记》中记载这类史实有关。《默记》对太宗亦是如此,"徐铉归朝"条记载了太宗毒死投降宋的南唐后主李煜的原因和经过:

徐铉归朝，为左散骑常侍，迁给事中。太宗一日问："曾见李煜否？"铉对曰："臣安敢私见之。"上曰："卿第往，但言朕令卿往相见可矣？"铉遂径往其居。望门下马，但见一老卒守门。徐言："愿见太尉。"卒言："有旨不得与人接，岂可见也！"铉云："我乃奉旨来见。"老卒往报。徐入，立庭下久之。老卒遂入取旧椅子相对。铉遥望见，谓卒曰："但正衙一椅足矣。"项间李主纱帽道服而出，铉方拜，而李主遽下阶，引其手以上。铉告辞宾主之礼。主曰："今日岂有此礼！"徐引椅稍偏乃敢坐。后主相持大哭。乃坐默不言。忽长吁叹曰："当初悔杀了潘佑、李平。"

铉既去，乃有旨再对，询后主何言。铉不敢隐，遂有秦王赐牵机药之事。牵机药者，服之前却数十回，头足相就如牵机状也。又后主在赐第，因七夕，命故伎作乐，声闻于外。太宗闻之大怒。又传"小楼昨夜又东风"及"一江春水向东流"之句，并坐之，遂被祸云。

李煜被宋太宗用毒药毒死，史书上一直有这个说法，但太宗为何要毒死已经降宋的"违命侯"？李煜降宋后处境如何？《默记》为我们提供了具体的史料。而笔记通过老卒守门，奉旨拒绝入见；李煜遽下阶，引其手以上，慨叹"今日岂有此礼"；相持大哭、坐默不言，忽长吁悔叹等细节，将李煜降宋后的处境、心情，描摹得细致又形象，因此这段史料常被史学家和文学史引用。至于太宗命老卒守门，不让与外人相见，以及先让徐铉去试探然后再来盘问徐铉，最后毒死李煜，都说明太宗的狭隘阴狠，与朱弁《曲洧旧闻》中那个宽宏、仁爱的形象大相径庭。

至于《默记》中与正史或其他史料笔记不一致处，更显其价值。前面提到的"太祖入周宫"中潘美形象是一例，"侬智高犯广州"条亦是一例。侬智高是个少数民族，但他的叛乱却得到广州属下十县民众的响应："十县民皆反"，连庄主手下的佣工"皆为贼"。这个现象本身就值得思考。司马光在《涑水记闻》中认为能将起义镇压下去是朝廷决策英明，即允许州县长官皆可斩杀人而无须上奏等待批准，所谓乱世用重典。而《默记》中却通过狄青与陶弼的一段对话，揭示此乱皆为官吏贪墨所致："今非侬智高能至广州，乃官吏不用命诱之至耳",结果狄青用斩杀"不遵节制"祸害百姓的陈崇仪以下三十人"以服人心",与司马光所得出的结论完全不同。此段史料价值自不待言。另外,像"王介甫初罢相"条,记吕公著与王安石冲突,吕陷害王,这与历代史书颂保守派、贬改革派的记载不同。"王荆公与杨寘榜下"条,记晏殊与王安石的交往,以及晏对王的器重与期待,皆可补史料之不足或另备一说。

《默记》中也掺入一些传奇志怪故事,张皇鬼神,荒诞怪异,呈现另一种题材类别和美学倾向,《四库全书总目提要》称:"惟所记王朴引周世宗夜至五丈河旁见火轮小儿,知宋将代周一事,涉于语怪,颇近小说家言,不可据为实录耳。"其实《默记》中"颇近小说家言"并不止此条,如"京兆李植""吕文穆文正"等也是如此。但要指出的是,即使是这类故事,作者也是当作实录来记载的,也有一定的史料价值。如"李教"条,是关于王则、唐赛儿之乱的。文中记都官郎中李昙之子李教,因学左道妖书吓死其母,被李昙逐出家门后,又结交市井无赖宿娼聚赌,其父得知后将其缢死。此时王则、唐赛儿在贝州作乱,因李教"妖术最高",遂称奉李教为教主。因事涉叛乱,李昙及妻儿皆下狱。后经审问,证实李教早被缢死,李昙一家方免死,李昙只是降官为昭州别驾。王铚最后记道:"今《仁宗实录》虽载此而无如此之详,故表见之。"可见作者是将此作为《实录》的史料补充。因此记载虽语涉志怪,但对我们了解贝州之乱和流民史,是有帮助的。明代冯梦龙的通俗小说《三遂平妖传》亦是以此为题材,这则记载亦可作为背景参考。

该书文笔生动,记人幽默风趣,如记宋初宰相王溥之父王祚的父道尊严以及被瞎子糊弄的经过,让人忍俊不禁:

> 王溥,五代状元,相周高祖、世宗,至本朝以宫师罢相。其父祚,为观察使致仕,待溥甚严,不以其贵少假借。每宾客至,溥犹立侍左右,宾客不自安,引去。
>
> 祚居富贵久,奉养奢侈,所不足者未知年寿尔。一日,居洛阳里第,闻有卜者,令人呼之,乃瞽者也。密问老兵云:"何人呼我?"答曰:"王相公父也。贵极富溢,所不知者寿也。今以告汝,俟出,当厚以卦钱相酬

也。"既见,祚令布卦,成,又推命,大惊曰:"此命惟有寿也。"祚喜,问曰:"能至七十否?"瞽者笑曰:"更向上。"答以至八九十否,又大笑曰:"更向上。"问曰:"能至百岁乎?"又叹息曰:"此命至少亦须一百三四十岁也。"祚大喜曰:"其间莫有疾病否?"曰:"并无。"固问之,其人又细数之曰:"俱无,只是近一百二十岁之年,春夏间微苦脏腑,寻便安愈矣。"祚喜,回顾子孙在后侍立者曰:"孙儿懑切记之,是年且莫教我吃冷汤水。"

《默记》有涵芬楼宋元人说部本、明嘉靖二十三年云山书院刻本、清张载华、瞿屺邦两抄本汪季青古香楼本。通行本有《稗海》本、《津逮秘书》本、《知不足斋》本、《四库全书》本、《学津讨源》本、《丛书集成初编》本。今有:商务印书馆《丛书集成初编》本,1935 年版;朱杰人点校,中华书局"历代史料笔记丛刊"本,1981 年版;江苏古籍出版社 2004 年版。其中中华书局朱杰人点校本较佳。

《补侍儿小名录》 一卷,为续补继洪炎的《侍儿小名录》而得其名。洪炎(1067—1133),字玉父,南昌人。洪炎与其兄洪朋(龟父)、洪刍(驹父)称"三洪",均是江西诗派的重要诗人,与黄庭坚多有唱和。元祐六年(1091)登进士第,宣和中累官著作郎、秘书少监。绍兴三年(1133),以秘书少监守中书舍人。其著作除《侍儿小名录》外,还有《尘外记》(已逸)、《西渡集》。

《补侍儿小名录》为文言小说,间有志怪和传奇成分,共 33 条。多采自前代著述,如"宋何恢为广州刺史"条、"宋元凶劭姊东阳公主"条、"有妓曰张耀(华)"条均采自《南史》,"齐惠公妾"条采自《搜神记》,"晋泰始二年"条采自《晋起居注》。四库馆臣对《补侍儿小名录》评价均不高,认为"此书所采,猥鄙殊甚"(《四库全书总目》),仅列入《四库全书》的存目。其实也不尽然。丛抄古书旧籍以编辑小说,这是宋人普遍习气,非王铚所独有。况且,正因为抄录旧籍,因而借此保存了一些已逸的古籍,具有较高的文献学价值,也为后代小说、诗话、历史、文学史提供了一些重要材料。如"霍去病父仲孺"条采自《戚苑英华》。《戚苑英华》为唐代仙居令袁悦所撰,十卷。此书久逸,幸赖此条逸文让后人窥见原书之一斑。又如"唐韦讽家于汝颍间"条和"开元中士人遇昆明池神女"条均采自《会昌解颐集》,今存唐人小说中亦未见,为唐代小说之逸文,尤为珍贵。采自《钱易集》的"薛九"条,录有古风《嵇康小舞词》,亦仅见于《补侍儿小名录》,已被傅璇琮等采入《全宋诗》中。其"凤儿"条则为我们提供了"红叶题诗"的另一种版本:

> 贞元中进士贾全虚者,黜于春官。春深,临御沟而坐,忽见一花流至全虚之前,以手接之,香馥颇异。旁连数叶上,有诗一首,笔迹纤丽,言词幽怨。诗曰:一入深宫里,无由得见春。题诗花叶上,寄与接流人。全虚得之,悲想其人,涕泗交坠,不能离沟上。街史颇疑其事,白金吾奏其实,德宗亦为感动,令中人细询之,乃于翠筠宫奉恩院王才人养女凤儿者。诘其由云:"初从母学文选,初学记及慕陈后主孔贵嫔为诗。几日前,临水折花,偶为宫思。今败露死无所逃。"德宗为之恻然,召全虚授金吾卫兵曹,以凤儿赐之,车载其院资,皆赐全虚焉。

关于红叶题诗这个浪漫的爱情传说,历来记载颇多,但主人公各不相同:唐人范摅《云溪友议》中是唐宣宗时中书舍人卢渥;鲁迅《唐宋传奇集·稗边小缀》作晚唐诗人韩偓;唐孟棨《本事诗·情感》为中唐诗人顾况;宋人刘斧《青琐高议》和张实小说《流红记》为唐僖宗时儒士于佑;五代孙光宪《北梦琐言》为唐僖宗时进士李茵;《补侍儿小名录》作唐德宗时进士贾全虚,又备一说。情节也多异于上述笔记或小说,题诗人亦由宫女改为宫嫔养女,又虚构"德宗为之恻然,召全虚授金吾卫兵曹,以凤儿赐之,车载其院资,皆赐全虚焉"等情节,使历史上这位刚愎之君成为仁德之主。此条无出处说明,其人其事也是仅见此处,主人公亦名贾全虚,类似《红楼梦》的"贾雨村",所以有的学者怀疑此条为王铚编造,况宋人早就有王铚喜作伪书的说法。

另外,《补侍儿小名录》中记崔紫云、窦梁宾、程洛宾、王霞卿与郑殷彝事,云采自《女舞图》和《女仙图》。但在唐宋文献里,未见有关《女舞图》《女仙图》的其他记载。除崔紫云事外,其他三事亦均未见到相同或类似的记载,其人名也仅见此处。所载崔紫云诗一首、窦梁宾诗两首、程洛宾诗一首、凤儿诗一首、王霞卿诗两首、郑殷彝诗一首,亦是唐人集中所未见,均被收入《全唐诗》和《全唐诗补编》之中。这些如不是王铚自行编造,也具有很高的文献价值。

《补侍儿小名录》之后又有宋代晋阳人温豫作的《续补侍儿小名录》;北宋学者董逌之子董弅作的《侍儿小名录拾遗》,四库馆臣评价皆不高:批评《续补侍儿小名录》采"《北梦琐言》所载之归秦,乃沈询之奴名,非其妾名。(温)豫改增'嬖妾'二字,其谬甚矣";又说《侍儿小名录拾遗》"所载不甚简择,如红莲、王魁二事,皆猥鄙不足道,又如大乔、小乔乃孙策、周瑜之妻,以为侍儿,尤舛谬也"(《四库全书总目》)。

《补侍儿小名录》有:《说郛》本、《五朝小说》本,均题为《侍儿小名录》;《稗海》本、民国时期《香艳丛书》本则题为《补侍儿小名录》。今有《宋人说萃》,上海文艺出版社1990年影印本。

另据陈振孙《直斋书录解题》著录,王铚还有《续清夜录》一卷,原书已逸,《说郛》及《永乐大典》中还保存少数篇什。其《来岁状元赋》写真宗祥符中,蜀中二举子赴京应试,夜宿剑门张恶子庙,夜梦岳渎诸神聚会,以《铸鼎象物》为题,作来岁状元赋。及试,题、韵皆同。唱名,二人皆被黜,状元为徐奭,"既见印卖赋,二子比庙中所记者,无一字异也。二子叹息,始悟凡得失皆有假手者"。徐奭实有其人,为大中祥符五年状元。这则故事,实则借梦幻、鬼神之事,揭露当时科举舞弊的现象。

四、王明清的文史笔记和文言小说

王明清(1127—1202),字仲言,汝阴(今安徽阜阳)人,王铚次子。自幼继承家学,酷爱文史。孝宗即位之初,以父荫入仕。乾道间奉祠山阴。淳熙十二年(1185)以朝请大夫主管台州崇道观。光宗绍熙三年(1192),为杂卖场提辖官。四年,任宁国军节度判官。宁宗庆元元年(1195),添差泰州通判。嘉泰初年(1201),为浙西参议官。王明清出身于书香门第,祖父王萃、父亲王铚皆是著名学者,外祖曾纡、岳父方滋皆为显宦:"不惟家传史学三世,且族党交亲,无非一时元公巨人"(《挥麈前录·王知府自跋》)。王明清与尤袤、陆游、李焘、楼钥等皆有交往,绍兴二十九年(1159)前后曾寓居张孝祥家。因此,熟悉朝野典实,著述博洽。承修父业,亦以史才冠有宋,史笔精湛、态度严谨,撰有文史笔记《挥麈录》《玉照新志》。另著有小说《摭青杂说》和《投辖录》等。

《挥麈录》 二十卷,其中前录四卷、后录十一卷、三录三卷、余话二卷。该书主要记述两宋典章制度、文人士大夫逸闻,兼及诗文碑铭,内容涉及当时的政治、军事、文化、社会、经济等诸多领域。该书为作者三十余年心力所灌就,其编著的主要目的意在承继家学,为史家修史提供文献依据(《挥麈前录·王知府自跋》)。王明清不仅能够继承北宋传统笔记的编修体例及其记事特色,而且还能凭借博闻强记的自身优势,以高度的历史责任感,采取存录基本文献史料,注重汇聚当时诸多人物及事件的记事方法,用来补足南北宋之交史料不足之缺憾。因内含丰富的当代文献史料,多是作者亲历的当代史事,其资料又大多得自当时的文献及亲友的口述,加之作者选择和笔录的态度比较严谨,因此问世后就得到了一些著名学者的称道,被官私历史著作屡加征引,堪称宋代史料笔记中的上乘之作。如《挥麈后录》卷四收录靖康之变中黄时俦、徐揆、段光远三位进士上金国元帅书,卷九载高宗建炎三年(1129)十一月海上避难事;《挥麈三录》卷一收录中书舍人李正民《乘桴记》,详细记载高宗建炎三年七月至次年正月逃难经过,卷三载录虞允文指挥的采石大捷;《挥麈余话》卷二记载的王俊首举岳飞罪状等。这些史料为史家修史提供了重要的文献。李心传在编著《建炎以来系年要录》时,就将《挥麈录》提供的《乘桴记》、王俊首举岳飞罪状等资料全部采用。

《挥麈录》不仅提供了大量史料,还表现了作者的高远史识,如谈及徽宗朝的荐举不重视布衣,由荐举获得高位者多为人品卑劣的小人,这也造成民间对荐举的轻蔑,作者写道:"本朝以来,以遣逸起达者,惟种明逸、常夷甫二人而已。徽宗朝,王易简、蔡嶷、吕注自布衣拜崇政殿说书,然荐绅间多不与之也。王君仪、尹彦明后亦登禁从,距今亦三十年矣。虽屡下求贤之诏,州郡间有不应聘者,而羔雁不至于岩穴也。易简即寓之父,九江人,大观中家祖守郡，首荐之。其后改节，以媚权臣，官至资政殿大学士。寓仕靖康，骤拜二府，被命使虏，托梦寐以辞行，钦宗震怒，窜岭外。"朝廷征集不到真正人才，由荐举获得高位者又是这类蝇营狗苟之徒，这也可能就是北宋灭亡的主要原因之一。

《挥麈录》除记载宋代重大历史事件外，还记载了士大夫文人的一些交往和逸事，为后人《诗话》、文学评论和文学史编写提供了可贵素材，如《挥麈后录》卷三叙述崇宁三年（1104），黄庭坚被流放宜州，与亦贬官到此的曾纡饮酒酬唱。黄将两人唱和写到纸上，并署两人姓名以资纪念，曾却劝黄不必如此，因为"公诗文一出，天下传播。现在是蔡京掌权，应该谨慎"。短短几句，告诉我们的信息却非常丰富：当时对元祐党人管制的严酷，黄庭坚诗文在当时的知名度及其为人的性格特征，以及曾纡等文人的心态等。

王明清既备史才又富才情，《挥麈录》用史笔叙事，文笔精湛又有文学色彩，如"避讳"条：

> 本朝刘温叟以父名岳，终身不听乐。至其孙几，乃自度曲，预修《乐书》，可笑。

短短二十八字，将当时士大夫的迂阔和虚伪尽显纸上。而"可笑"二字亦尽显褒贬。《挥麈余录·卷二》载周邦彦一段逸事则颇富浪漫色彩：周曾在梦中作《瑞鹤仙》词，词中有"斜阳映山落""凌虚步弱，过短亭，何用素约。有流莺劝我，重解绣鞍，缓饮春酌"等句。不久，方腊造反占领杭州，周邦彦仓皇出逃到西湖坟庵，落日之下，与从城中逃出的小妾在道旁旗亭相遇，这段场景与《瑞鹤仙》中上述词句极其相似，极具浪漫色彩。

《挥麈录》有明汲古阁本、《说郛》本、《四库全书》本、《四部丛刊》本、《知不足斋丛书》本、《学海类编》本等；今有中华书局上海编辑所1961年版、上海古籍出版社1990年版、上海书店2001年版。

《玉照新志》 六卷，根据书前"自叙"，此书得名是因为"得一玉照于永嘉鲍子正，又获米南宫书'玉照'二字，揭之寓舍，因以名其所著书云"。至于名"新志"，是因为该书是"缀缉""旧闻数十则"，"务在直书，初无私意，为善者固可以为韦弦，为恶者又足以为龟鉴"，故曰"新志"。比起《挥麈录》，《玉照新志》小说成分更多，"奇怪谐谑，亦存乎其中"（《玉照新志·自叙》），四库馆臣认为"此书多谈神怪及琐事，亦间及朝野旧闻，及前人逸作"，将其归为《小说家类·杂录》，但其最有价值的部分仍是其文献史料，尤其是提供了许多作者亲历的当代史事。有的就是《挥麈录》的补充、订正，如卷四："明清《挥麈余话》载马伸首陈乞立赵氏事，后询之游诚之，凡言与前说各有异同者，今重录其所记于后"；又如《挥麈录》曾记马伸给张邦昌上书一事，在《玉照新志》卷四中又补充这份上书的全文："明清近又得伸上邦昌全文，因列于后"；在《挥麈后录》曾载周迎所记陈尧臣决伐燕之策，认为是"出于天下公论"。在《挥麈后录》中又补充"尧臣之子倚以财雄行都"以及与张全真参政的纠葛。因此种种，中华书局将其纳入"宋代文史笔记丛书"出版，《四库全书总目提要》肯定的也是这方面的价值，并举例说："王尧臣《谏取燕云疏》，李长民《广汴都赋》，姚平仲拟劫寨破敌露布，皆载其全文，足资参证。又如载曾布、冯燕的《水调歌头》排遍七章，为词谱之所未载，亦足以见宋时大曲之式。盖明清博物洽闻，兼娴掌故，故随笔记录，皆有裨见闻也。"《玉照新志》中提供的文献资料，自然不止四库馆臣所说的几条，如卷四载张栻记其父张浚当年语录，证明其"风指左证之冤"，又载从陆游处得到省部散失史册，其中有洪驹父等狱案的经过。这两宗案件，皆是南渡初期著名的冤案，《玉照新志》为我们提供了其原委的另一种解释。

　　《玉照新志》有些记载与传统记载或说法不一，也许更有史料价值，如"宋齐愈狱牍"条，全文照录胡舜申诋毁韩世忠《己酉避乱录》，深不满于李纲；"秦桧既杀岳氏父子"条，记载漳州知州建议秦桧断绝流落在重湖闽岭一带的岳飞后裔的供应，"叛逆之后不应存留，乞绝其所急，使尽残年"。秦桧得其牍，却将其"札付岳氏知"，让人觉得秦桧还有另一面。还有对元祐党人的看法。作者认为元祐党祸虽出于蔡京等人为谋一己之私，但"祸根实基于元祐嫉恶太甚"，作者举出元祐党人当政时，曾将"王介甫新党吕吉甫、章子厚而下三十人，蔡持正新党安厚卿、曾子宣而下六十人，榜之朝堂"。为此范淳父上疏以为惩罚太过，范忠宣亦感叹说将来也许会轮到自己。到绍圣后，新党重新上台，果然如此，将元祐党人亦榜之朝堂，树永不叙用的党人碑，结果"大抵皆出于士大夫报复，而卒使国家受其咎"。这些资料和论断，皆可备一说，亦可看出王明清的史德和史识。

《玉照新志》中还详细甚至满怀感情记载了一些与文学或文人有关的史料、逸事，为文学史研究、作家作品论提供一些细节和资料，如卷一关于《神宗实录》前后反复的记载，指出元祐年间修的"《神宗实录》，秉笔者极天下之文人，如黄、秦、晁、张是也，故词采粲然，高出前代"。绍圣后反复，将其称为"谤史"，"前日史臣，悉行迁斥"，苏门四弟子——黄庭坚、秦观、晁无咎、张耒皆因修《神宗实录》不实之罪被贬。新的《神宗实录》"尽取（自）王荆公日录无遗"。陈莹中曾为此上书，指出这是"尊私史而压宗庙"。此条可见其真实原委和士大夫对此的态度，为研究这段文学史提供部分资料，亦可见绍圣以后所谓改革派的所作所为。卷一还有条关于王安石大度的记载。背景是真宗时名将种放归隐山林，皇上设宴禁中，令廷臣赋诗以宠其行。结果翰林学士杜镐称自己不会作诗，朗诵南朝孔稚珪的《北山移文》，这是一篇揭露和讽刺那些伪装隐居以求利禄的文人。种放听了当然不高兴，当面斥道："野人焉知大丈夫之出处哉？"熙宁年间，王安石用事，有个叫王中甫的作诗挖苦王安石："草庐三顾动幽蛰，蕙帐一空生晓寒。"荆公不以为忤，但赋绝句云："莫向空山觅旧题，野人休诵北山移。丈夫出处非无意，猿鹤从来自不知。"可见，王明清对王安石并无成见，此条也保存了王安石诗作的一些背景资料。《玉照新志》还保存了作者亲历的一些史料以及与一些著名文人如张孝祥的文学活动，如卷四中的两则记载：

绍兴辛巳冬，完颜亮自毙于扬州。明年正月，诏起外舅方务德帅淮西，明清实从行。至建康，与张安国会于郊外。安国之妹夫季瞻伯山、外姑之甥郑端本德初共途，皆士子也。是时得旨，令募童行往掩战没之骼于淮上，外舅从蒋山天禧二寺得二十辈。以二月六日，自采石共一大舰渡长江。是夏，孝宗即位，明清与伯山、德初俱以异姓补官，外舅、安国皆正席禁路,僧雏悉祝髪为浮屠,想是日日辰绝佳耳。

绍兴乙卯,张安国为右史,明清与仲信兄在左,郑举善、郭世模从范、李大正正之、李泳子永多馆于安国家。春日,诸友同游西湖,至普安寺。于窗户间得玉钗半股、青蚨半文,想是游人欢洽所分授偶遗之者。各赋诗以记其事,归以录示安国。安国云:"我当为诸公考校之。"明清云:"凄凉宝钿初分际,愁绝清光欲破时。"安国云:"仲言宜在第一。"俯仰今四十余年矣,主宾六人俱为泉下之尘,明清独苟存于世,追怀如梦,黯而记之。

第一则是记采石矶大捷后,王明清与妻兄方务德以及张孝祥、张孝祥的妹夫、外姑甥等,招募二十名童子一起去收殓采石矶之战阵亡将士遗骸,这为张孝祥研究以及其名作《水调歌头·闻采石战胜》背景皆提供了新的资料。后者则记载张孝祥府第居住着一个诗人群落,经常诗酒唱和,这也为研究张孝祥乃至南渡初期诗人群落和宴集提供了新的史料。另外,像记苏轼南迁北归,次毗陵时手书袁点思的借喜雨称颂他的绝句;黄庭坚弟子石苍舒辨褚遂良《圣教序》墨迹真伪等亦皆可见当时士风,具有一定的认识价值。书中还提供了北宋两位张先、两位苏子美的情况,亦为文学史和作家研究提供了相关资料。

《玉照新志》有明万历十四年秦四麟刻本、《学津讨源》本、《说郛》本、《五朝小说》本、《稗海》本、《四库全书》本、《丛书集成》本、民国九年涵芬楼本。今有上海古籍出版社 1991 年版,据涵芬楼本;中华书局《宋代文史笔记丛书》本,1985 年版,据《丛书集成》本。

《掫青杂说》 为传奇小说集。据《说郛》云,原为二十四卷,今存者不到十篇。但有两点值得肯定:一是题材上一改过去逸事小说只把注意力集中在官僚士大夫身上,让商人、茶肆老板、风尘妓女、失身为"贼"的青年成为小说的主人公,这虽是城市经济日益发展所带来的必然趋向,但也反映了作者能与时俱进。这也成为后来明代话本和拟话本的创作主调。如《盐商厚德》,

写秦州盐商项四郎在贩盐回乡途中,救一遇盗溺水徐姓少女。回家后妻子想卖此女换财物为子娶妇。项四郎表示反对,说:"彼一家人遭难,独留得余生,今我既不留为子妇,宁陪些少嫁妆,嫁一本分人,岂可更教他做娼女婢妾,一生无出伦耶!"邻里有位金官人新丧妻,求买此女为婢妾,项四郎又执意不肯。徐女反过来说服项四郎,项四郎这才应允,不仅未收一分财物,而且再三叮嘱金尉:"万一不如意,须嫁事一好人,不要教他失所。"后来徐女在丈夫的帮助下,终于找到失散的父母和哥哥。作者特意借徐女哥哥之口称赞盐商:"彼商贾乃高见如此,士大夫重色轻礼,又不如也",反映了在王明清身上很有一些新的思想因素。再如《茶肆还金》,写熙丰年间,有一李姓士人在京师樊楼一小茶肆饮茶,遗金数十两,三四年后,复来茶肆,问及遗金事,主人如数归还的故事。而且这个茶店的小棚楼上,还收有许多客人遗失的东西,店主皆一一注明什么样身份的人,什么时候遗忘在这里,可见拾金不昧是一以贯之。王明清高度赞扬茶店主人这种轻利重义、义利分明的品德,认为等同于古之圣人、贤人,是"伊尹之一介不取","杨震之畏四知",应该将其名"附于国史"。把如此美好的操守寄放在商人身上,且给予如此之高的评价,在过去笔记小说中是少见的,也开了明代话本、拟话本中《施润泽滩阙遇友》《吕大郎还金完骨肉》等歌颂商人高义、拾金不昧的篇什的先河。

  第二是比起北宋中、前期文言小说,故事性更强,人物形象更加鲜明,情节更加曲折动人。在写作技巧上,也逐步向通俗化靠拢。如《夫妻复旧约》,写靖康前后,京师孝感坊有邢、单二官,毗邻而居,子女约为婚嫁,男名单符郎,女名邢春娘,邢父母遭金兵杀害,春娘被掠卖金州为娼,符郎恰在金州作司户,知春娘有意从良,经多方努力,赎使脱籍,复践旧约,结为夫妇的故事;《守节》写建炎末范汝为起义时,有族子范希周与同家人失散的吕监之女结为夫妇,在朝廷征讨中两人失散,范誓不再娶,吕誓不再嫁,经过千难万险,夫妻团圆的故事。这两个故事的曲折情节,通过人物语言、行动来突出其个性特征,都成为明代话本和拟话本中《陈多寿生死夫妻》《李秀卿义结黄贞女》等题材和情节的范本。

有趣的是,作者一方面创作小说,充满想象力;一方面又不脱学者本色,对史事加以辨析考证,申述自己的观点、看法。如《阴兵》,写绍兴三十一年(1161)冬,完颜亮南侵,刘锜统兵在淮东拒敌,有一小校名何兼资领兵至六合的西望,遇一天神帅阴兵助战。其中有唐代安史之乱中"守一城,捍天下",与睢阳共存亡的张巡,以及许远、雷万春、南霁云等诸人。何兼资与张巡等对话中,问及《唐书》记载他们守城时的一些史实,如:"史言大王城守,凡食三万余人,不知果然否?"张巡答:"有之,而实不然也。其所食者,皆已死之人,非杀生人也。"又问:"史言张大王杀爱妾,许大王杀爱奴以享士,不知果然否?"张巡答:"非杀也。妾见孤城危逼,势不能保,欲学虞姬、绿珠之效死吾前,故自刎;许大王奴亦以忧悸暴死,遂烹以享士。盖用术以坚士卒之心耳。"何兼资见雷万春面只一处伤疤,问史书说你面着六箭,是怎么回事。雷答:"实着六箭,而五着兜鍪。"这实际上是作者借助人神对话,对《新唐书》等所记史事作补充或解释。这种学者小说的写法,为后来的《镜花缘》《阅微草堂笔记》《子不语》等所仿效。

《摭青杂说》有《说郛》本(作《摭青杂记》)、《龙威秘书》本、《知不足斋丛书》本、《丛书集成》初编本。今有上海古籍出版社 2007 年版《宋元笔记小说大观》本,上海文艺出版社 1990 年版影印本"中国笔记小说文库"《宋人说荟》。

《投辖录》 一卷,志怪小说集。涵芬楼校印旧抄本为 49 则,《四库全书》则为 44 则。书前自序其书中内容和得名之因:"属者屏迹杜门,居多暇日,记忆曩岁之所剽聆遗忘之余,仅存数十事,笔之简编。因念晤语一室,亲友话情,夜漏既深,互谈所觏,皆侧耳耸听,使妇辈敛足,稚子不敢左顾,童仆颜变于外,则座客忻忻怡怡忘倦,神跃色扬,不待投辖,自然肯留,故命以为名。"可见主要是记述当年听来的故事,而且故事很生动、吸引人。末署"绍兴己卯十月旦日叙",知其为绍兴二十九年以前之作,即王明清三十三岁前之作。

《投辖录》所记的尽是鬼神卜相故事,而且多注明消息来源,以证明真实可靠。《四库全书》虽将其归入说部,但认为其中的文献注明信息来源,是真实可靠的,大概就是上了书中后注的当。也许是因为四库馆臣所见的内府本没有自序(仅《说郛》本有),不知道王明清已坦陈皆是听来的荒诞故事。

此书的一大特色就是新奇荒诞,这大概与王明清追求的"使妇辈敛足,稚子不敢左顾,童仆颜变于外,则座客忻忻怡怡忘倦神跃色扬",以致"不待投辖,自然肯留"的创作效果有关。如《猪嘴道人》叙洛阳来一道人,行吟跌宕,往往能道人未来事,以其嘴长,号"猪嘴道人"。与贾、李二子游。一日,闲步郊外,道人怀中取出小麦种地上,"顷之,擢秀骈实,因挽取以手摩,面纷然而落,汲水和饼,复纳怀中,顷取出已焦熟矣,掷之地中,出火气,然后可食"。又盛夏能令荷池尽开桃花,"花叶映带,深为奇绝"。李珹春游,遇陈朝议美姬越珍,与之目成,然无法接近。道人授以石砾,一划社坛屋壁,即可进入越珍房中。两人相聚年余,道人去后,此法即不灵。这个故事后被《夷坚志补》所录,又成为《聊斋志异·青娥》的主要情节,可见影响之大。《曾元宾》记温州平阳曾氏有三子。幼子长翰走山谷间,遇五仙女,自谓与曾家有宿缘,不远万里,来教其昆季。元宾作室山巅,女仙应期而至。作诗诫三子勉学,自后教导日新,规矩峻整,小有违犯亦加棰楚。别人见不到女仙的形貌,有求诗文者,"但展纸于案,惟闻墨笔削斫之声,俄顷挥翰盈纸"。《章丞相》记章惇初至京师,年少,"美风姿",闲步禁街,遇美妇召入一甲第。妇人引侪类辈迭相往来,日夕不辍,章惇"体为之惫"。后得年岁稍长姬妾告明原委,在其帮助下,逃离艳窟。这皆成为明清白话小说和《聊斋志异》取材的范本。

此书的另一特点是释道鬼神诸异皆记,看不出明显的信仰。虽也讲因果报应,却很少酸腐语;虽也讲伦理道德,但与程朱理学尤其是婚恋观截然不同。一个生活在理学盛行的南宋的士大夫,能有如此超然的思想和生活态度,是不多见的。如"沈生"条,写一位女仙上门自荐要嫁给沈元用的从兄:

"闻君未偶,他日中第,肯以吾为汝家妇乎?吾家累千金,室无他人,君年亦长矣,使名门贵胄,未必能逮我之容与资也,幸君勿以自媒为诮。

倘子文战不利,吾亦当别为之图,亦须痛饮而别"。且笑指元用曰:"君在旁知状者也。"

这位女仙,对爱情主动、大胆,上门自荐,无丝毫顾忌和畏惧,这自然是对程朱理学反复强调的"穷天理、窒人欲"和"男女之大防"的大胆挑战。作者对这位女仙的做法,没有丝毫酸腐的责怪,字里行间倒是流露出某种赞许,对两人后来的遭遇则抱有深深的同情。这种女方主动上门自荐的爱情方式,到了观念更为解放的蒲松龄手中,更成为《聊斋志异》中的常套。在《投辖录》中,这种反拨封建伦理传统的爱情方式并非"沈生"一则,"赵铣之"条,也是写一个既美丽又富有的女仙自荐于一个由尼姑引进的赵铣之;"贾生"条写美少年贾生为"京城庙灵"看中,两情相悦,久而致病。家人请来和尚驱邪。在庙灵的哀求下,和尚纵之而去,甚至也不暴露其原形,比《白蛇传》中那个老法海要宽厚得多,实际上是反映了王明清对待男女婚恋上"愿天下有情人皆成眷属"的洒脱、开明态度。前面说到的"猪嘴道人"帮助李琎与豪门美姬越珍破墙相会,成其好事,也属此类。

"蒲恭敏"条则一反"恶有恶报、善有善报"的传统观念,反对冤冤相报,主张以德报怨。蒲恭敏在阴间不愿对仇人报怨,甚至不惜得罪主持公道的阎罗,结果终于得到佛的支持,这也反映作者对传统的叛逆精神。

《投辖录》有:明代纯白斋抄本、清《四库全书》本,涵芬楼本。今有上海古籍出版社1991年版校点本(汪新森、朱菊如校点),上海书店1991年版影印本《宋人小说》之十四。

五、郭彖的志怪小说

郭彖,字伯象(一作次象),和州历阳(今马鞍山和县)人,生卒年不详。高宗绍兴二十七年(1157)同乡张孝祥高中进士第一,郭彖亦为同榜进士,这在家乡轰动一时(《万历和州志》卷四·科贡表)。孝宗淳熙年间(1174—1189),曾知兴国军。曾与《野客丛书》的作者王楙有交往,王赞其"多闻"。

《睽车志》得名于《易·睽卦》"载鬼一车",所记皆鬼怪神异之事。其创作动机据张义端《贵耳集》的解释是投合高宗吴皇后喜谈鬼神虚幻的爱好："宪圣（即高宗吴皇后）在南内，爱鬼神荒诞等书。郭彖《睽车志》始出，洪景庐《夷坚志》继之。"

《睽车志》今传本为六卷，每卷10余条至30余条不等，共144条，所载的全是怪异故事，举凡异人、道术、神鬼、怪魅、妖异、梦征、入冥、再生、转世、报应，无所不包。除"赵三翁"条取自别的志怪小说外，其余皆是作者耳闻目睹的，并非辗转抄录，这是与洪迈《夷坚志》的不同之处。大部分条目且在结尾处注明"某某说"，以示信而有征。其实，鬼神故事本属虚妄，即使注明材料来源，强调耳目所接，也还是荒诞无稽的志怪。《睽车志》最突出的成就也就是故事离奇生动，极富想象力，如卷五"李通判女嫁陈推察"，情节曲折离奇，描绘也生动细腻。故事叙述陈推察中年丧妻，两个女儿又未嫁，有次同李通判谈起自己的苦楚，悲不能持。李通判的女儿此时待字闺中，得知此事后一定要嫁给陈推察。家人拗不过此女，只得任其出嫁。此女嫁到陈家后茹苦含辛，操持家务，毫无怨言。但等二女出嫁，诸务已毕后却如大梦初醒，觉得怎么会嫁给这样一个"老丑可恶"的鳏夫，坚决要求离去。正当读者也百思不得其解时，作者揭破谜底：原来是陈的亡妻挂念二女未嫁，便魂附于李女身上，产生上述行为。现在诸事已毕，亡魂离去，李女恢复本来面目，自然嫌弃老而丑的陈推察了。这个故事荒诞离奇，但既出意外又在意中，虽违人情却合鬼意。尤其是此女和家人为出嫁陈推察的一段争辩，通过自白与问难，以言语直写内心，再辅之以动作表情，极为生动细腻，比之宋人小说中优秀之作也不逊色。

《睽车志》生动离奇题材和饶有趣味的文笔，对后世志怪影响也很大，如卷四记一士人寓居三衢佛寺，忽有女子夜入其室，相悦同居。自此，夜来早去。月余，女告士人她是马通判之女，小字绚娘，死后葬在此处，并告诉士人，如何掘墓开棺，助其复生。后二人同归湖湘间，并育有二子。因情而合，又因情复生，这颇似后来汤显祖《牡丹亭》的基本情节。清人俞樾就认为此是《牡丹亭》的蓝本："此事乃汤临川《牡丹亭》传奇蓝本，绚娘即丽娘，但姓不同耳"

(《茶香室丛钞》卷十一)。蒲松龄《聊斋志异》中《小谢》的情节与此也极为相似,诸如自荐枕席、主动相告是鬼,并要情人发棺让其复生等情节皆相同,甚至连发棺时要呼女的小名并拥之卧榻这些细节也完全相同。这则志怪的情节也十分波澜曲折:写到士人发棺,救活绚娘,两人同归湖湘并育有二子,故事到此似乎就结束了。孰知陡地又生波澜:绚娘之父来三衢佛寺欲为女儿迁葬,见棺木已空,疑为贼所盗,告到官府。官府拘寺僧审问,僧供出士人线索。结果在湖湘间找到士人,此时绚娘已育有二子,便写信告诉父亲原委,方真相大白。这一部分与元人郑光祖的《倩女离魂》非常相似,只是未落大团圆的俗套,而显得十分别致:

> 父得书,真其女笔札,遣老仆往视,女出与语,问家人良苦,无一遗漏……父亦恶其涉怪,不复终诘,亦忌见其女,第遣人问劳而已。

如果说李通判女的结局是既出意外又在意中,虽违人情却合鬼意,那么马通判女的结局则是既在意中又出意外,虽违鬼意却合人情。又如卷二记陆大郎吞没一僧人财产的故事也被凌蒙初的《初刻拍案惊奇》"诉穷汉暂掌别人财,看家奴刁买冤家主"采作素材。张义端《贵耳集》所云"郭彖《睽车志》始出,洪景庐《夷坚志》继之"。这就是说,《睽车志》先于《夷坚志》问世,《夷坚志》的创作在一定程度上也受到《睽车志》的影响。

与其他志怪小说一样,《睽车志》主要宣讲因果报应不爽,劝人改恶从善,但也不乏曲折地表达了作者政治态度。如林灵素斥李师师一段:"俄忽愕视,唶曰:'是间何乃有妖魅气耶?'时露台妓李师师者,出入宫禁,言讫而师师至。灵素怒目攘袂,亟起取御炉火箸,逐而击之,内侍救护得免。灵素曰:'若杀此人,其尻无狐尾者,臣甘罔上之诛。'上笑而不从。"显然是借林灵素之口,表示对徽宗荒淫无道的不满。又如记秦桧谋杀岳飞事:

> 岳侯死后,临安西溪寨军将子弟,因请紫姑神,而岳侯降之,大书其名,众已惊愕,请其花押,则宛然平时真迹也。复书一绝云:"经略中原二十秋,功多过少未全酬。丹心似石今谁憨,空有游魂遍九州。"丞相秦公闻而恶之,擒治其徒,流窜者数人,有死者。

故事十分简单,显属当时军民对朝廷妥协投降,杀害主战将领不满,假扶乩以寄托怀念岳飞的哀思,褒贬的倾向是很明显的。难怪秦桧要"闻而恶之",要逮捕治罪了。

《睽车志》有两个版本系统:一是陈振孙《直斋书录解题》和马端临《文献通考·经籍考》系统,皆为五卷;二是《宋史·艺文志》,为一卷本。今传本为六卷,始刊于《稗海》,后有《四库全书》本、《丛书集成》初编本、《笔记小说大观》本等。

第二节 诗话

一、阮阅《诗话总龟》

阮阅,字闳休,一字美成,自号散翁,又号松菊道人,舒城人。生卒年不详。神宗元丰八年(1085)进士。徽宗宣和中知郴州,高宗建炎初以中奉大夫知袁州。善吟咏,人称"阮绝句"。诗作传于今者,有《郴江百咏》一卷。

《诗话总龟》成书于宣和五年(1123),初名《诗总》。阮阅在自序中解释此书之得名说:"宣和癸卯春,来官郴江,因取诸家小史、别传杂记、野录读之,遂尽见前所未见者。至癸卯秋,得一千四百余事、二百四十余诗,分四十六门而类之。……但类而总之,以便观阅,故名曰'诗总'。"绍兴间,福建刊刻,改称《诗话总龟》。今存明代两种传抄本。一为月窗道人据以刊刻的九十八卷本,一为明抄一百卷本。以阮阅年岁和所采辑的书籍来看,前集五十卷为阮阅原撰,后集为书贾杂抄而伪托。《诗话总龟》分《前集》《后集》。《前集》,所引之书皆出北宋或北宋稍前,基本上为阮氏所辑。《后集》取材于《蛮溪诗话》《韵语阳秋》《苕溪渔隐丛话》者,占一大半。此书的特色与成就主要在于以下三点:

一是广收小家,其中引书百余种,《天禄琳琅书目》称它"在诗话中荟萃最为繁富"。其中大多现已散佚,如《闲居诗话》《王直方诗话》《古今诗话》《鉴戒录》等,皆赖以保存。郭绍虞《宋诗话辑佚》即大量取自此书和《苕溪渔隐丛话》。除诗话外,它还保存了唐宋诗人散佚的诗句,有些小家无文集,实赖此书以传世,具有极为珍贵的资料价值,如卷二三关于薛涛得名薛校书的来历,就引自《鉴戒录》中唐代诗人胡曾给薛涛的一首赠诗:

蜀人皆呼营妓为女校书,故胡曾有诗赠薛涛:"万里桥边女校书,枇杷花下闭门居。扫眉才子知多少,管领春风总不如。"

二是纂辑前人的成说,以类编排,分为圣制、忠义、讽喻、达理等46门,与《唐宋名贤诗话》等辑抄之作相比,为研究同一题材的不同内容提供极大方便。

三是录其诗其事,很少评论。分门别类汇辑性质相近或相反的诗话材料,运用比较研究的方法,排比异说,让读者从排比中自然领悟,如卷五"评论门",引《鉴戒录》:

刘梦得有《望洞庭》诗,雍陶有《咏君山》诗,语意异同(疑为"语异意同")。刘诗曰:"湖光秋月两相和,潭面无风镜似磨。遥望洞庭山水色,白银盘里一青螺。"雍诗曰:"烟波不动影沉沉,碧色全无翠色深。疑是水仙梳洗罢,一螺青髻鉴中心。"……李绅、郑云叟《伤农诗》意亦同。李诗曰:"锄禾日当午,汗滴禾下土。谁知盘中餐,粒粒皆辛苦。"郑诗曰:"一粒红稻饭,几滴牛领血。珊瑚枝下人,衔杯吐不歇。"

作者未加任何评论,却意在引导人们从中体会出不同时代、不同经历、不同风格的作家有时会创作出表现手法和主题思想相同或相近的作品。

又如卷五"评论门"(一)引《古今诗话》和《王直方诗话》:

崔护作《城南诗》,其始云:"去年今日此门中,人面桃花相映红。人面不知何处去,桃花依旧笑春风。"以意未完谓未工,改云"人面只今何处在"。至今所传有两本,惟《本事诗》云"只今何处在"。唐人工诗,大率如此,虽重一"今"字,不恤也。

东坡作《蜗牛》诗云:"中弱不胜触,外坚聊自郭。升高不知疲,竟作黏壁枯。"后改云:"腥涎不满壳,聊足以自濡。升高不知回,竟作黏壁枯。"余亦以为改者胜。

两则都意在说明诗不惮改,尤其以东坡为例,意在告诉人们,以东坡的超迈横绝,尚不厌其烦地琢磨、修改四句小诗,遑论他人。这些资料皆出于已逸的宋代诗话,更显珍贵。

该书的不足是书中引用书名间有错误,亦有漏举。后继的胡仔《苕溪渔隐丛话》在这方面补其不足。

《诗话总龟》通行本有:明月窗道人本,明抄本,《四部丛刊》初编本。今有《诗话总龟》,《宋诗话全编》本,江苏古籍出版社1998年版;《中国诗学丛书》本,湖南人民出版社2000年版,《中国古典文学理论批评专著选辑》本,人民文学出版社2001年版。

二、胡仔《苕溪渔隐丛话》

胡仔(1110? —1170),字元任。徽州绩溪人。其父舜陟,高宗绍兴中官至广西经略使,为秦桧迫害致死。胡仔系舜陟次子。少时因父荫授迪功郎,任常州晋陵知县。高宗绍兴六年(1136)侍亲赴广西,居岭外七年。后遭父母之丧,赋闲二十年,卜居苕溪(今浙江省湖州市南浔区菱湖镇射中村),以渔钓自适,自号"苕溪渔隐"。绍兴十八年(1148)并以此命名诗话前集六十卷。绍兴三十二年,赴官闽中,后又归苕溪。于孝宗乾道三年(1167)完成《诗话后集》四十卷。

《苕溪渔隐丛话》共一百卷,其中前集六十卷、后集四十卷。该书是在阮阅《诗总》的影响下编撰的,是为了弥补《诗总》之不足,作者在《前集》序中云:

> 盖阮因古今诗话,附以诸家小说,分门增广,独元祐以来诸公诗话不载焉。考编此《诗总》,乃宣和癸卯,是时元祐文章,禁而弗用,故阮因以略之。余今遂取元祐以来诸公诗话,及史传、小说所载事实,可以发明诗句,及增益见闻者,篡为一集。凡《诗总》所有,此不复篡集,庶免重复。

该书和阮阅《诗话总龟》作为先后成书的诗话集成之作,其共同之处,都是以当时所见诗话为纂集对象,所以《四库全书总目》说:"二书相辅而行,北宋以前诗话大抵略备。"两书均保存了大量难得的资料,如《闲居诗话》《王直方诗话》《古今诗话》等原书早逸,赖二书以保存。郭绍虞《宋诗话辑佚》大量取自此二书。除诗话外,二书还保存了唐宋诗人散佚的诗句,有些小家无文集,实赖二书以传世。

但两书相较,《丛话》则后来居上,明显胜于《诗总》。在编排体例上,《诗总》以事类分四十六门,过于烦琐,且难以界定,不便检索;《丛话》按年代、人物先后为序,不仅谈诗,而且谈文(包括骈支)、谈赋、谈词,专门设有《四六谈麈座》《长短句》等门类。且重点突出,重要诗人都给予较大的篇幅,如陶渊明三卷、李白两卷、杜甫十三卷、韩愈四卷、欧阳修三卷、王安石四卷半、苏轼十四卷、黄庭坚五卷。作者在《后集》序中说:"余尝谓开元之李、杜,元祐之苏、黄,皆集诗之大成者,故群贤于此四公,尤多品藻。盖欲发扬其旨趣,俾后来观诗者,虽未染指,固已知其味之美矣"(《后集》卷二)。论古今诗人名句、名联、名篇时,又说:"若唐之李、杜、韩、柳,本朝之欧、王、苏、黄,清词丽句,不可悉数,名与日月争光,不待摘句言之也。"至于唐宋其他有成就的诗人都有专门篇幅,而所涉及的诗人则更多。阮阅纂集《诗总》当蔡京专权之时,党禁正严,司马光、苏轼兄弟、黄庭坚等诸人被列为"元祐党人",诗文禁传,阮阅或因当时资料不全,或惧文祸,辑入者极少。胡仔编书时,元祐党禁已开,可以毫无顾忌地纂集"元祐以来诸公诗话",弥补《诗总》在这方面的缺陷。《四库全书总目》说《诗总》"多录杂事,颇近小说",而《丛话》"则论文考义者居多,去取较为谨严"。胡仔在《后集》序中感慨地说:"诗道迩来几熄,时所罕尚,余独拳拳于此者,惜其将坠,欲以扶持其万一也。"所以,他很注重继承发扬诗歌的优良传统,探讨诗歌创作的艺术规律,在编排的目录中就可以看出,他是从诗歌的源头,国风、汉魏六朝,一直说到唐宋诸家。目的在于发扬传统,拯救时弊。所发议论,不乏真知灼见。如《后集》卷三,评陶渊明云:"钟嵘评渊明诗为古今隐逸诗人之宗。余谓陋哉斯言,岂足以尽之?不若萧统云:'渊明文章不群,词采精拔,跌宕昭彰,独超众类,抑扬爽朗,莫之与京;横素波而傍流,干青云而直上;语时事则指而可想,论怀抱则旷而且真。加以贞志不休,安道苦节,不以躬耕为羞,不以无财为病,自非大贤笃志,与道污隆,孰能如此乎!'此言尽之矣。"又《后集》卷二三,评欧阳修云:"欧公作诗,盖欲自出胸臆,不肯蹈袭前人,亦其才高,故不见牵强之迹耳。"揭示欧阳修开拓宋诗道路的创新精神。又如《前集》卷四一,认为苏轼的胸怀、学养超过韩愈:"苏子由云:'东坡居士谪儋耳,⋯⋯葺茅竹而居之,日啖薯芋,而华屋玉食之念,不存于胸中。平生无所嗜好,以图史为园囿,文章为鼓吹,至是亦皆罢去。犹独喜为诗,精深华妙,不见老人衰惫之气。'苕溪渔隐曰:'凡人能处忧患,盖在其平日胸中所养。韩退之唐之文士也,正色立朝,抗疏谏佛骨,疑若杀身成仁者,一经窜谪,则忧愁无聊,概见于诗词。由此论之,则东坡所养,过退之远矣。"胡仔对韩、苏的评价,不一定十分公允,但从揭示诗歌创作与现实生活和个人思想修养的关系上,还是给人以启迪的。《四库全书总目》说,《诗总》"惟采摭旧文,无所考正",而《丛话》则"多附辩证之语,尤足以资参订",这也是后者胜于前者之处。

《丛话》主要纂集的是诗话,但对于勃兴于宋的词,也给予了必要的关注。《丛话》设《长短句》门,以二卷的篇幅纂集词话。而散见于各家名下论词的内容更多,如《后集》卷三三《晁无咎》引《复斋漫录》云:

无咎评本朝乐章,不见诸集,今录于此云:世言柳耆卿曲俗,非也。如《八声甘州》云"渐霜风凄紧,关河冷落,残照当楼",此唐人语不减高处矣。欧阳永叔《浣溪沙》云:"堤上游人逐画船,拍堤春水四垂天。绿杨楼外出秋千。"要皆绝妙,然只一"出"字,自是后人道不到处。东坡词,人谓多不谐音律,然居士横放杰出,自是曲中缚不住者。黄鲁直间作小词,固高妙,然不是当家语,自是着腔子唱好诗。晏元献不蹈袭人语,而风调闲雅,如"舞低杨柳楼心月,歌尽桃花扇影风",知此人不住三家村也。张子野与柳耆卿齐名,而时以子野不及耆卿。然子野韵高,是耆卿所乏处。近世以来作者,皆不及秦少游,如"斜阳外,寒鸦万点,流水绕孤村",虽不识字,亦知是天生好言语。

这一段话评论几位宋词大家,虽是借用别人的论述,还是很有自己独到见解的。另多为人称引的李清照《词论》,亦见诸晁无咎名下。

《苕溪渔隐丛话》(前、后集)通行本有清乾隆杨佑启"耘经楼"依宋版重刊本、《海山仙馆丛书》本、《四部备要》本。今有人民文学出版社 1962 年版;《宋诗话全编》本,江苏古籍出版社 1998 年版;《中国诗学丛书》本,湖南人民出版社 2000 年版。

三、《童蒙诗训》《紫微诗话》

吕本中简介见第二章第一节"南渡初期的安徽文学"。吕本中是宋代道学家,同时又是诗人、诗论家。作为诗人,他在经历靖康之变后,颇多伤时感乱的忧国诗篇,故其诗论也有积极关心现实的一面。提倡诗人涵养志气,以提高诗文创作境界;在诗与道的关系上,主张文与道俱,但道本文末,开朱熹文道观先河;他推崇江西派,但更强调"活法"和"悟入"等变化创新。以上诗学主张主要反映在《江西诗社宗派图》《童蒙训》《紫微诗话》以及《与曾吉甫论诗第二帖》《学道》《夏均父集序》等诗文中。作为诗话,主要是《童蒙诗训》和《紫微诗话》

《童蒙诗训》 三卷,又称《吕氏童蒙训》,原书已逸,有今人郭绍虞《宋诗话辑佚》本。此是吕本中为其家塾编写的童蒙读本。目的是让自己的后人了解祖宗的德业,使之流芳千古,并以此激励后人。因此该书以其曾祖父吕公著、祖父吕希哲、父亲吕好问为主线,凡涉及能颂扬其祖辈长处的有关人物、点滴事件和言论都加以汇集。但训诫列举之中也以儒家经典为据,告诉后人许多做人、处事、为学的道理,也不乏闪光的真理成分。《四库全书总目提要》评价说:"所记多正论格言,大抵皆根本经训,务切实用。于立身从政之道,深有所裨。"此书还保留了不少史书失传的资料,可供研究者使用。其中载有大量诗文资料,所反映的诗学主张,主要在于以下两点:

第一,推崇江西派,强调"活法"和"悟入"。吕本中对江西派诗论贡献最大的,是强调"活法"和"悟入"理论。此论点主要表现在《夏均父集序》《外弟赵才仲数以书来论诗因作此答之》等诗文中,但在《童蒙诗训》中则将活法

落实到具体用字造句上,让学生更易理解和掌握,如卷一"前人文章句法"云:

> 前人文章各自一种句法。如老杜"今君起柂春江流,予亦江边具小舟","同心不减骨肉亲,每语见许文章伯",如此之类,老杜句法也。东坡"秋水今几竿"之类,自是东坡句法。鲁直"夏扇日在摇,行乐亦云聊",此鲁直句法也。学者若能遍考前作,自然度越流辈。

> 潘邠老言:"七言诗第五字要响,如'返照入江翻石壁,归云拥树失山村',翻字、失字是响字也。五言诗第三字要响,如'圆荷浮小叶,细麦落轻花',浮字、落字是响字也。所谓响者,致力处也。"予窃以为字字当活,活则字字自响。

上一则意在说明不同诗人有不同风格,自然也就有不同遣词造句方法,只有多读、多比较才能领悟。后一则指出前人所说的七言诗第五字要响,五言诗第三字要响,其根本关键在于字字当活,活则字字自响。

但是,定法易于遵循,活法却难以掌握。怎样才能既准确又灵活地掌握和运用"活法"呢?《诗训》中说,这就需要有"悟入"的工夫。而领悟之途径主要有二:一是"读书万卷"。与一般江西诗人唯杜(甫)黄(庭坚)马首是瞻,排斥其余,取径较窄不同,吕本中主张广泛学习一切优秀作家的优秀作品,取径要宽,做到兼收并蓄:

> 诗词高深要从学问中来。后来学诗者虽时有妙句,譬如合眼摸象,随所触体,得一处,非不即似,要且不足。若开眼,全体也,之合古人处,不待取证也。

> 学问当以《孝经》《论语》《中庸》《大学》《孟子》为本,熟味详究,然后通求之《诗》《书》《易》《春秋》,必有得也。既自做得主张,则诸子百家长处皆为吾用矣。

> 读《庄子》令人意宽思大敢作;读《左传》便使人入法度,不敢容易,此二书不可偏废也。近世读东坡、鲁直诗亦模拟。(卷一)

二是领悟必须从勤学苦练的长期实践中得来,并非一朝一夕之功,如:

作文必要有悟入处,悟入必自工夫中来,非侥幸可得也。如老苏之于文,鲁直之于诗,盖尽此理也。老苏尝自言升里转斗里量,因闻此遂悟文章妙处。

后生为学,必须严定课程,必须数年劳苦,虽道途疾病亦不可少渝也。若是未能深晓,且需广以文字,淹渍久久之间,自然成熟。(卷一)

第二,提倡涵养志气,这样才能使诗文气势壮阔,有高的境界。这种涵养功夫来自两个方面:一是对前人的优秀作品熟读深思,以此养成波澜壮阔之气:

《列子》气平文缓,亦非《庄子》步骤所能到。读三苏进策涵养吾气。他日下笔自然文字霈霈,无吝啬处。东坡晚年叙事文字多法柳子厚,而豪迈之气,非柳所能及也。

韩退之答李翱〔书〕、老泉上《欧阳公书》,最见为文养气之妙。

另一方面要有独立个性和创作风格,不可一味模拟,人云亦云:

徐师川云:"作诗自立意,不可蹈袭古人。"

老杜诗云:"诗清立意新",最是作诗用力处,盖不可循习陈言,只规摹旧作也。鲁直云:"随人作诗终后人";又云:"文章切忌随人后",此自鲁直见处也。近世人学老杜多矣,左规右矩,不能稍出新意,终成屋下架屋,无所取长。独鲁直下语,未尝似前人而卒与之合,此为善学。如陈无己力尽规摹,已少变化。

既要勤奋学习,揣摩古人如何结构、命意,又要有独立精神,不可盲目蹈袭古人。两者相辅相成,才能"文字霈霈,无吝啬处"。吕本中论及的实际上是继承与创新的辩证关系,至今仍不失其理性光辉。

《童蒙诗训》最初有长沙本、龙溪本,皆讹舛较多。宋宁宗嘉定八年(1215),婺知州邱寿隽重校刊印。理宗绍定二年(1229),眉山李埴从吕本中后人吕祖烈处得邱本,这就是祖本玉山堂本。该本在明人复刻后又散佚。今日的《童蒙诗训》为郭绍虞《宋诗话辑佚》本,中华书局1980年版。另有《宋诗话全编》本,江苏古籍出版社1998年版。

《紫微诗话》 一卷,共90条,主要记述吕氏家世旧闻及江西诗派逸事,经义杂文亦偶有涉及。论诗文字不多,只限于诗句品评。该书作于北宋末年,代表吕本中早期诗学观点,如论江西派,认为黄庭坚"尽兼众体",为李杜之后诗最完美者。强调"从山谷学诗,要句句有来处",不像后来《与曾吉甫论诗第二帖》等后来诗论,强调"活法"和"悟入";也不像《童蒙诗训》要求广泛阅读前代诗人优秀之作,以及强调继承与创新的辩证统一。如称赞范元实诗学习黄庭坚,做到"句句有来处",又称赞晁载之学问精确,每句诗皆有典出:

> 表叔范元实既从山谷学诗,要字字有来处。尝有诗云:"夷甫雌黄须倚阁,君卿唇舌要施行。"

> 晁伯禹载之,学问精确,少见其比,尝作《昭灵夫人祠诗》云:"杀翁分我一杯羹,龙种由来事杳冥。安用生儿作刘季?暮年无骨葬昭灵。"

在文道关系上,他不同于二程与周敦颐的"文以害道"、反对作诗,认为"好诗有味终难舍"(《试院中二首》),甚至以诗人自居。但他认为道本文末,道胜文自俱,此开后来朱熹文道论之先河,如他批评汪信民作诗只讲技巧,标新出奇,宣扬归隐之乐,毫无君子为苍生志,有违圣人之道:

> 汪信民革,尝作诗寄谢无逸云:"问讯江南谢康乐,溪堂春木想扶疏。高谈何日看挥尘,安步从来可当车。但得丹霞访庞老,何须狗监荐相如?新年更励于陵节,妻子同锄五亩蔬。"饶德操节见此诗,谓信民曰:"公诗日进,而道日远矣。"盖用功在彼而不在此也。

但同后来的《童蒙诗训》一样,《诗话》强调涵养志气,这样才能使诗文气势壮阔、境界高尚。可见其诗学主张有发展,也有承续。在《诗话》中,他自责说:

> 高秀实茂华,人物高远,有出尘之姿,其为文称是。尝和余《高邮道中诗》,有"中途留眼占星聚,一宿披颜觉雾收"之句,便觉余诗急迫,少从容闲暇处。

《诗话》中称赞夏倪和杨应之,也是着眼于学问赡博,弘致远识:

> 夏均父倪文词富赡,侪辈少及。尝以"天寒霜雪繁,游子有所之"为韵,作十诗留别饶德操,不愧前人作也。

> 杨十七学士应之国宾力行苦节,学问赡博,而弘致远识,特异流俗。尝题所居壁云:"有竹百竿,有香一炉,有书千卷,有酒一壶,如是足矣。"伊川正叔先生尝以为交游中惟杨应之有些英气。

《紫微诗话》通行本有《百川学海》本、《丛书集成》本。今有《中国古典文学理论批评专著选辑》本,人民文学出版社 1959 年版;何文焕《历代诗话》本,中华书局 1981 年版;《宋诗话全编》本,江苏古籍出版社 1998 年版;《中华再造善本》,北京图书馆出版社 2004 年版。

吕本中诗学主张在宋代文学批评史上具有重要的地位:他既是对北宋"中原诸老"创作及其理论的继承和总结,同时又是开启南宋江西派诗法的理论先锋。陆游、杨万里都曾表明过自己间接师从过吕本中。陆游的"诗家三昧"和养气之说,杨万里的"活法"和"悟入"法明显受到吕本中诗学主张的启迪。吕本中诗学主张在宋代诗论的发展过程中起着承前启后的关键作用。

四、《竹坡诗话》 《风月堂诗话》

《竹坡诗话》一卷,南宋周紫芝撰。作者介绍见第二章第一节"南渡初期的安徽文学"。

全书八十余条,大多是对故实、词语出处的考证,显然是受江西诗派"无一字无来历"的影响。对诗歌的品评,亦采用江西诗派所谓的"点化"之说,如:

> 凡诗人作语,要令事在语中而不自知。余读太史公《天官书》:"天一、枪、棓、矛、盾动摇,角大,兵起。"杜少陵诗:"五更鼓角声悲壮,三峡星河影动摇。"盖用迁语,而语中乃有用兵之意。诗至于此,可以为工也。

> 白乐天《长恨歌》云:"玉容寂寞泪阑干,梨花一枝春带雨。"人皆喜

其工,而不知其气韵之近俗也。东坡作送人小词云:"故将别语调佳人,要看梨花枝上雨。"虽用乐天语,而别有一种风味,非点铁成黄金手,不能为此也。

凡此种种,都因泥于江西之说,不免失之凿枘。还有些考证失误,也受到时人的批评。所以,钱锺书说:"所作《竹坡诗话》颇为流传,可是对诗歌的鉴别并不高明,有人甚至说它是宋代'最劣'的诗话。"(《宋诗选》)

其实,也不能作如此否定。《竹坡诗话》也有一些议论值得重视的,如:

> 有明上人者,作诗甚艰,求捷法于东坡,作两颂以与之。其一云:"字字觅奇险,节节累枝叶。咬嚼三十年,转更无交涉。"其一云:"衡口出常言,法度法前轨。人言非妙处,妙处在于是。"乃知作诗到平淡处,要似非力所能。东坡尝有书与其侄云:"大凡为文,当使气象峥嵘,五色绚烂,渐老渐熟,乃造平淡。"余以不但为文,作诗者尤当取法于此。

追求平淡自然,反对"字字觅奇险",赞成东坡所说的,以"衡口常言",营造出五色绚烂、峥嵘气象来,这是与江西诗派的主张不同的。又如:

> 余顷年游蒋山,夜上宝公塔,时天已昏黑,而月犹未出,前临大江,下视佛屋峥嵘,时闻风铃,铿然有声。忽忆杜少陵诗:"夜深殿突兀,风动金银铛。"恍然如己语也。又尝独行山谷间,古木夹道交阴,惟闻子规相应木间,乃知"两边山木合,终日子规啼"之为佳句也。又暑中濒溪,与客纳凉,时夕阳在山,蝉声满树,观二人洗马于溪中。曰,此少陵所谓"晚凉看洗马,森木乱鸣蝉"者也。此诗平日诵之,不见其工,惟当时所见处,乃始知其为妙。作诗正要写所见耳,不必过为奇险也。

这与上一则相联系,说明只有对描写对象有切身体验,才能创作出有艺术魅力的作品来。

《竹坡诗话》通行本有《百川学海》本、《萤雪轩丛书》本。今有《中国古典文学理论批评专著选辑》本,人民文学出版社1959年版;何文焕《历代诗话》本,中华书局1981年版;《宋诗话全编》本,江苏古籍出版社1998年版;《中国诗学丛书》本,湖南人民出版社2000年版。

《风月堂诗话》 两卷,南宋朱弁撰。朱弁介绍见本章第一节"文史笔记、小说"。据作者自序说,该书成稿于"庚申闰月戊子",即宋高宗绍兴十年闰六月。建炎元年,作者充金国军前通问使,被羁留北方,直至绍兴十三年始还临安。这部书是在羁留金国期间完成的。《宋史》著录为三卷,今存两卷。

和《竹坡诗话》相反,《风月堂诗话》中,品评诗作,记述诗坛的趣闻逸事,都表现出作者反对江西诗风的艺术倾向。作者在《诗话》中反复引用钟嵘的观点,强调诗乃"吟咏性情,亦何贵乎用事",强调应得于"自然","自肺腑中流出",不能把工夫用在"缀缉"故实上。那种"假故实""究所从""拘挛补缀"的做法,实则掩盖内容的空虚,是写不出好作品的。如:

> 诗人胜语,咸得于自然,非资博古。若"思君如流水""高台多悲风""清晨登垄首""明月照积雪"之类,皆一时所见,发于言辞,不必出于经史。故钟嵘评之云:"吟咏性情,亦何贵乎用事?"颜谢推轮,虽表学问,而太始化之,寖以成俗;当时所以有书钞之讥者,盖为是也。大抵句无虚辞,必假故实;语无空字,必究所从。拘挛补缀而露斧凿痕迹者,不可与论自然之妙也。

> 江左自颜谢以来,乃始有之。可以表学问,而非诗之至也。观古今胜语,皆自肺腑中流出,初无缀缉工夫。故钟嵘云:"经国文符,应资博古;撰德驳奏,宜穷往烈。至于吟咏性情,亦何贵于用事?'思君如流水',既是即目;'高台多悲风',亦唯所见;'清晨登陇首',羌无故实;'明月照积雪',讵出经史?"

江西诗派尊崇杜甫为祖,编排杜甫"以学问为诗","无一字无来处"。朱弁对此不以为然,反驳说:"不知《国风》《雅》《颂》祖述何人?"认为杜诗的妙处,不在于"无一字无来处",而在于生活阅历的丰富,"不待刻雕自成文理";杜诗的用事、用典,不在于"点铁成金",而在于"其鼓铸熔泻,殆不用世间橐籥",而达到"妥帖平稳"的功夫,如:

> 老杜《剑阁》诗云:"惟天有设险,剑门天下壮。连山抱西南,石角皆

北向。"宋子京知成都过之,诵此诗,谓人曰:"此四句盖剑阁实录也。"

(杜诗)近古以还,无出其右,真诗人之冠冕也。如近体格俯同今作,则词不遗奇,杂以事实,掇英撷华,妥帖平稳,殆以文为滑稽,特诗中之一事耳,岂见其大全者邪?

李义山拟老杜诗云:"岁月行如此,江湖坐渺然。"直是老杜语也。其他如"苍梧应露下,白阁自云深""天意怜幽草,人间重晚情"之类,置杜集中亦无愧矣。然未似老杜沉涵汪洋,笔力有余也。义山亦自觉,故另立门户成一家。后人把其余波,号"西崑体",句律太严,无自然态度。

《风月堂诗话》中称引苏轼之处很多,除了以诗证史,说明苏轼行止和遭遇外,更多的是强调生活阅历、人生遭遇对提高苏轼诗歌境界的巨大作用。如:

东坡文章至黄州以后,人莫能及。唯黄鲁直诗时可以抗衡。晚年过海,则虽鲁直亦若瞠乎其后矣。或谓东坡过海虽为不幸,乃鲁直之大不幸也。

此条意在说明,生活体验和思想境界的升华,对于创作的重要性,所谓"人穷而文后工"。这些观点至今仍闪烁其理性光辉。

《风月堂诗话》还记载的一些文事活动,对文学史研究有重要的资料价值。如欧阳修知颍州时聚星堂燕集赋诗,是在庆历新政失败,诗文革新队伍星散之后的一次重组活动,影响很大,"当时四方能文之士,及馆阁诸公,皆以不与此会为恨"。退居林泉的宰相杜衍读到欧阳修的聚星堂咏雪诗,大加称赏,赠诗云:"宜乎众目诗之豪,便合登坛推作帅。回头且报郢中人,从此阳春不为贵。"《诗话》对聚星堂燕集作了较为详细的记述。杜衍的诗,亦赖此以存。又记苏舜卿、王胜之等人的"竹轩诗会":

苏子美竹轩之集,皆当时名士。王胜之赋诗,人皆属和。子美诗其略云:"君与我同好,数过我不穷。对之酌绿酒,又为鸣丝桐。作诗写此意,韵如霜间钟。清篇与翠干,岁久日益秾。惜哉嵇阮放,当世已不容。吾侪有雅向,千载把高踪。"后月余,"一网打尽"之语既喧物议,而梅圣俞为赋"覆鼎伤众宾"之诗,乃悟子美"当时已不容"之句遂成诗谶,亦可怪也。

竹轩诗会,是庆历四年(1044),苏舜钦为集贤校理、监进奏院的事。当时政治斗争大有山雨欲来之势,所以,苏舜钦在诗中有"惜哉嵇阮放,当世已不容"之说。此事他书皆无记载,苏集也失收此诗。

其他如关于李清照工诗的记载:

赵明诚妻,李格非女也。善属文,于诗尤工。晁无咎多对士大夫称之。如"诗情如夜鹊,三绕未能安""少陵也自可怜人,更待来年试春草"之句,颇脍炙人口。

李清照以词知名,对于她的诗文,人们知之甚少。这条记载,有助于对李清照的创作成就的全面了解。

《风月堂诗话》成书于留金时期,亦首先在金流传,直至度宗时方传至江左,因此对王若虚《滹南诗话》颇有影响。

《风月堂诗话》通行本有《宝颜堂秘笈》本、《四库全书》本、《治经堂藏书七种》本。今有台北台湾商务印书馆 1986 年版;中华书局 1988 年版;《安徽古籍丛书》本,黄山书社 1994 年版;上海古籍出版社 2010 年版等。

第四章　外籍名家在安徽的文学活动

在今安徽境内有较多文学活动的宋代著名外籍作家有欧阳修、苏轼、苏辙、王安石、黄庭坚、陆游和姜夔等人。他们或是在安徽境内为官,或是探亲访友,或是途经安徽顺道访胜探幽。其中与安徽作家名流多有交游酬唱,留下诸多华章。

第一节　欧阳修

欧阳修在安徽的文学活动主要集中在颍州(今阜阳)和滁州,生活经历主要有五次:第一次是仁宗庆历五年(1045)八月,诗人由知制诰贬为滁州知州,至庆历八年(1048)闰正月徙知扬州,在滁州任职共两年零五个月。第二次是皇祐元年(1049)正月,由扬州移知颍州,二月到职,诗人悦颍州西湖之美,准备在此长期居住,但两个月后即转为礼部郎中,任职前后不到三个月。第三次是皇祐四年(1052)三月,由于母亲去世,他又由吏部郎中任上回到颍州治丧守孝;第二年八月,由颍州护送母亲灵柩归葬江西吉州,在颍州逗留一年半。第四次是英宗治平四年(1067)三月,由于遭受诬陷,欧阳修坚决要求离开是非之地中央枢要,由尚书左丞改知亳州,赴任途中又到颍州稍事停留,五月到任。第二年八月改知青州。在亳州任职一年零三个月。第五次是熙宁四年(1071)六月,年已六十四岁的欧阳修在蔡州知州任上坚决请求告老致仕回颍州,以观文殿学士、太子少师致仕;七月回到颍州定居。一年后,于熙宁五年七月在颍州去世。

一、欧阳修在皖的文学交游

欧阳修在安徽的文学活动,其中之一就是培养、识拔、提携了一批安徽作家,对当时安徽文学队伍的生成、壮大、创作水平的提高有很大的推动作用。如宣城诗人梅尧臣,生活道路极为坎坷,直到皇祐三年(1051)诗人五十岁时才得了个监永济仓的小官,但不久又因母亲去世退职回宣城守孝。欧阳修在赠诗和唱和中鼓励他、安慰他,肯定他的文学成就,为他的不遇于时而叹息。说他"面颜憔悴如尘土,文字光彩垂虹霓"(《寄圣俞》),"文章至宝被埋没,气象往往干云霓。飞黄伯乐不世出,四顾昂首空长嘶"(《再和圣俞见答》)。并打算在生活上接济他:"我今俸禄饱余滕,念子朝夕勤盐齑。舟行每欲载米送,汴水六月干无泥"(《寄圣俞》)。一直到至和三年(1056),诗人五十五岁时,欧阳修终于推荐梅尧臣,补为国子直讲。至于他那著名的《梅圣俞诗集序》更是高度评价了梅尧臣的诗歌成就,并就此提出"诗穷而后工"的著名论点。欧阳修对阜阳士人焦千之也是如此。焦千之是北宋前期安徽北方文坛代表人物之一,宋仁宗皇祐元年(1049)欧阳修知颍州,焦千之投其门下,以专意经术受到欧阳修的赏识,称为高弟。焦千之随吕公著赴京,欧阳修写下长诗相送。诗中称赞焦的人品,为自己获得如此弟子而惊喜:"自吾得二生(按:另一位为徐无逸),粲粲获双珙。奈何夺其一,使我意纷涌。吾尝爱生材,抽擢方郁蓊。"然后语重心长告诉他今后如何去读书做学问:"读书趋简要,害说去杂冗。新文时我寄,庶可镯烦壅"(《送焦千之秀才》)。舒州(今潜山)人王琪是北宋后期西昆派中颇有影响的一位诗人,欧阳修与王琪之间亦多有唱和。王琪曾写一首《中秋席上待月值雨》,欧阳修亦有《酬王君玉中秋席上待月值雨》作答。继后,欧阳修又有《中秋不见月问客》寄赠,王琪又有《答永叔问》奉答,可见酬唱之殷。欧阳修曾叹赏王琪诗《燕词》中的佳句:"烟径掠花飞远远,小窗惊梦语匆匆"(魏庆之《诗人玉屑》卷三引《遗珠》)。另外,像无为人杨杰、阜阳人王铚都追随过欧阳修或"出其门下",对他们文学观念和创作风格的养成,皆有很大的影响。

欧阳修知颍州时还定期举行文学集会——聚星堂燕集赋诗。这是庆历新政失败、诗文革新队伍星散之后的一次重组活动,参加的诗人中就有颍州人吕公著、焦千之、徐无逸等。该诗会影响很大,朱熹的叔祖朱弁在《风月堂诗话》中记载说:"当时四方能文之士,及馆阁诸公,皆以不与此会为恨。"欧阳修在燕集中也和焦千之等人一样分韵赋诗,今存有《聚星堂前紫薇花》《人日聚星堂探韵得丰字》等诗作,当时已退居南京(今商丘)的宰相杜衍在读到欧阳修的聚星堂咏雪诗后曾写诗相赞:"宜乎众目诗之豪,便合登坛推作帅。回头且报郓中人,从此阳春不为贵。"这种诗会和言传身教无论是对活跃当时当地文学创作气氛,还是提高当地文人创作水平,皆有极大的推动作用。对再鼓庆历年间诗文革新运动余勇,重新集合革新队伍,也是一个极有意义的文学实践。

除与颍人交往外,欧阳修与庐州知州李端愿也有一段交谊。李端愿(？—1091),字公谨,李遵勖次子,其母为献穆公主,因而七岁便承荫授如京副使,四迁为恩州团练使累进邢州观察使、镇东军留后。知襄、郓二州时,本路转运使因献赋税之外的"羡财数十万",受到朝廷奖赏,李端愿却上书要求减免赋税三成。触怒英宗,移为庐州知州。李端愿在任上曾到合肥城东的浮槎山游玩,发现山上泉水很好,就命人将此泉水送给在京任右谏议大夫的欧阳修品尝。欧阳修用此泉水烹茶,觉得果然异常甘洌,远超过唐人张又新《水记》中所载的庐州龙山泉。因而写了篇《浮槎山水记》回报李端愿。浮槎山位于今合肥市肥东县王铁、解集乡境内。为大别山余脉,山势层峦叠翠,逶迤相连20余里,主峰海拔418.1米,似一巨筏浮于云海之中,故仿张华《博物志》中渔人乘槎浮于天河的故事,得名浮槎山。又因主峰四周罗布九座山峰,朝鲜暹罗国王子金乔觉在进入南九华之前,曾在此中修炼,所以又称为"北九华"。浮槎山顶峰有滴水洞,洞左即国内极为罕见的洞中寺院甘露寺(今称金谷寺),洞右有清、白二泉(明代后改成垂虹泉)并悬,久旱不涸,充雨不涨,取之不尽,用之不竭。欧阳修在《浮槎山水记》中,除了以资深茶客的独到,批评张又新在《水记》中"以龙池为第十,浮槎之水弃而不录"的缺失外,更多的是对李端愿为人的暗暗称赞。这种称赞,表面上是从李兼备富贵者之乐和山林者之乐这两种快乐谈起的:

> 尽穷天下之物,无不得其欲者,富贵者之乐也,至于荫长松、藉丰草,听山溜之潺湲,饮石泉之滴沥,此山林者之乐也。惟李侯生长富贵,厌于耳目,又知山林之为乐。至于攀缘上下,幽隐穷绝,人所不及者,皆能得

之,其兼取于物者,可谓多矣。

这段话,表面上是称赞身为皇亲国戚的李端愿既有财力,能"尽穷天下之物";又为人淡泊,愿幽隐穷绝,享山林之乐。实际上,其中内含作者对这位出身于富贵豪门,却能体恤民困民情的庐州太守的敬佩。因为记中还特为加上一段李端愿与时为宰相的富弼的一段对话,"富弼谓曰:'肥上(引者按,'肥上'指庐州,州治在合肥)之政何以减于襄阳?'端愿曰:'初官喜事,饰厨传以于名,则誉者至;更事既久,知抑豪强、制猾吏,故毁随之。'弼深然其言"。弼深然其言也就是欧阳修深然其言。同为庆历新政中坚的欧阳修认可这种不生事扰民以博取朝廷的青睐美名,专致于"抑豪强、制猾吏"而毁誉由它。欧阳修纡徐委备、曲折层深的散文风格,于此也可见一斑。另外,这篇《浮槎山水记》也可以与同在安徽写的《醉翁亭记》对读:《醉翁亭记》也是以一个"乐"字贯穿其中,先是游人之乐,继而宾客之乐,接着禽鸟之乐,结尾是"禽鸟知山林之乐,而不知人之乐;人知从太守游而乐,而不知太守之乐其乐也。醉能同其乐,醒能述以文者,太守也",也是点名太守兼得两者之乐!

欧阳修与浮槎山甘露寺僧人法远之间还有一段佳话。大概因李端愿赠浮槎山泉之故,欧阳修对浮槎山留下深刻印象。庆历五年(1045)至八年(1048)知滁期间,欧阳修到过合肥附近的浮槎山,并与垂虹泉侧甘露寺的高僧法远禅师结下友谊。法远,号远录公,北宋年间,他接受了临济宗叶县归省禅师的衣钵,成为临济宗传人,居浮槎山甘露寺,被宋仁宗赐号圆鉴大师。有次,欧阳修与同僚同游浮槎山,在会圣岩下棋,法远坐观。欧阳修收局之后请法远说法。法远即由棋作喻,指出世事纷扰,必须见机而作、掌握火候,洞察敌情,当机不让。既不可纸上谈兵,不会冲关夺角,又不可心粗莽撞,急于求成:

> 若论此事,如两家着棋相似。何谓也?敌手知音,当机不让。若是缀五饶三,又通一路始得。有一般底,只解闭门做活,不会夺角冲关,硬节与虎口齐彰,局破后徒劳绰斡。所以道,肥边易得,瘦肚难求。思行则往往失粘,心粗而时时头撞。休夸国手,谩说神仙,赢局输筹即不问,且

道黑白未分时,一着落在什么处?

欧阳修听后感叹说:"'从来十九路,迷悟几多人'!从容谓同僚曰:'修初疑禅语为虚诞,今日见此老机缘,所得所造,非悟明于心地,安能有此妙旨哉!'"此故事记载在成书于弘治二年(1489)如卺撰的《禅宗正脉》之中,称之为"因棋说法"。其实,欧阳修的这番"禅悟"并非得禅宗"妙旨",更非领悟为棋之道,就是法远也并非全是因棋乃说佛法,而是另有所指,皆是在探讨庆历新政迅速失败的原因。范仲淹等极力推行的新政从庆历三年底到五年初,前后只有一年零四个月时间。其失败原因固然很多,但与没有见机而作、掌握火候,洞察敌情,当机不让关系极大:一方面没有能团结吕夷简、宋祁等同情改革派的元老,甚至改革派主将范仲淹、富弼之间对如何黜罚官员也产生分歧;另一方面又对政治反对派夏竦、王拱辰等阴险计谋缺乏戒备和应对,结果一个个中箭落马。"因棋说法"在熙宁年间即被镌刻在浮槎山崖之上,作为王安石等后人进行改革的一个借鉴!

二、欧阳修在皖的文学创作

欧阳修在滁、亳、颍的创作活动,也包括离开后思念的诗文,在欧阳修一生的文学实践中,占有相当重要的地位,也在全国文坛产生极大的影响。例如散文名作《醉翁亭记》《丰乐亭记》《清流关记》《醒心亭记》,诗歌名作《丰乐亭游春》《画眉鸟》《宜远桥》《望佳》,词中名作十首《采桑子·西湖好》皆作于今日的安徽境内。

庆历四年,在保守派的攻讦下,主张改革的新派被指为朋党,范仲淹、韩琦、富弼等相继去职。欧阳修上书剖辩,却被政敌诬告他与甥女有私,虽经勘验为构陷,仍于第二年八月由知制诰贬为滁州知州。欧阳修从庆历五年八月知滁州,到庆历八年闰正月改知扬州,在滁州居住共两年五个月。欧阳修时代的滁州,还是个"舟车商贾、四方宾客之所不至"的偏僻之处。他到职后关心农桑,治理滁河,惩治污吏,使滁州百姓安居乐业,表现出一个政治家在遭受打击后仍不考虑个人得失,时时刻刻为民为国的高尚操守。这与同期被贬的范仲淹在《岳阳楼记》中所表白的"不以物喜,不以己悲。居庙堂之高,则忧其民;处江湖之远,则忧其君"的襟怀完全一致。到滁州后的第二年,治绩初具,又遇上个丰年,滁州人大悦,他更是高兴。加上滁州地僻事简,民风朴厚,又有山水之美,所以他在政事之暇能从容优游于山水之间。他在滁探穴访幽,筑亭建堂,在山水之中寻求解脱和慰藉,并自号醉翁,心情也由离京时的愤懑转为欣悦,认为是上苍优厚他,给了他这个好去处。此时他在写给好友梅尧臣的信中说:"某此愈久愈乐,不独为学之外,有山水琴酒之适而已。小邦为政期年,粗有所成,固知古人不忽小官有以也。"在滁短短的两年多时间里,他写下了《丰乐亭记》《醉翁亭记》《菱溪石记》《丰乐亭游春》《琅琊山六题》《题滁州醉翁亭》《赠沈遵》《石篆诗并序》等十多篇诗文。数年之后,他又写有《忆滁州幽谷》《思二亭》等诗作,抒发他对滁州山水的怀念。另一方面,他在貌似醉翁的悠游岁月之中,并未忘却国家的前途和命运,更未丧失光明磊落、敢于直言的政治品格。他在咏歌"始知锁向金笼听,不及人间自在啼"(《画眉鸟》)这首自由颂时,还写了一首长诗《啼鸟》,其中便以"我遭谗口身落此,每闻巧舌尤可憎"来抒发无端遭贬的感受。欧阳修贬滁后的第二年七月,敢于言事,也是宋代古文运动的前驱人物石介病殁,保守派却诬称石介未死,正与已遭贬斥的富弼等准备谋反。朝廷派员调查,幸多人具保,才避免开棺验尸。欧阳修在滁闻此,愤而写下《重读徂徕集》(石介文集),称颂石介光明磊落,公开表示"我欲犯众怒,为子记冤仇",体现了他"正色凛凛不可犯"的品格操守。

　　早在贬官滁、颍时,欧阳修就萌发了退居林泉的愿望。后历京官十余年,已渐近老境,反思生平所经受的宦海风波和人事倾轧,更增强了他及早抽身的愿望。因此,自英宗即位后,从治平二年起便连续上表乞求解除机务,但未获诏准。两年后神宗刚即位,欧阳修又遭受更为耻辱的诬陷,御史中丞彭思永等诬告欧阳修与长媳有私。后虽经神宗亲自诘问,澄清事实,降黜了诬陷者。但经过这一打击,欧阳修更加心灰意冷,决心求去。当年三月,罢参知政事,出知亳州。在亳州任上,欧阳修又连上十通表札,请求致仕,皆未获允,于第二年八月(熙宁元年,1068)改知青州,在亳州任上约一年零三个月时间。在此政治背景和思想支配下,亳州任上的创作倾向也主要是向往归隐,寻求闲适。其代表作是"思颍诗"和文史笔记《归田录》。据欧阳修《续思颍诗序》,"思颍诗"并非一时一地之作,"盖自南都至在中书十有八年而得十三篇,在亳及青三年而得十有七篇",题目也各自不同,但内容皆是怀念颍州风物之美、人情朴厚,表达自己与归老其间、悠游岁月的愿望,这在治平四年(1067)五月亳州任上所作的《思颍诗后序》中说得很明白:

> 皇祐元年春,予自广陵得请来颍,爱其民淳讼简而物产美,土厚水甘而风气和,于时慨然已有终焉之意也。而来俯仰二十年间,历事三朝,备位二府,宠荣已至而筋骸愈矣。其思颍之念未尝稍忘于心,而意之所存亦时时见于文字也。今者幸蒙宽恩,获解重任,使得待罪于亳。既释危机之虑,而就闲旷之优。其进退出处,顾无所系矣。谓可以偿夙志者。

因此,他把这不同时期写的怀念归老颍州的三十首诗作统一命名为"思颍诗",其内容也皆是表达上述题旨,如治平四年至熙宁元年在亳州任上作的《寄答王仲仪太尉素》:"明年今日如寻我,颍水东西问老农";《戏书示黎教授》:"若无颍水肥鱼蟹,终老仙乡作醉乡";《书怀》:"齿牙零落鬓毛疏,颍水多年已结庐";《表海亭》:"颍田二顷春芜没,安得柴车自驾还"等皆是如此。

欧阳修在亳州文学创作的另一大收获是整理结集了文史笔记《归田录》。《归田录序》的落款是治平四年九月,作者此时任职亳州已半年,可见《归田录》的整理结集乃至部分创作是在亳州完成的,"序"的结尾假设了一段与挖苦者的对话,挖苦者云:"今既老且病矣,是终负人主之恩,而徒久费大农之钱,为太仓之鼠也。为子计者,谓宜乞身于朝,退避荣宠,而优游田亩,尽其天年,犹足窃知止之贤名。而乃裴回俯仰,久之不决,此而不思,尚何归田之录乎!"余起而谢曰:"凡子之责我者皆是也,吾其归哉,子姑待。"挖苦者所诘的"何不退避荣宠,优游田亩,尽其天年",实际上是作者后期一贯思想。《归田录》属历史琐闻类笔记,二卷,凡一百十五条。多记当代朝廷逸事,兼录士大夫诙谐之言。书中大多系亲身经历、见闻,史料翔实可靠。如太宗知李汉超、仁宗恭俭、陈尧咨、卖油翁等条,含意深刻。卷一记仁宗朝屡改年号的原因,卷二记大宴时枢密使侍立殿上等宋代典制,均足补史阙。《归田录》对后人影响颇大,朝请郎庐江朱定国仿此著《归田后录》十卷,清代梁章钜作《归田琐记》八卷,皆是受其启发和影响。

从宋仁宗皇祐元年(1049)正月移知颍州,到神宗熙宁四年(1071)七月到颍州定居,欧阳修前后三次来到颍州。自第一次来颍州后,他就爱上这块土地,打算在颍州买田,终老于此(见《续思颍诗序》)。离开颍州的二十多年里,不论仕途的顺达与坎坷,颍州一直是他朝思暮想、魂牵梦萦之地,以致集结成三十首《思颍诗》,前后写了两篇《思颍诗序》,并最后终老于斯,与颍州山川共不朽。

欧阳修在颍诗作,有六十多首。颍州的明山秀水,特别是可与杭州西湖媲美的颍州西湖,使欧阳修长期被压抑的情怀得以舒展;颍州淳朴的民风和土肥水甘的丰厚物产,更使被官场攻讦和人事倾轧弄得身心憔悴的诗人得以释怀和修补。诗人在此自称"六一居士",一壶酒、一卷书,优游于青山绿水之间,徜徉于田头麦垅和农家小院。此时的诗作,秀雅清纯,似乎沾溉了颍州山水的灵秀,格调从容、轻快愉悦,也是诗人了此夙愿后情感的表征,如《三桥》:

朱栏明绿水,古柳照斜阳。何处偏宜望,清涟对女郎。(《宜远桥》)
轻舟转孤屿,幽浦漾平波。回看望佳处,归路逐渔歌。(《望佳桥》)
鸣榔入远树,飞盖渡长桥。水阔鹭双起,波明鱼自跳。(《飞盖桥》)

三桥皆在颍水之上,皆为欧阳修莅颍时所修建,又皆为欧阳修亲自命名为"宜远""望佳"和"飞盖"。诗中,宜远桥"朱栏明绿水"的鲜艳色泽,飞盖桥"鸣榔入远树"的清幽以及"何处偏宜望"和"回看望佳处"所表达的诗人对三桥上下秀美景色的迷恋。通过流动而潇洒的诗句,透露出此刻诗人的轻松和悠闲。又如《再至汝阴三绝》:

十载荣华贪国宠,一生忧患损天真。颍人莫怪归来晚,新向君前乞得身。

黄栗留鸣桑葚美，紫樱桃熟麦风凉。朱轮昔愧无遗爱，白首重来似故乡。

　　水味甘于大明井，鱼肥恰似新开湖。十四五年劳梦寐，此时才得少踟蹰。

通过昔日官场与今日田园的对比，把自己归老颍州的倾慕、留恋以及自己终了夙愿的愉悦表现得比《三桥》更加明白。

欧阳修在颍州还写有二十多首词作，其中十三首《采桑子》更为人称道。其中十首，一连用了十个"西湖好"作为开头，表达了他对西湖四季风光深情的赞叹，也成为欧词清丽疏放风格的典型代表。

对于中国文学批评史，欧阳修在颍州还有一个大的贡献，就是写了一部《六一诗话》。据《六一居士传》，"六一"是指一张琴、一局棋、一壶酒、藏书一万卷、金石遗文一千卷，外加一老翁。这是欧阳修对自己晚年生活的自况。《六一诗话》则是六一居士"退居汝阴，而集以资闲谈也"（《六一诗话·序》）。它是我国最早的诗话，开后代诗歌理论著作新体裁之先河。虽不能代表欧阳修的全部诗歌主张，却反映他晚年对于诗歌创作中某些重要问题的进一步思考。如进一步发挥了他平素论诗主张"人穷而诗后工"的重要观点；进一步探索诗歌创作的艺术技巧，诸如写诗必须做到"意新语工，得前人所未道者"；必须"能状难写之景，如在目前，含不尽之意，见于言外"，这才是诗歌创作的至境等。《六一诗话》采用随笔式文体，融议论、叙事为一体。自然流畅，生动活泼，为后世的诗话、词话提供了范例。同代的司马光即循其例，作《续诗话》。此后的诗话、词话更如雨后春笋，层出不穷，成为我国古代文学批评的特有形式，不能不推欧阳修的首创之功。

第二节　苏轼

一、苏轼在皖经历和文学活动

苏轼是继欧阳修之后，北宋后期主盟文坛的领袖人物。苏轼与安徽的宿缘主要在泗、颍两地。自英宗治平三年(1066)秋,直到徽宗建中靖国元年(1101)谢世前,三十五年间诗人六经泗州,两到颍州,并一度出任颍州知州。先后结识了一大批文士,也创作了许多优秀诗文。

苏轼一生六次途经和逗留于泗州:第一次是治平三年秋,他与弟弟苏辙护送父亲苏洵的灵柩从开封从水路南下回乡安葬。其路线是先沿汴水入淮河到泗州。从泗洪渡洪泽湖后,再沿大运河南下入长江,然后溯江而上往四川眉山。泗州以下的淮河水流迅急,苏轼兄弟经过时又逢"逆风三日",船无法前行。在船夫的劝说下,兄弟二人登上泗州僧伽塔祝祷。僧伽是唐中宗时的国师,传说是观音菩萨的化身,在泗州坐化后安放在临淮塔内,世人称为"僧伽塔",借以镇水怪、平风浪,传说很灵验,故往来舟楫必登塔拜祭。苏轼此时初涉仕途,又逢父亲病故,心情急迫又酸楚,对前程也是一片茫然。好在苏轼兄弟拜祭未毕就转为顺风,两人无心逗留就开船渡湖,到达对岸盱眙(今属江苏,宋代属泗州)的龟山时还未吃早饭。这件事给苏轼印象很深,以致五年后再经泗州,兄弟二人又登上僧伽塔,并在诗中回忆往事:"我昔南行舟击汴,逆风三日沙吹面。舟人共劝祷灵塔,香火未收旗脚转。回头顷刻失长桥,却到龟山未朝饭。至人无心何厚薄,我自怀私欣所便。"一炷香未烧完见顺风便登船南下,可见当时走得很急,并无心赏玩,亦足以见当时的心境。

第二次是五年后的熙宁四年(1071),因上书言事得罪王安石,由监官告院兼判尚书祠部转任开封府推官,御史又以杂事诬奏苏轼过失,轼乞外任避之,除通判杭州。苏轼七月由京城开封南下。先绕道陈州,看望时在陈任学官的弟弟苏辙,在陈州盘桓了七十余天,并结识了颍州人张耒,张耒从此拜在苏轼门下,成为著名的"苏门四学士"之一。九月,苏辙陪哥哥一同沿颍水南下,前去拜望退休在颍州的欧阳修。在颍州又停留一个多月。十月由颍州南下颍口入淮河,东行经寿州、临淮关、泗州,渡洪泽湖入京杭大运河,再从瓜州渡江,经润州、常州、苏州,于十一月二十八日达杭州。过泗州时,两人同游龟山,探访过龟山寺僧。此次距护送父亲灵柩南下途经此地,已经五年,自己离京赴杭,人生仍在飘荡,当年的僧人已是满头白发,感慨之中写下《龟山》

一诗：

> 我生飘荡去何求，再过龟山岁五周。身行万里半天下，僧卧一庵初白头。地隔中原劳北望，潮连沧海欲东游。元嘉旧事无人记，故垒摧颓今在不？

龟山在今盱眙县洪泽湖口，宋时属泗州，为苏轼乘船过洪泽湖南行的必经之地。南朝宋文帝元嘉年间为拒魏太武拓跋焘南侵，曾在此山筑城。诗中提及"元嘉旧事"、寺僧白头以及自己"身行万里半天下"，皆充满世事沧桑的人生喟叹。苏轼还另有《龟山辩才师》一诗，诗中表达对淮泗山水和故人的怀念："此生念念浮云改，寄语长淮今好在。故人宴坐虹梁南，新河巧出龟山背。"结尾四句"千里孤帆又独来，五年一梦谁相对。何当来世结香火，永与名山躬井碓"，甚至有归隐之意。尽管诗人此时才三十六岁。

第三次是在元丰元年（1078）徐州任上。当时苏轼的七表弟程之邵为泗州知州。程之邵任泗州知州时，苏轼曾有诗相送，诗中提到他很喜爱泗州的山水，龟山上的下临洪泽湖龟山寺，所谓"淮山相媚好，晓镜开烟鬟"，"勿谓无人知，古佛临涛湾"。程到任后，便约相距不远的苏轼到泗游玩。这年正月己亥，苏轼同毕仲孙、舒焕等八人游泗之上，登石室，使道士戴日祥鼓雷氏琴，与友人皆有记。

在徐州任上，苏轼曾到属下安徽定远涂山凭吊禹迹；于蒙城逍遥台、观鱼台凭吊庄子；于灵璧虞姬墓凭吊项羽、虞姬；在怀远探访过卞和的采玉坑、抱璞岩，陆羽品题过的白龟泉；于四望亭凭吊刘嗣之、李绅。写下一些咏怀安徽古迹的诗，如《濠州七绝》《涂山》《虞姬墓》《上巳日，与二子迨、过游涂山、荆山，记所见》，以及《宿州次韵刘泾》《次刘景文见寄》等交游诗作。词作则有《南乡子·宿州上元》。其中大都表达了诗人的独到见解，如："欲将同异较锱铢，肝胆犹能楚越如。若信万殊归一理，子今知我我知鱼"（《观鱼台》）；"帐下美人拭泪痕，门前壮士气如云。仓皇不负君王意，只有虞姬与郑君"（《虞姬墓》）等。

第四次是元丰二年（1079）三月，苏轼由徐州改知湖州，又一次途经泗州。

在泗州曾与友人孙景山盘桓,两人多有唱和,苏轼在其宅西轩题诗打趣孙景山:"落日明孤塔,青山绕病身。知君向西望,不愧塔中人"(《书泗州孙景山西轩》),大概孙景山崇佛又多病。此诗表面上是咒他死后像和尚葬身塔内,实际上是暗誉孙景山有佛子心性,可以成佛作祖。分别时孙景山送苏轼登船,临行前也曾戏赠一绝:"即聚伏波米,还数魏舒筹。应笑苏夫子,侥幸得湖州。"意味你这个苏轼就喜欢敛财聚米,湖州是鱼米之乡,你此番知湖州,可以如愿以偿了。实际上也是为友人得此富饶大郡而高兴。两人的交谊和心性于此可见一斑。苏轼到船上后又写有三首律诗抒发"过淮"时的感受,亦相赠孙景山并寄给自己的弟弟苏辙。其中一首写道:

好在长淮水,十年三往来。功名真已矣,归计亦优哉。今日风怜客,平时浪作堆。晚来洪泽口,捍索响如雷。

治平三年秋,他护送父亲的灵柩回乡途经泗州,到这次自徐州赴湖州任,十三年中三次经过泗州(不包括元丰元年正月来泗州游玩),说十年是取其整数。此时苏轼已四十四岁。十年来辗转州郡,功名之念已很淡薄,但归隐之愿还是遥遥无期。但从"今日风怜客,平时浪作堆"以及第二首中"却望临淮市,东风语笑传",第三首中"待君诗百首,来写浙西春"等诗句来看,心情还是平静愉悦的,对湖州之任也还充满兴致。在徐州任上以及由徐州赴湖州任途中,还写有《宿州次韵刘泾》《次刘景文见寄》《南乡子·宿州上元》《醉翁操》《西江月·姑孰再见胜之次前韵》等词作。文则有《乞罢宿州修城状》《庄子祠堂记》《灵璧张氏园亭记》等。《乞罢宿州修城状》系奏章,体现了苏轼一以贯之的关心民生疾苦,主张轻徭薄赋的施政主张。记叙文《庄子祠堂记》认为"庄子盖助孔子者",理由是"其论天下道术,自墨翟、禽滑厘、彭蒙、慎到、田骈、关尹、老聃之徒,以至于其身,皆以为一家,而孔子不与,其尊之也至矣"。《李太白碑阴记》则力排众议,认为李白失节于永王璘"当由迫协",理由是"士以气为主。方高力士用事,公卿大夫争事之,而太白使脱靴殿上,固已气盖天下矣。使之得志,必不肯附权幸以取容,其肯从君于昏乎",皆足见苏文善于变化腾挪的特色。《灵璧张氏园亭记》则以结构的别致著称。此文写园亭本身着墨不多,重点是把修治园亭与"养生治性,行义求志"联系起来。他认为一个人"不必仕,不必不仕",只想着做官,则有悖"养生治性";拒绝做官,则有悖于"行义求志"。仕与不仕,"譬之饮食,适于饥饱而已"。这也是苏轼立身处世的准则,所以,结尾说自己准备买田于泗水之上,归老田园,与张氏为邻。文章平易自然,又不流于质直平淡,中间议论是发乎情志,无板滞生涩之感。

苏轼没有到过安徽宿松,但他对宿松的山川地理很了解,他为宿松小孤山写了一首传播很广的诗《题李思训长江绝岛图》。李思训是唐代著名山水画家,他将宿松的小孤山称为"长江绝岛",并挥毫泼墨作《长江绝岛图》,苏东坡于宋元丰元年(1078)徐州任上看到了李思训的这幅画,并在画上题诗曰:

山苍苍,水茫茫,大孤小孤江中央。崖崩路绝猿鸟去,惟有乔木参天长。客从何处来?棹歌中流声抑扬。沙平风软望不到,孤山久与船低昂。峨峨两烟鬟,晓镜开新妆。舟中贾客莫漫狂,小姑前年嫁彭郎。

时隔几个月的元丰二年(1079),苏轼因"乌台诗案"被捕入狱,后贬黄州,再贬惠州、儋州至元符三年(1100)六十五岁时才遇赦,次年即病逝于常州。

第五次是元丰七年(1084)苏轼由黄州量移汝州,岁末抵泗州,因淮水浅冻,暂不通航,只得在泗州暂停。这次途经泗州,与第四次量移湖州心情就大不相同了。这次是以戴罪之身由荒僻的黄州移往中原京畿附近,虽属皇上开恩的"量移",但苏轼并不领情,一路上心情怏怏郁郁。好在此时的泗州知州刘仲达是苏轼的同乡,四川长宁人,也是位诗人,《全宋诗》存有其《小桃源用张师夔韵》一首。两人是眉山时的伙伴,三十二年未见,这次相见,自然是惊喜交加。东坡的行舟甫停,刘太守就立即前去拜访为其设宴洗尘。苏轼本来对泗州吏民就有好感,刚到洪泽湖,他就感受到了乡民的淳朴、热情:"居民见我还,劳问亦依依。携酒就船卖,此意厚莫违"(《发洪泽中途遇大风复还》)。太守如此盛情且又是年轻时的好友,何况经历黄州之贬这场生死巨变,苏轼已经心灰意冷,根本不想再去汝州履新,只想到常州去归隐田园。所以一到泗州,他就上奏章请求就近往常州居住。其原因是"虽已至泗州,而赀用罄竭,去汝尚远,难于陆行。无屋可居,无田可食,二十余口,不知所归,饥寒之忧,近在朝夕。与其强颜忍耻,干求于众人;不若归命投诚,控告于君父。臣有薄田在常州宜兴县,粗给饘粥,欲望圣慈,许于常州居住"(《乞常州居住表》),然后干脆在泗州住了下来,等候朝廷回复。在等候朝命这二十多天里,刘太守几乎是天天陪苏东坡游赏山水风光,登僧伽塔、游都梁山、看禹王台晓月、听龟山寺晚钟,在雍熙塔下洗浴。故人情谊和当地朴厚民风温暖了这颗饱经忧患和沧桑的心;泗州的明山秀水、古寺层塔也使这位杰出的诗人暂时忘却了烦恼,写下《如梦令·浴泗州雍熙塔下》《行香子·与泗守过南山晚归作》《泗州僧伽塔》《泗州除夜雪中黄师是送酥酒二首》等著名的辞章,苏诗的清雄和苏词的狂放在这些诗词中再一次展现出来。如"使君半夜分酥酒,惊起妻孥一笑哗。关右土酥黄似酒,扬州云液却如酥","对雪不堪令饱暖,隔船应已厌歌呼。明朝积玉深三尺,高枕床头尚一壶"(《泗州除夜雪中黄师是送酥酒二首》)。我们已从这些诗句中看到了苏轼脸上久违的欢笑,以及高呼、高歌、对酒高卧等习惯举止。《泗州僧伽塔》中写道:"我今身世两悠悠,去无所逐来无恋。得行固愿留不恶,每到有求神亦倦。"一生无求,来去自如,正是这种豁达和狂放使苏轼经受住接连不断的打击,成为生活中的强者。关于《行香子·与泗守过南山晚归作》,王明清的《挥麈录·后录》卷七还记有一则逸事:"东坡先生自黄州移汝州,舟次泗上,作词云,'何人无事,宴坐空山。望长桥上,灯火乱,使君还'。"刘太守得知后赶忙去找苏轼,说:"知有新词,学士名满天下,京师便传。在法,泗州夜过长桥者徒二年,况知州邪?切告收起,勿以示人。"苏轼听后笑着说:轼一生罪过就在口没遮拦,现在再多两年徒刑也没有关系!这就是那个"一身烟雨任平生"无私无畏的苏轼。这首《行香子》后被泗人刻于都梁山秀岩,现已成为盱眙"第一山"的著名景点。苏轼在泗州终于等来了朝命,同意他常州安置。新年一过,正月初四,苏轼离开泗州南下金陵转道常州了。

元祐后期司马光去世后,旧党又起内讧。元祐六年(1091)三月,苏轼罢翰林学士承旨出知颍州,半年后改知扬州,苏轼第六次经过泗州。苏轼六次在泗州停留,除了上述原因外,还有一个很重要的原因,就是与他的侍妾朝云有关。朝云是钱塘人,曾在泗上随比丘尼义冲学佛。她追随苏轼终生,并非一般的侍妾,按林语堂的说法是苏轼的保护神(《苏东坡传》),苏东坡的许多逸事皆与她有关。朝云随苏轼贬惠州,苏轼为其建"大圣塔",作为朝云吃斋念佛之所。此塔得名亦与泗州有关,因泗州传说中有泗州大圣,并建有"大圣塔"。苏轼在惠州建塔亦名"大圣塔",是与朝去在泗时学佛的经历有关,这也是爱屋及乌吧!

　　苏轼亦曾两次临颍。一次是熙宁四年,苏轼由监官告院兼判尚书祠部外任杭州通判。赴任途中,时任陈州教授的弟弟苏辙陪他一同拜望已退居颍州的座师欧阳修。师生一同畅游颍州西湖,酬唱燕饮,苏轼兄弟在颍州逗留了一月有余。金石家欧阳修蓄有一幅石屏,上面绘有峨眉山雪岭孤松。燕饮间欧阳修要苏轼兄弟为此作诗,苏轼写下有名的《欧阳少师令赋所蓄石屏》歌:

何人遗公石屏风,上有水墨希微踪。不画长林与巨植,独画峨眉山西雪岭上万岁不老之孤松。崖崩涧绝可望不可到,孤烟落日相溟濛。含风偃蹇得真态,刻画始信有天工。我恐毕宏韦偃死葬虢山下,骨可朽烂心难穷。神机巧思无所发,化为烟霏沦石中。古来画师非俗士,摹写物象略于诗人同。愿公作诗慰不遇,无使二子含愤泣幽宫。

　　诗人用这种长短不一、错落有致、章节铿锵的歌行体,形成一种起伏跌宕的气势,清汪师韩赞为"从古诗人所无"。更是运用丰富的想象力,让毕宏、韦偃这两位唐代画家感谢欧公的赏识和"慰不遇",以此来抒发自己此际遭遇的愤懑和不平。诗中的"古来画师非俗士,摹写物象略于诗人同"实际上已点破这个题旨。另外还有《陪欧阳公燕西湖》,也是借物抒怀,另有寄托之作。

　　颍州相聚后,与自己相依为命的弟弟要回陈州,苏轼写了两首诗惜别。诗中不仅抒发了"征帆挂西风,别泪滴清颍""人生无离别,谁知恩爱重"的手足之间依依难舍之情,更表白了自己得罪权臣、贬谪外放的郁闷心境和及早止步的警醒,如"嗟我久病狂,意行无坎井。有如醉且坠,幸未伤辄醒","离合既循环,忧喜迭相攻。悟此长太息,我生如飞蓬",为研究苏轼的思想历程提供了第一手资料。苏轼离颍,顺颍水南下从颍口进入淮河,顺道往寿州看望友人。这位友人即是后来在"乌台诗案"中诬告苏轼的御史中丞李定。李定进士出身,是新法的坚决支持者,又是王安石的学生。王安石与苏轼同出于欧阳修门下,因此苏轼与李定也算同门。熙宁二年,李定由孙觉举荐至京师,孙觉也是苏轼好友的好友,因此苏、李二人在因政治选择不同而决裂前有很多交往。此时李定正在颍口(今寿县正阳关镇)等他。苏轼见此状很是感动,写了一首诗记述此事,这就是有名的《出颍口初见淮山,是日至寿州》:

我行日夜向江海,枫叶芦花秋兴长。长淮忽迷天远近,青山久与船低昂。寿州已见白石塔,短棹未转黄茅冈。波平风软望不到,故人久立烟苍茫。

同那首《欧阳少师令赋所蓄石屏》一样,此时也是言此意彼,借以抒慨。如果说《石屏》是借唐代著名画工毕宏、韦偃志趣高妙却不为世所用来抒发自己迭遭排斥、不遇于时之慨的话,此诗则是借答谢故人情谊来表现自己的去国之慨:诗的首句"我行日夜向江海"就有种"贤人去国"的幽愤悒郁之情,清人王文浩认为是"极沉痛语,浅人自不知耳"。另外,诗中那丹红的枫叶、瑟瑟的芦花,旷远迷茫的长淮和立于苍茫烟霭中的故人,无不在渲染一种"浮云蔽白日,游子不顾返"的苍凉、黯然的氛围,这与诗人对国事日非的忧虑和自己无端受诬、被逸外放的悲愤是完全合拍的。到寿州后,李定设宴城东龙潭,宴会上苏轼又赋诗一首,除咏歌龙潭之奇外,又意在言外之旨,结句云:"此地他年颂遗爱,观鱼并记老庄周。"以劝勉对方的方式传达自己的归隐之思,这与他经过泗州时所写的《龟山辩才师》结句"何当来世结香火,永与名山躬井碓"遣词命意完全相同。

离开寿州后,苏轼又沿淮河东下,顺道游览了濠州的临淮关、定远、灵璧一带风物,写有七首《濠州七绝》,咏歌涂山、彭祖庙、逍遥台、观鱼台、虞姬墓等大禹、庄子、楚汉相争留下的古迹,李定亦可能陪同,因李定曾任定远令,这些古迹或在其境内或距定远不远处。这些诗作在发思古之幽情的同时,也表达了万殊归一、任其自然的终生信仰,如:

> 常怪刘伶死便埋,岂伊忘死未忘骸。乌鸢夺得与蝼蚁,谁信先生无此怀。(《逍遥台》)

> 欲将同异较锱铢,肝胆犹能楚越如。若信万殊归一理,子今知我我知鱼。(《观鱼台》)

苏轼第二次来颍州是元祐七年(1092)。这年正月,苏轼由杭州知州调任颍州,七月又由颍州调任扬州,在颍任职时间约半年。创作颇丰,有人统计有诗七十多首,其中大部分同欧阳修一样是咏歌其湖山之美和民风的朴厚。他从杭州一来到颍州,就发现颍州西湖和杭州西湖一样的秀美,简直不分上下:

> 太山秋毫两无穷,巨细本出相形中。大千起灭一尘里,未觉杭颍谁雌雄。

可惜因为黄河泛滥,颍州西湖今不复存,"杭颍两雌雄"仅存其一。还有首《泛颍》,诗中细描了颍水的种种"令姿":先说流速,"不驶""不迟",恰到好处;再说水面,"上流直而清,下流曲而漪",平静之中也有变化;然后再叙水面泛舟的种种乐趣。最后,诗人突发议论:

> 声色与臭味,颠倒眩小儿。等是儿戏物,水中少磷缁。赵、陈两欧阳,同参天人师。观妙各有得,共赋泛颍诗。

廊坊中描述与赵景贶、陈履常、欧阳叔弼等同僚和友人泛舟颍水所见所感,展现诗人不为光影所乱,不被名利所迷的清醒理智和高尚操守,是此诗宗旨所在。方东树说:"坡公之诗,每于终篇之外,恒有远景,匪人所测;于篇中又各有不测之境,其一段忽从天外插来,为寻常胸臆中所无有。(《昭昧詹言》)"类似者还有《小饮西湖,怀欧阳叔弼兄弟,赠赵景贶、陈履常》等。

咏颍州西湖,自然会想到恩师欧阳修,自然会想到当年同游西湖的弟弟苏辙,自然会想到欧阳修的十三首《采桑子》,如《玉楼春》就是"次欧公西湖韵":

霜余已失长淮阔。空听清颍潺潺咽。佳人犹唱醉翁词,四十三年如电抹。草头秋露流珠滑。三五盈盈还二八。与余同是识翁人,唯有西湖波底月。

面对秋露霜余潺潺东去的清颍,颍人还在吟唱着醉翁当年的西湖佳句,但距欧阳修知颍已经四十三年过去了,现在除了我和天上的明月,还有谁了解醉翁?词中抒发对欧阳修的无限怀念,也在咏叹着知音难遇的人生孤独感。司马光去世后,旧派内斗激烈,苏轼不堪其扰请求外任。元祐四年出知杭州;六年二月,以翰林学士承旨召还后不久,贾易、赵君锡等诬告苏轼写诗庆贺神宗晏驾,事实澄清后又请求外任;七月知颍州。这与当年欧阳修知滁州和力辞归颍的经历极其相似。此词实际是借醉翁的酒杯来浇自己胸中的块垒。在《满江红·怀子由作》中亦是怀念两人当年"对床夜雨听萧瑟"等清颍旧事,诉说"恨此生长向别离中"的手足深情,核心则是"孤负当年林下意"厌倦官场的归隐之念。

就像在杭州西湖修筑苏堤以绝水患一样,苏轼一到颍州就开始疏浚西湖。当时的副手赵德麟通判与他是诗友,又志趣相投,两人合力投入西湖治理中。其中主要是打通贯通西湖的中清河和白龙河两条进出水通道,在湖周围建立闸门,解决旱涝排灌等问题,显示苏轼很有治水经验。苏轼有首与赵德麟的和诗,其中谈到疏浚西湖和作用:

使君不用山鞠穷,饥民自逃泥水中。欲将百渎起凶岁,免使颛石愁扬雄。西湖虽小亦西子,萦流作态清而丰。千夫余力起三闸,焦陂下与长淮通。十年憔悴尘土窟,清澜一洗啼痕空。(《再次韵赵德麟新开西湖》)

诗后有一附注:"予以颍人苦饥,奏乞留黄河夫万人,修境内沟洫,诏许之。因以余力浚治此湖。"说明是请求朝廷留下治黄的民夫,并未再耗颍州的民力、财力。诗中提到的"三闸",至明代尚存闸址。到第二年三月十六日,疏浚西湖工成。此时苏轼早已调任扬州,赵德麟寄诗给他报告这一喜讯。治理两个西湖,是苏轼治杭治颍带给百姓的两大惠政。听此喜讯后,逸兴湍飞,写下《轼在颍州与赵德麟同治西湖未成改扬州三月十六日湖成德麟有诗见怀次韵》,这是他最能代表其壮浪恣肆风格的诗篇之一。

> 太山秋毫两无穷,巨细本出相形中。大千起灭一尘里,未觉杭颍谁雌雄。(来诗云与杭争雄。)我在钱塘拓湖渌,大堤士女急昌丰。六桥横绝天汉上,北山始与南屏通。忽惊二十五万丈,老葑席卷苍云空。揭来颍尾弄秋色,一水萦带昭灵宫。坐思吴越不可到,借君月斧修朣胧。二十四桥亦何有,换此十顷玻璃风。雷塘水干禾黍满,宝钗耕出余鸾龙。明年诗客来吊古,伴我霜夜号秋虫。

诗毕意犹未尽,又和了一篇同样富有浪漫想象的《次韵赵德麟西湖新成见怀绝句》:

> 壶中春色(谓洞庭春色也。)饮中仙,骑鹤东来独悯然。犹有赵陈同李郭,不妨同泛过湖船。

上首诗后还有个附注:"德麟见约来扬寄居,亦有意求扬倅。""倅"即通判。赵在颍为颍州通判,苏到扬州,赵又想到扬州作为苏轼的助手,可见两人在治理西湖中结下的友谊和志趣相投中建立的信任感。

苏轼在颍州还写有《申省论开八丈沟利状二首》《奏论八丈沟不可开状》《奏淮南闭籴状二首》等奏章,请求朝廷体恤民情、珍惜民力,也都是知其不可为而为之,在自己的政治困境中勉力为百姓做一点好事。

苏轼在颍州,也步座师欧阳修的后尘,举办"聚星堂诗会"。李廌在《汝阴唱和集后序》中记载了该诗社的创始缘由和经过:

> 东坡居士出守汝阴,祷雨张龙公祠,得小雪,与客会聚聚星堂,忽忆欧阳文忠公作守时,雪中约客赋诗,禁体物语,于艰难中特出奇丽,尔来四十余年,莫有继者。仆以老门生继公后,虽不足追配先生,而宾客之美,殆不减当时。公之二子,又适在郡,故辄举前令,各赋一篇。

不但诗会名称与欧阳修举办的那次相同,连拈字分韵也与上次相同。苏轼在诗会中作有《聚星堂雪》,嗣后又有《用前韵作雪诗留景文》,说明苏轼到晚年,仍在追随欧阳修的诗文革新精神。苏轼在颍州举办的这次文学聚会同样引起了广泛关注,嗣后亦编印成《汝阴唱和集》。由"苏门六君子"之一李廌为之作序。南宋皖籍诗人朱翌在《猗觉寮杂记》中还专门回忆其父朱载参加这次聚会的经过,清人陈振孙在著名的《直斋书录解题》中也专门作了介绍,可见其影响之远。

二、苏轼与皖人的文学交游

苏轼在皖结交和识拔了张耒、郭祥正、杨杰、李公麟、焦千之、张硕、朱载、蕴湘、韦许等一大批皖籍文人。他们或受其教诲培育,成为苏门弟子;或互相酬唱,气节上相互激励,诗艺上共同探讨,对安徽文坛产生了重要影响。

安徽文人中与苏轼关系最为密切的,当推亳州人张耒(张耒生平和文学活动见第一章第四节)。元祐更化后,苏轼、苏辙相继奉调晋京。元祐元年(1086),大臣范纯仁荐举张耒参加太学学士院考试。这次被荐参加考试的还有黄庭坚、晁补之等人,由翰林学士苏轼命题,考试结果三人同被拔擢,皆成为苏轼门生,位列著名的"苏门四学士"之中。在此之前,苏轼对张耒的诗文就很欣赏。元祐元年苏轼由礼部郎中擢试中书舍人,此时张耒还是咸平县丞,闻讯后,写下《子瞻舍人二首》表示祝贺,并附寄上自己的诗文集。苏轼阅后大加叹赏,称赞他的文风像自己的弟弟,"汪洋淡泊,有一唱三叹之声"。并希望他能与黄鲁直、秦少游、晁无咎、陈履常等人一起,担起改变当时文坛"弥望皆黄芦白茅"荒凉景象的重任(《答张文潜县丞》)。院试后,张耒被任为秘书省正字,后历任著作佐郎、秘书丞、史馆检讨,直到起居舍人。馆阁八年,张耒与苏氏弟子黄庭坚、晁补之、秦观、陈师道、李廌、李之仪等齐聚京师,相与切磋,或举酒论文,或同游酬唱,他们"一文一诗出,人争传诵之,纸价为贵",成为北宋文坛上的盛事。张耒的诗文创作在苏轼的指点和师友们的切磋下日臻成熟。苏轼曾评论说:"秦(观)得吾工,张(耒)得吾易。"张耒的诗平易流畅,确实是受苏诗平易一面的影响。

元丰八年(1085)九月高太后死后,哲宗亲政,重用新党。苏轼先是出知定州,然后贬知英州,再贬为宁远节度副使,惠州安置。张耒鉴于朝中如此政局，要求外任，于绍圣元年（1094）出知润州。在润州期间，苏轼受贬经此，张耒派亲兵王告一路照顾护送到惠州。到惠后，苏轼曾有《答张文潜》（第四简）。此后张耒屡遣王告前往馈赠和通问，以慰苏轼独贬岭南之孤独与窘迫。两人间数有书简往还，苏轼还曾以桃榔杖回赠（《答张文简》第二简）。建中靖国元年（1101），苏轼遇赦北归。时任黄州通判的张耒闻此消息欢欣鼓舞，在写给苏轼另一位弟子潘大临的诗中写道：

> 今晨风日何佳哉，南极老人度岭来。此翁身如白玉对，已过千百大火聚。望天留之付真主，世间毒烈计已误。柯山潘子应鼓舞，与子异时从杖屦。（《闻子瞻岭外归赠邠老》）

诗中有闻讯的欢欣，有对苏轼万死归来的庆幸和崇敬，更有对迫害苏轼的小人"世间毒烈计已误"的鄙视。张耒并与潘大临相约，将追随苏轼归隐林泉。同年七月，苏轼卒于常州，时张耒在颍州知州任上。闻此噩耗，不顾时忌为苏轼举丧戴孝，因而遭到言官弹劾，被贬为房州别驾，黄州安置。这是他在短短六七年内第三次被贬。他在黄州柯山下先后共住了七八年，与潘大临结为紧邻，两人彼此安慰，相濡以沫，共守大节，终不为悔。晚居陈州，仍经常回忆坡公，屡有悼念文字，如："兴哀东坡公，将掩郏山墓。不能往一恸，名义真有负"（《寓陈诗十首》之六）；"吾悲夫斯人不返兮，岂招仙圣与之游；昔惠我以好音，忽远去而莫求；予暍异于人兮，初为哽塞而增忧"（《子由先生示东坡和陶靖节归去来词及侍郎先生之作，命之同赋，又以吊东坡先生之亡，终有以自广也》），表现了皖人坚守信念、忠于情谊并一以贯之的操守。

皖人的这种品格在郭祥正与苏轼的交往中亦有体现。（郭祥正生平和文学活动见第一章第五节）郭与苏的唱和交往始于元丰元年苏轼在知徐州任上。当时为纪念上年捍御黄河水患，建黄楼于徐州城东。郭祥正闻讯作《徐州黄楼歌寄苏子瞻》表示祝贺。诗中写道："彭门子弟长欢游。长欢游，随五马，但看红袖舞华筵，不愿黄河到楼下"，咏歌苏轼治黄的功绩。绍圣初，苏轼贬惠州，郭祥正闻讯作《观苏子瞻画雪雀有感寄惠州》云："平生才力信瑰奇，今在穷荒岂易归。正似雪林枝上画，羽翰虽好不能飞。"（《郭祥正编辑佚》卷三)对苏轼受新党排挤打击深表同情。苏轼作诗二首相和,其中写道:"早知臭腐即神奇,海北天南总是归。九万里风安税驾,云鹏今悔不卑飞";"可怜倦鸟不知时,空羡骑鲸得所归。玉局西南天一角,万人沙苑看孤飞"(《次韵郭功甫观予画雪雀有感两首》)。表示对小人的迫害打击不以为意,以及坚持操守、绝不懊悔的信念,向诗友坦露襟怀。元符三年(1100)五月,苏轼由琼州量移廉州,郭祥正听到这一消息十分高兴,作《闻子瞻移合浦寄诗》云:"君恩浩荡似阳春,海外移来住海滨。莫向沙边弄明月,夜深无数采珠人。(《郭祥正集辑佚》卷三)"劝苏轼谨言慎行,以免再罹文祸。后来闻苏轼北归,又依前韵作诗相贺。前韵中慨叹苏轼"羽翰虽好不能飞",这次则希望他避开锋镝,在云天中自由翱翔:"秋霜秋雨不同时,万里今从海外归。已出罗网毛羽在,却寻云迹贴天飞。(《闻子瞻北归次前韵以寄》)"燕饮中,苏轼趁醉在郭家石壁上画竹,郭作诗为谢,且遗二古铜剑。苏轼有和诗《郭祥正家,醉画竹石壁上。郭作诗为谢,且遗二古铜剑》:

空肠得酒芒角出,肝肺槎牙生竹石,森然欲作不可回,吐向君家雪色壁。平生好诗亦好画,书墙涴壁长遭骂;不瞋不骂喜有余,世间谁复如君者!一双铜剑秋水光,两首新诗争剑芒;剑在床头诗在手,不知谁作蛟龙吼?

诗中说自己空肠得酒,产生创作冲动,如芒角在胸,不吐不快。"平生好诗亦好画,书墙涴壁长遭骂"。岂但"遭骂",而且获罪,"乌台诗案"就在眼前。诗中明对郭祥正的理解表示感激,暗则抨击当权者的文网罗织。结尾处,赞扬郭诗毕露锋芒,其实也是一种自我表白。建中靖国元年(1101)四月,苏轼北归抵当涂,郭祥正造访于馆驿,颇有馈赠。苏轼则以青皮(青桂皮,可入药)一斤回赠。两位老诗人劫后余生,白发相对,互相关怀勉励,更是难能可贵。三个月后,苏轼便在常州下世。

苏轼与无为诗人杨杰也多有酬唱(杨杰生平和文学活动见第一章第五节)。杨杰为人性格豪爽,苏轼与他很投缘。元祐初,两人都任京官,时有往还。后杨杰山知润州,后移两浙提刑。元祐四年(1089),苏轼请求外任,由翰林学士出知杭州,出京之前即致书在杭的杨杰。杨杰在回复中祝贺其就赴外任,并称赞苏轼的人品学识:"识究几微,学深原本;忠义耸本朝之望,文章为多士之宗"(《贺杭州苏内翰》)。杨杰在润州任满后有诏要他还朝,杨坚辞不赴,才改任两浙提刑,可见识见与苏轼相同。苏轼在回书说:"京师附递,急于通问,不暇作四六,亦忝雅□,不敢自外也,过蒙来示,感悚兼极。(孔凡礼《苏轼年谱》引自《萼辉堂法帖》第一册)"苏轼视杨杰为挚友,两封书信,都不作官场虚应故事的四六文。

两人在杭州期间诗酒唱和,过从甚密。今存有《再和并答杨次公》《题杨次公春兰》《题杨次公蕙》《次韵杨次公惠径山龙井水》等唱和之作。又据《苏轼诗集》《苏轼年谱》《苏轼佚文汇编》等文献记载,苏轼到杭第二年三月一日,与杨杰、两浙提刑王瑜、转运判官张王寿等一同游龙华寺,过麦岭,至天竺,又游韬光寺,各处皆有题咏。同月八日,又与杨杰同访刘景文,观所藏欧阳修帖,苏轼并有题跋。还有一事更能说明两人的同好和不拘形迹:苏轼刚到杭不久,两人同去听杭州著名琴师贤鼓琴。弹奏后"贤求诗",两人仓促无以应之。于是杨杰就朗诵欧阳修的《赠李师诗》,苏轼则手书此诗以赠琴师。元祐五年七月,召杨杰返朝为礼部员外郎,苏轼在治所后圣果寺的介亭设宴为杨杰饯行,作《介亭饯杨杰次公》诗相赠,诗的最后写道:"临高挥手谢好住,清风万壑传其言。风迥响答君听取,我亦到处随君轩",让清风万壑为两人的友谊作证。杨杰在和诗中亦云:"经纶事业重家世,昔闻父子今弟昆。九丹炼就鼎灶温,刀圭足以齐乾坤。"称赞苏氏父子、兄弟的文学功绩如九转仙丹,可与天地同存。

苏轼与安徽文人的交游既重文品,又重人品,而且情深意笃。焦千之是欧阳修在颍州时的入室弟子,与苏轼、吕公著和青年才俊王令等皆有往还和唱和。千之为人"耿介不苟,终日危坐,未尝妄笑语"(《颍州志》),很受欧阳修赏识,两人亦师亦友。焦千之赴京,欧阳修曾有诗相送,诗中称赞焦的人品:"焦生独立士,势利不可恐,有能揭之行,可谓仁者勇。"熙宁八年(1075),焦千之任无锡令时,曾以新茶寄赠时任杭州通判的苏轼,苏轼认为好茶应有好水,又以诗求惠山泉。诗中写道:"故人怜我病,蒻笼寄新馥。欠伸北窗下,昼睡美方熟。精品厌凡泉,愿子致一斛。"(《求焦千之惠山泉诗》)诗中称千之为"故人",得了好茶,还要好水,可见两人不拘形迹。千之卒于元丰三年(1080),十年后,苏轼还念念不忘这位老友,在《跋焦千之帖后》中写道:"欧阳文忠公言'焦子皎洁寒泉冰'者,吾友伯强也。……伯强之没,盖十年矣,览之怅然。元祐五年二月十五日书。"

苏轼与皖籍文人交游甚至影响到后辈,如朱弁的《风月堂诗话》多载苏轼诗歌和逸事,与其父朱载与苏轼在皖交游亦不无关系。

第三节 王安石

王安石与安徽,亦有不解之缘:其故乡江西与安徽相邻;终老之地金陵,亦与安徽马鞍山挨肩。哥哥安仁曾为宣州司户,二妹嫁给了天长人朱昌叔,小妹妹又居住在和州乌江,自己更在舒州做了三年多通判。王安石一生中多次职务更迭,往返开封、江宁或去江西老家探亲,来来往往,都必经或可经安徽的淮南、定远、泗州、和州、含山、庐江等地,写下许多咏歌当地风物或表达自己理想、情怀的诗篇,与当地士人也多有唱和。其中舒州三年,是王安石任地方官时间最长的一次,也是他从政经历中最喜爱并经常回忆的一个地方,他把致仕后封为舒国公当作朝廷对他最大的荣宠。他在舒州写下的,包括以后思念的诗文一共有七十多篇。从这些诗文中可以看出后来悯农、重农变法思想的轮廓,也可以看出"尊杜""通经致用"等诗学和经学思想的雏形。舒州三年对王安石的从政历练,改革思想的形成、学术思想的进展,乃至对宋代政坛即将产生的震撼,都至关重要。

一、王安石在安徽经历及文学活动

皇祐三年(1051)初秋,王安石由鄞县知县调任舒州通判。开始他还担心这里偏僻闭塞、民风愚昧,无人交往,学问也得不到长进,他在给同行的弟弟安国的一首和诗中说:

行问啬夫多不记,坐论公瑾少能谈。只愁地僻无宾客,旧学从谁得指南。(《到舒州次韵答平甫》)

西汉朱邑任过桐乡啬夫,为政"廉平不苛,以爱吏为行",死后所部吏民"为邑起冢立祠,岁时祠祭"。苏辙在赴绩溪令时就表示要学习受人民爱戴的朱邑。周瑜是舒城人,在三十多岁时指挥赤壁一战而胜强曹,建立不世功勋。王安石这一年三十一岁,自然会想到舒州这两位乡贤,但途中与乡人攀谈,却很少有人知道这两人,这不能不使他感到意外和寂寞,从而产生上述担心。赴任途中经过青阳,震慑于九华山之壮美,给他的弟弟安国写了两首长诗感叹"楚越千万山,雄奇此山兼","此山广以深,包畜万物兼"。甚至想要终老其间:"当留老吾身,少驻谁云餍"(《和平甫舟中望九华山二首》)。但到了舒州附近,看见横亘天际青郁郁的皖山,觉得它更是无与伦比:"亘天青郁郁,千峰互嶕崒","远疑嵩华低,近岂潜衡匹"。惊绝之中,更为它的不为世人所知而感叹:"惜哉危绝山,岁久沈汨没。谁将除茀涂,万里游人出。"(《望皖山马上作》)等到他三年任满赴阙时,对舒州已是依依难舍了:

乡垒新恩借旧朱,欲辞潜皖更踌躇。攒峰列岫应讥我,饱食穷年报礼虚。(《别潜皖二山》)

一溪清泻百山重,风物能留邴曼容。后夜肯思幽兴极,月明孤影伴寒松。(《别潜阁》)

上一首说自己来舒时提到啬夫朱邑,在舒三年受其影响为乡民做了点事,这是值得告慰的。但来时叹息如此绝美山川来人稀少,不为世人所知,现在自己也要离开了,皖山群峰大概会列队来嘲笑自己吧!下一首是表态:自己就像汉末邴曼容,并不追求高官厚禄。舒州秀丽风物日夜吸引着我,说不定哪一天像邴曼容一样,挂冠回到舒州来过悠闲的生活。在《别皖口》中,他又再次诉说老归舒州的意向:"异日不知来照影,更添华发几千茎。"此时想要终老其间的,已不是九华山而是皖山了。而且这种愿望在以后岁月中还不止一次表达,如:"野性堪如此,潜山归去来"(《送真靖大师归灵仙观》);"他日卜居何处好,溪山还要与君同"(《送裴太傅监仙灵观》);"莫厌皖山穷绝处,不妨云水助风骚"(《别雷国辅之皖山》);"相看发秃无归计,一梦东南即自羞"(《怀舒州山水呈昌叙》)。王安石称羡舒州山水之美的诗作还有《壬辰寒食》《题舒州山谷寺石牛洞泉穴》《太湖恬亭》《九日随家人游东山》《怀舒州山水呈昌叔》《九日登东山寄昌叔》等。正像王安石在《九日登东山寄昌叔》中所描绘的:"落木云连秋水渡,乱山烟入夕阳桥",舒州山水确实太美了。

让王安石醉心的不仅是舒州秀美的山水,更有淳美的人情、朴厚的民风。诗人在京任参知政事时,他的同乡好友曾巩的弟弟曾宰(子翊)被派到舒州做掾吏,行前向王安石了解舒州的风俗人情,安石此时虽身居高位,回忆起舒州作倅时仍满怀深情:

> 皖城终岁静如山,府掾应从到日闲。一水碧罗裁缭绕,万峰苍玉刻屛颜。旧游笔墨苔今老,浪走尘沙鬓已斑。揽辔羡君桥北路,春风枝上鸟关关。(《和曾子翊授舒掾之作》)

他告诉曾宰,舒州这地方,静谧得如同皖山一样,民风淳朴又山清水秀,官员们终年无事,从到职那天起,就开始过上清闲的好日子。我当年在那里题写了许多咏歌诗篇,你现在能到那里去任职,真是令人羡慕啊!王安石在舒州写的许多交谊吟咏诗作,如《招同官游东园》《到郡与同官饮》《既别羊、王二君与同官会饮于城南因成一篇追记》等,说明他的这些话并非出于应酬的虚比浮词。在这些诗作中,他和同僚们"荒歌野舞同醉醒,水果山肴互酬酢"(《到郡与同官饮》),甚至跑到很远的地方去饮酒,从黄昏一直游玩到深夜,回到城里已经鸡叫:"酒肉从容追路远。临流黄昏席未卷,玉壶倒尽黄金盏……送车陆续随子返,坐听城鸡肠婉转"。他甚至还主动邀请同僚们一道采菊、钓鱼:"幽菊尚可泛,取鱼系榆条"(《招同官游东园》),从中感到从未有过的愉悦和快乐:"毋为百年忧,一日以逍遥","自嫌多病少欢颜,独负嘉宾此时乐"。王安石为人清简迂执,并不喜欢燕饮,更不爱呼朋引类,也不追求口腹之乐。《邵氏闻见录》记他吃饭也是敷衍了事,只吃眼前的鹿脯,都不愿把筷子伸得远一点夹菜,以致同桌者误认他最爱吃鹿脯,第二天送一大块到他家中来。况且,他还认识到"官身有吏责,觞事遇嫌猜"(《送真靖大师归灵仙观》),燕饮之事为官者是应忌讳的。因此,上述行为只能说明他在舒州官场确实很遂心,很惬意。特别是他到中央主政推行改革后,面对高层残酷的倾轧和改革遇到的强大阻力,更是每每怀念起舒州度过的美好岁月。正如上面所征引的,他多次向朋友表露希望远离浑浊的官场,回到舒州的愿望。神宗元丰元年(1078)正月,王安石被晋封为舒国公。此时他已第二次罢相,在内外交攻中已心力交瘁,接到这个褒奖,又使他回忆起舒州岁月,他在谢表中感慨地说:"唯兹邦土之名,乃昔宦游之壤。久陶圣化,非复鲁僖之所惩;积习仁风,乃尝朱邑之见爱。鸿私所被,朽质更荣。"意谓舒州长期以来受到先圣的教化和陶冶,养成宽厚淳朴的民风,颇受汉代廉吏朱邑的垂爱,已不是鲁僖公当年讨伐过的蛮夷之地了。我曾在舒州做过地方官。在垂老之年,又被封为舒国公,这让我感到无上荣耀。同时,他还写了三首绝句,在浓郁的怀旧意识中不断抒发对舒州的怀念之情:"今日桐乡谁爱我,当时我自爱桐乡";"故情但有吴塘水,转入江东向我流"(《封舒国公三首》)。元丰七年(1084),诗人的生命之舟已即将沉没,衰病之中他在送一位故人返回舒州时还在深情地回忆:"山川相对一悲翁,往事纷纷梦寐中。邂逅故人恩意在,低徊今日笑言同。看吹陌上杨花满,忽忆岩前蕙帐空。亦见桐乡诸父老,为传衰飒病春风。(《送逊师归舒州》)"诗人两年后即去世,这也是诗人对舒州最后的回忆和寄言。

诗人在来舒州前还担心那里偏僻闭塞,无人交往,学问也得不到长进。到了舒州后,才发现这里是个读书的好地方。他在给自己二妹婿朱明之的一首唱和诗中,回忆两人在舒州时的读书之乐,题为《次韵昌叔怀潜楼读书之乐》:

> 志食长年不得休,一巢无地拙于鸠。聊为薄宦容身者,能免高人笑我不?道德文章吾事落,尘埃波浪此生浮。看君别后行藏意,回顾潜楼祇自羞。

诗中回忆两人一起游览舒州明山秀水,一起在潜楼中读书,一起讨论过士大夫的行藏出处,并且有约,一起归老舒州,优游林泉。诗中对自己"薄宦容身",没能履践诺言,感到羞愧。《舒州志》载有"潜阳十景",其中的"舒台夜月"位于潜山县城内天宁寨上,相传是王安石的读书处,也可能就是诗中所说的潜楼。或许是这高耸的潜山、明净的潜水、宁静的山林,启迪了王安石的聪慧,也让王安石更加沉潜,更深入地思考,从而产生学术上的飞跃。王安石在潜楼,利用政务之余辑录一部杜甫诗集,并写有《老杜诗后集序》和长诗《杜甫画像》,诗中赞颂杜甫"宁令吾庐独破受冻死,不忍四海寒飕飗"舍己为民的伟大人格,在"序"中声称自己"尤爱杜甫氏作","每一篇出,自然人知非人之所能为,而为之者惟其杜甫也"。在这首长诗中,表达"愿起公死从之游"的仰慕之情,也寄托了他"吟哦当此时,不废朝廷忧"的政治抱负和批判精神。"尊杜"乃至"抑李扬杜"之风始自宋代,与王安石关系极大,这篇序和古风则为发轫之作。王安石到舒州不久,则与弟弟安国一道夜游石牛洞,写有一首六言绝句《题舒州山谷寺石牛洞泉穴》:

水泠泠而北出,山靡靡而旁围,欲穷源而不得,竟怅望以空归。

此为宋代罕见的六言绝句,而且比后来在京时写的《题西太乙宫》要早,在中国诗歌史上的价值自不待言。更重要的是它体现了一种探求精神、一种进取意识,这与他此后写的《游褒禅山记》中所说的"世上奇伟、瑰怪、非常之观,常在于险远,故非有志者,不能至矣"在精神内涵上是完全一致的。这也许就是他后来力排众议、愈挫愈勇推动改革的精神支撑,也是他独辟蹊径刊布"荆公新学"的学术渊源。这首诗的影响也很大:后来的黄庭坚,明人张应治,近人养旦皆有仿作的六言题诗。他在政治上的反对派晁补之亦将这首诗收入了他编纂的《续楚辞》,并在按语中称赞:"世以谓具六艺群书之遗味,故与其经学典策之文俱传焉。"南宋朱熹,对王安石的学术、政事颇多微词,但对这首诗却十分赞赏,不仅收入了他编纂的《楚辞后语》,还在按语中说:"盖非学楚言者,而亦非今人之语也,是以谈者尚之。"舒州任满时写的《游褒禅山记》更可以视作他的文学观念的具体实践。至和元年(1054)三月,王安石舒州通判任满,朝廷任命为集贤校理,王安石则以"家贫口重"、生活艰难为理由,四次辞让不愿做京官。集贤校理在宋代士大夫眼中是清要之职,百计谋求而不可得,地方官则是浊吏,王安石却不顾流俗,不求虚名:"戴盆难与望天兼,自笑虚名亦自嫌。槁壤太牢俱有味,可能蚯蚓独清廉?"(《舒州被召试不赴偶书》)以家贫这个士大夫不愿入口的理由请求外任,也表现了王安石不图虚荣的务实作风。在《游褒禅山记》中不记游山经过,不描述褒禅山的山容山态,直至今日人们都将褒山误成是褒禅山,都以为前洞和后洞均在褒山之上,都搞不清"其下平旷"究竟是洞下平旷还是山下平旷。皆因作者着力点在于阐发游览中悟出的两点义理:"世上奇伟、瑰怪、非常之观,常在于险远,故非有志者,不能至矣";由仆碑发现"花山"被今人误读为"华山",得出"学者不可以不深思而慎取"的治学结论。这种行文方式和议论风格,正是他"当以适用为本""务求有补于世"为文主张的出色实践。

舒州三年,也是他任地方官时间较长并深入基层的一次,也是他为解除农民困苦、破解当时经济困局思考最多的时期之一;可以说,后来变法的一些政治设计,在舒州任上已具雏形。这种思考,自然首先出于一个正直的士大夫对民生的哀悯和自责:他体察民生之艰,"贱子昔在野,心哀此黔首。丰年不饱食,水旱尚何有"(《感事》);既为农民无种下地而惭愧,"火耕又见无遗种,肉食何妨有厚颜"(《舒州七月十一日雨行》);更为自己为政三年,舒州依然贫困而自责,"三年佐荒州,市有弃饿婴。驾言发富藏,云以救鳏茕。崎岖山谷间,百室无一盈"(《发廪》)。在《慎县修路者》中,为自己没能兑现诺言、实现夙志而充满负疚感:"十年空志食,因汝起予羞。"

正是出于对农民命运的关切和强烈的责任感,他开始思考导致农民贫困的原因和如何拯救。这些变法的前期思考集中在《寓言九首之四》《感事》《发廪》《兼并》等诗作中。而这些诗作均作于仁宗皇祐五年(1053)舒州任满前,是作者三年任期内深入民间调查思考的结果。例如他探索造成民生凋敝的一个重要原因便是"兼并",而造成兼并横行的原因又在于先王法度受到破坏:

> 三代子百姓,公私无异财。人主擅操柄,如天持斗魁。赋予皆自我,兼并乃奸回。奸回法有诛,势亦无自来。后世始倒持,黔首遂难裁。秦

王不知此,更筑怀清台。(《兼并》)

先王有经制,颁赉上所行。后世不复古,贫穷主兼并。非民独如此,为国赖以成。筑台尊寡妇,入粟至公卿。我尝不忍此,愿见井地平。(《发廪》)

婚丧孰不供,贷钱免尔萦。耕收孰不给,倾粟助之生。物赢我收之,物窘出使营。后世不务此,区区挫兼并。(《寓言九首之四》)

先王法度受到破坏,人主不操权柄诛戮兼并者,从而给"兼并乃奸回"有可乘之机,以致国困民穷,"黔首遂难裁"。在这方面,秦始皇筑怀清台,奖励靠掠夺资源起家的巴地寡妇清开了个坏头。拯救的办法就是恢复先王法度,颁赉由上所行,严惩兼并。嘉祐四年(1059),王詹叔奉命来江东察访罢榷事宜,王安石写了一首很长的五言诗和他。诗中痛陈榷茶之弊,结尾说到"孔称均无贫,此语今可取"(《酬王詹叔奉使江东访茶利害见寄》),将其摧抑兼并之心,进一步坦露。同年作者提点江东刑狱任满回朝复命时,给仁宗皇帝一份奏章,其中再次提到国家日益贫困、风气日衰的主要原因就在于法度不明:"天下之财力日以穷困,而风俗日以衰坏,四方有志之士,谡谡然常恐天下之久不安。此其故何也?患在不知法度故也。"(《上仁宗皇帝言事书》)这皆是他在舒州任上探索思考的结果,也成为变法中"青苗法""均输法"和"市易法"的思想基础。《寓言九首之四》更是他秉政后"挫兼并"、推行"青苗法"前的一次尝试。

第二是抨击庸官俗吏,揭露借催逼以逞能,更恶劣者则借机敲诈勒索,借以自肥:

州家闭仓庾,县吏鞭租负。乡邻铢两征,坐逮空南亩。取赏官一毫,奸桀已云富。彼昏方怡然,自谓民父母。(《感事》)

大意苦未就,小官苟营营。(《发廪》)

俗吏不知方,掊克乃为材……有司与之争,民愈可怜哉。(《兼并》)

他在《酬王詹叔奉使江东访茶利害见寄》中,痛陈榷茶之弊的同时,也直接指责了那些保官保爵、不顾百姓死活的官僚,以及那些矫揉造作的王公大臣、庸官俗吏："公卿患才难，州县固多苟。诏令虽数下，纷纷谁与守。位以声势受，戮力思矫揉。"在继后的三司度支判官任上，曾写有一篇《度支副使厅壁题名记》，一向被认为是研究王安石变法思想的重要资料。他在这篇文章中写道："守天下之法者吏也。吏不良，则有法而莫守；法不善，则有财而莫理"，"然则善吾法而择吏以守之，以理天下之财，虽上古尧舜犹不能毋以此为先急，而况于后世之纷纷乎"，亦是《感事》《发廪》《兼并》诸诗中思想的进一步发挥。这也成为他后来在变法中调整中央机构，另设三司制置条例司，裁减冗员的思想根底。

第三是批判官员因循守旧，不知通达变化，表示自己要为民请命，变革现状：

俗儒不知变，兼并可无摧。(《兼并》)

豳诗出周公，根本诋宜轻。愿书七月篇，一窹上聪明。(《发廪》)

王安石后来果然将《发廪》中表白付诸实践，在熙宁元年给神宗皇帝上了著名的《论本朝百年无事札子》，企图"一窹上聪明"。奏章直接将因循守旧之风根源归咎于皇帝："然本朝累世因循末俗之弊，而无亲友群臣之议。人君朝夕与处，不过宦官女子；出而视事，又不过有司之细故。未尝如古大有力之君，与学士大夫讨论先王之法，以措之天下也。"继后同样著名的《答司马谏议书》中更加犀利地批判了士大夫的保守因循："人习于苟且非一日，士大夫多以不恤国事、同俗自媚于众为善。"如此种种，皆是萌生于《兼并》《发廪》，都是其中思想的进一步深化和具化。舒州的这些诗作，可以说，已经勾画出王安石变法思想的轮廓。

三年舒州通判，为王安石从政积累了更为丰富的基层经验，也奠定了后来变法思想的基本框架。熙宁以后，王安石在中央执掌枢要，不顾流俗大力推行改革，被列宁称为"中国十一世纪改革家"。从某种意义上说，王安石是从舒州走向中国十一世纪政治舞台的。

王安石一生中多次职务更迭，又多次往返开封、江宁和故乡临川。哥哥安仁为宣州司户，二妹嫁给了天长人朱昌叔，小妹嫁给了扬州人沈季长，居住在和州乌江,自己又居住在与安徽紧邻的江宁。无论就任、返家或是探亲,来来往往,都要经过安徽,因此在江淮大地留下多处题咏,与安徽士大夫也多有交游。皇祐五年(1053)六月,王安石在舒州任满前曾去苏州、常州,沿途经过巢县、含山、和州、采石等处,写有《范增》《清溪驿》《乌江亭》《初憩和州》《牛渚》等怀古和纪行诗作。这些诗作,除了抒发自己的经历遭遇和人生志向外,突出之处在于表现了不同常人的历史见解,如下面两首:

百战疲劳壮士哀,中原一败势难回。江东子弟今虽在,肯与君王卷土来?(《乌江亭》)

中原秦鹿待新羁,力战纷纷此一时。有道吊民天即助,不知何用牧羊儿。(《范增二首》其二)

两首皆是咏歌楚汉相争之事。乌江亭在历阳乌江(今和县乌江),王安石的小妹即居住在乌江。乌江亭又叫项亭,在霸王庙前,为当地人祭祀项羽所建。历来诗人皆有咏歌,其中最著名的有唐人杜牧的《题乌江亭》:"胜败兵家事不期,包羞忍耻是男儿。江东子弟多才俊,卷土重来未可知";李清照的《咏史》:"生当为人杰,死亦为鬼雄。至今思项羽,不肯过江东",皆是借咏史抒发对世事和人生的感慨。李清照赞扬项羽不肯过江东,认为这样才是顶天立地的男子汉,借以暗讽偏安江东的南宋小朝廷;杜牧则是惋惜项羽没有过江东,暗讽项羽缺乏政治眼光;王安石则认为无论过江东还是不过江东都无济于事,因为项羽失去民心,江东子弟不会再为其卖命。杜牧着眼军事谋略,李清照着眼爱国守土,王安石则着眼民心向背,眼光自然不同寻常,这同他在上述的《发廪》诗结尾要求皇上学习周公、熟读《豳风·七月》、关心民生、重视农情是一脉相承的。

《范增二首》写于经过居巢(今合肥巢湖)之时,也有可能亦写在历阳(今和县),因为范增是居巢(今巢湖亚父)人,又被项羽封为历阳侯。《范增》共二首,第二首仍着眼于民心向背。项羽随叔父项梁起兵时,拥立楚怀王的后代已沦落牧羊儿的"芈心"为楚王,以此号召大众。王安石则认为,讨伐无道之秦,这是吊民伐罪、顺应民心,完全可以堂堂正正地进行,苍天自会相助,不需打着昔日楚王的旗号。

这些经皖诗作中还有一篇《清溪河》，如果说《乌江亭》等表现了王安石不同凡响的历史见解和政治眼光的话，那么这首绝句则体现了别样的艺术风格，全诗如下：

> 冷冷一带清溪水，远远来穿历阳市。涓涓出自碧湖中，流入楚江烟树里。

王安石的诗作，尤其是早期绝句多议论，往往忽略事情本身的描述，上述的《乌江亭》《范增》以及《商鞅》《登飞来峰》等皆是如此，这自然与他的为文"当以适用为本""务求有补于世"的文学主张有关。但这首《清溪河》却纯是客观的记述和描写，一句议论感慨也没有，与他的早期绝句风格大相径庭。此诗与名篇《游褒禅山记》关系也很大：此是作者夜宿含山清溪驿时所作，清溪驿在合肥通往和州的驿道上，距东北的褒禅山仅十五里左右。可能就是这次经历，才种下解职以后去游褒禅山的种子。

至和元年（1054）元月，王安石在舒州任满赴阙；三月除集贤校理，力辞不就，有诏在京差遣；九月，重新任命为群牧司判官，又辞，结果在欧阳修劝说下就任。就在赴阙、返回江宁、再赴阙的往返中，除了在舒州写的《过皖口》《别潜阁》《别潜皖二山》外，途经安徽淮南、蒙城、全椒等地，写下《八公山》《蒙城清燕堂》《蒙亭》《和吴御史临淮感事》等诗作。散文名篇《游褒禅山记》亦写于此年六月。可能与当时的处境有关，在这些诗作中并无进取意识而多有归隐之思，如"庭下早知闲木索，坐间遥想御丝桐。飘然一往何时得，俛仰尘沙欲作翁"（《蒙城清燕堂》）；"隐者委所逢，在物无不足。山林与城市，语道归一毂"（《蒙亭》）。另外，从一些景色的描绘和感慨的抒发中，亦可看出诗人对朝政的不满，如在《八公山》中借刘安得道，鸡犬随之升天，来讽刺天子脚下能多得好处："身与仙人守都厕，可能鸡犬得长生。"它使我们想起《论本朝百年无事札子》那段议论："人君朝夕与处，不过宦官女子；出而视事，又不过有司之细故。"在《和吴御史临淮感事》中那段描绘淮河上惊波骇浪之后所抒发的感慨："澄观有材邀昧陋，霁云无力报奸回。骚人此日追前事，悲气随风动管灰",也应是意有所指。这段两淮经历,甚至给诗人留下终生记忆,十年后,他在金陵守母丧时还回忆起这段经历,留下深长的眷念:

  欲望淮南更白头,杖藜萧飒倚沧州。可怜新月为谁好,无数晚山相对愁。(《北望》)

  诗人第三次在安徽的游历是在嘉祐三年(1058)二月,由常州知州移任江南东路刑狱之时。当年十月,朝廷任命在常州知州任满的王安石为提点江东刑狱,王辞不就,至第二年春方赴阙就任。江东刑狱治所在江西饶州,安徽宣州、徽州、当涂、宁国、秋浦(今池州)、青阳等是他往返必经之地,也是江东路提点刑狱的巡查范围。在此期间,他留下《次青阳》《次韵游山门寺望文脊山》《凤凰山二首》《白纻山》《九井》《胡氏逢原堂》《西山》《江上五首》等。在这些诗作中,诗人一方面为安徽沿江、江南一带山川风物之美而惊叹沉醉:"我爱铜官好,君实家其间。山水相萦萃,花卉矜春妍。有鸣林间禽,有跃池中鲜。叶山何嵯峨,秀峙东南偏。峰峦日在望,远色涵云边"(《胡氏逢原堂》),这是诗人眼中的铜陵;"沿崖涉涧三十里,高下荦确无人耕。扪萝挽茑到山趾,仰见吹泻何峥嵘。余声投林欲风雨,末势卷土犹溪阬。飞虫凌兢走兽栗,霜雪夏落雷冬鸣"(《九井》),这是诗人在当涂九井沿崖涉涧,探胜寻幽;"白纻众山顶,江湖所萦带。浮云卷晴明,可见九州外。肩舆上寒空,置酒故人会。峰峦张锦绣,草木吹竽籁"(《白纻山》),这是诗人在当涂县东白纻山上登高;"宣城百山间,文脊尤奇峰。拔出飞鸟上,图画难为容"(《次韵游山门寺望文脊山》),这是诗人在宣城山门寺远眺。皖南山光美,水色也美,下面两首《江上》则是皖江风物给诗人的总体感受:"村落家家有浊醪,青旗招客解衹裯。春风似补林塘破,野水遥连草树高";"江水漾西风,江花脱晚红。离情被横笛,吹过乱山东"。

  可能是秀美山水引起了诗人的归隐之思,更可能是诗人对当时官场的厌倦和不满(这也是他后来立志变法的原因之一),诗人在这些描摹惊叹山水秀美后往往是抒发归隐之思,如"留欢薄日晚,起视飞鸟背。残年苦局束,往事嗟摧坏"(《白纻山》);"青山满天地,何往为吾丘。贫贱身祇辱,富贵道足羞"(《凤凰山》);"何言万里客,更作百身忧。补败今谁恤,趋生我自羞"(《江上》其二)。《次青阳》更是完整清晰地表达了归思:

> 十载九华边,归期尚渺然。秋风一乘传,更觉负林泉。

诗人从庆历七年(1047)由大理评事调任鄞县知县,到皇祐三年(1051)初秋,再由鄞县知县调任舒州通判。再到嘉祐三年(1058)由常州知州移任江南东路刑狱,这十一年中由九华山东调往九华山西,所以诗人说"十载九华边"。这次担任巡察江东刑狱之任,更无法归隐,更有负林泉之约了。诗人在《江上》中解释说"迟回自负平生意,岂是明时惜一毛"。自己违背平生意愿没有归隐,这并非爱惜羽毛,而是想展露才华。但不是"惜一毛"又是为何呢?诗人在此并没有回答。倒是在六年后与友人的一首唱和中透露出玄机,这首诗名《和微之林亭》:

> 为有檀栾占雏阳,忆归杖策此徜徉。观鱼得意还知乐,入鸟忘机肯乱行。未敢许君轻去国,不应如我漫为郎。中园日涉非无趣,保此千钟慰北堂。

微之名王皙,字微之,太原人。至和年间曾任池州知州、江南东路转运使,后迁刑部郎中,是王安石的好友,英宗治平元年(1064),王安石因母丧从知制诰任上解职回江宁守孝,两人多有聚会唱和。在一次林亭之游时,王皙有首赠诗,提到想辞去刑部郎中,享林泉之乐。王安石写此诗相和,说不同意他这样做,原因有二:一是未报君恩不能"轻去国";二是姑且先做个刑部郎中,好在也有千钟俸禄可以养老母。这两个理由,与六年前自己在江东刑狱任上无法归隐完全相同,当时也是老母在堂,也是圣眷正隆,任常州知州不到半年就除江南东路刑狱。以上这些在安徽的诗文,为研究王安石思想、生平以及熙宁变法,皆提供了第一手资料。

二、王安石与皖人交游

王安石在安徽的交游,有诗人梅尧臣、妹婿朱昌叔、池州太守王皙、安丰张令、全椒张公和无为军张居士等。他称赞安丰县令重视水利为民谋利,受到民众的称颂:"桐乡振廪得周旋,芍水修陂道路传"(《安丰张令修芍陂》)。芍陂即今安丰塘,战国时楚国修建,至今仍为寿县一带农业提供灌溉和排涝之利,也为张居士的"真心妙道"不为人所领悟,友人张公的人亡诗没而深深叹息:"此理世间多未悟,因君往往叹西风"(《寄无为军张居士》);"遗墨每看疑邂逅,复随人事散如烟"(《全椒张公有诗在北山西庵僧者墁之怅然有感》)。朱昌叔是他的二妹婿,名明之,字昌叔,天长人(今安徽天长)。仁宗皇祐元年(1049)进士,官著作佐郎,进崇文院校书。曾知秀州,迁两浙监司,官至大理少卿。王安石有三个妹妹,但与天长朱明之交往最多,安石任职舒州时,朱明之夫妻一度在舒州伴随。临川集中两人唱和诗有十首之多,除了上面提到《次韵昌叔怀潜楼读书之乐》外,尚有《寄朱昌叔》《怀舒州山水呈昌叔》《九日登东山寄昌叔》等。二妹朱氏离开舒州时,王安石送到皖口并有诗记行:《自州追送朱氏女弟宿木瘤僧舍明日度长安岭至皖口》。在这些诗作中,除了亲情的倾诉外,更多的是表露对官场的厌弃和归隐之思,如"世事纷纷洗更新,老来空得满衣尘。青山欲买江南宅,归去相招有此身"(《寄朱昌叔》);"道德文章吾事落,尘埃波浪此生浮。看君别后行藏意,回顾潜楼衹自羞"(《次韵昌叔怀潜楼读书之乐》);"应须绿酒酬黄菊,何必红裙弄紫箫","渊明久负东篱醉,犹分低心事折腰"(《九日登东山寄昌叔》);"尘土生涯休荡涤,风波时事只飘浮。相看发秃无归计,一梦东南即自羞"(《怀舒州山水呈昌叔》),皆是研究王安石思想历程和人生道路的珍贵资料。

王安石与皖人交游中,其中最重要的当然是梅尧臣。两人一是欧阳修好友,一为欧的门生,又皆以自己的文学主张和创作实践为宋代诗文革新运动增添实绩。两人间相互酬唱很多:王安石曾写诗给吴正仲,梅尧臣得知后寄诗相和,王安石得和诗后又"依韵酬之",诗题为《寄吴正仲却蒙马行之都官梅圣俞太博和寄依韵酬之》:

　　山水玄晖去后空,骚人还向此间穷。小诗聊与论孤愤,大句安知辱两雄。秦甲久愁荆剑利,赵兵今窘汉旗红。背城不敢收余烬,马首翩翩只欲东。

皇祐三年(1051)秋,王安石出任通判舒州,到任不久长兄安仁去世。王安仁于皇祐元年以进士下科补宣州司户,皇祐三年三月转运使以监江宁府盐院,十月在江宁去世,安石赴江宁吊丧途经宣州。时梅尧臣由国子监直讲改任太常博士,亦是吴正仲友人,曾有诗《依韵吴正仲广德路中见寄》与吴相唱和。王安石此诗是就谢朓一生遭遇来抒发人生感慨,慨叹"骚人固穷",胸有"孤愤",以表示对谢朓才华的无限仰慕。夸张谢朓(字玄晖)去后宣城山水失色。因为有了谢朓的名句:"余霞散成绮,澄江静如练",我也不敢再去复题宣城傍晚的山光水色,只好匆匆赶往江宁。此是《临川集》中唯一的一首对谢朓为人遭遇和文学成就作出评价的诗作,在诗歌史上自有其价值。梅尧臣去世,王安石闻讯后写了一首长诗《哭梅圣俞》。诗中痛惜梅尧臣坎坷的一生,慨叹"诗人况又多穷愁,李杜亦不为公侯","文章憎命达"的命运不公,更从文学史的演进肯定梅改变绮丽文风、"经奇纬丽散九州"的文学功绩.其中对"国风变衰"到"其声与节急以浮"的当世文风批判,亦可看出王安石的革新思想,是研究王安石文学观的一篇重要资料。梅、王唱和诗中更值得注意的是十五首"农具诗"。嘉祐二年,梅尧臣在京任参详官时曾写有《和孙端叟寺垂农具诗十五首》,记录了各种农具的功用和具体的生产过程,如耕地工具"耒耜",播种工具"耧种",中耕工具"钱镈",灌溉工具"水车",脱粒工具"馗扇",田间计时工具"田漏",修理工具"樵斧",田头休息和守夜处"田庐",驱赶鸟类和野兽的"耘鼓",田间劳作用以遮风避雨的"滩襫"和"合笠"等。亦有具体的生产过程记述,如"手持高斗柄,嘴泻三犁垄。月下叱黄犊,原边过废家"(《耧种》);"既如车轮转,又若川虹饮。能移霖雨功,自致禾苗稳"(《水车》),其间表达了对农民艰辛劳作的同情,也偶露贫富悬殊的慨叹和归隐之思,如"月下叱黄犊,原边过废家。安知侠少年,玉食金羁拥"(《耧种》);"我老欲归田,兹器已先识"(《耒耜》)。这些诗作,无论在中国农业史或文学史上都极为珍贵。南宋的陆游对此极其推崇地说:"李杜不复作,梅公真哉壮。"王安石的《和圣俞农具诗十五首》,不仅保持了梅诗对各种农具的功用和具体生产过程记录这一特色,而且外抒感慨、内蕴哲理,诗作更充满感情色彩或思理更加深刻,如"富家种论石,贫家种论斗"(《耧种》),"日落未云休,田家亦良苦"(《耘鼓》),"汗与水俱滴,身随阴屡移。谁当哀此劳,往往夺其时"(《田漏》),"力虽穷田畴,肠未饱当藏。稼收风雪时,又向寒坡牧"(《耕牛》),等等,对农民的辛劳、疾苦的同情更加充分,对官府不恤民情,强夺农时的批判更加直接。如《田漏》:

占星昏晓中,寒暑已不疑。田家更置漏,寸晷亦欲知。汗与水俱滴,身随阴屡移。谁当哀此劳,往往夺其时。

农家田间劳作,看星辰即可知昏晓,但还要置"田漏"欲知寸晷,可见对农时的爱惜。"汗与水俱滴,身随阴屡移"更是描绘出农民在田间从早到晚抓紧劳作的情形,对仗工整又颇富形象性。结尾两句"谁当哀此劳,往往夺其时"则直接批判官府抢夺农时,害民伤稼。下面这首《覆耜》不仅勾勒出耰耜的具体制作,而且更富有政治内涵:

锻金以为曲,揉木以为直。直曲相后先,心手始两得。秦人望屋食,以此当金革。君勿易覆耜,覆耜胜锋镝。

直曲后先,心手两得,这绝不仅仅是在说覆耜操作,亦是对政治运作的体悟。因为下面接着就说道秦人暴政,导致陈涉等以"耜覆棘矜"在田头揭竿而起。结尾两句,实际上就是贾谊在《过秦论》中的结论:"锄覆棘矜,非铦于钩戟长铩也","仁义不施而攻守之势异也"。这与他在《乌江亭》《发廪》等诗歌的观点完全一致。至于《樵斧》:"朝出在人手,暮归在人腰。用舍各有时,此日两无邀";《耧种》:"行看万垄空,坐使千箱有。利物博如此,何惭在牛后";《扬扇》:"如摈非尔憎,如留岂吾吝。无心以择物,谁喜亦谁愠"等,皆是意在阐发某种哲理或表达某种人生志向。至于《耒耜》,更像一首表白自己改革理念的政治抒情诗:

耒耜见于易,圣人取风雷。不有仁智兼,利端谁与开。神农后稷死,般尔相寻来。山林尽百巧,揉斫无良材。

耒耜为往古圣人神农后稷所制,兼有仁智。后世违背圣人之道,追求利端,官吏们百般逞巧,一无良材。这与《感事》《发廪》《兼并》等诗篇,与《论本朝百年无事札子》《度支副使厅壁题名记》等政论文中,抨击先王法度受到破坏,兼并者借机弄巧,官吏们以催逼逞能是完全一致的。

第四节　苏辙　黄庭坚

一、苏辙

苏辙在安徽的文学活动,基本上分为两个部分。一是追随其兄苏轼,在赴任途中探访友人,咏歌风物,或是与其兄唱和。如熙宁四年送苏轼赴扬州通判任,同在颍州拜望欧阳修,同游西湖时写有《陪欧阳少师永叔燕颍州西湖》。但同苏轼醉心于西湖美景有所不同,诗中主要是称颂欧公赋闲以后的悠游生活,并无一句提及西湖风景,似乎也为自己后来归隐颍昌,自称"颍滨遗老"埋下种子。他也曾应欧阳修之命为"石屏"赋诗,题为《欧阳公所蓄石屏》,题旨和表达也与乃兄大相径庭:苏轼赋诗言此意彼,借以抒慨,至于石屏上有何画图,屏为何名,屏上画的何物,技法如何,皆不得而知。苏辙在诗中则一一交代清楚,这幅石屏图的主体是两株古树,左右相连,一为樗、一为松,上面有栖鸟,上有明月,后有群山。屏名"月石砚屏",画中为"寒林栖鸟"。在诗后注明这是欧公自己说的,并非我苏辙杜撰:"自注,月石砚屏及石上寒林栖鸟,皆公诗所赋。"史称苏辙"论事精确修辞简严,未必劣于其兄"(《宋史·本传》卷三三九),于此可见一斑。另外,对苏轼此行中所作的《初出颍口见淮山,是日至寿州》《寿州城东龙潭》《涡口遇风》《濠州七绝》,也皆有次韵以及和作,但亦不似苏轼借景抒怀、慷慨高歌,如《次韵初出颍口见淮山》:

清淮此日见沧浪,始觉南来道路长。窗转山光时隐见,船知水力故轩昂。白鱼受钓收寒玉,红稻堆场列远冈。波浪连天东近海,乘桴直恐渐茫茫。

诗中只叙在颍水乘船的经过,淮河平原的辽阔和富庶给诗人的感受,并无苏轼诗中刻意渲染的苍凉黯然氛围和暗含的"贤人去国"幽愤悒郁之情。可能与苏辙为人谨慎内敛,不及苏轼豪放,也不似苏轼口无遮拦。但两人的理想操守却是共同的,《宋史·本传》论曰:"辙与兄进退出处无不相同。患难之中友爱弥笃,无少怨尤,今古罕见(《宋史·本传》卷三三九)"这在苏辙颍州诗作中亦有体现,如《次韵子瞻颍州留别二首》其一中云:"念兄适吴越,霜降水初冷。翩然事舟楫,弃此室庐静","远行岂易还,剧饮终难醒。不如早自乞,闲日庶犹永"。前者是对兄远行的担忧,表现的是手足之情,后者则是劝其言行谨慎,免落陷阱。这与苏轼在赠诗中的"人生无离别,谁知恩爱重","嗟我久病狂,意行无坎井。有如醉且坠,幸未伤辄醒",伤别和自悟自警、情感和认识是完全一致的。元丰七年(1084),苏轼由黄州量移汝州,在泗州写的《泗州僧伽塔》《发洪泽遇大风却还宿》,苏辙也有次韵之作。

苏辙在安徽的单独活动,只有在绩溪任职之时。元丰二年(1079),苏轼因谤讪新政的罪名被捕,后又贬往黄州。苏辙亦因上书为兄辩解而受牵连,贬往筠州监酒税。当了五年多烦琐庸杂的税监后,于元丰七年(1084)调任绩溪令。接此任命,苏辙的心境极为复杂:绩溪乃山间小小的"岩邑","指点县城如手大"(《初到绩溪偶成小诗》),地瘠民贫,也不是什么好去处。但地处江南,山清水秀又僻静深幽,对一位理学家来说,是一个修身养性的佳境;对他这位备受打击的诗人来说,更是一个疗养心灵创伤的好去处。再说距兄长贬居的黄州也要近一些。况且,作为一县之长,总比监酒税要好得多。于是诗人安慰自己说,既然是山区,总有栗子和蜂蜜吧:"山栗似拳应自饱,蜂糖如土不须悭"(《将移绩溪令》)。更何况经过兄长遭受身陷囹圄,九死一生;朝廷执政者又有意侮辱他,将他这位翰林清胄、道学名家贬往边郡监酒税,与商人计筹论价,而且一干就是五年多。这一系列的打击,使他沉潜于佛学,早将名利看淡,不愿再与世浮沉。他在离开筠州时寄给一位长老的诗中说:"五年依止白莲社,百度追寻丈室游","回首万缘俱一梦,故应此物未沉浮"(《回寄圣寿聪老》)。另一方面,他毕竟又是一位正直的儒者,济世之志并未泯灭,此番任命毕竟是他进士及第二十七年来第一次担任地方主官,可以为百姓(哪怕仅仅只是一县百姓)做点事情,所以接到任命,诗人还是欣悦的,这在《将移绩溪令》中有充分表达:

坐看酒垆今五年,恩移岩邑稍西还。他年贫富随天与,何日身心听我闲。山栗似拳应自饱,蜂糖如土不须悭。仲卿意向桐乡好,身后烝尝亦此间。

诗的前两句表达欣悦之意,最后两句化用了汉吏朱邑的典故。据《汉书·循吏传》:朱邑是汉代舒州桐乡的地方官,"廉平不苛,以爱吏为行",死后所部吏民"为邑起冢立祠,岁时祠祭,至今不绝"。作者表示要以朱邑为榜样,在绩溪造福百姓,受到绩溪百姓的爱戴追念。这种向往和期待,甚至形诸梦寐:

扁舟逢野岸,试出步崇冈。山转得幽谷,人家余夕阳。被畦多绿茹,堆屋剩黄粱。深美安居乐,谁令志四方。(《将之绩溪梦中赋泊舟野步》)

山谷幽邃,冈峦起伏,民风淳朴,安居乐业,这就是苏辙理想中的绩溪,或者说是苏辙这位新任绩溪令要实现的理想。苏辙于元丰七年(1084)秋从筠江乘船到达豫章,再经都昌、醴陵过鄱阳湖到九江,游玩庐山后再乘船东下到池州,与当地陈秀才有诗赠答。然后沿宣河到宣城,受到宣州知州侯利建的接待,同游谢朓楼,并相与酬唱咏歌。再由宣城南下,于次年春到达绩溪。一路上皆有诗作纪行。从这些纪行诗来看,赴任途中虽舟车劳顿,但心情还是不错的。如《舟中风雪五绝》:

北风吹雪密还稀,雪势渐多风力微。孤樟独依银世界,山川路绝欲安归。

晓风吹浪作银山,夜雪争妍布玉田。风力渐衰波更恶,通宵撼我正安眠。

拥缆埋蓬不见船,船窗一点莫灯然。幽人永夜歌黄竹,赖有丹砂暖寸田。

浊醪粗饭不成欢,白浪飞花雪作团。窗外时来一双鸭,沉浮笑我不禁寒。

江面澄清雪未融,扁舟荡漾水无踪。篙师不用匆匆去,遍看庐山群玉峰。

深冬寒夜,孤舟独守,又值风雪交加,彻夜难眠。诗人很孤独沮丧,但心情并不灰暗惘然,居然还有心情欣赏"夜雪争妍布玉田",还要"孤棹独依银世界",居然会对江上凫来的双鸭会心一笑,居然还劝篙师不用着急,他要看遍雪中的庐山。在经过宣州时,他目睹故人侯利建的治绩:"经过已足知公政,长见车中有老人"(《次韵侯宣州利建招致政汪大夫》),在叠嶂楼双溪阁时,又倾听侯知州谈他治理宣州使其物阜民康的经过。故人取得如此成就,更让他感奋不已:"嗟余去乡国,屡把刀环视。感公鹄鹭修,怜我凫鸭庳。异邦逢故人,宁复固辞理。高谈云汉上,烂醉笙歌里。(《次韵侯宣城叠嶂楼双溪阁长篇》)"但是,苏辙在绩溪并无多大作为,也许是穷乡僻壤,基础太差,当时的政治环境也不容许他有更大作为,"笑杀华阳穷县令,床头酒尽只颦眉"(《次韵江法曹山间小酌》),县里主官尚如此穷困,何况他人?也许是苏辙二十七年从政生涯中第一次担任地方主官,缺乏施政经验;也许他就适合谈理论文,做一个理学名家或中央的笔杆子。更为直接的原因是任职时间太短,春季到任,七月份就调任中央任秘书省校书郎,干他的老本行去了。就在这不到半年时间,患病占了三个多月,"五月卧疾,至秋良愈"(《苏颍滨年表》)。此病可能是不服水土、山间瘴疠所致(柳宗元在柳州就因此病去世)。在苏辙有关绩溪的三十多首咏歌中,有近十首是记此"热病",而且病后长时间力衰神疲,未能恢复,可以说到离任前都没有彻底痊愈:"柱木支撑终未稳,筋皮收拾久犹疏。芭蕉张王要须朽,云气浮游毕竟虚"(《病后》);"枯木自少叶,不堪经晓霜。病添衰发白,梳落细丝长。筋力从凋朽,肝心罢激昂。势如秋后雨,一度一凄凉"(《病后白发》)。但"不能"与"不愿"是两码事,这也是区分一个人品德操守的戒尺。苏辙还是愿意为民解困,想有所作为的,是有责任感的。他一到县,就写了四首诗赠给同僚,表达自己到县的感受和心愿,其中《梓桐庙》一首写道:"行年五十治丘民,初学催科愧庙神。无限青山不容隐,却看黄卷自怜贫。"(《初到绩溪视事三日南谒二祠偶成四小诗呈诸同官·梓桐庙》)其中有感喟,但更多的是期待和责任感。第二首《汪王庙》更

是坦诚地表达要学习黯于政务的前任县令,珍惜农时,不去鞭挞伤害百姓,以此来告慰神灵:

> 石门南出众山巅,沃壤清溪自一川。老令旧谙田事乐,春耕正及雨晴天。可怜鞭挞终无补,早向丛祠乞有年。归告仇梅省文字,麦苗含穗欲蚕眠。

苏辙在拜谒汪王庙时,还写有《祭灵惠汪公文》,向徽州地方神祇汪华祝祷,为祈求风调雨顺、百姓安康。在为政中,他也尽力履行了一个地方官保护乡民的责任。《江东诸县括民马》一文曾记载苏辙任绩溪令时,从实际民情出发,敷衍搪塞了朝廷在江南征集战马这个不切实际的命令,结果是"诸县括民马,吏缘为奸",有马之家"为之骚然",而绩溪"邑人幸矣"。七月初,苏辙接到调任校书郎的朝命后,为任职时间太短、政绩太少而对同僚满含愧意:"百家小邑万重山,惭愧斯民爱长官"(《初闻得校书郎示同官三绝》)。但绩溪吏民听懂了他的心声,也记住了他的盛情。他来时希望做桐乡的朱邑,走后绩溪人果然像桐乡人祭祀朱邑一样怀念苏辙,给予了这位父母官很高的评价:"公之为令,仅以半载,而邑人至今乃不忘。则其道德所加,必有未施信而民信之矣","则绩溪者,殆公之桐乡也。"(《绩溪志》)苏辙在绩溪的影响也是深远的。南宋绍兴年间,绩溪人为了纪念他,特将城东南隅的"秋风堂"改建为"景苏堂",汇集了苏辙在此任职时所写诗文30余篇,由范成大手书后镌刻在石上。另外,苏辙赴任来绩溪的路上还筑有"来苏桥"。县内还建有苏辙祠堂,祠堂内刊有当地百姓为其谱写的赞歌:"抚兹百里兮曾何异于九州,剖析狱讼兮亦吾庙谋,不为此弃兮讵为彼留",这是后代对苏辙在此为政的一个历史评价。

二、黄庭坚

黄庭坚家乡江西与安徽邻省,他赴京和就任山东、河南地方官,以及赴高邮探望好友秦观,来来往往要经过安徽两淮和沿江;他又在安徽的宣州、宁国、太平等地任过地方官,亦在芜湖安顿过家小,其妻、子在芜湖居住了近一年,因此,在安徽有许多交游和题咏。

在皖经历及文学活动

黄庭坚首次来皖是在元丰三年(1080),诗人由河北大名府国子监教授改任江西吉州太和(今江西泰和)令,当年秋由汴京(今开封)起程赴任。从中原南下浙赣,宋人多取道水路,从汴州(今开封)乘船,沿汴水入淮达安徽的泗州,从泗州穿洪泽湖达对岸的盱眙的龟山(宋时属泗州),再沿大运河经江都、真州(今仪征)从白沙口渡江到金陵,然后从金陵、湖口等沿江港口南下,或穿过三峡经往四川。庆历三年(1043)王安石由扬州淮南判官任上回江西省亲;皇祐五年(1053)欧阳修从颍州携灵柩回江西葬母;治平三年(1066),苏轼兄弟在自汴京护送父亲灵柩回川,皆取道此路。如不循此路线在安徽境内绕道,肯定另有原因。如熙宁五年(1072),苏轼由开封府推官外放杭州通判,却在陈州、颍州、寿州、怀远、五河绕了一大圈方到泗州,再走宋人下江南老路。其原因就是先去陈州看弟弟苏辙,然后兄弟二人一道向西往颍州拜望欧阳修,盘桓之后再到寿州看望友人李定,再沿淮河再东向泗州。黄庭坚这次经行安徽绕的圈子更大:先是走宋人老路,携带一家老小三十余口从开封沿汴水南下达金陵,在金陵安顿好家小后,只身往江西吉州赴任。但不是径自由金陵南下,而是溯江西行。黄庭坚到达白沙口是十月十三日,此时已是深秋,长江上已是"一叶托秋雨,沧江百尺船"(《发白沙口次长芦》)。在南京安顿家小后再沿江西行已是初冬,江上更多西北风,逆风逆水,经常因"阻风""阻水"而困于江上,前行极为艰难,如经过铜陵时就阻风难行:"顿舟古铜官,昼夜风雨墨。洪波崩奔去,天地无限隔"(《阻风铜陵》)。只好停船竹山下避风几日:"北风几日铜官县,欲过五松无主人"(《阻水泊舟竹山下》)。过池州又因风雨滞留三日:"何曾闭篷窗,卧听寒雨滴"(《贵池》)。诗人为何要在如此寒冬顶逆风溯江而上呢?唯一的原因就是要到舒州去看望舅舅李常和堂弟李秉彝。李常字公择,时任淮南西路提点刑狱,驻节舒州。庭坚有七位舅舅,李常为六舅,诸舅中年岁与庭坚较近,性格亦相似,喜爱文艺,淳厚内向,笃于亲情:"文成艺桃李,不言行道兑","文章被甥侄,孝友谐妇女"(《庭坚得邑太和,六舅按节出同安,邂逅于皖公溪口风雨阻留十日,对榻夜语因咏"谁知风雨夜,复此对床眠"别后觉斯言可念,列置十字为八句寄呈十首》)。其兄李布早逝,他将布子李秉彝收养身边,视如己出(见秦观《淮海集》的《李公择行状》)。庭坚自小长在外家,与六舅十分相得:"少小长母家,拊怜倍诸童","四海非不广,舅甥最相知"(同上),两人分别已有十二年未见面。堂弟李秉彝从小也与庭坚生活在一起,也已十多年未见。庭坚在《用明发不寐有怀二人为韵寄李秉彝德叟》中曾亲切地回忆当年辅导秉彝读书的情形:"在昔授子书,髧彼垂两发。乖离今十年,树立映先达。"庭坚在舒州期间,秉彝一路陪同,两人同登擢秀阁,又同游灵龟泉,很是亲密。

黄庭坚溯江西上到达皖公山下溪口,正准备转入皖河上溯舒州时,与正在"按节"出巡的舅父邂逅。因风雨,两人在溪口停留了十天,抵床而眠,畅叙别情。嗣后,黄庭坚以"谁知风雨后,复对此床眠"十字为韵,写了十首五律,题为《庭坚得邑太和,六舅按节出同安,邂逅于皖公溪口风雨阻留十日,对榻夜语因咏"谁知风雨夜,复此对床眠"别后觉斯言可念,列置十字为八句寄呈十首》。其中提到"乖离十二岁,会面卒卒期"(其一);"田海非不广,舅甥自相知"(其二),"解衣卧相语,涛波夜掀床","涉旬风更雨,宿昔烛生光"(其九),"亲依为日浅,爱不舍我眠。教我如牧羊,更著后者鞭"(其十)等,皆是记述两人在溪口十日相聚的情形和亲情。皖公即皖公山,又名天柱山,皖山,安徽即因此而得名为"皖"。溪口即今安庆市,在皖口东约十五里处。皖口即今怀宁境内河口,为皖河入长江处。两地距舒州(今潜山)皆不足百里。

庭坚从金陵溯江而上,沿途皆有诗纪行。其中在安徽境内的:有经过当涂的《赠别李端叔》,经过铜陵的《阻风铜陵》《阻水泊舟竹山下》,经过池州的《池口风雨留三日》《贵池》,有经过望江的《大雷口阻风》《庚寅乙未犹泊大雷口》,经过东流的《丙申泊东流县》等十多首。有趣的是,在沿江到达舒州前,皆不记时间,而在离开舒州赴江西任的江上诸作中,几乎都在题中或题下注明干支,如《庚寅乙未犹泊大雷口》《乙未移舟出口》《丙申泊东流县》等①。这也是黄庭坚为人谨慎处,也体现他的人生经验。他不似苏轼锋芒毕露、口没遮拦,他曾告诫友人:"事业宜深自修蕴……勿露圭角也。仕途风波,三折肱乃知成良医耳。(《与宋子茂书》)"自身处事当更是如此:因为诗是写给别人看的,且是白纸黑字,况且黄庭坚又是名满天下,一纸刚就,就会风传士林。他赴任绕道舒州,前后耽搁近两个月,这是以私情误公务如再标以干支,具以时日,岂不是授人以柄吗?一旦离开舒州前往江西赴任,则一一标明时间:《庚寅乙未犹泊大雷口》是十二月初七,《丙申泊东流县》是十二月初八。计日以行,堪称其沐风栉雨、顶风破浪,可见其忠于王事。这同他在溪口邂逅李常,因风雨停留时日的处理方式一样:李常巡视到属下溪口,这是公务,亦未尝没有特来江边接外甥的私心。因风雨停留十日,又何尝不是可排除公务烦扰,舅甥间单独相待相亲的托词?对山谷来说,亦是如此:山谷到溪口后并未立即驶往皖口转道去舒州,而是在溪口游玩等待。溪口附近的长安岭山下即有名的"皖公陂"水利工程,景色秀丽。据山谷为舒州友人张庖民写的《张庖民哀辞序》回忆说:"张庖民翔夫住在皖溪口开泉长安岭下。元丰庚申十月,余舟次泉下。"元丰庚申十月正是山谷这次到溪口的时间。张庖民,金陵人,黄庭坚和苏轼的朋友。因护送其父灵柩从曹溪回故乡路过长安岭下,挖泉"得石龣鼠,如龟伏而吐泉,乃命名灵龟泉"(《张庖民哀辞序》)。黄庭坚与张庖民同游灵龟泉,并作有《灵龟泉铭并序》和《灵龟泉上》等诗文。如果两人事前没有约定,即使有后来所云的"风雨相阻"黄庭坚亦可从陵路经往舒州。

---

① 任渊《山谷诗集注》、郑晓永《黄庭坚年谱新编》皆将这三首诗置于黄到舒州前,似有误:一则大雷口即望江雷池,他和东流(今东至县境)均在溪口之西。黄在溪口即与舅氏邂逅,这里距舒州不足百里,无须再西行雷池,更无须到江南的东流。况雷口、东流诸作中只字未提舅氏;二则据庭坚诗中记载的时间:十二月十三从白沙口入江,泊大雷口、东流已是十二月初七、初八,如是到舒州前,则从金陵到东流一段皖江,庭坚走了近两个月,即使逆风逆水,也不至于此。陆游《入蜀记》曾逐日记载沿江上溯行程,从七月十一日达安徽境内当涂到二十九日离皖达湖北马当,但仅十八天行程,其中包括在当涂、池州移舟上岸游览的八天在内。

溪口距舒州不足百里，已可望见皖山，当年王安石任舒州通判时，送二妹和妹婿朱明之二人返回和州乌江，就是从陆路翻过长安岭到溪口附近皖口，再乘船顺流而下的，并写有《自舒州追送朱氏娣憩独山馆宿木瘤僧舍明日度长安岭至皖口》一诗记其行程。看来，假公济私，因公徇私，古已有之，只要不授人以柄即可。

舅甥二人在溪口相聚会，可能李常又要去履行巡查公务。黄庭坚到舒州后，由表弟李德叟、友人苏子平等在舒州一带游览，写有《同苏子平、李德叟登擢秀阁》《题潜峰阁》《书石牛溪旁大石上》《次韵公择舅》《从丘十四借韩文》（二首）、《题山谷大石》《题山谷石牛洞》《宿舒州太湖观音院》《题万松亭》《用明发不寐有怀二人为韵寄李秉彝德叟》《发舒州向皖口道中作寄李德叟》等十多首诗作。

《同苏子平、李德叟登擢秀阁》中的擢秀阁在天柱山下彰法寺内。苏子平是李常淮西提刑司同僚，曾同李常同游天柱山，有题名存留（见潜山县政协文史委员会的《天柱山摩崖石刻集注》），因爱舒州风物之美举家皆迁往舒州，而且在舒居住达十八年之久。从该诗结尾黄庭坚请求和诗"苏李工五字，属联不当悭"来看，应该也善诗。德叟乃李秉彝之字，庭坚与其表兄弟之谊甚笃，在《登擢秀阁》诗中称赞秉彝五言诗写得好，请他和诗；在《灵龟泉》中又称赞秉彝的诗学古人而能得其妙处，请他题词："为我书斯文，要与斗牛垂。"此后的《发舒州》一诗中，又有"髯弟不俱来，得句漫奇崛"之遗憾。秉彝多髯，故称之髯弟。大约此时庭坚得诗句，自以为很奇崛，很可惜秉彝没有一起切磋欣赏。足见他俩间的亲密无间和以切磋诗艺为乐。黄庭坚还有篇《评李德叟诗》，文中写道："昔尝见其汲汲浚源，今又见其金玉井杆"，知秉彝实有诗名。上句说他刻苦学习古人，从井中深处发掘出有用的东西；下句说他学习有得，上升到了井栏杆处，达到了相当高的层次。在这首《登擢秀阁》中，诗人还称赞了皖公城人文和自然交相掩映之美：这里既是二乔的故居，又是三祖僧璨修炼之处，风景上高寒的天柱山一枝独秀，美得无法形容。

在舒州，让黄庭坚最为醉心的要数"山谷"。"山谷"在天柱山南麓，这里有"畏畏佳佳石谷水"的"山谷流泉",有"穷幽深而不尽"的"石牛古洞"。山谷的东头即梁武帝时建的"乾元禅寺",禅宗三祖僧璨（510—606）曾在此坐禅,故又名"三祖寺"。翻上山谷高阜,东可远眺汉武帝当年封禅拜岳之台,北览司命真源宫祠、应梦井,南望古堰吴塘、诗崖酒岛,人文景致、自然风光尽收眼底。黄庭坚在此向佛意念更浓,又增添了道家情思。

王安石任舒州通判时曾游过石牛古洞,写有著名的六言诗《题舒州山谷寺石牛洞泉穴》题于岩壁。庭坚亦有次韵一首:

水无心而婉转,山有色而环围;穷幽深而不尽,坐石上以忘归。

此诗见于山谷摩崖之上,被收在潜山县政协文史委员会编的《天柱山摩崖石刻集注》。虽说是步韵,但题旨却各不相同:王诗"欲穷源而不得,竟怅望以空归"表现的是一种探求精神,一种儒家的进取意识。黄诗"水无心而婉转","坐石上以忘归"表现的却是道家情思。这种归趋在另一首《题山谷石牛洞》中表露得更充分一些,此诗见于任渊集注的《山谷诗集注》卷一:

司命无心播物,祖师有记传衣;白云横而不度,高鸟倦而犹飞。

首句的"司命"即九天司命真君。"唐天宝中,玄宗命修九天司命真君观于天柱山,置祠宇。皇朝就修真君祠,太平兴国九年,改为灵仙观"(宋王象之《舆地纪胜》卷四六）。第一句是说九天司命真君无己、无物,并非有心关涉司命,这是对道家的体悟;第二句所说的是僧璨对二祖慧可衣钵的继承。禅宗亦是主张心外无物,六祖慧能继承衣钵的偈语就是"此间无一物,何处有尘埃"。后两句是以白云、飞鸟为喻,表达自己的归趋,暗用陶渊明"云无心以出岫,鸟倦飞而知还"(《归去来辞》)诗意。

《宋史》说黄庭坚乐山谷寺、石牛洞"林泉之胜",因此自号"山谷"。其实,庭坚自号"山谷"或"山谷道人",并不仅仅是爱其"林泉之胜",还因为这里浓厚的道教氛围更让黄庭坚沉醉。中国士大夫在儒学主体意识下,都或多或少有释道倾向,尤其是道家:入世为儒,出世为道,就像鲁迅所云,中国的士大夫"虽挂孔子的门徒招牌,却是庄周的私淑弟子"(《南腔北调集·论语一年》)。黄庭坚的道家倾向似乎更浓。早在二十二岁时,就曾对儒家的经典产生怀疑:"六经俱是未全书"(《读书呈几复二首》其一),而欲观老子、庄子之"道"得其妙。两首《题山谷石牛洞》中皆对此有所体悟。

如果说上面两首关于石牛洞的题诗,还是在用景色描绘和比喻暗示的手法,抒写自己的道家情思的话,那么下面这首《书石牛溪旁大石上》则用第一人称的手法,描绘了自己感受到的天柱山类似洞天秘府的道教气象,直接表达自己的道家归趋:

郁郁窈窈天官宅,诸峰排霄帝不隔。六时谒天开关钥,我身金华牧羊客。羊眠野草我世闲,高真众灵思我还。石盆之中有甘露,青牛驾我山谷路。

首句所云"天官"亦指九天司命真君。此句写司命真君所居的天柱山郁郁窈窈,带着浓浓的神秘色彩。次句写天柱山奇峰高耸,但隔不断世人对"帝"的崇奉拜谒。"帝"自然是指真君大帝。三、四两句是说自己。这里引了晋代葛洪的《神仙传》中皇(黄)初平之典说明自己有道家夙根。五、六两句进一步表示自己学道强烈的愿望。其中"思我还",表明自己是"高真众灵"中的谪仙人,现在众神希望我回去。最后两句落实到洞前石牛。石牛洞前有两块大石,一似牛伏在溪底,仅露腹背,另一似牛跪卧溪边。诗人将此想象成老子骑着过函谷关的青牛,他现在要骑着它从山谷回到天关。诗人的道家情思,在此得到充分的表达。据《同安志》(舒城古称"同安")记载:当时著名画家舒城人李公麟曾据此画过一幅《鲁直(黄庭坚字)青牛图》。画中"鲁直坐石牛上,因此号山谷道人,题诗石上,所谓'青牛驾我山谷路'也"。由此看来,黄庭坚自号山谷道人,不仅是倾慕舒州山谷之美,更有其道家情思的内涵与表达,而且后者的成分更多。

黄庭坚的舒州题咏,在黄的诗歌创作经历乃至江西派和宋代诗歌史上也占有重要的地位。石牛洞题壁摩崖、《次韵公择舅》那种散文式句式,《题山谷石牛洞》《阻风铜陵》那种议论化手法;《赠别李端叔》《书石牛溪旁大石上》中典故的大量运用;《庭坚得邑太和,六舅按节出同安,邂逅于皖公溪口》《用明发不寐有怀二人为韵寄李秉彝德叟》《行行重行行赠别李之仪》等诗作所突显的那种笃于情谊的人格美和情操美;《灵龟泉上》《池口风雨留三日》《丙申泊东流县》等纪行诗作中洗尽铅华富有思理的语言,都可以看出黄庭坚独有的诗歌风格正在形成,而这种风格正是江西派的旗帜,宋诗的主要标志。

总之,黄庭坚在舒州逗留的时间并不长,意义却是十分深远。舒州之行,留下三十多首诗文,对安徽、对中国文学史,都是一笔宝贵的精神财富。诗人在离开舒州以后,自题"山谷"或"山谷道人",亦是对舒州一种特殊的怀念。这个字号的意义,不仅仅限于他自身,而延伸到了中国文学史、中国艺术史。舒州的山谷寺、石牛洞之于黄庭坚,可以与黄冈东坡之于苏轼相提并论。他的女儿黄睦,后来就嫁给舒城李文伯,亦未尝不是黄庭坚对舒州"爱屋及乌"的表现。

黄庭坚的安徽情缘,除舒州外就数沿江的芜湖、当涂,且皆在哲宗朝。此时也是中国政坛变化最剧、反复最大的时期之一。元丰八年(1085)神宗去世,哲宗年幼,太皇太后高氏临朝。第二年改元元祐,局势陡变:旧派领军人物司马光还朝秉政,尽改新法,启用旧党。苏轼兄弟亦从贬地召回,居于高位。三年后,司马光病逝,旧党开始内讧。元祐六年,苏轼兄弟遭洛党侍御史贾易等诬陷,不安于位,自求外放。苏轼由翰林学士承旨出知杭州,苏辙不久也由尚书右丞罢知绛州。元祐八年,高太后去世,哲宗亲政后改元绍圣,又重新启用新党,章惇、蔡京等相继秉政,旧党被定为"元祐党人",更陷入灭顶之灾。黄庭坚为苏轼门人,自然在劫难逃,政治风暴一步步向他紧逼而来:绍圣元年(1094)庭坚由起居舍人除知宣州,旋又改知鄂州(今湖北鄂城),还未等到赴任,又被言官指责他在《神宗实录》中故意隐瞒神宗朝实行新法的"良法美意,语含讥讽",责令在京城附近等候勘问。庭坚只好把家属暂时安置在芜湖,自己只身赴京接受审查。审查结果,罪名是"诬毁"先朝,责授涪州别驾,黔州(今四川彭水)安置,后又奉诏移居戎州(今四川宜宾)。诗人谪黔徙戎,身处穷荒,六易春秋,但仍"泊然小以迁谪介意"目号"涪翁""黔江居士","蜀士慕从之游,讲学不倦。凡经指授,下笔皆可观"(《宋史·本传》)。六年后,终于迎来转机:徽宗靖中建国元年(1101),朝廷又以吏部员外郎召庭坚入京。五月,下诏起复谪居戎州的黄庭坚为宣德郎,监鄂州盐税。还未动身,十月份又接朝命,改任奉议郎签宁国军节度判官厅公事。第二年三月到达峡州,才知朝廷又将任命改为朝奉郎权知舒州。四月达江陵,再次接到尚书省劄子:"除吏部员外郎",要他"乘递马速赴阙"。经过哲宗年间这数番打击,庭坚深知中央是不能涉足的凶险之地,于是以"病痛疡"为山乞去太平州(今当涂)或无为(今芜湖无为)军一处任职。在奏章中说此举"非是沽激,实出至诚,此郡公事少可以养疾,圭田厚有补家贫。臣以兄弟流落六年,婚嫁多失时节,今日得此,于臣足以办事,非特朝廷尚记姓名,臣不敢冒昧如此",并在荆州等候批复。这与他的老师苏轼在元丰七年(1084)山黄州量移汝州时不愿赴任,以"赀用罄竭""有薄田在常州"可以养家请求"常州居住"的做法和理由几乎完全一样。六月二十二日再次接到尚书省劄子:"奉旨不许辞免已除吏部郎之命。"黄庭坚不屈不挠,再次抗命上疏"再辞奂恩命忧"。大概在岁末前,朝廷终于更改成命,准领太平州。山谷遂离开荆南,回家乡江西分宁扫墓之后,便去太平赴任。沿途所到之处,最值得一提的是达观台。达观台在枞阳大云仓(今安徽安庆)水利寺内。诗人第一次经过此地是绍圣元年(1094),山谷从家乡分宁前往宣城赴任途山,因阻风在停留多日,与镇官苏台、范光徂等同游水利寺中这一高台,发现这里视野开阔四达,所瞻可数百里,因此题名"达观台",并作二诗记事其中写道:"戴郎台上锦面平,达人大观因我名","不知眼界阔多少,白鸟飞尽青天回"(《题大云仓达观台》)。业主戴器之将二诗刻石,供游人观赏,后来成为枞阳一景。这次赴太平州任又登此台游览,因业主戴器之已去世,此台荒芜已久,永利寺长老智达意欲重新此台,山谷应邀重书此诗,并作跋留念。谁知仅仅两个月后,诗人被罢职"除名,羁置宜州",又一次从此经过,系舟达砚台下,等候女儿黄睦和女婿李文伯从江北舒州前来相聚。人们将黄庭坚在崇宁元年遇赦归来写的《雨中登岳阳楼望君山》誉为山谷七绝山中冠冕之作,为其不畏磨难、豁达洒脱的情怀所叹服。其实,这种精神贯穿于诗人一生行藏,诗人将此台名为"达观"并三次登临,即很好的证明。

据记载,山谷是在崇宁元年(1102)六月初到达太平州的。此时山谷在秘书省任职时结识的好友李之仪因触怒宰相蔡京正被编管于此地。老友重逢,既有欢聚的喜悦,也免不了人事沧桑的感慨,《山谷集》中留下不少描绘欢聚的场面和与友人唱和的诗词,如"欧靓腰支柳一涡,小梅催拍大梅歌。舞余片片梨花雨,奈此当涂风月何"(《太平州作二首》其一)。还有一位是郭祥正,字功甫,太平州当涂人,少有诗名,梅尧臣叹其为李白后身。举进士,熙宁中弃官回乡隐居。苏轼过当涂时,曾于其家画壁题诗。山谷这次来当涂自不免登门拜访,在郭家屏风上看见到老师当年画的竹子,此时东坡已殁,物在人亡,不由感慨万分:"郭家鬃屏见生竹,惜哉不见人如玉。凌厉中原草木春,岁晚一棋终玉局"(《书郭功甫家屏上东坡所作竹》)。诗人又以书法名家的眼光为郭祥正收藏的《金节细字经》作赞《郭功父得杨次公家金书细字绝求予作赞》。孰知山谷六月初九上任,十八日便被罢免,仅仅当了九天太守。原来,前不久他所作的《江陵府承天禅院塔记》,被小人举报有"幸灾谤国"之语。但太平州通判张卫是位忠厚长者,亦颇敬佩"元祐诸公嘉言懿行"知道"山谷来为守,谪久贫甚",很表同情,况且"既入境矣,复坐党事"除名,有些不近人情,因而对山谷"迎候如礼",视印数日之后,才告之实情,并为山谷"冶归装甚饬,备过于久所事"(见《于湖集》卷二九)。并在临行前置酒,友人们皆来相送,并不把他当成被羁管的犯人,这也是皖人的忠厚正直之处。来时山谷安慰李之仪,现在轮到李之仪安慰他了,"行行重行行,我有千里适。亲交爱此别,劝我善眠食。惟君好怀抱,高义动颜色"(《行行重行行赠别李之仪》),又对郭祥正抒发感慨:"翰林本是神仙谪,落帽风流倾座席,座中还有赏音人,能岸乌纱倾大白。江山依旧云空碧,昨日主人今日客,谁分宾主强惺惺,问取矶头新妇石。"(《木兰花令·当涂解印后一日,郡中置酒呈郭功甫》)其中表现出在命运不断打击下的坚强、豁达,感慨之中还强颜同老友开开玩笑,这就是黄庭坚!

黄庭坚离开太平州溯江西上,又一次将眷属安置于芜湖赭山广济院附近滴翠轩。这已是第三次寄居芜湖了。黄庭坚第一次到芜湖是元祐六年（1091）十月，时任中书舍人的山谷护母丧离开东京开封回江西老家，沿运河经宋人南下的老路由白沙口入长江，到芜湖时为大风所阻，不得不停下来。在芜湖曾游览吉祥禅院，欣赏了寺藏的法书，写有《评书》这一书法史上名作。另应寺主之请，作《太平州芜湖县古祥禅院记》，详述了本寺的兴废。第二次即上述的绍圣元年北上对质《神宗实录》之时。这次（第三次）因是赴祠职，不急迫，安家期间自己也在芜湖待以时日。山谷读书于赭山广济院塔下的滴翠轩，自书"山谷读书处"五字（《江南通志》），并有《赭山》诗咏此事："读书在赤铸，风雪弥菁萝。汲绠愁冰断，村沽层路蹉。玉峰凝万象，绿萼绕群螺。古剑摩空宇，寒光启太阿"（《芜湖县志》卷五九）。浏览了大江之滨有名胜蟏矶（今芜湖蛟矶），书有《书蟏矶》文（《方舆胜览》卷一六九）。拜谒流寓此地的石待问墓，石待问是四川眉山人，仁宗时以谏营昭应官坐谪滁州，通判太平。因爱芜湖风土，致仕后遂家于此。庭坚题其墓曰："有宋贤良方正赠金紫大夫，九谪而不悔，眉山石公之墓。"十六年后，庭坚也"九谪"而领太平州，庭坚北上后，其家小在芜湖住了大约一年，方由其弟黄知命送到黔州贬所相聚。可见他对芜湖风物也十分着意。石待问墓题词，似是冥冥之中命运的自白。

黄庭坚对宣州也有美好的记忆。黄庭坚对宣州并不陌生，他的两个舅舅李常和李莘均分别在宣州任过观察推官和知州。他的岳父谢景初就是宣城梅尧臣的妻兄之子。李常任推官时，曾令诸葛生作了几支鸡距笔送给山谷。他收到后非常高兴，有《谢送宣城笔》一诗寄赠，诗中夸奖鸡距笔的精妙：

宣城变样蹲鸡距，诸葛名家将鼠须，一束喜从公处得，千金求买市中无。漫投墨客摹科斗，胜与朱门饱蠹鱼，愧我初非草玄手，不将闲写吏文书。

山谷是为书法大家，宋代"苏、黄、米、蔡"四大家之一。笔在中国书法中的重要性自不待言，这种鸡距笔给山谷的印象太深了，以至于他在书论《笔说》又细加介绍："宣城诸葛高笔，大概笔长寸半，藏一寸于管中，出其半削管,其捻心用栗鼠尾,不过三株耳,但要副毛得所,则刚柔随人意,则最善笔也。"在《跋东坡书帖后》又再次称赞这种笔绝妙的书法效果,说:"苏翰林用宣城诸葛齐锋笔作字,疏疏密密,随意缓急,而字间妍媚百出,古来以文章名重天下,例不工书,所以子瞻翰墨尤为世人所重,今日市人持之以得善价,百余年后,想见其风流余韵,当万金购藏耳。"苏轼使用的鸡距笔是否为弟子黄庭坚转赠,不得而知。

元丰八年(1085)李莘(字野夫)出知宣州,山谷有《送舅氏野夫之宣城二首》相送,诗中对宣州的丰富物产、名胜古迹,如数家珍:

试说宣城郡,停杯且细听。晚楼明宛水,春骑簇昭亭。稏稏丰圩户,桁杨卧讼庭。谢公歌舞处,时对换鹅经。(其二)

山谷不仅作诗给李野夫送行,而且作有《代李野夫出守宣城上本路监司启》。后来,李野夫转任亳州,山谷又代作《代李野夫亳州谢上表二首》,不了解宣州政情民俗、施政利弊,是无法代作公事和奏章的。黄庭坚关于宣州的咏歌,还有称羡宣州山水的《题宛陵张待举曲肱亭》;与赵氏宗室"宣州子弟"交游的《宣九家赋雪》《书赠宗室景道》等。哲宗绍圣元年(1094),黄庭坚由起居舍人除宣州知州,这虽是贬谪的信号,但庭坚接到除知宣州的任命很是欣慰,即率全家赴任,沿江而下。七月初兄黄大临、弟庭坚、叔献、叔达,子朴、相、棁,孙杰游览池州齐山焦笔岩并有题名。等到了芜湖,才知道已被改为知鄂州,刚准备掉头溯江西上,又接到"管勾亳州明道观,责令于开封府境内居住,以便听候国史院对证查问"的朝命,于是便有上述第二次寓居芜湖之举。诗人在此之后,先是责授涪州别驾,黔州(今四川彭水)安置,又奉诏移戎州(今四川宜宾)安置;后是"管勾洪州玉隆观",居于鄂州,一次又一次沿着皖江的芜湖、当涂、铜陵、贵池、雷口、东流,向西再向西。直至崇宁二年(1103)被列入元祐党籍羁管宜州(今广西宜山)并死在那里。纵观黄庭坚一生几乎与安徽相始终,围绕舒州、芜湖、当涂,一次次轮回。兴于是,衰也于是,造化小儿也真会开诗人的玩笑!

与皖人交游 与黄庭坚交游的皖人,除了上述的郭祥正等人外,还有更为重要的一位:张耒。他与山谷同为苏门四学士之一,又都以气节自励,过从甚密。《山谷集》中两人酬唱有二十多首。元祐初,司马光秉政,旧党重新收拾山河,苏轼兄弟从贬谪中回掌枢要。黄、张二人在此期间也是酬唱最多。元祐元年(1086),黄、张二人被推荐参加太学学士院考试,由翰林学士苏轼命题,结果二人同被拔擢,皆被任为秘书省正字。张耒有诗相赠,鲁直则有诗次韵。诗中称赞张耒诗"近楚辞",自己对他仰慕又想念:"未识想风采,别去令人思","南山有君子,握兰怀临姿"(《次韵答张文潜惠寄》)。此时他们假日同游,礼物相赠,珍品共赏,诗酒相酬:张耒以《休日同宋遐叔诣法云遇李公择黄鲁直公择烹赐茗出高丽盘龙墨鲁直出近作数诗皆奇绝坐中怀无咎有作呈鲁直遐叔》寄黄庭坚,黄则以《奉和文潜赠无咎篇末多见以既见君子云胡不喜为韵》相和;两人同游王舍人园,又是张唱黄和:《次韵文潜同游王舍人园》;黄以珍品团茶、洮州绿石砚和洮河研冰壶随诗《以团茶洮州绿石砚赠无咎文潜》相赠,张则次韵以《鲁直惠洮河研冰壶次韵》相答;庭坚邀张耒共赏伯父《马鞍松隐斋》诗集,张耒又次韵作答。其中山谷奉和张耒休日诣法云之作,按《诗经》"既见君子云胡不喜"八字步韵一口气写了八首,不仅表现了两人的友情,也显露了黄庭坚惊人的才具。其中有的反映黄庭坚的文学主张,如:"龟以灵故焦,雉以文故翳。本心如日月,利欲食之既。后生玩华藻,照影终没世。安得八口置,以道猎众智"(其一);经学观点和对荆公新学的态度,如"谈经用燕说,束弃诸儒传。滥觞虽有罪,末派弥九县"(其二);"荆公六艺学,妙处端不朽。诸生用其短,颇复凿户牖。譬如学捧心,初不悟己丑。玉石恐俱焚,公为区别不"(其七);对当时科举取士和人才识别的认识,如"先皇元丰末,极厌士浅闻。只今举秀孝,天未丧斯文。晁张班马首,崔蔡不足云。当令横笔阵,一战静楚氛"(其五);"吾友陈师道,抱独门扫轨。晁张作荐书,射雉用一矢。吾闻举逸民,故得天下喜。两公阵堂堂,此士可摩垒"(其八),皆是研究黄庭坚经学思想、文学主张和用世态度的第一手资料。元祐初年,是二苏及苏门弟子一生中难得的美好时光,也是北宋文坛上的盛事。他们"一文一诗出,人争传诵之,纸价为贵"。绍圣四年(1097),张耒坐元

祐党籍贬往黄州监酒税。上元之夜,回忆起十年前的那段时光,仍感慨不已:

> 随计当年寄玉京,一时交结尽豪英。倒觥凌乱迷筹饮,醉帽敧斜并辔行。仕路飞腾输俊杰,山城憔悴感功名。佳晨强酌清樽酒,寒竹萧萧月正明。(《上元思京辇旧游三首》其三)

当然,黄、张之间的交谊,绝不仅仅是园林诗酒,同游同唱,更重要的是理想志趣的相投和人生挫折中的相互勉励、相互关怀。黄庭坚在《次韵张文潜休沐不出二首》中赞扬张耒不同流俗的高洁行藏:"风尘车马逐,得失两关心。惟有张仲蔚,门前蓬藋深";不逐繁华、闭门著述的求知精神:"与世自少味,闭关非有心。戎葵一笑粲,露井百尺深。著书洒风雨,枯笔束如林"。张耒在和诗中则告诉山谷:"济物非仆仆,功名愧无心。倚市安能美,汲泉不厌深。老人夙有尚,瓶钵好丛林。安能红尘里,徒使老骎骎。"可见两人相知至深。在另外两首寄诗和次韵中,更是表示这种静处默坐、远避闹市是青松品格,是从黄庭坚那里学来的:"五日长安尘,故山梦中归。何以洗我心,望君青松姿"(《初到都下供职寄黄九》),"文章惭肮脏,谈舌罢崨永。年来屏百事,但愿两耳静。黄公安禅室,不觉在市井"(《次韵鲁直夏日斋中》)。

徽宗建中靖国元年,苏轼病卒于常州。时知颍州的张耒闻讯后为老师举哀行服,触怒当局被贬为房州(今湖北房县)别驾,黄州安置。同年,山谷坚辞吏部员外郎朝命,从戎州来到荆州等候批复。面对老友为老师被贬,自己这六年来遭受的磨难,不平和感慨良多,两人间多有唱和,《山谷集》中就有《次韵文潜》《和文潜舟中所题》《次韵文潜立春日三绝句》《再次前韵三首》等近十首之多。"武昌赤壁吊周郎,寒溪西山寻漫浪。忽闻天上故人来,呼船凌江不待饷"(《次韵文潜》),这是乍见时的急迫和惊喜;"渺然今日望欧梅,已发黄州首更回;试问淮南风月主,新年桃李为谁开"(《次韵文潜立春日三绝句》),则是再别时的黯然和伤感。患难中的相知相偎自在不言之中。《次韵文潜》中"年来鬼祟覆三豪,词林根柢颇摇荡。天生大材竟何用,只与千古拜图像。张侯文章殊不病,历险心胆原自壮"等句,公开谴责章惇对苏轼和张耒等元祐党人的陷害以及给文学事业造成的重创。最后四句:"经行东坡眼食地,拂拭宝墨生楚怆。水清石见君所知,此是吾家秘密藏",则同张耒一样,公开对老师逝去的悼念,并表达对未来的信心。如前所述,黄庭坚为人处世谨慎,"深自修蕴"而"勿露圭角",不似苏轼锋芒毕露、口无遮拦。但从后期这首诗作来看,接连的打击和人生的磨难已使他变得老辣和无畏,敢于喷出内心的愤怒。"愤怒出诗人",晚年的黄庭坚,更是如此!

黄庭坚与书画家李公麟也多有交游。李公麟(1049—1106),字伯时,晚号龙眠居士,舒州桐城人。熙宁三年(1070),第进士。博学好古,长于诗,然以画知名。元祐间,与苏轼、黄庭坚、张耒、李之仪等均有唱和,惜其文集不传。今存者,散见《柯山集》《事文类聚》《声画集》《古桐乡诗选》等诸典籍中。黄庭坚与李公麟的交往十分密切,《山谷集》有不少相关诗文,记载了两人间的交往酬唱,计有《咏李伯时摹韩干三马,次苏子由韵,简伯时兼寄李德素》《次韵子瞻和子由,观韩干马,因论伯时画天马》《咏伯时虎脊天马图》《咏伯时象龙图》《跋李伯时所藏篆戟文》《跋东坡书帖后》《书伯时阳关图草后》等达二十一篇。山谷与李公麟交往持续的时间很长:神宗元丰三年(1080)黄庭坚在舒州,李公麟就绘有《鲁直青牛图》,黄庭坚亦有题诗《书石牛溪旁大石上》,至少两人此时即有交往。哲宗元符三年(1100),李公麟因病痹致仕,归老桐城龙眠山庄,自作《山庄图》。山谷《跋净照禅师真赞》说:"李伯时顷与其弟德素、同郡李元中求志于龙眠山,淮南号为龙眠三李者也。"从元丰三年到元符三年,两人交谊至少达二十年之久。山谷对李公麟的评价很高。从《山谷集》中相关诗作来看,对李公麟的山水、人物、神仙、写真、诗意画等各类作品皆有题咏,评价很高,如称赞他"李侯画隐百僚底,初不自期人误知,戏弄丹青聊卒岁,身如阅世老禅师"(《咏李伯时摹韩干三马次子由韵简伯时兼寄李德素》);"笔端那有此,千里在胸中"(《咏伯时画太初所获大宛虎脊天马图》)等。其中亦不乏自己的艺术见解和文学观念,不能以简单的文人应酬或画赞论之,如指出李公麟画马强调其内在神韵:"龙眠不似虎头痴,笔妙天机可并时"(《次韵子瞻子由题憩寂图二首》);"李侯画骨不画肉,笔下马生如破竹"(《次韵子瞻咏好头赤图》)。在《次韵子瞻和子由,观韩干马,因论伯时画天马》中,山谷将李公麟与唐代名画家曹霸的弟子加以比较,指出曹霸弟子只会继承,一味模拟,而李却能解悟其精髓,继承之上又能创新:"李侯一顾叹绝足,领略古法生新奇。一日真龙入图画,在坰群雄望风雌。曹霸弟子沙苑丞,喜作肥马人笑之。李侯论幹独不尔,妙画骨相遗毛皮";并由此联想到书法,也必须学习古人得其神髓,立足于创新:"翰林评书乃如此,贱肥贵瘦渠未知。况我平生赏神骏,僧中云是道林师"。这些绘画、书法以及文学批评上内容和形式、继承与创新的关系的见解,至今仍放出真理的光辉。

黄庭坚作为书法名家,黄庭坚对安徽的鸡距笔、宣纸、徽墨、歙砚这"文房四宝"也极为称赏。关于鸡距笔前面已论及。"徽墨"源自唐末五代易水著名墨工的奚超、奚廷珪父子。其所制"易水法墨","坚如玉,纹如犀",被后人尊为"宗师"。为避北方战乱,奚超、奚廷珪举家南迁歙州,发现"宣歙之松类易水之松",遂取松烟制墨,结果"丰肌腻理,光泽如漆",更胜"易水法墨"。此墨亦为后主所喜,赐奚氏父子姓"李",任命为墨务官。山谷所得之徽墨是好友刘景文送给他的"廷珪墨"。山谷是书法名家,墨品知识自然很广,识别能力亦高。山谷收到后发现不是真品,而是苏浩然所作的仿制品,但质量很好,仍很喜爱,作诗答谢:"廷珪赝墨出苏家,麝煤添泽纹乌靴,柳枝瘦龙印香字,十袭一日三摩挲。刘侯爱我如桃李,挥赠要我书万纸,不意神禹治水圭,忽然入我怀袖里。吾不能手抄五车书,亦不能写论付官奴,便当闭门学水墨,洒作江南骤雨图。"诗中既表达了他对此墨的喜爱和对刘景文的感谢,也反映出他徽墨知识的丰富。他甚至能鉴别出书法中所用之墨是不是用李廷珪墨,他曾告诉一位书法收藏者袁药院,他珍藏的书法,乃是用李廷珪墨作墨本的一个翻刻本:"樊道有袁药院者,家藏书一轴,自珍之,不深别其玉石也。出以示余,余告之曰:此秘阁棠木板刻法帖、李廷珪墨所作墨本也"(《书丹青引后》)。何薳《墨记》载:山谷曾将所藏之墨请徽州著名制墨大师潘谷鉴定,潘谷隔着墨囊一摸,便说"此承宴软剂,今不易得"。又摸另一囊说"此(潘)谷二十年前所造者"。取出一看,果然不错。山谷喜爱徽墨,收藏之富,于此可见一斑。三是宣纸。宣纸产自宣州的泾县以及徽州休宁一带,唐朝即被列为贡品。南唐后主李煜视为珍宝,辟"澄心堂"贮之,并令承御监设局制造,名"澄心堂纸"。山谷在《题乐府木兰诗后》曾详细记录他见到的澄心堂纸源流及其经过:"唐朔方节度使韦元甫得于民间,刘原父往时于秘书省中录得。元丰乙丑五月戊申,会食于赵正夫平原监郡西斋,观古书帖甚富,爱此纸得澄心堂法,与者三人,石辅之、柳仲远、庭坚。"在《书所作官题诗后》中又一次记录他得到馈赠此纸的情形:"元祐三年闰六月十七日,少章携此澄心堂纸问余疾于城西,余方病疡,意虑无聊为写",可见其重视程度。据《徽州府志》记载:"宋时有进剳、殿剳、玉版、观音、京帘、堂剳诸纸,皆出休宁之水南诸乡。"山谷有诗《次韵王炳之惠玉板纸》盛赞玉版纸说:"王侯须若缘坡竹,哦诗清风起空谷,古田小笺惠我百,信知溪翁能解玉。"另据屠隆《考槃余事·宋纸》记载:"徽州歙县地名龙须者,纸出其间,光滑莹白可爱。东坡、山谷多用之作书写字。"四是砚。黄庭坚曾讴歌砚的品格,以此作为座右铭:"制作淳古,可使巧者拙,夸者节。性质温润,可使躁者静,戾者听"(《砚铭》)。歙州的龙尾砚,在当时的文人中享有盛誉,成为互相馈赠的佳品。山谷收到李之纯赠送的歙砚曾写诗答谢:"探囊赠砚颇宜墨,近出黄山非远求,乃知此山自才美,物欲致用当穷搜,迷邦故令成器晚,不琢元非匠石羞。(《次韵李之纯少监惠砚》)"其中大器晚成、天然风韵,无须琢磨,已经是借砚抒怀咏志了。另据徐毅的《歙砚辑考》,山谷还写有《砚山行》,对歙砚的产地、质地、制造、优长做了详细的介绍:

  新安出城二百里,走峰奔月如斗蚁。其间石有产罗纹,眉子金星相间起。凿砺磨形如日生,刻骨镂金寻石髓。选湛去杂有精奇,往往百中三四耳。磨方剪锐熟端相,审样状名随手是。不轻不燥禀天然,重实温润如君子。日辉灿烂飞金星,碧云色夺端州紫。遂令天下文章翁,走吏迢迢来涧底。

同咏歌徽墨一样,如不喜爱、不熟悉,是无法如此咏歌的。

第五节　陆游　姜夔

一、陆游

陆游关于安徽的散文　陆游散文中,记录安徽风物和相关文史最多,也最知名者,当推《入蜀记》。《入蜀记》是宋代笔记中文学价值极高的一部作品,标志着南宋笔记体散文所取得的成就,它也从一个侧面标志着陆游古文创作所达到的水平。后人称陆游为南宋古文的"中兴大家"(祝允明《书新本渭南文集后》),与这部著作关系极大。宋孝宗乾道五年(1169)年底,四十五岁的陆游接到朝报,以左奉议郎为通判夔州军州事。陆游其时正在山阴养病,故没有立即赴任。而是到次年才起程。此次入蜀之旅始于乾道六年(1170)闰五月十八日,终于是年十月二十七日。旅途中他按日作记,成《入蜀记》六卷。据记中所载,他经过安徽境内的时地如下:六月十一日过采石(今安徽马鞍山),因小恙于十二日泊于太平州(今当涂),寻医并游姑孰溪、黄山东岳庙、青山太白祠,在当涂停留六日;十八日解缆再溯江而上,过天门山(今马鞍山和县境内);十九日过枭矶(今芜湖无为境内),泊舟芜湖县,知县吕昭问来拜望,论芜湖古迹;二十日宁国县主簿陈炳闻讯亦前来问候,陆游改乘小舟过江回拜后,晚寓宁渊观下,在江北无为县枭矶的对岸。二十二日过繁昌,晚泊荻港(今繁昌荻港);二十二日过铜陵,晚泊水洪口(今铜陵大通港);二十三日过阳山矶(今青阳境内),江上远眺九华山;二十四日到池州,泊税务亭;二十五日拜见知府孙德舆,同游光孝寺,晚登杜牧当年咏歌之弄水亭;二十六日又解缆西上,过长风沙(今安庆);二十七日因大风泊于皖口(今安庆怀宁),上岸北眺皖公山;二十八日过雷口、东流,因顺风:舟行甚速,一日便至马当(今湖北)。陆游入蜀,在安徽江面,从六月十一日至二十八日行经上述各处,共十八天。

《入蜀记》所记行程实际上可分为两段:第一段是先沿着运河从山阴到临安,再经嘉兴、苏州、常州,到镇江后进入长江。此段路程陆游曾多次经历,对其山川风景非常熟悉,所以写作兴趣不大,所记不多。第二段路程全是在长江中行进,从建康府经太平州(今当涂)、芜湖、池州(今贵池)、江州(今九江)、黄州、鄂州(今武汉)、岳州(今岳阳)、江陵府(今沙市)、夷陵(今宜昌)、秭归,达夔州任所等。其中镇江至建康一段也属故地重游,进入采石矶以后,万里长江的壮美风景进入全新的视野,无数与之相连的历史记忆被重新唤起,让诗人觉得新奇、激动,热情澎湃,除写下大量咏歌的诗词,还用史笔一一记录下来。可以这样说,《入蜀记》中所记的镇江的金山、焦山可算是渐入佳境的起点,激情澎湃、泼墨如水地大笔濡染则始自皖江。

《入蜀记》与一般仅注重写景纪游的游记不同,它的记述是多角度、多侧面的:举凡地貌特征、地理沿革、郡国利病、名胜古迹、相关诗词、地方物产等皆有触及,简明扼要又不乏真知灼见。正如四库馆臣所云:"游本工文,故于山川风土,叙述颇为雅洁。而于考订古迹,尤所留意。……非他家行记流连风景,记载琐屑者比也。(《四库全书总目》卷五)"这在皖江一段记述中皆有出色的体现。首先从其描景状物来看,作者往往摘取某些片段,寥寥数语却惊心动魄,美不胜收,这是《入蜀记》的游记文学成就所在,也是描写皖江一段的主要特点之一。如"大风至暮不止。观江中惊涛骇浪,虽钱塘八月之潮,不过也。有一小舟掀波浪中,欲入夹者再三不可得,几覆溺矣,呼号求救,久方能入",这是描述在皖口一带所遭遇的狂风巨浪中的长江;"自离当涂,风日清美,波平如席。白云青嶂,相远映带,终日如行图画,忘道途之劳也",这是当涂一带风和日丽下的大江;"二十七日五鼓,大风自东北来,舟人不告便乘风解船,过雁翅夹……遂经皖口至赵屯未朝食,已行百五十里",这是顺风中的大江;"二十八日过东流县,……舟至石壁下,忽昼晦,风势横甚,舟人大恐失色,急下帆,趋小港。竭力挽牵,仅能入港",这是逆风下的大江。作者往往扣住一个情节、某个片段,作动态描述,使长江宛如一条神龙,妖娆摆动在中国大地的腹部。描景如此,状物亦有特色。作者笔下的沿江皖山,各有不同的风采:天门山是"两小山夹江,即东梁、西梁,一名天门山";芜湖江边大小褐山,则突出石之奇:"奇石巉绝,渔人依石挽罾,宛如画图所见";写当涂群山，则突出其动态感：登青山"谢公亭，下视四山，如蛟龙奔放，争赴川谷"；写东流一带群山，则突出气势雄壮："江南群峰，如列屏障，凡数十里不绝。自金陵以西，所未有也"；写宁国三山矶，又给人神秘感，突出其森严可畏："矶上新作龙祠。有道人半醉，立悬崖峭绝，下观行舟，望之使人寒心。江中江豚十数出没，色或黑或黄。又有物长数尺，色正赤，类大蜈蚣，亦奋首逆水而上，击水高三、二尺，殊可畏也"，皆可见其手法多样且工致。

这在《入蜀记》皖江一段体现较为突出。一是其《入蜀祀》，如记天门山一段，引李白、王这石、梅尧臣咏歌此山诗句，再如纪游秋浦，多引李白对此风物的咏叹："李白往来江东，此州所赋尤多，如秋浦歌十七首，及九华山、清溪、白笴陂、玉镜潭诸诗是也。《秋浦歌》云'秋浦长似秋，萧条使人愁'；又曰'两鬓入秋浦，一朝飒已衰。猿声催白发。长短尽成丝'。则池州之风物可见矣。"并由十七首《秋浦歌》如此清妙入神推断，"姑孰十咏决为赝作"。又指出杜牧的一些咏池州之作"亦清婉可爱。若与李白诗竝读，醇醨异味也"。类的似还很多，如过铜官山咏李白的"我爱铜官乐，千年未拟还"；见九华山，提及李白和刘禹锡咏歌此山的诗作；过慈姥矶，联想到梅尧臣护母丧经此的吟咏，徐俯的《慈姥矶》诗序；过采石矶又引刘禹锡诗证此地理地貌；游姑孰溪时引证从族伯父处听说的苏轼将《姑孰十咏》定为赝品，以及郭祥正与苏轼关于此诗真伪的争论等种种文坛逸事。

至于历史名胜、郡国利病，地貌特征、地理沿革，皖江一段也有大量记载，而且有详有略、注重剪裁，颇有史才，不像"他家行记流连风景，记载琐屑"（四库馆臣语）。如记采石矶："一名牛渚，与和州对岸，江面比瓜州为窄，故隋韩擒虎平陈，本朝曹彬下南唐，皆从此渡。"其后，又详细记叙南唐叛臣樊若冰在采石山建石浮屠，赵匡胤按其所献之策克复南唐的经过。陆游曾著《南唐书》，对南唐史料异常熟悉。韩擒虎平陈，曹彬攻南唐，《隋书》《宋史》皆有叙论，樊若冰一段却源自其《南唐书》，一详一略，其匠心可见。其实，在陆游此记不久前的高宗绍兴三十一年（1161），金主完颜亮南侵，虞允文指挥阻击的著名采石之役也发生在这里，不知陆游出于何故没有记载，但亦定有史心。

其他如记太平州,"本金陵之当涂县。周世宗时,南唐元宗失淮南,侨至和州于此,谓之新和州,改为雄远军。国朝开宝八年,下江南,改为平南军,然独领当涂一郡而已。太平兴国二年,遂以为州,且割芜湖、繁昌来属,而治当涂,与兴国军同时建置,故风纪年以名之",叙述州郡沿革始末甚为详明。其他如记黄山凌歊台的得名、龙山的孟嘉登高落帽处,九井桓玄僭位坛,青山谢朓古宅及李白祠兴建始末,皆点到为止,使所记文字"雅洁"而文史斑斓。

陆游关于安徽的散文,除《入蜀记》外,尚有一些书序和记事状物之作。书序有《梅圣俞别集序》《跋吕舍人九经堂记》和《吕居仁集序》,从中可见其文学思想和诗歌主张,是珍贵的文学史和作家研究资料。其中《梅圣俞别集序》无论是对梅尧臣诗歌成就的评价或论述方式都十分精彩,在历代文学评论中实不多见。作者称颂梅的文学地位,并不自己下结论,而是尽引述时论加以比较以及前贤对其诗文的倾慕,这样既显得客观公正又足以服人,如引时论:

先生当吾宋太平最盛时官京洛。同时多伟人巨公,而欧阳公之文,蔡君谟之书与先生之诗,三者鼎立,各自名家。文如尹师鲁,书如苏子美,诗如石曼卿辈,岂不足垂世哉?要非三家之比,此万世公论也。

引述前贤对其诗文的倾慕如下:

欧阳公平生自以为望先生背,推为诗老;王荆公自谓"虎图诗"不及先生"包鼎画虎"之作,又赋哭先生诗,推仰尤至。晚集古句,独多取焉;苏翰林多不可古人,惟次韵和陶渊明及先生二家诗而已。

当然,要引述前贤对其诗文的倾慕,没有广泛的阅读和文学史的深厚积累是办不到的。文章最后,才水落石出,画龙点睛,道出自己大量引述的目的所在:

虽然,若无此三公,先生何歉?有此三公,亦何以加秋毫于先生!予所以论载之者,要以见前辈识精论公,与后世妄人异耳!

作者认为:梅尧臣的诗歌成就是客观存在,无论名家的赞与不赞都无关紧要。作者之所以如此,是要以前辈的精识公论抨击后世对梅尧臣的不公歪论。这不仅是行文技巧,也表露出作者对文学批评的态度。文中,作者在总结梅尧臣文学成就时,使用的是诗一样的比喻方式:"方落笔时,置字如大禹之铸鼎,炼句如后夔之作乐,成篇如周公之致太平"。这段文字,有前贤赞语之"识精",更有前贤之无的形象和句式的音韵美感。一篇三百二十多字的诗评,写得如此峰回路转、曲折尽情,又如此形象精准,功力深厚。祝允明称其为"中兴大家",诚不为过。只是其文为其诗名所掩,多不为人知罢了。

《吕居仁集序》不仅准确总结了吕本中的文学成就和取得原因,也对一些重要的文学理论如传统与继承的关系进行了探讨,还可看出陆游转益多师、对先秦以来优秀散文尤其是《庄子》和苏轼散文的风格、手法的吸收,这也是陆游成为南宋古文"中兴大家"的原因之一。在表达上,陆游这篇"集序"远绍庄子,近学苏轼,运笔从边锋侧出,首先大谈"河江"之源流,继而谈学术之源流,最后归到吕本中诗文的特征:"汪洋闳肆,众体兼备,间出新意,愈奇而愈浑厚,震耀耳目,而不失高古";至于成就取得的原因:一是出于其深厚的家学渊源;另一是秉承士大夫传统操守,晚节犹显:"力排和戎之议,忤秦丞相桧……天下亦推公之正"。陆游借此序实际上阐明文学创作上两个重要理论问题:一是文学传统中继承与创新的关系,二是文与道之间的关系。作者认为,吕本中能继承传统,而且能"间出新意,愈奇而愈浑厚",所以"几三十年,仕愈踬而学愈进";在文道关系上则身正而文自高古。吕本中身为理学名家,讲究操守德行,晚节犹显,因而"道胜而文自至"。陆游对吕本中诗歌成就的这段评论,也体现了他对江西诗派的认识。吕本中一方面高扬江西派旗帜,追随黄庭坚,讲究用典和以学问为诗;另一方面又提出"活法"和"悟入"法,改造江西派尤其是末流的枯寂和生涩,成为师承江西诗派而又变革江西诗派的重要人物。陆游与江西派渊源很深,他的启蒙老师曾几就是江西派大家。陆游自己选编的《剑南诗稿》第一首便是《别曾学士》,以示饮水思源。而曾几自称学诗于吕本中(《茶山集·拾遗·东莱先生诗集后序》)。所以陆游在诗序中指出吕本中的诗风特征,尤其是强调其"间出新意,愈奇而愈浑厚",确实抓住了吕本中诗歌的主体特征和主要文学功绩;陆游大谈文学渊源,实际上也有自己的学诗经历和体悟。在《跋吕舍人九经堂记》中又再次强调了上述两点:"吕公九经堂诗,盖自少时与昭德尊老诸公师友渊源,讲习渐渍所得,又为子孙而发。故雄笔大论如此。"

陆游在安徽的山水亭台之类状物纪事之作有《广德军放生池记》《婺州稽古阁记》《盱眙军翠屏堂记》等。《广德军放生池记》作于光宗绍熙元年(1190),由军器少监罢为提举武夷山冲霄宫之时。文中大谈放生池的修建是为了"广圣泽之余",是"臣之爱其君"的体现。然后记广德放生池的修建经过。其中描写城西南亘溪景色之美:"延袤百步,泓亭澄澈。蒲柳列植,藻荇萦带。水光天影,荡摩上下"简洁而整饬。陆游被罢免军器少监的罪名是"嘲咏风月"。此记大谈修建放生池沼是爱君的体现,并描绘溪水景色之美,内中未尝不是对"嘲咏风月"罪名的不满和暗中抗争,表现了作者的倔强。这就像芜湖词人张孝祥,在静江府任上被以"专事宴游"罪名罢免,在罢归路上写的《念奴娇》词中,却大谈"尽挹西江,细斟北斗,万象为宾客",要将宴席摆到天地间一样。

陆游关于安徽的诗歌 陆游关于安徽诗词,数量最多的一批是在入蜀途中创作的,十首左右。也许是诗为心声,是主观情感的外化,陆游的入蜀诗词与《入蜀记》有个很大的不同:如果说《入蜀记》一路客观又兴致盎然记叙了沿途的山川人物、文化习俗、名胜古迹,展现的是一个深思好学、爱好山川风物又爱交游的士大夫形象的话,那么诗词中展露的却是一个类似屈原流离江湘、充满哀怨和自怜的骚人形象。《入蜀记》中基本上没有流露对此次远赴夔州任通判的不满。陆游从"乾道五年十二月六日得报差通判夔州",在此后近半年的时间里都迟迟不肯赴任,个中原因,他在《入蜀记》里只用"久病"二字说明,但在《将赴官夔府书怀》中却透露出更直接的原因:一是对五年前(实际时间是三年)隆兴府通判任上,因"交结台谏,鼓唱是非,力说张浚用兵"(《宋史·本传》)被罢免而不满。诗的开头便是"病夫喜山泽,抗志自年少",只是因为饥寒所迫不得不为官,结果"一从南昌免,五岁嗟不调"这次朝廷出于哀矜,让我去夔州任职,是对我志向的误解:"朝廷每哀矜,幕府误辟召";而是对这次任职夔州通判是不满的:夔州远在瞿塘峡的万山丛中,交通闭塞、文化落后,在陆游的印象中是"凄凉黄魔宫,峭绝白帝庙。又尝闻此邦,野陋可嘲诮。通衢舞竹枝,谯门对山烧"。现在孤身一人要去这万里之外的绝域之地:"终然歉孤迹,万里游绝徼",这对居住在畿辅之地绍兴,享受着近畿的文明繁华,又从小受到优越的越中习俗文化的熏陶濡染的陆游来说,简直是太可怕了。所以其入蜀诗词,特别是进入夷陵(今湖北宜昌)以前的诗歌,在情感上与《入蜀记》大相径庭,呈现出的是一个十分情绪化的陆游,诗中充满悲伤、无奈,甚至怨恨。只是过了夷陵,两者才渐渐趋一,可能是半年来万里长江的旖旎风光,消解了诗人胸中的愁怨;也许是人们生理上的感情阀起了调节作用,使人不可能持续沉浸在一种情绪之中。进入夷陵之前诗文的这种差异,在皖江这段表现得很为充分,我们不妨对读:

二十七日五鼓,大风自东北来,舟人不告便乘风解船,过雁翅夹。有税场,居民二百许家,岸下泊船甚众。遂经皖口至赵屯未朝食,已行百五十里。(《入蜀记》)

归燕羁鸿共断魂,荻花枫叶泊孤村。风吹暗浪重添缆,雨送新寒半掩门。鱼市人烟横惨淡,龙祠箫鼓闹黄昏。此身且健无余恨,行路虽难莫更论。(《雨中泊赵屯有感》)

二十八日过东流至马当,所谓下元水府。山势尤秀拔。正面山脚,直插大江。庙依悬崖架空为阁。登降者皆自阁西崖腹小石径,扪萝侧足而上,宛若登梯……舟至石壁下,忽昼晦,风势横甚,舟人大恐失色,急下帆,趋小港。竭力挽牵,仅能入港。系船同泊者四五舟,早间同行一舟,亦蜀州也。(《入蜀记》)

半世无归似转蓬,今年作梦到巴东。身游万死一生地,路入千峰百嶂中。邻舫有时来乞火,丛祠无处不祈风。晚潮又泊淮南岸,落日啼鸦戍堞空。(《晚泊》)

十七日,郡集于青山李太白祠堂,二教授同集。祠在青山之西北,距山尚十五里。墓在祠后,有小冈阜起伏,盖亦青山之别支也。祠莫知其始,有唐刘全白所作墓碣及近岁张真甫舍人所作重修祠碑。太白乌巾白衣锦袍。又有道帽氅裘,侑食于侧者,郭功甫也。……坐间信伯言,桓温墓亦在近郊,有石兽石马,制作精妙,又有碑,悉刻当时车马衣冠之类,极可观。恨不一到也。(《入蜀记》)

饮似长鲸快吸川,思如渴骥勇奔泉。客从县令初何有,醉忤将军亦偶然。骏马名姬如昨日,断碑乔木不知年。浮生今古同归此,回首桓公亦故阡。(《李翰林墓》)

从对比中可见,《入蜀记》中是客观叙写,细致入微、具体可感,除了游赏、探究、好奇外,再无一句其他情绪的宣泄;诗歌中则伤远、叹孤、无奈、忧愤,视夔州为万死一生地,吊李白则有古今同慨的悲凉。

七月十三日陆游在当涂与通判叶梦等游姑孰溪时,还有首词《浪淘沙·丹阳浮玉亭席上作》,也与《入蜀记》中记诸人同游所见所闻的盎然兴趣判然不同:

绿树暗长亭,几把离尊,阳关常恨不堪闻。何况今朝秋色里,身是行人。　清泪浥罗巾,各自销魂,一江离恨恰平分。安得千寻横铁锁,截断烟津。

离尊、行人、长恨、清泪,抒发的不只是离别的情谊,因为他在金陵时就慨叹"我来江干交旧少"(《无咎兄郡斋燕集》),当涂浮玉亭燕集可能纯属官场应酬而已。所以以上愁叹恐怕多属自抒和对行程的畏惧,以致恨不得像当年的东吴孙皓,用铁索横江,阻断来往。其余的皖江诗作,如《晚泊慈母矶下二首》《夜宿阳山矶将晓大雨北风甚劲,俄顷行三百余里,遂抵雁翅浦》《望江道上》等,情感基调也多如此。

陆游关于安徽诗词中,盛赞梅尧臣的较多,但表达方式也与相关散文有所不同,它不是散文那种引述时论或前贤来称颂其诗文成就,而是直抒其情,表达对梅的敬仰和怀念,如《读宛陵先生诗》:

欧尹追还六籍醇,先生诗律擅雄浑。导河积石源流正,维岳嵩高气象尊。玉磬璆璆非俗好,霜松郁郁有春温。向来不道无讥评,敢保诸人未及门。

诗中称赞梅诗雄浑醇正,源出六经,像五岳那样气象森严,像玉磬那样非同凡响,像松柏那样万古长青。最后说:如你对梅诗有讥评,那肯定是你未及梅门,认识不够。诗中多用比喻,贴切而又形象。陆游对梅仰慕礼赞的诗作还有不少,如《读宛陵诗》中将梅诗与李杜诗相比,称梅为"解牛手",于诗"锻炼无余力,渊源有自来";《书宛陵集后》更将梅集比作价值连城的赵璧、随珠,只要"粗窥梗概",便"足慰平生"。陆游在创作中也有许多模拟梅诗的诗作,集中明言仿效的就有八题十一首,如《寄酬曾学士学宛陵先生体比得书云所寓广教僧舍有陆子泉每对之辄奉怀》《春日效宛陵先生体四首》《假山拟宛陵先生体》《薰蕰效宛陵先生体》《致斋监中夜与同官纵谈鬼神效宛陵先生体》《送苏召叟秀才入蜀效宛陵先生体》《桐江哲上人以端砚遗子聿才寸余而质甚奇天将雨辄先流泚予为效宛陵先生体》等。有的甚至仅是诗句稍加变换,如将梅诗"湿萤依草没"(《依韵和子聪夜雨》)仿为"萤依湿草同为旅"(《雨夜怀唐安》)等。当代学者朱东润认为"古今诗人对陆游影响最大的应当说是梅尧臣"(《梅尧臣集编年校注》),钱锺书也说陆游"于古今诗家仿作称道最多者,偏为古质之梅宛陵"(《宋诗选》)。究其原因,大概与两人的文学主张、人生志向乃至创作经历皆有相似之处。

陆游关于安徽的诗作中还有与朱熹的交游。两人交谊,始于朱熹知江西南康军时。此时,陆游也在江西任常平提举。朱熹因修复白鹿洞书院图书不足,而致函向陆游求援,得到陆游的大力鼎助。宁宗庆元三年(1197)寒冬来临,朱熹想起了陆放翁,遥寄闽北土产用楮纸制成的"纸被"作为御寒之用。物轻礼重,情意深浓。而陆游接到朱熹不远千里寄来的"纸被",立即写了《谢朱元晦寄纸被》答谢。诗中夸奖纸被给自己带来的温暖,"纸被围身度雪天,白于狐腋软于绵"。也道出纸被的用途:"放翁用处君知否?绝胜蒲团夜坐禅",暗中表明自己的思想归趋。在与陆游交往过程中,两人惺惺相惜,志趣相投。朱熹深为他的人品与诗品所折服,称"放翁老笔尤健,在当今当推为第一流","语意超然,自是不凡,令人三叹不能自已"(《答巩仲至》)。陆游也对朱熹一生给予很高的评价,他在《祭朱元晦侍讲文》中用诗一样的语言赞道:"某有捐百身起九原之心,有倾长河注东海之泪。路修齿耄,神往形留。公殁不亡,尚其来飨。"

更值得称道的是陆游与朱熹的交谊,是建立在共谋国家民族利益之上,并为其所左右:淳熙八年(1181),浙东特别是陆游的故乡绍兴府发生大饥荒,朱熹被任命这次赈灾总监。陆游此时已五十七岁,赋闲家居,陆游闻讯后,写了首《寄朱元晦提举》:

> 市聚萧条极,村墟冻馁稠。劝分无积粟,告籴未通流。民望甚饥渴,公行胡滞留。征科得宽否,尚及麦禾秋。

诗人向朱熹陈说家乡一带饥馑中的惨状,催促他早日就任前来赈灾,减免赋税。其实,朱熹这次浙东赈灾颇费周折:在此之前,朱熹任江南西路茶盐常平提举,当时抚州一带亦大旱,他到任后募集钱粮赈济灾民,百姓得以安生。因政绩卓著,嗣后拟调直秘阁,但他以捐赈者未得奖赏坚不就职。次年,因弹劾台州守臣唐仲友违法扰民,被唐之姻亲、宰相王淮扣压。时值浙东又大灾,王淮便顺水推舟,改荐朱熹为浙东常平提举前往浙东赈灾,朱熹看穿其用心,以理学家的倔强,坚持要处罚唐仲友。僵持之中,直到常平提举命令下达三个月后才成行,"绍兴之行时太迟已无从施手"(《朱子语类》卷一百六),所以陆游在诗中急责他"民望甚饥渴,公行胡滞留"。为救民于水火,公而忘私之情溢于言表。况且,陆游此时还被罢职在家,罢职的原因又是在江西任常平提举任上因抚州遭受水灾,他未经允许就开仓赈济灾民而被弹劾。前后联系起来,更觉其人品的可贵!

陆游长朱熹五岁,他经常以兄长的身份对这位倔强又专注的理学家,时而倾囊相助,时而规劝开导。朱熹要办教育向他求助图书,他倾囊相助;朱熹为负气不来救灾,他催促切责;朱熹避世武夷精舍,读书深山,不问世事,陆游既佩服他的淡泊与专注,也开导提醒他不要忘记天下苍生,一连写了四首《寄题朱元晦武夷精舍》。其中即称赞他操守的淡泊与读《易》的专注:"先生结屋绿岩边,读《易》悬知屡绝编"(其一),表达自己的仰慕追随之情:"我老正须闲处著,白云一半肯分无"(其五)。但也提醒告诫朱熹,国家纷乱,苍生未苏,"圣主忧勤",告诫他不要忘记国计民生:"天下苍生未苏息,忧公遂与世相忘"(其三);"齐民本自乐衡门,水旱那知不自存。圣主忧勤常旰食,烦公一一报曾孙"(其四)。

二、姜夔

姜夔原籍饶州鄱阳(今江西鄱阳),自幼随父亲宦游于湖北汉阳。父亲死后,他流寓湘、鄂之间。当时在湖北做官的名诗人萧德藻(千岩)赏识姜夔的才华,把侄女嫁给他,并且带他到湖州居住(今浙江吴兴)。因此他经常往来于杭州、苏州、金陵、合肥等地。三十岁之前,他寓居合肥赤阑桥边西风门巷,结识了赤阑桥边两位琵琶艺伎,遂结良缘而且一往情深。在以后的二十多年中,他写了近二十首怀念这两位情人或咏歌合肥风物的辞章,占他的全部词作约四分之一。

宋孝宗淳熙十三年(1186),被叔丈萧德藻约往湖州并娶萧之侄女后,就一直没有再回湖北姊家,经常往还之地是淮西、金陵、苏州、杭州、湖州、无锡、合肥等地。到淮西、金陵,是拜望时为江东转运副使、权总领淮西、江东军马钱粮的杨万里;到苏州,是拜望退居石湖的范成大;去无锡、杭州,是依附好友、名将张浚之子张鉴;去湖州,自然是探亲;去合肥,则与他的两位情人有关。合肥,顾名思义就是肥水汇合之地。肥水,又作"淝水",所以在欧阳修编的《新五代史》上,合肥又作"合淝"。合肥在秦汉之际(前206)建县,属九江郡。合肥地处巢湖、瓦埠湖之间,向南可经巢湖入长江,与长江沿岸各城镇交通;向北与瓦埠湖相隔仅百里,可朝发而夕至。经瓦埠湖可入淮河,又与沿淮河的城镇相通。由于合肥处在长江水系和淮河水系的衔接处,自然成为当时水陆交通的枢纽。《白石道人歌曲集》编年中最早的一首词是《扬州慢》,即丙申至日(1176年冬至)路过扬州时作。据其《昔游》诗,宋孝宗淳熙三年(1176)冬,时年二十二岁的诗人在雪后离开湖北,冬至过扬州,然后历楚州(今江苏淮安),由濠梁(今安徽蒙城)沿江东下,冬至过扬州。就在此之前,诗人第一次路过合肥。合肥在宋时属扬州西路。从湖北鄂州到扬州的最便捷路线是沿江下行达巢湖,渡湖经淝河达合肥,再从驿道往蒙城、楚州、扬州等地。况且合肥为一大郡,人文荟萃,也是江淮一带游历者必到之处。可能就是这次在合肥盘桓时,初次结识了赤阑桥边一对姐妹歌姬。姜夔后来多次经过合肥并在此居住,多与二姬有关。这对姐妹的情况以及姜夔如何结识两姬,已无记载。只是通过白石词中留下的许多回忆与两人缱绻及凄别的辞章,我们对此有大致的了解。合肥城区,代有变迁。到唐德宗贞元年间(785—804),庐州刺史路应求改土城为砖城,又因"合肥分野入斗度多",改称金斗城,南淝河称金斗河。到南宋孝宗乾道五年(1169),为防御金兵进犯,淮西帅郭振将唐代合肥城的护城河变成横贯城东西的一条内河。赤阑桥(今桐城路桥)即位于市中心的金斗河上。河的两岸,店铺林立,是个繁华的商业区(金斗河今已填平为"淮河路",是合肥最繁华的街道之一)。岸上楼馆,水下亭阁,日日笙歌,夜夜管弦。当时桥边多杨柳,别浦萦回之际,多少游子折柳相送;晓风残月之时,多少佳人桥边相思。两位歌伎亦在这里卖艺而得与姜夔结识。

据夏承焘先生《姜白石词编年笺校》,淳熙十三年(1186),姜夔在汉阳春游时写有一首《浣溪沙》,回忆当年合肥之游时结识的两位歌伎,这是白石词最早的一首关于合肥情词的记载:

着酒行行满袂风,草枯霜鹘落晴空,销魂都在夕阳中。恨入四弦人欲老,梦寻千驿意难通,当时何似莫匆匆。

词中回忆当年的销魂相爱,梦里追寻的难逢,以及今日对当年匆匆离别的追悔。词序中还提到"凭虚怅望,因赋是阕",明确提出是思旧怀远之作。而词中的"恨入四弦人欲老",亦点明梦中追寻的销魂对象是弹筝高手。光宗绍熙二年(1191)秋,姜夔离开合肥与二姬相别时,写有《解连环》一首,词中有"为大乔能拨春风,小乔妙移筝,雁啼秋水"等句,也可作为"恨入四弦人欲老"的注解。

淳熙十三年,萧德藻罢官由湖北回故乡,带白石一道去湖州与其侄女完婚。岁暮从武昌沿水路东下,又一次路过江淮。但这次却只能遥望,不能停住。第二年正月初二达金陵。在渡江时遥望淮南群峰,姜夔又想起了与燕燕莺莺的朝夕相处以及离别时的难舍难分,以至形诸于梦寐。醒后写下了著名的《踏莎行》:

  燕燕轻盈,莺莺娇软,分明又向华胥见。夜长争得薄情知,春初早被相思染。 别后书辞,别时针线,离魂暗逐郎行远。淮南皓月冷千山,冥冥归去无人管。

词前有序:"自沔东来,丁未元日至金陵,江上感梦作。"词中写到"别后书辞",可能别后仍有来往。结尾两句,更显乍别的追悔和别后的孤独与思念,可作为一年前所作《浣溪沙》结句"当时何似莫匆匆"一个形象化的注脚。与此同时他还写了一首《杏花天影》词。词中以"桃叶渡""莺莺浦""燕啼莺舞"来抒发昔日的相聚之乐和今日的相思之苦,可见恋情之深之重。更何况,这种恋情形于梦寐,见诸辞章,就在他与萧氏新婚的前夕,这更让人感慨万千,产生更多的遥想和推测了。

  姜夔在光宗绍熙元年(1190),曾在合肥住了近半年,地址是赤阑桥西的门巷内。白石诗词中多次提到这所住处,如他在给朋友范仲讷的送行诗中就曾说:"我家曾住赤阑桥,邻里相过不寂寥。君若到时秋已半,西风门巷柳萧萧。(《送范仲讷往合肥》)"在《送王孟玉归山阴》中也说:"十年雪里看淮南,聚米能作淮南山。"赤阑桥地处金斗河边,柳树特多,也特别惹姜夔喜爱,在此诗中他唯一提及的景色就是"柳萧萧"。他还为此专门制作一首自制曲《淡黄柳》,在词序中他提到他最喜爱此处的柳色,因为这里"巷陌凄凉",与他的家乡江南景色迥异,唯有柳色能舒解他的愁绪:"居合肥南城赤阑桥之西,巷陌凄凉,与江左异。唯柳色夹道,依依可怜。因度此片,以纾客怀。"其实,姜夔喜爱这里的柳色,与他眷念河边的两位歌伎大有关系,因为自古就将歌伎与柳相联系,唐人李翊的"章台柳"传奇更为文坛知晓。姜夔住在赤阑桥附近,更与两姐妹有关。词中提到的"小乔宅",既是实写,又是借代:"小桥宅"在与赤阑桥附近的水西门内九曲水旁。水上有座桥叫廻龙桥。相传曹操与孙权争夺合肥,于此回马,故得其名。此桥之所以出名,还因为桥公(玄)曾在桥畔住过。桥公有二女,长曰大乔,次曰小乔,皆一代国色。孙策攻合肥得二乔,自纳大乔,孙策好友安徽舒城人周瑜纳小乔。姜白石在此提江东二乔旧事,实际上是借喻这对歌伎姐妹。姜夔在咏合肥诸词中常提到二乔。如上述《解连环》中亦如是。姜夔在《踏莎行·江上感梦作》将二人称为"莺莺、燕燕",恐怕仅是个借喻,并非真是这对姐妹的名字。

这次词人终于回到并可长住在思念已久的"二乔"身边,如愿以偿,心情自然十分欢畅,词集中对此有明确的记载。《摸鱼儿》序云:"辛亥秋期,予居合肥。小雨初霁,偃卧窗下,心事悠然。起与赵君酉露坐月饮,戏饮此曲。盖欲一洗钿合金钗之尘。"序中提到"钿合金钗",是借白居易《长恨歌》中杨玉环与唐明皇爱情盟誓的证物来点明自己前来合肥是为践约。词中的"斜河旧约今再整","云路回,漫说道,年年野鹊曾并影"都是表达自己信守旧约和今日相聚的欢欣。词中描绘的清秋佳景和"疏帘自卷""湘竹敲枕"的悠然,亦可见相聚后的心态。

但半年后,词人又离开二姬而乘舟东下。其原因是去金陵拜谒时任江东转运副使、权总领淮西、江东军马钱粮的杨万里。白石诗集中有七律《送〈朝天续集〉归诚斋,时在金陵》为据。姜夔青年时代由萧德藻介绍结识杨万里,两人互相敬重、惺惺相惜,姜夔的七律明显受杨万里的影响。杨万里又将姜夔介绍给范成大,可见两人交谊较深。杨万里在由秘书监外放江东转运副使后,将自己在京时创作的诗歌编为《朝天续集》。可能是杨将刚编成的该诗集请姜审阅,嗣后姜专程送此诗集赴金陵,并写了此诗相贺。诗中高度评价杨万里的诗作:"翰墨场中老斫轮,真能一笔扫千军。年年花月无闲日,处处山川怕见君。箭在的中非尔力,风行水上自成文。先生只可三千首,回首江东日暮云。"其中"处处山川怕见君"成为"诚斋体"的代表性评论。其实,姜专程送此诗集赴金陵也并非全出于友谊,也有谋生之求。姜夔一生布衣,又不善营生,只有到处旅食,靠友人接济度日。就在这年冬,他寄居范成大处,临行时范为其治装并以侍女小红相赠;名将张浚之子好友张鉴曾打算将无锡膏腴之地赠他,都是例证。所以这次与情侣割舍只身赴金陵,与谋生和养家的关系更大。亦正因为如此无奈,分别时更为伤感。如果说淳熙十三年写的《浣溪沙》提起的合肥情事还是朦胧隐约的话,那么光宗绍熙二年所写的这首《解连环》,就直忆其事、细述别情了:

> 玉鞍重倚,却沉吟未至,又萦离思。为大乔能拨春风,小乔妙移筝,雁啼秋水。柳怯云松,更何必十分梳洗。道郎携羽扇,那日隔帘,半面曾记?西窗夜凉雨霁。叹幽欢未足,何事轻弃?问后缘空约蔷薇,算如此溪山,甚时重至?水驿灯昏,又见在,曲屏近底。念唯有夜来皓月,照伊自睡。

词中不但感叹幽欢未足,后会无期,甚至回忆起他们初次相识的情形,极为缱绻缠绵。姜夔词以"清空骚雅"著称,这首《解连环》却与柳永的《雨霖铃·寒蝉凄切》、周邦彦的《少年游·并刀如水》并无二致。这次离别,一直深深嵌入诗人的记忆中。如在《长亭怨慢》中写道:"怎忘得玉环吩咐:第一是早早归来,怕红萼无人为主。"情人临别的叮咛仍在耳边回响;到金陵后,在写《送〈朝天续集〉归诚斋,时在金陵》的同时,又写了一首《醉吟商小品》,词中再次抒写别后的思念和情人临别的"芳心"嘱咐:

> 又正是春归,细柳暗黄千缕。暮鸦啼处。梦逐金鞍去。一点芳心休诉。琵琶解语。

据夏承焘《姜白石词编年笺校》,姜夔是绍熙二年正月二十四离别合肥,月底过巢湖,作《满江红》。词中咏歌了巢湖"千顷翠澜"的宏伟气势和"奠淮右,阻江南"的重要地理位置。词中着重书写巢湖仙姥"依约前山"的缥缈仙姿。结句"又怎知,人在小红楼,帘影间",似乎又从仙境回到人间,勾起对二姬的怀念。在金陵盘桓后又返合肥。六月,重过巢湖,将去时写的《满江红》词刻于巢湖神姥祠,再沿浉河回到合肥。但临别时叮咛词人"早早归来,怕红萼无主"的二姬已去他处谋生,双方并未能相见。从此,合肥绝了姜白石的踪迹,但这段情事,却一直留在词人深远的记忆中。绍熙二年冬,姜夔在石湖范成大处居住一月有余,写下《暗香》《疏影》等著名的辞章。有的学者依据词中"叹寄与路遥""红萼无言耿相忆""早与安排金屋"等语,认为与合肥情事有关,仍是对燕燕、莺莺的怀念。直到宁宗庆元二年(1196)冬,词人已四十二岁,在无锡又思念二姬,像十年前在金陵那样又形之于梦寐,醒后作《江梅引》以寄相思。词云:

> 人间别离易多时,见梅枝,勿相思,几度小窗,幽梦手同携。今夜梦中无觅处,漫徘徊,寒侵被,尚未知。湿红恨墨浅封题,宝筝空,无雁飞。俊游巷陌,算空有,古木斜晖。旧约扁舟,心事已成非。歌罢淮南春草赋,又萋萋。飘零客,泪沾衣。

情感仍是那样浓烈,并未被时间的潮水冲淡。就在写此词的一年前,他在鉴湖还写了一阕《水龙吟》,深情回忆十年前与二姬相识之时,叹息道:"我已情多,十年幽梦,略曾如此。"一年之后的元宵之夜,他又在梦中与二姬相会,醒来则长叹:"淝水东流无尽期,当年不合种相思(《鹧鸪天·元夕有所梦》)。"相思之树所结下的苦果,这位词人几乎品尝了一生。